Die Braut des Highlanders

Amanda Scott

Die Braut des Highlanders

Deutsch von Angela Schumitz
und Heinz Tophinke

Weltbild

Für Terry und Jim, für die es die Mühe wert ist – immer

Originaltitel: *The Secret Clan – Highland Bride*
Originalverlag: Warner Books, Inc.

Besuchen Sie uns im Internet:
www.weltbild.de

Weltbild Buchverlag –Originalausgaben–
Lizenzausgabe 2005 für Verlagsgruppe Weltbild GmbH,
Steinerne Furt 67, 86167 Augsburg

This edition published by arangement with
Warner Books, Inc., New York, USA.
Dieses Werk wurde vermittelt durch die
Literarische Agentur Thomas Schlück GmbH, 30827 Garbsen.

Projektleitung: Dr. Ulrike Strerath-Bolz
Übersetzung: Angela Schumitz und Heinz Tophinke
Umschlaggestaltung: Hauptmann und Kompanie
Werbeagentur GmbH, München
Umschlagabbildung: © Case, Donald via Agentur Schlück GmbH
Satz: AVAK Publikationsdesign, München
Druck und Bindung: Oldenbourg Taschenbuch GmbH,
Hürderstraße 4, 85551 Kirchheim

Gedruckt auf chlorfrei gebleichtem Papier

ISBN 3-89897-160-0

Vorbemerkung der Autorin

Der *Collins Encyclopedia of Scotland* zufolge war Inverness-shire im Jahr 1541 mit 4211 Quadratmeilen das größte County Schottlands (und blieb es in der Tat bis zur Neuordnung der Lokalverwaltung 1975). Es erstreckte sich von Nigg am Moray Firth, etwas östlich von Inverness, über das Glen Mor (das Große Tal) hinunter nach Fort William und dann in nordwestlicher Richtung durch die Insel Skye und die unteren Äußeren Hebriden südlich von Lewis bis nach St. Kilda, hundert Meilen vom schottischen Festland entfernt. In anderen Worten, es umfasste den größten Teil der westlichen Highlands, einschließlich Kintail.

Prolog

Schottland, die Highlands, Oktober 1540

Mit dem Einbruch der Dunkelheit überzog ein unheimlich anmutender Dunst die glasige Oberfläche von Loch Ness. Er wurde rasch dichter und vermischte sich im Aufsteigen mit den Schwaden, die von den regendurchtränkten Bergrücken herunterkrochen, bis dichter Nebel das Glen Mor, das Große Tal, füllte und die drohend aufragenden, dunklen Berge verhüllte, die es im Osten und im Westen einrahmten.

Gelegentlich wirbelte eine Bö oder eine Brise aus unerfindlichem Grund den Nebel auf und gab den Blick auf einen bleichen, silbrigen, vollen Mond frei. Doch zumeist lag das Große Tal in einem undurchdringlichen Dunkel, einem Dunkel, das kluge Menschen im Haus bleiben ließ, da man wusste, dass weniger Kluge in solchen Nächten verschwanden und nie wieder gesehen wurden, so als hätte das Ungeheuer des Loch diese verlorenen Seelen in eine seiner geheimen Höhlen in den düsteren Tiefen des Sees mitgenommen.

In dieser Nacht suchten vier Männer Schutz in einer einsam gelegenen Bierschenke unweit des Westufers, gut zehn Meilen südlich von Inverness. Ian Fraser, der Wirt, war ein starker, breitschultriger Mann in den besten Jahren, der sich gut darauf verstand, in seinem Haus Frieden zu wahren. Außerdem kannte er die vier, und obwohl einer von ihnen ein junger Heißsporn war, der sein Schwert nur zu gern und nicht selten auch zu rasch zog, waren die restlichen drei gescheit genug, Fraser nicht zu reizen.

Alles hätte friedvoll verlaufen können, hätte das Gespräch nicht eine unglückliche Wende genommen.

»Glaubt mir, Jungs«, murmelte einer der Männer in einer Pause der bis dahin beiläufigen Unterhaltung und seufzte, »so 'ne Nacht wie die taugt höchstens für Enten und Fische.«

»Na klar, und vielleicht noch für Füchse«, meinte ein anderer mit einem leisen Kichern.

»Verflucht, komm mir bloß nicht mit Füchsen«, knurrte der Heißsporn, ein Mann Anfang zwanzig, dessen offenkundig schlechte Laune sein attraktives Aussehen nicht verbergen konnte. Wie es hieß, war er der Schwarm so mancher jungen Frau, wenngleich von seinem angeblichen Charme jetzt nichts zu bemerken war.

»Ruhig Blut, Jungspund«, erwiderte der Älteste der vier gelassen, ein stämmiger Mann mit grauem Bart. »Reden wir lieber über was anderes.«

»Vielleicht bin ich ja heute nicht mit meinen Leuten unterwegs wie sonst, Rory Malcolm, aber du wirst mich trotzdem ansprechen, wie es sich gehört! Außerdem weiß ich genau, was du denkst. Ihr habt doch alle mitbekommen, was dieser listige Schurke in Bothyn getan hat, stimmt's?«

Schweigen erfüllte den Raum.

»Na? Habt ihr's nun gehört oder nicht?«

»Ja, wir haben's gehört«, sagte Malcolm beschwichtigend. »Aber das war doch lediglich ein Streich, das war nicht böse gemeint.«

»Nicht böse?« Die Stimme des Heißsporns wurde lauter. »Nicht böse, meinst du! Hat sich dieser Schuft nicht in Bothyn Castle reingeschlichen, in die Burg der Familie des Sheriffs, und hat es mit Zauberkünsten oder irgendeiner anderen Schurkerei fertig gebracht, mitten in der Nacht ein paar Eimer voller Exkremente so aufzustellen, dass sie auf mich ausgeleert wurden, als ich am nächsten Morgen rausgeritten bin?«

»Ich würde sagen, der hat dir einen Gefallen getan«, erklärte der vierte Mann. »Ist dein Vater vielleicht nicht der neue Sheriff von Inverness-shire, und du sein Stellvertreter?«

»Das weißt du doch«, fauchte der Heißsporn streitlustig. »Aber mein Vater ist ja wohl kaum mehr neu in seinem Amt. Er ist jetzt schon seit fast sechs Monaten der Sheriff!«

»Ja schon, aber seine Lordschaft war vor ihm dreißig Jahre oder noch mehr Sheriff«, warf der Wirt jetzt ein.

»Und der Vetter seiner Lordschaft ein Mörder, wenn ich dich daran erinnern darf!«

»Vielleicht, aber so lange seine Lordschaft hier das Gesetz vertreten hat, war *Sionnach Dubh* meistens friedfertig, und jetzt stiftet er wieder Unfrieden«, sagte Malcolm.

»Ich hab's dir gesagt«, schnauzte der andere ihn an, »ich will vom Schwarzen Fuchs nichts hören!«

»Ja sicher, aber er hat doch keinen wirklichen Schaden angerichtet in Bothyn«, meinte Fraser. »Ich meine, du solltest ihm dankbar sein dafür, dass er sich damit zufrieden gegeben hat, dir bloß ein paar Stellen zu zeigen, wo du vielleicht deine Burgwehr ausbessern solltest – schließlich hätte er euch genauso gut die Kehlen aufschlitzen können.«

»Genau«, pflichtete der Mann bei, der als Erster von Füchsen gesprochen hatte, seitdem aber still gewesen war. »Du solltest dein Zuhause besser schützen. Das ist doch nur vernünftig, vor allem, weil du ja jetzt auch noch verpflichtet bist, im Amtssitz des Sheriffs in Inverness zu wohnen.«

»Du wagst es zu sagen, dass wir unsere Wohnstätten nicht schützen? Das tun wir, und zwar gut, aber dieser Fuchs ist eine echte Teufelsbrut, sonst käme er nicht mitten in der Nacht durchs Schlüsselloch ins Haus! Sonst würde er seinen Feinden ins Gesicht sehen, Mann gegen Mann und Schwert gegen Schwert.«

Fraser lachte vor sich hin.

Mit einem Satz war der Heißsporn auf den Beinen. »Bei Jesus, du wagst es, mich auszulachen?«, fuhr er ihn mit zornesfunkelnden Augen an.

»Immer schön ruhig, Bursche«, entgegnete Fraser. »Ich hab nicht über dich gelacht, sondern über die dumme Vorstellung, dass der Fuchs Angst davor hätt, sich 'nem Mann mit dem Schwert zu stellen. Immerhin gilt er als der beste Schwertkämpfer in ganz Schottland. Und das ist wahr.«

»Ein Märchen ist das, sag ich euch, blanker Unsinn! Ich wette, als Nächstes glaubst du noch, dass er das Ungeheuer von Loch Ness reitet und das Schwert schwingt, während er mit dem Vieh in seine Höhle runtertaucht!«

»So was glaube ich absolut nicht, nur, dass er ein großer Schwertkämpfer ist.«

»Ich bin der geübteste Schwertkämpfer in unserer Gegend«, erklärte der Sohn des Sheriffs. »Hast du vielleicht vergessen, dass ich's in Italien gelernt habe? Außerdem ist mein Schwert das beste in den ganzen Highlands!«

Er zog seine Waffe aus der Scheide und fuchtelte drohend damit herum.

»Jetzt pass aber schön auf, was du tust, Junge«, warnte Fraser ihn ernst.

»Du hast mich ›Sir‹ zu nennen, verdammt! Und ich sage, der Schwarze Fuchs ist nichts als ein mieser Feigling! Wagt einer, das zu leugnen?«

Die anderen waren klug genug, den Mund zu halten.

»Bei Jesus, und ich sag euch, er ist ein Dieb und ein Mörder, und sobald ich die Gelegenheit dazu bekomm, werd ich ihm und ganz Schottland zeigen, wer der bessere Schwertkämpfer ist!«

»Dann fang doch schon mal an zu beten, du erbärmlicher Wicht!«, kam jetzt eine tiefe Stimme von der Tür. »Gott hat dir nämlich deinen dummen Wunsch erfüllt.«

Sie waren alle so sehr auf das glänzende Schwert in der Hand des hitzigen jungen Mannes konzentriert gewesen, dass niemand bemerkt hatte, wie sich langsam die Tür öffnete.

Der Schein des kleinen Kaminfeuers reichte kaum bis zu der Gestalt, die sich wie ein dunkler Schatten gegen den Nebel draußen abhob. Sie war in einen schwarzen Umhang gehüllt, und die Kapuze oder eine Maske verbarg ihre Gesichtszüge, denn es waren nur die glitzernden Augen zu sehen, in denen sich das Feuer spiegelte. Nun schob sie mit einer raschen Bewegung den Umhang zur Seite, so dass in der linken Hand eine Pistole sichtbar wurde, während in der rechten ein Schwert blitzte.

»Wir liefern uns einen fairen Kampf, Männer«, sagte der Mann und winkte dabei etwas mit der Pistole.

»Macht Euch keine Mühe, Sir«, entgegnete Malcolm. »Wir sind friedfertige Leute, und wir sind ehrlich und fair.«

Mit einem Nicken ließ der Maskierte seine Schusswaffe wieder unter dem Umhang verschwinden. »Na, dann leg mal los«, wandte er sich an den Heißsporn, »wenn du überhaupt noch stehen kannst.«

Der Sohn des Sheriffs schien zunächst seine Stimme ebenso wie sein hitziges Temperament verloren zu haben, doch bei diesem Spott fasste er sich rasch wieder und griff seinen Herausforderer sofort an.

Eine geschickte Parade ließ seine Klinge seitwärts abgleiten, und in dem folgenden Schlagabtausch erkannten die anderen Männer sehr bald, dass der Fuchs mit seinem Gegner lediglich spielte. Was der Sohn des Sheriffs auch versuchte, der Fuchs parierte jeden seiner Schläge ohne Mühe.

»Na, du hast aber das Fechten gut gelernt in Italien«, höhnte er an einer Stelle.

»Ja, und das werdet Ihr auch noch merken!«

Die Augen des Maskierten blitzten vergnügt. »Die Italiener machen gute Schwerter, und deine italienischen Lehrer haben dir gut beigebracht, wie man angreift, aber die Italiener kennen sich nur wenig mit Verteidigung aus, mein Junge. Da hättest du mit deinem feinen italienischen Schwert besser nach Frankreich gehen sollen«, fügte er hinzu, während er mit Leichtigkeit einen weiteren Schlag ablenkte.

Der Heißsporn ermüdete bereits, doch der Fuchs kämpfte unbeirrt mit fröhlich blitzenden Augen weiter und drängte seinen Angreifer immer mehr in die Defensive. »Das Schwert mag ja die Waffe des Gentlemans sein«, begann er nach einer kurzen Pause erneut, »aber du und dein mieser Vater, ihr quält damit die Menschen in unseren Tälern, und das wagt ihr auch noch zu tun unter dem Vorwand, für seine Gnaden den König zu handeln!«

»Wir sind die Repräsentanten des Königs!«, hielt der andere keuchend dagegen. »Mein Vater ist der Sheriff von Inverness, vom König ernannt, und ich sein vereidigter Stellvertreter.«

»Du versuchst dich doch nur bei denen einzuschmeicheln, die die Kirche der Highlands stärker an Rom binden wollen. Ernannt oder nicht, ihr beiden repräsentiert nicht seine Gnaden. Ihr entehrt die Titel, die ihr tragt – das ist jedenfalls meine Meinung!« Mit einer plötzlichen Aufwärtsbewegung schlug er die Waffe seines Gegners nach oben, tat einen raschen Schritt nach vorn und zwickte ihn in die Nase, bevor er wieder auf Distanz ging.

Die Zuschauer brüllten vor Lachen.

Der Sohn des Sheriffs warf einen wütenden Blick auf sie, doch diese Unaufmerksamkeit nutzte der Fuchs sofort aus – mit lautem Geklapper landete das feine italienische Schwert im Kamin und stocherte die Glut auf.

Während der Fuchs seinen verdutzten Gegner mit vorgehaltener Waffe in Schach hielt, beeilte sich der Wirt, dessen Schwert aus dem Feuer zu holen und die aus dem Kamin gefallene Glut einzusammeln.

»Auf die Knie mit dir, Bursche«, befahl der Fuchs, »oder du triffst auf der Stelle deinen Schöpfer, und dann kannst du mit ihm über seinen Mangel an Weisheit diskutieren, weil er dir deinen dummen Wunsch erfüllt hat!«

Hochrot vor Scham und Wut folgte der Sohn des Sheriffs dem Befehl.

»Und jetzt neige den Kopf bis zum Boden und bitte alle, die hier sind, um Verzeihung dafür, dass du den Frieden dieses Hauses so unhöflich gestört hast.«

»Das tu ich nicht!«

Als der Fuchs ihm die Spitze seines Schwerts auf die Kehle

setzte, erstarrte der junge Mann vor Entsetzen. Ein leichter Stich ließ noch dazu einen Tropfen Blut austreten.

»Nun«, sagte der Fuchs ernst.

Der Kniende neigte das Gesicht zum Boden, doch er sagte kein Wort – bis er aufschrie, weil ihn die flache Seite des Schwerts voll auf den Hintern traf.

»Ja, ja«, kreischte er, »ich bitt um Verzeihung!«

»Du kannst dich glücklich schätzen, dass ich nicht die Peitsche rausgeholt habe, so wie du es bei den armen Leuten getan hast, die du reformieren willst«, sagte der Fuchs.

»Rechtschaffene Leute sollten den Papst ehren und tugendhaft die heiligen Sakramente empfangen, und Priester sollten nicht heiraten und auch keine Kinder haben, wie es in ganz Schottland der Fall ist«, wimmerte der Sohn des Sheriffs.

Noch einmal ging die Breitseite des Schwerts auf ihn nieder. »Das hast nicht du zu entscheiden. Überlass das der Kirche von Schottland oder seiner Eminenz, dem Kardinal Beaton, der ja ein großer Freund von dir ist, wie es heißt. Sag seiner Eminenz, wenn er in seiner Kirche eine Reform braucht, dann soll er sie öffentlich durchführen und in seinem eigenen Haus damit anfangen.«

»Bei Gott, eines Tages werd ich Euch Eure Unverschämtheit heimzahlen!«, fauchte der andere, den Blick noch immer auf den Boden gerichtet. »Ihr werdet's schon noch sehen!«

Doch seine Worte verhallten ungehört, denn der Eindringling war bereits verschwunden. Als der Sohn des Sheriffs es merkte, rannte er, gefolgt von den anderen Männern, zur Tür.

Einem Schatten gleich sahen sie den Unbekannten im silbrigen Licht des Mondes davongaloppieren, bis der Nebel Pferd und Reiter verschluckt hatte.

»Wir sehen uns wieder, du Schurke!«, schrie der Sohn des Sheriffs ihm nach, erhob drohend die Faust und schüttelte sie wütend.

Die anderen schüttelten wortlos die Köpfe und gingen wieder in die Wirtsstube zurück.

»Hier, seht mal, was ist denn das?«, sagte Ian Fraser plötzlich. Er hob nahe der Stelle, wo der Heißsporn gekniet hatte, etwas auf und hielt es hoch.

Es war eine Silbermünze, in die auf der einen Seite ein Halm des schottischen Heidekrauts eingraviert war, auf der anderen eine Fuchsmaske.

Im Golf von Biscaya, in derselben Nacht

Blitze zuckten, Donner rollten und eine schwere See krachte gegen die Planken des Schiffes und warf es hin und her, als sei es nicht mehr als eine Nussschale. Die Männer an Deck, starke, erfahrene Matrosen, waren seekrank und übergaben sich reihenweise, und auch ihm wäre es nicht anders ergangen, wenn er noch etwas im Magen gehabt hätte.

Er war erschöpft und hungrig. Am liebsten hätte er sich ins Bett verkrochen und einen Monat lang durchgeschlafen, aber er hatte keine Wahl. Um ihn herum brüllten Offiziere alle möglichen Befehle – zumindest, so weit sie es angesichts dessen, dass sie sich ständig irgendwo festhalten mussten, konnten – und versuchten, sich so zu verhalten, als wüssten sie, wie man den Sturm davon abhalten konnte, sie alle hier vor der gefährlichen Küste Frankreichs in Tod und Verderben zu stürzen.

Sicher, die *Marion Ogilvy* war ein kräftiges Schiff, mit moderner Karweelbeplankung, drei Masten und Lateinsegeln vorn und achtern. Doch der starke Wind hatte sie schon vor über einer Stunde gezwungen, die Segel zu raffen, und obwohl Treibanker die Bewegungen des Schiffes reduzieren sollten, schaukelte es auf der tosenden, von Blitzen erhellten See wild umher und war vollkommen dem Wüten des Sturms und der Hand Gottes preisgegeben.

Er war den Besanmast hinaufgeklettert, um beim Einholen der Segel zu helfen, und versuchte gerade, das geraffte Toppsegel an der Rahnock festzuzurren, als das Schiff schlagseitig wurde und der Mann, der die gleiche Aufgabe am Großmast ausführte, in die tosende See stürzte.

Niemand unternahm einen Rettungsversuch, obwohl er bei dem wilden Stampfen und Gieren des Schiffs das Gefühl hatte, als käme er immer wieder nah genug an die Wellen heran, um den armen Kerl aus dem Wasser ziehen zu können, wenn er am rechten Ort und im rechten Augenblick, bevor sich das Schiff wieder aufrichtete, auftauchte. Doch der Unglückliche verschwand unter den schaumgekrönten Wogen, noch ehe die Offiziere oder die Männer an Deck überhaupt bemerkten, was geschehen war.

So schwach, wie er sich fühlte, war es ein Wunder, dass er nicht selbst über Bord gegangen war. Für einen kurzen Augenblick hatte er daran gedacht, einfach den Mast loszulassen und dem anderen in die See zu folgen. Doch der Augenblick ging vorüber, und der Zorn, der ihn schon seit so langer Zeit alles überstehen ließ, dass er ein Teil seiner selbst geworden war, hatte seinen Lebenswillen aufs Neue geweckt. Er war von der Mastspitze wohlbehalten wieder auf dem Deck angekommen und hatte sich wütend darangemacht, alles Bewegliche festzuzurren, wobei er ständig darauf achten musste, nicht selbst über Bord zu gehen.

Eine besonders starke Welle warf ihn einfach um, doch ein panischer Griff nach der Ankerwinde rettete ihn.

Keuchend vor Anstrengung und Angst klammerte er sich verzweifelt daran fest.

»Junge, du kommst jetzt mit mir«, hörte er plötzlich Tams vertraute Stimme dicht hinter sich, und die starke Hand des Mannes aus dem Grenzgebiet zwischen England und Schottland packte ihn am Arm und zog ihn in die Höhe. »Du musst von hier weg; am Ende kommt noch einer der Masten runter.«

»Aber Gibson sagte, ich muss an Deck bleiben«, wandte er ein; er wollte sich der Order des Ersten Offiziers nicht widersetzen.

»Nichts da, dem sagen wir, eine der unteren Kanonen muss festgezurrt werden. Komm jetzt!«

Er fügte sich ohne eine weitere Gegenrede und gab sich damit zufrieden, sein Schicksal zur Abwechslung einmal von jemand anderem entscheiden zu lassen.

1

Die Highlands, eine Woche nach Ostersonntag 1541

Unter einem schweren, wolkenverhangenen Himmel arbeitete sich die Gruppe langsam den Hang hinauf. Der schmale Pfad war von steilen Wäldern voller Glockenblumen gesäumt, die Luft war kalt und feucht, und damit entsprach die ganze Atmosphäre der Stimmung von zumindest einer der Personen.

Barbara MacRae, die von ihrer Familie und ihren Freundinnen nur Bab genannt wurde, hatte es satt, sich nett und höflich benehmen zu müssen, obwohl ihr so ganz anders zumute war. Sie wäre lieber mit ihrem Bruder und ihren Freundinnen bei Hofe geblieben, um dort das Ende der Fastenzeit und die kürzliche Geburt des Herzogs von Albany zu feiern, des zweiten Sohnes des Königs, doch Sir Patrick MacRae hatte ihr aus einem Verdruss heraus befohlen, nach Hause in die Highlands zurückzukehren.

Irgendwie hatte Patrick es sich in den Kopf gesetzt, dass sie nicht an den Hof gehörte, dass sie ihre Mutter überredet hatte, sie dorthin mitzunehmen und sie dann am Hof zu lassen, als Lady MacRae wieder nach Ardintoul heimkehrte. Das war zum Teil natürlich ganz richtig, aber was hatte er denn erwartet? War er nicht selbst acht Monate zuvor von zu Hause aufgebrochen, ohne ihr zu sagen, wohin er reiste?

Sicher hatte er nicht von ihr erwartet, für immer in Ardintoul zu bleiben wie eine Nonne im Kloster, aber er hatte ihr nicht einmal den Gefallen getan, sie wissen zu lassen, dass er zurückkehrte, oder, schlimmer noch, dass er mit einer Ehefrau zurückkehrte. Wenn er eine Nachricht nach Hause geschickt hätte, wäre Bab zwar nicht da gewesen, um sie entgegenzunehmen, aber da sie wusste, dass er keine geschickt hatte, war das nicht weiter schlimm.

»Barbara, meine Liebe«, sagte Lady Chisholm besorgt, »du solltest deine Kapuze aufsetzen, denn mit dem Schnee, der sich noch auf den Bergen hält, ist es kalt; außerdem, glaube ich, fängt es gleich wieder an zu nieseln.«

Bab bemühte sich um ein Lächeln, als sie gehorsam nach der Kapuze ihres roten Umhangs griff. »Ihr habt Recht, Madam, das ist wirklich ein scheußlicher Tag zum Reisen. Sir Alex war so klug, in Stirling zu bleiben. Am besten wären wir wohl alle dort geblieben, denn ich bin sicher, die Feuer im Saal dort brennen lichterloh und halten alle warm und trocken.«

»Ja, unser Alex hat es warm, wo immer er ist«, erwiderte Lady Chisholm mit einem leisen Lachen. »Er ist immer auf seine Bequemlichkeit bedacht. Aber um ehrlich zu sein, meine Liebe, dein Bruder hat ihn gebeten zu bleiben; außerdem waren wir der Meinung, dass seine Lordschaft seine Gesundheit und sein Wohlbefinden in Dundreggan, weit weg von all dem politischen Geplänkel, rascher wiedergewinnen würde.«

Lady Chisholm warf einen besorgten Blick auf ihren Gatten, der den Vorschlag seines Sohnes, eine Sänfte zu benutzen, verworfen hatte, um stattdessen mit seiner Frau, ihren Dienern und Mistress MacRae zu reiten. Bab hatte erst im Laufe des Tages erfahren, dass er krank gewesen war, und sie bemerkte davon auch kaum etwas, abgesehen von einer gewissen Abgespanntheit und der gelegentlichen musternden Blicke ihrer Ladyschaft.

Das gemächliche Tempo der Reisegesellschaft ging Bab auf die Nerven. Sie waren jetzt schon seit einer Woche unterwegs, und wenn sie so weitermachten, konnten sie von Glück reden, wenn sie noch vor dem Beltane-Fest am ersten Tag des Monats Mai in Dundreggan eintrafen.

Sie war eine exzellente Reiterin, und sie wollte galoppieren, und sei es nur, um ihre nervöse Unruhe abstreifen zu können. Doch sie wusste, dass ihre Begleiter ihr verbieten würden vorzupreschen, selbst wenn sie einen oder zwei der sechs bewaffneten Männer mitnahm, die Sir Alex ihnen zu ihrem Schutz mitgegeben hatte.

Er hatte gesagt, er rechnete nicht damit, dass sie auf Schwierigkeiten stoßen würden, doch als Genuss liebender Mensch, der er war, dachte er nur selten an praktische Probleme. Er war weit mehr an seinen feinsinnigen Freuden interessiert.

Bab hatte ihn seit Patricks Abreise nicht mehr gesehen, bis sie ihn kürzlich bei Hofe getroffen hatte. Chisholm und seine Frau hatten sie beide eingeladen, an der Willkommensfeier teilzunehmen, als der »neue« Sir Alex nach zwei Jahren, in denen er Europa bereist hatte, zurückgekehrt war. Zu dieser Zeit trauerte die Familie noch um seine beiden älteren Brüder; Sir Robert und Michael Chisholm waren am letzten Ostersonntag offenbar durch die Hand eines Cousins gestorben, der den Verstand verloren hatte. Danach war er spurlos verschwunden. Deshalb war Sir Alex' Rückkehr in Dundreggan still gefeiert worden, doch Lord und Lady Chisholm wollten die Ankunft ihres einzigen noch lebenden Sohnes, der jetzt Chisholms Erbe war, dennoch zelebrieren, und Sir Alex war offenbar froh gewesen, wieder zu Hause zu sein.

Bab hatte gedacht, die Reise durch Europa sei für den jungen Mann, den sie als Freund ihres Bruders kannte, ein wichtiges und für ihn untypisches Unterfangen gewesen. Sicher, Alex hatte die Reise auf Befehl seines Vaters unternommen, um die Familie bei der Ferntrauung von James, dem Hochkönig der Schotten, mit Marie de Guise in der Kathedrale von Notre-Dame in Paris zu vertreten. Doch Bab wusste noch, wie Alex vor seiner Abreise von seinen Brüdern und auch von ihrem Bruder mitleidlos geneckt worden war; so hatten sie ihm etwa versichert, Chisholm habe sich mit dem König überworfen und deshalb entschieden, den geringsten seiner Söhne zu schicken. Außerdem hatten sie versucht, ihm einzureden, dass er Paris nie rechtzeitig zu der Hochzeitsfeier erreichen würde, oder dass er sich verirren oder von Dieben und Mördern heimgesucht werde.

Bab wusste auch, dass Patrick, Robert und Michael Alex vor allem deshalb so geneckt hatten, weil er die meisten Dinge, mit denen sie sich beschäftigten, verachtete. Patrick war ein hervorragender Kämpfer sowohl mit dem Schwert als auch mit dem Dolch, dem Langbogen und der Armbrust, und als Falkner eilte ihm sogar der Ruf voraus, mit Raubvögeln magische Künste vollbringen zu können. Und auch die älteren Chisholm-Brüder waren ausgezeichnete Kämpfer gewesen, während Alex den Worten Patricks zufolge kaum die Enden eines Schwerts auseinander halten konnte.

So gesehen waren die beiden ein seltsames Freundespaar, doch sie kannten sich bereits seit ihrer Kindheit, und Patrick bewunderte Alex' geistige Fähigkeiten und seinen geschickten Umgang mit Menschen. Bab allerdings zog eher Männer der Tat vor wie etwa ihren Bruder und ihren gemeinsamen Freund Fin Mackenzie, Lord von Kintail, während Sir Alex seine Zeit in Europa offenbar bei den besten Schneidern und Tanzmeistern zugebracht hatte. Sie wusste zwar, dass Alex auch an der berühmten Pariser Universität, der Sorbonne, studiert hatte, doch die simple Wahrheit war, dass er für die ungekünstelte Mistress MacRae zu französisch geworden war, und wie ihr kürzliches Treffen in Stirling gezeigt hatte, hatte auch ein Jahr zu Hause das nicht mehr ändern können.

Lady Chisholm warf erneut einen besorgten Blick auf seine Lordschaft.

Für Bab sah Chisholm aus wie immer, wenngleich er in den vergangenen neun Monaten sehr gealtert war. Wie sein Sohn war auch er groß, doch Sir Alex war schlank und schlagfertig, sein Vater hingegen stämmig und nicht sehr redegewandt. Bab wusste auch, dass Lord Chisholm jahrelang Sheriff von Inverness-shire gewesen war, und seine brüske Art war die eines Mannes, der jederzeit sofortigen Gehorsam erwartete. Diese Schroffheit fehlte ihm heute, doch er saß aufrecht im Sattel, und der einzige Hinweis auf seine Müdigkeit war sein grimmiges Schweigen.

Wenigstens hatte der Regen, der seit dem Morgen immer wieder gefallen war, nicht wieder angefangen. »Wie weit reisen wir heute noch?«, fragte sie Lady Chisholm.

»Nicht mehr weit, Gott sei Dank«, erwiderte ihre Ladyschaft leise. »Wir übernachten bei Freunden im nächsten Tal. Wenn ich glauben könnte, dass Chisholm damit einverstanden wäre, würde ich diese Leute am liebsten fragen, ob wir nicht einige Tage bei ihnen bleiben können, damit er sich etwas erholen kann.«

»Wäre er denn nicht einverstanden?«

»Dazu besteht nicht die geringste Chance«, sagte Lady Chisholm noch immer so leise, dass ihr Mann sie nicht hören konnte. »Wenn er einmal auf dem Heimweg ist, kann ich ihn gerade noch davon überzeugen, dass es das Beste ist, jede Nacht …«

Sie unterbrach sich selbst mit einem entsetzten Aufschrei, als sich plötzlich ihr Pferd aufbäumte und sie fast abgeworfen hätte, denn aus dem Wald vor ihnen brach ein halbes Dutzend bewaffneter Reiter hervor.

Bab reagierte blitzschnell; sie hielt mit einer Hand ihren Braunen zurück und griff mit der anderen nach den Zügeln des Pferdes von Lady Chisholm.

»Giorsal, Clarice, hier lang!«, rief sie den beiden Zofen zu, die sie begleiteten. »Madam, folgt mir!«

Als sie bemerkte, dass die Angreifer voll und ganz mit den bewaffneten Begleitern der Chisholms beschäftigt waren und ihre Ladyschaft die Kontrolle über ihr Pferd wieder erlangt hatte, wendete Bab ihr Pferd und ritt den Frauen voran in die Richtung, aus der sie gekommen waren. Während sie ihrem Tier die Sporen gab, betete sie kurz, dass Lady Chisholm, die einen großen, gepolsterten Damensattel benutzte, dieses harte Tempo unbeschadet würde mithalten können.

»Schneller!«, schrie Bab über die Schulter zurück. »Die

Männer können besser kämpfen und seine Lordschaft beschützen, wenn wir ihnen nicht im Weg sind!«

»Wir sind direkt hinter dir!«, rief Lady Chisholm.

Babs brauner Wallach tat sein Bestes, doch der Pfad war steil und sehr steinig. Anstatt zu schnell zu reiten, dachte Bab, würde es für die Pferde wie auch für sie selbst und Lady Chisholm besser sein, im dichten Unterholz rasch einen kleinen Platz zu finden, wo sie vor den Angreifern Schutz suchen konnten.

Doch bei der ersten derartigen Stelle wurden sie von vier weiteren Reitern überrascht. Ihr Anführer trug einen schwarzen Umhang und eine Maske.

Bab blieb nichts anderes übrig als anzuhalten, doch als er seine Maske abnahm und sie ihn erkannte, war sie mehr als erleichtert. »Ach, Ihr seid es, Francis Dalcross, Gott sei Dank! Noch nie in meinem Leben war ich so froh, jemanden zu treffen. Wir wurden dort hinten im Tal von ein paar Halunken überfallen. Ihr müsst sofort hinreiten und den Männern helfen!«

»Ich bezweifle, dass sie meine Hilfe brauchen«, erwiderte er kühl.

»Seid bitte nicht ...«

Etwas in seiner Miene ließ sie verstummen; alarmiert blickte sie von ihm zu seinen Leuten.

Francis Dalcross war groß und breitschultrig; er hatte hellbraunes Haar, blaue Augen und ein charmantes Lächeln. In Stirling hatte sie ihn faszinierend gefunden. In der Tat war er dort ihr eifrigster und beliebtester Verehrer gewesen – abgesehen davon natürlich, dass Patrick keinen ihrer Freier mochte, es sei denn, man ließ die seltsame Vorliebe gelten, die er für Sir Alex Chisholm hegte. Aber Sir Alex zählte man einfach nie.

Jetzt musterte Dalcross sie von seinem Braunen aus mit einem amüsierten Lächeln, doch von seinem Charme, den er sonst immer zeigte, konnte Bab absolut nichts entdecken.

Unruhig sah sie zu Lady Chisholm hinüber, die ebenso wie ihre beiden Zofen keinen Laut von sich gab. Sie starrte nur unentwegt und mit versteinerter Miene auf Francis Dalcross.

»Was hat das zu bedeuten, Sir?«, fragte Bab schließlich. »Warum helft Ihr uns nicht?«

»Na ja, Ihr müsst wissen, diese Halunken, die Ihr vorhin erwähnt habt, das sind meine Halunken.«

»Eure! Aber weshalb?«

»Euretwegen natürlich«, erklärte er mit funkelnden Augen. »Ihr habt mir doch mehrmals gesagt«, fügte er dann hinzu, »dass Ihr Euch so nach Abenteuern sehnt, nicht wahr? Habt Ihr denn noch nie von *Sionnach Dubh* gehört, dem Schwarzen Fuchs der Highlands?« Er verbeugte sich mit einem Grinsen.

»Seid doch nicht albern«, herrschte sie ihn an, sobald sie sich wieder gefasst hatte. »*Sionnach Dubh* ist ein Ammenmärchen und keine wirkliche Person! Jedenfalls könnt Ihr doch nicht so dumm sein zu glauben, dass ich Euch nahe legen wollte, etwas derart Unerhörtes zu tun wie das hier! Wenn Eure fürchterlichen Männer seine Lordschaft oder sonst jemanden verletzt haben, dann verspreche ich Euch, ich …« Sie unterbrach sich, weil ihr keine Strafe einfiel, die für ein solches Verbrechen schwer genug gewesen wäre.

»Ich bin absolut nicht albern, Mistress«, erwiderte er ungerührt und wandte ich dann an seine Männer. »Bringt Lady Chisholm und ihre Zofen zu ihrer Reisegesellschaft zurück, Leute. Die junge Frau hier bleibt bei mir. Chisholm und die seinen können nach Dundreggan weiterreiten, aber lasst nicht zu, dass sie kehrt machen und uns verfolgen, und erwähnt den Fuchs, so oft es euch Spaß macht.«

»Wartet!«, rief Bab, als sich die Männer anschickten, seinem Befehl zu folgen. »Was habt Ihr mit mir vor, Dalcross?«

»Oh, nichts Schlimmes, meine Süße. Ihr kommt einfach mit mir, und ich verspreche Euch, das wird aufregender als das Leben in Dundreggan Castle. Glaubt mir, dort ist es langweilig, aber die Chisholms und ihresgleichen passen da gut hin.«

»Ich will aber nicht mit Euch gehen!«

»Wie schade, ich hatte erwartet, dass Ihr meine wagemutige Rettung aufregend findet. Wollt Ihr etwa in Dundreggan vermodern, Euch mit diesem dummen, einfältigen Schwätzer Alex Chisholm abgeben und darauf warten, dass Euer Bruder Euch einsackt und in Ardintoul lebendig begräbt?«

Obwohl sie sich über eben dieses Schicksal noch vor kaum einer Viertelstunde beklagt hatte, gefiel ihr die jetzt gebotene Alternative noch weniger.

»Wollt Ihr mich entehren?«, fragte sie Dalcross rundheraus, während sie seinen Männern zusah, wie sie mit den anderen Frauen wegritten.

»Ich will dich heiraten, meine Süße, um meine Position im Shire zu verbessern, und wenn du nur einen Augenblick lang darüber nachdenkst, dann wirst du merken, wie klug ich bin. Selbst wenn ihre Ladyschaft nicht glaubt, dass ich der Schwarze Fuchs bin, wird sich rasch das Gerücht verbreiten, dass der Fuchs sich Hals über Kopf in dich verliebt und dich entführt hat.«

»Patrick glaubt nicht an den Fuchs. Er wird Euch für das, was Ihr vorhabt, töten!«

»Dann wird er für sein Verbrechen hängen«, gab Dalcross ungerührt zurück. »Mein Vater ist schließlich der Sheriff von Invernessshire, und ich bin sein Stellvertreter.«

»Unsinn, sogar ich weiß, dass Chisholm der Sheriff von Inverness ist.«

»Das ist er schon seit fast einem Jahr nicht mehr. Ich dachte, Ihr wusstet, dass er sich zur Ruhe gesetzt hat.«

»Davon weiß ich nichts«, sagte sie.

»Es ist aber so.«

»Ich kümmere mich nicht viel um Politik«, räumte Bab ein, »und Nachrichten aus Inverness gelangen nur selten zu uns nach Ardintoul. Weiß Sheriff Dalcross eigentlich«, fügte sie dann sarkastisch hinzu, »dass sein einziger Sohn vorgibt, der Schwarze Fuchs zu sein?«

Francis Dalcross lächelte geheimnisvoll. »Mein Vater ist klug genug, sich von mir leiten zu lassen, und so werde ich ihm wohl beizeiten im Amt des Sheriffs nachfolgen. Ich bin sicher, das höhere Ansehen als Frau des Sheriffs wird Euch sehr gefallen.«

»Bei Gott, wenn Euch dieser üble Plan gelingen sollte, dann werde ich Euch eigenhändig töten!«

»Wir hängen auch Frauen, meine Süße, aber Ihr könnt tun, was Ihr wollt. Ich glaube, ich kann mich verteidigen, was immer Ihr tut.«

»Glaubt Ihr nicht, dass, selbst wenn Euer Plan gelingen sollte, eine widerwillige Frau auch eine sehr unbequeme Frau sein könnte?«

»Sie wird rasch lernen, sich meinen Wünschen zu beugen«, erwiderte er und nahm ihr die Zügel aus den Händen. »Wenn nicht, dann wird es ihr Leid tun.«

Bab knirschte mit den Zähnen, sagte jedoch nichts mehr. Als er ihre beiden Pferde wendete, dachte sie daran, dass sie nur gelacht hätte, wenn irgendjemand ihr vor einer halben Stunde gesagt hätte, dass sie sich wünschte, ihr Bruder wäre hier. Aber jetzt konnte sie sich nichts Großartigeres vorstellen, als dass Patrick oder Wild Fin Mackenzie mit einer Armee von Männern aus Kintail auftauchten, um sie zu retten. Doch das würde nicht geschehen. Sie waren in Stirling, Tage weit entfernt.

* * *

Francis Dalcross ritt voraus und führte Babs braunen Wallach am Zügel, so dass sie Zeit zum Nachdenken hatte. Sie versuchte, die Angst, die sie im Bauch spürte, zu ignorieren, denn er sollte nichts von ihren Gefühlen mitbekommen – höchstens ihre Wut.

Bab war nicht feige. So lange man die Geschichte zurückverfolgen konnte, hatten die MacRaes die Mackenzies beschützt, für sie gekämpft und ihnen gedient, ohne ihre Diener zu sein. So wie ihr Bruder Patrick Fin Mackenzie als Burgvogt diente, hatte auch schon ihr Vater Fins Vater gedient und war an dessen Seite in der Schlacht gefallen. Nein, die MacRaes brachten keine Feiglinge hervor, und diesem Erbe fühlte sie sich verpflichtet.

Endlos viele Gedanken jagten ihr durch den Kopf, doch sie schaffte es nicht, einen Plan zu ersinnen. Sie kannte zwar das Land und die Wege in Kintail, doch sie war erst zweimal in ihrem Leben im Großen Tal und seiner Umgebung gewesen, und auf diesem Pfad war sie noch nie zuvor geritten. Mit ihrer Mutter war sie nicht auf dem Landweg nach Stirling gereist, sondern sie waren von Kintail aus die Westküste hinunter bis nach Dumbarton gesegelt und hatten dort Pferde und einen Geleitschutz bis nach Stirling Castle gemietet.

Bis jetzt wusste sie wenigstens noch, wie sie zu der Stelle zurückfinden konnte, an der Dalcross sie überfallen hatte. Obwohl er durch einen dichten Wald, der den Pfad hinter ihnen schon bald verbarg, bergauf ritt, machte sie sich diesbezüglich noch keine Sorgen, denn sie wusste, dass der Pfad dem Verlauf des Tales folgte. Sie konnte es also leicht wieder finden, und da Lady Chisholm gesagt hatte, sie würden bei Freunden im nächsten Tal übernachten, war sie sicher, dass sie auch diese finden würde, wenn sie Francis nur entkam, solange sie sich noch orientieren konnte.

Sein Pferd war groß und stark und zweifellos frischer als ihres, das von der tagelangen Reise schon etwas mitgenommen war. Sie hatten die Pferde nicht gewechselt, weil Chisholm darauf bestanden hatte, dass ihr langsames Tempo den Tieren nicht viel anhaben werde und die Nachtruhe ausreichen werde, doch Bab wusste, dass sich Pferde in einer fremden Umgebung ebenso wie Menschen nicht sehr gut erholen konnten. Ihre Chancen, Dalcross auf diese Weise zu entkommen, waren also eher schlecht. Deshalb musste sie versuchen, ihm ein Schnippchen zu schlagen.

Aber ihr normalerweise rasch arbeitender Verstand war träge. Sie war müde, ja, aber sie wusste, wenn die Männer, die die Chisholms überfallen hatten, zurückkämen, würden ihre Chancen auf eine Flucht endgültig dahin sein. Sie musste also rasch eine Lösung finden.

Dalcross wusste, wohin er wollte. Unweit des Bergkamms, wo zwischen den Glockenblumen noch Schneereste lagen, bog er auf einen Wildwechsel ein. Nach einiger Zeit stieg er ab und führte beide Pferde durch einen engen, felsigen Pass. Die Berge waren hier wie ein Irrgarten und so steil wie in Kintail.

»Halt dich fest, meine Süße«, sagte er. »Ich will nicht, dass du fällst, und das nächste Stück ist sehr steil. Auch wenn diese Felsen nicht vereist sind, sind sie glatt vom Regen.«

Sie hatten die Bäume bereits hinter sich gelassen. Die Schneebänke hier oben waren größer und fielen steiler ab, und der Pass war öde und von Felsblöcken übersät, doch schließlich sah sie auf der anderen Seite in ein Tal hinab, das jenem glich, welches sie verlassen hatten; allerdings war hier weniger Wald und dafür mehr Heide – die Hänge waren wie in Purpur getaucht. Bei dem grauen Himmel wirkte die Farbe stumpf, doch wenn die Sonne schien, würde dieser Anblick sicherlich unvergesslich sein. Von unten war das Rauschen eines Baches zu hören.

»Es ist wunderschön hier, nicht wahr?«, sagte Dalcross.

»Es ist kalt. Wo sind wir?«

»Das ist mein Platz. Niemand sonst kennt ihn.«

»Ich möchte wetten, dass hier auch schon andere Leute waren«, entgegnete sie verächtlich.

Er zuckte die Schultern. »Ich habe hier noch nie eine Menschenseele gesehen. Das ist mein Platz.«

Bab hoffte, dies würde bedeuten, dass seine Männer nicht mehr kamen, denn irgendwann würde er schlafen müssen, und dann konnte sie fliehen. Sie schaute sich um, prägte sich die Landschaft ein und suchte nach markanten Bäumen oder Felsblöcken. Obwohl sie immer wieder Schwierigkeiten mit den Himmelsrichtungen hatte, hatte Patrick ihr schon vor langer Zeit beigebracht, wie man sich in den Bergen zurechtfand, denn hier konnte es den Tod bedeuten, wenn man sich verirrte.

Als sie das lockere Geröll hinter sich hatten, stieg Dalcross wieder auf und ritt durch einen allmählich dichter werdenden Baumbestand auf den Bach zu. Zeitweilig wurde das Laub so dicht, dass Bab nur kurze Augenblicke das Wasser aufblitzen sah, doch dann wurden die Bäume und Büsche wieder lichter, und schließlich sah sie am Ufer des Bachs eine strohgedeckte Hütte stehen.

»Ich dachte, hier ist sonst niemand.«

»So ist es auch«, erwiderte er. »Ich habe diese Hütte selbst gebaut.«

Der Blick, den er ihr bei diesen Worten zuwarf, jagte Bab einen kalten Schauer über den Rücken. Dalcross war zwar nicht so groß wie Patrick oder Fin, aber größer als sie, und sie hatte auch keine Waffe. Sie besaß nur ihren feuchten Umhang und die Kleidung, die sie am Leib trug, denn ihre Habseligkeiten waren auf Chisholms Packpferden verstaut. Nicht einmal ihre Reitpeitsche hatte sie dabei, denn bei dem gemächlichen Tempo ihrer Reisegesellschaft war sie nicht notwendig gewesen.

Dalcross stieg ab, ließ die Zügel ihres Pferdes einfach fallen und band sein Tier an einen Busch vor dem Eingang der Hütte fest. Dann wandte er sich mit erwartungsvoll glühendem Blick ihr zu, ohne sich um ihr Pferd weiter zu kümmern.

Sie blieb im Sattel, bis er die Hand nach ihr ausstreckte. In diesem Augenblick gab sie ihrem Pferd die Sporen, packte es an der Mähne, beugte sich nach vorn und trieb den Wallach weiter an.

Dalcross' Hand schnellte nach oben, packte ihren Zügel

und brachte den Wallach mit einem Ruck zum Stehen. Mit der anderen Hand fasste er sie am Handgelenk und verdrehte es heftig.

Bab unterdrückte einen Schmerzensschrei und zog ihren Arm zurück, aber er packte sie mit beiden Händen an der Taille und hob sie aus dem Sattel. Doch anstatt sie auf die Erde zu stellen, warf er sie über seine Schulter wie einen Sack Mehl und schlenderte dann gelassen zur Hütte.

Seine Knochen drückten schmerzhaft in ihre Seite und ihren Bauch, doch sie wehrte sich trotzdem schreiend und hämmerte mit beiden Fäusten auf seinen Rücken ein.

Dalcross ignorierte ihre wütenden Schläge; in der Hütte angekommen, warf er sie so heftig auf ein Lager aus Fellen und Wolldecken, dass ihr der Atem stockte.

Das Haus hatte keine Fenster; im schwachen Licht des Eingangs war Dalcross über sie gebeugt wie ein dunkler, böser Schatten.

»Bevor Ihr jemanden schlagt, solltet Ihr gut überlegen, welche Strafe darauf wahrscheinlich folgen wird«, fauchte er, während er sein Schwertgehenk abnahm und zur Seite warf. »Wenn Ihr jemals wieder die Hand gegen mich erhebt, Mistress, dann verprügle ich Euch, bis Ihr Eure Reue in alle vier Winde schreit, und dann bekommt Ihr noch 'ne Tracht obendrauf. Habt Ihr mich verstanden?«

»Ja«, sagt sie kleinlaut. »Was ich aber nicht verstehe ist, weshalb ich Euch in Stirling gemocht habe. Es ist schon Reue genug zu wissen, dass Patrick Euch besser eingeschätzt hat als ich.«

»Steh auf.«

Sie starrte ihn mit düsterem Blick an, ohne sich zu rühren.

»Tu, was ich dir sage!«, herrschte er sie an. »Du hast mir schon jetzt Grund gegeben, dich zu bestrafen, und ich lasse solche Dinge nicht einfach durchgehen. Mach deine Lage nicht noch schlimmer!«

Dieses Mal ließ die Drohung sie erschauern. »Ich nehme

an, Ihr werdet ohnehin tun, was Euch gefällt«, sagte sie und stand auf, »denn hier ist ja niemand, der Euch davon abhalten könnte.«

»Gut, dass du das kapiert hast.« Er packte sie am Arm und zog sie hoch.

Ihre Angst wuchs. »Ihr werdet mich zwingen müssen, Francis Dalcross«, sagte sie und blickte ihm direkt in die Augen. »Freiwillig werde ich mich Euch niemals hingeben.«

»Mit dem größten Vergnügen, meine Mistress. Und es wird mir auch Vergnügen bereiten, Euch beizubringen, mir zu gehorchen«, fügte er hinzu und zog sie an sich.

Sie wusste, was er vorhatte, und senkte den Kopf, doch er drückte ihr Kinn hoch und presste dann seinen Mund auf ihren.

Bab kämpfte, um sich zu befreien, doch er umklammerte sie umso fester. Als sie versuchte, ihm ein Knie in den Unterleib zu stoßen, parierte er sofort und verpasste ihr dann eine schallende Ohrfeige.

Während sie sich die schmerzende Wange hielt, nahm er ihr den Umhang ab, und dann riss er ihr mit einem kräftigen Ruck das Mieder samt dem Unterhemd darunter auseinander, so dass sie bis zur Taille nackt vor ihm stand. Er packte sie roh an den Schultern und schüttelte sie heftig. »Wenn du diesen Trick noch mal versuchst, ziehe ich dich ganz aus, und dann hol ich erst mal die Peitsche!« Mit diesen Worten drückte er erneut hart seinen Mund auf ihre Lippen.

»Lass sie sofort los!«, dröhnte eine tiefe, unbekannte Stimme von der Tür her, »oder ihre weichen Lippen sind das Letzte, was du in diesem Leben berührst, bevor ich dich zur Hölle befördere!«

Dalcross wirbelte herum. »Ihr!«

»Jawohl, du Satansbrut, ich bin es!«

Bab hatte nicht bemerkt, dass sich das zur Türöffnung hereinfallende Licht verdunkelte, als die große, breitschultrige Gestalt eintrat, die den Türrahmen fast ausfüllte. Der Mann trug einen schwarzen Umhang und eine kapuzenähnliche Maske. In der rechten Hand hielt er drohend ein Schwert, und aus den Löchern der Maske blitzten dunkle Augen.

»Hat Euch dieser traurige Galgenvogel etwas getan, Mädchen?«

»Nein«, antwortete Bab, als sie sich wieder etwas gefasst hatte. Erleichterung und ein ungewohntes Begehren durchbrandeten sie. Jetzt war sie in Sicherheit, was auch geschehen mochte, denn ihr Retter konnte nur der wahre *Sionnach Dubh* sein, der größte Schwertkämpfer ganz Schottlands – vielleicht der ganzen Welt. Schon seit ihrer Kindheit hatte sie Geschichten über ihn gehört, doch sie hatte immer geglaubt, er sei lediglich eine Sagengestalt. Aber so erstaunlich es war, so offensichtlich war es nun auch: Es gab ihn wirklich.

2

Dalcross hielt Bab noch immer am Arm fest. »Meine Männer sind überall um das Haus herum verteilt«, knurrte er den Maskierten an, »aber wenn Ihr Euch sofort aus dem Staub macht, könnt Ihr ihnen vielleicht noch entkommen.«

Der Fuchs lachte, und sein Lachen rief noch mehr dieser eigenartigen, begehrlichen Gefühle in ihr wach. »Du kommst doch immer allein hierher, Francis Dalcross«, sagte er. »Deine Männer sind Chisholm und seinen Leuten gefolgt, und meine Männer folgen den deinen. Das heißt, alle bis auf die, die mit mir hierher gekommen sind und jetzt dieses Tal gegen unerwünschte Eindringlinge bewachen.«

»Dann wollt Ihr mich also umbringen?«, fragte Dalcross mit unsicherer Stimme. Er blickte auf Bab, und obwohl sie noch immer den Fuchs beobachtete, erkannte sie an Dalcross' Miene, dass er sich fragte, ob sie wusste, dass er sich fürchtete.

Ihre Angst war allerdings verflogen; sie blickte gebannt auf ihren Retter im Versuch, seine Größe einzuschätzen oder sonst etwas an ihm zu entdecken, das ihr Näheres über die Person hinter der Maske verraten konnte. Seine Sprache war nicht anders als die aller anderen hier in der Gegend, und er stand noch immer in der Türöffnung, so dass das Dunkel in der Hütte nicht mehr über ihn preisgab als seine Stimme. Sie konnte nicht einmal die Farbe seiner Augen erkennen.

»Ich denke schon, dass ich dich töten könnte, Dalcross«, sagte der Fuchs. »Für all das, was du im Namen seiner Gnaden des Königs getan hast, würdest du's verdienen. Ich tu's nicht, aber ich geb dir noch eine kleine Lektion in Sachen gutes Benehmen. Also los, komm raus, dann bekommst du noch mal eine Chance mit deinem italienischen Sauspieß, den du ein Schwert nennst!«

»Bei Gott, dir werd ich's zeigen, du unverschämter Mistkerl!« Dalcross griff nach seinem Schwertgehenk und zog seine Waffe. Bab hielt den Atem an und warf einen raschen Blick auf den Fuchs, um zu sehen, ob er mit einem solchen Vorgehen seines Gegners gerechnet hatte.

Doch er trat einfach nur wieder hinaus ins Freie, offenbar unbesorgt darum, ob Francis Dalcross versuchen würde, ihn hereinzulegen.

Bab folgte Dalcross hinaus. Erst als sie den Wind auf ihrer nackten Haut spürte, fiel ihr wieder ein, dass ihr Mieder zerrissen war. Bestürzt darüber, dass der Fuchs und Francis ihre bloßen Brüste gesehen hatten, hielt sie es zusammen. Ihr Umhang lag hinter ihr auf dem Boden, doch sie ließ ihn liegen, denn sie wollte keine Sekunde des Geschehens vor der Hütte versäumen. Am liebsten hätte sie eine Pistole gehabt, um Dalcross erschießen zu können, wenn es auch nur entfernt danach aussah, dass er dem Fuchs etwas antun könnte.

Mit gezückten Waffen bewegten sich die beiden Männer im Kreis, und der eine schätzte die Kampfkraft des anderen ab. Der Fuchs hatte seinen dunklen Umhang über die Schulter nach hinten gerafft, damit er ihn nicht behinderte, doch Bab befürchtete trotzdem, dass er ihm im Weg sein könnte. Sie wünschte, er würde den Umhang ablegen.

Sie konnte jetzt gut erkennen, dass er sehr kräftig war. Sein starker Oberkörper verjüngte sich zur Taille hin, und seine Beine waren außerordentlich muskulös. Die fast kniehohen schwarzen Stiefel lagen so eng an, dass sich sogar die Form seiner Wadenmuskeln abzeichnete. Und er bewegte sich leicht und gewandt, mit katzenartiger Anmut.

Plötzlich stieß Francis vor.

Bab legte erschrocken die Hand auf den Mund, um einen Schrei zu ersticken, doch der Fuchs parierte den Stoß mit Leichtigkeit, und wenngleich Francis mit vollem Einsatz kämpfte, bemerkte sie bald, dass der Fuchs der geübtere und erfahrenere Kämpfer war. Sie hatte Patrick oft beim Üben zugeschaut und erkannte beim Fuchs dieselbe fast spielerische Eleganz und Geschicklichkeit.

Gerade, als sie bei diesem Gedanken war, sprang Dalcross erneut vor, drückte mit einer raschen Drehung aus dem Handgelenk die Klinge des Fuchses zur Seite und stieß auf sein Herz zu. Doch noch ehe sie ihren Schrecken richtig bemerkte, war auch dieser Vorstoß glänzend pariert.

Der Fuchs ging nicht in die Offensive, bis sein Gegner heftig zu schwitzen anfing. Doch dann war mit einigen wenigen Schlägen plötzlich alles vorüber. Das Schwert, das eben noch wie eine Verlängerung von Francis' Hand gewirkt hatte, flog durch die Luft, und im selben Augenblick ruhte die Schwertspitze des Fuchses auf Dalcross' Kehle.

Bab vermochte den Blick nicht abzuwenden, obwohl sie kaum atmen konnte.

»Nicht«, sagte sie leise. »Bringt ihn nicht um.«

»Ich bin kein Mörder«, beruhigte der Fuchs sie. »Aber dieser schamlose Kerl hat es gewagt, Eure Kleidung zu zerreißen.« Seine Schwertspitze wanderte tiefer, bis sie den untersten Knopf von Dalcross' Wams berührte. »Mach jetzt bloß keine Bewegung, du Schuft.«

Die Klinge schlüpfte in das Wams und glitt, die Fäden der Knöpfe durchtrennend, nach oben. Dalcross stand stocksteif da; er schwitzte vor Angst. Dann wanderte die Klinge wieder nach unten zum Gürtel und zur Hose. Innerhalb von Sekunden war Dalcross' feine Kleidung zerfetzt.

»Wenn Ihr jetzt Eure Stiefel ausziehen würdet«, sagte der Fuchs höflich.

Dalcross funkelte ihn an, brachte jedoch kein Wort heraus.

Sobald er die Stiefel ausgezogen hatte, forderte sein Gegner ihn auf: »Und jetzt zieht aus, was von diesen Lumpen noch übrig ist, und legt alles schön sauber neben die Stiefel.«

»Ich stell mich doch nicht nackt vor die Frau hin!«

»Ihr habt Euch nicht gescheut, sie auszuziehen, also zieht Ihr Euch jetzt selbst aus, oder ich mache es für Euch, Ihr habt die Wahl. Sie kann sich ja umdrehen, wenn sie Euer kümmerliches Gestell nicht sehen will.«

Bab hätte sich nicht abwenden können, und wenn es um ihr Leben gegangen wäre, aber obwohl sie die Männer beide im Blickwinkel hatte, war ihre Aufmerksamkeit nur bei der Gestalt mit der Maske. Doch ihr Retter sah nicht zu ihr, bis Dalcross seinem Befehl nachgekommen war und splitternackt einen Schritt von seinen Kleidern zurücktrat.

»So, und jetzt lauf, und denk dabei an deine schlechten Manieren und an die, die du um ihr Hab und Gut und Haus und Hof gebracht hast, nur weil sie weiter so leben wollten, wie sie es seit Hunderten von Jahren tun! Jetzt wirst du selbst sehen, wie es ist, ohne irgendetwas dazustehen.«

»Ihr könnt mich doch nicht ...«

»Ich kann, und ich tu's.« Der Fuchs warf Dalcross eine Silbermünze zu. »Nimm das. Vielleicht kannst du damit jemandem ein Hemd abkaufen, wenn du einen findest, der dazu bereit ist. Wir beide« – er deutete mit dem Schwert kurz auf Bab – »kümmern uns derweil um dein Pferd. Und jetzt ab mit dir, oder ich helf dir mit der Breitseite nach, so wie letztes Mal!« Er schwenkte drohend seine Waffe.

Dalcross hob hastig die Münze auf und verschwand dann in den dichten Büschen am Bach. Der Fuchs nahm das auf der Erde liegende Schwert seines Gegners an sich. »Ihr solltet Euren Umhang holen«, wandte er sich an Bab, »denn wenn Ihr nicht Nadel und Faden dabeihabt, müsst Ihr Euch damit bedecken. Ihr könnt nicht sicher reiten, wenn Ihr die ganze Zeit mit der Hand das Mieder zusammenhalten müsst.«

Bab eilte in die Hütte und zog ihren Umhang an. Als sie dann wieder ins Freie trat und dem Fuchs direkt gegenüberstand, fiel ihr zum ersten Mal richtig auf, wie groß und stattlich er war. Als er leicht die Hände auf ihre Schultern legte, durchflutete eine Woge heißen Begehrens ihren Körper.

Ihre Blicke trafen sich, und auch in seinen Augen lag Verlangen. Nun endlich sah sie, dass sie hellgrau waren, was ihr jedoch wenig half, denn die meisten Menschen in den Highlands hatten graue oder blaue Augen. Die seinen waren höchstens insofern ungewöhnlich, als sie besonders klar und hell und nur am äußersten Rand der Iris dunkler waren.

Obwohl sie ihre Kapuze gar nicht aufhatte, band er vorsichtig die dazugehörenden Bänder unter ihrem Kinn zusammen; dabei berührten seine Finger leicht ihre Haut. Da sie sich nicht bewegte und auch nicht protestierte, legte er eine Hand auf ihre Schulter und zog sie sanft zu sich. Mit der anderen Hand schob er den unteren Teil seiner Maske hoch, und dann küsste er sie zart auf den Mund.

Sie roch den staubigen Stoff seiner Maske und sah seine hellgrauen Augen dicht vor den ihren. Seine Lippen schmeckten salzig, aber sie waren zart und weich und bewegten sich sanft auf den ihren, als würden sie ihren Geschmack genießen.

Kein Mann hatte je zuvor gewagt, ihre Bereitwilligkeit als selbstverständlich vorauszusetzen, bis Francis Dalcross dies heute getan hatte, doch jetzt kam Bab nicht einmal auf den Gedanken zu protestieren. Natürlich war dies nicht das erste Mal, dass sie geküsst wurde, doch bisher hatte sie jeder Mann zuerst um ihre Einwilligung gebeten, und obwohl auch diese Küsse gewagt gewesen waren – denn immerhin war sie noch Jungfrau –, so waren sie doch keusch und vornehm gewesen. Doch dieser war anders, wenngleich sie nicht wirklich wusste, weshalb.

Vielleicht war es die Energie, die von dem Fuchs ausging, was seinen Kuss so besonders machte.

Während sie bei diesem Gedanken verweilte, glitt seine Hand von ihrer Schulter den Rücken hinunter, und ihr begehrliches Sehnen wurde noch größer; seine andere Hand legte sich zwischen ihre Schulterblätter und drückte sie noch kräftiger an ihn, und sein Mund presste sich noch fester auf ihre Lippen.

Sein Unterleib schmiegte sich an den ihren. Bab schloss die Augen; sie genoss jede Regung ihrer Sinne, die er in ihr wachrief. Sein Kuss wurde ungestümer, fordernder, und auch ihre Lippen wollten mehr.

Seine Hände glitten über ihren Körper, sie erforschten und liebkosten ihn, wie es noch kein Mann getan hatte, doch sie versuchte nicht, ihm Einhalt zu gebieten, selbst als seine Zunge in ihren Mund drängte. Ohne es zu wollen, stöhnte sie auf, und ihr Körper empfing seine warme Zunge mit einem neuerlichen Schauer der Lust. Ohne darüber nachzudenken, was sie tat, presste Bab sich heftig atmend noch fester an den Fuchs.

Er hob den Kopf, und seine Hände wanderten zurück zu ihren Schultern. So hielt er sie fest, als wüsste er, dass ihre Knie schwach geworden waren und sie vielleicht nicht mehr halten würden.

Sie blickte ihn ausdruckslos an und fragte sich, warum er aufgehört hatte.

»So sollte ein Mann eine Frau küssen«, sagte er leise.

Ihre Kehle war wie zugeschnürt; Bab wusste nicht, ob sie sprechen konnte, ganz zu schweigen davon, ob sie einen vernünftigen Satz würde zustandebringen, doch offenbar erwartete er eine Reaktion von ihr. »Wirklich?«, brachte sie nur heraus.

»Ja, und wenn Ihr vernünftig seid, dann lasst von Francis Dalcross besser die Finger. Er ist nicht annähernd Manns genug für Euch.«

»Nein«, pflichtete sie bei. Es störte sie nicht im Geringsten zu wissen, dass er sie jetzt ebenso entführen würde, wie es Dalcross getan hatte.

Er deutete auf die beiden Pferde vor der Hütte. »Der Wallach ist doch sicher Eurer, Mistress, hab ich Recht?«

»Ja«, antwortete sie. »Der Kastanienbraune ist seiner.«

»Habt Ihr noch etwas im Haus, das wir mitnehmen müssen?«

»Nein.« Am liebsten hätte sie ihm ein Dutzend Fragen auf einmal gestellt, doch ihr fehlten einfach die Worte.

Ohne den Blick von ihr abzuwenden, pfiff er einen tiefen Ton. Zuerst dachte sie, das sei für sie gedacht, doch dann trat aus einem nahen Gebüsch ein Pferd heraus, ein herrlicher Rappe mit einer Blesse zwischen den Augen. Er trottete zu seinem Herrn, rieb die Schnauze an dessen Schulter und wurde dafür mit einem Streicheln belohnt.

»Wie heißt er?«, fragte Bab.

»Merry Dancer.«

»So wie eines der Nordlichter?«

»Ja, denn er ist wunderbar, schön und stark, genau wie sie.«

»Wie habt Ihr mich gefunden?«

Seine Augen funkelten; offenbar lächelte er unter seiner Maske. »Wisst Ihr denn nicht, dass *Sionnach Dubh* alles weiß und alles sieht und die rettet, die unter ungerechter Behandlung leiden?«

»Das habe ich gehört«, räumte sie ein. »Heißt das, dass diese Geschichten alle wahr sind?«

»Müsst Ihr noch fragen?« Er griff erneut nach Babs Schulter, dieses Mal jedoch nur, um sie zu ihrem Pferd hin zu wenden. »Am besten brechen wir gleich auf«, sagte er. »Ich bezweifle, dass dieser Dalcross seine Leute bald findet, oder dass er sich splitternackt vor ihnen zeigt, aber falls er es doch tut und sie hierher bringt, dann müssen wir uns sputen.«

»Aber wenn Ihr wirklich alles wisst und seht …«

Er lachte leise. »Müsst Ihr denn immer alles anzweifeln?«

»Aber habt Ihr nicht gesagt, Ihr hättet ein paar Eurer Männer als Wachen aufgestellt?«

»Das hab ich, und damit wisst Ihr also jetzt, dass ich ein ebenso großer Lügner bin wie Dalcross«, antwortete er, während er ihr beim Aufsteigen half. »Und, werdet Ihr mich jetzt trotzdem noch lieben?«

Sie spürte, wie ihr die Röte in die Wangen schoss. »Ihr solltet über die Liebe keine Scherze machen, Sir«, sagte sie ernst. »Wohin reiten wir?«

»Ich bringe Euch zu Eurer Reisegesellschaft zurück. Wohin sollte ich Euch denn sonst bringen?«

Lieber wäre Bab gestorben, als dass sie ihre Hoffnung, er werde sie entführen, zugegeben hätte. Deshalb antwortete sie nichts, doch ihre Wangen glühten nur noch mehr.

Er band ihren Wallach los. Dann nahm er die Zügel von Dalcross' Braunem und stieg auf seinen Rappen. »Fertig?«

»Ja«, murmelte sie.

Er sprach nicht mehr, und auch sie blieb während des ganzen Ritts den Hügel hinauf still. Die Fragen, die sie ihm so gerne gestellt hätte, schienen unter den gegebenen Umständen unangebracht. Eine wohl erzogene junge Frau fragte einen maskierten Mann nicht, weshalb er sie nicht entführen wollte, und zweifellos wäre es auch unhöflich gewesen, ihn zu bitten, die Maske abzunehmen. Schließlich hatte er sie vor einem schlimmen Schicksal bewahrt, also musste sie wenigstens seine Privatsphäre respektieren, und das erwartete er offensichtlich ja auch.

Sie schwiegen, bis sie wieder den Pfad erreichten, auf dem Francis' Männer die Reisegesellschaft überfallen hatten. Vielleicht würde der Fuchs sie von dort aus allein zu den Chisholms weiterreiten lassen.

Bab wollte ihn gerade fragen, doch er kam ihr zuvor. »Ich will sichergehen, dass Euch nichts mehr passiert, Mistress.«

»Danke«, sagte sie. »Ich hätte mich schon früher bedanken sollen, dafür, dass Ihr mich gerettet habt.«

»Aber das habt Ihr doch«, erwiderte er mit einem Lachen. »Wenn Ihr jedoch meinen solltet, dieser eine Kuss war zu wenig, dann können wir ja vielleicht noch ein bisschen feilschen.«

Bei dem Gedanken, was er damit andeuten könnte, begann ihr Herz heftig zu pochen. »Ich feilsche nicht mit Männern«, entgegnete sie schroffer, als es ihr lieb war.

»Den meisten Männern gegenüber ist das sicher eine gute Einstellung«, sagte er freundlich.

»Tatsächlich?«, fragte sie und hätte aus Gewohnheit beinahe wieder »Sir« gesagt. Irgendetwas an ihm erinnerte sie an ihren Bruder und an Fin Mackenzie. Wie sie hatte er etwas Vertrauen erweckendes, und auch er benahm sich wie ein Mann, der sich seines Wertes wohl bewusst war. Sicher, er sprach wie ein einfacher Mensch vom Land, aber sie hatte bemerkt, dass er Dinge oft so ausdrückte wie jemand von Stand, als versuchte er, seine Sprache zu verbessern.

»Ja«, wiederholte er mit einem leicht provozierenden Ton, »bei den meisten Männern wäre das angebracht.«

Sie wusste, dass er sich nicht zu diesen »meisten Männern« zählte, und dass er damit auch Recht hatte. Seine Stimme war so tief, dass sie zu vibrieren schien, wenn er sprach.

Sie kamen zu einem abzweigenden Seitental, und er deutete auf einen schmalen Pfad, der schräg den Hang hinaufführte. »Wir nehmen den hier«, sagte er.

»Weshalb?«

»Den haben Eure Leute auch genommen«, erklärte er.

»Woher wisst Ihr denn das? Hier sind überall Hufspuren, und es führen genauso viele unseren Pfad weiter wie dort hinauf.«

»Ja, wahrscheinlich, weil Dalcross' Männer Eure Leute dort verlassen haben.«

»Aber woher wollt Ihr wissen, wer in welche Richtung ritt?«

Er deutete auf einen Bäum in der Nähe. »Dieses Zeichen dort drüben.«

Sie sah sofort, was er meinte, eine Kerbe in der Rinde. Er hatte also doch irgendwelche Mitstreiter, von denen zumindest einer Lord und Lady Chisholm gefolgt war.

»Reitet voraus«, wies er sie an. »Ich folge Euch, bis wir das Tor sehen, und dann warte ich, bis Ihr drinnen und in Sicherheit seid.«

Sie fragte nicht, woher er von einem Tor wusste. Vielleicht waren Tore in dieser Gegend ja üblich, und tatsächlich kam auch schon bald eine hohe Steinmauer mit einem starken, zweiflügeligen Holztor mit Eisenbeschlägen in Sicht. Dahinter war das Dach eines Hauses zu sehen.

Sie hielten an. »Nochmals vielen Dank«, sagte Bab. »Dalcross hätte mich entehrt, wenn sein Plan aufgegangen wäre. Wenn Ihr je irgendetwas braucht …«

»Sagt jetzt lieber nichts«, unterbrach er sie. »Ihr solltet Männern, die Ihr nicht kennt, keine Versprechungen machen, selbst wenn sie ab und zu mal den Helden spielen. Reitet einfach weiter, und wenn Ihr mir einen Gefallen tun wollt, dann beeilt Euch, damit ich hier nicht allzu lang warten muss. Ah, einen Augenblick noch. Ich habe ein kleines Geschenk für Euch, damit Ihr mich nicht vergesst.«

Er drückte ihr eine silberne Münze in die Hand. »Und jetzt rasch«, sagte er, »und dass Ihr mir nicht zurückschaut!«

Bab hielt die Münze fest, und ohne erst noch darauf zu blicken, folgte sie seinem Befehl und gab ihrem Wallach die Sporen. Sie drehte sich auch nicht um, auch wenn es noch so schwer war, den Blick starr nach vorne gerichtet zu halten. Ansonsten war sie nicht so gehorsam, aber falls die Wachen am Tor den Fuchs noch nicht bemerkt hatten, wollte sie die Männer nicht auf ihn aufmerksam machen. Sollten sie doch einfach denken, sie sei allein gekommen.

* * *

Er beobachtete sie vom Schutz der Bäume aus, bis sie hinter den mit Eisen beschlagenen Toren von Gorthleck House verschwunden war. Was für eine Frau! Sie war bezaubernd schön, dabei ohne Arg und Eitelkeit, und dazu auch noch mit einem klugen Verstand und einem tapferen Herzen gesegnet. Er dachte, sie würde der Versuchung zurückzublicken nicht widerstehen können, doch sie überraschte ihn, und das machte ihn noch dankbarer dafür, dass er Hugo geschickt hatte, um auf die Chisholms und ihre Leute aufzupassen. Die

Entscheidung war nur vernünftig gewesen, und hinsichtlich seines Kampfes gegen Dalcross hatte er Zuversicht gehabt, aber jetzt drehte sich ihm doch der Magen um bei dem Gedanken, dass Dalcross ihn am Ende vielleicht besiegt und seine bösen Absichten dann ausgeführt hätte.

Noch immer konnte er ihre Lippen schmecken, und eigentlich wunderte er sich über seine Tollkühnheit, sie einfach zu küssen. Sobald er sie berührt hatte, war es um seinen normalerweise raschen Verstand und seinen Überlebensinstinkt geschehen gewesen. Sie hätte ihm ohne weiteres die Maske abnehmen können, als er sie küsste, und wenn sie das getan hätte, dann wäre mit einem Schlag alles in Gefahr gewesen.

Nun, da er wusste, dass sie in Sicherheit war, zwang er sich, wieder an das Hier und Jetzt zu denken und an die Notwendigkeit, höchste Vorsicht walten zu lassen. Mit Dalcross' Pferd am Zügel ritt er zum Hauptpfad zurück, überquerte den Bach unten im Tal und verschwand dann in den Bäumen auf der anderen Seite.

Anderwärts, zu ihrer Zeit

Musik lag in der Luft, als Brown Claud den nebelverhangenen Ort betrat, den die Angehörigen des Geheimclans das Hohe Tal nannten. Sie war so ansteckend, dass seine Füße zu kribbeln begannen und ihn an einen anderen Tag und an die betörende Lucy Fittletrot erinnerten, die ihn zu einem Volksfest lockte, wo er getanzt hatte wie noch nie zuvor. Er hatte Lucy sehr gemocht.

Aber sie hatte ihn enttäuscht, und trotz seiner kribbelnden Füße war ihm nicht nach Tanzen zumute. Er war lange nicht mehr im Hohen Tal gewesen, und er betrat es zögernd und nur deshalb, weil er nicht wagte, die Aufforderung, vor dem Hohen Kreis zu erscheinen, zu ignorieren. Doch seiner Erfahrung nach bedeutete eine solche Aufforderung nichts Gutes.

Während er den Hang hinunter in den Nebel hineinging, wurde die Musik lauter, und trotz seiner Befürchtungen erleichterten ihn die Klänge. Ein wenig freute er sich schon auf das Beltane-Fest und die Versammlung der Stämme, ja vielleicht sogar auf das Treffen des Kreises.

Anfangs bemerkte er nur die üppigen, aus dem Nebel hervorragenden Büsche um ihn herum und die bezaubernde Musik, aber als er tiefer in das Tal hineinschritt, hörte er neben der lauter und verlockender werdenden Musik auch Gelächter.

Wenig später verschwand der Nebel, und vor sich auf einer Lichtung sah er den Festplatz. Zwischen den dicht stehenden Bäumen und dem Unterholz ragten farbenprächtige Zelte und Banner empor. Auf einem Rasen im Zentrum tummelten sich zahllose Tänzer; darum herum standen Zuschauer, die im Takt mit den Füßen wippten oder nickten.

An ihren Trachten und ihrem Aussehen erkannte er Angehörige verschiedener Stämme aus dem Tiefland, den Bergen oder von Orten dazwischen und auch andere, deren Herkunft ihm nicht sofort geläufig war.

Er lachte; die Musik erfüllte ihn zunehmend mit neuem Mut. Wenn er seine Mutter fand, würde er erfahren, weshalb er vorgeladen wurde. Er hielt nach ihr Ausschau, konnte sie jedoch in der fröhlichen Menge nicht entdecken, und so ließ sein Entschluss bald ebenso nach wie seine Sorge über die Frage, weshalb er herbestellt worden war, und schließlich gab er sich ganz der Musik und der Festfreude hin.

* * *

Maggie Malloch hatte die Ankunft ihres Sohnes Claud bemerkt und auch den Augenblick, als er das Hohe Tal betreten hatte, und sie wusste, was er fühlte, doch sie war mit anderen Dingen beschäftigt. Für den Geheimclan hatte das jährliche Beltane-Frühlingsfest bereits begonnen, und als ein

Feuerfest war Beltane eine Zeit, in der die Kräfte der Angehörigen des Clans am stärksten waren, eine Zeit, in der die Gemüter aufbrausten und Unheil im Schattenland umging. Im Augenblick musste sie sich allerdings mit einem mehr privaten Treffen auseinander setzen.

»Woran hast du gedacht, Frau?«

Sie versteifte sich und blickte dem Frager gerade in die Augen, wenngleich sie dazu ziemlich weit nach oben schauen musste. Er war wesentlich größer als sie und spindeldürr, und er hatte einen weißen Bart. Er war ein Zauberer ersten Ranges, dessen Augen richtige Funken sprühen konnten, wenn er zornig war. Zudem war er das Oberhaupt des Geheimclans, doch das Einzige, was ihm eine Macht gab, die größer war als ihre, war die Treue, die sie ihm geschworen hatte. »Ich hab gedacht, dass ich 'ne Arbeit zu tun hab, wie immer«, antwortete sie.

»Ja, natürlich. Aber du kennst unsere Gesetze, und mit dieser letzten Sache hast du sie weit überschritten.«

Sie verdrehte die Augen zum Himmel und machte ein unschönes Geräusch, was er mit grimmigem Schweigen quittierte.

Als sie ihm erneut in die Augen blickte, sah sie, dass seine Pupillen glühten wie glimmende Kohlen. Ihr Gefühl geriet in Wallung, doch sie atmete tief durch und unterdrückte ihren Ärger. »Ich weiß schon, was ich getan hab«, sagte sie. »Aber du wirst dich dran erinnern, dass die Gelegenheit gut war, der Widerstand unmanierlich, wenn nicht sogar ausgesprochen bösartig, und das Ergebnis ausgezeichnet.«

Er ließ sich jedoch nicht beirren. »Das Ergebnis ist mir nicht wichtig«, erklärte er. »Aber mir ist wichtig, dass du anscheinend glaubst, unsere Gesetze gelten nicht für dich. Hast du nicht sogar deinen eigenen Sohn gewarnt, dass er nichts tun soll, was Aufmerksamkeit auf ihn oder auf Lucy Fittletrot lenkt, diese Grenzländerin, nach der er verrückt ist?«

»Hab ich«, erwiderte Maggie.

»Und hast du nicht sogar schon davor 'nen Haufen Leute verzaubert, und zwar so, dass es selbst ein Blinder mit 'nem Krückstock gesehen hätte?«

»Ja, das hab ich«, räumte sie ein, »aber du kannst sicher sein, dass ich danach alles getan hab, was man tun muss. Niemand kann von diesen Dingen reden, denn niemand wird sich an was anderes erinnern als an die Rolle, die er oder sie in dieser Nacht gespielt hat.«

»Hör mal, Frau, du hast 'ne ganz normale Magd hergenommen, hast sie in ein tolles Kleid gesteckt, ihr Schmuck wie für 'ne Königin gegeben, und hast sie auf einen königlichen Ball geschickt. Bist du so dumm, dass du gedacht hast, das würde keinem auffallen?«

Maggie zuckte die Schultern. »Da sind schließlich nur gute Dinge dabei rausgekommen. Sie hat glücklich geheiratet.«

Er schwieg, doch seine Augen blieben feurig, und sein Missfallen lag spürbar in der Luft. Schließlich sagte er ruhig: »Du hast einen Aufstand verursacht.«

»Ich hab ein Problem gelöst, das niemand sonst hätte lösen können, und dabei war auch noch große Niedertracht im Spiel«, gab sie zurück. »Wenn du dran denkst, was ich getan hab, dann denk auch dran, was dieser Schurke Jonah Bonewits versucht hat.«

»Ja, Maggie, ich weiß schon, dass Jonah Bonewits dir im Lauf der Jahre ganz schön zugesetzt hat, aber was ich dir jetzt zu sagen versuche, wenn du mir bloß mal zuhören würdest, ist, dass er immer noch Verbündete im Kreis hat, auch wenn wir ihn draus verbannt haben.«

»Speichellecker, würd ich eher sagen!«

»Na gut, nenn sie, wie du willst. Aber sie werden sich trotzdem nicht für dich stark machen, damit du aus dieser Geschichte rauskommst, wenn er es nicht tut, nicht, so lang sie sagen können, dass du bei der anderen kleinen Aufgabe, die wir dir gestellt haben, nicht weitergekommen bist.«

»Das weiß ich auch«, räumte sie ein. »Aber im Streit zwischen dem Lustigen Volk und den Helferhänden zu vermitteln, das ist nun mal 'ne verdammt schwierige Sache, deshalb hast du ja mich dafür bestimmt. Das Übel ist, dass sie sich einfach nicht einigen wollen.«

»Das versteh ich ja. Aber trotzdem solltest du am besten begreifen, dass das, was daraus herkommt, zu dir kommt. Du wirst Rede und Antwort stehen müssen.«

»Ja«, sagte sie und verschränkte mit einem finsteren Blick auf ihn die Arme vor der Brust. »Die sollen nur alles versuchen.«

An Bord der Marion Ogilvy*, vor der Straße von Gibraltar*

Der Sturm, der die *Marion Ogilvy* daran gehindert hatte, ins Mittelmeer einzufahren, erinnerte ihn an den ersten Sturm auf See, den er erlebt hatte, nur dass es ihm mittlerweile nicht mehr viel ausmachte, ob sich das Schiff über Wasser hielt oder ob es auf den Grund des Meeres sank. Er war nicht mehr an Land gewesen, seit er gefesselt und geknebelt an Bord gekommen war. Damals hatte er erfahren, sein Schicksal sei, lebenslänglich an Bord zu dienen.

Die *Marion Ogilvy* sollte nach Rom und weiter nach Brindisi und Venedig fahren, sobald sie die Straße von Gibraltar passieren konnte, aber es war gleichgültig, wohin sie fuhr. Dieser Hafen oder jener, für ihn spielte das alles keine Rolle.

* * *

Babs Ankunft in Gorthleck House bei Malcolm und Fiona Mackintosh, den Freunden von Lord und Lady Chisholm, wo sie die Nacht verbringen wollten, wurde mit großer Freude und Erleichterung aufgenommen, insbesondere, nachdem sie versichert hatte, dass ihr nichts zugestoßen sei.

»Ich hätte nicht gewusst, was ich Sir Patrick hätte sagen sollen, wenn du nicht wohlbehalten zu uns zurückgekommen wärst, meine Liebe«, rief Lady Chisholm und umarmte sie. »Ich war entsetzt, und seine Lordschaft wollte sofort Männer aussenden, um dich zu suchen. Und das hätte er auch getan, wenn uns diese Schurken nicht alle mit dem Tod bedroht hätten für den Fall, dass einer von uns auch nur einen Finger gerührt hätte.«

»Ich bin einfach nur froh, dass ihr alle wohlauf seid«, sagte Bab erleichtert.

»Ihr habt ja alle Schreckliches durchgemacht!«, rief Fiona Mackintosh. Sie war eine schlanke, lebhafte Frau in Lady Chisholms Alter; ihre Freude über Babs unbeschadete Ankunft in Gorthleck House war herzlich und aufrichtig.

»Ja, das ist wahr«, stimmte Lady Chisholm zu. »Aber zum Glück wurden nur zwei unserer Männer verletzt.«

Seine Lordschaft und der Gastgeber sowie Eric, der Sohn der Mackintoshs, traten ein, um Bab ihre Erleichterung darüber auszudrücken, dass sie gesund und unverletzt angekommen war; dann wurde das Thema gewechselt. Später, als seine Lordschaft sie fragte, wie sie hatte entkommen können, erklärte sie ruhig: »Ein Fremder kam mir zu Hilfe, Mylord. Zum Glück hatte ihre Ladyschaft mir erzählt, wo Ihr die Nacht zu verbringen gedachtet, also bin ich geritten, bis ich den Weg wieder fand, der zu diesem Haus führt. Ich versichere Euch«, fügte sie mit einem Lachen hinzu, »als die Wachen mir sagten, dass Ihr wirklich hier seid, war ich ungeheuer erleichtert!«

Diese etwas unkorrekte Auskunft plagte zwar ihr Gewissen, aber irgendetwas sagte ihr, der Fuchs sei sicherer, wenn sie nicht allen erzählte, dass er in der Gegend war. Francis Dalcross war zweifellos zu einem Mord bereit, und als Stellvertreter seines Vaters verfügte er bestimmt über eine Menge bewaffneter Männer; je weniger er also über den Fuchs wusste oder in Erfahrung bringen konnte, desto besser.

Eine andere Vorstellung brachte sie zum Lachen – der Gedanke an Dalcross, wie er nackt vor seinen Männern auftauchte und ihnen befahl, den Fuchs zu suchen und nicht wieder zu kommen, bis sie ihm seinen maskierten Kopf auf einem Pikenschaft präsentieren konnten.

Erschöpft von dem langen, ereignisreichen Tag entschuldigte sie sich nach dem Abendessen und ging zu Bett. Auch mit ihrer Zofe tauschte sie nur noch ein paar kurze Worte aus, obwohl die Gute darauf brannte, jede Einzelheit von Babs Abenteuer zu erfahren.

»Gib dich damit zufrieden, Giorsal, dass Dalcross nichts Schlimmes getan hat und dass ich gesund und munter bin«, erwiderte Bab steif, als die Zofe immer wieder nachzuhaken versuchte.

»Na ja, Mistress Bab, das kann ja sein, aber als Ihr zurückkamt, habt Ihr nicht gerade ausgesehn wie eine Frau, die man entführt hat.«

»Kennst du denn so viele Frauen, die entführt wurden?«, fragte sie grinsend.

Giorsal beteuerte, sie habe sich doch nur Sorgen um ihre Mistress gemacht. »Ich hatte ein Abenteuer«, erklärte Bab daraufhin, »das ist alles. Wenn er mir etwas angetan hätte, dann hätte ich Grund, bedrückt zu sein, aber nachdem er das nicht getan hat …« Sie zuckte die Achseln.

Giorsal schnaubte verärgert. »Ein Abenteuer, ja? Ich wette, Sir Patrick würde das ganz anders sehen. Ich möcht nicht zu hören kriegen, was er dazu meint, das sag ich Euch.«

»Nun, Patrick wird es erst erfahren, wenn er mich abholen kommt, und nachdem er dann sehen wird, dass mir nichts passiert ist, wird er über die ganze Geschichte sicher nur lachen.«

Sie glaubte selbst nicht wirklich daran, dass Patrick lachen würde, aber so lange nach diesem Vorfall würde er sich auch nicht mehr verpflichtet fühlen, Francis Dalcross ausfindig zu machen, und darüber war sie sehr froh.

Da die Reisegesellschaft der Chisholms so langsam vorankam, hatte Bab schon fast damit gerechnet, dass Patrick sie auf halbem Wege überholen würde, weil er versprochen hatte, sie so bald wie möglich abzuholen. Womöglich war er schon in Kintail. Wenn er mit einer Highland-Galeere gesegelt war, wie sie es mit ihrer Mutter auf dem Weg nach Stirling getan hatte, war er inzwischen vielleicht schon in Ardintoul oder sogar in Dundreggan; das hoffte sie zumindest. Sie mochte Lady Chisholm zwar ganz gern, und auch seine Lordschaft war nett zu ihr gewesen, aber zu Hause fühlte sie sich einfach wohler.

Wie erwartet, konnte Lady Chisholm ihren Mann nicht überreden, länger bei ihren Freunden zu bleiben, und so brachen sie am nächsten Morgen auf und erreichten noch vor dem Mittag das Große Tal. Von dort würde ihre Reise entlang des westlichen Ufers von Loch Ness und weiter nach Westen in das Glen Urquhart und Glen Affric noch einmal fast vier Tage dauern. Bab war sich sicher, dass sie diese Strecke allein an einem Tag zurückgelegt hätte.

Wahrscheinlich wäre sie sogar zu Fuß schneller gewesen, denn Lady Chisholm wollte immer wieder Pausen einlegen und jeden Tag schon um vier Uhr nachmittags anhalten. Sie bestand darauf, das zum Wohle seiner Lordschaft zu tun, doch Bab spürte Chisholms Ungeduld; vermutlich wäre auch er gerne schneller vorangekommen. Aber sie wusste inzwischen, dass ihre Ladyschaft einfach langsam, um nicht zu sagen etwas träge war.

Jedenfalls machte es dieses Tempo wahrscheinlicher, dass Patrick sie schon in Dundreggan erwarten würde. Und deshalb begann ihr Herz vor Freude – aber auch Furcht davor, was er zu ihrem Abenteuer sagen würde – heftig zu pochen, als die beeindruckende rot-weiße, auf einem großen Granitvorsprung über dem Fluss Affric thronende Burg endlich in Sicht kam. Und umso enttäuschter war sie, dass Patrick sie nicht im Burghof erwartete, als sie durch das Tor ritten.

Bab kannte die Burg von früheren Besuchen und fand sich deshalb rasch dort zurecht, aber Lady Chisholm sah es nicht gern, wenn man den Bereich innerhalb der hohen Ringmauer verließ, und das ärgerte Bab, denn sie hatte nicht genug zu tun. Deshalb durchstöberte sie die gesamte Burg, suchte die schöne, an den wuchtigen Wohnturm gebaute Kapelle auf und sah sich die Käserei, das Backhaus und die Küchen an.

Sie spazierte die Galerie über dem großen Saal entlang und warf einen Blick durch den Sehspalt des Hausherrn, um zu beobachten, was unten los war, denn sie wusste, dass niemand sie hier sehen konnte. Aber sie verbrachte auch viel Zeit in Lady Chisholms bequemem Frauengemach, das man durch eine Tür in der Rückwand des Podiums im großen Saal erreichte; dort plauderte sie mit der Gastgeberin, deren fröhliches Wesen ihr die langen Stunden vertreiben half.

Aber trotz alledem sehnte sich Bab danach, mehr tun zu können, und als zwei Tage später, am Vorabend von Beltane, Reiter eintrafen, eilte sie die Treppe hinunter in der Hoffnung, Patrick sei endlich angekommen.

Sie rannte in den Burghof und blieb abrupt stehen, als sie eine große Sänfte mit sechs Trägern erblickte. Die Männer setzten ihre Last ab, und dann teilte sich der Vorhang der Sänfte. Als Erstes kam ein Fuß mit einem samtenen Schuh zum Vorschein, dann der zweite Fuß, und schließlich stand der hohe Besuch vor ihr.

Sir Alex Chisholm war nach Dundreggan heimgekehrt.

3

Beim Anblick der vornehm gekleideten Gestalt verzog Bab unwillkürlich das Gesicht. Sie musste daran denken, wie schmutzig und müde sie jeden Abend auf ihrer Reise gewesen war und wie sie sich am Ende gefreut hatte, als die Mauern von Dundreggan vor ihnen aufgetaucht waren.

Sir Alex war groß, elegant und bestens gekleidet, fast so, als wollte er sich bei Hofe präsentieren, anstatt das Zuhause seiner Familie in einem abgelegenen Tal in den Highlands aufzusuchen. Silberne Spitze säumte sein dunkelblaues, samtenes Wams; seine Pluderhosen waren mit Seide in einem helleren Blau besetzt, die zum gekräuselten Rand seines Kragens passte. Die Strümpfe waren mit Verzierungen bestickt, und die modischen Samtschuhe liefen spitz zu und waren mit silbernen Borten verziert.

Alex' dunkles Haar war nach der Mode des Kontinents kurz geschnitten; seine rostbraunen Strähnen glänzten im Sonnenlicht. Das makellose, glatt rasierte Gesicht war wohl geformt, doch nach Babs Meinung trugen die leicht herabhängenden Lider und die nicht sehr ausgeprägte Mund- und Kinnpartie nicht unbedingt zu seiner Schönheit bei. Bab schüttelte seltsam berührt den Kopf.

»Also wirklich, Sir!«, sagte sie.

»Ich freue mich außerordentlich, dass Ihr und meine Eltern wohlbehalten angekommen seid, Mistress MacRae«, sagte er gedehnt. »Seid Ihr nicht ebenso erfreut, mich zu sehen?«

Seine Stimme war höher, als es ihr bei einem Mann gefiel, und obendrein klang sie so, als würde er gleich mitten im Satz einschlafen. Bab spürte einen vertrauten Impuls, ihn zu schütteln und aufzuwecken.

Schärfer, als sie es beabsichtigt hatte, sagte sie: »Ja, natürlich sind wir wohlbehalten angekommen. Aber was in aller Welt ist denn dieses Ding, in dem Ihr gereist seid?«

Verdutzt blickte er auf die Sänfte und dann wieder zu ihr. »Aber das seht Ihr doch selbst, Mistress. Ich dachte jedenfalls, das sei eine kluge Idee. Habe es auch meinem Vater vorgeschlagen, wenn Ihr Euch erinnert, aber er konnte solchem Komfort nichts abgewinnen.«

»Ich kann mir nicht vorstellen, weshalb Ihr so etwas brauchen solltet.«

Er zuckte die Achseln. »Da Ihr einer der vielen Menschen seid, die mich für keinen besonders guten Reiter halten, dachte ich eigentlich, Ihr würdet das billigen. Ihr solltet in der Tat einmal selbst eine Sänfte ausprobieren, vielleicht bei Eurer Rückkehr nach Ardintoul. Ich verspreche Euch, dieser Komfort mit all den Kissen und Fellen ist wesentlich angenehmer, als es ein Sattel jemals sein könnte.«

»Wo ist Patrick?«, fragte sie ihn.

»Glaubt mir, ich habe keine Ahnung. Aber müssen wir hier draußen in der Sonne stehen? Ihr scheint zu vergessen, dass ich eine beschwerliche Reise hinter mir habe.«

»Ich wette, Ihr werdet vor Müdigkeit gleich in Ohnmacht fallen«, sagte sie barsch.

»Nun ja, ich bezweifle, dass ich das tue«, erwiderte er, »aber vor zwei Tagen bekam ich einen ordentlichen Schock, als ich in Gorthleck House ankam und von Eurer Entführung hörte. Ich war seither fast krank vor Sorge.«

»Tatsächlich, Sir?«

»Jawohl, Mistress.« Er gähnte hinter vorgehaltener Hand und fuhr dann fort: »Ich bedaure, dass Ihr diese schreckliche Ungemach erdulden musstet, während Ihr unter dem Schutz meines Vaters standet. Ihr wart sicherlich zu Tode verängstigt.«

»Es war ein ziemlich aufregendes Abenteuer«, meinte sie ausweichend. »Außerdem glaube ich nicht, dass es Euch übermäßig in Sorge gestürzt hat, Sir, da Ihr noch zwei Tage brauchtet, um hierher zu kommen, nachdem Ihr davon erfahren hattet.«

»Aber allein das beweist doch schon, dass ich mich sehr beeilt habe«, widersprach er. »Ich weiß aus Erfahrung, dass Ihr für die gleiche Strecke mindestens vier Tage brauchtet.«

»Ja, weil Euer Vater Schmerzen hat. Deshalb waren wir so langsam.«

»Glaubt Ihr?« Er blickte sie spöttisch an und fügte dann hinzu: »So viel ich weiß, reist meine Mutter immer in einem vernünftigen Tempo, gleichgültig, ob jemand krank ist oder nicht, aber Ihr wisst es sicher am besten. Seid Ihr sicher, dass Euer Martyrium Euch keinen dauerhaften Schaden zufügte?«

»Gewiss nicht, Sir, das kann ich Euch versprechen.«

»Nun, ich werde Euch nicht weiter bedrängen, denn Euer scharfer Ton zeigt ganz deutlich, dass Euch dieses Erlebnis mehr gequält hat, als Ihr zugeben möchtet. Aber hier in Dundreggan seid Ihr sicher. Wir beherbergen hier keine vulgären Schurken, die Euch Sorge bereiten könnten.«

»Mein Entführer war Francis Dalcross, der Sohn des Sheriffs von Inverness«, entgegnete sie verärgert, »und das ist ja wohl kein vulgärer Schurke.«

»Aber natürlich ist er das. Dank der immer redseligen und ganz allgemein informativen Fiona Mackintosh und ihres Sohnes Eric, meines Freundes, wusste ich ja, dass es Dalcross war; was ich jedoch nicht verstehe, ist, was er sich dabei dachte, eine junge Dame aus der Reisegesellschaft meines Vaters zu entführen.«

»Er sagte, er wollte mir imponieren«, erklärte Bab. »Ich habe ihn in Stirling getroffen, müsst Ihr wissen, und dort habe ich ihm wohl anvertraut, dass ich mich nach einem Abenteuer sehne.«

»Tut Ihr das wirklich?«

»Schon, allerdings nicht von der Art, die er im Sinn hatte, das kann ich Euch versichern. Aber das ist ohnehin nicht der wahre Grund, weshalb er mich haben wollte. Er hat es mir ja erklärt. Er sagte, er will mich heiraten, um seinen Einfluss in Inverness zu stärken. Und das nenne ich nun wirklich nicht abenteuerlich!«

»Jede Art von Abenteuer ist ermüdend«, meinte Alex. Er schob vorsichtig eine Hand unter ihren Ellbogen im Versuch, sie zum Eingang des Wohnturms zu geleiten. »Mir ist es tausendmal lieber, wenn das Leben friedvoll und vorhersehbar verläuft.«

Sie musste sich entscheiden, ob sie mit ihm gehen oder ihren Ellbogen zurückziehen sollte. Letzteres war allerdings unhöflich, und so gestattete sie ihm, sie ins Wohnhaus zu führen.

Ein Diener hielt ihnen die Tür auf. »Das muss ja wirklich ein großartiges Abenteuer gewesen sein«, sagte Sir Alex verwundert, »wenn Ihr es geschafft habt, Dalcross zu entkommen. Ich hätte gedacht, dass er jeder Frau gewachsen ist, auch wenn sie über so unzweifelhafte Fähigkeiten verfügt wie Ihr, aber Eric erzählte, ein Fremder habe Euch zur Flucht verholfen? Offenbar vergaßt Ihr aber, diesen Fremden näher zu beschreiben, und das erscheint mir doch ein wenig nachlässig.«

Sie blickte ihn an und fragte sich, was er mit den »Fähigkeiten« wohl meinte, doch es schien ihr klüger, nicht danach zu fragen. »Jemand hat mir geholfen, Sir«, sagte sie stattdessen, »doch darauf würde ich lieber nicht näher eingehen.«

»Ganz wie Ihr wollt, Mistress. Ich bin überzeugt, dass meine Eltern mir liebend gern alles erzählen werden. Ihr braucht Euch also nicht zu verausgaben, denn ich zweifle nicht daran, dass Ihr ihnen mehr erzählt habt als Eric oder Fiona.«

Bab biss sich frustriert auf die Lippen. Die anderen waren alle höflich genug gewesen, sie nicht mit Einzelheiten zu bedrängen, doch wenn er dieses Thema nun wieder zur Sprache brachte, würden auch seine Eltern wahrscheinlich alles genau wissen wollen. Seine Lordschaft könnte sogar etwas gereizt reagieren, denn wenn er sich in den letzten Tagen auch distanziert gegeben hatte, so verfügte er doch über ein unstetes Temperament, und überdies war er kein Mann, der eine Abweisung leicht nahm.

»Wenn Ihr's genau wissen wollt«, sagte sie bissig, »mein Retter war *Sionnach Dubh*.«

Er reagierte überrascht. »Aber meine Liebe, das ist ja ein Schurke genau wie Dalcross. Also wirklich, Mistress, hätte ich gewusst, dass Ihr eine solch unzivilisierte Gesellschaft ertragen musstet ...«

»Oh, nun seid doch kein Narr! Er war sehr zivilisiert und benahm sich wie ein Gentleman.« Sie dachte an seinen entzückenden Kuss und wusste, dass sie in diesem Augenblick krebsrot wurde.

Alex blickte sie von der Seite an und lächelte ungläubig. »Wie, Ihr mochtet ihn also?«

»Jawohl«, antwortete sie bestimmt. »Er ist nett, und er verfügt über einen scharfen und klaren Verstand. Außerdem hat er Francis Dalcross rasch besiegt und ...«

»Hat er den armen Kerl denn ermordet? Und Euch so zur Flucht verholfen?«

»Nein.« An Francis' Schicksal erinnert, musste sie plötzlich lachen. »Es heißt, er sei der beste Schwertkämpfer in Schottland, und das glaube ich auch. Ich denke sogar, er ist noch besser als Patrick – schnell und wendig wie eine Katze, und darüber hinaus außerordentlich geschickt mit der Klinge. Er hat es tatsächlich fertig gebracht, Francis damit die Kleider vom Leib zu schneiden, bevor er ihn fortschickte. Und er behielt Dalcross' Pferd. Dann begleitete er mich bis zum Tor von Gorthleck House, bis ich in Sicherheit war.«

»Und ich habe immer geglaubt, er sei ein rechter Langweiler«, sagte Sir Alex seufzend, als sie den großen Saal betraten, wo Diener gerade das Abendessen vorbereiteten. Er ließ den Blick umherschweifen und fügte dann halblaut hinzu: »Ich würde Euch vorschlagen, Mistress, nicht zu viel über Eure Bekanntschaft mit diesem Kerl verlauten zu lassen.«

Sie hatte nicht vorgehabt, dieses Thema überhaupt anzusprechen, bis er sie praktisch dazu gezwungen hatte, und reagierte nun entsprechend gereizt. »Und warum sollte ich nicht über ihn sprechen?«, fragte sie in schneidendem Ton.

»Nun ja, vielleicht bin ich etwas übervorsichtig«, räumte er ein, »aber ich könnte mir vorstellen, dass es gefährlich ist. Er scheint ja das Gesetz gern in die eigenen Hände zu nehmen, und das mögen manche nicht so gerne. Hier entstehen schnell Gerüchte, und ich denke, es wäre unklug, seine Feinde argwöhnen zu lassen, dass Ihr ihn identifizieren könntet.«

»Wenn sie das denken, dann werden sie nur enttäuscht«, klärte Bab ihn auf und fügte dann traurig hinzu: »Ich bezweifle, dass ich ihn je wieder zu Gesicht bekommen werde.«

»Nun aber ehrlich, Mistress, möchtet Ihr das denn?«

Sie zuckte die Schultern. Es gab keinen Grund, weshalb sie Sir Alex Chisholm einen heimlichen Wunsch anvertrauen sollte. Er konnte sicher nichts dazu beitragen, dass sie den Fuchs wieder sah, und es gefiel ihm wohl auch kaum, dass sie sich das wünschte.

Die Münze, die der Fuchs ihr gegeben hatte, lag gut versteckt bei ihren Habseligkeiten; selbst Giorsal würde sie nicht finden. Sie freute sich darüber, doch in diese Freude mischte sich ein leichter Gram, denn den Gerüchten zufolge gab er nur seinen besiegten Feinden eine Münze, um sie daran zu erinnern, wem sie ihre Niederlage zu verdanken hatten. Aber vielleicht schenkte er ja auch jenen eine, denen er geholfen hatte.

»Zumindest hilft er den Leuten«, bemerkte sie widerwillig. »Ich habe während unserer Reise und seit unserer Ankunft hier viele Geschichten gehört, wie Sheriff Dalcross und seine Männer die Leute in der Umgebung und im Glen Mor misshandeln. Dagegen solltet Ihr und andere Eures Standes unbedingt etwas unternehmen.«

»Ich? Was sollte ich denn tun, Eurer Meinung nach?«

»Euer Vater war doch früher der Sheriff, oder bin ich da falsch unterrichtet?«

»Schon, aber die Vergangenheit hat nichts mit dem Heute zu tun. Nach dem Tod meiner Brüder gab er das Amt auf, und kaum zwei Wochen später legte Sheriff Dalcross seine Ernennungspapiere vor. Selbst wenn mein Vater gesund genug wäre, die Waffen gegen ihn zu erheben, könnte Dalcross sagen – und zwar ganz zu Recht –, dass Vater seine Befugnisse stark überschreiten würde.«

Seine gedehnte Sprechweise kam ihr noch irritierender vor als sonst.

»Ich meinte auch nicht, dass er etwas tun sollte, sondern Ihr«, erklärte sie. »Es sind doch schließlich auch Eure Leute, oder etwa nicht?«

»Schon, aber ich weiß nicht, was ich Eurer Meinung nach erreichen könnte.« Er blickte um sich und fuhr dann mit einem Stirnrunzeln fort: »Wo sind denn meine Eltern? Ich dachte, sie würden um diese Zeit hier im Saal sein.«

»Euer Vater verlässt erst seit kurzem und nur zu den Mahlzeiten sein Zimmer«, erklärte Bab. »Er war bei unserer Ankunft ziemlich erschöpft; Eure Mutter kümmert sich sehr um ihn. Sie kann natürlich nicht immer darauf achten, dass er tut, was sie sagt, aber er ruht sich viel aus. Sobald sie wissen, dass Ihr eingetroffen seid, kommen sie sicher.«

»Ich nehme an, Ihr wart ihnen eine gute Begleiterin«, meinte er.

»Das hoffe ich doch sehr, Sir.«

»Meiner Mutter hat Eure Gesellschaft bestimmt gefallen. Sicher verbringt Ihr die meiste Zeit mit ihr und seid ihr auch im Haushalt eine große Hilfe.«

Zunehmend verärgert über diese schale Unterhaltung blickte Bab ihn aus zusammengekniffenen Augen an. »Ich bin sicher, Eure Mutter wäre sehr überrascht, wenn sie wüsste, dass Ihr glaubt, sie bräuchte bei der Haushaltsführung Hilfe, Sir Alex, und gewiss hat auch mein Bruder nicht erwartet, dass ich mich auf solche Art hervortun würde, als er mich der Obhut Eurer Eltern anvertraute. Natürlich werde ich den Wünschen Eurer Mutter entsprechen, aber sie hat sehr klar gestellt, dass ich ihr Gast bin. Ich werde mich also so verhalten, wie ich es auch in Ardintoul tun würde.«

»Wirklich? Und wie verbringt Ihr Eure Zeit zu Hause?«

»Ich tue natürlich, was mir gefällt.«

»Aber Ihr habt doch sicher Pflichten zu erfüllen wie jeder andere auch.«

»Ja, aber meine Belastung ist gering, weil unsere Diener gut und fleißig arbeiten. Ich reite und jage, ich besuche Freunde, und sie besuchen uns. Wenn ich jetzt zu Hause wäre, würde ich sicher das Backen der Hafermehlkuchen für das morgige Beltane-Fest beaufsichtigen, aber hier kümmern sich Euer Koch und seine Helfer darum.«

»Natürlich sollt Ihr auch hier tun, was Euch gefällt«, sagte er freundlich. »Ich hoffe, ich habe Euch dadurch, dass ich sagte, Ihr seid für meine Mutter sicher eine gute Gesellschaft, keinen Kummer bereitet. Das war nicht meine Absicht.«

»Ihr habt mir natürlich keinen Kummer bereitet«, erwiderte sie, wobei sie sich fragte, wie sie sich schuldig fühlen konnte und gleichzeitig am liebsten etwas auf ihn geworfen hätte. Es war auch nicht das erste Mal, dass er ein solch zwiespältiges Gefühl in ihr wachrief. Jedes Mal, wenn sie zusammen waren, brachte er es irgendwie fertig, ihr das Gefühl zu vermitteln, sie habe etwas Falsches gesagt oder getan, auch wenn sie gar nichts gemacht hatte.

»Ich bewundere Eure Mutter«, fügte sie mit fester Stimme hinzu. »Sie ist einer der nettesten Menschen, die ich kenne, und ich bin ihr für ihre Gastfreundschaft dankbar. Ich wollte Euch nur zu verstehen geben, dass ich mich lieber draußen bewege, anstatt still dazusitzen und Säume zu nähen. Vielleicht wäre es möglich, jemanden nach Ardintoul zu schicken, der mir eines oder zwei meiner Pferde bringt, so lange ich hier bin? Nachdem wir mit dem Boot nach Dumbarton gereist sind, habe ich, seit wir von zu Hause weg sind, nur geliehene Pferde geritten.«

»Wir haben hier sicher sehr gute Pferde für Euch, Mistress. Es ist nicht nötig, jemanden so weit fortzuschicken, nur um ein, zwei Pferde zu holen.«

»Aber …«

»Vielleicht möchtet Ihr meinem Vater erklären, dass Ihr keines seiner Pferde als geeignet für Euch betrachtet«, meinte er augenzwinkernd. »Da er auf seinen Stall sehr stolz ist, möchte ich das lieber nicht selbst übernehmen. Ich finde seine Zornesausbrüche höchst ermüdend.«

In diesem Augenblick betraten Lord und Lady Chisholm den Saal, und ihre Ladyschaft beeilte sich, Sir Alex zu begrüßen, und ersparte Bab damit eine Antwort. Da ihr der Gedanke an einen wütenden Lord Chisholm nicht sehr behagte, beschloss sie, sich einmal anzusehen, was dessen Stall zu bieten hatte. Die Pferde, die sie seit dem Aufbruch von Stirling geritten hatte, waren nicht eben beeindruckend gewesen, aber für lange Reisen wählte man Pferde von großer Stärke, Ausdauer und gutem Benehmen und nicht solche, die schnell und temperamentvoll waren.

Wenn sie ein passendes Pferd fand, würde sie ausreiten und selbst in Erfahrung bringen können, was im Glen Affric vor sich ging, und vielleicht auch einmal einen Ausflug ins Glen Mor wagen. Und wenn sie dann vielleicht den Fuchs wieder treffen würde …

Dieser verführerische Gedanke brachte ein Lächeln auf ihre Lippen.

* * *

Obwohl seine Mutter ihn stürmisch umarmte, entging Sir Alex das heimliche Lächeln auf den Lippen von Mistress MacRae nicht, und er fragte sich, was sie wohl gerade dachte. Dass sie sich über ihn ärgerte, war klar, aber er schien ihr nie gefallen zu können, und so bekümmerte ihn das nicht weiter. Ihr Ärger ließ nur ihre rosigen Wangen noch stärker leuchten und ihre wunderschönen dunkelblauen Augen blitzen.

Alex hatte dem Entschluss seines Freundes Sir Patrick MacRae, dessen Schwester Bab nach Hause in die Highlands zu schicken, und auch Patricks Bitte an ihn, dafür zu sorgen, dass sie seine Eltern nach Dundreggan begleitete und dort blieb, bis Patrick sie nach Ardintoul heimbringen konnte, bereitwillig zugestimmt. Er hatte Mistress MacRae bis zum letzten Sommer, als er nach zwei Jahren des Reisens in Mitteleuropa nach Schottland zurückgekehrt war, nicht gesehen. Davor hatte er sie nur als ein dünnes, zwölf- oder dreizehnjähriges Mädchen vom Lande gekannt. Trotz der Tragödie, die ihn nach Hause geholt hatte, und des Kummers, unter dem seine Eltern noch immer litten, hatte ihre Veränderung ihn verblüfft, und er hatte sich gefragt, wie er sie besser kennen lernen könnte.

In Stirling hatte er sie als eine temperamentvolle junge Frau kennen gelernt, die mit den anderen eher langweiligen Damen bei Hofe nicht viel gemein hatte. Sie war ihm durch einen wachen Verstand und große Schlagfertigkeit aufgefallen, und es gefiel ihm, dass sie unverblümt immer genau das sagte, was sie dachte. Er fand sie unterhaltsam und etwas rätselhaft, und aus irgendeinem Grund amüsierte es ihn, sie etwas zu provozieren.

Auf jeden Fall war sie ein Mensch, der das Leben genoss. Schon allein ihre Gegenwart ließ einen die Welt mit anderen Augen sehen. Nach all dem, was er vor, während und nach seinen Reisen auf dem Kontinent und seinen Besuchen verschiedener Königshöfe gesehen hatte, war er sich hoffnungslos abgestumpft vorgekommen. Er war sogar zum Vatikan gereist und musste zu seinem Erstaunen feststellen, dass auch das nur ein weiterer Fürstenhof mit denselben Protokollen, politischen Machenschaften und bösen Intrigen war, wie sie auch andernorts vorherrschten. In London war er nicht gewesen, weil man als Schotte am englischen Hof derzeit nicht sicher sein konnte, doch er hatte genug über Heinrich VIII. und seinen Hof gehört und überdies die Königshäuser in Paris, Rom, Brüssel, Amsterdam und Stirling besucht. Und er hatte sie mit wachsendem Zynismus alle ermüdend und langweilig gefunden.

Doch jetzt war das Leben nicht langweilig, und er bezweifelte, dass es das wieder werden würde, so lange Mistress Barbara MacRae Anteil daran hatte.

* * *

Die Mitglieder des Hohen Kreises versammelten sich in der Großen Kammer, aber keines von ihnen begrüßte Maggie Malloch, als sie ihren Platz einnahm. Zuletzt trat das Oberhaupt ein, und alle richteten sich in einer geraden Linie aus, vier auf der einen, fünf auf der anderen Seite, so dass Maggie ihnen ins Gesicht sehen musste.

Es war nicht das erste Mal, dass sie so etwas taten; große Macht hatte nun einmal leicht Eifersucht und Groll zur Folge. Doch die Neuerung irritierte Maggie.

Von den normalerweise zwölf Mitgliedern waren außer ihr nämlich nur zehn zugegen, weil Jonah Bonewits nicht ersetzt worden war, der mächtige Zauberer, der sich verwandeln konnte und ihr mehr als einmal fast eine Niederlage beigebracht hatte. Sein letzter Versuch hatte mit seiner Verbannung aus dem Hohen Kreis geendet, aber bestimmt würde er sich im Exil nicht einfach ruhig verhalten.

Das einzige Licht in der großen Kammer war ein rötlichgoldenes Glühen in der Mitte, das die Mitglieder erhellte, doch Bewegungen in dem Dunkel dahinter sagten ihr, dass auch andere Angehörige des Clans gekommen waren, Zeugen vielleicht wie Claud, und Zuschauer. Dass ihr eigener Sohn womöglich als Zeuge gegen sie auftreten musste, brachte sie einem Zornesausbruch nahe, doch sie würde weise genug sein, ihre Energie zurückzuhalten, bis sie genau wusste, was ihr bevorstand.

Nach einiger Zeit hörten die leisen, schlurfenden Bewegungen hinter ihr auf, und für einen langen Augenblick lastete eine schwere Stille im Raum, bis das Oberhaupt abrupt erklärte: »Der Kreis hat Dinge zu tun. Wer wird als Erster sprechen?«

»Ich«, sagte einer der Zehn in ihren dunklen Umhängen. Maggie erkannte ihn an seiner dünnen Stimme; es war Red Annis von der Fröhlichen Sippschaft, einem Kobold-Stamm aus den Highlands, der mit dem schelmischen Lustigen Volk verbündet war.

»Maggie Malloch hat unsere Gesetze gebrochen«, begann Red Annis mit seiner schrillen Stimme. »Sie muss verbannt werden. Und deshalb bin ich dafür, dass wir sie zu den Bösen Gastgebern schicken!«

Bei diesen Worten lief Claud ein kalter Schauer über den Rücken, denn die Gastgeber fürchtete er mehr als alles andere, und der Gedanke, dass der Kreis ihnen seine Mutter übergeben könnte, entsetzte ihn. Mit dem großen Umhang, den Red Annis trug, war jedoch weder sein Gesicht noch seine winzige Gestalt richtig auszumachen; dafür hatte Claud das Oberhaupt und die anderen Mitglieder des Kreises umso besser im Blick.

Ein Mann neben dem Oberhaupt mit einem dünnen, grünen Bärtchen erklärte schroff: »Sie hat Zwist verursacht, und nicht nur das, möcht ich sagen. Wir vom Kreis haben dir die Aufgabe gestellt, Maggie Malloch, Frieden zwischen gewissen Stämmen zu schaffen, die sich befehden. Aber so weit ich es seh, hast du nix dergleichen getan.«

Claud bemerkte, wie Maggie sich anspannte. Er wusste, dass sie ihren Zorn unterdrückte.

»Wenn's mir nicht gelungen ist, Frieden zwischen Eurem Lustigen Volk und unseren Helferhänden zu machen«, sagte sie eisig, »dann liegt das am Lustigen Volk. Es ist ganz einfach so, dass die Helferhände ihre Pflichten sehen und auch erfüllen, aber das Lustige Volk richtet nur zum Spaß immer nur Schaden an und drückt sich vor jeder Pflicht. Das ist ein Skandal, und wenn's nach mir ginge, dann würd ich eine Bestrafung für den ganzen Stamm fordern!«

Mehrere Stimmen wurden laut, doch das Oberhaupt gebot mit einer Geste Schweigen. »Fir Darrig, Anführer des Lustigen Volks«, rief er, »bist du hier, so wie ich es befohlen habe?«

»Ja«, erklang eine Stimme unweit von Claud, und ein kleiner, alter Mann trat in den goldenen Schein. Sein langes, graues Haar war von roten Strähnen durchzogen, das Gesicht von Falten zerfurcht, und er trug einen hohen, roten Spitzhut und einen gleichfarbigen Umhang, der bis zum Boden reichte.

»Was sagst du zu dem, was Maggie Malloch gegen deinen Stamm vorbringt?«, fragte das Oberhaupt.

»Sie soll gefälligst jeden nennen, der sich vor irgendeiner Pflicht gedrückt hat«, forderte Fir Darrig freimütig.

»Die Frage ist doch eher, wer sich nicht davor gedrückt hat«, murmelte Maggie.

»Also, dann nenn uns einen Namen, Maggie!«, befahl das Oberhaupt.

»Diese durchtriebene, zügellose Catriona zum Beispiel!«, stieß Maggie hervor. Der Name erinnerte Claud sofort an Szenen, die ein starkes Begehren in ihm wachriefen. »Ihre Pflicht ist«, fuhr Maggie fort, »Sterblichen des Mackenzie-Clans zu dienen, für ihre Sicherheit zu sorgen und auf ihre Ländereien und Güter aufzupassen. Aber stattdessen hat dieses geile Weibsstück einen Burschen aus meinem Stamm der Guten Nachbarn verführt und dazu verleitet, Dinge zu bewirken, die ihn nix angehen, nur um ihr zu dienen.«

»Was sagst du denn nun dazu, Fir Darrig?«, fragte das Oberhaupt.

Der Häuptling des Lustigen Volks wusste nichts zu antworten.

»Nun, dann wirst du dieses Mädchen Catriona rufen«, erklärte das Oberhaupt, »damit sie uns eine Antwort gibt, und bis dahin vertage ich diese Versammlung. Und in der Zwischenzeit spricht keiner von euch über diese Sache, außer mit mir.«

* * *

Als Bab an diesem Nachmittag Sir Alex mit seinen Eltern beobachtete, fragte sie sich, wie er ihre Gefühle immer so schnell in Wallung bringen konnte, während es ihr anscheinend nie gelang, ihn aus der Reserve zu locken.

Dann kam ihr in den Sinn, dass sie genau das versucht hatte, als sie sich über ihn lustig gemacht hatte. Aber der Gedanke, dass er sich mit dem Sheriff oder dessen Sohn anlegen würde, war einfach absurd. Wie die meisten modebewussten Gentlemen trug Alex zwar ein kurzes Schwert, doch sie bezweifelte, dass er wirklich damit umgehen konnte; bei einem Kampf hätte er wahrscheinlich eher sich selbst verletzt als seinen Gegner.

Das Gespräch beim Abendessen war gefällig, aber ziemlich langweilig. Nach Ereignissen in Stirling seit der Abreise der Chisholms und Babs befragt, erzählte Sir Alex lediglich, Patrick sei nach erfolgreicher Beendigung seiner Geschäfte mit seiner Braut nach Süden aufgebrochen, um Dunsithe zu inspizieren, die Burg an der Grenze, die Mackenzie von Kintail gehörte und in der Patrick als Burgvogt diente.

»Bitte, Sir«, fragte Bab schließlich, »weshalb ist er denn nach Dunsithe gereist? Wollte er denn nicht so bald wie möglich hierher kommen?«

»Fragt ihn lieber selbst, wenn er kommt, um Euch nach Hause zu bringen«, antwortete Alex und bedeutete einem Diener, seinen Becher mit rotem Bordeauxwein nachzufüllen. Ohne ein weiteres Wort von ihr abzuwarten, wandte er sich dann an seinen Vater. »Ihr seht besser aus als in Stirling, Sir. Ich schließe daraus, dass Ihr nicht bedauert, nach Hause zurückgekehrt zu sein.«

»Nein, ganz und gar nicht«, erwiderte Chisholm. »All dieses politische Treiben und Getue hat doch mit uns hier in den Highlands überhaupt nichts zu tun. Auszumachen, wer da welche Rolle spielt und auf wessen Seite steht, das wird immer schwieriger.«

»Bedeutet das, dass an diesem Spiel so viele beteiligt sind?«, fragte Sir Alex höflich.

»Das solltest du doch selbst wissen«, gab sein Vater etwas mürrisch zurück. »Die Menschen im Glen sind deine Leute, Alex, und eines Tages musst du sie führen. Das heißt, du wirst die Pflicht haben, sie zu führen und zu schützen. Aber wenn du die grundlegenden Veränderungen, die hier wie auch in Stirling stattfinden, nicht begreifst, dann wirst du für das Haus Chisholm nicht sehr von Nutzen sein.«

»Ich bin auf meine Art zweifelsohne ein ebenso großer Schurke wie Dalcross, Sir, aber ich bin vollkommen überzeugt, dass die Damen keinen Gefallen an einer langweiligen Diskussion über königliche oder auch lokale Politik finden werden.«

»Mir macht das nichts aus«, meldete sich Bab zu Wort. »Ich weiß gern Bescheid, was um mich herum passiert. Die Intrige am Hof zum Beispiel fand ich faszinierend. So viel Ränke und Pläneschmieden, sogar auf Bällen und Festen!«

Chisholm lächelte zynisch. »Vor allem auf Bällen und Festen«, erklärte er und fuhr dann an seinen Sohn gewandt fort: »Ich halte dich nicht für einen Schurken, mein Junge, aber unsere Lebensweise hier in den Highlands verändert sich immer mehr. Unsere gälischen Bräuche sterben aus; es muss etwas geschehen. So lange die Lords der Inseln noch selbst herrschten, haben sie unsere althergebrachten gälischen Künste gefördert, aber Sheriff Dalcross ließ erst kürzlich einen Mann verprügeln, nur weil er die Grabplatte seiner Mutter auf die alte keltische Art und Weise gestalten ließ.«

»Der König ist jetzt der Herr der Inseln«, merkte Sir Alex an. »Ich hoffe, Ihr wollt damit nicht etwa sagen, dass die Inselbewohner versuchen sollten, ihre Herrschaft zurückzugewinnen.«

»Nein«, entgegnete Chisholm streng. »Ich sage, Dalcross und sein Sohn, der ein noch größerer Schurke ist als sein Vater, überschreiten ihre Befugnisse. Sie greifen in grundsätzliche Angelegenheiten ein und beschwören dadurch chaotische Zustände herauf.«

Sir Alex zog erstaunt die Brauen hoch. »Klagt denn nicht jede Generation darüber, dass die alten Lebensgewohnheiten aussterben, Sir?«, fragte er. »Schon immer haben neue Gepflogenheiten alte Bräuche verdrängt, wie es auch in der Mode der Fall ist, und das ist sicher auch nichts anderes. Ich versichere Euch, ich habe überall, wohin ich gereist bin, ganz dieselben Klagen zu hören bekommen.«

»Das mag schon sein, mein Lieber«, erklärte nun Lady Chisholm, »aber sicherlich haben die Franzosen und Italiener nicht ihre alten Kunstwerke zerstört, um Platz für neue zu schaffen. Doch genau das tun Sheriff Dalcross und seine Männer. Du hast doch bestimmt schon selbst Geschichten über ihre Untaten gehört.«

»Solche Gerüchte werden von Unzufriedenen rasch in die Welt gesetzt«, wiegelte Alex ab. »Veränderungen bringen immer auch Beschwerden mit sich, aber ohne Veränderung gibt es keinen Fortschritt.«

»Stimmt es, dass Euer Sheriff auch Priester verprügeln lässt, Mylord?«, fragte Bab. »Das habe ich gehört, aber ich konnte diesem Gerede keinen Glauben schenken.«

»Das ist sicherlich richtig«, sagte Chisholm. »Dalcross und seine Anhänger wollen, dass die Schottische Kirche sich den Forderungen Roms beugt, aber nach meiner Meinung und der vieler anderer sind diese Reformen nichts für unser

Volk hier. Der junge Dalcross behauptet, Kardinal Beaton würde sie unterstützen. Dazu kann ich nur sagen, Beaton soll erst einmal sein eigenes korruptes Haus aufräumen, bevor er meinem unnötige Veränderungen auferlegt.«

»Das ist ein gutes Argument, Mylord«, meinte Alex und nippte an seinem Wein. An Bab gewandt fuhr er dann fort: »Würde es Euch gefallen, Mistress, morgen ins Glen Affric auszureiten?«

»Würdet Ihr Euch denn so bald nach Eurer langen, beschwerlichen Reise schon wieder so verausgaben wollen, Sir?«, fragte Bab überrascht zurück.

»Nun, ich hatte eher daran gedacht, eine Eskorte für Euch zu arrangieren, die mit Euch ausreitet und Euch die Gegend ein wenig zeigt«, erklärte er gedehnt und mit einem spöttischen Blick.

»Ihr werdet nichts dergleichen arrangieren, Sir!«, fuhr Chisholm scharf dazwischen. »Der simpelste Anstand würde erfordern, dass Ihr Mistress MacRae selbst ausführt. Ich wünschte nur, mein Gesundheitszustand würde es mir persönlich erlauben.«

»Danke, Mylord«, sagte Bab mit einem sittsamen Lächeln. »Sicher könntet Ihr mir viel mehr über die Geschichte und die Menschen hier erzählen als Sir Alex, aber ich muss gestehen, dass ich eigentlich mehr an Euren Jagdfalken interessiert wäre. Ich hoffe, Ihr seid bald wieder so gesund, dass Ihr sie mir zeigen könnt. Patrick sagte, Ihr habt einige berühmte Vögel.«

»Das ist in der Tat richtig.«

»Patrick hat mir viel über die Falkenjagd beigebracht«, erklärte sie. »Nach so vielen Tagen im Haus würde mir ein bisschen Abwechslung und Bewegung draußen wirklich sehr gefallen. Vielleicht wärt Ihr sogar so großzügig, mich einmal jagen zu lassen.«

Chisholm nickte nachdenklich. »Euer Bruder ist bekannt für sein großes Talent mit Greifvögeln, Mistress. Wenn er

Euch den Umgang mit ihnen gelehrt hat, wisst Ihr sicher gut Bescheid. Auch mein Falkner Alasdair Mackinnon ist ein Meister seines Fachs. Er und Alex können morgen mit Euch ausreiten, wenn Ihr wollt.«

Bab warf einen Blick auf Sir Alex und bemerkte zufrieden, dass er zusammenzuckte. Wahrscheinlich gefiel es ihm nicht so sehr, wenn man seinen Tag über seinen Kopf hinweg verplante, dachte sie, aber es würde gut für ihn sein, sich einmal ein wenig zu verausgaben. »Danke, Mylord«, sagte sie glücklich. »Das freut mich wirklich sehr.«

»Bei allem Respekt, Sir«, meldete sich Alex jetzt zu Wort, »aber ich hatte vergessen, dass morgen Beltane gefeiert wird. Es würde mich nicht überraschen, wenn Francis Dalcross und seine Männer mit den Feiernden Böses im Schilde führten. Glaubt Ihr, dass es unter diesen Umständen sicher ist, wenn sie ausreitet?«

»Meiner Treu, Alex, gerade hast du selbst noch gesagt, dass sie harmlos sind, und bei der Jagd werden sie euch wohl kaum stören. Zeig doch endlich einmal ein bisschen Rückgrat!«

Sir Alex' Miene versteinerte sich, und er verfiel in Schweigen. Bab bedauerte, das Thema Jagd in das Gespräch eingebracht zu haben. Es verlief jetzt nur mehr schleppend, und so zog sie sich nach dem Essen mit Lady Chisholm, Giorsal und Clarice als Gesellschaft ins Gemach ihrer Ladyschaft zurück.

4

Claud kam es vor, als wäre zwischen der Vertagung und dem erneuten Zusammentreten des Hohen Kreises gar keine Zeit vergangen. In einem Augenblick gingen alle, und draußen hörte er die Musik; im nächsten war er schon wieder zurück in dem Dunkel, welches das rötlich-goldene Glühen umgab, und beobachtete, wie sich alle wieder in einer Linie aufstellten. Der einzige Unterschied war, dass Maggie den anderen nicht mehr allein gegenübertrat, sondern in diskretem Abstand die liebliche Catriona mit ihrem goldglänzenden Haar neben ihr stand.

Seine Erinnerung an sie war verblasst gewesen, aber nun, da er sie sah, flammte sie wieder auf. Wunderschön und einer Königin gleich stand sie vor den von Kapuzen und Umhängen verhüllten Gestalten; ihr grünes, goldgesäumtes Kleid aus feinster Gaze umfloss die verführerischen Rundungen ihres Körpers. Wie alle ihre Kleider war es tief ausgeschnitten und zeigte ihre prallen, herrlichen Brüste. Er erinnerte sich, wie weich sie waren und wie leicht sich ihr Kleid hatte abstreifen lassen. Und er erinnerte sich an die wunderbaren Dinge, die sie mit ihm gemacht hatte, und spürte, wie sich in seinem Körper erneutes Verlangen regte.

Erst als das Oberhaupt des Kreises das Mädchen zur Antwort aufforderte, merkte er, dass Maggie ihre Aufzählung von Catrionas Missetaten beendet hatte.

Mit trotzigem Blick hob Catriona den Kopf. »Maggie Malloch hasst mich, weil mich ihr Sohn verehrt. Das ist alles, was an der ganzen Sache dran ist.«

»Soso«, meinte das Oberhaupt und fuhr an Fir Darrig gewandt fort: »Wie du siehst, streitet das Mädchen den Vorwurf nicht ab. Damit hat Maggie also deine Frage beantwortet. Was sagst du nun?«

Die Falten in Fir Darrigs Gesicht verzogen sich zu einer Grimasse. »Ich geb zu, dass Catriona im Unrecht war, aber was sie getan hat, das hat nix mit dem Streit zwischen unsrem Stamm und den Helferhänden zu tun. Das ist nix als ein unredliches Ablenkungsmanöver!«

»Wie siehst du dann die Ursache?«, fragte das Oberhaupt des Kreises.

»Wir meinen, dieses Bergvolk sollte nicht auf Sterbliche wie die Gordons, die Chisholms und solche Leute aufpassen müssen, die aus dem Grenzland herstammen. Um solche Clans, und alle, die sich mit ihnen vermischen oder einheiraten, sollten sich die kümmern, die auf ihre Herkunft achten.«

»Dann sag ich, ihr wollt überhaupt keinen Frieden«, erklärte Maggie. »Viele Highland-Clans haben schließlich ihre Wurzeln im Grenzland. Wollt ihr das wirklich, dass wir in die Highlands gehn, um nach unseren Sterblichen zu schaun, die sich mit den euren vermischen oder verheiraten? Wie würd euch das gefallen, wenn in euerm Land mehr von uns sind als von euch? Und außerdem, schickt ihr eure Leute ins Grenzland, wenn eure Sterblichen sich dort vermischen oder verheiraten? Wir haben euch schließlich nicht gebeten zu kommen, und wir wolln euch auch nicht dort.«

Stille trat ein.

Nach einer Weile meldete sich eine weitere Stimme zu Wort. »Werden wir mit dieser Geschichte endlich mal fertig?«, brummte der Sprecher mit zorniger Miene. Er streifte die Kapuze zurück, und zum Vorschein kam ein großer Kopf mit zerzaustem, strähnigem Haar, das ein wettergegerbtes Gesicht mit stechenden Augen, einer Knollennase und dicken, roten Lippen einrahmte. »Wir haben uns versammelt, um diese Frau anzuklagen, weil sie unsere Gesetze gebrochen hat, oder etwa nicht? Haben wir Jonah Bonewits nicht für dasselbe Vergehen verbannt? Ich sag, Red Annis hat Recht. Maggie Malloch muss in die Verbannung, oder die Gesetze des Clans sind keinen Pfifferling mehr wert!«

»Kannst du denn diesen Zwist beilegen, Grogan Capelthwaite?«, fragte das Oberhaupt.

»Kann er nicht!«, fuhr Maggie dazwischen. »Keiner von euch kann's!«

»Halt den Mund, du giftiges Weib!«, knurrte Grogan Capelthwaite. »Hast du nicht schon genug Schaden angerichtet, indem du Jonah Bonewits von seinem Platz hier vertrieben hast?«

»Er hat seinen Platz aus eigener Schuld verloren«, konterte Maggie.

»Ruhe!«, befahl das Oberhaupt. »Ich habe genug gehört!«

»Aber wir müssen noch Zeugen befragen«, protestierte Red Annis.

»Ich weiß gut genug, was die sagen werden, die brauche ich mir nicht anzuhören. Das ist meine Entscheidung, und jeder, der sie nicht respektiert, hat mit der schwersten Bestrafung zu rechnen!« Er ließ seinen durchbohrenden Blick von einem zum anderen wandern.

Niemand wagte, sich ihm zu widersetzen.

»Ich bestimme, dass Maggie Malloch Frieden zwischen dem Lustigen Volk und den Helferhänden schafft«, erklärte er daraufhin gelassen, »und zwar noch vor unserem nächsten Treffen und ohne ein Gesetz zu brechen oder sich wie Jonah Bonewits der Gefahr der Verbannung auszusetzen.«

»Na, das ist gut!«, rief Red Annis mit seiner schrillen Stimme.

»Freut mich, dass du zufrieden bist«, sagte das Oberhaupt anerkennend.

»Mich auch«, erklärte Maggie. »Ich nehm die Aufgabe an, die du mir stellst, aber ich stell dafür auch eine. Wenn ich den Bergstämmen dienen muss, dann sollte Catriona einem Clan dienen müssen, der aus dem Grenzland herstammt. Nachdem du vorhin die Chisholms genannt hast, und weil sich für die im Glen Affric Ärger zusammenbraut, sag ich, Catriona muss ihnen einen wahren Dienst erweisen, ohne dass sie Zwietracht sät wie sonst immer.«

»Du hast mir nix zu befehlen!«, rief Catriona. »Außerdem, die Guten Nachbarn sind dein Stamm, und der muss auf die Gordons und ihresgleichen aufpassen, und da gehören deine Chisholms vom Glen Affric auch dazu!«

»Wenn sie sich weigert«, beharrte Maggie, »dann sollte sie auch bestraft werden, denn wenn ich den Zwist zwischen den Stämmen beilegen soll, dann muss mein Urteil in ähnlichen Dingen akzeptiert werden. Das ist beschlossen worden, und darum sollt es jetzt auch gelten.«

»Jawohl, das gilt auch«, erklärte das Oberhaupt. »Und so soll es sein.«

Wieder wollte Catriona erbost protestieren, doch Fir Darrig legte ihr beschwichtigend eine Hand auf die Schulter.

»Einen Augenblick«, sagte er. »Ich möcht euch alle dran erinnern, dass Maggie beim Beilegen dieses Streits beiden Seiten gleich viel Dienst erweisen muss. Wenn Catriona also einen Dienst leisten muss, für den Maggies Stamm verantwortlich ist, dann muss jemand von dem Stamm einem Clan aus den Bergen dienen, und auch mit denselben Folgen rechnen, wenn er scheitert.«

»Gute Idee«, pflichtete das Oberhaupt an Maggie gewandt bei. »Wirklich ein guter Gedanke. Zudem entscheide ich also, dass dein Sohn Claud einem Mackenzie oder einem MacRae einen gleichartigen Dienst leisten muss, und dass er dieselbe Strafe zu erwarten hat wie Catriona, wenn er scheitert.«

»Einverstanden«, sagte Maggie. »Aber ich muss das Recht haben einzugreifen, falls der eine oder andere Mist baut, sonst wird am Ende noch mein Versuch gefährdet, Frieden zu machen.«

Bei ihrem letzten Wort erlosch das goldene Glühen, ein greller Blitz erhellte den Raum, und eine tiefe Stimme donnerte: »Du wirst scheitern, Mag! Dafür werde ich sorgen!« Dann wurde es nachtschwarz und still.

Spannung erfüllte das Dunkel, bis langsam das goldene Glühen wiederkehrte. Die Mitglieder des Hohen Kreises standen wie zuvor in einer Linie, doch sie waren spürbar erschüttert.

»Das kann nur einer getan haben«, murmelte Maggie Malloch nach einer Weile. »Das war Jonah Bonewits; er hat es gewagt, mich vor euch allen herauszufordern.«

»Ja, das war er«, sagte das Oberhaupt stirnrunzelnd, »aber meine Entscheidung bleibt trotzdem bestehen. Ich räume allerdings ein, dass du das Recht haben musst einzugreifen, wenn etwas schief geht. Aber wenn du das tust, musst du beide Seiten gleich berücksichtigen. Bestrafungen für den Fall, dass Catriona oder Claud versagen, regeln wir, wenn es so weit kommt. Aber wenn die beiden auch nur halb so viel Unfug anrichten wie letztes Mal«, fuhr er grimmig fort, »dann übergebe ich sie beide den Bösen Gastgebern!«

Claud, der die ganze Zeit nur still dagesessen war und zugehört hatte, war entsetzt. Nun hing sein ganzes Schicksal von der Vollendung einer Aufgabe ab, von der er nichts wusste und für die er offenbar keine Hilfe erbitten konnte. Noch dazu würde er Catriona fernbleiben müssen.

Er konnte nur scheitern, denn er vergaß ja schon alles, wenn sie auch nur mit den Fingern schnippte. Und dann würde er mit den Bösen Gastgebern fliegen müssen, bis alle seine Sünden abgebüßt waren, und das bedeutete, für alle Ewigkeit.

* * *

»Ich hoffe, dir ist es in Dundreggan nicht allzu langweilig, Barbara«, sagte Lady Chisholm lächelnd. Nach dem Abendessen hatten sie es sich in ihrem Zimmer gemütlich gemacht. »Ich habe den Eindruck, du bist an ein Leben mit mehr Aktivität gewöhnt als ich.«

»Nein, mir ist gar nicht langweilig, Madam«, erwiderte Bab höflich. Das war zwar falsch, aber zu seiner Gastgeberin sagte man so etwas einfach nicht.

»Ich habe nicht gewusst, dass die Frauen von Kintail mit ihren Männern zur Jagd gehen. Deine Mutter tut das doch bestimmt nicht.«

»Nein, Madam«, sagte Bab und lächelte bei dem Gedanken, dass die exzentrische Lady MacRae mit einem Habicht oder Falken auf der Faust ausritt. »Ich glaube, in ihrer Jugend hat sie an solchen Dingen schon Spaß gehabt, aber in Stirling habt Ihr sicher selbst gesehen, dass sie sich seit dem Tod meines Vaters vor zwei Jahren sehr verändert hat.«

»Man konnte nicht umhin, das zu bemerken«, stimmte Lady Chisholm zu, »aber nachdem sie einige Jahre lang nicht bei Hofe gewesen war, vermutete man, dass sie die Gabe der ungezwungenen Unterhaltung vielleicht verlernt hatte. Das kommt durchaus vor, meine Liebe.«

»Ehrlich gesagt, redet meine Mutter mittlerweile mehr mit sich selbst oder mit irgendwelchem Zwergenvolk, das sie sich einbildet, als mit sonst jemandem«, sagte Bab. »Ich muss gestehen, dass mir das Sorge macht.«

»Dann wirst du mir sicher vergeben, wenn ich ganz offen bin, meine Liebe. Es überrascht mich, dass sie die große Anstrengung auf sich genommen hat, nach Stirling zu reisen.«

»Oh, ich glaube, das hat ihr viel Freude bereitet«, erwiderte Bab leichthin, doch bei der Erinnerung, wie sehr sie gekämpft hatte, um ihre Mutter zu dieser Reise zu überreden, spürte sie Schuld in sich aufsteigen. »Ich denke, es hat ihr sehr gut getan, ein wenig von Ardintoul wegzukommen und wieder einmal alte Freunde und Bekannte zu treffen.«

»Kurz war ihr Aufenthalt allerdings schon«, stimmte Lady Chisholm zu. »Sie ist ja bereits nach einer Woche wieder nach Ardintoul zurückgekehrt. Mich hat aber auch überrascht, dass sie ohne dich aufbrach.«

»Ich nehme an, ihr Verhalten hat viele Leute überrascht«, gab Bab zu, »aber ...«

»Zweifellos glaubte Lady MacRae, ihre Tochter sei in Kintails Obhut sicher«, mischte sich jetzt Sir Alex ein. Er lehnte am Türpfosten, eine Hand lag auf dem Griff seines Schwerts. »Dadurch konnte sie sich eine Pause von Mistress Babs lebhaftem Wesen gönnen.«

»Komm doch herein, mein Lieber«, forderte Lady Chisholm ihren Sohn auf. »Ich habe schon befürchtet, du würdest dich den ganzen Abend lang mit deinem Vater unterhalten und ihn überanstrengen.«

»Nein, er ist noch immer verärgert über mich, und als er merkte, dass mein Schachspiel seit unserer letzten Partie noch nicht besser geworden ist, beschloss er, sich früh zurückzuziehen.«

»Oh, das war klug von dir«, sagte Lady Chisholm. »Wenn du ihn geschlagen hättest, hätte er darauf bestanden, so lange weiterzuspielen, bis er gewonnen hätte. So kommt er nun zu einer guten Nachtruhe, die er so dringend braucht.«

»Sir, glaubt Ihr wirklich, dass meine Mutter ohne mich besser zurechtkommt?«, fragte Bab ihn unbefangen.

»Oh Gott, Ihr nehmt einen aber wirklich her«, meinte er und folgte der Aufforderung seiner Mutter, neben ihr auf dem Sofa Platz zu nehmen. »Ich meinte eigentlich nur, dass der Edelmut ihrer Ladyschaft, Euren Besuch bei Hofe verlängern zu dürfen, wohl begründet war. Aber vielleicht verkenne ich Euch ja, Mistress, und Ihr seid in Ardintoul ein viel ruhigerer Mensch als in einer anderen Umgebung.«

Sie schnitt ihm eine Grimasse.

Lady Chisholm blickte ihrem Sohn ernst in die Augen. »Du solltest nicht so mit unserem Gast reden, Alex! Wenn Sir Patrick und Lady MacRae nichts Falsches daran sahen, dass Barbara in Stirling blieb, dann kann es nicht angehen, dass du sie dafür kritisierst.«

»Ich kritisiere niemanden«, hielt er dagegen. »Mit Toleranz lebt es sich schließlich besser.«

Bab schnaubte verächtlich.

Alex fuhr unbeirrt im selben freundlichen Tonfall fort: »Ich bin eigentlich nur gekommen, um zu fragen, wann Ihr morgen früh aufbrechen wollt, Mistress. Wenn Ihr bei Tagesanbruch losreiten wollt, dann solltet Ihr Euch bald schlafen legen. Ich jedenfalls werde das tun.«

Sie hätte ihm gerne widersprochen und gesagt, dass sie mit wenig Schlaf auskomme, doch das hätte nicht der Wahrheit entsprochen. Sie wusste, dass es klug war, früh zu Bett zu gehen, wenn sie an der Jagd morgen wirklich Freude haben wollte. Aber sie konnte ihm einfach nicht erlauben, dass er sie wie ein Kind ins Bett schickte.

»Ich denke in der Tat, dass wir früh aufbrechen sollten, Sir«, sagte sie. »Aber im Gegensatz zu Euch habe ich heute absolut keinen anstrengenden Tag gehabt. Ich werde also noch eine Weile bei Eurer Mutter bleiben, denke ich, denn wenn ich so bald nach dem Essen zu Bett gehe, kann ich bestimmt nicht einschlafen. Sollen wir uns um sechs Uhr treffen?«

Er gähnte. »Das ist teuflisch früh. Halb sieben wäre vielleicht besser. Dann könnten wir beide noch etwas essen, bevor es losgeht.«

»Ich brauche nur einen Apfel und etwas gesalzenes Fleisch zum Mitnehmen«, erwiderte sie, »aber ich treffe Euch dann um halb sieben bei den Ställen.«

»Dann wünsche ich den Damen eine gute Nacht«, sagte Alex. Er küsste seine Mutter auf die Wange und fügte dann hinzu: »Ich glaube, Ihr habt Euch um Vater zu viele Sorgen gemacht, Madam. Ihr habt ja gesehen, dass er mir sofort Pflichten aufgetragen hat, und das ist immer ein Zeichen neu gewonnener Kraft. Schlaft gut.«

Er verbeugte sich elegant und ging, doch Bab nahm sich vor, noch eine halbe Stunde zu bleiben. Ihre Ladyschaft redete gern über Freunde, die sie in Stirling getroffen hatte, und andere aus den Highlands, doch viele ihrer Anekdoten hatte Bab schon auf der Reise von Stirling nach Dundreggan gehört, und Begeisterung über Menschen aufzubringen, die sie kaum oder gar nicht kannte, fiel ihr nicht eben leicht. Aber sie mochte Lady Chisholm und war ihr dankbar für ihre Gastfreundschaft, und so gab sie sich noch eine halbe Stunde Mühe, ihr zuzuhören.

Schließlich aber wünschte sie ihrer Gastgeberin von Herzen eine gute Nacht und zog sich in ihr Schlafgemach zurück. Dabei fiel ihr erst jetzt ein, dass sie Giorsal nichts von ihrem Plan, wegen der morgigen Jagd früh zu Bett zu gehen, gesagt hatte. Sicher war sie noch unten und schwatzte mit den Hausbediensteten, und wenn Bab sie nicht holte, würde sie wohl erst zur gewöhnlichen Schlafenszeit ihrer Herrin kommen. Es war also einfacher, entschied Bab, sich ohne die Zofe zu entkleiden.

Als sie die Kammer betrat, fiel ihr auf, dass Giorsal offenbar bereits die Vorhänge zugezogen, aber weder Kerzen noch das Kaminfeuer angezündet hatte. Sie fragte sich gerade, weshalb die Zofe wohl eine Aufgabe erledigt hatte, die andere aber nicht, als sich plötzlich die Tür hinter ihr schloss. Eine Hand legte sich auf Babs Mund, und eine bekannte, männlich-tiefe Stimme flüsterte ihr ins Ohr: »Schreit nicht. Ich bin es nur.«

Im ersten Moment war sie vor Schrecken steif geworden, doch beim Klang seiner Stimme entspannte sie sich sofort.

Der Fuchs ließ sie los, und sie hörte, wie er zum Kamin ging. Wenig später flackerte ein kleines Feuer auf, und er wandte sich mit einer brennenden Kerze in der Hand ihr zu.

»Wo ist Eure Zofe?«, fragte er. Es kam ihr vor, als würde ihr ganzer Körper mit seiner tiefen Stimme mitschwingen.

»Unten mit den anderen Bediensteten, glaube ich«, antwortete sie. Ihre Stimme klang angestrengt und etwas heiser. »Ihr solltet nicht hier sein. Wenn Euch jemand sieht!«

»Niemand wird mich sehen«, sagte er und trat auf sie zu. »Es heißt, heute Nacht sind die Hexen und das Zwergenvolk unterwegs. Drum wollte ich mal nachsehen, ob Ihr auch sicher seid.«

Bab spürte am ganzen Körper ein Kribbeln, aber sie stand

da wie angewachsen. Ihre Lippen waren plötzlich ganz trocken, und sie zwang sich, tief durchzuatmen, um die Fassung wieder zu finden, aber es gelang ihr nicht. Seine Gegenwart in ihrem Schlafgemach beraubte sie ihrer sonstigen Gelassenheit.

Es war anstößig. Wenn jemand ihn hier antraf, würde ihr Ruf für immer ruiniert sein. Unwillkürlich trat sie zurück; sie merkte es erst, als sie mit dem Rücken gegen die Tür stieß.

»Ihr solltet nicht hier drinnen sein«, wiederholte sie.

»Hast du etwa Angst vor mir, Liebes?«

»N-nein, natürlich habe ich keine Angst. Ihr habt mir das Leben gerettet. Ich kann nicht glauben, dass Ihr mir jetzt etwas antun würdet. Aber ...«

Sie unterbrach sich, denn er streichelte ihr mit den Fingerknöcheln über die Wange. Das Leder seiner Handschuhe war weich wie Samt.

Hatte er auch einen Handschuh angehabt, als er seine Hand auf ihren Mund legte? Sie konnte sich nicht daran erinnern. Irgendwie kam ihr diese Frage wichtig vor, doch sie konnte sich nicht konzentrieren. Ihr Körper reagierte zu sehr auf seine Nähe. Sogar durch den Handschuh hindurch fühlte sich seine Hand warm und wohlig an.

Ihr Atem flatterte. Er beugte sich zu ihr, seine Lippen nur Zentimeter von den ihren entfernt. Ihr ganzer Körper schien zu ihm hin zu drängen, und sie meinte auch zu spüren, dass es ihn fast unwiderstehlich zu ihr hinzog. Sie hob das Kinn, öffnete die Lippen – und im selben Moment rammte sich die Tür in ihren Rücken, dass ihr fast schwindlig geworden wäre.

»Mistress?«

»Giorsal!«

In einem einzigen Augenblick drückte er ihr die Kerze in die Hand, durchmaß mit drei langen Schritten die Kammer und verschwand hinter dem Vorhang. Zum zweiten Mal stieß die Tür gegen sie, und nun trat sie zur Seite und ließ die

Zofe herein. »Giorsal, hast du mich vielleicht erschreckt!«, sagte sie. »Fast hätte ich meine Kerze fallen lassen.«

»Warum steht Ihr denn direkt hinter der Tür?«

Bab wusste ihr keinen Grund zu nennen, doch dann fiel ihr Blick zum Glück auf die Stocklaterne an der Wand neben der Tür. »Ich wollte gerade noch ein bisschen Licht machen«, gab sie vor. »Ich dachte nicht, dass du so früh nach oben kommen würdest, weil ich ja nicht nach dir geschickt habe.«

»Ihre Ladyschaft schickte nach Clarice, und der Knecht, der sie holen kam, sagte, Ihr wärt schon nach oben gegangen. Ihr hättet mich gleich holen lassen sollen, Mistress.«

»Man schickt nicht gern anderer Leute Dienerschaft einfach so herum.«

Giorsal blickte sie erstaunt an, was Bab auch nicht verwunderte; schließlich hatte sie in anderen Häusern noch nie solche Bedenken gehabt. Trotzdem erwiderte sie den Blick ihrer Zofe gelassen, erleichtert, dass Giorsals Aufmerksamkeit nicht abschweifte und sie am Ende merkte, dass noch eine Person im Raum war.

»Ich zünde die Stocklaterne an, und dann hol ich Euer Schlafgewand«, sagte Giorsal und nahm ihr die Kerze ab.

Sobald ihre Zofe mit der Stocklaterne beschäftigt war, wagte Bab einen Blick auf den Vorhang und stellte erleichtert fest, dass nichts zu sehen war, was ihn hätte verraten können. Er musste ja noch hier sein, denn die Kammer befand sich fast drei Stockwerke über dem Burghof. Irgendwie musste sie Giorsal so lange aus dem Zimmer schaffen, dass er genug Zeit hatte, um zu entkommen.

Was hatte er sich dabei wohl gedacht? Sein waghalsiges, ja tollkühnes Erscheinen entsetzte sie; schließlich hätte die erste Person, die die Kammer betrat, genauso gut, oder fast mit noch größerer Wahrscheinlichkeit, Giorsal sein können. Dieser Mann war eindeutig verrückt – aber er war ein faszinierender Verrückter. Welches Bravourstück würde er wohl als Nächstes vollbringen?

»Ich kann mir mein Schlafgewand selbst holen. Geh du lieber und sag einem Knecht, er soll mir heißes Wasser bringen«, sagte sie.

Giorsal hatte es geschafft, den Docht in der mit Öl gefüllten Stocklaterne anzuzünden. Die Flamme warf Schatten an die Wände und färbte ihr Gesicht gelblich; es erinnerte Bab an die Hexen, von denen der Fuchs gesprochen hatte. »Ich hab mir schon gedacht, dass Ihr heißes Wasser wollt, Mistress«, sagte die Zofe. »Ich hab schon Bescheid gegeben. Und ich hör auch schon den Knecht, der's gerade bringt.«

Jetzt vernahm auch Bab die schweren Tritte des Mannes und fragte sich, weshalb sie Giorsal nicht kommen gehört hatte. Doch als der Knecht eintrat und sie seine schweren Stiefel im Vergleich zu Giorsals leichten Schuhen sah, wurde ihr klar, wie viel Glück sie gehabt hatte, dass weder der Fuchs noch sie selbst in den Sekunden vor dem Kommen der Zofe gesprochen hatten. Sicher hätte Giorsal sie ebenso gehört, wie man den Knecht kommen gehört hatte.

»Gieß das bitte für uns aus«, sagte Giorsal zu dem Mann und passte auf, als er das Wasser aus seinem Eimer zuerst in die Waschschüssel und dann in den daneben stehenden Krug goss.

Sie prüfte die Temperatur, bedeutete dem Knecht, dass er gehen könne und schritt dann zu Babs Entsetzen zu einem der beiden Vorhänge. Noch ehe Bab etwas sagen konnte, zog sie ihn zur Seite und blickte argwöhnisch auf das offene Fenster.

»Kein Wunder, dass es hier nicht warm ist«, meinte sie und verriegelte den Fensterladen. »Ihr habt das doch bestimmt nicht aufgemacht, Mistress.«

»Die Kammer war genau so, als ich hereinkam«, sagte Bab. Sie wagte kaum zu atmen und hoffte inbrünstig, dass Giorsal nicht auch noch den anderen Vorhang öffnen werde.

Erleichtert beobachtete sie, wie der Knecht die Tür hinter sich zuzog. Wenn Giorsal den Fuchs jetzt entdeckte, dann hatten sie zumindest nur mit ihr zu tun, und wenn Bab auch nicht wusste, wie sie die Zofe dazu bringen konnte, Stillschweigen zu bewahren, so würde es ohne einen weiteren Zeugen wenigstens nicht ganz so schwer sein.

»Ich wette, einer von den Bediensteten seiner Lordschaft hat Euer Fenster aufgemacht«, meinte Giorsal. »Vielleicht hat das Feuer geraucht, und er wollte noch ein wenig frische Luft reinlassen. Wenn Ihr zu Eurer üblichen Zeit gekommen wärt, dann hätt er noch Zeit gehabt, es wieder zuzumachen, damit das Zimmer warm wird.«

Bab erwiderte nichts. Sie hätte nichts sagen können, selbst wenn sie es gewollt hätte, denn während Giorsal redete, musterte sie den zweiten Vorhang, und Bab hatte keine Ahnung, wie sie verhindern konnte, dass die Zofe auch ihn zur Seite zog.

»Ist es da drüben nicht zu dunkel, um etwas zu sehen?«, fragte sie schließlich hastig.

»Ihr wollt doch nicht in einem Zimmer voller Spinnweben schlafen«, erklärte Giorsal. »Am Ende krabbelt Euch noch eins von diesen Viechern mitten in der Nacht übers Gesicht!«

Bab rümpfte ob dieses unangenehmen Gedankens die Nase, und dann versuchte sie es noch einmal.

»Giorsal, ich brauche noch ein Handtuch. Ich kann keines finden.«

»Neben dem Waschtisch«, sagte Giorsal wie aus der Pistole geschossen, drehte sich wieder zu dem Vorhang um – und öffnete ihn.

Bab stockte der Atem.

Es war niemand zu sehen.

Der Fuchs war verschwunden, und wenn er nicht mit Hilfe eines Zaubers durch die Wand entkommen war, dann musste er mit übernatürlicher Kraft durch das Fenster davongeflogen sein, bevor Giorsal es schloss. Jedenfalls war er kein normaler Mensch, und Bab beschloss, wenn sie mitbekäme, dass eine Beltane-Hexe ihn auf ihrem Besenstiel zum Mond mitgenommen hatte, dann würde sie darüber nicht im Mindesten erstaunt sein.

Als sie eine halbe Stunde später schlaflos in ihrem Bett lag, fiel ihr ein, dass sie Giorsal nicht aufgetragen hatte, sie früh zu wecken. Tatsächlich hatte sie, nachdem sie entdeckt hatte, dass der Fuchs verschwunden war, kaum mehr mit ihr gesprochen, weil sie sich einfach nicht mehr zu einem normalen Gespräch in der Lage gefühlt hatte. Sie hatte sich nur mehr rasch gewaschen, hatte ihr Schlafgewand angezogen und war ins Bett gesprungen. Dann hatte Giorsal noch die Bettvorhänge zugezogen und ihr ohne ein weiteres Wort eine gute Nacht gewünscht.

Den Blick in das Dunkel über ihr gerichtet, versuchte Bab, noch einmal zu fühlen, was sie gefühlt hatte, bevor Giorsal gekommen war, doch sie gelangte nur an einen Punkt, an dem sie glaubte, dass dies alles ein Traum gewesen sein musste. Die Erinnerung daran, wie Giorsal ihr die Tür in den Rücken gerammt hatte – das war etwas anderes. Der bloße Gedanke daran ließ sie bereits erschauern. Hätte sie nicht direkt vor der Tür gestanden, Giorsal wäre geradewegs ins Zimmer marschiert und hätte angefangen zu schreien, bevor Bab und der Fuchs etwas dagegen hätten unternehmen können.

Bisher war Bab noch nie aufgefallen, dass die Zofe leise wie eine Katze war. Aber wenn Giorsal leise war, dann war es der Fuchs ja noch viel mehr. Wie hatte er bloß so absolut lautlos verschwinden könnten?

Sie hätte sich darüber nur zu gern mit jemandem ausgesprochen, aber sie wagte sich keiner Seele anzuvertrauen. Die Gefahr für ihn und auch für sie selbst war zu groß. Aber nachdem sie einer Katastrophe so nahe gekommen waren, würde er sicher nicht mehr wiederkommen; es war also sinnlos, weiter darüber nachzudenken. Doch trotz dieses Vorsatzes konnte sie nicht einschlafen, denn jeder kleinste Laut und jedes noch so kleine Geräusch ließ sie hochfahren.

Nachdem sie den Kopf zum vierten Mal durch die Öffnung zwischen den Bettvorhängen gesteckt hatte, um nachzusehen, ob jemand im Raum war, erkannte sie, dass sie nicht auf ein vernünftiges Verhalten des Fuchses vertrauen konnte. Sie stand auf und öffnete die Vorhänge ganz; lieber wollte sie alles sehen, was man im Schein des Kaminfeuers erkennen konnte, auch wenn sie sich womöglich erkälten würde, wenn das Feuer erloschen war, als zu riskieren, dass er durch die Bettvorhänge griff und sie aufweckte.

Der letzte Gedanke brachte ein Lächeln auf ihre Lippen. Sie glaubte nicht, dass er das wirklich tun würde, aber selbst, als sie es sich noch einmal beteuerte, flüsterte eine Stimme in ihrem Hinterkopf, dass er es vielleicht ja doch tun würde. Schließlich war dieser Mann zu allem fähig.

5

Auch ohne Giorsals Hilfe war Bab früh wach, denn sie war die ganze Nacht über immer wieder aufgewacht und hatte sich jedes Mal aufs Neue gefragt, ob es bereits Zeit zum Aufstehen sei. Um diese Jahreszeit ging die Sonne gegen sechs Uhr auf; deshalb sprang sie, sobald sie sah, dass es hell war, aus dem Bett und wusch sich mit kaltem Wasser das Gesicht. Was Giorsal denken würde, war ihr gleichgültig.

»Ich bin zu alt, um mich von einer Zofe zurechtweisen zu lassen«, dachte sie, während sie ihre dunklen Locken bürstete. Derlei Dinge sagte sie sich schon seit Jahren, doch mit einer Zofe, die schon bei der Geburt dabei gewesen war, fiel es nicht eben leicht, erwachsen und unabhängig zu werden.

Sie wählte das elegante, graugrüne Reitgewand aus Samt mit den dunkelblauen Säumen aus, das sie am liebsten mochte, weil sie es ohne Korsett tragen konnte; damit konnte sie reiten, wie sie wollte, anstatt steif im Sattel zu sitzen, wie es feinen Damen geziemte. Außerdem konnte sie sich so leichter ohne fremde Hilfe ankleiden. Patrick hatte ihr beigebracht, im Herrensattel zu reiten, wie es auch die meisten anderen Frauen im Grenzland machten, denn das war nicht zuletzt sicherer als ein dick gepolsterter Damensattel. Doch dann fiel ihr ein, dass Sir Alex womöglich annahm, sie könnte einen solchen bevorzugen. Sie war noch nie mit ihm ausgeritten, und seine Mutter benutzte einen Damensattel. Aber seine Leute würden sich bestimmt erinnern, wie sie ritt, dachte Bab.

Sie drehte ihr Haar zu einem Knoten und steckte mit einer Nadel ihren Hut fest, dann nahm sie die Reithandschuhe und die Gerte, warf noch einen raschen Blick in den Spiegel und eilte nach unten. Sie fragte sich, ob Alex wohl schon fertig war oder ob er sie warten ließe. Als Treffpunkt waren zwar die Ställe vereinbart, doch sie bezweifelte, dass er dort bereits war.

Kurz nachdem sie den kalten Saal erreicht hatte, traf auch er dort ein, in der Hand einen halb gegessenen Apfel.

»Ich hatte vergessen, dass am Abend vor Beltane alle Küchen- und Saalfeuer gelöscht werden«, sagte er und fügte mit einer Grimasse hinzu: »Aber sie haben auch die anderen ausgehen lassen, deshalb ist es hier teuflisch kalt. Und wenn wir mittags zum Essen zurückkommen, werden wir auch nichts Warmes kriegen, bis jemand die Feuer neu entfacht.«

»Aber das Fest wird bestimmt ein großer Spaß«, bemerkte sie.

Er blickte sie etwas verstört an. »Im Ernst, wollt Ihr da wirklich hingehen? Meine Eltern werdet Ihr bei so einem abscheulichen Trubel niemals antreffen. Ich bezweifle, dass mein Vater Euch gehen lässt.«

Sie bemerkte, dass er ihr nicht den Vorschlag machte, sie zu begleiten, und wenn seine Eltern nicht gingen, dann wäre es auch höchst unschicklich gewesen, mit ihm allein zu gehen, denn es hätte den Anschein erweckt, als sei ihre Beziehung wesentlich enger, als es der Fall war.

Er sah blendend aus, ganz anders als ihr Bruder, wenn er jagen ging. Patrick trug immer nur eine einfache Lederhose und ein braunes, ledernes Wams. Sir Alex hingegen war mit einem eleganten, kornblumenblauen Wams bekleidet, das mit weißer Seide ausgefütterte Schlitze hatte und von goldenen Bändern zusammengehalten wurde. Dazu trug er einen passenden Hut mit nach oben gebogener Krempe und einer weißen Feder.

»Gut, dass wir kein Rotwild jagen«, bemerkte Bab mit einem neckischen Lächeln. »Wenn die Tiere dieses Hellblau und Gold sähen, würden sie alle bis ins nächste Shire Reißaus nehmen.«

»Meint Ihr?« Er blickte an sich hinab. »Ich dachte, das sei perfekt gewählt. Blau passend zu den Frühlings-Glockenblumen im Wald, und Gold für die Sonne, falls wir sie heute zu Gesicht bekommen. Zuerst dachte ich allerdings, passend zum frischen Frühlingslaub Smaragdgrün zu tragen. Meint Ihr, ich sollte mich noch einmal umziehen?«

»Ich meine, Ihr seid albern«, entgegnete sie rundheraus, denn das Umziehen hätte bestimmt eine Stunde oder länger gedauert. »Ihr braucht überhaupt nicht mit mir auszureiten, wenn Ihr es nicht wollt. Ich komme auch bestens zurecht, wenn ich nur ein paar Knechte dabeihabe. Eigentlich brauche ich nur jemanden, der mir hilft, den Falken wieder zu holen, falls ich Schwierigkeiten bekomme, und einen Falknergehilfen, der mir die Eigenheiten des Vogels beibringt, bis ich mich an ihn gewöhnt habe und er sich an mich.«

»Ihr habt also wirklich vor zu jagen«, seufzte er. »Ich hatte gehofft, wir reiten einfach eine Weile durch die Gegend, bis Ihr's müde seid.«

»Mein lieber Sir«, sagte sie streng, »ich habe mich die letzten zwei Wochen so ausgiebig auf dem Rücken eines Pferdes gelangweilt, dass es für die nächsten zehn Jahre ausreicht. Ich will galoppieren, und ich will jagen. Als Patrick mir von den exzellenten Vögeln Eures Vaters erzählte, hoffte ich, seine Lordschaft würde mir gestatten, einen seiner Falken zu benutzen, aber nachdem er noch immer nicht ganz gesund ist, fürchtete ich, kaum Gelegenheit zum Jagen zu bekommen, vor allem, da Ihr ...«

Sie zuckte die Achseln, denn sie wusste nicht, wie sie ihm auf taktvolle Weise hätte sagen können, was sie von ihm dachte, und fügte dann lediglich hinzu: »Aber es ist eine Schande für all die wunderbaren Vögel, wenn sie den ganzen Tag nur dasitzen und nichts tun.«

»Aber unser Falkner trainiert sie doch sicher ab und zu, damit sie nicht aus der Übung kommen«, meinte Alex.

»Natürlich«, stimmte sie zu und bemühte sich, einen gesitteten Ton zu wahren, obwohl sie ihn am liebsten schon wieder geschüttelt hätte. »Sie müssen bis zum Ende des Frühlings immer wieder zum Jagen herausgebracht werden, sonst langweilen sie sich zu Tode.«

»Das klingt ja alles nach mächtig viel Anstrengung«, klagte er.

»Ich glaube, es ist besser, wenn Ihr hier bleibt«, sagte sie. »Wenn Ihr mir einen Knecht holt, der mich zu den Vögeln bringt, dann komme ich bestimmt auch allein zurecht.«

Er seufzte. »Eine hervorragende Idee, aber Alasdair Mackinnon, unser Falknermeister, würde sich bei meinem Vater über meine Unaufmerksamkeit Euch gegenüber beschweren, und deshalb komme ich wohl besser doch mit.«

»Nein, Ihr müsst nicht. Ich werde selbst mit seiner Lordschaft reden und ihm klar machen, dass ich lieber ohne Euch reite.«

»Dann würde er eine Woche lang nichts mehr zu sich nehmen«, wandte Sir Alex ein. »Ich werde mich also einfach opfern müssen. Aber dass Ihr auf meine Begleitung so gar keinen Wert legt, tut mir schon Leid.«

Bab unterdrückte einen Impuls, seine verletzten Gefühle zu besänftigen und ihm zu versichern, dass es weniger darum ging, dass sie ihn nicht dabeihaben wollte, als um ihren Ärger, weil sie ihn in eine Situation gebracht hatte, in der er glaubte, sich opfern zu müssen. Doch dieser Impuls vergrößerte ihren Ärger noch, denn ein wirklich höflicher Mann zeigte nicht seine Gefühle in der Absicht, ihr Schuldgefühle einzuflößen, und genau das hatte Sir Alex ihrer Meinung nach getan.

Ein Knecht beeilte sich, ihnen die Tür zu öffnen, und sie überquerten den Burghof und gingen auf den Stall zu. Dort zäumte ein anderer Knecht gerade eine Schimmelstute auf, und Bab stellte zufrieden fest, dass der Sattel genau von der Sorte war, die sie bevorzugte. Ein Stück abseits stand ein schöner, gut gebauter, graubrauner Wallach mit schwarzer Mähne und schwarzem Schweif bereit.

Babs erstem Eindruck nach war die Stute zwar sehr schön, aber ziemlich klein, doch ihr erfahrenes Auge bemerkte den feinen Körperbau des Tiers, seinen wachen Blick und die Ungeduld, mit der es scharrte, als wollte es dem Knecht bedeuten, doch endlich fertig zu werden. Als sie auf die Stute zuging, schnaubte diese.

Bab blickte erfreut zu Sir Alex, der sie nicht weniger neugierig beobachtete wie sie das Pferd.

»Gefällt sie Euch?«, fragte er.

»Sie ist sehr schön«, sagte Bab.

»Ich befürchtete schon, Ihr wollt vielleicht einen großen, donnernden Gaul reiten, damit Ihr mir's so richtig zeigen könnt.«

Bab streichelte die Nase der Stute. »Sie sieht aus, als käme sie mit dem Boden hier besser zurecht als jeder große, donnernde Gaul. Aber der Wallach dort ist auch sehr schön.«

»Ich habe ihn noch nie geritten«, sagte Alex mit einem vorsichtigen Blick auf das Tier, »hoffen wir also, dass seine Manieren seinem Aussehen entsprechen.«

Bab erwiderte nichts. Doch es fiel ihr schwer zu glauben, dass er wirklich ein schlechter Reiter war. Ihr Bruder ließ bei einem guten Freund viel durchgehen, aber von einem Gentleman der Highlands, der nicht richtig mit einem Pferd umgehen konnte, hätte Patrick sicher keine gute Meinung gehabt.

* * *

Unbemerkt beobachtete Claud neugierig die beiden Sterblichen vom Dach des Brunnenhauses aus. Instinktiv achtete er mehr auf Sir Alexander Chisholm, der für ihn eine Verbindung zu den Gordons aus dem Grenzland war, denen sein Stamm so lange gedient hatte, doch seine momentane Pflicht galt dem Mädchen, dieser MacRae, über die er trotz einiger Erfahrungen mit den Mackenzies nur wenig wusste.

»Ich kann dir helfen«, murmelte plötzlich eine vertraute, verführerische Stimme neben ihm.

Claud zuckte zusammen und starrte erschrocken auf Catriona, die ihn kokett anlächelte.

»Was tust du denn hier!«, fuhr er sie an. »Na, ich soll den Chisholms helfen«, erwiderte sie unschuldig. »Erinnerst du dich nicht an die Abmachung, Claud? Ich kann dir viel über die MacRaes erzählen, wenn du willst.«

»Ich weiß schon, was ich wissen muss, und das ist, dass ich mich von dir fern halten muss, Catriona«, konterte er entschlossen und blickte furchtsam in alle Richtungen um sich, ob nicht ein anderes Mitglied des Clans sie zusammen gesehen hatte.

»Niemand hat gesagt, dass du dich von mir fern halten musst«, protestierte sie und schmiegte sich an ihn.

»Doch, das muss ich, sonst bin ich geliefert. Das weiß ich gut genug!«

»Wir sind allein, mein Lieber«, flötete Catriona. Sie beugte sich zu ihm und küsste ihn auf die Wange. Verlockend wogten ihre üppigen Brüste über dem spitzenbesetzten Rand ihres Ausschnitts. Ihre Hand glitt an seinen Oberschenkel.

»Lass das!« Er zuckte zurück, als ob er sich verbrannt hätte.

»Magst du mich denn nicht mehr, Claud?«

»Doch, schon, das ist es ja, denn ich kann nicht denken, wenn du mich so anfasst, und das muss ich aber, Catriona!«

»Aber genau deswegen sollten wir miteinander reden, Claud. Du musst mir alles sagen, was du über die Chisholms weißt, und dafür erzähl ich dir alles, was ich weiß, über die MacRaes.«

Er schüttelte heftig den Kopf. »Du bringst mich bloß wieder durcheinander, Catriona. Ich hab mir vorgenommen, nichts mit Mädchen zu tun zu haben, bis ich meine Aufgabe erledigt habe.«

»Aber Claud ...«

»Nein, nein, du brauchst mir gar nicht erst schön tun.« Er blickte sie forsch an und bemerkte, dass ihr langes, grünes Kleid ihre Füße bedeckte. »Na so was, Catriona, bist du am Ende eine Glaistig, so eine mit Ziegenfüßen?«

Sie versteifte sich, als hätte er etwas besonders Anstößiges von sich gegeben. »Wer sagt denn so was?«

»Jemand hat mir mal erzählt, du hättst die Füße von einer Glaistig. Und, stimmt das?«

»Wie schrecklich, dass du so was sagst! Schon für das allein, Brown Claud, werd ich dir nicht bei deiner Aufgabe helfen, und wenn dich die Bösen Gastgeber packen und mitnehmen, dann hast du eben Pech gehabt!«

Mit diesen Worten verschwand Catriona, und Claud fragte sich, ob er soeben einen schlimmen Fehler gemacht hatte – oder ob er es gerade noch geschafft hatte, sich seine Gedanken nicht wieder von ihr verdrehen und entstellen zu lassen, wie sie es früher so oft getan hatte.

* * *

Nachdem Bab und Sir Alex die Pferde bewundert hatten, sagte sie: »Gehen wir jetzt zu den Käfigen?«

»Alasdair Mackinnon bringt uns die Vögel her.«

»Aber ich brauche noch einen Handschuh.«

»Ach, ich dachte wirklich, Ihr hättet einen in Eurem hübschen Ärmel versteckt!«

Sie rümpfte die Nase, doch in diesem Moment kam der Falkner mit einem Gerfalken auf dem Arm, der eine Falkenkappe auf dem Kopf hatte. Ein Knecht, der ihn begleitete, trug einen kleineren Wanderfalken. Die Glöckchen der Vögel klingelten leise.

Bab war vom Anblick der Tiere fasziniert; vor allem der Gerfalke hatte es ihr angetan. Gerfalken kamen aus dem hohen Norden und waren sehr selten, und obwohl sie viele Geschichten über ihre Größe und Schönheit kannte, hatte sie noch nie einen aus nächster Nähe gesehen. Eigentlich kannte sie sich besser mit Habichten aus als mit Falken, doch auch über letztere wusste sie genug, und die Gelegenheit, mit solch einem edlen Tier jagen zu können, entzückte sie.

»Du lieber Gott, Alasdair«, sagte Sir Alex. »Habe ich Euch nicht gesagt, für die Lady einen Zwergfalken und für mich den Baumfalken zu bringen?«

Fast hätte Bab lautstark protestiert. Zwergfalken waren in der Tat gut für Damen geeignet, doch wenn sich schon die Gelegenheit bot, mit einem solchen Tier zu jagen, dann wollte sie sie auch nutzen. Welchen Vogel Sir Alex nahm, war ihr gleichgültig; sie wollte auf jeden Fall den Gerfalken fliegen.

Der Falkner, ein drahtiger, ernster Mann mittleren Alters, blickte Sir Alex unter seinen buschigen Augenbrauen hervor direkt in die Augen. »Nein, Master Alex«, sagte er, »Ihr habt den Wanderfalken und den Gerfalken verlangt. Will, pfeif schon mal die Hunde her!«, rief er einem der Knechte im Hof zu.

Alasdair wollte sie begleiten. Sein Pferd werde gleich bereit sein, sagte er, während er Will beobachtete, der zwei braun-weiß gefleckte Spaniels bei Fuß pfiff. Er bat Bab, in der Zwischenzeit einige Handschuhe anzuprobieren, die er mitgebracht hatte.

Bab entschied sich rasch für einen Handschuh aus dickem Hirschleder, der ihr perfekt passte. Alasdair wartete, bis sie aufgesessen war, und setzte ihr dann den Wanderfalken auf die linke Faust. Sie wickelte sorgfältig die an den Fängen des Vogels hängenden Lederriemen um ihre Finger und war froh, dass der Handschuh dick genug war, sie vor den scharfen Krallen und dem Schnabel zu schützen.

Der Vogel war wesentlich leichter, als sie aufgrund seines Aussehens gedacht hatte. An der Art und Weise, wie er dasaß und um sich blickte, erkannte sie, dass er hungrig war und jagen wollte. »Wollt Ihr Euch Duchess auf die Faust setzen, Sir?«, fragte der Falkner und deutete auf den wesentlich größeren Gerfalken.

»Um Gottes willen, nein!«, protestierte Sir Alex. »Es ist doch viel zu anstrengend zu reiten, wenn man die ganze Zeit einen Arm hochhalten muss. Außerdem mag der Vogel Euch garantiert lieber als mich, Alasdair.«

»Schon gut, Sir«, sagte der Falkner.

Schon mehrmals, und auch jetzt wieder, war Bab aufgefallen, dass Sir Alex' Bedienstete ihren Herrn sehr gern mochten. Ihre eigene Ungeduld mit seinem gezierten Gehabe konnte dies jedoch kaum dämpfen.

»Dann würde ich gerne den Gerfalken nehmen, wenn Ihr gestattet«, meldete sie sich. »Ich habe zwar schon Wanderfalken geflogen, aber noch nie einen Gerfalken.«

Der Falkner musterte sie genau und blickte dann zu seinem Herrn, der aber lediglich die Achseln zuckte. An Bab gewandt sagte er dann: »Bei allem Respekt, Mistress, aber ich würde gern zuerst sehen, wir Ihr mit dem Wanderfalken zurechtkommt, bevor ich Euch den Ger gebe.«

Bab nickte; etwas anderes hatte sie nicht erwartet. Alasdair war Chisholms Falknermeister, und eine so hohe Position erreichte man nicht, wenn man sich seiner Autorität nicht sicher war. Sie wandte ihre Aufmerksamkeit Alex zu, der den graubraunen Wallach bestieg.

Im Sattel zeigte Alex wie üblich Eleganz, aber auch eine unerwartete Behändigkeit. Dennoch erkannte Bab bald, dass er als Reiter nicht so geschickt war wie ihr Bruder. Nicht dass er ein schlechter Reiter war – er ließ lediglich den nötigen Enthusiasmus vermissen. Nachdem er sich vergewissert hatte, dass alle startbereit waren, gab er das Zeichen zum Aufbruch.

Außerhalb der Burg konnte man dünne Nebelschwaden sehen, die über dem Glen Affric hingen. Es war kalt und feucht; die Falken plusterten sich auf und zogen die Flügel hoch. Bab wusste nicht, ob sie das wegen des Nebels taten oder weil sie sich auf die Jagd freuten. Ihr war weder kalt noch unbehaglich, doch sie fragte sich, ob Sir Alex an einem solchen Tag absichtlich statt Habichten Falken geordert hatte, nur um sie zu ärgern.

Habichte jagten von der Faust aus und blieben dicht am Boden, und ihre Beute bestand hauptsächlich aus Waldvögeln und Kleintieren wie Kaninchen und Eichhörnchen. Ein guter Habicht konnte seine Beute im hohen Gras oder im Wald schlagen; ein Falke aber machte mit seinen scharfen Augen von großer Höhe eine Beute aus und stieß dann auf sie herab. Das bedeutete natürlich nicht, dass Falken bei Nebel hungerten, denn sie konnten problemlos über dem Nebel jagen und dort oben kleinere Vögel im Flug schlagen. Das Problem, so wie Bab es verstand, war, den Falken danach wieder zurückzurufen. Das geschah im Allgemeinen mit Pfeifen und einem Federspiel, doch im Nebel konnte der Vogel das Federspiel nicht ausmachen.

Sie behielt diese Gedanken jedoch für sich, denn sicher würde Sir Alex nicht riskieren, den Gerfalken zu verlieren, und sie glaubte zudem, dass er hoffte, sie werde sich beschweren, und er könne dann vorschlagen, in die Burg zurückzukehren. In der Tat wurde ihr Schweigen schon bald belohnt, denn auf halber Höhe den Berg hinauf kamen sie aus dem Nebel heraus. Oben schien die Sonne, und dicke, weiße Haufenwolken trieben langsam über den Himmel. Bald erreichten sie ein weites Hochmoor in einem Sattel am Bergkamm. Von hier oben bot sich ein ausgezeichneter Blick über mehrere Täler.

Bab bemerkte einige Männer, die in der Mitte des Moors Holz aufschichteten, und warf Alex einen fragenden Blick zu. »Für die Beltane-Feuer heute Nacht«, erklärte er. »Die Leute kommen von überall her, um beim Fest das Feuer für ihr Zuhause wieder anzuzünden.«

»Aber werden diese Arbeiter die Falken nicht stören?«

»Nicht mehr als wir. Das Moor ist groß genug für uns alle, und diese Vögel sind gut an Menschen gewöhnt, die während der Jagd unterwegs sind.«

Beim Blick zurück auf die Burg sah Bab gerade noch deren graurote steinerne Türme, die durch den Nebel ragten.

Mit ihren nassen, in der Sonne glitzernden Dächern sahen sie geheimnisvoll, ja fast märchenhaft aus.

Der Falke auf ihrer Faust schien sich schon auf die Jagd zu freuen. »Die sind schon ganz scharf darauf, dass es endlich losgeht«, bemerkte auch Alasdair.

»In der Tat«, stimmte Sir Alex zu. »Alles scheint heute ganz ungewöhnlich voller Energie zu sein. Ich denke, ihr Burschen pfeift am besten schon mal die Hunde zurück, bis der erste Vogel auffliegt.«

Der Wanderfalke begann, den Kopf hin und her zu bewegen und einen leisen, glucksenden Laut von sich zu geben.

»Der ist so weit«, sagte Alasdair mit dem Blick auf die Hunde, die auf die Pfiffe hin zurückgerannt kamen.

»Muss ich auf das Federspiel warten, oder fliegt er von der Faust?«, fragte Bab.

»Er weiß schon, was er tut, Mistress. Wenn Ihr die Haube abnehmt, haltet die Riemen fest, bis ich Euch Bescheid gebe. Dann macht Ihr sie los und hebt die Faust hoch.«

Bab nickte. Sie wusste, was sie zu tun hatte. Vorsichtig nahm sie mit der rechten Hand die Falkenhaube ab. Der Vogel beobachtete sie mit seinen wachen, dunkelbraunen Augen, doch Bab vermied es, seinem Blick zu begegnen, denn da er nicht an sie gewöhnt war, hätte er das als Herausforderung verstehen können.

»Jetzt?«, fragte sie ruhig.

»Jawohl, Mistress, wenn Ihr so weit seid.«

Bab hob den linken Arm und ließ die Lederriemen los.

Ohne eine weitere Aufforderung hob der Wanderfalke die mächtigen Schwingen und schoss himmelwärts. Die winzigen Glöckchen an seinen Fängen klingelten, und während er mit erstaunlicher Geschwindigkeit höher und höher kreiste, verlor sich der feine Klang in der Ferne.

Alasdair winkte den Knechten, und sie ließen die Hunde los. Mit lautem Gebell rannten die Spaniels davon, und schon bald hatten sie eine Kette Moorhühner aufgescheucht.

Wills Pfiffe, mit denen er die Hunde wieder zurückholte, bildeten eine seltsame Harmonie mit dem Gackern der Moorhühner, als sie aus dem Gebüsch aufflogen, in dem sie sich versteckt hatten. Doch Bab verfolgte fasziniert den Falken, der inzwischen so weit über ihnen war, dass sie nicht mehr wegzuschauen wagte; sie hätte ihn vielleicht sonst für immer aus den Augen verloren.

* * *

»Möchtest du nicht gern mit dem Falken dort fliegen, Claud?«

»Lucy!«

Claud war so sehr auf den hoch oben kreisenden Falken konzentriert gewesen, dass er vor Schreck zusammenzuckte. Er hielt sich an der Mähne der Stute fest, in der er es sich bequem gemacht hatte, um die Jagd beobachten zu können.

Lucy Fittletrot saß leicht wie eine Feder auf Sir Alex' Schulter, gekleidet in ein weiches, lavendelfarbenes Gewand, das sich eng an ihren Körper schmiegte. »Ja, ich bin's«, sagte sie mit ihrer melodiösen Stimme und lachte leise. »Hast du mich vermisst, Claud?«

Ihr langes Haar wogte im Wind wie feine Seide, und ihre dunklen Augen waren geheimnisvoll wie ein Waldsee; sie zogen ihn in ihre Tiefen mit einer Kraft, der er noch immer kaum widerstehen konnte.

Er blinzelte im Versuch, sich von ihrem Zauber zu befreien. »Du solltest nicht hier sein«, murmelte er. »Ich hab dir nix zu sagen.«

»Oh Claud, letztes Mal warst du nicht so grausam zu mir. Was hab ich dir denn getan?«

»Das weißt du sehr wohl, was du getan hast. Gelogen hast du, Lucy! Du hast mir gesagt, dein Vater ist Tom Tit Tot, der Fiedler, aber in Wirklichkeit ist es dieser Unhold Jonah Bonewits.«

»Nein, Claud, Jonah Bonewits ist dein Vater, aber nicht meiner. Das hat er deiner Mutter selber erzählt, also mach dich nicht verrückt.«

»Diesem Schuft glaub ich kein Wort, und dir auch nicht«, erwiderte er. »Du könntest meine Schwester sein, Lucy. Da kannst du nicht aus.«

Sie schnitt eine Grimasse, aber anders als Catriona verschwand sie nicht; sie schaltete stattdessen auf stur. Claud war zwar sicher, dass er Recht hatte, was ihre Verwandtschaft anbetraf, aber er wusste, dass sie das nicht davon abhalten würde, ihn zu verführen, wenn ihr danach war.

* * *

Der Wanderfalke stieß zu. Bab sah, dass er in den Sekunden, bevor er die Beute schlug, die Flügel anlegte. Dann war ein dumpfes Geräusch zu hören, goldene Federn eines Moorhuhns flogen auf, und im nächsten Augenblick öffnete der Falke die Schwingen und flog wieder himmelwärts. Das Moorhuhn ließ er auf die Erde fallen.

»Er ist verspielt«, bemerkte Alasdair, während einer der Knechte loslief, um das geschlagene Moorhuhn aufzusammeln.

Gleich darauf kehrte der Falke zurück und schlug ein zweites Mal zu. »Und schnell ist er auch!«, rief Bab begeistert. »Aber passt auf, diesmal frisst er!«

»Die Knechte halten ihn davon ab«, erklärte Alasdair. »Wenn sie das zweite Huhn eingesammelt haben, pfeife ich ihn zurück.«

»Und er kommt dann wirklich wieder auf die Faust zurück? Das ist doch höchst ungewöhnlich, so viel ich weiß.«

»Aber sehr bequem für den Falkner, meint Ihr nicht auch?«, warf Alex ein.

Bab grinste. »Was ich meine, Sir, ist, dass Euer Vater einen exzellenten Falknermeister hat. Patrick hat mir gesagt, wie schwer es ist, einen Falken so zu trainieren, dass er auf die Faust beireitet.«

»Ich vermute, Ihr hättet gern, dass er wieder auf Eure Faust zurückkommt«, stichelte Alex.

Bab blickte auf den Falkner. »Würde er das machen?«

»Sicher, Mistress«, sagte Alasdair. »Er setzt sich auf den Handschuh, der ihm angeboten wird. Ihr braucht ihn nur hochzuhalten, so wie Ihr's auch für einen Habicht tun würdet, aber passt auf, dass Ihr nicht erschreckt oder den Arm zurückzieht, wenn der Vogel daherkommt.«

»Ich weiß«, sagte Bab begeistert. Sie konnte ihre aufgeregte Freude kaum bändigen. Patrick hatte sie seine Falken nur vom Boden holen lassen, wie man es normalerweise machte, wenn der Vogel eine Beute geschlagen hatte.

»Ich hab einen Wachtelflügel, den Ihr ihm geben könnt, wenn Ihr ihn wieder sicher habt«, sagte Alasdair. Dann stieß er einen Pfiff aus, der jedoch anders klang als jene für die Hunde. Der Falke, der nun zwischen den beiden Knechten auf dem Boden saß und sie in der Hoffnung auf seinen Anteil an der Beute beobachtete, hob bei dem Pfiff den Kopf, und dann breitete er die Flügel aus.

»Wendet das Gesicht ab, Mistress«, murmelte Sir Alex.

Bab hörte seinen Rat, doch sie wartete damit und beobachtete mit hoch erhobener Faust bis zur letzten Sekunde, wie der Falke angeflogen kam; erst als er abbremste und die Fänge nach vorne streckte, drehte sie den Kopf weg und hielt den Atem an. Die kräftigen Fänge umklammerten ihre Faust und das Handgelenk, und eine der mächtigen Schwingen streifte die Seite ihres Gesichts.

Sie wandte den Blick wieder dem Falken zu und dachte an die Falkenkappe in ihrer rechten Hand. »Soll ich ihm jetzt die Haube aufsetzen?«, fragte sie.

»Nein«, antwortete der Falkner. »Er bleibt jetzt ruhig, aber haltet die Riemen fest, bis wir ihn wieder losschicken. Wir können ihn nicht zusammen mit dem Ger fliegen.«

Bab nickte und nahm den Wachtelflügel, den Alasdair ihr entgegenhielt. Der Falke hatte den Schnabel bereits geöffnet, und er bewegte die Krallen. Er nahm den Flügel als seinen Anteil an der Beute, drückte ihn mit einem Fang gegen Babs Handschuh und begann zu fressen.

Bab grinste breit vor Freude; sie konnte ihr Glück kaum fassen. »Er ist einfach wunderbar!«, sagte sie aufgeregt zu Sir Alex.

* * *

Ihre Wangen waren vor Begeisterung gerötet, und die dunkelblauen Augen leuchteten vor Freude. *Sie ist wirklich wunderbar*, dachte Alex und lächelte ihr zu.

Als Alasdair mit einem fragenden Blick auf ihn wissen wollte, ob Bab auch den Gerfalken fliegen dürfe, fragte sich Alex, ob er dies überhaupt in Erwägung ziehen sollte. Wenn ihr dabei etwas zustieß, würde er sich über sich selbst ärgern, der Falke war ihm gar nicht so wichtig.

Aber vielleicht war sie ja inzwischen müde. Sie war um einiges früher aufgestanden als sonst; womöglich würde sie sich also damit zufrieden geben, den Ger ein anderes Mal zu fliegen. Doch noch bei diesem Gedanken wusste er, dass es hoffnungslos war. Ihre Begeisterung ließ keinen Zweifel daran aufkommen, was sie sich wünschte.

Alex seufzte. Er war sicher gewesen, dass es eine Freude für ihn sein würde, Mistress Barbara MacRae als Gast in Dundreggan zu haben, und bislang hatte sie ihn absolut nicht enttäuscht. Sie war bezaubernd.

Trotzdem sagte er gedehnt, in seinem sarkastischen Tonfall und mit einem Blick aus zusammengekniffenen Augen: »Seid Ihr dann bereit, nach Dundreggan zurückzukehren, Mistress? Ich muss gestehen, dass ich reif für einen Mittagsschlaf bin.«

Sie prustete sehr undamenhaft. »Was Ihr da sagt, ist blanker Unsinn, Sir, denn das kann überhaupt nicht sein. Dieser Wallach würde noch nicht mal ein Baby ermüden, und abgesehen davon, dass Ihr Eure Zügel gehalten habt, musstet Ihr heute noch keinen Finger krümmen, denn das Pferd schien den Weg hier herauf gut zu kennen. Wenn Ihr nicht wollt, dass ich Euch für das größte Scheusal halte, dann reiten wir nirgendwohin, bis ich diesen Gerfalken geflogen habe. Ich tue das liebend gerne sofort – es sei denn, Ihr wollt ihn zuerst fliegen, um ihn ein wenig zu ermüden, bevor ich ihn nehme«, fügte sie provozierend hinzu.

Er verbarg seine Belustigung und traf nach einem forschenden Blick auf den ruhig dasitzenden Falken seine Entscheidung. »Tut, was Ihr wollt, Mistress. Wenn ich versuche, ihn Alasdair abzunehmen, dann bedenkt er mich sicher mit einer wahren Sintflut seiner Exkremente wie das letzte Mal, als er auf meiner Faust stand. Und der Gestank wäre nicht nur für uns alle äußerst lästig auf dem Rückweg nach Dundreggan, sondern obendrein wäre auch noch meine feine Kleidung ruiniert.«

Bab rollte die Augen und schüttelte ungläubig den Kopf, doch ihr Ärger über ihn war gering im Vergleich dazu, wie sehr sie sich wünschte, den Gerfalken zu fliegen. »Muss ich irgendetwas Besonderes wissen, wenn ich ihn fliege?«, fragte sie Alasdair.

»Nein, Mistress, ich hab schon gemerkt, dass Sir Patrick Euch gut trainiert hat.«

»Ich möchte ja diese reizende Gesellschaft nicht anöden«, sagte Alex, »aber der Gerfalke wird nicht auf Eure Faust beireiten, Mistress, und Ihr solltet auch nicht zu ihm gehen, nachdem er geschlagen hat. Ihr werdet es Alasdair oder seinen Männern überlassen, ihn zurückzuholen.«

»Vielleicht sollten wir zum Ende des Moors reiten«, meinte der Falkner. »Könnte sein, dass da ein Teich ist, wo wir einen Reiher sehen. Die hat der Ger besonders gern.«

»Der nimmt sich, was er findet«, meinte Alex. »Ich bleibe

lieber hier, wo wir einen guten Rundumblick haben, denn wir wissen ja nicht, welche Unheilstifter womöglich heute unterwegs sind, und wir haben keine bewaffneten Männer dabei.«

»Außer ein paar Leuten, die Holz schleppten, haben wir aber auch niemanden gesehen«, fügte Bab unwirsch hinzu.

»Schon, aber manch einer könnte Beltane als Vorwand nehmen, und ich möchte hier oben lieber keine Probleme bekommen. Also, gebt Mistress MacRae den Gerfalken, Alasdair, damit es vorwärts geht und wir zum Essen wieder zu Hause sind.«

Bab war es gleichgültig, wo sie den Falken flog. »Weiß er auch so gut, was er zu tun hat, wie der Wanderfalke?«

»Ja, Mistress. Er fliegt von Eurer Faust wie ein Habicht. Der Unterschied zum Wanderfalken ist, dass er zwar ebenso hochfliegen und niederstoßen kann wie dieser, aber er schlägt auch Beute ungefähr so wie ein Habicht und sucht sich dicht über dem Boden Eichhörnchen, Wühlmäuse und Reiher oder Ähnliches.«

»Oh.« Sie klang enttäuscht, dachte Alex, und er glaubte auch zu verstehen, weshalb sie enttäuscht war. Von einer so herrlichen Kreatur erwartete man gern Größeres. Aber die Realität ließ eben nur allzu oft große Erwartungen scheitern.

Er fragte sich, ob die Realität in Bezug auf Mistress Barbara MacRae auch ihn am Ende enttäuschen würde. Doch als er sie beobachtete und ihr begeistertes Lächeln sah, als sie Will den Wanderfalken übergab und von Alasdair den Gerfalken in Empfang nahm, dachte er, sie würde sich wahrscheinlich doch eher als entzückend erweisen.

* * *

Lucy und Claud beachteten den Gerfalken gar nicht. Sie hatte es sich neben Claud in der dichten Mähne der Stute bequem gemacht, und nun blickte sie, das Kinn in die Hände gestützt, sehnsüchtig auf ihn.

Er starrte ins Leere und versuchte, ihr beharrliches Drängen zu ignorieren.

»Du musst mir glauben, Claud. Der Zauberfiedler Tom Tit Tot ist ganz gewiss mein Vater«, beteuerte sie, »ganz so wie ich's dir gesagt hab.«

Claud zuckte die Achseln. Wie konnte sie nur so etwas sagen, wo er doch selbst und mit eigenen Augen gesehen hatte, wie sich Tom Tit Tot in Jonah Bonewits verwandelt hatte, und das nur, weil er vor Tom Tit Tot den Namen Jonah Bonewits ausgesprochen hatte!

Lucy blieb stur. »Hast du vergessen, dass Jonah Bonewits ein mächtiger Zauberer ist, der sich sogar in andere verwandeln kann?«

Claud horchte auf. Genau das hatte er doch eben gedacht! Manche sagten, dass Jonah Bonewits genauso mächtig war wie Maggie Malloch, vielleicht sogar noch mächtiger.

Lucy redete nicht weiter, und nun kam ihm noch ein anderer Gedanke. »Meinst du vielleicht, er hat nur die Gestalt von Tom Tit Tot angenommen und so getan, als ob er dein Vater wäre?«

»Ja, denn so ist es. Unter seinem Zauber wurde mein armer Vater als eine läppische Grille in den Käfig gesteckt, in einem fernen Land, wo die Männer lange Zöpfe tragen. Und Jonah Bonewits hat auch mich verzaubert, Claud, aber ich bin jetzt frei.«

Das zu hören erleichterte Claud sehr. Wenn Lucy frei war, warf das ein neues Licht auf die Dinge. Als sie eine Hand auf seinen Oberschenkel legte, grinste er.

6

Da der Gerfalke spektakulärer aussah als der Wanderfalke, hatte Bab erwartet, dass er auch im Flug spektakulärer sein würde. Doch sie war froh, als er niedrig flog, wie Alasdair es angedeutet hatte, anstatt den Reiher zu suchen. Denn ihrer Meinung nach waren Reiher fast ebenso spektakuläre Tiere wie Falken, und zum Essen waren sie ohnehin ziemlich zäh.

Nachdem der Ger seine Beute geschlagen hatte, ließ sie die Knechte zu ihm gehen und beobachtete genau, wie Will niederkniete und das Wild in den Beutel steckte, während der andere dem Vogel vorsichtig den Arm mit dem Handschuh entgegenstreckte. Der Falke ging gehorsam darauf, nahm den Köder, den der Mann ihm anbot, und wehrte sich auch nicht, als er die Lederriemen um seine Finger wickelte.

Sie flogen beide Vögel noch einige Male, und dann wurden die Hunde zurückgepfiffen. Bab erhob keinen Einwand, als Sir Alex sie geduldig fragte, ob sie für heute genügend Jagdfreuden genossen habe. Sie konnte sich wohl kaum beklagen, doch sie spürte eine leise Enttäuschung und wünschte sich, er könnte ihre Freude an diesem Sport mit ihr teilen.

Aber wenigstens eine spitze Bemerkung konnte sie sich einfach nicht verkneifen. »Sicher befürchtet Ihr, Ihr könntet Euch einen Sonnenbrand holen, und Euer gutes Aussehen könnte in Mitleidenschaft gezogen werden.«

»Ihr seid so scharfsichtig, Mistress. Genau das ist meine Befürchtung, aber wie ich sehe, habe ich Euch schon wieder verärgert, und dafür möchte ich mich in aller Aufrichtigkeit entschuldigen.«

»Falls Ihr versucht, mir ein schlechtes Gewissen einzureden, Sir Alex, muss ich Euch warnen, denn solche Duckmäuserei macht mir eher eine schlechte Laune.«

»Das dachte ich mir«, sagte er. Seine Augen funkelten, und im Sonnenlicht bemerkte sie, dass ihre Farbe dem leuchtenden Blau seines Wamses entsprach. Normalerweise waren sie immer etwas zusammengekniffen, so dass sie bisher nicht bemerkt hatte, wie strahlend blau sie waren.

»Master Alex, ich bin so weit«, meldete sich Alasdair. »Was hätte seine Lordschaft wohl zu alldem zu sagen?«

Als Sir Alex mit Verblüffung reagierte, merkte Bab, dass er ebenso wie sie mit Bediensteten »gesegnet« war, die ihn seit seiner Geburt kannten, und musste ein Lachen unterdrücken.

* * *

»Tatsache ist, dass ich ein Mann bin, der von Frauen bedrängt wird«, sagte Claud mit einem tiefen Seufzer, als Lucy sich über ihn beugte und ihn küsste.

»Frauen? Ich bin doch nur ein kleines Mädchen, Claud, und ich bedräng dich doch nicht.«

»Schon, aber Catriona war auch grade erst hier, weißt du.«

»Catriona? Ach ja, die Glaistig, die deine Mutter die kleine Highland-Schlampe nennt«, meinte Lucy hilfsbereit. »Na, die brauchen wir nicht. Ich schaff sie dir vom Hals.«

»Na ja«, erwiderte Claud zweifelnd. »Ich weiß nicht, aber man könnt mit der ja auch 'ne Abmachung machen, bloß um sicherzugehen.«

»Was für 'ne Abmachung denn?«

»Sie sagt mir was über die MacRaes, und ich sag ihr was über die Gordons und die Chisholms. Dann hätten wir beide bessere Chancen, meinst du nicht auch?«

»Mein ich nicht«, gab Lucy zurück und streichelte seinen Schenkel auf eine Weise, dass ihm siedend heiß wurde. »Wir wissen alles, was wir über die alle wissen müssen, Claud. Ich schaff uns dieses Luder vom Hals, keine Angst. Du weißt ja, ich hab dir früher schon geholfen, und außerdem komm ich auch vom Grenzland, genau wie du, also kann keiner dran herumkritteln, dass ich dir helf.«

»Na ja, vielleicht, aber was ist mit Jonah Bonewits?«

»Was soll mit dem sein?«, fragte sie zurück. »Der ist verbannt, also hat er keinen Zauber mehr, und das ist alles.«

»Nein, er ist nur aus dem Kreis verbannt, aber nicht aus dem Clan ausgestoßen!«

Während ihre Hand seinen Schenkel hinaufwanderte, kam ihm der Gedanke, dass Lucy Fittletrot Maggie Mallochs Sohn Claud stärker verzauberte als je zuvor, auch wenn Jonah Bonewits' Zauber geschwächt war. Ohne weiter zu grübeln, ergab er sich dann dem Zauber ihrer Finger und ihrem rosigen kleinen Mund.

* * *

Die Rückkehr der Jäger nach Dundreggan verlief ohne Zwischenfälle, denn die Unterhaltung beschränkte sich auf das sich bessernde Wetter und darauf, dass Sir Alex sich laut fragte, was es denn mittags zu essen geben werde, da ja alle Feuer in der Burg gelöscht waren. Auch der Nachmittag und Abend verstrichen ohne nennenswerte Ereignisse, denn Bab sah Alex erst zum Abendessen wieder, und unmittelbar danach erklärte sich Chisholm dazu bereit, dass sein Sohn wieder einmal versuchen dürfe, ihn im Schach zu schlagen.

Für Bab bedeutete das, den Rest des Abends mit Lady Chisholm im Frauengemach zu verbringen. Sie vertrieben sich zwar die Zeit mit netten Gesprächen, doch im Vergleich zu den Festlichkeiten zu Beltane, die auf dem Hochmoor und zweifelsohne auch in den Tälern gefeiert wurden, empfand sie es als langweilig.

Sie hatte bisher noch jedes Jahr an diesen Feiern teilgenommen und konnte sich gut vorstellen, wie überall die Beltane-Feuer entzündet wurden. Die Männer drehten so lange ein Stäbchen aus Eichenholz in einem in ein Eichenbrett gebohrtes Loch, bis Funken entstanden. An diesen wurde mit viel Geduld ein Pilz entzündet, der an alten Birken wuchs, und nach und nach fügte man dann Holz von den neun heiligen

Bäumen hinzu, bis ein großes Feuer loderte. Nach den Ritualen zu Ehren der reinigenden Kraft der heiligen Feuer wurde getanzt, gesungen und gefeiert.

Danach trat jeweils ein Mitglied eines Haushalts vor, um die Fackel zu entzünden, mit der am Ende des Festes zu Hause die Feuer neu entfacht wurden. Ein solches Fest war natürlich weit interessanter und schöner, als mit Lady Chisholm in der Kammer zu sitzen. Angesichts dessen, dass in Ardintoul noch weniger Abwechslung geboten sein würde als in Dundreggan, fragte sich Bab, ob das Schicksal ihr wohl ein langes oder barmherzigerweise ein kurzes Leben bescherte, bevor sie vor lauter Langeweile umkommen würde.

Endlich holte eine Frage Lady Chisholms zu einem Stickmuster sie aus ihren trüben Gedanken zurück. Sie verdrängte ihre Schwermut und begann, mit ihrer Gastgeberin zu diskutieren.

* * *

Der Himmel über dem Hochmoor war dunkel, denn der Mond war neu und zu scheu, um sein Gesicht zu zeigen, doch die Sterne funkelten, und das festliche Treiben war laut und ausgelassen. Zwei Beltane-Feuer loderten und schickten knisternd und prasselnd Funken in die schwarze Nacht, und Dudelsäcke und Fiedeln spielten zum Tanz auf.

Brüllende Rinder in der Ferne ließen vermuten, dass das Ritual der Segnung der Tiere bereits stattgefunden hatte, und hier und da bereiteten sich Paare darauf vor, über eines der Feuer zu springen, sobald diese weit genug heruntergebrannt waren. Einige, die nicht bis Mitternacht auf dem Hochmoor bleiben wollten, hatten sich schon aufgestellt, um die Fackeln anzuzünden, mit denen sie ihre Feuer zu Hause neu entfachen wollten. Sie würden sich schon bald auf den Heimweg in ihre Täler machen.

Alle Aufmerksamkeit war auf die Tänzer und Musikanten

gerichtet, und so bemerkten die Feiernden nicht die fünf Männer, die aus östlicher Richtung auf das Moor zugeritten kamen. Erst als sie sich im Schein der Feuer zeigten, wurde die Menge sie gewahr.

Zuerst hörten die Dudelsackspieler auf, dann die Fiedler, und bald darauf war nur noch das Knacken der Feuer zu hören.

Francis Dalcross saß auf einem starken, rötlichbraunen Pferd. »Das ist eine gesetzeswidrige, heidnische Zusammenkunft!«, schrie er drohend. »Sie wird sofort aufgelöst. Geht alle nach Hause!«

»Was soll denn an Beltane gesetzeswidrig sein?«, rief jemand aus der Menge zurück. »Das ist ein Fest, das jedes Jahr gefeiert wird!«

»So ist es«, stimmten andere zu, »und so war's schon über Hunderte von Jahren!«

Dalcross ließ sich nicht beirren. »Das ist ein heidnisches Fest, es wird von der Römischen Kirche nicht gutgeheißen. Wir werden dieses Treiben ein für alle Mal beenden!«

»Dazu habt Ihr kein Recht!«

Aus mehreren Kehlen schallte der Ruf über das ganze Moor, doch Dalcross blieb standhaft, und als die Stimmen erstarben, zeigte er auf einen der Männer, die es gewagt hatten, ihm zu trotzen, und knurrte: »Verhaftet diesen Kerl, und die beiden neben ihm gleich mit!«

Ein allgemeines Entsetzen folgte diesem Befehl, doch Dalcross hatte bereits sein Schwert gezogen, und seine Begleiter hielten Pistolen im Anschlag. Die drei Opfer wurden gefesselt und mit einem Seil um den Hals aneinander gebunden. Einer der bewaffneten Reiter zog sie an diesem Seil hinter sich her, ein zweiter folgte den Gefangenen, und so machte sich der Tross auf in die Richtung, aus der die Männer gekommen waren.

Dalcross wandte sich wieder zu der Menge um. »Und ihr macht jetzt sofort diese Feuer aus und geht nach Hause!«, herrschte er die Menschen an. »Eure Herdfeuer könnt ihr anzünden, wie ihr wollt!«

»Was passiert mit den dreien, die Ihr gefangen genommen habt?«

»Der Sheriff wird sie hängen, weil sie an heidnischen Bräuchen teilgenommen haben. Das soll euch allen eine Lehre sein, dass solches Treiben in Zukunft nicht mehr geduldet wird. Und wenn ihr am nächsten Sonntag in die Kirche geht, dann betet für eure Seelen und dass unser allmächtiger Gott im Himmel euch diese schreckliche Sünde vergibt!«

Einige Männer aus der zornig murrenden Menge traten vor, doch sie waren unbewaffnet, und so blieben sie nach drohenden Gesten von Dalcross und den beiden Reitern, die ihn flankierten, abrupt stehen.

Die Menschen verstummten, doch plötzlich erklang eine tiefe, mächtige Stimme aus dem Dunkel: »Bleib, wo du bist, Francis Dalcross! Ich sehe, du hast das feine italienische Schwert, das ich dir beim letzten Mal abgenommen habe, durch ein nicht minder feines ersetzt, aber meine Männer in den Bäumen haben Langbogen und Gewehre, und sie treffen gut. Eine Bewegung von dir oder einem deiner Männer, und ich verspreche dir beim Wort von *Sionnach Dubh*, dass es eure letzte war!«

Alle drehten sich um und sahen, wie sich ein großer, schwarzer Hengst gerade so weit in den Schein der Feuer bewegte, dass der in einen schwarzen Umhang gehüllte Reiter sichtbar wurde. In seiner Rechten blitzte eine silberne Klinge.

»*Sionnach Dubh*!«

Ein Raunen ging durch die Menge, das schon bald zu einem lauten Stimmengewirr anschwoll und über das ganze Moor zu hören war.

Dalcross starrte wutentbrannt auf den schwarzen Reiter. »Wir sind zu fünft, du Schurke. Aber du bist ja sicher nicht so gut, dass du es wagen würdest, gegen uns alle gleichzeitig anzutreten!«

»Vielleicht nicht gegen fünf gewöhnliche, gut bewaffnete Männer«, erwiderte der Fuchs. »Aber drei so miese Kerle wie du und deine Leute würden uns keine großen Schwierigkeiten bereiten.«

»Drei?«

»Genau, denn mit den beiden, die du mit deinen Opfern losgeschickt hast, bin ich schon fertig, und die drei Männer sind frei. Aber du wirst sie für eine Weile nicht mehr zu sehen bekommen, weil ich ihnen gesagt habe, sie sollen dir erst mal aus dem Weg gehen.«

Dalcross blickte über die Schulter, doch die beiden Soldaten, die die Gefangenen abgeführt hatten, waren mitsamt ihren Opfern verschwunden.

In diesem Augenblick legte der Mann zu seiner Linken die Pistole an und preschte mit seinem Pferd vorwärts. Die ihm zunächst Stehenden wandten sich zur Flucht, doch noch ehe er schießen konnte, bohrte sich ein Pfeil in seine Schulter. Mit einem Aufschrei ließ er die Pistole fallen, und im selben Augenblick wurde er von einigen aus der Menge vom Pferd gerissen und überwältigt.

Einige andere nutzten den entstandenen Tumult und entrissen Dalcross und dem Mann neben ihm Schwert und Pistole und zerrten sie zu Boden.

»Vorsicht, Männer«, mahnte der Fuchs, »Francis Dalcross hat in seinem linken Stiefel einen Dolch stecken, und vielleicht trägt er auch noch ein bisschen mehr Spielzeug mit sich herum, also durchsucht ihn gründlich, und auch seine Männer. Behaltet die Waffen und eskortiert die Kerle bis an den Rand des Moors. Da lasst ihr sie dann laufen.«

Die Überwältigten wurden durchsucht, und bis auf die Kleidung wurde ihnen alles abgenommen, was sie an sich trugen, und ins Gebüsch geworfen. »Das Beste wär doch, wir würden sie gleich alle aufhängen!«, zischte auf einmal jemand.

»Nein, wir sind keine Mörder«, entgegnete der Fuchs.

»Wir wollen nur unser Leben und unsere Bräuche erhalten und solchen Kerlen wie Dalcross und seinen Leuten klar machen, dass sie uns besser in Ruhe lassen.«

»Aber wenn wir sie freilassen, kommen sie bloß wieder!«

»Ihr behaltet ihre Pferde und jagt sie den Berg hinunter. Wenn sie aufpassen, kommen sie beim Sternenlicht sicher ins Glen Mor und nach Inverness zurück.«

»Und wenn sie hier bleiben?«

»Ich glaub nicht, dass sie so dumm sind zu bleiben, nachdem sie sich so viele Feinde gemacht haben«, sagte der Fuchs. »Aber wenn sie Schwierigkeiten machen, könnt ihr ihnen ja noch die Stiefel abnehmen. Und ich warne dich außerdem, Francis Dalcross. Die Leute von hier bis zum Glen Mor sind nicht besonders freundlich zu Fremden. Ihr bleibt also besser den großen Straßen fern, denn schließlich habt ihr keine Waffen mehr.«

Lachend jagten sie Dalcross und seine Männer davon. Als sie wieder zu den noch immer brennenden Beltane-Feuern zurückkamen, sahen sie, wie sich der starke schwarze Hengst hoch aufbäumte, und dann verschwand *Sionnach Dubh* im Dunkel der Nacht.

* * *

Bab erhob keinen Einwand, als Lady Chisholm meinte, es sei an der Zeit, schlafen zu gehen. Sie gähnte ohnehin schon seit einer halben Stunde und freute sich auf einen gesunden Schlaf. Und morgen würde ja vielleicht Patrick kommen und sie abholen.

Dieser Gedanke hatte seine Vorzüge, doch als sie merkte, dass es sie auch nicht sehr stören würde, wenn Patrick nicht käme, versuchte sie nicht, ihre Gefühle weiter zu ergründen.

An der Tür zu ihrem Schlafgemach angekommen, dachte sie an die vergangene Nacht, doch trotz einer leisen Hoffnung war sie nicht überrascht, außer Giorsal niemanden vorzufinden. Auf dem Waschtisch dampfte heißes Wasser, ihr Schlafgewand lag bereit.

Mit einem Seufzer ließ sie sich von Giorsal helfen, sich zum Zubettgehen fertig zu machen.

Doch bevor sie sich hinsetzte, um sich die Haare ausbürsten zu lassen, legte sie noch ein Stück Holz ins Feuer.

»Heut Nacht ist es richtig kalt, Mistress«, bemerkte Giorsal. »Dieses Feuer hat schon gebrannt, als ich reinkam, aber irgendwie wird das Zimmer trotzdem nicht warm.«

»Ich bleibe noch ein bisschen auf, aber du kannst gleich gehen, wenn du mir die Haare gebürstet hast«, sagte Bab. »Ich setze mich noch ein wenig ans Feuer und wärme mir die Zehen.«

»Ich hab schon eine Wärmflasche in Euer Bett gelegt«, erklärte Giorsal. »Am besten, Ihr springt gleich rein, wenn ich hier fertig bin, dann ist es noch schön warm.«

»Auch gut«, meinte Bab, wohl wissend, dass es zwecklos war, mit Giorsal zu streiten. Fünf Minuten darauf stieg sie in das warme Bett, ließ sich von der Zofe gut zudecken und wünschte ihr eine gute Nacht.

Giorsal zog die Bettvorhänge zu, und einen Augenblick später hörte Bab, wie leise die Tür geschlossen wurde. Sofort stand sie auf und öffnete die Bettvorhänge wieder, damit sie das Feuer beobachten konnte. Doch es brannte sehr rasch nieder.

Bab wollte noch immer nicht schlafen; sie stand auf und legte noch einmal Holz nach.

Danach richtete sie sich auf, rieb die Hände aneinander, drehte sich um – und stieß mit einem großen, muskulösen, in einen schwarzen Umhang gehüllten Körper zusammen. Kräftige Arme legten sich um sie.

Sie konnte gerade noch einen entsetzten Aufschrei unterdrücken, denn sie hatte nicht das leiseste Geräusch gehört, das sie vor ihm hätte warnen können, und hätten seine starken Arme sie nicht aufgefangen, sie wäre vor Schreck einfach umgefallen. Der Schock seiner Berührung ließ sie erstarren und verstummen; sie war kaum in der Lage zu atmen.

»Tut mir Leid, Liebes«, murmelte er ihr ins Ohr. »Ich wollte dich wirklich nicht so erschrecken.«

Bab schluckte; sie war noch immer sprachlos.

Er hielt ihren Kopf an seine Brust, und sie konnte seinen Herzschlag hören. Im Vergleich zu ihrem Herzen, das in ihrer Brust zu donnern schien, schlug seines kraftvoll und stetig.

Der Griff seiner Hand an ihrem Kopf lockerte sich.

Endlich hatte sie ihre Fassung wiedergewonnen und blickte zu ihm auf. Er trug seine kapuzenähnliche Maske; im Schein des Feuers konnte sie nur die ungefähre Form seines Kopfes erkennen. Sie berührte den Rand der Maske, doch er ergriff rasch ihren Arm und hielt ihn fest.

»Du musst aufhören, mich so fürchterlich zu erschrecken«, sagte sie halblaut, aber bestimmt. »Eben dachte ich wirklich, jetzt gehen mir gleich die Lichter aus.«

»Aber nicht doch, meine Süße. Du bist doch tapfer, du hast ja nicht mal geschrien.« Sie versuchte, den Rand der Maske nach oben zu schieben, doch der Griff seiner Hand wurde sofort härter.

»Ich möchte dich sehen«, sagte sie. »Du solltest nicht hier in diesem Zimmer sein, aber wenn du schon einmal hier bist, dann möchte ich auch dein Gesicht sehen.«

»Nein, das wäre viel zu gefährlich, für jeden von uns.«

»Vertraust du mir nicht?« Dass er sich in ihr Schlafgemach einschleichen konnte, gleich zweimal, und ihr dann nicht zutraute, seine Identität zu wahren, verletzte sie. »Ich würde dich niemals verraten«, sagte sie leise und versuchte, es so aufrichtig klingen zu lassen, wie sie es fühlte.

»Das glaube ich dir«, sagte er ebenso gedämpft, und seine tiefe Stimme berührte sie wieder wie schon einmal und ließ ihren ganzen Körper vibrieren. »Ich weiß sehr wohl, dass du mich niemals willentlich verraten würdest, aber unter gewissen Umständen kann niemand sicher darauf vertrauen, nichts auszuplaudern, und anderen erst recht nicht.«

Das Vibrieren in ihrem Körper wich einem kalten Schauder, als sie verstand, was er andeutete. »Hast du Angst, dass sie mich foltern könnten?«

»Weder Dalcross noch sein Sohn sind dafür bekannt, Gnade walten zu lassen«, sagte er. »Sie sagen, sie sprechen für den König, aber sie glauben, für den Papst und für Gott höchstpersönlich zu sprechen.«

»Aber weshalb bist du dann gekommen?«

»Gute Frage«, erwiderte er, »vor allem, da mit jedem Mal klarer wird, dass du für mich eine große Gefahr bist.«

»Und du für mich, wenn es stimmt, was du über das Foltern gesagt hast«, murmelte sie.

»Ja, allerdings nur, falls Francis Dalcross überzeugt ist, dass du alles über mich weißt, was er wissen möchte. So wie die Dinge jetzt liegen, brauchst du ihm nur zu versichern, dass du mein Gesicht nie gesehen hast. Kannst du das, wenn er dich verhört?«

»Du sprichst immer nur von Francis Dalcross. Was ist mit seinem Vater?«

»Francis schenkt dir mehr Beachtung als sein Vater. Außerdem vermute ich, dass er machthungriger ist als Sheriff Dalcross und versucht, diese Macht über Kardinal Beaton und dessen Bestreben, die Kirche der Highlands unter der Herrschaft Roms zu halten, zu erlangen.«

»Ich habe ihn – ich meine Francis – in Stirling kennen gelernt«, gab sie zu. »Und ich … ich mochte ihn.«

»Na ja, wenn er will, hat er sicher auch liebenswerte Seiten.«

»Patrick mochte ihn nicht. Ich kann es nicht leiden, wenn Patrick Recht hat und ich nicht.«

Er lachte leise, sagte jedoch nichts mehr. Seine Hand hielt sanft ihren Arm fest; seinen anderen Arm hatte er um ihre Taille geschlungen.

»Das klang gereizt«, sagte sie mit einem Seufzer. »Normalerweise bin ich nicht so empfindlich.«

»Deine schlechte Laune kommt sicher daher, dass du zu viel Zeit mit diesem Dummkopf Alex Chisholm verbringst«, meinte er.

»Ich weiß nicht, ob ich das so sagen würde«, hielt sie ihm entgegen.

»Ich sag's. Du hast gefragt, weshalb ich heute Abend hierher kam, erinnerst du dich?«

»Ja«, antwortete sie und wünschte sich erneut, sie könne sein Gesicht sehen.

Es war schwer, seine Gedanken zu lesen oder auch nur seinen Ton richtig einzuschätzen, wenn sie seine Miene nicht sehen konnte.

»Ich bin gekommen, weil ich nicht wegbleiben konnte«, sagte er. »Du ziehst mich an wie ein Magnet, Liebes. Ich sah dich mit ihm reiten, und ich hätte dich am liebsten einfach mitgenommen, weil ich Angst hatte, du stirbst vor Langeweile, bevor ich deine Gesellschaft noch einmal genießen kann.«

»Wo hast du uns denn gesehen?«, fragte sie neugierig.

»Auf dem Bergkamm, als ihr zum Jagen auf das Hochmoor geritten seid. Eigentlich war ich unterwegs, weil wegen Beltane Unheil passieren könnte, aber ich hab's heute Morgen ebenso wenig wie heute Abend geschafft, dir fernzubleiben.«

»Aber wenn es so gefährlich ist …«

»Ich hätte alles riskiert, um dich heute Abend zu sehen, Liebes.«

Seine wiederholten zärtlichen Worte wie auch sein leidenschaftlicher Ton entzückten sie, doch die Angst vor Entdeckung dämpfte dieses Entzücken, und auch ihr gesunder Menschenverstand meldete sich zu Wort. »Sir, ich fürchte, Ihr wollt mir nur schmeicheln«, erklärte sie. »Ich habe Francis Dalcross einmal erzählt, dass ich mich sehr nach Abenteuern sehnte. Womöglich hat er das anderen gegenüber erwähnt, und Ihr habt es irgendwie mitbekommen.«

»Dalcross und ich, wir verkehren nicht in denselben Kreisen«, hielt er ihr entgegen. »Aber ich weiß dennoch gut, dass Ihr das Abenteuer sucht, denn das tue ich auch selbst, und ein Abenteurer erkennt leicht den anderen. Auch deshalb glaube ich, dass Ihr mit diesem wehleidigen Feigling Alex Chisholm ebenso wenig anfangen könnt wie ich.«

Bab versteifte sich. Die vorherige Beleidigung hatte sie durchgehen lassen, aber sosehr sie wünschte, Sir Alex würde sich aufraffen, seinen Leuten irgendwie zu helfen, und ihn dies auch wissen ließ, hatte sie ihn doch nie einen Feigling genannt oder so etwas auch nur gedacht.

Das Wort lastete schwer zwischen ihnen.

Sie bemerkte, dass auch er die Spannung in ihrem Körper wahrnahm. »Hast du eben etwas gehört?«, fragte sie in der Hoffnung, ihn abzulenken, um nicht Gefühle erklären zu müssen, die ihr selbst noch nicht verständlich waren. »Ich dachte, ich hätte ein Geräusch gehört.«

»Nein, ich habe nichts gehört. Du hast gesagt ... über diesen Chisholm ...« Er unterbrach sich bewusst, so dass sie keine Wahl hatte als etwas zu erwidern.

»Er ist nett und freundlich zu mir«, versuchte sie sich herauszureden, »aber ehrlich gesagt finde ich es hier schon langweilig. Wenn Frauen auch solche Abenteuer erleben könnten wie Männer, dann hätte ich es vielleicht gemacht wie Patrick. Er prahlt natürlich nicht mit seinen Abenteuern herum, aber andere Männer tun das, und mir würde es sehr gefallen, für Menschen, die sich nicht selbst schützen können, große Taten zu vollbringen.«

»Du kannst den Schutz der Menschen im Glen Affric und im Glen Mor bedenkenlos mir überlassen, meine Süße«, sagte er leise.

»Wirklich?« Ihr Atem wurde wieder schnell.

»Ja.« Er ergriff ihre Schulter und legte eine Hand sanft unter ihr Kinn, so dass sie zu ihm aufschauen musste. »Ich möchte dich wieder küssen«, murmelte er. »Kann ich darauf vertrauen, dass du meine Maske nicht berührst?«

»Ja«, hauchte sie, und weil er es möglicherweise nicht gehört hatte, fügte sie noch hinzu: »Ich berühre sie nicht, ehrlich.«

Jetzt erst ließ er ihre Hand los; sie schob sie unter seinen Umhang und spürte seine starken Muskeln, als sie den Arm um ihn legte.

Im Schein des Feuers sah sie, wie er den Stoff der Maske ein Stück nach oben schob, als er sich zu ihr neigte. Sie konnte jedoch nichts erkennen, denn seine Lippen legten sich sofort auf ihren Mund. Seine Augen fixierten sie voller Glut, doch seine Gesichtszüge konnte sie nicht erkennen.

Bab schloss die Augen und genoss den Moment, doch anders als bei ihrem ersten Kuss versuchte sie dieses Mal, etwas über ihn in Erfahrung zu bringen.

Sein Kinn war glatt rasiert, was allerdings nicht viel aussagte, denn viele Männer der Highlands – ob sie nun modisch und elegant waren oder sich um derlei Dinge nicht kümmerten – rasierten sich und trugen das Haar kurz geschnitten.

Doch irgendwie blieb dies in ihr haften. Wieso hatte sie ihn, auch wenn es nur ein Augenblick gewesen war, mit auf Mode bedachten Männern in Verbindung gebracht? Während er sie küsste, spielte ein Teil von ihr mit diesem Gedanken, doch dann ging seine Bedeutung rasch wieder verloren.

* * *

Ihre Lippen waren warm und weich. Er hatte nicht erwartet, dass sie so rasch und mit solcher Leidenschaft reagieren würde, und fragte sich kurz, ob sie vielleicht erfahrener war, als er vermutet hatte. Doch er bezweifelte, dass ein anderer Mann sie schon einmal so hemmungslos umarmt hatte – abgesehen natürlich von dem verächtlichen Schurken Francis

Dalcross, doch hatte diese Erfahrung ihre Leidenschaft ganz offenbar nicht gedämpft. Im Augenblick kümmerte es ihn jedenfalls nicht, wieso und weshalb sie sich so verhielt. Er wollte sie küssen, ihren geschmeidigen Körper mit den Händen erforschen. Eine Stimme in seinem Kopf flüsterte, er sei ein Schuft, und er solle jetzt bloß keinen Fehler machen, und es werde schlimme Folgen haben – doch sie war bereitwillig, und er wollte sie.

Ein geringerer Mann hätte sie wohl einfach auf den Armen zum Bett getragen und seine Begierde gestillt. Ihre Zofe würde erst am Morgen wieder erscheinen; ein geringerer Mann hätte sich also wohl eine schöne Nacht mit ihr gemacht.

Das dünne Schlafgewand verbarg ihren schlanken Körper mit seinen sanften Rundungen kaum. Er wollte ihr nackte Haut berühren, spüren, ob sich ihr Bauch und ihre Hüften ebenso sanft anfühlten wie ihre Wangen und ihr Hals. Wieder meldete sich die warnende Stimme in seinem Kopf.

Er hielt sie locker in seiner Armbeuge und ließ die andere Hand zu ihrer Brust wandern, umfasste sie und streichelte mit dem Daumen die Spitze.

Sie stöhnte, versuchte aber nicht, sich zu entziehen. Doch dieses Geräusch ihres Atems war genug. Er wusste, dass er für sie etwas Unwirkliches an sich hatte, dass er für sie etwas anderes war als ein »wirklicher« Gentleman, doch sie vertraute ihm trotzdem – oder gerade deswegen. Dieses Vertrauen beinhaltete aber auch eine Verpflichtung, eine Verpflichtung, die er noch nicht kannte. Bisher hatte er sich nur mit Frauen eingelassen, die in der Kunst der Liebe so bewandert waren wie er selbst.

Er ließ die Hand von der Brust zu ihrer Hüfte gleiten, doch seine Küsse wurden fordernder. Er wollte nicht aufhören, zu genießen und sie kennen zu lernen.

* * *

Bab schmiegte sich an ihn. Sie wollte nicht darüber nachdenken, was sie tat, oder sich um mögliche Folgen kümmern. Sie wollte einfach nur die Gefühle auskosten, die sie durchströmten. Er war warm und zart, und seine Küsse erregten sie stärker, als sie es für möglich gehalten hatte. Die wenigen geraubten Küsse, die sie früher genossen hatte, waren im Vergleich dazu nichts.

Noch nie hatte ein Mann sie so fest in seinen Armen gehalten oder sich solche Freiheiten herausgenommen wie er. Und ganz gewiss hatte noch nie jemand auf so fordernde, besitzergreifende Weise ihren Körper berührt, wie er es tat. Was, wenn Patrick davon erfahren sollte …? Obwohl sie diesen Gedanken rasch beiseite schob, dachte sie daran, dass sie sich eigentlich widersetzen, ja schockiert sein sollte. Aber anstatt ihren Gedanken Folge zu leisten, wünschte sie, er hätte nicht aufgehört, ihre Brust zu liebkosen.

Seine Hände bewegten sich von ihren Schultern zu ihrer Hüfte und dann zu ihrem Po, umfassten ihn durch das dünne Gewand und drückten sie fester an ihn. Noch immer schritt sie nicht ein. Sie war sicher, dass sie ihm vertrauen konnte. Er hatte sie vor Francis Dalcross' wüsten Absichten gerettet; er würde ihr Vertrauen jetzt nicht missbrauchen.

Er presste sie so fest an sich, dass sie seine Erregung spürte, und sie schmiegte sich mit dem ganzen Körper an ihn. Sein Schwertgehenk drückte so stark gegen ihre Rippen, dass es sicher Blessuren hinterlassen würde, doch sie tröstete sich damit, dass bis zum Morgen nichts mehr davon zu sehen sein würde.

Seine Hand liebkoste ihre Wange, und er ließ ein Stöhnen aus tiefster Kehle vernehmen. Wieder fasste er sie an den Schultern, küsste sie noch einmal und hielt sie dann vor sich, um ihr in die Augen zu sehen – ein Blick, der bis in die Tiefen ihrer Seele reichte, oder zumindest kam es ihr so vor. Sie fand keine Worte mehr. Ihre Lippen öffneten sich, doch sie konnte nur stumm auf ihn starren.

»Ich muss gehen«, sagte er. Seine Stimme war heiser; es war deutlich, dass er gern geblieben wäre.

»Nein.« Das Wort entglitt ihrer Zunge; sie wollte es zurückholen, damit er nicht noch geringer von ihr dachte, doch es ging natürlich nicht – und die simple Wahrheit war, dass sie ihn einfach nicht gehen lassen wollte.

»Das ist das Schwierigste, was ich je in meinem Leben gemacht habe, Liebes«, sagte er, als könne er ihr Gedanken erraten. »Aber ich muss, wenn du dir deine Tugend erhalten willst und ich mir meine Selbstachtung.«

»Aber ...«

»Ich steck dich erst noch ins Bett«, unterbrach er sie.

Sie legte die Arme um seinen Hals, und eine Erinnerung an ihren Vater kam ihr in den Sinn: Als sie noch klein gewesen war, hatte er sie manchmal genauso ins Bett gebracht.

Bei diesem Gedanken musste sie plötzlich gegen Tränen ankämpfen, Tränen, von denen sie seit fast einem Jahr nicht mehr überwältigt worden war. Davor allerdings hatte sie immer weinen müssen, wenn sie nur an Sir Gilchrist MacRaes Tod gedacht hatte, der im Kampf an der Seite des Vaters des jetzigen Lord Kintail gefallen war.

Jetzt bewegten sie jedoch andere Empfindungen. Es war, als sei das Gefühl von Sicherheit, das sie immer gespürt hatte, wenn ihr Vater sie so trug, zurückgekehrt. Sie lehnte den Kopf an die Schulter des Fuchses, und als er sie auf das Bett legte und sanft zudeckte, lächelte sie und murmelte: »Kommst du bald wieder?«

Er küsste sie ohne ihre Frage zu beantworten auf die Wange. »Ich ziehe die Bettvorhänge zu, Liebes«, murmelte er.

»Nein, lass sie offen«, sagte sie. »Ich will das Feuer sehen.«

Er nickte, ging zum Fenster und verschwand hinter den Vorhängen. Eine Brise bewegte sie, als er den Laden öffnete, und dann war es still.

Bab sprang aus dem Bett und blickte aus dem Fenster, doch

es war nichts zu sehen als schwarze Nacht. Kein Mond stand am Himmel, und Wolken verdeckten die Sterne. Ihre Augen mussten sich erst an das Dunkel gewöhnen. Als sie von oben ein leises Geräusch vernahm, fragte sie sich, ob er am Ende zum Dach hinaufgeklettert war, doch dann erklang der Ruf eines Nachtvogels. Das war es wohl auch, was sie vorhin gehört hatte.

Sie schloss den Fensterladen und kroch wieder ins Bett zurück. Lange Zeit beobachtete sie die Flammen und die tanzenden Schatten im Raum und ließ ihre Phantasie mit ihnen tanzen. Dann schlief sie irgendwann ein und wachte nicht mehr auf, bis Giorsal am nächsten Morgen Vorhänge und Fensterläden öffnete und ein neuer, sonniger Tag sie begrüßte.

Voller Energie schlüpfte Bab rasch in ihre Kleider und ging nach unten. Im Saal nahm sie sich einen Apfel vom Tisch und eilte zu den Ställen hinaus. Sie machte den Stallmeister ausfindig und bat ihn, ein Pferd für sie satteln zu lassen.

»Seine Lordschaft hat nix davon gesagt, dass wir ein Pferd satteln sollen, Mistress«, entgegnete der Mann kurz angebunden.

7

»Aber Ihr wisst doch, dass ich Gast seiner Lordschaft bin«, sagte Bab höflich zu dem Stallmeister. »Ihr habt mich doch sicher gestern gesehen, als ich mit Sir Alex ausritt.«

»Ja, aber das war gestern, Mistress, bevor die Hexen geflogen sind, und mit Sir Alex. Heute ist ein anderer Tag, und keiner hat irgendwas von Pferden gesagt.«

Sie unterdrückte ihre Entrüstung angesichts dieser hartnäckigen Weigerung und sagte bemüht freundlich: »Ich will ja gar nicht weit wegreiten, aber ich bin es gewöhnt, mich morgens ein wenig zu bewegen. Jeden Morgen«, fügte sie etwas barsch hinzu.

»Seine Lordschaft hält nix davon, dass Weibervolk allein ausreitet, Mistress, und nachdem es heißt, dass letzte Nacht Beltane-Hexen und *Sionnach Dubh* unterwegs waren ...«

»Der Fuchs würde mir nichts tun«, fiel sie ihm ins Wort.

»Na gut, würd er nicht«, lenkte der Mann ein. »Hat ja auch gestern drei Kerle gerettet, die dieser Schurke von einem Sohn des Sheriffs verhaftet hat, bloß weil sie mit den andern Beltane gefeiert haben, und hat sie nicht der Fuchs wieder befreit!«

»Wirklich, hat er das?«

»Ja, und dieser Francis Dalcross hat ihn die ganze Nacht gesucht, aber er hat ihn nicht gefunden, und irgendjemand anderen auch nicht, was das angeht, weil er und seine Männer nur auf den Fuchs aus waren. Der Sheriff hat's nicht mit Beltane, er sagt, es ist ein Heidenfest und nicht von der Kirche genehmigt, aber das ist Blödsinn, weil wir Beltane schon immer gefeiert haben. Manche sagen, *Sionnach Dubh* ist nur'n Gesetzloser, aber ich denk, es ist ganz gut, wenn er da auch mitredet.«

Das Vertrauen des Fuchses darauf, dass sie ihn nicht an Francis Dalcross oder irgendjemand sonst verraten würde, freute Bab sehr. »Ich bin sicher«, sagte sie mit möglichst ruhiger Stimme, »dass der Fuchs ein guter Mann ist, und deshalb kann es auch keine Gefahr für mich bedeuten, wenn er sich hier in der Gegend aufhält. Und die Beltane-Hexen – na ja, Beltane ist ja jetzt vorüber, und außerdem fliegen Hexen doch nur nachts.«

»Nun ja, Mistress, es ist eben nicht der Fuchs und auch nicht die Hexen, was uns Sorgen macht – nur der Sheriff und seine Leute.«

»Dann lasst ein paar Knechte mit mir reiten«, schlug Bab vor. »Ich bin sicher, damit wäre seine Lordschaft einverstanden.«

»Ohne seine ausdrückliche Zustimmung kann ich nix tun, Mistress.«

»Dann frage ich ihn selbst«, erklärte Bab. Sie musste sich bemühen, nicht die Geduld zu verlieren.

»Wahrscheinlich ist er aber noch im Bett, Mistress, und die Lady hat gesagt, niemand darf ihn zeitig aufwecken. Er braucht Ruhe, hat sie gesagt.«

»Ja, natürlich. Dann rede ich eben mit Sir Alex.«

»Ja, das ist doch 'ne gute Idee, wirklich«, stimmte der Stallmeister zu. »Der ist wahrscheinlich in ein, zwei Stunden auf, dann könnt ihr's mit ihm regeln.«

»In ein, zwei Stunden!«

»Na ja, er kommt nicht vor zehn oder noch später raus, meistens jedenfalls.«

»Aber gestern war er doch ziemlich früh auf den Beinen.«

»Ja, da hätt' es mich wirklich beinah umgehauen, als ich das sah. Hab mir wirklich gedacht, die Mistress muss ihm Feuer unterm Hintern gemacht haben, dass er so früh aufsteht!«

»So ist das«, sagte Bab. Für den Moment war sie bereit aufzugeben, doch sie wollte diese Sache bei nächster Gelegenheit mit Lord Chisholm besprechen.

Diese Gelegenheit ergab sich leider erst am späten Vormittag, und man konnte sie auch nicht gerade als ein erfolgreiches Unternehmen bezeichnen. Seine Lordschaft sagte nur vage, er sei sicher, dass Alex sie gerne noch einmal begleiten werde, doch dann warnte er sie sehr ernst, dass es für eine Frau zu gefährlich sei, allein auszureiten.

»Ich könnte es nicht mit meinem Gewissen vereinbaren, wenn Euch durch eine Nachlässigkeit meinerseits etwas zustoßen würde, Mistress«, sagte er. »Eure Mutter und Sir Patrick erwarten von mir, dass ich Euch beschütze, so lange Ihr hier in Dundreggan seid.«

Sie ergab sich ins Unvermeidliche und wartete noch eine weitere Stunde, bis Sir Alex aus seinem Schlafgemach kam. Er trug ein elegantes Wams in den Farben Hellblau und Silber und eine dazu passende Hose. Bab wusste, dass er Blau gerne mochte, denn er hatte diese Farbe auch in Stirling häufig getragen, und der heutige Ton schien sogar so gewählt zu sein, dass er der Farbe seiner Augen entsprach. Solchermaßen gekleidet würde kein Gentleman in das raue Tal ausreiten.

Sie beantwortete seinen Gruß mit einer Grimasse und fragte dann: »Liegt Ihr immer im Bett, bis der Tag fast vorüber ist, und zieht Euch dann an wie ein Höfling?«

Er zog erstaunt die Augenbrauen hoch. »Mistress, es ist noch nicht einmal Mittag. Ich stehe nur selten so früh auf wie heute. Ihr werdet doch nicht gedacht haben, dass eine so unzeitige Stunde wie die gestrige meiner Gewohnheit entspricht!«

»Ich würde gerne ausreiten«, bemerkte sie im Versuch, höflich zu bleiben.

»Gewiss«, meinte er. »Äh … habt Ihr denn schon mit meiner Mutter darüber gesprochen?«

»Nein«, antwortete sie. »Ihr wisst doch so gut wie ich, dass sie so etwas nur tut, wenn sie muss, und dann reitet sie im Schneckentempo.«

»Dann werde ich wohl mit Euch reiten müssen. Mein Vater hat mir soeben mitgeteilt, dass er einen Läufer nach Fort

William schickt, deshalb muss ich noch einige Briefe schreiben, bevor der Mann aufbricht, aber danach werde ich mich glücklich schätzen, Euch zu begleiten. Das heißt …«

»Was denn?«

»Nun ja, ich werde nicht vor dem Mittagessen mit dem Schreiben fertig werden, und Ihr wollt sicher nicht mit leerem Magen ausreiten, vor allem, da es ja das erste warme Essen seit Samstag sein wird. Würde es Euch nach dem Essen passen?«

Sie musste sich wohl oder übel einverstanden erklären. Doch kurz nach dem Essen waren die Wolken der vergangenen Nacht zurückgekehrt, und der Himmel war dunkel und bedrohlich geworden. Es überraschte sie deshalb nicht, als Sir Alex ihr mitteilen ließ, er sei sicher, sie wolle bestimmt nicht riskieren, nur um des Reitens willen völlig durchnässt zu werden. Sie hätte ihm zwar gerne gesagt, dass ein bisschen Regen ihm nicht wehtun würde, doch sie wusste, dass er dann nur mit einer anderen Ausflucht kommen würde. Sir Alex war kein Mann, der den Elementen unnötig trotzte.

* * *

Die folgende Woche verlief im Wesentlichen nicht anders als die ersten beiden Tage, außer dass der Fuchs sie nicht mehr besuchte. Weil es immer wieder regnete, waren zudem nur noch sehr kurze Ausflüge möglich. Bab musste Sir Alex zugute halten, dass er jede Gelegenheit für einen Ausritt nutzte, die das Wetter bot, und auch ansonsten geradezu ungewöhnlich freundlich war; so brachte er ihr das Schachspielen bei und ließ sie sogar zweimal gewinnen. Er sagte zwar, er habe sich nicht schlagen lassen, sondern sie habe ihn einfach überrumpelt, doch Bab wusste, dass sie das Spiel dazu noch lange nicht gut genug beherrschte. Dennoch war sie entzückt, als sie merkte, dass sie seinen König schachmatt gesetzt hatte.

Trotz alledem konnte sie es bald nicht mehr erwarten,

nach Ardintoul zurückzukehren, wo sie wenigstens tun konnte, was sie wollte und wann sie es wollte.

Am Dienstag regnete es wieder, und Sir Alex saß die meiste Zeit mit Lord Chisholm zusammen. Nachmittags war Bab so langweilig, dass sie sich bei ihrer Zofe beklagte. »Ich muss sagen, so eingesperrt wie hier habe ich mich noch nicht mal bei Hofe gefühlt«, meinte sie deprimiert.

»Ja, schon, aber Ihr müsst auch nicht dauernd auf den Nieselregen da draußen starren, Mistress«, erwiderte Giorsal. »Eure düsteren Blicke werden die Wolken auch nicht vertreiben.«

»Es geht doch nicht um die Wolken oder den Regen!«, fuhr Bab sie an. »Aber hier gibt es einfach nichts zu tun, was interessant wäre. In Ardintoul würde ich wegen so eines Regens nicht im Haus bleiben, das weißt du so gut wie ich. Und in Stirling war immer etwas zu tun, egal ob es regnete oder nicht.«

»Ihr seid Gast in diesem Haus, Mistress. Ihr müsst die Wünsche seiner Lordschaft respektieren.«

»Das weiß ich, aber es ist nicht seine Lordschaft, der mich so ans Haus fesselt. Tatsächlich spricht er ja kaum, und er scheint sich auch für nichts wirklich zu interessieren. Ich glaube, es ist Sir Alex, der hier das Sagen hat, auch wenn alle so tun, als ob es sein Vater wäre.«

Giorsal kicherte.

»Dieser Sir Alex! Es heißt, er interessiert sich für nichts außer für Kleider und seine Schreibereien. Sperrt sich meistens den halben Tag lang ein und schreibt Briefe und so. Er selber sagt, er kümmert sich auch um Geschäfte, aber andere meinen …«

»Du solltest nicht mit den Bediensteten der Chisholms tratschen«, unterbrach Bab sie und seufzte bedauernd. Eigentlich hätte sie den Rest ja gerne noch gehört, doch es schickte sich nicht, mit der Zofe über den Gastgeber zu schwatzen. »Ich sollte das auch nicht tun«, fügte sie hinzu.

»Es überrascht mich, dass du mich dazu verführen willst. Ich wünschte nur, Patrick würde kommen. Ich will nach Hause.«

»Aber ja, Mistress, der wird schon bald kommen, ganz bestimmt.«

* * *

Claud fragte sich gerade, ob er die Wolken verjagen sollte, damit Mistress Bab ein wenig Sonne bekam, als Lucy auftauchte. Ihre dunklen Augen blitzten vor unterdrückter, schelmischer Freude; er kannte diesen Blick und war nicht gewillt, ihr Lachen zu erwidern.

»Was hast du denn jetzt schon wieder vor?«, knurrte er.

»Holst du nicht ein wenig die Sonne raus?«, fragte sie lächelnd zurück.

Er starrte sie verblüfft an. »Woher weißt du, dass ich grad daran gedacht hab?«

Lucy zuckte die Achseln. »Du hast mit einem ziemlich nachdenklichen Blick zu diesen dunklen Wolken hoch geschaut, Claud. Da müsst ich doch selber ein wenig dumm sein, wenn ich nicht wüsst, was du da an so ’nem trüben Tag wie heute denkst. Soll ich dir helfen, sie zu vertreiben?«

»Nein, besser nicht«, meinte er. »Sonst bringt sich das Mädel bloß noch in Schwierigkeiten. So lang es regnet, streunt sie wenigstens nicht draußen rum.«

»Meinst du, du musst sie nur von Unheil fern halten?«, fragte Lucy. »Also ich kann mich an mehr als eine Hochzeit erinnern, die du zustandegebracht hast, mein Lieber. Willst du für deine Mistress Bab nicht auch einen Mann finden?«

»Vielleicht hab ich schon einen gefunden«, erwiderte er. »Das hättst du jetzt nicht gedacht, was?«

Lucy lächelte.

»Und was machst du die ganze Zeit, Lucy?«, fragte er.

»Ich hab dafür gesorgt, dass dich die Schlampe Catriona in Ruh lässt.«

»Und was hast du mit ihr gemacht?« Der Blick war sehr besorgt.

»Das werd ich grade dir verraten!«, konterte sie mit einem schelmischen Grinsen. »Ich hab jedenfalls nix gemacht, was ihr schadet. Aber wenn sie nicht tut, was sie soll ...«

Claud blickte sie durchdringend an. »Ich glaub dir nix. Du hast keine Macht über Catriona. Wenn sie sich jetzt um ihre eigenen Sachen kümmert, dann bestimmt nur deshalb, weil meine Mutter ihr heimgeleuchtet hat. Die sitzt in irgendeiner Ecke und schmollt, das ist alles.«

»Na, das soll mir dann auch Recht sein«, lenkte Lucy ein. »Aber wenn du dir um Catriona jetzt keine Sorgen mehr machen musst, Claud, und wenn Miss Bab in Dundreggan gut aufgehoben ist, vielleicht kannst du dann endlich dran denken, mal was anderes zu tun.« Sie packte ihn an einem Ohr, drehte seinen Kopf zu ihr und küsste ihn auf den Mund.

Claud umarmte sie lachend und schickte sich an, ihr bessere Manieren beizubringen, eine Lektion, an der sie beide ihren Spaß hatten.

* * *

Am Mittwochnachmittag saß Bab mit Lady Chisholm im Frauengemach und übte sich in Geduld, während die Konversation ihrer Ladyschaft gemächlich von einem Thema zum nächsten wechselte, als ein Knecht die Monotonie unterbrach. »Wir haben Besuch, Mylady«, verkündete er mit einer Verbeugung. »Sie haben nach seiner Lordschaft gefragt, aber ich hab ihnen gesagt, er hält gerade seinen Mittagsschlaf, und dann haben sie nach Euch gefragt.«

»Wie schön!«, rief ihre Ladyschaft aufgeregt. »Bitte sie doch gleich herein!«

Bab war sicher, dass Patrick endlich angekommen war. Hocherfreut nestelte sie an ihrer Frisur herum und glättete ihren Rock.

Als der Knecht zurückkam, sprang sie auf, doch dann hörte sie, wie er feierlich verkündete: »Der Lord von Kintail, Mylady, und Lady Kintail.«

»Aber wo ist Patrick?«, fragte Bab, als Molly und Fin eintraten und sie merkte, dass außer den beiden niemand gekommen war.

»Achte auf deine Manieren, du Göre, oder du bekommst den Brief nicht, den ich von ihm mitgebracht habe«, sagte Fin und verbeugte sich ehrerbietig vor Lady Chisholm. »Euer Diener, Mylady. Wir kommen, um diesen überaus lästigen Fratz hier abzuholen, damit Ihr endlich wieder Eure Ruhe habt.«

»Hört bloß nicht auf ihn, Madam«, sagte Molly und machte ihren Knicks. Ihre rotgoldenen Locken fielen ihr wirr auf die Schultern, denn meistens weigerte sie sich, ein Haarband zu tragen. »Ich bin sicher, Ihr werdet Bab vermissen, wenn sie nicht mehr hier ist«, fügte sie mit einem Lächeln hinzu.

»Das werde ich in der Tat«, pflichtete Lady Chisholm ihr bei. »Wo ich doch so selten weibliche Gesellschaft habe. Ich hätte ja gern eine oder zwei Töchter gehabt, aber wir haben eben nur Söhne bekommen, und auch von denen ist uns nur unser Alex geblieben. Müsst Ihr sie denn wirklich mitnehmen?«

»Ja, das müssen wir«, antwortete Fin und warf Bab, die nur mit Mühe ihre Ungeduld zügeln konnte, einen ernsten Blick zu.

Als sie Molly umarmte, schnitt sie ihm eine Grimasse. »Aber wo ist Patrick denn?«, wiederholte sie. »Ich freue mich natürlich, euch beide zu sehen, aber er hat doch versprochen, mich abzuholen.«

»Meine liebe Barbara«, sagte Lady Chisholm mit einem strahlenden Lächeln, »lass sie doch erst mal Platz nehmen, bevor du sie mit all deinen Fragen über Stirling und so weiter überhäufst.«

»Natürlich, Madam, bitte entschuldigt.« Gehorsam nahm Bab wieder ihren Platz ein.

»Patrick ist in Dunsithe«, erklärte Fin. Damit meinte er die Burg an der Grenze, die durch seine Heirat mit Molly in seinen Besitz übergegangen war. »Ich bat ihn, dort zu bleiben.«

Bab seufzte. Sie wusste, dass eine Bitte des Lords von Kintail einem Befehl gleichkam. »Kommt er dann überhaupt nicht, Fin?«, fragte sie.

»Jedenfalls nicht so bald«, antwortete er. »Jamie zieht Truppen im Grenzland zusammen in der Hoffnung, seinen Onkel Henry von England auf seiner Seite zu halten, und Patrick muss in Dunsithe bleiben, bis ich in Kintail Männer rekrutiert habe, und dann reiten wir nach Süden und schließen uns ihm an.«

»Und was ist mit mir? Soll ich dann auch nach Dunsithe gehen?«

»Aber nein«, sagte Fin. »Dich bringe ich nach Hause, nach Ardintoul.«

Bab seufzte. Das Schlimmste daran, eine Frau zu sein, war, dass niemand sie je nach ihrer Meinung fragte oder daran dachte, dass sie vielleicht selbst bestimmen wollte, was mit ihr geschah.

An Bord der Marion Ogilvy*, im Tyrrhenischen Meer*

Als der Befehl »Alle Mann an Deck« erscholl, dachte er, sie müssten nun vor der Westküste Italiens sein, nicht allzu weit vor Rom. Offenbar hatte die *Marion Ogilvy* keine regelmäßige Route. Ihr Kurs schien von den Launen ihres Eigners oder ihres Kapitäns bestimmt zu werden, und sicher war sie kein gewöhnliches Handelsschiff.

Er hatte die Identität des Schiffseigners schon vor langer Zeit aus verschiedenen Informationen erschlossen, nicht zuletzt auch aus dem Namen *Marion Ogilvy*. Mehr als ein Jahrzehnt war vergangen, seit Davy Beaton sich – mit einem Auge darauf, seinem Onkel nachzufolgen, der damals Erzbischof von St. Andrews war – entschlossen hatte, die heiligen Weihen zu empfangen. Mit dem vom Heiligen Stuhl in Rom abgesegneten Schritt, Priester zu werden, musste er allerdings auf seine Frau Marion und ihre Kinder verzichten.

Die Geschichte hatte in ganz Schottland einen Skandal ausgelöst. Die meisten Menschen lehnten es einfach rundweg ab, dass einer, der auf solche Weise Priester geworden war, auch noch Erzbischof werden konnte. Doch Davy Beaton hatte sie getäuscht; er hatte nach dem Tod seines Onkels dessen Posten übernommen und war dann auch noch Kardinal und päpstlicher Gesandter in Schottland geworden – und das alles, obwohl er auf Marion Ogilvy und seine Kinder lediglich auf dem Papier verzichtet hatte.

Er wollte gerade auf den Befehl antworten, als Tam ihn unterbrach.

»Du, wir müssen was tun. Gibson lässt Willie Armstrong auspeitschen!«

»Den kleinen Willie? Wieso denn?«

»Einfach so«, sagte Tam angeekelt. »Dieser Dreckskerl geht bei jeder Gelegenheit, die sich bietet, auf Willlie los. Die kommen beide aus dem Grenzland, wahrscheinlich befehden sich ihre Familien.«

Das ergab einen Sinn – wenn es denn an Bord der *Marion Ogilvy* überhaupt etwas gab, was Sinn machte. Er folgte Tam auf das Hauptdeck, wo sich auch die anderen Matrosen aufstellten. Gibson, der Erste Offizier, stand grinsend an der Gräting und wartete darauf, dass Willie Armstrong seine Strafe erhielt. Die Sonne schien, und weißer Schaum tanzte auf den Wellen.

Als er sah, wie zwei stämmige Matrosen den schmächtigen Schiffsjungen daherschleiften und dann an den eisernen Gitterrost warfen, verlor er die Beherrschung. Zornig trat er vor den Ersten Offizier.

»Der Junge hat nichts getan, womit er das verdient hätte, Gibson, das wisst Ihr so gut wie ich. Wenn Ihr heute unbedingt jemanden auspeitschen müsst, dann nehmt mich!«

Gibson blickte ihn finster an, doch er musste dazu fast einen Fuß nach oben schauen. »Für dich bin ich immer noch Lieutenant Gibson oder Sir, du jämmerlicher Maulheld! Und dich auszupeitschen, das könnte mir richtig Spaß machen, also pass auf, was du sagst!«

Die Arme vor der Brust verschränkt, hielt er dem Blick des Ersten Offiziers stand.

Gibson schaute zu Willie Armstrong hinüber. »Du willst wirklich an seine Stelle?«

»Hab ich doch gesagt.«

»Weißt du überhaupt, welche Strafe ihn erwartet?«

Er zuckte die Achseln.

»Hundert Peitschenhiebe wegen Gehorsamsverweigerung. Und, willst du immer noch?«

Bei dem Gedanken an hundert Schläge mit der Peitsche bekam er eine Gänsehaut. Er hatte zu wenig Fleisch auf den Knochen, um sie zu schützen, wenn man sich gegen eine Lederpeitsche überhaupt schützen konnte. Aber Willie würde eine solche Strafe garantiert nicht überleben. Er bedeutete den beiden Matrosen, den Jungen freizulassen und nahm dann seinen Platz ein.

Als sie ihn an die Gräting ketten wollten, war plötzlich vom Vorderdeck der Bootsmann zu hören: »Land in Sicht, Backbord voraus! Alle Mann an Deck!«

Gibson lachte. »Na ja, dann musst du eben noch ein bisschen warten, mein Junge. Jetzt haben wir erst mal zu tun, und dann kümmern wir uns um dich. Lasst ihn frei, Jungs, er soll erst noch ein wenig arbeiten, bevor er seine Strafe bekommt!«

Innerhalb von Minuten waren die Anker geworfen, die Segel gerafft, und die Männer in der Takelage kamen an Deck. Die Wimpel und Flaggen der *Marion Ogilvy* flatterten noch fröhlich im Wind, und die Offiziere lehnten sich über die Reling und winkten.

An Land hatten sich bereits Händler versammelt. Er sah Männer, die Hühner und Schweine feilboten, Frauen in farbenprächtigen Kleidern, und überall liefen Kinder und Hunde umher. Manche der Frauen trugen leuchtend gelbe Schals und Schleier, die sie als Prostituierte kennzeichneten, wie er bei seiner ersten Reise gelernt hatte. Doch er achtete nicht weiter auf sie, denn zum einen ließ er sich ohnehin nicht mit Huren ein, und zum anderen musste er wie in allen anderen Häfen auch an Bord bleiben.

Vor Sonnenuntergang wurde er an das stehende Gut gekettet, damit er nicht fliehen konnte. Bald darauf ging ganz in der Nähe eine venezianische Galeere vor Anker; in ihrem schummrigen Licht sah er die an Deck kommenden Sklaven, die durch ihre hohen, roten Mützen und nackten Rücken eindeutig von den anderen Besatzungsmitgliedern zu unterscheiden waren.

»Na, siehst du die da drüben?«, fragte Gibson grinsend, als er seine Fesseln überprüfte. »Ich kann auch dafür sorgen, dass du zu denen kommst, wenn du mit deinen Frechheiten nicht aufhörst. Wär dir das lieber, sechzehn Stunden am Tag ans Ruder gekettet zu sein und jedes Mal Hiebe zu beziehen, wenn's schneller gehen soll?«

»Wenn wir schon davon reden, was mir lieber wäre ...«

»Tja, da lässt du dich doch lieber für Willie Armstrong vermöbeln. Werd ich nicht vergessen. Und damit uns kein böses Omen was anhaben kann, eine Krähe in der Takelage zum Beispiel oder die Nachricht, dass einer aus der Mannschaft von schwarzen Ziegen geträumt hat, werden wir am frühen Morgen mit der Flut wieder auslaufen, und dann kannst du deine Strafe bekommen.«

»Wir sind nur über Nacht hier?«

»Ich weiß schon, dass dir ein langer Aufenthalt lieber wäre«, sagte Gibson glucksend. »Aber du gibst nun mal keine Befehle, und Rom bietet keinen sicheren Hafen, deshalb geht's gleich morgen weiter nach Neapel. Das sind hundert Meilen, da haben wir reichlich Zeit für 'ne ordentliche Auspeitschung.«

* * *

»Willst du denn nicht gern wieder nach Hause, Bab?«, fragte Molly beim Abendessen, nachdem sie den ganzen Nachmittag eifrig gepackt hatten.

Fin runzelte die Stirn, denn er missbilligte die Vorstellung, Bab könne wählen, was sie tun wolle, doch nach einem strengen Blick von Molly hielt er sich zurück.

In diesem Moment erkannte Bab, dass sie nicht wusste, was sie wirklich wollte.

Obwohl das Eingesperrtsein und die Eintönigkeit in Dundreggan sie ärgerten, war sie nicht mehr sicher, ob sie wirklich nach Hause wollte.

Denn so sehr sie Lady Chisholm mochte, war ihr in Dundreggan doch langweilig. Aber da ihre Ladyschaft nun einmal gerne träge war, gab es für Bab hier nicht viel zu tun. Chisholm selbst verschlief den halben Tag und verbrachte ansonsten viel Zeit damit, ins Feuer zu starren oder Dokumente und geschäftliche Unterlagen durchzusehen, die Sir Alex ihm vorlegte, die er aber nie kritisierte oder sonst irgendwie beanstandete.

Sir Alex war nett zu ihr und auch etwas unterhaltsamer, aber selbst wenn er mit ihr ausritt, hatte er nie ein wirkliches Ziel vor Augen – höchstens, möglichst schnell wieder nach Hause zu kommen, bevor es zu regnen begann und sein Wams in Mitleidenschaft gezogen wurde.

Sie sagte sich, dass sie in Ardintoul glücklicher sein werde, aber andererseits war der Fuchs im Glen Affric und im Glen Mor, und das war viele Meilen von Kintail und Ardintoul entfernt. Soweit Bab wusste, hatte er sich nie in Kintail gezeigt, und sie hatte noch viel zu wenig Gelegenheit gehabt, ihn besser kennen zu lernen.

Er hatte gesagt, er fühle sich zu ihr hingezogen. Würde er ihr demnach auch bis nach Hause folgen? Aber trotz dieser Worte hatte er es nicht fertig gebracht, auch nur einige wenige Augenblicke mehr mit ihr in Dundreggan zu verbringen. Es war also eher wahrscheinlich, dass sie ihn nie mehr wiedersehen würde, wenn sie nach Hause ging.

»Bab?«

Sie blickte entgeistert zu Molly, die sie erwartungsvoll musterte. Molly wartete noch immer darauf, dass sie ihr sagte, was sie tun wolle.

Deshalb fragte Bab: »Bleibt Patrick in Dunsithe, bis König Henry nach London zurückkehrt?«

»Er wird bleiben, solange ich es will«, antwortete Fin. »Dunsithe ist unweit der englischen Grenze, deshalb könnte Henry sich entschließen, es seinen Besitzungen hinzuzufügen, wenn er einmarschiert, und damit droht er uns ja gerade. Er wartet ungeduldig in York auf unseren Jamie, aber Jamie ist nicht so dumm, sich ihm so weit innerhalb seiner eigenen Grenzen zur Schlacht zu stellen.«

»Dann wird Molly in Eilaean Donan bleiben«, meinte Bab. Eilaean Donan war Kintails Hauptsitz am Ende von Loch Duich, einige Meilen weiter westlich.

»Nein, meine Frau bleibt bei mir«, erklärte er.

»Dann sollte ich auch nach Dunsithe gehen.«

Fin schüttelte den Kopf. »Wie du aus Patricks Brief ersehen konntest, hat er befohlen, dass du mit deiner Mutter in Ardintoul bleiben sollst, und ich habe versprochen, dich dorthin zu bringen.«

Bab wollte fast mehr aus Gewohnheit widersprechen denn mit der Absicht, ihn von seiner Meinung abzubringen, doch bevor sie ein Wort herausbrachte, sagte Molly schnell: »Du weißt doch, dass deine Mutter nie zustimmen würde, so bald schon wieder von zu Hause abzureisen, Bab, und sie würde sich auf jeden Fall weigern, die lange Reise ins Grenzland auf sich zu nehmen.«

Daran war nicht zu rütteln.

Bab hatte schon alle Mühe aufwenden müssen, ihre Mutter nur zu der bequemen Seereise nach Dumbarton und dem kurzen Ritt von dort bis Stirling zu überreden. Und nach kaum einer Woche war Lady MacRae schon wieder in die Highlands zurückgekehrt, und Bab wusste, dass ihrer Mutter jede Minute zuviel gewesen war, die sie in der königlichen Burg verbracht hatte.

In Wahrheit hatte Bab keine Lust, die Highlands zu verlassen, selbst wenn Fin es ihr gestattet hätte. Und da Patrick entschieden hatte, dass sie mit ihrer Mutter in Ardintoul bleiben solle – dies hatte er in seinem Brief deutlich zum Ausdruck gebracht –, wollte sie keinesfalls versuchen, Fin zu etwas anderem zu überreden. Patrick hatte auch an Sir Alex geschrieben, der zwar über etwas in diesem Brief gelacht hatte, aber nicht sagen wollte, was ihm Patrick im Einzelnen mitgeteilt hatte.

Wenigstens hatte Kintail sie noch nicht über ihre Reise von Stirling nach Dundreggan befragt, und so musste sie ihm nichts über ihre Entführung und Rettung erzählen. Sie mochte gar nicht erst darüber nachdenken, was er zu diesen Dingen gesagt hätte.

Er wollte seine Männer möglichst bald zusammenrufen, und so verabschiedete sich Bab am frühen Donnerstagmorgen von ihrer Gastgeberin – der einzigen Person der Chisholms, die um diese Zeit bereits auf war – und machte sich auf den Weg nach Hause.

* * *

Claud saß still in der kleinen Behausung seiner Mutter, als diese hereinkam und abrupt sagte: »Ich seh, dass dein Mädel Dundreggan verlässt.«

»Du sollst mir da nicht helfen, Mama!«, erwiderte er rasch.
»Ich hab auch gar nicht vor, dir zu helfen«, konterte Maggie prompt. »Zum einen läuft ja alles friedlich zwischen dem Lustigen Volk und unseren Helferhänden, so lang sie noch drauf warten, ob ihr mit euren Aufgaben gut vorwärts kommt, du und diese störrische Schlampe Catriona, und deshalb bin ich gekommen, um zu sehn, ob hier alles in Ordnung ist. Aber ...«

Er seufzte. Sie konnte sich einfach nie aus seinen Angelegenheiten heraushalten. Das ist eine Krankheit der Mütter, sagte er sich. »Was?«

»Ein kleiner Vogel hat mir erzählt, dass du dich wieder mit dieser Bachstelze Catriona getroffen hast.«

»Ja, hab ich, und du hast sie dann weggezaubert«, sagte Claud grimmig. »Glaub bloß nicht, ich hätt nicht gesehen, dass du da deine Finger im Spiel gehabt hast!«

»Weggezaubert?«

»Jawohl, versuch's gar nicht erst zu leugnen. Sie war da und hat vorgeschlagen, dass wir Informationen austauschen, weil wir beide was davon haben, und im nächsten Augenblick war sie verschwunden. Hab sie seither nicht mehr gesehen.«

»Ehrlich?«

Claud nickte und dachte dabei, dass er ja nichts über Lucy gesagt hatte, und auch Maggie hatte sie nicht erwähnt. Aber er wollte ihr jetzt auch nichts davon erzählen, vor allem deshalb, weil sie bedenklich die Stirn runzelte.

Nach einer Weile sagte Maggie: »Ich hab mit Catrionas Verschwinden nix zu tun, Claud. Hab eben erst gehört, dass dieses schamlose Weibsstück wieder bei dir war.«

Claud blickte sie mit zusammengekniffenen Augen an. Maggie konnte mit ihrer Macht vieles bewirken. Ihre Veranlagung war weithin bekannt, und ihre Bestrafungsmethoden waren gefürchtet.

Aber sie belog ihn nicht.

An Bord der Marion Ogilvy

Während der Nacht war allerhand los, und noch ehe im Osten die neue Morgenröte erglühte, befreite ihn jemand von den Ketten, und er kletterte mit den anderen in die Takelage, wo sie die Segel loszumachen begannen. Er schaute nach Gibson aus in der Gewissheit, dass dieser warten würde, bis das Schiff Fahrt aufgenommen hatte, bevor er ihn wieder an die Gräting würde ketten lassen.

Doch dann bemerkte er, dass ein neues Gesicht an Bord war und ihn vom Achterdeck aus beobachtete. Die Kleidung des Mannes war besser als die aller anderen an Deck außer dem Kapitän, und sein Auftreten hätte wohl besser an einen Fürstenhof gepasst als auf ein Schiff.

Zwanzig Minuten später, die *Marion Ogilvy* hatte gerade Fahrt aufgenommen, kam die erwartete Order.

»Streckt ihn gut aus«, sagte Gibson zu den Matrosen, die ihn an den Gitterrost anketteten.

Das schwere Schicksal, das ihm unmittelbar bevorstand, ließ ihn zunächst nicht das wütende Raunen der an Deck versammelten Mannschaft wahrhaben. Die Männer waren wie üblich zur Gräting befohlen worden, um bei der Bestrafung zuzusehen. Doch nun wurden die mürrischen Stimmen lauter und lauter.

Hände packten sein safrangelbes Hemd, um es ihm vom Rücken zu reißen.

»Aufhören!«, schrie plötzlich eine fremde Stimme. »Lasst diesen Mann frei!«

»Bei allem Respekt, Sir, aber das ist eine schiffsinterne Angelegenheit«, knurrte Gibson.

»Wie ich höre, hat sich dieser Mann nichts zuschulden kommen lassen.«

»Das entscheide noch immer ich als Erster Offizier«, gab Gibson zurück.

»Lasst ihn frei!«

Und zu seinem Erstaunen ließen die Hände an seinem Hemd los, und die Männer befreiten ihn von seinen Ketten. Er rappelte sich auf, und nun winkte ihn der Mann, den er zuvor auf dem Achterdeck gesehen hatte, zu sich. Mit einem Blick auf Gibson folgte er der Aufforderung, da der Erste Offizier keinen anders lautenden Befehl aussprach. Seine Erleichterung, als ihm bewusst wurde, dass er die Auspeitschung nicht über sich ergehen lassen musste, ließ seine Knie weich werden.

»Wisst Ihr, wer ich bin?«, fragte sein Wohltäter, als er vor ihm stand. Er war mittelgroß und schlank und strahlte eine natürliche Autorität aus, die von vornehmer Erziehung zeugte und nichts mit dem für Gibson so typischen drohenden Gehabe gemein hatte.

»Nein, Sir, ich kenne Euren Namen nicht.«

»Ebenso wenig kenne ich den Euren.«

»Man nennt mich Kit, Sir, oder auch Teufels-Kit. Ich hab keinen anderen Namen.«

Sein Gegenüber runzelte leicht die Stirn. »Ich bin Sir Kenneth Lindsay. Mein Onkel ist der schottische Gesandte am Heiligen Stuhl.«

»Und was wollt Ihr von einem wie mir, Sir?«

»Letzte Nacht, als ich an Bord kam, bemerkte ich die Fesseln und stellte dann einige Fragen. Wie ich höre, behandelt Euer Erster Offizier einige Männer grausamer als andere.«

»Wisst Ihr, dass ich ein Gefangener bin, Sir, und zu lebenslänglichem Dienst auf diesem Schiff verurteilt?«

»Ja, das weiß ich, aber man lässt nicht einen Mann für einen anderen bestrafen.«

»Willie Armstrong hat keine Bestrafung verdient, und die hätten ihn umgebracht!«

»Das denke ich auch. Gibson muss über seine Gewohnheit nachdenken, gegen Männer mit gewissen Namen aus dem Grenzland mehr Strafen zu verhängen als gegen andere, und ich gehe davon aus, dass er dieses Verhalten ändern wird. Ich dulde keine ungerechte Behandlung, so lange ich an Bord bin.«

»Dann hoffe ich, dass Ihr möglichst lang bleibt, Sir.«

Lindsay lachte. »Nur bis wir in Dumbarton ankommen, fürchte ich.«

»Na ja, das ist doch noch 'ne ganze Weile. Wir laufen erst noch Neapel, Brindisi und Venedig an, bevor wir nach Hause fahren.«

»Der Plan ist geändert worden, denn ich habe Nachrichten für Kardinal Beaton, die er so bald wie möglich erhalten muss. Wir segeln also mit voller Kraft voraus nach Schottland. Und da ich ein mitfühlender Mensch bin, werde ich gerne dafür sorgen, dass eine Nachricht, die Ihr eventuell Euren Leuten zukommen lassen wollt, umgehend ankommt, sobald wir zu Hause sind.«

»Vielen Dank, Sir, aber ich habe keine Nachricht zu versenden.«

8

Kintail und seine Reisegesellschaft nahmen die kürzeste Route nach Eilean Donan, eine Reise von fünfundzwanzig Meilen durch raues Gelände mit gefährlich glatten, schmelzenden Schneebänken und reißenden Wasserläufen. Sie brauchten dazu nur zwei Tage, denn er kannte die Gegend und kam rasch voran. Er, Molly und ihr Gefolge hatten nur das Nötigste an Gepäck nach Dundreggan mitgenommen und ihre Packpferde bereits von Glen Mor über Glen Moriston und Glen Shiel nach Eilean Donan weitergeschickt. Und auch Bab und Giorsal hatten nur das Nötigste dabei.

Mit Chisholm hatte Kintail vereinbart, den beiden Frauen geeignete Pferde zu leihen und ihre restliche Habe mit Packpferden über die längere Route nachkommen zu lassen.

Ihr jetziger Weg führte durch felsige Täler mit hohen, steilen Hängen, zuerst den Fluss Affric entlang bis zum oberen Ende des Tals, dann über den Pass und hinunter in das noch steilere Glen Lichd und den Fluss Croe entlang nach Kintail. Vom Regen und der Schneeschmelze angeschwollene Flüsse rauschten an ihrem Weg, und sie passierten zahlreiche Hochwasser führende, tosende Wasserfälle. Häufig mussten sie absteigen und die Pferde führen, doch im Allgemeinen kamen die zähen Highland-Ponys gut mit den schwierigen Verhältnissen zu Rande.

Nach einem langen, ermüdenden Tag kehrten sie am Donnerstagabend bei Angehörigen des Mackenzie-Clans in der Nähe des Glen Lichd ein und brachen schon früh am nächsten Morgen wieder auf.

Hohe Berge ragten an allen Seiten auf, als sie dem Lauf des Flusses nach Strath Croe hinunter folgten, während die hohen Gipfel der Fünf Schwestern im Süden über sie wachten. Bab kannte die Schwestern aus ihrer Kindheit; immer, wenn sie mit dem Boot auf dem Loch Duich gefahren waren, hatte sie ihre spitzen Gipfel am Ende des Sees am Horizont gesehen. Doch die Aussicht von Loch Duich war ganz anders als vom Glen Croe, und als Fin ihr sagte, dass sie von hier aus auf die Rückseite ihrer geliebten Schwestern blickten, konnte sie es zuerst kaum glauben.

Spät am Freitagnachmittag erreichten sie Loch Duich. Die vertraute Strecke den See entlang war rasch bewältigt; dennoch war es fast dunkel, als sie in Eilean Donan ankamen.

»Du bleibst am besten über Nacht hier«, meinte Fin bei ihrer Ankunft. »Morgen früh bringe ich dich dann hinüber nach Ardintoul.«

Bab erklärte sich einverstanden, denn sie war todmüde. Sie hatte schon viele Nächte in Eilean Donan verbracht; es war praktisch ihr zweites Zuhause, und sie wollte keine Umstände machen. Giorsal brachte ihr Suppe und Brot aus der Küche, und sobald sie mit dem Essen fertig war, schlief sie ein.

* * *

Es war Claud schwer gefallen, auf Mistress Babs Fortkommen zu achten und gleichzeitig nach Lucy zu suchen; deshalb war er froh, als Bab einschlief und er wusste, dass sie für eine Weile Ruhe geben würde.

Danach war es auch nicht mehr schwierig, Lucy zu finden, denn mit ihrem gedämpften, melodischen Lachen kam sie schon bald angetanzt.

Er liebte es, ihr beim Tanzen zuzusehen. Es war, als würde ihre Musik sie überallhin begleiten, und es erinnerte ihn an das erste Mal, als er sie gehört hatte. Damals hatte sie ihm erzählt, es sei ihre Musik, aber sie sei nicht so schön wie das, was ihr Vater auf der Fiedel spielen könne, und dann hatte sie ihn weggewirbelt, damit er Tom Tit Tot hören konnte.

Claud schob den Gedanken mit einem Schaudern beiseite und wehrte sie nicht ab, als sie sich an ihn kuschelte. Das war immer noch besser, als wenn sie ihn mit ihrem Tanz völlig verzauberte und ihn alles vergessen ließ, woran er denken musste, damit der Kreis ihn nicht den Bösen Gastgebern übergab.

Er dachte an Maggies Worte, wartete ab, bis Lucy es sich bequem gemacht hatte und versuchte, die aufreizenden Bewegungen ihrer Finger zu ignorieren. Dann fragte er sie: »Lucy, was hast du mit Catriona angestellt?«

Lucy lachte leise. »Glaubst du jetzt, dass ich was mit ihr gemacht hab, ja?«

»Ja, tu ich, also sag's mir doch.«

»Zuerst zeig ich dir noch 'ne Kleinigkeit, die ich gelernt hab, seit wir das letzte Mal zusammen gespielt haben, Claud.«

Mit einem Achselzucken ließ sie ihr weiches, lavendelfarbenes Gewand von den Schultern rutschen und bis zur Taille fallen. »Leg deinen Kopf hier runter, mein Süßer. Das wird dir gefallen, ich versprech es dir.«

Er gehorchte.

* * *

Der Nebel hatte sich aufgelöst. Es war ein klarer, sonniger und friedvoller Morgen, als Kintail, seine Frau, Bab und Giorsal mit einem flachen, von zwei Männern geruderten Fischerboot das Loch überquerten. Nur vereinzelte Vogelstimmen unterbrachen die Stille, und aus dem Dorf Dornie am nördlichen Ufer hallten ferne Hammerschläge herüber.

Eine Brise füllte das Sturmsegel, und obwohl sie aus dem Nordwesten wehte, kam das Boot mit Hilfe der geschickten Ruderer rasch voran. Die vier Passagiere genossen schweigend die Ruhe.

Bab beobachtete die schreienden Möwen und lauschte dem Wind im Segel und dem Wasser, das sanft an das Boot schlug. Die Sonne, das Licht und die frische Seeluft taten gut und vermittelten ihr das Gefühl, wieder zu Hause zu sein, wo ihr jedes Geräusch, jede Wahrnehmung vertraut war.

Weder Fin noch Molly hatten sie bisher nach ihrer Reise von Stirling nach Dundreggan gefragt. Deshalb hegte sie die Hoffnung, dass Lady Chisholm, Sir Alex oder Chisholm selbst den beiden erklärt hatten, was geschehen war und sie gebeten hatten, Bab mit weiteren Diskussionen darüber zu verschonen. Diese Zurückhaltung war zwar ungewöhnlich für Fin und Molly, aber sie hatten auf dieser Reise bisher wenig miteinander geredet, und Bab hatte nicht vor, jetzt ein Gespräch zu beginnen.

Fin hatte am Abend zuvor einen Knecht mit einem Boot vorausgeschickt, um Mistress Babs Ankunft in Ardintoul anzukündigen, und deshalb wurden sie am Ufer bereits von einem Diener mit Pferden erwartet. Von hier war es nur mehr eine gute Meile durch den Wald bis zum Aufgang der nahezu uneinnehmbaren Burg.

Die dicken, grauen Mauern von Ardintoul erhoben sich über einem jäh abfallenden Felsen auf der Innenseite eines hufeisenförmigen Grats, der außen von dichtem Wald umgeben war. Der Graben verlief von Nordosten nach Südwesten und öffnete sich nach Süden hin. Seine oberen Hänge waren steil genug, um Ardintoul vor den starken Nordwinden zu schützen, die das Wasser von Loch Alsh häufig aufwühlten. Und von den Zinnen des Turms hatte man einen guten Blick nach Nordwesten entlang der Küste von Loch Alsh, nach Südwesten über Kyle Rhea auf die Insel Skye und zum Nordosten hin nach Eilean Donan. Außerhalb des Grabens sah sich ein potenzieller Feind mit einer steilen Geröllhalde konfrontiert, die Pferde nicht überwinden konnten und die von oben leicht gegen Kämpfer zu Fuß zu verteidigen war. Zudem war sie ein natürlicher Fluchtweg für die Bewohner der Burg und machte letztere zu einem unwahrscheinlichen Ziel für eine Belagerung. Ardintoul war somit eine der am leichtesten zu verteidigenden Burgen in den Highlands.

Nach Süden hin bewachten hohe Gipfel aus Granit und scharf gezackte Bergkämme das Land und machten es für mögliche Angreifer wie die Macdonalds oder Mackintoshes, die Land der Mackenzies oder MacRaes begehrten, unmöglich, ohne Vorwarnung anzugreifen. Nach Osten hin blockierten sanftere, dicht bewaldete Hänge von Ardintoul aus den Blick auf Loch Duich, doch Mackenzie von Kintail, der seinem Burgvogt vom MacRae-Clan Land für die Burg übertragen hatte, hatte das nicht nur wegen der Loyalität der MacRaes getan, sondern auch, weil es beträchtlich zur Sicherheit von Eilean Donan beitrug, wenn an diesem strategisch wichtigen Punkt MacRaes saßen.

Kintails Sitz befand sich auf dem Inselchen an der Öffnung von Loch Duich, wo dieses mit Loch Alsh im Westen und Loch Long im Norden zusammentraf. Da die rauen Highlands im Osten und Süden den Zugang von dort im Falle eines Angriffs auf Eilean Donan erschwerten, kam ein solcher meistens von Loch Alsh oder der Meerenge von Kyle Rhea her. Und da Ardintoul dort stand, wo sich diese beiden trafen, war es ein hervorragender Wachposten.

Als sie sich dem Tor näherten, bemerkte Bab, dass Kintail forschend umherblickte.

»Was ist denn los, Fin?«, fragte sie. »Ihr erwartet hier doch nicht etwa Probleme? Ardintoul ist doch noch nie angegriffen worden.«

»Nein, nein, ich frage mich nur, wie viele Männer ich von hier für den König nach Süden mitnehmen kann. Dieser Ort hier ist sicher genug, so lange Eilean Donan selbst nicht fällt, und zurzeit sind ja alle meine möglichen Angreifer damit beschäftigt, Freundschaft mit Henry von England zu schließen und ihre Männer den seinen zuzuordnen.«

Bab nickte. Das hatte sie auch von anderen schon gehört. Die meisten Clans der Highlands, die mächtig genug waren, um sich gegenseitig anzugreifen, hatten sich entweder mit Henry oder mit James von Schottland verbündet, um diesem zu helfen, die durch Henry drohende Invasion zu verhindern. Die Kämpfe würden jedoch weit im Süden von Ardintoul stattfinden, deshalb ängstigte sie sich nicht, und davon abgesehen würden die Schotten ohnehin siegen. Sie siegten immer, und nachdem die Herrschaft über die Inseln kein Streitpunkt mehr war, schien es nicht sehr wahrscheinlich, dass jemand den Frieden von Kintail stören würde.

Das eiserne Tor am Eingang von Ardintoul öffnete sich, und sie ritten auf dem von einem Bogen überspannten Torweg in den mit Steinplatten ausgelegten Hof. Hier war es nicht annähernd so geschäftig und laut wie in dem mit Kies aufgeschütteten Burghof von Dundreggan; nur die Hufe der Pferde hallten laut auf dem Stein wider. Beim Absteigen rief Bab den verschiedenen Bediensteten, die auf den Hof kamen, um die Reisenden zu empfangen, Grüße zu.

Dann eilte sie die breite Steintreppe vor dem Eingang hinauf, und ein Knecht öffnete die massive, eisenbeschlagene Tür. Das starke, an schweren Scharnieren hängende Eisengitter, das die Tür in Zeiten eines Angriffs verstärken sollte, war wie immer hinter dieser an die Wand gedreht. Die einzige Zeit in Babs Erinnerung, in der dieses Gitter geschlossen und verriegelt war, war im Jahr des Todes ihres Vaters gewesen, nachdem er sich mit seinem Herrn nach Kinlochewe begeben hatte, um dort gegen die Macdonalds zu kämpfen.

Der große Saal war sauber und ordentlich, und ein Feuer brannte, denn trotz der strahlenden Sonne draußen war es in dem steinernen Wohnturm fast immer kühl.

»Ich möchte Duncan sprechen«, sagte Fin. Duncan war Patricks Verwalter. »Du gehst zu deiner Mutter, Bab. Sicher freust du dich schon sehr, sie zu sehen.«

»Ich gehe mit dir«, erbot sich Molly. »Giorsal kann sich um deine Sachen kümmern.«

»Gut«, sagte Bab und fügte hinzu: »Ihr werdet Duncan nicht mitnehmen, Fin, nicht wahr?«

»Nein, er ist zu alt, um Freude an der Reise zu haben, auch

wenn er mir da sicher widersprechen wird. Jedenfalls ist er hier nützlicher. Patrick und ich können darauf vertrauen, dass er auf dich und deine Mutter aufpasst und hier alles in Ordnung hält.«

Sie nickte zufrieden und machte sich mit Molly auf die Suche nach Lady MacRae.

Unterwegs trafen sie auf Duncans Frau Florrie, die Haushälterin; Bab umarmte sie und fragte sie nach Lady MacRae.

»Gott segne Euch, Mistress Bab, die wird oben im Turm sein wie immer.«

»Oben im Turm?«

»Ja, sie sitzt tagein, tagaus da oben und guckt auf das Loch Alsh hinaus, als würd sie erwarten, dass die Schiffe wieder heraufkommen.«

Ein Schauer lief Bab über den Rücken, als sie Mollys mitfühlenden Blick bemerkte.

Im August des Vorjahres waren zwölf Schiffe das Loch Alsh heraufgesegelt gekommen, die den Hochkönig der Schotten und Kardinal Beaton nach Eilean Donan brachten. Dort hatte der König Kintail aufgefordert, ihn zurück nach Stirling zu begleiten. Trotz der unerschütterlichen Treue der MacRaes und Mackenzies zur Krone hatte James beschlossen, dass der Lord von Kintail eine seiner vielen Geiseln aus dem Hochland sein sollte, und hatte Eilean Donan mit Kanonen angegriffen, um Fin zur Kapitulation zu zwingen.

Bab wusste, dass Lady MacRae darunter sehr gelitten hatte, und auch als Patrick kurz darauf mit Molly nach Stirling reiste, wo sie ihrem Mann in den Hausarrest folgte, war ihre Mutter sehr beunruhigt. Und obwohl Lady MacRae selbst gesehen hatte, dass Kintail, Molly und auch Patrick in Stirling in Sicherheit waren, hatte sich ihre Qual dadurch kaum verringert. Bab wusste zudem, dass Lady MacRae zuerst, als die Schiffe des Königs ins Loch Alsh einfuhren, kurz gehofft hatte, sie könnten Sir Gilchrist MacRae nach Hause bringen.

Seit dem Februar vor zwei Jahren, als Sir Gilchrist mit Fins Vater durch einen leichten Schneefall nach Norden geritten war, hatte Lady MacRae in der ständigen Erwartung gelebt, er werde wieder heimkommen. Als dann sein Leichnam zurückgebracht und in dem kleinen Friedhof im Wald vor dem Tor beigesetzt wurde, weigerte sie sich, seinen Tod zu akzeptieren. Sie stand zwar zitternd mit Bab und Patrick am Grab, während der Priester feierliche Abschiedsworte sprach, doch sie sagte kein Wort und ließ durch nichts erkennen, dass ihr bewusst war, was sich ereignet hatte.

»Vielleicht sollte ich zuerst zu ihr hinaufgehen«, sagte Bab, als sie Mollys Blick sah.

»Ich komme mit«, erklärte Molly mit fester Stimme. Bab widersprach ihr nicht; sie war froh, eine Begleitung zu haben.

Sie stiegen die steinerne Wendeltreppe hinauf, vorbei an Patricks und Lady MacRaes Schlafgemächern, dann noch höher und an Babs Kammer vorüber bis zu den letzten, noch steileren Stufen, die zu den Zinnen führten. Oben angelangt, öffnete Bab die Tür und trat auf den Wehrgang hinaus, der an dieser Stelle genau nach Süden zeigte. Doch sie sah keine Spur von ihrer Mutter.

Der Nordwestwind war stärker geworden und peitschte um die Ecken der Brustwehr. Trotz der gleißenden Sonne war es Bab hier oben kalt, und auch Molly schien zu frieren.

An jeder Ecke der Brustwehr befand sich ein rundes Erkertürmchen als Schutz für die Wachen, die sich hier immer aufhielten. Da in letzter Zeit alles friedlich gewesen war, patrouillierte jetzt nur ein Mann, den Bab erst sah, als sie das südöstliche Erkertürmchen erreichte. Von dort sah sie ihn auf dem östlichen Wehrgang auf sie zukommen.

Er begrüßte sie mit einem Lächeln. »Willkommen zu Hause, Mistress Bab. Ich schätze, Ihr sucht ihre Ladyschaft.«

»Ja«, sagte Bab. »Wo ist sie denn?«

»Da drüben, Mistress, mit ihren Stickereien beschäftigt.«

Mit einem Blick auf Molly schlüpfte Bab an ihm vorbei und ging zum nächsten Türmchen. Von dort sah sie ihre Mutter im nächsten; sie saß auf dem kleinen Steinbänkchen, ihre Stickerei auf dem Schoß, und starrte durch die Schießscharte auf Loch Alsh.

»Guten Morgen, Madam«, sagte sie vorsichtig.

Lady MacRae wandte den Kopf und lächelte. Sie war schlank und hatte dunkles Haar, und sie trug ein dunkelgrünes Gewand und einen grauen Umhang. Wenn sie lächelte, war die Ähnlichkeit mit ihrer Tochter so offensichtlich, dass niemand raten musste, woher Bab ihre Schönheit geerbt hatte. Das Haar ihrer Ladyschaft war von silbernen Strähnen durchzogen, und ihr Teint war wesentlich heller als Babs, aber die Ähnlichkeit war dennoch unverkennbar.

»Sie sind noch nicht gekommen«, sagte Lady MacRae so selbstverständlich, als habe Bab ihr eine Frage gestellt. »Aber ich bin sicher, es wird jetzt nicht mehr lange dauern. Bestimmt werden sie hier sein, noch bevor ich mit diesem Kissenbezug fertig bin.«

Bab spürte, wie sich ihre Kehle zuschnürte, als sie sah, wie ihre Ladyschaft die Nadel planlos in den Stoff stach und den blauen Faden in seiner ganzen Länge durchzog, weil das Ende nicht verknotet war. Wie viele Stiche Lady MacRae auch machen würde, sie würde den Kissenbezug nie vollenden, wenn sie ihren Faden nicht verknotete.

»Madam, Kintail und seine Frau sind aus Stirling zurückgekehrt und möchten Euch die Ehre erweisen«, sagte Bab leise. »Ich bitte Euch, geht jetzt mit mir in den Saal, um sie zu empfangen. Ihr seid ja schon blau vor Kälte.«

Lady MacRae zeigte sich für Babs Sorge nicht erkenntlich, doch sie erhob auch keinen Einwand, als Bab sie sanft zum Gehen drängte. Molly half mit, sie in den Saal zu bringen; dort setzten sie sie in Sir Patricks bequemen Lehnstuhl vor dem Feuer, wo sie sich, den Blick auf die Flammen gerichtet, weiter mit ihrer planlosen Stickerei beschäftigte.

»Wo ist ihre Zofe?«, fragte Molly leise. »Ich weiß nicht, aber ich werde sie suchen«, antwortete Bab. »Es scheint ihr wesentlich schlechter zu gehen, Molly. Ich hatte gehofft, sie durch die Reise nach Stirling aus ihrer Lethargie herausreißen zu können, aber offenbar hat ihr das nur noch mehr zugesetzt. Es war schrecklich von mir, sie allein reisen zu lassen.«

»Das ist doch Unsinn, Bab. Glaubst du vielleicht, Fin oder ich hätten dir erlaubt, bei uns zu bleiben, wenn sie sich zur Zeit ihrer Rückkehr schon so benommen hätte? Oder denkst du, du hättest sie in diesem Zustand reisen lassen?«

»Aber Ihr könnt nicht bestreiten, dass sich ihr Zustand verschlechtert hat.«

»Nein, und man kann auch nicht leugnen, dass sie sich in Stirling noch wesentlich mehr so wie früher benommen hat. Sie war nicht anders als jedes andere Mal, wenn sie bei Hofe erscheinen musste; du weißt ja selbst, dass sie das Leben dort nie gemocht hat. Und du wirst dich auch erinnern, dass es sogar für deinen Vater schwer war, sie zu überreden, mit ihm an den Hof zu gehen.«

Das konnte man nicht leugnen, und so sagte Bab nichts mehr dazu. Sie ließ für alle Getränke auftragen und hoffte, ihre Rückkehr nach Ardintoul werde ihre Mutter von ihren Phantasien ablenken.

Diese Hoffnung währte jedoch nur bis zu einem offenen Gespräch mit Ada MacReedy, Lady MacRaes Zofe.

»Ich weiß auch nicht, was mit ihr los ist, Mistress«, sagte Ada. »Früher, da hab ich gedacht, sie vermisst Euch und Sir Patrick, aber sie macht sich gar keine Sorgen und sie grämt sich auch nicht. Sie sitzt nur da und guckt aufs Loch und stickt, und ab und an redet sie mit sich selber oder mit irgendwelchen, die keiner sieht.«

Bab nickte. Lady MacRae hatte schon vor dem Tod von Sir Gilchrist Selbstgespräche geführt, das war also nichts Neues. Schon im Alter von sieben oder acht Jahren hatte Bab bemerkt, dass ihre Mutter oft vor sich hin murmelte.

»Mit wem redest du denn?«, hatte sie sie einmal gefragt. »Ach, nur mit mir selbst, Liebling«, war Lady MacRaes beiläufige Antwort gewesen.

»Aber warum?«

»Na ja, weißt du, von Zeit zu Zeit wird man es müde, immer nur mit Bediensteten oder Kindern zu reden, und dann spricht man gern mit jemand, bei dem man sich darauf verlassen kann, dass er genau versteht, was man sagt.«

Bab hatte das damals für einen Scherz gehalten; sie hatte klug genickt und war dann weggelaufen, doch jetzt erinnerte sie sich an diese Szene und fragte sich, ob Lady MacRae noch immer glaubte, niemand würde ihre Gedanken oder Gefühle verstehen. Sicher, auch Bab kannte dieses Gefühl, doch bei ihrer Mutter befürchtete sie mehr und mehr, dass sie die reale Welt irgendwie verlassen hatte und in einer seltsamen, eigenen Welt lebte.

Von der Brustwehr aus beobachtete Bab das Boot, das Molly und Fin nach Eilean Donan zurückbrachte, und spürte ein Gefühl der Verlassenheit in sich aufsteigen. Die beiden würden nicht sofort nach Dunsithe aufbrechen; sie konnte Molly also noch ein- oder zweimal treffen und sie um Rat fragen. Doch wenn sie fort waren, würde es ihr so ergehen, wie ihre Mutter es damals gesagt hatte – sie würde außer Kindern und Bediensteten niemanden mit klarem Verstand um sich haben, mit dem sie reden konnte. Und das bedeutete vor allem, sie würde mit niemandem über persönliche Dinge sprechen können.

Schon nach weniger als zwei Tagen merkte sie, dass Dundreggan in puncto Langeweile nichts war im Vergleich zu dem, was die kommenden Monate in Ardintoul bringen würden. In den ersten Tagen konnte sie noch wie gewohnt ausreiten, denn bis zum Montagmittag blieb es sonnig, doch sobald Chisholms Packpferde mit ihrem und Giorsals Gepäck aus Dundreggan eingetroffen waren, fegte ein Sturm mit heftigem Regen vom Meer herein. Später am Nachmittag regnete es sich ein, und es sah aus, als würde der beständige Regen über Tage anhalten.

Ein Gespräch mit Florrie MacRae und Ada MacReedy ergab, dass die Führung des Haushalts bei den beiden Frauen wie erwartet in besten Händen lag. Sie waren äußerst tüchtig und brauchten, abgesehen von den Mägden und Knechten, die schon seit langem in Ardintoul arbeiteten, keine Hilfe. Für Bab blieb somit kaum etwas zu tun, außer ihrer Mutter Gesellschaft zu leisten und traurig zuzusehen, wenn Lady MacRae mit sich selbst sprach und sich mit ihrer endlosen Stickerei beschäftigte.

* * *

»Bei dir braut sich mehr Unheil zusammen, als man auf den ersten Blick sieht«, sagte Maggie Malloch ernst zu ihrem Sohn. »Was wirst du also tun?«

Endlich einmal hatte Claud gemerkt, dass sie hier war, bevor sie etwas sagte, und konnte seine Würde bewahren. »Mama, traust du mir nicht zu, dass ich mich um das Mädel kümmern kann?«, fragte er sie.

»Doch, schon«, antwortete Maggie. »Aber mir geht's erst dann besser, wenn ich weiß, was aus dieser tauben Nuss Catriona geworden ist.«

Claud rollte die Augen. »Du weißt genau, wo sie ist. Sie passt auf die Chisholms auf, wie du's gesagt hast. Die will schließlich ebenso wenig eine Strafe kriegen wie ich.«

»Ja, aber in Dundreggan ist weit und breit nix von ihr zu sehn, obwohl sie da gebraucht wird, Claud. Da steht großer Ärger bevor, weißt du, und sie muss zusehn, dass am Ende alles gut wird.«

»Soll ich sie suchen?«

»Nix da!«, fuhr sie ihn an. »Wenn ich sie nicht find, dann findst du sie auch nicht. Du hältst dich von all den Weibern fern, Claud, sonst kommst du bloß wieder auf dumme Gedanken, und dann kriegen wir am Ende alle den Pelz gewaschen!«

Dies war eindeutig nicht der richtige Zeitpunkt, ihr zu sagen, dass Lucy Fittletrot wieder da war, obwohl er eigentlich überrascht war, dass Maggie das nicht ohnehin wusste. Es war nur Glück gewesen, dass sich Lucy zuvor auf und davon gemacht hatte. Jedenfalls würde er Lucy noch einmal nach Catriona fragen, sobald sich die Gelegenheit dazu bot. Aber zuerst galt es noch herauszufinden, was Maggie vorhatte.

»Guckst du mir die ganze Zeit über die Schulter, Mama?«

»Für so was hab ich keine Zeit, aber ich kann die Chisholms nicht andauernd sich selbst überlassen, bloß weil sich diese heuchlerische Hure um nix kümmern will. Und du weißt ja, wenn ich einer Seite helfe, dann muss ich mich um die andere genauso kümmern.«

»Aber, Mama!«

Sie verzog das Gesicht. »Sei still, ja? Ich misch mich nicht bei dir ein, und du hast es auch gar nicht nötig. Du passt auf Mistress Barbara auf. Ich halt mich da raus.«

Damit musste er sich zufrieden geben, aber er hoffte, Lucy würde bald zurückkommen.

An Bord der Marion Ogilvy

Sie befanden sich vor der Südküste von Portugal, als der Wind drehte. Während sie das Mittelmeer überquerten, war er fast eine Woche lang von Südosten gekommen, und das war ein ungewöhnlicher Glücksfall gewesen. Weitaus häufiger war es, das wusste Kit inzwischen, dass ein Schiff, das nach Westen segelte, mit Gegenwind zu kämpfen hatte. Das bedeutete, die Männer mussten ständig in der Takelage hängen und Segel setzen, einholen und trimmen, um möglichst viel Wind zu bekommen. Sie waren nun jedoch schon fast die ganze Strecke mit dem Wind und unter vollen Segeln gefahren und hatten mit wenig Aufwand hervorragend Fahrt gemacht.

Am Morgen hatte Sir Kenneth Lindsay ihm erzählt, sie würden wegen ihres guten Vorankommens erst in La Coruña in Nordspanien wieder einen Hafen anlaufen, um frisches Wasser und Vorräte an Bord zu nehmen.

Lindsay hatte während der Fahrt einige Male mit ihm gesprochen, allerdings nur kurz, denn Kit hatte ihn nicht gerade dazu ermutigt. Die Aufmerksamkeit dieses Mannes hatte ihm zwar bislang zweifellos geholfen – und wenn sie nur so viel gebracht hatte, dass Gibson auf Distanz zu ihm blieb –, doch er wusste, dass der Erste Offizier nur abwartete, bis er den Neffen des Botschafters los war. Und dann würde mit Sicherheit alles schlimmer werden als je zuvor.

Auch von Willie Armstrong hielt sich Gibson fern. In der Tat war die Atmosphäre an Bord der *Marion Ogilvy* momentan sehr entspannt, wenn auch nicht so, dass er gern für den Rest seines Lebens an Bord geblieben wäre.

Er hatte keine Eile, denn Zeit spielte keine Rolle für ihn, und er wurde noch zu gut beobachtet, um schon jetzt einen Fluchtversuch zu wagen. Aber er rechnete in jedem Fall damit, dass sie irgendwann in eine Flaute geraten würden. Eigentlich hatte er gedacht, wenn der Wind konstant von Süden oder Südosten kam, würden sie beträchtlich an Fahrt verlieren, sobald sie nach Norden drehten. Und das hatten sie gestern getan, nachdem sie die Straße von Gibraltar passiert hatten.

Doch jetzt, während er beobachtete, wie die Brecher auf die portugiesische Küste zurollten, wie der Wind die Segel über ihnen straffte und die Männer in der Takelage sie trimmten, erkannte er, dass sich der Wind nun gedreht hatte. Er blies jetzt aus Süden und schob sie stetig nordwärts, als sei der allmächtige Gott ebenso sehr wie Sir Kenneth darauf bedacht, die Nachrichten des Letzteren möglichst rasch an Kardinal Beaton zu überbringen.

Entweder das, dachte Kit verdrießlich, oder sie steuerten alle auf ihr Verderben zu.

* * *

Am Freitag, nach ihrer ersten Woche in Ardintoul, begann Bab eine Veränderung im Verhalten ihrer Mutter zu bemerken. Manchmal reagierte Lady MacRae ganz normal, wenn sie ihr eine Frage stellte oder etwas sagte. Doch gerade, als Bab zu hoffen begann, ihre Mutter würde aus der nebulösen Welt zurückkommen, in die sie sich geflüchtet hatte, stand sie mitten in einem Satz von Bab auf und verließ den Raum. Bab folgte ihr und fand sie wieder auf der Brustwehr, wo sie durch die Schießscharte des Erkertürmchens in den Regen starrte, der über Loch Alsh niederging.

Als es am Nachmittag zu regnen aufhörte, hielt Bab es nicht mehr aus, dauernd eingesperrt zu sein. Sie ließ ihren grauen Wallach satteln und ritt in den friedvollen Wald um Ardintoul. Eine Eskorte lehnte sie ab.

Sie kannte die Gegend gut und wusste, dass sie hier zumindest so lange nichts zu befürchten hatte, wie Kintail noch in Eilean Donan war. Nicht umsonst wurde er Wild Fin Mackenzie genannt, und wenn ihn etwas garantiert in Rage brachte, dann war es eine Drohung gegen jemanden, der unter seinem Schutz stand.

Wie Patrick hätte wohl auch Fin sich nicht gerade erfreut darüber geäußert, dass sie allein ausritt, aber er befand sich auf der anderen Seite des Loch und Patrick war im Grenzland, und selbst wenn sie beide zu Hause waren, widersetzte sie sich häufig Befehlen, die sie als eigenmächtig empfand – Befehlen, die, wie sie meinte, mehr aus Gewohnheit denn aus einer Notwendigkeit heraus gegeben wurden. Die Menschen in Kintail kannten sie so gut wie Fin und Patrick, und sie konnte auf sich aufpassen.

Im Wald tropfte immer noch alles, als sie dem Pfad folgte,

auf dem sie letzte Woche von der Küste her gekommen waren. Am Ufer des Loch angekommen, wandte sie sich ostwärts auf Loch Duich zu. Von dort war es leichter, durch Wald und Gebüsch zu den Hochwiesen hinauf zu gelangen als durch die felsübersäten Täler. Sie genoss die Einsamkeit sehr, und so bemerkte sie erst, als die Sonne von einer Wolke verdeckt wurde, wie tief diese bereits im Westen stand, und machte kehrt.

Auf dem Heimweg fragte sie sich mit schlechtem Gewissen, wie es ihrer Mutter wohl ohne sie ergangen war. Doch Ada MacReedy war nicht nur eine erfahrene Zofe, sondern auch eine hervorragende Gesellschafterin, und Florrie, die Haushälterin, war schließlich auch eine MacRae. Sie konnte also davon ausgehen, dass es Lady MacRae an nichts gefehlt hatte.

Bab versuchte, sich einzureden, dass es gut für ihre Mutter sei, ihre Tochter wieder bei sich zu haben, doch es fiel ihr schwer, das wirklich zu glauben. Es war nicht gut, wenn sie sich Sorgen machte, weil sie ja nicht einmal wusste, was ihrer Mutter eigentlich fehlte oder wie sie ihr hätte helfen können, wieder der Mensch zu werden, der sie vor Sir Gilchrists Tod gewesen war.

Als sie aus den Bäumen herauskam und auf das Ufer von Loch Duich zu ritt, sah sie in einiger Entfernung einen Reiter aus dem Wald kommen. Die Sonne versank rasch hinter der Insel Skye; ihr Licht war nun schon verfärbt und dämmrig und der Wald lag bereits in tiefem Schatten. Obwohl sie völlig in Gedanken verloren gewesen war, hatte sie instinktiv bemerkt, dass jemand in ihrer Nähe war.

Zuerst hatte sich nur ein Schatten in den Tiefen des Waldes abgezeichnet, doch als er auf sie zukam, erkannte sie ihn zweifelsfrei, und ihr Herz begann zu hüpfen.

9

Eine instinktive Vorsicht erinnerte Bab, dass zumindest einer, Francis Dalcross, versucht hatte, sich für *Sionnach Dubh* auszugeben, doch gleichzeitig mit diesem Gedanken wusste sie, dass niemand sie täuschen konnte, wenn es um den Fuchs ging. Er hatte einfach etwas an sich, woran sie ihn sofort erkannte, auch in tiefster Nacht und ohne dass er ein Wort sagen musste – es war etwas Unerklärbares, ein gegenseitiges, intimes Verstehen zwischen ihnen, das ihr eine innere Ruhe und ein Gefühl von Geborgenheit vermittelte.

Sie zügelte ihr Pferd und wartete, bis er bei ihr war.

»Ihr seid den ganzen Weg bis nach Kintail gekommen«, begann sie.

»Ja, meine Liebe, um sicherzugehen, dass Ihr wohlbehalten nach Hause kommt.«

»Wie Ihr seht.« Bei dem Gefühl, das seine Stimme in ihr auslöste, musste sie lächeln.

»Was ich sehe, ist eine junge Frau, die schutzlos in den Wäldern umherreitet.«

Sie lächelte trotz seines ernsten Tons noch immer. »Wir MacRaes sind auf unserem Land absolut sicher«, erklärte sie. »Außerdem sind wir von Kintails Land umgeben, und Kintail ist hier. Wenn Fremde in der Gegend wären, würden wir gewarnt, lange bevor sie uns etwas tun könnten.«

»Ich bin ein Fremder.«

»Ja, aber selbst wenn Euch jemand gesehen hätte – über die Gegenwart von *Sionnach Dubh* würde sich in Kintail niemand beschweren.«

»Vielleicht nicht, aber wie könnte sich jemand meiner Identität sicher sein?«

Einer plötzlichen Scheu folgend wollte sie ihm nicht sagen, dass sie ihn immer erkennen würde. Sie erwiderte deshalb lediglich: »Es gibt nur zwei Möglichkeiten, Sir. Entweder Ihr seid ein einsamer Reiter, und dann seid Ihr für Kintail keine große Gefahr, oder Ihr seid *Sionnach Dubh* und damit gar keine Gefahr für jeden, der sich zu benehmen weiß und an die Gesetze hält.«

Kaum hatte sie dies gesagt, da wusste sie, sein nächstes Argument würde sein, dass auch ein einsamer Reiter einer schutzlosen Frau Schaden zufügen könne. Zumindest würden Fin und Patrick das sagen, denn sie hatten es ja bereits oft genug getan.

Aber er sagte nichts. Er streichelte nur sanft ihre Wange.

Sein Hengst stand bewegungslos da wie eine Statue aus schwarzem Marmor.

»Die frische Luft tut Euch gut«, meinte er. »Ihr habt Farbe in den Wangen, und Eure Augen strahlen.«

Sie spürte, wie ihre Wangen glühten. Unsicher und nach Worten ringend, biss sie sich auf die Lippe; plötzlich wurde ihr bewusst, dass schutzlose Frauen Gefahren ausgesetzt waren, an die sie bisher noch nie gedacht hatte. »Ich glaubte, Ihr würdet mich ausschelten wie Patrick«, sagte sie; etwas Besseres wollte ihr partout nicht einfallen.

»Dazu habe ich kein Recht, meine Liebe. Und wenn ich's hätte, dann habt Ihr mir auf jeden Fall noch keinen Grund dazu gegeben. Ich wollte Euch sehen, und da wäre es doch ziemlich heuchlerisch, wenn ich Euch schelten würde, weil Ihr allein ausreitet, wo ich mir doch genau das gewünscht habe und ich mich sehr drüber freue.«

»Ja, aber ich habe nicht erwartet, dass Ihr das so offen zugeben würdet.«

Sie meinte, ihn lachen zu hören, war sich jedoch nicht sicher. Nur zu gern hätte sie sein Gesicht gesehen, seine Miene enträtselt. Er war bestimmt ein gut aussehender Mann, aber selbst wenn er die Maske trug, um eine Narbe oder sonst ein entstellendes Merkmal zu verdecken, würde es ihr nichts ausmachen. Sie würde auch dann nicht anders auf ihn reagieren.

Er nahm die Hand von ihrer Wange, und sie wünschte sofort, er hätte es nicht getan. Wie schon bei ihrer ersten Begegnung hatte sie das Gefühl, wenn er sie jetzt aus dem Sattel höbe und in sein Versteck entführte, würde ihr das absolut nichts ausmachen.

»Wie geht's Eurer Mutter?«

Die Frage verblüffte sie. »Sie ... es geht ihr gut, danke.«

»Komm mir jetzt nicht mit höflichem Geplänkel, Mädchen. Ich weiß sehr wohl, dass es ihr nicht gut geht, und das schon seit Monaten, und ich weiß auch, dass ihr Zustand bedrückend sein muss. Also, wie geht es ihr seit deiner Rückkehr nach Ardintoul?«

Selbst ihm wollte sie nicht ihr Herz ausschütten, doch ebenso wenig wollte sie ihn belügen. »Sie scheint vieles um sie herum nicht mitzukriegen«, antwortete sie. »Jeden Tag sitzt sie stundenlang auf der Brustwehr und starrt auf Loch Alsh hinaus, als würde sie noch immer darauf warten, dass mein Vater wieder kommt. Aber ich glaube, jetzt geht es ihr ein wenig besser. Gestern Abend nach dem Essen hat sie sich über das zähe Hühnchen beschwert.«

Er lachte leise. »Ist das so ungewöhnlich?«

»Schon, weil sie nämlich kaum über Essen oder andere gewöhnliche Dinge spricht. Meistens redet sie mit sich selbst, und wenn sie mit anderen zu reden scheint, sagt sie ganz seltsame Dinge.«

»Wirklich?«

»Zum Beispiel sagte sie zu Florrie MacRae – das ist unsere Haushälterin –, der neue Rasen in der Nähe des Elfenrings wäre in einer Woche so weit, dass man ihn mähen kann.«

»Na ja, es ist ja schließlich Frühling.«

»Ja, aber wir haben gar keinen Rasen, solchen Luxus gibt es bei uns in Ardintoul nicht. Der Boden ist entweder zu felsig oder bewaldet, deshalb haben wir nie einen Rasen angelegt. Und wenn es hier irgendwo einen Elfenring gibt, dann hab ich ihn noch nie gesehen.«

Es war leicht, mit ihm zu reden, leichter, als sie es sich vorgestellt hatte. Und obwohl sie ihre größte Befürchtung – dass sich ihre Mutter für immer in diese Eigenwelt zurückziehen könnte, in der sie sich jeden Tag Stunden lang aufhielt –, obwohl sie diese Befürchtung nicht äußerte, hatte sie das Gefühl, dass er sie auch ohne Worte verstand.

»Ich habe von der Geschichte beim Beltane-Feuer gehört«, sagte sie, um das Thema von Ardintoul abzulenken. »Sind die Männer, die Ihr gerettet habt, außer Gefahr?«

»Ja«, antwortete er. »Aber sie lassen sich eine Weile nicht blicken, bis Francis Dalcross und seine Leute etwas anderes gefunden haben, was sie beschäftigt.«

»Es war gut von Euch, ihnen zu helfen«, bemerkte sie.

Er versteifte sich, und sie sah, wie sich seine grauen Augen verengten. Sie fragte sich, was an ihrer Bemerkung ihn verärgert haben könnte.

»Das ist keine Sache der Güte, sondern der Gerechtigkeit«, hielt er ihr entgegen. »Unser selbstgerechter Sheriff und sein machtgieriger Sohn haben sich außerordentlich viel herausgenommen, und das gegenüber Menschen, die von alters her zu sehr an ihrer Freiheit hängen, als dass sie sie einfach aufgeben würden. Und wenn man sieht, was Francis Dalcross in aller Öffentlichkeit verbricht, dann fragt man sich, was er wohl im Verborgenen alles tut.«

»Ihr habt gesagt, er tut das nur, um seine persönliche Macht zu vergrößern«, erinnerte sie ihn, »aber handelt er nicht auch im Namen Roms und seiner Gnaden, des Königs?«

»Ja, und Macht ist etwas Berauschendes, meine Liebe. Selbst gute Menschen fallen ihr nur zu leicht zum Opfer. Schurken wie der Sheriff und sein Sohn aber benutzen sie als Waffe.«

»Aber ist das nicht genau das, worum es in der Politik geht? Patrick sagt, in der Politik dreht sich alles nur darum, andere zu beherrschen und die Macht zu ergreifen. Ist das nicht genau das, was die Dalcrosses tun?«

»Nein, hier sind ganz persönliche Dinge im Spiel, während

es in der Politik eher um Gruppen und Parteien geht. Um ein politisches Motiv zu haben, müssten die Dalcrosses wirklich den König, den Papst oder eine andere erkennbare Partei repräsentieren, aber sie interessieren sich für Jamies Hof oder den Papst nicht mehr als die meisten anderen hier in den Highlands, auch wenn sie das Gegenteil behaupten.«

»Francis ist mehr auf sein eigenes Ansehen bedacht«, meinte Bab.

Er stimmte ihr zu. »Und zudem versucht er, sich mit mächtigen Männern zu verbünden, vor allem mit Kardinal Beaton und dem Papst, selbst wenn ihn das mit seinen eigenen Leuten in Konflikt bringt. Wir Highlander halten an unseren Traditionen fest, aber wir lassen auch Toleranz und gesunden Menschenverstand walten und erkennen Unterschiede und durch Umstände bedingte Erfordernisse an. Zum Beispiel darf bei uns eine Heirat auch ohne einen Priester stattfinden, wenn er wegen des Wetters oder großer Entfernung nicht kommen kann. Aber wenn es nach Dalcross geht, dann müssen alle Menschen nach exakt denselben Ritualen Gott anbeten, heiraten und sterben, ob sie nun in Rom, London oder Stirling leben.«

»Donnerwetter, Sir, Ihr seid ja höchst bewandert! Heißt das alles, Ihr stimmt mit König Henry überein, der sagt, Schottland sollte eine eigene Kirche haben?«

Er lachte leise und entspannte sich etwas. »Ihr wisst doch ganz gut, dass ich das nicht glaube. Henry ist doch letzten Endes genau wie Dalcross. Er hat sich nur deshalb von Rom getrennt und seine eigene englische Kirche gegründet, um eine Ehefrau loszuwerden, die ihm keine Söhne schenken konnte, und eine andere heiraten zu können. Und als die unglückliche Anne Boleyn ihm stattdessen eine Tochter gebar, köpfte er sie und heiratete ein drittes Mal. Inzwischen hat er die fünfte Ehefrau, und sein einziger Sohn ist ein schwächlicher Balg. Könnt Ihr Euch vorstellen, dass unser Jamie auch so verrückt ist?«

»Nun, seine Gnaden hat zweimal geheiratet«, meinte sie.
»Ja, aber nur, weil seine erste Frau, die er über alles liebte, bald nach ihrer Ankunft in Schottland starb. Und er hat jetzt zwei rechtmäßige Söhne, die beide stark und gesund sind und das hoffentlich auch bleiben.«

»Was wird also geschehen?«

»Mit Schottland? Ich weiß es nicht. Mit den Dalcrosses? Wenn sie weitermachen wie bisher, werden sie früher oder später hängen. Den Menschen hier fehlt es heutzutage an Führung, weil so viele Männer nach Süden gezogen sind, um Jamie in seinem Kampf gegen den englischen König zu helfen. Aber diese Männer kommen zurück, und dann wird die Herrschaft der Dalcrosses bald ein Ende haben. In der Zwischenzeit tun diejenigen von uns, die hier bleiben, was sie eben können.«

Sie fragte sich kurz, wie er es hatte vermeiden können, gegen die Engländer nach Süden zu ziehen, doch dann fiel ihr ein, dass viele Männer aus unterschiedlichen Gründen geblieben waren. Keine Familie konnte riskieren, alle ihre waffenfähigen Männer fortzuschicken; sogar einige Clanchefs und Oberhäupter waren aus Gründen der Sicherheit hier geblieben. Aber dennoch würden viele Haushalte erst dann wieder über ihre gesamte Kampfstärke verfügen, wenn die Männer aus dem Süden zurückgekehrt waren.

»Wollt Ihr denn nicht einen Mann belohnen, der so eine lange Reise zu Euch auf sich genommen hat?«

Seine Worte rissen sie aus ihren halb fertigen Gedanken. Vielen Leuten merkte man an, wenn sie etwas sagen wollten, doch seine Maske verhinderte dies. Außerdem fühlte sie sich in seiner Gegenwart wohl, auch wenn sie nicht miteinander sprachen. Bei den meisten Menschen empfand sie Gesprächspausen als etwas Unangenehmes, das man mit Worten zu überbrücken versuchte.

Sie wusste, was er wollte, und sie wollte es ihm gern geben, doch sie wünschte sich, dass er seinen Wunsch aussprach. »Welche Belohnung möchtet Ihr denn?«, fragte sie unschuldig.

»Nur einen Kuss, Liebes, das weißt du doch.«

Der Hengst kam näher, ohne dass sie eine Geste des Reiters bemerkte, und obgleich der Fuchs sie einmal als Magnet bezeichnet hatte, war es dieses Mal sie, die sich von ihm angezogen fühlte. Sie sehnte sich nach seiner Umarmung.

Bab wagte kaum zu atmen, als er seine Hand auf ihre Schulter legte, sich zu ihr beugte und seine Maske hochhob, damit sich ihre Lippen treffen konnten.

Zuerst war sein Kuss warm, weich und zärtlich, doch dann wurde der Griff an ihrer Schulter härter, seine Lippen pressten sich auf die ihren, seine Zunge drängte in ihren Mund.

Bab stöhnte leise, als sie seinen Kuss erwiderte. Ihr ganzer Körper drängte zu ihm, verlangte nach seiner Zärtlichkeit, nach seiner Berührung, nach seiner Nähe. Aber so rasch der Kuss gekommen war, war er auch vorüber.

»Ich muss weiter, Liebes«, murmelte er. »Ich vertraue mir lieber nicht all zu sehr.«

»Ich vertraue dir«, flüsterte sie. Sie musste ihre ganze Kraft aufbieten, um ihn nicht zu bitten, dass er bleiben möge. Darum würde sie einen Mann niemals bitten, selbst ihn nicht.

»Ich weiß, du glaubst, dass du das tust«, sagte er. »Das ist ein Grund, weshalb ich mir selbst nicht sehr vertraue. Aber für den Moment bist du sicher, das garantiere ich dir.«

»Kommst du wieder?«

»Natürlich, Liebes, das habe ich dir doch gesagt. Ich kann einfach nicht von dir lassen.«

Damit wendete er sein Pferd und ritt in den Wald hinein. Sie blickte ihm nach, bis ein eisiger Windstoß und die hereinbrechende Dämmerung sie daran erinnerten, dass sie nach Ardintoul zurückreiten musste, sonst würde man sie am Ende noch suchen.

Nun, da er weg war, schaltete sich ihr gesunder Menschenverstand wieder ein, und sie erkannte, dass sie wahrscheinlich kurz davor gewesen war, sich ziemlich lächerlich zu machen. Durch die Langeweile und die Sorge um ihre Mutter war die Suche nach dem Abenteuer mit einem Mann wie dem Fuchs einfach zu verlockend geworden. Aber eine solche Beziehung konnte keine Zukunft haben. Andererseits war das Zusammensein mit ihm aufregend, und sie brannte darauf, noch mehr von ihm in Erfahrung zu bringen. Zum ersten Mal freute sie sich über die baldige Abreise von Fin und Molly nach Dunsithe.

* * *

Anderwärts drangen die Strahlen der späten Nachmittagssonne durch einen dichten, grünen Laubbaldachin bis auf eine kleine Lichtung, die noch keines Menschen Fuß betreten hatte, spielten auf dem moosbedeckten Boden und brachen sich auf dem stillen, grünen Teich in der Mitte.

Ein leise plätscherndes Bächlein speiste den Teich, und wenn kein Wind in den Blättern raschelte, konnte man das feine Geräusch des Wassers hören. Die smaragdgrüne Lichtung war still, als Brown Claud sie betrat, und ganz so, wie er sie in Erinnerung hatte. Doch die Gestalt, die auf einem Moospolster neben dem Bächlein lag, war nicht die, die er vorzufinden gehofft hatte. Ihr lavendelfarbenes Kleid hob sich deutlich von der grünen Umgebung ab.

»Lucy, wach auf!«, drängte er mit schneidender Stimme und schüttelte sie.

Sie öffnete die Augen und grinste ihn schelmisch an – sie war die ganze Zeit wach gewesen. »Hast du mich vermisst, Claud?«, fragte sie.

»Ja, und ich hab dich auch gesucht, aber ich hätt nicht gedacht, dass ich dich hier find.«

»Warum bist du denn dann hergekommen?«, hakte sie verschmitzt nach.

»Weil ich auch nach Catriona gesucht hab, und das ist ihr

Platz hier. Du solltest nicht hier sein, Lucy. Leute von ihrem Stamm sind vielleicht nicht gut auf dich zu sprechen, und meine Mama hat schon genug Ärger damit, zwischen dem Bergvolk und unsern Leuten Frieden zu machen.«

»Mir gefällt's hier«, meinte Lucy. »Komm, leg dich zu mir, Claud.«

»Nein! Nicht bevor du mir sagst, was du mit Catriona gemacht hast«, erklärte er und verschränkte trotzig die Arme vor der Brust.

Lucy zuckte die Achseln. »Ich hab sie ein klein wenig verzaubert, das ist alles.«

»Was für'n Zauber?«

»Wenn sie sich in der Nähe von Dundreggan aufhält, wird man ihre Ziegenfüße sehn. Wenn sie bereit ist, die sehn zu lassen, dann kann sie tun, was sie will.«

»Aber sie hat doch gar keine Ziegenfüße!«

»Wenn sie in der Nähe von Dundreggan ist, dann schon«, erklärte Lucy. »Das hält sie davon ab, Unheil anzurichten, Claud.«

»Aber stattdessen richtest du Unheil an!«

»Ich verhindere ihr Unheil, Claud, das ist alles.«

Das klang vernünftig. Aber weshalb, fragte sich Claud, hatte er dann ein Gefühl, als sei Unheil im Gange? Frauen verwirrten ihn, deshalb war es ihm lieber, wenn er immer nur mit einer zu tun hatte. Wenn zwei um ihn herum waren, und seine Mutter dann auch noch dazu kam, dann musste es einfach Probleme geben. Jedenfalls musste er jetzt aufpassen, dass er nicht den Kopf verlor.

* * *

Als Bab am nächsten Morgen in den großen Saal von Ardintoul hinunterging, um zu frühstücken, wurde sie bereits von einem verbitterten Kintail erwartet.

Wegen ihres schlechten Gewissens war ihr erster Gedanke,

dass er womöglich etwas über ihre Begegnung mit dem Fuchs erfahren hatte, doch diese anfängliche Befürchtung zerstreute sich rasch.

»Eines meiner Boote hat heute Morgen sehr schlechte Nachrichten gebracht«, begann er.

»Doch nicht etwa über Patrick!?« Bab stockte der Atem.

»Nein. Tut mir Leid, dass ich dich erschreckt habe, Bab. Ich hätte wissen müssen, dass du sofort um ihn fürchten würdest. Aber es ist dennoch schlimm genug, denn das Boot kam aus Dumbarton. Die Söhne des Königs sind tot.«

Sie starrte ihn entsetzt an. »Beide! Was ist denn geschehen?«

»Ein Fieber, heißt es. James und ihre Gnaden kehrten aus Aberdeenshire und Angus zurück, wo sie beim Adel um Unterstützung gegen England geworben hatten, als sie durch einen Boten des Verwalters von Stirling die Nachricht erreichte, Arthur, der Kleine, liege im Sterben. Sein älterer Bruder, der Herzog von Rothesay, war ebenfalls erkrankt, er erbrach sich und konnte nichts mehr zu sich nehmen. Natürlich machten sich Jamie und Marie schnellstens auf den Weg zu ihnen, doch sie kamen zu spät. Die beiden Jungen waren schon tot.«

Tränen schossen Bab in die Augen. Einer der Gründe für ihre Reise nach Stirling, der auch ihre Mutter letztendlich dazu bewegt hatte, sie zu begleiten, war die bevorstehende Geburt und Taufe des zweiten Sohnes des Königs gewesen. James hatte mehrere uneheliche Kinder, aber nur zwei rechtmäßige Söhne. Das ganze Land würde ihren Verlust betrauern.

»Jetzt wird sich einiges ändern«, stöhnte Fin.

»Ja, das denke ich auch.« Bab beschloss, ihrer Mutter nichts davon zu erzählen. Wenn Lady MacRae eine solch schlimme Neuigkeit überhaupt aufnehmen konnte, würde sich ihr Zustand nur verschlechtern.

»Ich kann dich und ihre Ladyschaft jetzt nicht mehr nur

mit ein paar Männern als Schutz hier in Ardintoul bleiben lassen«, erklärte Fin ohne Umschweife.

»Dann nehmt Ihr uns nun doch mit nach Dunsithe?«

»Nein, ihre Ladyschaft wäre nicht damit einverstanden, und in ihrem momentanen Zustand kann man ihr diese Reise auch gar nicht zumuten. Das musst du verstehen, Bab.«

Sie nickte. »Aber was dann? Bleiben wir in Eilean Donan?«

»Das ist auch nicht besser zu verteidigen als Ardintoul«, erklärte er mit einem schiefen Lächeln. Sein Blick sagte ihr, dass ihr sein nächster Satz nicht gefallen würde. »Ich werde euch nach Dundreggan zurückbringen. Der Weg dorthin ist nicht allzu strapaziös für deine Mutter, und bei Chisholm seid ihr sicher. Dundreggan ist eine Wehrburg.«

Bab schluckte; sie wusste nicht, was sie sagen sollte. Die ersten Worte, die ihr in den Sinn kamen, waren absolut unpassend. Aber Kintail erwartete eine Reaktion, und sie merkte, dass es ihr nichts nützen würde, ihren Ärger zu zeigen. »Meiner Mutter wird es auch nicht recht sein, ins Glen Affric zu gehen«, sagte sie schließlich mit gezwungener Ruhe.

Er runzelte die Stirn, und sie war froh, dass sie ihm nicht rundweg widersprochen hatte. Ein großer Teil ihres Ärgers kam daher, dass sie kaum eine Woche zu Hause gewesen war und nun schon wieder ins Glen Affric zurück sollte. Doch sich Fin entgegenzustellen war nie klug, und nachdem er heute nicht in Begleitung seiner Frau gekommen war, konnte Molly ihn auch nicht beruhigen, falls Bab ihn reizte.

Sie schwieg also in der Hoffnung, seine Sorge um ihre Mutter werde ihn umstimmen.

»Es ist vor allen Dingen wichtig, dass deine Mutter und du in Sicherheit seid«, sagte er schließlich ruhiger, als sie befürchtet hatte. »Der Tod der Prinzen wird ein Chaos auslösen. Schon jetzt gibt es Befürchtungen, die Inselclans könnten James' Probleme ausnützen und versuchen, die Herrschaft über die Inseln wieder an sich zu reißen. Wenn man dazu noch die Geschichten aus den Glens kennt, von denen ich in letzter Zeit so viele gehört habe ...«

»Aber das Zentrum dieser Unruhen ist Inverness, und das ist sogar noch näher beim Glen Affric als Ardintoul«, wandte Bab ein.

»Aber wenn ihr hier bleibt, muss ich zu eurem Schutz mehr Männer zurücklassen, als ich möchte, und selbst dann habe ich noch keine Gewissheit, dass ihr sicher seid«, hielt er ihr entgegen. »Der Tod der Prinzen kompliziert die Dinge erheblich, denn wenn Jamie umkommen sollte, wird jeder mächtige Adelige in Schottland wieder danach trachten, die Herrschaft über den Thron zu erlangen. Wir müssen alles in unserer Macht Stehende tun, um ihn in seinem Kampf gegen Henry zu unterstützen, und sei es nur darum, dieses Reich zu stabilisieren.«

»Aber diese Kämpfe sind doch weit weg von hier«, sagte Bab.

»Ja, und vielleicht bleibt das auch so, vielleicht aber auch nicht«, erwiderte Fin. »Es kann sich herausstellen, dass die anderen Lords der Highlands es nun nicht so eilig haben, Jamie bei seinem Kampf zu unterstützen. So mancher könnte jetzt einfach abwarten und zusehen, ob Henry siegt.«

»Letztes Jahr hat der König viele Highland-Clans verärgert, als er ihre Clanchefs und Oberhäupter als Geiseln nahm«, erinnerte sich Bab.

»Wir von Kintail folgen ihm, denn er ist unser König«, erklärte Fin. »Aber es ist richtig, dass andere weniger loyal sind.«

Bab seufzte, aber sie sagte nichts. Sie wusste schon seit langem, dass man mit den Männern von Kintail nicht diskutieren konnte, wenn es um Loyalität ging.

»Sollen wir jetzt zu Lady MacRae gehen?«, fragte er ruhig.

»Ja, aber ich sag's Euch, Fin, sie wird niemals freiwillig nach Dundreggan zurückgehen.«

Er erwiderte nichts, und sie fragte sich, was er tun würde, wenn ihre Mutter sich seinem Befehl widersetzte oder ihn einfach ignorierte. Wenn das, was Bab von ihr in den letzten Tagen mitbekommen hatte, ein Anzeichen war, dann war Lady MacRae so etwas durchaus zuzutrauen. Und wenn Fin versuchen sollte, sie zu drängen ... Das wäre noch etwas anderes, entschied Bab. Das würde sie nicht mitmachen, selbst wenn es bedeutete, dass sie ihn dann gegen sich selbst aufbrachte.

Sie fanden Lady MacRae in ihrem Gemach direkt über dem Saal. Es lag nach Osten, und die Strahlen der aufsteigenden Sonne tauchten den Boden in ein goldenes Licht. Ihre Ladyschaft saß in einem hellgrauen Tagesgewand und mit einem einfachen Schleier an einem Tisch, auf dem eine Schale Äpfel, ein Krug Bier, ein Brötchen und verschiedene Gewürze standen. Sie saß also beim Frühstück, doch als Fin sich verbeugte, lächelte sie.

»Guter Gott«, sagte sie an Bab gewandt, »haben wir heute Gäste, Liebes? Du oder Ada hätten mir doch Bescheid geben können; ich bin ja gar nicht angezogen, um jemanden zu empfangen.«

Bab warf einen Blick auf die dicke Ada, die mit ihrer Stickerei auf dem Schoß in einer Ecke saß und jetzt kopfschüttelnd das Gesicht verzog. »Es ist nur Kintail, Madam«, sagte sie, »und er bleibt auch gar nicht lange, weil er viel zu tun hat. Er wollte Euch nur kurz seine Aufwartung machen.«

»Dann werde ich mich nicht umziehen, falls er nichts dagegen hat«, sagte Lady MacRae und nickte. »Ich will nämlich nicht in mein Schlafgemach zurück, so lange die Wildkatze noch dort ist.«

»Wildkatze!«, riefen Fin und Bab wie aus einem Mund.

»Ja, ja, auf meinem Bett liegt sie, aufgerollt als wär's ihr eigenes.«

»Madam«, schaltete sich Ada MacReedy jetzt ein. Sie legte ihre Stickerei beiseite und schenkte Lady MacRae Bier nach.

»Ich hab's Euch gesagt, das war nur ein schlechter Traum, den Ihr gehabt habt. Da war keine Wildkatze, als ich ins Zimmer kam.«

»Vielleicht hast du ja sie nicht gesehen, Ada, aber sie war da, und ich bin ganz sicher, sie ist noch immer da und wartet nur darauf, dass ich zurückkomme. Ich würde lieber nicht wieder hineingehen, so lange das elende Biest nicht verschwunden ist.«

Mit einem viel sagenden Blick auf Fin meinte Ada gelassen: »Dann schick ich eben einen der Knechte hinauf, dass er sie erschießt, bevor ich ihre Ladyschaft wieder ins Schlafgemach lasse.«

Bab sah Fins Stirnrunzeln und hoffte, nun, da er die Phantasien ihrer Ladyschaft selbst mitbekommen hatte, werde er es sich noch einmal überlegen, ob er sie beide nach Dundreggan senden wolle.

Sicher würde es ihrer Mutter in ihrer vertrauten Umgebung zu Hause besser gehen.

* * *

»Hast du gehört, was die Frau gesagt hat, Lucy?«, fragte Claud und zog sie hinter einen der Vorhänge am Fenster. »Mein Mann ist in der Nähe!«

»Woher weißt du denn das?«

»Diese Wildkatze. Sie lässt sie immer bei ihr auftauchen, wenn sie sich Sterblichen zum ersten Mal zu erkennen gibt. Sagt, vor der ham sie mehr Angst, als wenn sie einen aus unserm Clan sehn; wenn sie also sehn, dass sie die Katze beherrscht, dann ham sie keine Angst vor ihr.«

»Wenn ich gewusst hätt, dass Maggie Malloch es erfährt, dann wär ich nicht mit dir hierher gekommen«, sagte Lucy stirnrunzelnd. »Ich hoffe, du hast ihr nicht gesagt, dass ich dir helfe.«

»Nein, hab ich nicht«, erwiderte Claud. »Außerdem wollt

ich nicht, dass sie einen von uns sieht, und Kintail auch nicht.«

»Warum willst du nicht, dass sie Kintail sieht?«

»Du verstehst mich nicht. Ich wollt nicht, dass *er uns* sieht!«

»Heißt das, er hat das Gesicht?«

»Ja, hat er«, erklärte Claud. »Er gibt's nicht gern zu, deswegen spricht er nicht über uns, und er erinnert sich an niemand von uns, den er schon mal getroffen hat. Trotzdem denk ich, es ist genauso gut, wenn er uns gar nicht sieht, drum pass auf.«

»Gut«, sagte Lucy mit einem verführerischen Lächeln. »Vielleicht sollten wir dann dran denken, was ganz Stilles zu tun, Claud.«

* * *

In Lady MacRaes Frauengemach trat Fin auf ihre Ladyschaft zu und fragte höflich: »Guten Morgen, Madam, darf ich mich setzen?«

»Aber natürlich, Sir. Nehmt doch den Hocker dort und trinkt ein Ale mit mir.«

Auch Bab nahm sich einen Hocker und setzte sich zwischen die beiden. Es beruhigte sie, dass ihre Mutter wenigstens bereit schien, sich vernünftig zu unterhalten.

»Ich brauche Eure Hilfe«, begann Fin und nahm den Krug, den Ada ihm anbot.

»Wir MacRaes sind Euch zu Diensten wie immer, Sir«, sagte Lady MacRae.

»In den Highlands brauen sich Probleme zusammen, Mylady, und ich habe versprochen, dem König für seinen Kampf gegen eine englische Invasion Männer zu senden«, erklärte er.

»Dann müsst Ihr Männer aus Ardintoul abziehen.«

»So ist es, Madam«, stimmte er zu, »und deshalb ...«

Jetzt kommt es, dachte Bab und beobachtete ihre Mutter genau.

»... deshalb beabsichtige ich, Euch und Eure Tochter nach Dundreggan zu eskortieren und Euch bis zu meiner Rückkehr unter den Schutz von Lord Chisholm zu stellen.«

Zu Babs Entsetzen protestierte ihre Mutter nicht. Sie runzelte nur die Stirn und sagte in dem Ton, in dem sie immer mit sich selbst oder mit ihren unsichtbaren Wesen sprach: »Es ist verständlich, wenn auch noch nicht die beste Zeit des Jahres. Eigentlich würde ich lieber warten, bis die Tage wärmer werden, aber vielleicht wird es ja schon bald wärmer, und schließlich wird es ja auch noch einige Zeit zum Organisieren brauchen.«

»Was denn zu organisieren, Madam?«, fragte Bab.

»Na, die Hochzeit natürlich.«

»Die Hochzeit? Welche Hochzeit denn?«

Sichtlich verwirrt blickte Lady MacRae zuerst auf Fin und dann wieder auf Bab.

»Na, deine Hochzeit natürlich.«

»Aber ich heirate doch gar nicht«, erwiderte Bab und tauschte mit Fin einen verdutzten Blick aus. »Mir hat noch nicht einmal jemand den Hof gemacht.«

»Unsinn, meine Liebe, du heiratest Lord Chisholms Sohn. Dein Vater und Chisholm haben diese Angelegenheit schon vor langer Zeit besprochen, und offensichtlich hat Kintail jetzt alles geregelt. Warum sonst sollte er uns nach Dundreggan bringen?«

Bab atmete tief durch und wollte mit einer Erklärung beginnen, doch Fin legte ihr eine Hand auf die Schulter. »Dann werde ich alles in die Wege leiten, Madam, und Ihr würdet mir die größte Freude bereiten, wenn Ihr am Montagmorgen zur Abreise bereit wärt.«

»Hast du gehört, Ada?«, fragte Lady MacRae. »Können wir so bald bereit sein?«

»Jawohl, Mylady. Ich kümmere mich drum.«

»Ausgezeichnet«, sagte Fin. »Bab, wenn du nun bitte mit mir kommst ...«

»Aber ...«

»Ich möchte mit dir reden«, sagte er in einem Ton, der keinen Widerspruch duldete. »Wir lassen deine Mutter und Ada allein, damit sie mit dem Packen beginnen können.«

Bab zögerte noch immer, doch sein Griff an ihrem Arm ließ ihr keine Wahl.

»Na gut«, meinte sie resignierend, »aber wenn Ihr auch nur einen Augenblick glaubt ...«

Ein Blick in sein ernstes Gesicht ließ sie verstummen, bis sie unten im leeren Saal angekommen waren. Doch dann erklärte sie sofort hitzig: »Fin Mackenzie, wenn Ihr auch nur eine Sekunde lang glaubt, dass ich Alex Chisholm heirate ...«

»Still, Bab, ich denke nichts dergleichen, aber selbst wenn ich gewillt wäre, deine Mutter und dich hier allein zu lassen, könnte ich das gewiss nicht tun, wenn sie sich in einem solch eigenartigen Zustand befindet. Und wenn du glaubst, es wird leichter sein, gegen ihren Willen mit ihr nach Dundreggan zu reisen, als sie in dem Glauben zu lassen, deine Hochzeit zu planen, dann würde ich dir raten, noch einmal nachzudenken.«

»Aber was werden Lord und Lady Chisholm sagen? Mein Vater und seine Lordschaft haben nie eine Absprache getroffen, und selbst wenn sie es getan hätten, würde ich es nicht tun!«

»Es würde mich nicht überraschen zu erfahren, dass sie über eine solche Verbindung gesprochen haben«, sagte Fin nachdenklich. »Aber auch in diesem Fall ist die Sache nie mehr gewesen als ein Gespräch, denn mein Vater hätte es gewusst, wenn die beiden eine Vereinbarung getroffen hätten. Außerdem hätten wir dann die unterschriebenen und beglaubigten Dokumente vorliegen.«

»Es gab keine derartige Vereinbarung«, wiederholte Bab und betonte dabei jedes einzelne Wort.

»Nein, denn bevor mein Vater nach Kinlochewe aufbrach, war alles in bester Ordnung«, erklärte Fin. »Da er wusste, dass er in der Schlacht fallen könnte, hat er mir alle diese Dinge genau erklärt – und Patrick ebenso, weil ja auch die Möglichkeit bestand, dass mein Vater und ich beide fallen könnten. Dann wäre es Patricks Aufgabe gewesen, den nächsten Erben über alles aufzuklären, was mein Vater vor seinem Tod geregelt hat.«

»Nun, ich kann mir nicht vorstellen, warum mein Vater über meine Hochzeit auch nur gesprochen hätte«, sagte Bab. »Immerhin war ich damals gerade erst vierzehn Jahre alt, Sir.«

»Fast fünfzehn und durchaus alt genug«, entgegnete er mit einem Grinsen. »Du vergisst, dass Chisholms Land im Osten an das meine grenzt. Deshalb wäre diese Verbindung ausgezeichnet für euch und auch gut für die Mackenzies und die MacRaes.«

Bab wurde wütend. »Es ist mir egal, was für die Mac…«

»Das reicht, Bab!«

Mit einem Schluchzen unterdrückte sie ihre Worte und schwieg, die Lippen aufeinander gepresst.

»Denk auch mal an deine Mutter und nicht immer nur an dich.«

»Das tue ich doch!« Aber sie wusste, dass dies nicht der Wahrheit entsprach, und das trieb ihr die Schamröte ins Gesicht.

»Reg dich nicht auf, Mädchen«, fuhr Fin in einem versöhnlicheren Ton fort. »Wenn sie in dem Glauben an diese Heirat nach Glen Affric geht, wird die Reise leichter für sie sein, und ihr müsst nun mal beide gehen. Patrick und ich können unseren Pflichten besser nachkommen, wenn wir uns euretwegen keine Gedanken machen müssen. Und erzähl mir nicht, du würdest dir keine Sorgen um sie machen, denn ich kenne dich dein ganzes Leben lang, und ich spüre es, wenn du dich grämst.«

»Ja.« Es erleichterte sie, das einzugestehen. »Seit ich wieder hier bin, ist sie so seltsam, Fin. Heute Morgen kommt sie mir fast normal vor im Vergleich zu dem, was ich sonst von ihr mitbekomme.«

»Du solltest mit Lady Chisholm über deinen Kummer sprechen, sobald du in Dundreggan bist. Sie ist zwar träge, aber auch klug und nett, und ich bin sicher, sie wird gerne helfen. Du solltest nicht versuchen, allein mit dem Problem fertig zu werden, das der Zustand deiner Mutter aufwirft, Bab. Wenn Molly hier wäre, dann wäre es etwas anderes, aber wir können Lady MacRae einfach nicht den ganzen Weg nach Dunsithe mitnehmen.«

»Nein«, sagte Bab.

»Gut. Dann sage ich dir jetzt, was wir tun werden. Wenn du und ihre Ladyschaft am Montag früh reisebereit seid, dann reite ich mit euch. Meine Männer können jeden, der mit mir nach Süden ziehen will, im Lauf der Woche so weit haben, so dass Molly und ich unterwegs zu ihnen stoßen können, nachdem wir euch in Dundreggan abgeliefert haben. Ich werde deinen Leuten vor meinem Aufbruch sagen, dass ich zehn Mann brauche, die mit mir reiten, um euch am Montag zum Anfang des Lochs zu eskortieren. Dort können wir uns um neun Uhr treffen.«

Bab nickte, noch immer verblüfft über die unerwartete Reaktion ihrer Mutter und die Verwicklungen in ihrem eigenen Leben, zu denen dieser absurde Hochzeitsgedanke führen musste.

10

Für die Rückreise nach Dundreggan brauchten Kintail und seine Gesellschaft doppelt so lang wie für den Weg nach Eilean Donan, weil er aus Rücksicht auf Lady MacRae die häufiger benutzte Route durch Glen Shiel und Glen Moriston zum Glen Mor, dem Großen Tal, wählte, und dann entlang dem westlichen Ufer von Loch Ness ins Glen Urquhart und wieder westlich ins Glen Affric.

Auf diese Weise folgten sie drei Seiten eines Rechtecks, dessen vierte Seite aus der direkteren Route bestand, die sie zuvor gereist waren, die aber viel zu steil und gefährlich war, um sie mit ihrer Ladyschaft und Chisholms beladenen Packpferden zu bewältigen.

Bab ritt auf ihrem geliebten grauen Wallach, und Packpferde transportierten das Reisegepäck. Ihre Quartiere waren dieses Mal wesentlich komfortabler, denn sie übernachteten bei Freunden ihres Standes.

Bab stellte erstaunt und mit Erleichterung fest, dass Lady MacRae die Reise gut verkraftete. Sie redete nur gelegentlich mit unsichtbaren Geistern; einmal bemerkte sie allerdings zur Überraschung aller, eine kleine Frau, die sie angeblich mit der Wildkatze in ihrem Schlafgemach gesehen habe, sei in Molly Mackenzies Damensattel mitgeritten.

Zu diesem Zeitpunkt ritt Fin gerade auf dem schmalen Weg im Glen Shiel voran, gefolgt von Molly und Bab, und hinter ihnen ritt Lady MacRae, der wiederum Giorsal und Ada MacReedy folgten. Eine halbe Meile voraus ritt eine kleine Gruppe bewaffneter Männer, und eine zweite, etwas größere befand sich hinter ihnen.

Als Lady MacRae diese seltsame Bemerkung machte, blickte Molly über die Schulter, aber natürlich war nirgendwo eine kleine Frau zu sehen.

Doch anstatt dies einfach zu sagen, schaute Molly zu Fin, der mit einem Kopfschütteln die Achseln zuckte. Dann drehten sie sich beide um und blickten forschend zu Lady MacRae und zu Bab.

»Was ist?«, fragte sie mit gedämpfter Stimme und einem Seitenblick auf ihre Mutter. »Um Gottes willen, ermutigt sie nicht auch noch.«

»Sagt sie oft solche Sachen?«, fragte Molly.

»Ja, natürlich«, antwortete Bab. »Sie redet mit Tieren, als ob sie Menschen wären, sie sieht Feen, die auf Staubflocken durch den Saal reiten oder im Wald unter Blättern hervorlugen, gestern sah sie in ihrem Schlafgemach diese angebliche Wildkatze, und jetzt diese kleine Frau. Sie hat schon von solchen Dingen geredet, als ich noch klein war, aber seit dem Tod meines Vaters tut sie es noch häufiger. In Stirling hat sie neben anderen Dingen auch darüber geklagt, dass das Zwergenvolk sie nicht besuchte und sie es vermisste. Weißt du, sie war schon immer exzentrisch, Molly. Ermutigt sie bitte nicht, noch sonderlicher zu werden.«

Fin lachte leise. »Vermutlich behauptet sie dann auch, das zweite Gesicht zu haben«, meinte er.

»Das hat sie noch nicht gesagt, und deshalb bitte ich euch, setzt ihr einen solchen Gedanken gar nicht erst in den Kopf. Es ist schlimm genug, dass ich ihr seltsames Verhalten Lady Chisholm erklären muss. Sie sagte mir in Stirling, ihr sei aufgefallen, dass Mutter sich drastisch verändert hat.«

»Und was hast du darauf gesagt?«, wollte Molly wissen.

»Nur, dass ich etwas besorgt war, aber dachte, Stirling habe ihr gut getan. Jetzt bin ich mir da nicht mehr so sicher, und ich bezweifle auch, dass ihre Ladyschaft das meint, wenn sie sie von kleinen Frauen und phantasierten Wildkatzen reden hört. Wahrscheinlicher ist wohl, dass sie denkt, ich sei eine sehr schlechte Tochter, weil ich Mutter zu dieser Reise überredet habe.«

»Mach die Dinge nicht schlimmer als sie sind, Bab«, sagte Fin. »Was dir Sorge macht, sind doch nur die Feen, die sie sieht, oder hat es da noch andere Dinge gegeben?«

»Da gibt es noch einiges mehr«, antwortete sie mit einem Blick nach hinten, um sich zu vergewissern, dass Ada und Giorsal auf Lady MacRae aufpassten. »Sie spricht zwar zu Leuten, die nicht da sind, aber dafür kaum mit mir oder mit den Bediensteten. Und sie sitzt tagein, tagaus oben auf der Brustwehr und hält Ausschau nach einem Schiff, das nie kommt.«

»Gestern hat sie sich aber ganz vernünftig mit mir unterhalten«, warf Fin ein.

»Ja, gelegentlich redet sie auch mit mir vernünftig, aber das ist die Ausnahme, Sir, und nicht die Regel. Die meiste Zeit scheint sie in einer anderen Welt zu leben und die unsere nur so nebenbei wahrzunehmen. Ich habe ständig Angst, dass sie diese Welt irgendwann ganz und gar vergisst.«

»Dann musst du sie in Dundreggan gut beschäftigen«, meinte Molly. »Wie Fin glaube ich allerdings auch, dass die Sache vielleicht nicht so schlimm ist, wie du befürchtest. Ich denke, du bist ihr so nah und du kümmerst dich so sehr, dass du gleich immer schwarz siehst. Vielleicht solltest du die Dinge, an die sie glaubt, nicht einfach so kurzerhand abtun. Viele glauben an das Zwergenvolk, und wer kann schon sagen, dass sie damit Unrecht haben?«

»Aber sie plant meine Hochzeit!«, protestierte Bab. »Was soll ich denn da machen, bitte schön?«

»Sprich mit Lady Chisholm«, sagte Fin noch einmal. »Wenn das Planen einer Hochzeit deine Mutter mehr in diese Welt hereinbringt und aus der anderen heraus, dann solltest du sie dazu ermutigen. Schließlich könnte dir etwas viel Schlimmeres passieren, als Alex Chisholm zu heiraten.«

»Aber ich will ihn nicht heiraten!«

»Wenn dein Vater sich mit seinem Vater darüber geeinigt hätte, bliebe dir nicht viel anderes übrig«, erinnerte Fin sie. »Und davon abgesehen, wenn Patrick beschließen würde, dass dich mit Alex zu verheiraten angemessen ...«

»Er würde es nicht wagen!«

Fin warf ihr einen Blick zu, der ihr nahe legte, ihre Zunge zu hüten, doch sie war zu zornig, um still zu sein. »Patrick würde mich nicht zwingen, einen Mann zu heiraten, den ich nicht liebe!«

»Nein, das würde er nicht, und ich habe auch nicht gesagt, dass er das sollte. Ich versuche nur, dir klar zu machen, dass dir Schlimmeres passieren könnte. Chisholm hat jetzt nur noch diesen einen Erben, und seine Ländereien sind nicht zu verachten. Außerdem war er schon immer ein Verbündeter für uns, und sein Land ist reicher als das meine. Wenn Patrick mich nach meiner Meinung fragen würde – ich würde diese Verbindung sicherlich begrüßen.«

Bab schluckte schwer. Das Letzte, was sie wollte, war, dass Fin ihrem Bruder *das* sagte, wenn sie sich in Dunsithe trafen.

Gut, sie mochte Sir Alex. Er war ein netter Gastgeber und ein hervorragender Tänzer. Sicher würde er seine Gemahlin mindestens einmal im Jahr an den Königshof geleiten, und sie würde gut angezogen sein und hätte so viel Geld zur Verfügung, wie sie wollte. Aber auch wenn er bei Hofe den besten Stand hatte, war sein Verhalten im Allgemeinen doch viel zu brav und geschniegelt für ihren Geschmack. Und zudem war Sir Alex nicht der Mann, von dem sie träumte, und er war auch nicht der Mann, den sie neben ihrem Bett zu finden hoffte, wenn sie nachts plötzlich mit dem Gedanken aufwachte, jemand könnte in ihrem Zimmer sein …

Doch über solche Dinge konnte sie mit Fin und Molly natürlich nicht reden, sonst dachten sie am Ende noch, sie sei genauso verrückt wie ihre Mutter. Wenn sie ihnen von ihren Treffen mit dem Fuchs erzählte, glaubten sie vielleicht sogar, sie habe sich so benommen, um ihren Ruf zu ruinieren und eine gute Heirat unmöglich zu machen. Sie wollte kein Gespräch mit Fin, das einen solchen Verdacht entstehen lassen konnte; deshalb schwieg sie und hoffte darauf, dass der Rat von Lady Chisholm ihr helfen werde.

Der Rest der Reise verlief ohne Zwischenfälle, und am

Donnerstag spät nachmittags erreichten sie Dundreggan. Falls die Diener und die Waffenträger, die sie im Burghof begrüßten, überrascht waren, sie zu sehen, waren sie zu gut erzogen, um es zu zeigen. Sie halfen den Frauen beim Absitzen und begannen sofort, den Packpferden, die sich freuten, wieder zu Hause zu sein, die Lasten abzunehmen.

Drinnen wurden sie von Chisholms Verwalter begrüßt. Er ließ Giorsal und Lady MacRaes Ada sogleich zu den Schlafgemächern bringen, wo sie sich um das Gepäck ihrer Herrinnen kümmern konnten, sobald Knechte es hinaufgebracht hatten. In der Zwischenzeit führte er Fin, Molly, Lady MacRae und Bab in den großen Saal und bat sie, es sich bequem zu machen, während er Lord und Lady Chisholm von ihrer Ankunft unterrichtete.

Lady MacRae nahm sofort in der Nähe des Feuers Platz, strich sorgfältig ihre Röcke glatt und starrte still in die Flammen.

Bab warf einen viel sagenden Blick auf Fin. Molly lächelte ihr zu und setzte sich dann neben Lady MacRae, wärmte sich die Hände und begann, sich ruhig mit ihrer Ladyschaft zu unterhalten.

»Was werdet Ihr ihnen sagen?«, fragte Bab mit gedämpfter Stimme Fin.

»Die Wahrheit natürlich«, antwortete er, doch er konnte nicht mehr weitersprechen, denn in diesem Augenblick kam Lady Chisholm herein, überschäumend vor Freude darüber, wieder Gesellschaft zu haben.

»Oh meine Liebe, du kannst dir nicht vorstellen, wie sehr ich dich die letzten zwei Wochen vermisst habe«, sagte sie zu Bab, nachdem sie Fin und Molly begrüßt hatte. »Ohne dich war es einfach schrecklich langweilig. Und Ihr, Madam, seid in Dundreggan so sehr willkommen wie der Frühling«, fuhr sie an Lady MacRae gewandt fort und umarmte sie. »Wie wunderbar, dass Ihr Euch dafür entschieden habt, uns einen Besuch abzustatten!«

Lady MacRae erwiderte ihre Umarmung mit nicht mehr als einem leichten Nicken. »Nun, das ist doch das mindeste, was ich tun kann, Nora. Wenn wir die Köpfe zusammenstecken, dann können sie schon am Dreifaltigkeitssonntag heiraten.«

Lady Chisholm stutzte und schaute dann Hilfe suchend zu Bab.

Deren Gesicht war bei der Erwähnung der Heirat feuerrot angelaufen, und nun wandte sie sich Fin zu.

»Madam, ich hätte Euch über unsere Ankunft Bescheid gegeben«, begann dieser ohne Umschweife, »aber ich wusste, dass Ihr mich nicht im Stich lassen würdet und glaubte, ich könnte Euch besser alles im direkten Gespräch erklären.«

»Ich bin sicher, dass Ihr das könnt«, erwiderte ihre Ladyschaft und warf einen weiteren forschenden Blick auf Lady MacRae. »Meine liebste Arabella, Ihr braucht etwas Heißes zu trinken, um Euch zu erfrischen, und ich weiß, Ihr wollt Euch vor dem Abendessen auch bestimmt noch waschen.«

»Oh ja, das wäre wunderbar«, sagte Lady MacRae.

»Ich bringe Euch zu Eurem Schlafgemach, damit ich gewiss sein kann, dass Ihr es bequem habt. Für euch hier lasse ich noch etwas bringen, falls das nicht ohnehin schon arrangiert ist«, fügte sie hinzu und geleitete ihren höchsten Gast hinaus.

* * *

Lucy wollte ihnen folgen, doch Claud hielt sie fest. »Wo willst du denn hin?«, fragte er sie. »Kintail könnte dich sehen!«

»Keine Sorge, ich pass schon auf. Aber die Mutter von deinem Mädel plant jetzt diese Heirat, Claud, und ich denk, einer von uns sollt sie im Auge behalten.«

»Na gut, aber denk dran, meine Mama ist auch hier irgendwo, also lass dich nicht sehen, oder wir kriegen beide Ärger.«

»In Ordnung«, versicherte ihm Lucy. »Und du passt gut auf dein Mädel auf.«

Claud nickte, doch als sie weg war, fiel es ihm schwer, sich auf Mistress Bab zu konzentrieren, weil er sich besorgt fragte, was Lucy wohl machte. Außerdem musste er immer wieder an Catriona denken.

Seit sie vorgeschlagen hatte, sie sollten ihr Wissen austauschen, hatte er nichts mehr von ihr gesehen, und so sehr Lucy ihn faszinierte, wusste er doch, dass es besser wäre, ihr nicht zu trauen, besonders, wenn es um Catriona ging. Dennoch wusste er nicht, wo er sein Mädchen aus den Highlands noch suchen sollte, vor allem, da er auf Mistress Bab aufpassen musste und auch noch seine reizbare Mutter in der Nähe war.

Alles in allem, meinte er, konnten Frauen einem das Leben ganz schön schwer machen.

* * *

»Wie viel werdet ihr Lady Chisholm von der Wahrheit erzählen?«, fragte Bab, sobald sie mit Fin und Molly allein war.

»Nun, so viel wie nötig«, erwiderte er etwas ungeduldig.

»Aber sie muss doch denken …«

»Was sie denkt, ist nicht mehr als das, was absolut wahr ist«, unterbrach er sie in einem etwas besänftigenderen Ton. »Nora Chisholm mag deine Mutter sehr gern, Bab, und sie kann euch beiden besser helfen, wenn sie von Anfang an darüber Bescheid weiß, wie die Dinge stehen.«

Bab wusste, dass er damit Recht hatte, doch sie hatte das Gefühl, dass ihr die Kontrolle über ihr Leben wieder völlig entglitt – gerade als sie begonnen hatte zu glauben, sie könne sie wieder gewinnen. Wie sie das in Dundreggan bewerkstelligen konnte, wusste sie jedoch nicht. Aber vielleicht hatte Chisholm ja jetzt, da Sir Alex sein Erbe war, andere Pläne als damals, als die beiden Väter miteinander sprachen – wenn sie es denn getan hatten. Vor dem Tod von Sir Robert Chisholm und seinem Bruder Michael musste sich jede derartige Diskussion auf die Verbindung seines jüngsten Sohnes bezogen haben. Dass Chisholm nun, da Sir Alex Dundreggan und all seine anderen Besitztümer erben würde, womöglich nach einer höher gestellten Frau für seinen einzigen Sohn Ausschau hielt, konnte niemanden verwundern.

Ihre Ladyschaft kam schon bald zurück. »Meine Leute bringen Ale und Apfelsaft für uns, und Arabella und ihre Zofe richten sich in ihren Gemächern schön ein.«

»Vielen Dank, Madam«, sagte Bab. »Ich fürchte, wir haben Eure Güte weit über Gebühr beansprucht.«

»Unsinn, meine Liebe, ich freue mich sehr, euch alle zu sehen. Aber vielleicht wollt Ihr mir nun sagen, Kintail, was euch auf diese Weise zu uns bringt, denn wenngleich Arabella voller Hochzeitspläne ist, glaube ich doch nicht, dass das der wahre Grund ist. Chisholm hat mir nichts von einer Hochzeit gesagt, und Alexander ebenso wenig.«

»Nein, Madam, ich werde es Euch erklären«, sagte er. »Aber zuerst bringe ich schlechte Nachrichten, die Ihr, so weit ich weiß, noch nicht kennt. Am Sonntagmorgen kam eines meiner Boote aus Dumbarton an mit der Nachricht, dass die jungen Prinzen beide gestorben sind.«

»Gott sei uns gnädig!«, rief sie entsetzt. »Wie schrecklich für James und seine Königin – und gerade, als wir alle hofften, zwei gesunde Erben würden dem Reich Frieden bringen!«

»So ist es«, sagte Fin. »Ich hatte gedacht, Lady MacRae und Bab würden in Ardintoul sicher sein, so lange Patrick und ich in Dunsithe sind, doch diese Nachricht verändert alles, vor allem angesichts der kürzlichen Unruhen in Inverness-shire.«

»Ja, ich verstehe«, pflichtete Lady Chisholm bei. »Wenn James in Henrys Hände fällt, dann steht alles auf dem Spiel. Ihr habt ganz Recht daran getan, sie hierher zu bringen, Sir. Chisholm hat nur ein paar Männer zur Unterstützung des

Königs entsandt, weil er sich Sorgen wegen der Dalcrosses macht. So wie die Dinge stehen, sind wir gegen sie in der Minderzahl. Bisher gehorchen wir natürlich dem Gesetz – zumindest die meisten von uns«, fügte sie mit einem Lächeln hinzu.

»Ja, ich habe schon gehört, dass *Sionnach Dubh* wieder aktiv ist«, sagte Kintail.

Lady Chisholm lächelte Bab zu. »Dann hast du es ihm also erzählt. Nach deiner Abreise bemerkte ich, dass dieses Thema nie angesprochen wurde, und befürchtete, du würdest es ihm nicht sagen.«

»Mir was sagen?«, fragte Fin mit einem Blick auf Bab.

Sie schloss die Augen und wünschte, sie könnte sich mit einem Fingerschnipsen nach Stirling zurückversetzen, wo sie für ihn unerreichbar wäre.

»Nun?« Fins Ton war ein deutlicher Hinweis auf seine rasch wachsende Ungeduld.

Bab wich seinem Blick aus.

»Ich habe ihm nichts erzählt, Madam«, sagte sie zu Lady Chisholm, »aber nur, weil ich dachte, Ihr oder Sir Alex hättet es getan.«

Und mit einem vorsichtigen Blick auf Fin fügte sie hinzu: »Und nachdem weder er noch Molly es erwähnten, dachte ich, sie seien zu taktvoll, um mich darauf anzusprechen. Aber ich hätte wohl schlauer sein müssen.«

»Worum geht es hier?«, fragte Fin noch einmal. »Was hast du mir nicht erzählt?«

»Sir, wir haben nicht viel miteinander gesprochen, wenn Ihr Euch erinnert, weder hier noch auf dem Heimweg. Wir reisten sehr schnell, und wenn wir abends Halt machten, waren wir alle so müde, dass wir beim Essen kaum redeten und sofort danach zu Bett gingen.«

»Lass diese Ausflüchte, Bab. Wenn es etwas Wichtiges gab, dann hättest du es mir sofort sagen sollen.«

»Wirklich, Sir, ich dachte, Ihr wusstet Bescheid.«

»Na, wenigstens hast du auf diese Weise offenbar dein Gewissen besänftigt!«, bemerkte er unversöhnlich.

Jetzt schaltete sich Molly ein. »Was ist es denn, Bab? Was ist passiert?«

Seufzend sagte sie: »Francis Dalcross hat mich auf dem Weg hierher entführt, aber …«

»Bab!«, rief Molly. »Wie konntest du nur glauben, wir hätten so etwas Schreckliches erfahren und es dann totgeschwiegen! Hat er … ich meine …«

»Er hat mir nichts getan«, beschwichtigte Bab, den Blick noch immer auf Fin gerichtet.

»Du willst anscheinend wirklich eine Tracht Prügel!«, murrte er zornig. »Du hast uns deshalb nichts gesagt, weil du meine Meinung nicht hören wolltest, und wahrscheinlich hast du dich auch davor gefürchtet, was ich getan hätte. Ich glaube, du erzählst uns jetzt besser die ganze Geschichte, Mädchen, und zwar flott!«

Ermuntert durch einen freundlichen Blick von Lady Chisholm beeilte sich Bab, ihre Entführung und das Danach zu beschreiben, wobei sie Francis' Benehmen in der Hütte und das des Fuchses nach Francis' Weggang geschickt überging und stattdessen die Heldenhaftigkeit ihres Retters hervorkehrte. Doch wenn Fin sich über ihre Rettung freute, dann zeigte er es jedenfalls nicht.

»Weshalb glaubst du, dass dieser Kerl besser ist als Dalcross, oder dass er wirklich *Sionnach Dubh* ist?«, fragte er, als sie geendet hatte. »Die Geschichte mit dem Fuchs ist ein Ammenmärchen und weiter nichts. Da hat sich irgendein Schelm einen Spaß mit den Dalcrosses erlaubt, und wie es scheint, jetzt auch noch mit dir.«

»Bitte, schimpft sie nicht, Sir«, warf Molly ein. »Wer immer dieser Mann ist, er hat sie aus einer Situation gerettet, die schrecklich gewesen sein muss. Erinnert Euch, dass sie Francis Dalcross in Stirling sehr bewunderte.«

»Das weiß ich, und obwohl ich ihn bei Hofe nicht selbst

getroffen habe, erinnere ich mich doch sehr gut daran, dass Patrick ihn *nicht* bewunderte.«

»Ich kann gar nicht sagen, wie erleichtert ich war«, warf Lady Chisholm diplomatisch ein, »als sie uns versicherte, dass ihr dieser Schurke nichts angetan hat.«

»Den sollte man mal richtig verdreschen«, knurrte Fin.

»In der Tat, Sir«, stimmte Lady Chisholm zu. »Und am besten auch gleich seinen Vater, aber wir von Dundreggan können zu diesem Punkt nicht viel sagen.«

»Warum nicht?«, fragte Fin. »Chisholm war unser letzter Sheriff. Da würde ich doch denken, er könnte eine ganze Menge dazu sagen.«

»Am Anfang hat er das ja auch getan, aber Sheriff Dalcross wiegelte immer nur ab und meinte, verschiedene Männer wären eben auch als Sheriff verschieden. Er sagte, da Chisholm zu seiner Zeit als Sheriff nichts getan habe, um den Exzessen der Kirche bei uns Einhalt zu gebieten, solle er den Mund halten und nicht andere kritisieren.«

»Mit Chisholm hatten wir hier wenigstens Frieden«, bemerkte Kintail.

»Richtig«, stimmte sie zu.

»Er muss noch immer beträchtlichen Einfluss haben.«

»Ihr vergesst, Sir, wie sehr ihn der Tod unserer beiden Söhne mitgenommen hat«, sagte Lady Chisholm, und Tränen stiegen ihr in die Augen.

»Verzeiht mir, Mylady. Ich wollte Euch keinen Kummer bereiten.«

»Was ich sagen will ist, dass er nach der Ermordung von Rob und Michael jegliches Interesse verloren hat«, sagte sie, schon wieder halbwegs gefasst. »Deshalb konnte Sheriff Dalcross das Amt so rasch übernehmen, wie Ihr wisst.«

»Das war in der Tat rasch«, stimmte Fin zu.

»Weniger als zwei Wochen«, sagte sie und nickte. »Ausschlaggebend waren dabei natürlich die Verhaftung und das Geständnis.«

»Welches Geständnis denn? Davon weiß ich ja überhaupt nichts.«

»Es war der letzte Strohhalm, an den sich mein Mann klammerte«, sagte sie seufzend. »Francis Dalcross nahm den jungen Christopher Chisholm gefangen, und als Christopher gestand, seine Cousins ermordet zu haben, weil er hoffte, dadurch mehr vom Reichtum der Chisholms abzubekommen, als was er von seinem Vater geerbt hätte ...«

»Bei unserer himmlischen Frau!« Fin atmete tief. »Das hat er gesagt?«

»Francis Dalcross und seine Männer haben es alle geschworen«, erklärte sie, »und niemand konnte Christopher fragen, denn er entkam ihnen in eben dieser Nacht. Doch dieses Geständnis war alles, was Francis Dalcross brauchte, damit James seinen Vater anstelle von Chisholm ernannte. Ihr Sitz, Bothyn Castle, befindet sich in der Nähe von Inverness, und sie haben viele Männer, die sie im Amt unterstützen. Zudem sind sie mit den Sinclairs verwandt, und Francis steht besonders Oliver Sinclair nahe, der, wie Ihr wisst, derzeit der Günstling des Königs ist.«

»Wenn das so ist, überrascht es mich, dass James nicht Francis selbst zum Sheriff ernannte.«

Lady Chisholm lächelte gequält. »Ich glaube, Francis hätte das gefallen, aber er ist für ein so wichtiges und mächtiges Amt sicherlich zu jung.«

Fin schüttelte den Kopf. »Das mögen wir glauben, Madam, da wir ihn kennen, aber denkt daran, dass James selbst noch keine dreißig ist. Ich wünschte nur, ich hätte das alles schon früher gewusst.«

»Sir, Ihr wart damals noch mit Macdonalds beschäftigt, und bald danach wart Ihr dann königliche Geisel. Ihr hättet nichts tun können. Chisholm war so rasch aus dem Amt, und Francis übernahm es so schnell, dass praktisch niemand es mitbekam, bis alles vorbei war. Chisholm hat mit niemand darüber gesprochen. Er war nur dankbar, dass die Dalcrosses die ganze Sache mit Christopher möglichst unauffällig behandelten.«

»Daran erinnere ich mich, aber ich weiß nicht, welche Anerkennung ihnen dafür zustehen sollte«, meinte Kintail. »Die Leute waren so schockiert, dass über diese Tragödie höchstens geredet wurde, wenn jemand sein Erstaunen zeigte. Christopher Chisholm war hier ziemlich beliebt, und bis heute glauben viele, dass auch er getötet wurde. Was Rob und Michael anbelangt ...«

»Sie wurden von allen gemocht«, warf Lady Chisholm mit einem traurigen Lächeln ein.

»Ja, Madam, das glaube ich auch.«

Ein kurzes Schweigen trat ein, und obwohl Bab für alles dankbar war, was Fin von ihrer Entführung ablenkte, war sie doch erleichtert, als Molly freundlich fragte: »Verzeiht mir, aber sollten wir nicht über diese Bemerkung von Lady MacRae über Babs Heirat sprechen?«

»Wir müssen ihr klar machen, dass sie sich irrt«, sagte Bab mit fester Stimme.

»Dann gibt es wohl keine Hochzeit?«, fragte Lady Chisholm mit einem wehmütigen Lächeln.

Bab war verblüfft. »Ihr habt doch sicher nicht geglaubt, dass es eine geben würde!«

»Ich hätte gegen eine solche Heirat bestimmt nichts einzuwenden, meine Liebe. Ich glaube, du wärst eine wunderbare Frau für unseren Alexander.«

»Er hat mich noch nicht einmal gefragt!«

»Aber ich meine mich jetzt zu erinnern, dass dein Vater und Chisholm eine derartige Möglichkeit besprochen haben.«

»Aber es hat keine Vereinbarung gegeben«, hielt Bab verzweifelt dagegen. Sie konnte sich nicht dazu bringen, ihr so wie Fin und Molly unverblümt zu erklären, dass sie Sir Alex nicht heiraten wollte; dazu war Alex' Mutter einfach zu nett.

»Du musst Chisholm fragen«, fuhr Lady Chisholm fort.

»Oh, und hat Alex nicht einen Brief von Sir Patrick bekommen?« Sie blickte Kintail Hilfe suchend an. »Habt Ihr ihm nicht einen solchen Brief gebracht, als Ihr kamt, um Barbara abzuholen, Sir?«

»Stimmt«, antwortete Kintail, »aber ich bezweifle, dass Patrick etwas von einem Heiratsvertrag schrieb, Mylady. Und wenn er etwas über eine Abmachung oder eine gegenwärtige Absicht wüsste, dann wäre das auch mir bekannt.«

Wieder trat eine kurze Stille ein, bis Lady Chisholm mit einem wehmütigen Lächeln zu Bab sagte: »Meine Liebe, wie du weißt, ist deine Mutter sehr müde von der Reise, und da wir sie nicht beunruhigen wollen ...«

»Natürlich nicht«, sagte Bab widerstrebend, als sich die Pause in die Länge zog, bis klar wurde, dass ihre Ladyschaft eine Antwort erwartete. »Aber ebenso wenig möchte ich, dass sie sich daran gewöhnt und dann nicht mehr davon ablassen kann, Mylady. Diese ganze Sache ist sehr unangenehm, das müsst Ihr doch auch sagen.«

»Ich kann verstehen, dass du so denkst, meine Liebe«, sagte Lady Chisholm freundlich. »Aber wenn du meinem Rat folgen willst – ich denke, wir sollten ihr heute Abend Ruhe gönnen, und morgen sehen wir dann, wie die Dinge stehen.«

»Wo ist Sir Alex?« Bab fragte sich plötzlich, wie er wohl zu der Vorstellung stehen würde, sie zu heiraten, auch wenn sie ziemlich sicher war, dass sie seinen Standpunkt lieber nicht hören wollte.

»Er war seit deiner Abreise mehrmals weg«, erklärte Lady Chisholm. »Sein Vater bat ihn, einige unserer Leute aufzusuchen, musst du wissen. Seit der Geschichte beim Beltane-Feuer achten alle sehr darauf, den Männern des Sheriffs aus dem Weg zu gehen. Aber Chisholm schickte Alex auch los, um sicherzustellen, dass niemand in Gefahr ist. Ihr wisst ja, wie sehr er von seiner Pflicht durchdrungen ist, sich um seine Leute zu kümmern.«

»Ich denke, Alex ist sich seiner Pflicht sehr bewusst«, bemerkte Fin.

»Schon, Sir, aber ebenso, wie verschiedene Sheriffs sich unterschiedlich verhalten, gilt das auch für die Menschen im Allgemeinen, und es ist ganz einfach so, dass Alexander, so sehr er auch versucht, es seinem Vater Recht zu machen, völlig anders vorgeht als dieser. Rob oder Michael, na ja ... aber jetzt beginne ich zu reden wie Chisholm, und das möchte ich nicht. Ich weiß in der Tat nicht, wie er verlangen kann, Alexander solle ›etwas tun‹, und dann ärgerlich wird, wenn ein anderer Mann das Gesetz in seine Hand nimmt. Aber ich habe meine Söhne immer alle gleich geliebt, und auch wenn uns der Tod darin bestärkt, sie zu Heiligen zu machen, stünde das weder Rob noch Michael an. Meine Söhne waren einfach nur gute und aufrichtige Männer, aber das waren sie alle drei.«

»Wann kommt Sir Alex denn zurück?«, fragte Bab.

»Er ist erst gestern abgereist, aber ich denke, er wird schon bald wieder hier sein.«

Damit musste sich Bab zufrieden geben, doch sie erfuhr schon bald, dass sie die Stärke von Lady MacRaes Glauben an ihre arrangierte Heirat unterschätzt hatte.

* * *

Nach einem gemeinsamen Frühstück verabschiedete Bab Molly und Fin am Freitagmorgen auf dem Burghof. Als sie danach wieder in den großen Saal zurückkam, saßen Lady Chisholm und Lady MacRae am Tisch und steckten die Köpfe zusammen, während einige Bedienstete sich beeilten, den beiden ein Frühstück zu servieren.

Bab blieb verblüfft an der Schwelle stehen; sie hatte geglaubt, die beiden Frauen würden noch schlafen.

Lady MacRae sprach gerade, doch als sie Bab sah, rief sie fröhlich: »Oh, meine Liebe, wir dachten, du wärst noch im

Bett. Komm doch und setz dich zu uns, wir sprechen gerade über dein Hochzeitskleid!«

Verwundert über die klare und deutliche Ausdrucksweise ihrer Mutter, die seit Monaten fast nur noch schwer verständlich vor sich hin gemurmelt hatte, warf Bab Lady Chisholm einen fragenden Blick zu. »Hochzeitskleid?«, fragte sie dann argwöhnisch.

»Ja, dafür brauchst du doch ein neues Kleid, und ich glaube zwar, dass Ada und Giorsal dir rasch eines nähen könnten, aber du solltest dir doch einmal ansehen, ob dir an diesem Entwurf, den wir angefertigt haben, irgendetwas nicht gefällt.«

»Entwurf?«

Lady MacRae blickte sie forschend an. »Bist du schon ganz wach, meine Liebe? Du klingst, als würdest du im Schlaf sprechen.«

»Ich bin vollkommen wach, Madam. In der Tat bin ich schon seit über einer Stunde auf den Beinen, denn soeben sind Kintail und Molly abgereist. Wenn sie gewusst hätten, dass Ihr schon zum Frühstück heruntergekommen seid«, sagte sie an Lady Chisholm gewandt, »dann hätten sie noch auf Euch gewartet, um sich persönlich für Eure Gastfreundschaft zu bedanken. Diese Aufgabe fällt nun mir zu.«

»Oh, die beiden haben mir gestern Abend schon gedankt«, erklärte sie lächelnd. »Und ich sagte ihnen, ebenso wie ich es jetzt dir sage, dass ihr keinen Grund habt, mir zu danken, ganz im Gegenteil. Ich bin euch zu Dank verpflichtet für eure Gesellschaft und dafür, dass ihr mir Arabella gebracht habt. Wir hatten uns schon viel zu lange nicht mehr gesehen.«

»Sieh dir diese Zeichnung an«, wiederholte Lady MacRae. »Ich muss zugeben, dass ich seit einiger Zeit nichts mehr gezeichnet habe, deshalb ist es nicht sehr gelungen, aber es gibt dir eine Vorstellung davon, worüber wir gesprochen haben.«

»Es ist ganz und gar das Werk deiner Mutter«, sagte Lady Chisholm lachend. »Ich kann nicht für mich beanspruchen, dass ich auch nur ein Detail dazu beigetragen hätte, und deshalb kann ich auch ohne zu erröten sagen, dass ich es wunderbar finde!«

Bab blickte notgedrungen auf die Zeichnung, und was sie sah, machte sie fast sprachlos. Lady MacRae hatte schon vor Sir Gilchrists Tod gern gezeichnet, doch Bab wusste mit Sicherheit, dass sie seit jenem Tag weder Stift noch Pinsel mehr in der Hand gehabt hatte. Bab kannte jedoch viele frühere Zeichnungen, die das Talent ihrer Mutter veranschaulichten, denn Lady MacRae hatte einst das große Rezeptbuch der Familie illustriert.

Und nun sah sie eine Zeichnung von sich in einem wunderschönen Hochzeitsgewand. Man brauchte nicht viel Phantasie, um sich vorstellen zu können, dass es ihr exzellent stehen würde, und trotz der Selbstkritik von Lady MacRae hatte das Bild nichts, wofür sie sich hätte entschuldigen müssen – Bab meinte vielmehr, dass ihre Mutter noch nie so gut gezeichnet hatte.

»Es ist sehr schön«, sagte sie. Aber wiewohl sie am liebsten erklärt hätte, sie brauche kein Hochzeitskleid, weil sie nämlich nicht heiraten wolle, weder jetzt noch sonst irgendwann – sie brachte die Worte nicht über die Lippen. Und wenn noch irgendetwas nötig war, um ihr zu sagen, wie gut ihrer Mutter der Gedanke an ihre Hochzeit tat, dann zeigte es das Strahlen in den Augen ihrer Ladyschaft. Dieses Licht konnte sie einfach nicht auslöschen. Sie musste einen anderen Weg finden, die Vorstellung von der Hochzeit zu beenden.

Doch am Sonntag war sie einer Lösung noch immer nicht näher, als sie es bei ihrer Ankunft gewesen war. Chisholm hatte sich nur zu den Mahlzeiten gezeigt, und wenn er seine Gäste auch höflich grüßte, so schien er damit zufrieden zu sein, sie als Gäste zu haben und für sie in der Kapelle die Sonntagsgebete zu lesen. Seine Bereitschaft, Konversation zu pflegen, konnte man bestenfalls äußerst gering nennen. Sogar Lady MacRaes Erwähnung der Hochzeitspläne ließ ihn kalt. Er sagte dazu lediglich – und sehr zu Babs Bestürzung –, er sei sicher, dass die Ladies schon alles richtig machen würden.

Bab hoffte, Lady Chisholm habe ihm einfach nahe gelegt, nichts zu sagen, was Lady MacRae beunruhigen könnte, und sie fragte sich, ob es von Vorteil für sie sein würde, wenn sie sich unter vier Augen mit ihm unterhielt. Doch nachdem sie gründlich überlegt hatte, beschloss sie, lieber nichts zu sagen. Das Problem mit Chisholm war das Gleiche wie mit seiner Frau: Sie konnte sich nicht vorstellen, ihm zu sagen, dass sie seinen Sohn nicht heiraten wollte, ohne ihn damit zutiefst zu beleidigen. Bestenfalls würden die Chisholms sie für taktlos halten, schlimmstenfalls aber für unverschämt und gewissenlos. Als Sir Alex am Sonntagabend zurückkehrte, konnte sie es deshalb kaum mehr erwarten, mit ihm zu reden.

11

Nachdem Sir Alex sich umgezogen hatte, suchte er seine Mutter in deren Gemach auf. Sein himmelblaues Wams passte exakt zur Farbe seiner Augen, und die dunkelblauen, in den Schlitzen mit rosafarbener Seide ausgefütterten Pluderhosen ließen ihn besonders festlich erscheinen.

Lady Chisholm und Lady MacRae arbeiteten an ihren Stickrahmen. Bab, die sich freute, dass ihre Mutter endlich wieder den Faden verknotete und mit ihrer Arbeit vorankam, hatte die Fäden auf einem weißen Tuch für sie sortiert.

»Erlaubt mir, Euch bei dieser Aufgabe zu helfen, Mistress«, sagte Sir Alex freundlich, nachdem er die Frauen begrüßt hatte, und nahm auf einem niedrigen Hocker neben Bab Platz. Er schien plötzlich zu nah, aber obwohl diese Nähe eine gewisse Spannung schuf, hatte Bab nicht das Gefühl, sich dagegen wehren zu müssen.

Lady MacRae musterte ihn kritisch. »Einige der Farben sind sehr ähnlich, Sir. Achtet darauf, sonst muss Barbara sie noch einmal sortieren.«

Er lächelte ihr zu. »Ich freue mich sehr, dass Ihr zu uns gekommen seid, Mylady. In Stirling hatte ich Euch kaum willkommen geheißen, als Ihr schon wieder nach Hause aufbracht.«

»Mir gefällt das Leben bei Hofe nicht«, erwiderte sie kurz und widmete sich wieder ihrer Stickerei.

Er blickte verständnislos von Bab zu seiner Mutter, sagte jedoch nichts.

Lady Chisholm lächelte. »Ich hoffe, bei unseren Leuten, die du aufgesucht hast, war alles in Ordnung, mein Lieber.«

»Mehr oder weniger«, sagte er. »Die Lage ist überall angespannt; man kann also nicht sagen, dass die Leute ihren Frieden haben, und ich glaube auch nicht, dass dieser beneidenswerte Zustand wiederkehren wird, so lange die Dalcrosses die Macht in den Händen haben.«

»Wir sollten etwas unternehmen, Alex. Dein Vater hat in diesem Punkt ganz Recht.«

»Ja, vielleicht«, meinte Alex, nahm sich einen Strang bunter Fäden von dem weißen Tuch auf Babs Schoß und begann, ihn zu entwirren. »Aber ich weiß nicht, was wir konkret unternehmen könnten, Madam«, fuhr er fort. »Denkt daran, dass mein Vater auch darauf besteht, dass alles, was unternommen wird, im Rahmen des Gesetzes zu geschehen hat. Gegen den von Jamie ernannten Sheriff eine Armee auszuheben wäre nichts weniger als Verrat, selbst wenn wir die wenigen Barone organisieren könnten, die nicht zu seiner Unterstützung nach Süden geritten sind. Jamie würde das ganz gewiss als Verrat bezeichnen. Ich habe keine Lust, am Galgen zu enden, Madam, und meinem Vater wünsche ich es ebenso wenig.«

»Nein, mein Lieber, und zudem dürfte es schwierig sein, den Adel der Highlands zu organisieren«, stimmte Lady Chisholm ihm zu. »Viele würden sich sträuben, und sei es nur aus dem Grund, dass sie glauben, Dalcross werde in seinem Entschluss, unsere religiösen Bräuche Rom unterzuordnen, vom Papst unterstützt.«

Sir Alex' Augen funkelten. »Ich bezweifle, dass der Papst je etwas von Dalcross gehört hat. Ich bezweifle sogar, dass er je von Inverness gehört hat. Ich habe ihn nämlich getroffen.«

Falls er seine Zuhörer mit dieser letzten Bemerkung auf ein anderes Thema hatte lenken wollen, war ihm dies gelungen.

»Ist das wahr, Sir?«, rief Bab aufgeregt. »Wie ist er denn?«

»Das kann ich Euch kaum beantworten, Mistress, denn auch wenn mir die Ehre zuteil wurde, einer päpstlichen Audienz beizuwohnen und ich sogar den Fuß des Papstes küsste, muss ich gestehen, dass ich das Ganze doch ziemlich absurd fand.«

»Alexander, du solltest nicht so frevelhaft reden«, tadelte ihn seine Mutter.

»Sollte ich nicht? Ich wette, Euch wäre es genauso schwer

gefallen wie mir, beim Anblick der Reihe erwachsener Männer, die sich auf den Pontifex zu bewegte, nicht schallend zu lachen. Sie rutschen auf den Knien einer hinter dem anderen auf ihn zu, müsst Ihr wissen, in einer Art Zickzack-Bewegung. Am Ende kriechen sie auf Händen und Knien auf den päpstlichen Schuh zu, auf den eine hilfreiche Seele mit Kreide ein Kreuz an die Stelle gemacht hat, die man küssen soll.«

»Nein!«, riefen Bab und Lady Chisholm lachend wie aus einem Munde, während Lady MacRae ungerührt mit ihrer Stickerei fortfuhr, als habe sie nichts gehört.

»Ich versichere Euch, so etwas hätte ich mir niemals ausdenken können«, fuhr er fort. »Man zögert einen Augenblick lang respektvoll, nachdem man den Schuh geküsst hat, während der Pontifex in päpstlicher Würde amtiert, und dann zieht man sich auf die gleiche kriechende Art und Weise, in der man sich genähert hat, wieder zurück – allerdings rückwärts, wie man sich von königlichen Hoheiten entfernt.«

»Aber warum habt Ihr das alles gemacht, wenn Ihr es so absurd findet?«, fragte Bab, als sie zu lachen aufgehört hatte.

»Na ja, ich wollte ihn natürlich sehen, Mistress. Für dieses Erlebnis hätte ich auch seinen …« Er unterbrach sich mit einem Blick auf seine Mutter. »Ich hätte geküsst, was immer er verlangt hätte. Man tut eben, was man tun muss.«

»Das kann ich mir vorstellen«, murmelte sie und konzentrierte sich wieder auf ihre Arbeit.

Sie arbeiteten eine Weile still weiter, bis Lady MacRae plötzlich sagte: »Ich hoffe, Ihr hattet Zeit, mit Eurem Priester zu reden, während Ihr unterwegs mit Euren Leuten gesprochen habt, Sir.«

»Worüber, Mylady?«, fragte Sir Alex freundlich.

»Über die Hochzeit natürlich. Wir müssen den Termin festlegen, und da Eure Mutter sagte, Ihr hättet von unserem Patrick einen Brief erhalten, denke ich, Ihr habt inzwischen eine gute Vorstellung davon, wann dieser Termin sein sollte.«

Mit einem schelmischen Funkeln in den Augen blickte Sir

Alex zu Bab und sagte: »Wenn Patrick sich überhaupt zu einer Hochzeit zwischen Eurer Tochter und mir geäußert hat, dann sicher nur sehr vage. Da er darüber immer wieder Scherze macht, dachte ich aber, dass auch dies nicht anders gemeint war. Heißt das nun, Mistress Barbara glaubt, er würde wirklich auf eine solche Verbindung dringen?«

»Nun ja, es wurde bereits alles arrangiert«, erwiderte Lady MacRae nüchtern. »Zweifellos hat Patrick es Euch nur deshalb in Erinnerung gerufen, weil er das ganze letzte Jahr weg war. Aber jetzt ist er wieder in Schottland, also ist es nun an der Zeit, alles in die Wege zu leiten. Barbara kennt ihre Pflicht. Sie wird den Wünschen ihres Vater ebenso entsprechen wie Ihr denen Eures Vaters.«

Bab beobachtete Sir Alex während dieses Wortwechsels sehr genau, doch seine Miene verriet ihr nichts. Er blickte auf Lady Chisholm, doch Bab hatte nicht den Eindruck, als würde deren leichtes Kopfschütteln ihm viel bedeuten.

Schließlich wandte er sich mit einem Lächeln ihr zu und sagte: »Ich war mir nicht bewusst, dass die Dinge bereits so weit gediehen sind, Mistress. Ihr müsst eine bessere Meinung von mir haben, als ich zu hoffen wagte.«

»Ihr solltet sie nicht necken, Sir Alex«, sagte Lady MacRae ernst. »Weshalb sollte sie denn keine gute Meinung von Euch haben?«

Bab wusste nicht, ob Alex aufrichtig war oder ob er sie ärgern wollte, und so beherrschte sie sich und schwieg, auch wenn es ihr schwer fiel.

Er hatte sich wieder von ihr abgewandt, was es noch schwerer machte, ihn zu durchschauen. Sie war sich jedoch sicher, dass er nur so tat, als konzentriere er sich darauf, zwei im Farbton sehr ähnliche Fäden zu entwirren. Doch dann sah er sie an, und der Schalk in seinem Blick war nicht zu verkennen.

»Ich würde gern mit Euch sprechen, Sir«, sagte sie. »Unter vier Augen, wenn Ihr nichts dagegen habt.«

Er lehnte sich mit gespielter Überraschung zurück. »Allein, Mistress? Soll das heißen, in Euren Augen sind wir bereits verheiratet?«

Am liebsten hätte sie ihm einen Krug Wasser über den Kopf geschüttet, aber andererseits wollte sie es ihm nicht mit gleicher Münze heimzahlen. Stattdessen wickelte sie sorgfältig die Fäden in das weiße Tuch, stand auf und legte sie auf ein Tischchen. »Wenn Ihr Euch über mich lustig machen wollt, Sir«, erklärte sie scheinbar ungerührt, »dann kann ich es nicht verhindern. Aber es wäre mir angenehm, wenn Ihr mir einige Minuten Eurer Zeit gewähren würdet.«

Nun legte auch er die Fäden zur Seite, die er sortiert hatte, und stand lächelnd auf, doch er schüttelte den Kopf in einer Art und Weise, die ihr sagte, dass er fortfahren würde, sie zu piesacken. Seine Mutter kam ihm jedoch zuvor. »Alex«, mahnte sie ihn freundlich.

»Jawohl, Madam«, sagte er und wandte sich ihr zu.

»Geh mit ihr, mein Lieber, und sieh zu, ob du ihre Befürchtungen nicht zerstreuen kannst. Ihr könnt ohne weiteres eine Runde im Burghof spazieren gehen, ohne einen Skandal zu provozieren.«

Er machte einen vollendeten Kratzfuß vor Bab und bot ihr seinen Arm an. »Wie Ihr seht, Mistress«, murmelte er, »ist Euer Wunsch schon jetzt mein Befehl.«

»Oh, hört doch auf, solch dummes Zeug zu reden!«, erboste sie sich. »Am liebsten würde ich Euch schütteln, bis Ihr nicht mehr wisst, wo Euch der Kopf steht!«

»Na ja, wenn Ihr denkt, Ihr könnt es …«, sagte er provozierend.

Bab rollte wütend die Augen und ließ ihn einfach stehen. Als sie den Raum durchquerte, hörte sie ihn murmeln: »Ihr seht, Madam, wie sie mir das Leben schwer macht. Bei dem Gedanken, was diese Ehe für mich bereithält, komme ich ins Zittern.«

Bab versuchte zähneknirschend, ihn zu ignorieren. Sie verließ den Raum und raffte beim Überqueren des Podiums im großen Saal ihre Röcke, doch als sie in den tieferen Teil des Saals hinunterstieg, ergriff er ihren Arm.

»Einen Augenblick, Mistress«, sagte er in seiner irritierenden, gedehnten Art zu sprechen.

»Lasst mich los, Sir. Ich will dieses Gespräch weder hier noch im Burghof führen, also tut mir den Gefallen und haltet den Mund. Ich wünschte nur, wir könnten uns allein unterhalten. Wenn Ihr mich dann weiterhin quälen wolltet, müsste ich mich zumindest nicht vor anderen für mein Tun verantworten.«

»Mein Gott, was hat dieses Mädchen bloß für ein zänkisches Wesen«, murmelte er. »Ich habe keine Lust, unter den Augen von weiß Gott wie vielen Gaffern im Burghof herumzulaufen, wir können genauso gut auch hier bleiben. Ich habe die Tür hinter uns zugemacht, und ich denke, um diese Zeit bleibt der Saal leer. Ihr könnt mir also auf der Stelle alles sagen, was Ihr wollt.«

Bab wartete, bis er ihren Arm losgelassen hatte, doch dann bemerkte sie, dass Knechte bereits die hohe Tafel für das Abendessen vorbereiteten. Und gerade kamen zwei junge Männer mit Böcken herein, um die Tische im Saal aufzustellen.

Sie blickte unsicher auf Sir Alex, doch auch er hatte die beiden gesehen. »Lasst uns allein«, befahl er ihnen. »Ihr könnt in zwanzig Minuten wiederkommen und eure Arbeit fortsetzen.«

»Jawohl, Sir«, antwortete der eine und legte lässig die Hand an die Stirn.

»Ich weiß nicht, was die beiden sich denken, Sir«, sagte Bab, als sie allein waren. »Wahrscheinlich werden sie überall herumerzählen, dass Ihr mit mir allein sein wolltet.«

»Es spielt keine Rolle, was sie denken«, erwiderte er. »Aber gehen wir doch an die hohe Tafel. Dort sind wir vor Lauschern sicherer, selbst für den Fall, dass jemand hereinkommen sollte. Vielleicht solltet Ihr nicht allzu laut werden, aber ansonsten könnt Ihr mich nach Lust und Laune auseinander nehmen.«

»Das ist nicht meine Absicht«, sagte sie im Versuch, sich zu beherrschen. Gleichzeitig fragte sie sich, was an ihm sie dazu brachte, dass sie ihn in einem Augenblick am liebsten angeschrien hätte, um sich im nächsten für ihren Gefühlsausbruch zu entschuldigen.

An der Ecke des Tisches lagen Schneidebretter, daneben standen Zinnkrüge für Ale und Kelche für den Wein.

Auch das Salzfässchen war an seinem üblichen Platz, und neben den Brettern stand bereits der Krug mit dem Rotwein bereit.

»Nun, Mistress, worum geht es?«

»Das wisst Ihr doch ganz genau!«

»Trotzdem hätte ich gern, dass Ihr es mir sagt.«

»Diese Vorstellung meiner Mutter von der Hochzeit ist einfach Unsinn.«

»Wie kam es denn dazu?«

Sie seufzte. »Irgendwie hat sich meine Mutter in den Kopf gesetzt, dass unsere Väter das Ganze arrangiert hätten, aber das ist nicht wahr!«

»Wenn Ihr die Heirat nicht wollt, braucht Ihr es nur zu sagen.«

»Guter Gott, Sir, wollt *Ihr* sie vielleicht?«

»Mistress, Ihr wisst doch sicher, dass Ihr mich mit dieser Frage in eine sehr peinliche Lage bringt.«

»Nein, das weiß ich nicht. Ihr könnt mich nicht heiraten wollen!«

»Selbst wenn es so wäre, könnte ich das kaum sagen, ohne Euch damit ungeheuerlich zu beleidigen.«

»Ich verspreche Euch, nicht gekränkt zu sein. Sagt ihnen einfach nur, dass Ihr mich nicht heiraten werdet.«

»Mein Vater würde mir bei lebendigem Leib die Haut abziehen, wenn ich so etwas sagen würde. Ihr seht es also sicher ein – Ihr müsst ihnen sagen, dass Ihr nicht den Wunsch habt, mich zu heiraten.«

»Das kann ich nicht! Meine Mutter hat seit dem Tod meines Vaters kaum ein vernünftiges Wort geredet, aber bei dem bloßen Gedanken an meine Hochzeitsplanung begann sie, wieder aus ihrer Eigenwelt aufzutauchen. Ich fürchte, wenn ich mich ihr widersetze, dann fällt sie wieder in diese eigenartige Halbwelt zurück.«

»Trotzdem braucht Ihr nichts weiter zu tun als Euch zu verweigern«, meinte er. »Ich werde Euch nicht zu einer Heirat zwingen, die Ihr nicht wollt. Mir ist sehr wohl bewusst, dass Ihr mich nicht mögt.«

Trotz ihres Ärgers brachte diese schonungslose Behauptung Bab aus der Fassung. »Das stimmt nicht!«, widersprach sie hastig. »Ich empfinde sehr viel ... äh ...«

Sie konnte das Wort, nach dem sie suchte, nicht finden. »Das ist es eben«, fiel er ein. »Ihr empfindet einen großen Abscheu vor mir.«

»Nein, Sir, wirklich, das stimmt nicht«, wiederholte Bab. Sie wandte den Blick ab und spielte nervös mit einem der Zinnkrüge auf dem Tisch. »Ich empfinde schon lange eine Zuneigung zu Euch und Eurer Familie.«

»Ach, wirklich?«

»Ja«, antwortete sie und fügte beherzt und mit einem direkten Blick in seine Augen hinzu: »Und wenn es Euch in letzter Zeit so vorkam, als könnte ich Euch nicht leiden, solltet Ihr als Grund vielleicht einmal Euer Verhalten in Betracht ziehen.«

»*Mein* Verhalten?« Er zog ein mit Spitzen eingefasstes Taschentuch aus dem Ärmel und betupfte sich die Lippen.

Bab schüttelte den Kopf über dieses gezierte Benehmen. »Seit Ihr vom Kontinent zurück seid, erkenne ich Euch kaum wieder«, sagte sie. »Dennoch hat sich meine Zuneigung zu Euch nicht verringert. Auf Eure Art wart Ihr immer nett zu mir, Sir.«

»Erfolgreiche Ehen sind schon auf schwächere Fundamente gebaut worden.«

»Tatsache ist, dass ich mich entschlossen habe, nie zu heiraten«, erklärte Bab. »Und deshalb bitte ich Euch, Euren Eltern und meiner Mutter mitzuteilen, dass es keine Hochzeit geben wird.«

Alex betupfte mit dem Taschentuch seine Nase und noch einmal die Lippen und sagte dann etwas kleinlaut: »Ich muss Euch leider erneut enttäuschen, Mistress, und wiederholen, dass ich das nicht tun kann.«

»Warum denn nicht!?«, fragte sie mit unvermittelt herausbrechendem Ärger.

»Selbst wenn ich eine solche Weigerung mit meiner Vorstellung vom Benehmen eines Gentlemans vereinbaren könnte – wenn Ihr Euch erinnern wollt, habe ich diese Heirat nicht arrangiert, und demzufolge kann ich sie auch nicht absagen.«

»Na, ich war es ja wohl bestimmt nicht, die sie arrangiert hat!«

»Das habe ich auch nicht behauptet«, entgegnete er ruhig. »Dennoch, Eure Mutter glaubt felsenfest daran, dass unsere Väter einen diesbezüglichen Vertrag ausfertigten, und diese Vorstellung hat sie so glücklich und lebendig gemacht, wie sie seit Sir Gilchrists Tod niemand mehr gesehen hat. Ich müsste ein Scheusal sein, Mistress, ihr gerade jetzt eine Enttäuschung zu bereiten. Ihr müsst es ihr also schon selbst sagen.«

Sie hatte dieselben Gewissensbisse wie er, und ihr Schuldgefühl und ihre Frustration verärgerten sie so, dass sie kaum mehr klar denken konnte. »Bittet Euren Vater, es ihr zu sagen«, beharrte sie. »Er muss ja schließlich wissen, dass er nie eine Vereinbarung mit meinem Vater getroffen hat!«

»Ich glaube, dass die beiden vor dem Tod Eures Vaters schon einige Möglichkeiten diskutiert haben«, hielt er ihr entgegen. »Vor meiner Abreise zu Jamies Ferntrauung erwähnte mein Vater, sie hätten eine Verbindung zwischen unseren Familien besprochen, aber ich dachte, Euer Vater habe diese Verbindung für einen meiner Brüder vorgeschlagen, und mein Vater habe andere Pläne. Als er nichts mehr davon schrieb, dass sie weitergehend darüber gesprochen hätten ...«

»Wie konnte er Euch denn Briefe schicken, wenn Ihr so weit weg wart?«, fiel sie ihm ins Wort.

Er lachte, und schon allein dafür hätte sie ihn am liebsten erwürgt. »Ihr werdet doch wohl nicht glauben, er sei nicht in der Lage gewesen, mir Nachrichten zukommen zu lassen! Er hat das auch letztes Jahr ohne Probleme gemacht, als er nach der Ermordung von Rob und Michael meine Rückkehr befahl.«

Sie wollte sich wegen der Erinnerung an seine Brüder keine Schuldgefühle einimpfen lassen, nicht jetzt. »Wenn es also eine Vereinbarung gegeben hätte«, beharrte sie, »dann hätte seine Lordschaft Euch darüber verständigt. Ist es das, was Ihr glaubt?«

»Genau«, antwortete er. »Er hätte das bestimmt gemacht, wenn ich ein Teil dieser Vereinbarung gewesen wäre.«

»Dann hat es also keine Vereinbarung gegeben.«

»Aber wenn Eure Mutter es glaubt ...«

»Dann gäbe es trotzdem keinen Vertrag, und das könnte Euer Vater ihr sagen.«

»So sehr, wie sie davon überzeugt ist, müsste er, um sie davon abzubringen, stärker sein, als er zurzeit ist. Außerdem würde sie mich für einen regelrechten Betrüger halten.«

»Aber das seid Ihr nicht!«

»In ihren Augen würde ich aber so dastehen.«

Sie stampfte zornig auf den Boden. »Es ist mir egal, wie Ihr dasteht! Ich heirate Euch nicht!«

»Habt Ihr meinen Vater einmal gefragt, ob ein solches Gespräch überhaupt stattfand?«

Dieser Gedanke ließ sie aufhorchen. Sie hatte Chisholm nichts gefragt, und sie wollte ihn auch gar nicht einschalten – am Ende würde er diese Verbindung noch gutheißen und sie Patrick vorschlagen, und damit wäre ihr die Sache ganz aus den Händen genommen und ihr Schicksal besiegelt. Nach kurzem Überlegen sagte sie deshalb: »Meine Mutter hat seit unserer Ankunft in Dundreggan von kaum etwas anderem gesprochen, Sir, und Euer Vater war bei mehr als einer solchen Gelegenheit zugegen. Zudem kennt Eure Mutter die Wahrheit. Hätte er daran keinen Anteil haben wollen, dann hätte er es bestimmt gesagt.«

»Womöglich widerstrebt es ihm ebenso sehr, das Glück Eurer Mutter zu zerstören, wie mir.«

»Vielleicht glaubt er ja auch, er täte gut daran, sich mit meiner Familie zu verbünden, jetzt, da Patrick und Kintail dem König näher stehen!«

»Patrick hat es auch geschafft, Kardinal Beaton zu verärgern, glaube ich«, erklärte Sir Alex gelassen. »In dieser Gegend scheint der Einfluss des Kardinals dank der Dalcrosses größer zu sein als der Jamies.«

»Das ist mir gleichgültig«, sagte Bab verdrossen. »Ich will einfach nicht heiraten!«

»Dann braucht Ihr es nur Eurer Mutter zu sagen und sie zu überreden, es zu glauben, oder Ihr erklärt Euren Unwillen, sobald der Priester eintrifft. Das wird die Sache mit Sicherheit beenden.«

Wieder einmal fühlte sich Bab durch seine typische träge Haltung in dieser wichtigen Angelegenheit in der Falle. Innerlich tobte sie vor Wut, und so bemerkte sie gar nicht, wie sich ihre Fäuste ballten, wobei die eine Hand sich um den Zinnkrug legte – bis sie ihn auf Alex geschleudert hatte.

Er fing ihn auf. Seine Augen blitzten gefährlich, als er auf sie zutrat.

Bab spürte plötzlich ein Gefühl von Triumph in sich aufbrausen. »Ihr habt also doch noch Temperament!«, sagte sie. »Ich dachte, Ihr hättet es in Frankreich gelassen, Sir.«

Sobald sie die Worte aussprach, bemerkte sie, dass er etwas verdutzt dreinblickte, doch sein Zorn war wie weggeblasen. Sie fragte sich, ob sie sich das Feuer, das in seinen Augen gelodert hatte, nur eingebildet hatte, und starrte ihn unverwandt an.

Er trat noch einmal näher.

Zu nahe.

Sie schluckte. Ihre Knie waren so weich wie seit dem Tod ihres Vaters nicht mehr; es war dasselbe Gefühl, das sie bei jenen seltenen Gelegenheiten gespürt hatte, wenn Sir Gilchrist so zornig auf sie gewesen war, dass er sie bestrafte. Doch sie fasste Mut und zwang sich, nicht zu blinzeln und seinem Blick standzuhalten.

Er war schließlich nur Alex. Niemand sonst.

Ihre Blicke trafen sich eine lange Weile, dann sagte er ruhig: »Ich bin nicht zornig, Mädchen.«

»Aber Ihr wart es.«

Seine Lippen zuckten, als wollte er lächeln, doch er tat es nicht. »Ich dachte nur, mein Kopf oder der Krug würden durch eine Delle nicht besser.«

Verschreckt und völlig verwirrt sagte Bab unvermittelt: »Ich hätte ihn nicht werfen sollen. Wenn Ihr mich jetzt entschuldigt, Sir.« Dann machte sie auf dem Absatz kehrt und floh.

* * *

Alex blickte ihr nach und ließ endlich das Lächeln auf seine Lippen treten, das er schon unterdrückte, seit er gemerkt hatte, dass er es hinter einem Taschentuch nicht verbergen konnte. Er wog den Krug in der Hand und stellte sich vor, dass er jetzt wahrscheinlich noch immer flach liegen würde, wenn dieses Gewicht seinen Kopf getroffen hätte.

»Kleiner Hausdrachen«, murmelte er. »Wahrscheinlich würde sie um meine Leiche noch eine Gaillarde tanzen.«

Am liebsten hätte er sie geschüttelt, doch er hatte es nicht gewagt, Hand an sie zu legen aus Angst, dass er dann sein zunehmendes Verlangen nach ihr gezeigt hätte. Ob sie eine Ahnung hatte, wie sehr er sich danach sehnte, sie in die Arme zu schließen? Wie sehr er sich die Heirat, die sie so vehement ablehnte, inzwischen wünschte?

»Wenn du was willst, musst du dafür kämpfen.«

Dieses Mal war die Stimme in seinem Kopf so laut, dass er sich fragte, ob ein unbekanntes Wesen die Macht über seine Gedanken ergriffen hatte.

»Bist du bereit zu kämpfen? Du hast gesagt, wenn du was willst, musst du dafür kämpfen, und dass du tun wirst, was du tun musst. Und, willst du's nun oder nicht?«

Irgendwie klang diese nörgelnde Stimme anders als die, die er sonst in seinem Inneren hörte.

Er führte schon seit Jahren Selbstgespräche, und er hatte dabei immer denselben Akzent und denselben Wortschatz gehabt, denn es waren ja alles seine Gedanken, und die Stimme, oder die Stimmen, waren seine. Wie alle anderen auch stellte er sich Möglichkeiten vor oder durchdachte Alternativen, bevor er eine Entscheidung traf.

Doch diese Auseinandersetzung jetzt war anders – es war weder seine Stimme noch sein Akzent gewesen. Aber er hatte diesen Akzent schon gehört, von schottischen Bewohnern des Grenzlands bei Hofe. Spielte seine Vorstellungskraft ihm einen Streich?

»Das hättst du gern, möcht ich wetten, aber du bleibst besser vernünftig. Wenn du deine Herzensdame für dich gewinnen willst, dann musst du diese Entscheidung ihr überlassen.«

Es konnte nur seine Phantasie sein. Da jede andere Lösung den Glauben an Dinge erfordert hätte, an die ein gebildeter Mensch nun einmal nicht glaubte, verwarf er die verlockenden Möglichkeiten, die ihm durch den Kopf gingen und konzentrierte sich auf Barbara MacRae. Würde sie es wagen, seinem Vater gegenüberzutreten und eindeutige Antworten auf ihre Fragen zu fordern? Je mehr er ihren Mut kennen lernte, desto mehr glaubte er daran. Aber obwohl sich Chisholm zurzeit für kaum etwas interessierte, war es unwahrscheinlich, dass er von einer jungen Frau, die unter seinem Dach wohnte, einen Widerspruch hinnehmen würde. Die beiden würden schwierige Kontrahenten abgeben.

»Ja«, sagte die Stimme in seinem Kopf, »aber das Ergebnis von so 'ner Redeschlacht hängt davon ab, wie sehr das Mädel will, was sie fordert, meinst du nicht?«

Alex stimmte absolut zu, wenngleich er nicht sicher war, ob Bab den Mut hatte, sich lange gegen seinen Vater zu stellen.

Er musste sich beherrschen, um nicht eine laute Erwiderung auszusprechen, und begab sich auf die Suche nach seinem Diener.

* * *

Maggie Malloch beobachtete, wie Alex forteilte, und fragte sich, wie sehr sie sich verausgaben musste, damit er sie beachtete. Er hatte einen starken Willen, und er war die Sorte gebildeter Gentleman, die sich am stärksten gegen jeden Glauben an den Geheimclan wehrte, aber ihre Kräfte waren groß genug, um diesen Widerstand zu überwinden. Im Augenblick sagten ihre Kräfte ihr allerdings, dass ihr Sohn im Begriff war, bei ihr aufzutauchen.

»Was hast du vor, Mama?«, fragte Claud. »Du solltest gar nicht hier sein.«

»Pah!«, schnaubte sie. »Ich hab jedes Recht, hier zu sein. Dieser Zankteufel von Catriona ist verschwunden!«

»Stimmt, ich kann sie auch nicht finden«, räumte er ein.

Sie musterte ihn mit zusammengekniffenen Augen, doch er sagte die Wahrheit. Aber gerade, als ihr dieser Gedanke durch den Kopf ging, merkte sie, dass er etwas vor ihr verbarg.

»Das sieht dir nicht ähnlich, Claud, dass du ohne eine Frau auskommst, aber vielleicht hilft's dir ja bei deiner Aufgabe, wenn keine da ist.«

Wie sie erwartet hatte, war er nicht imstande, ihrem ernsten Blick zu begegnen.

Sie wurde ärgerlich.

»Du hast also schon wieder nix als dummes Verlangen im Kopf, du Simpel. Wer ist sie – und lüg mich nicht an, oder du kriegst jetzt gleich 'ne Ladung von dem, was dir deine Lügen einbringen könnten!«

Er schauderte – und zwar ganz zu Recht, dachte sie.

»Wer ist es diesmal?«, wiederholte sie.

»Es ist wieder Lucy Fittletrot, Mama, aber ich hab sie nicht um Hilfe gebeten. Sie ist zu mir gekommen! Sie sagt, sie will wieder gutmachen, dass sie mir Schwierigkeiten eingebracht hat.«

»Ja, klar tut sie das. Was hat sie mit dieser Catriona angestellt?«

Er wollte die Achseln zucken, aber als sie ihn zornig anfunkelte, sagte er schnell: »Sie hat gesagt, sie hat sie ein klein bisschen verzaubert, nur dass sie denkt, sie bekommt Ziegenfüße wie 'ne Glaistig, wenn sie in die Nähe von Dundreggan geht, das ist alles.«

»So«, sagte Maggie und überlegte rasch, welche Folgen diese Nachricht haben konnte. »Vielleicht tut's dem Mädel gut zu lernen, dass andere sie manipulieren können.«

»Aber was ist mit ihren Chisholms, Mama?«

»Auf die pass ich schon auf«, erklärte Maggie. »Aber ich muss beide Seiten gleich behandeln, weil's aussieht, als würden das Lustige Volk und die Helferhände Frieden machen, aber nur, wenn sich beide Seiten durchsetzen. Ich will dieser Catriona nicht helfen, doch wenn Lucy Fittletrot sich bei ihr eingemischt hat, dann muss ich es. Aber wir wissen nicht, wer bei Lucy die Fäden zieht, und deswegen pass ich auf euch beide auf, Claud, aber das brauchst du ihr nicht zu sagen.«

Er nickte gehorsam, doch Maggie schnippte für alle Fälle mit den Fingern. Schließlich war es genauso gut, wenn er Lucy nicht sagen *konnte*, dass seine Mutter ein Auge auf sie warf.

* * *

Bab wollte nicht mehr über ihre impulsive Reaktion auf Sir Alex' Neckereien nachdenken, und auch nicht darüber, was sie veranlasst hatte, den Zinnkrug auf ihn zu schleudern. Deshalb machte sie sich auf die Suche nach Lady MacRae, entschlossen, sie zu überzeugen, dass es keine Hochzeit geben könne.

Sie fand ihre Mutter in dem Zimmerchen neben ihrem Schlafgemach, wo sie sich lebhaft mit Ada MacReedy und Giorsal unterhielt.

Als Bab eintrat, unterbrach sich Lady MacRae und rief: »Ada und Giorsal sagen gerade, sie können im Handumdrehen ein neues Gewand für dich nähen, weil wir uns einig sind, dass der Stoff, den du in Stirling für mich gekauft hast und von dem ich dachte, er sei zu grellrosa für mich, wunderbar zu dir passt! Zum Glück habe ich genug Stoff mitgebracht; du kannst dir also aussuchen, was dir gefällt.«

»Ich werde kein neues Gewand brauchen, Madam«, erwiderte Bab freundlich und ignorierte Giorsals missbilligendes Stirnrunzeln.

»Aber natürlich wirst du das«, insistierte Lady MacRae. »Eine Braut braucht für die Hochzeit ein neues Gewand. Was stellst du dir denn vor?«

»Bitte, Madam, ich …«

»Wenn dir die Sachen, die ich mitgebracht habe, nicht gefallen, wird seine Lordschaft so freundlich sein, uns einen Einkauf in Inverness zu ermöglichen. Ich glaube allerdings nicht, dass die Qualität der Stoffe dort so gut ist wie die dieser wunderbaren französischen Seide aus Stirling. Außerdem war rosa die Lieblingsfarbe deines Vaters für dich. Was die

Verschlüsse angeht, müssen wir uns mit Nora zusammentun, aber irgendjemand wird schon eine gute Idee haben.«

Für einen kurzen Moment sehnte sich Bab fast in die Tage zurück, als Lady MacRae die Welt um sich herum vergessen zu haben schien.

Entsetzt darüber, dass ihr ein solcher Gedanke überhaupt in den Sinn kommen konnte, kniete sie rasch neben dem Stuhl ihrer Mutter nieder und sagte: »Ich bitte Euch, Madam, macht nicht so viele Pläne für mich. Einen solchen Aufwand bin ich gar nicht wert.«

Ihre Mutter tätschelte sie lächelnd am Arm. »Meine Liebe«, sagte sie, »diese Hochzeit war einer der letzten Wünsche deines Vaters, und es würde ihm nicht gefallen, dass seine geliebte Tochter als Braut nicht hübsch ist. Du wirst ihm eine große Ehre erweisen.«

Ein Kloß bildete sich in Babs Hals, und Tränen traten ihr in die Augen.

»Mistress Bab«, sagte Giorsal, »ich zeige Euch die rosa Seide, die Lady MacRae meint. Ihr solltet Euch auch die anderen Zeichnungen ansehen, die ihre Ladyschaft heute gemacht hat, dann seht Ihr aus verschiedenen Blickwinkeln, wie Ihr aussehen werdet.«

Bab spürte, wie sich erneut Scham in ihr regte. Sir Alex hatte Recht. Wie konnte sie auch nur daran denken, diese lodernde Energie ihrer Mutter, der Frau, die sie über alles liebte, zu ersticken – diesen Eifer und Tatendrang, die so lange erloschen schienen? War es wirklich ein so großes Opfer, ihn zu heiraten? Eine aufrichtig liebende Tochter würde doch jedes Opfer bringen, um ihre Mutter glücklich und gesund zu sehen …

»Es freut mich so, dass dir die Schlichtheit dieses Kleids zusagt«, erklärte Lady MacRae und zeigte Bab ihre neuen Zeichnungen. »Du hast eine sehr gute Figur, meine Liebe, da wäre es einfach eine Schande, sie unter zu vielen Rüschen oder einem zu weiten Reifrock zu verstecken. Dieser schlankere Schnitt ist doch wesentlich eleganter, meinst du nicht auch?«

»Ich hatte vergessen, wir gut Ihr zeichnet, bis Ihr mir diesen ersten Entwurf gezeigt habt, Madam«, sagte Bab und umarmte sie. »Und auch diese sind wunderbar«, fuhr sie fort, als sie die anderen betrachtete. »Jedes Mädchen würde sich freuen, an seinem Hochzeitstag so auszusehen wie auf diesen Bildern, aber ...«

»Seht, wie gut diese rosa Seide zu dem Schnitt passt, Mistress Bab«, warf Giorsal rasch ein.

»Giorsal, du solltest Mistress Bab nicht unterbrechen«, hielt Lady MacRae stirnrunzelnd der Zofe vor. »Bitte, sprich weiter, meine Liebe.«

»Ich ... wollte nur sagen, dass ...« Sie schaute wieder zu Giorsal. Die Zofe presste die Lippen aufeinander, doch ihr Blick sprach Bände. »... dass wir diese anderen Zeichnungen Lady Chisholm zeigen sollten«, fuhr Bab verzweifelt fort. »Vielleicht möchte sie dazu einige Vorschläge machen. Ihre ... ihre Zofe hat vielleicht einige ...« Sie unterbrach sich. Mit jedem lediglich gemurmelten Wort würde sie mehr klingen, als billige sie die Heirat, obwohl das mit Sicherheit noch nicht der Fall war.

»Ein exzellenter Vorschlag«, meinte Lady MacRae. »Gehen wir doch gleich zu ihrer Ladyschaft. Wir müssen ja auch noch viele andere Dinge mit ihr besprechen.«

Bab war entsetzt. Das Auftauchen der ganzen Gruppe in Lady Chisholms Gemach würde Lady MacRaes Hochzeitspläne in allen Köpfen noch rascher Wirklichkeit werden lassen. »Bitte, Madam«, sagte sie verzweifelt, »wollt Ihr mir nicht erlauben, zuerst allein mit ihrer Ladyschaft zu reden? Das ist alles so plötzlich über mich hereingestürzt, dass ich kaum mehr weiß, wo mir der Kopf steht.«

Lady MacRae lächelte. »Ich denke auch, dass es nicht gut wäre, wenn wir jetzt alle zu ihr gingen. Bevor du hereinkamst, versuchte Ada gerade, mich zu einer Ruhepause vor dem Abendessen zu überreden, und ich weiß, damit hat sie ganz Recht. Ich habe meine Kraft noch nicht vollständig wieder gewonnen und möchte an deinem Hochzeitstag nicht krank sein. Geh du also zu ihrer Ladyschaft und frage sie, ob es ihr passt, wenn wir diese Dinge nach dem Abendessen mit ihr besprechen.«

Erleichtert küsste Bab sie auf die Wange und verließ den Raum, doch trotz ihrer Eile entging ihr Giorsals Blick nicht. Die Zofe bedeutete ihr unmissverständlich, wenn sie Lady MacRae verstimmen sollte, bekäme sie Dinge zu hören, die ihr sicher nicht gefallen würden. Andererseits würde sie sich dann ja auch selbst nicht leiden können. Aber sie verplanten ihr Leben, und somit hatte sie jedes Recht, eine eventuelle Alternative auszuloten.

12

Als Lady Chisholm sie freundlich begrüßte, wallte in Bab kurz die Zuversicht auf, dass ihre Ladyschaft ihr tatsächlich helfen könnte, einen Ausweg zu finden.

»Was gibt es, meine Liebe?«, fragte sie und deutete auf den Hocker neben sich. »Ich hoffe, deine Mutter ist nicht wieder krank?«

»Nein, Madam«, erwiderte Bab und setzte sich. »Sie ist voll und ganz mit ihren Heiratsplänen beschäftigt.«

»Ja, das dachte ich mir. Ich muss sagen, ihre Energie erstaunt mich.«

»Mich ebenfalls«, pflichtete Bab bei in der Hoffnung auf eine Möglichkeit, ihr Anliegen vorzubringen. »Ich kann Euch versichern, Madam, dass ich von diesen Plänen bis vor kurzem absolut nichts wusste.«

Lady Chisholm lachte leise. »Ich bezweifle nicht, dass du erschreckt warst.«

»Wusstet Ihr denn von einer solchen Vereinbarung?« Der Gedanke, dass Lady Chisholm womöglich etwas gewusst hatte, war verwirrend; Bab musste sich beherrschen, um die Fassung nicht zu verlieren.

»Nein, meine Liebe, ich habe erst durch Arabella davon erfahren. Chisholm und Sir Gilchrist haben zwar offenbar über eine Verbindung unserer Familien gesprochen, doch wegen des frühen Todes deines Vaters kam es nie zu einem Vertrag. Ich kann dir jedoch versichern, dass es mich entzückt zu sehen, wie deine Mutter die ganze Angelegenheit vorantreibt. Eine bessere Frau als dich kann ich mir für unseren lieben Alex nicht vorstellen. Und auch dein Bruder hat ja seine Billigung ihm gegenüber häufig zum Ausdruck gebracht, wie Alex sagt.«

»Aber ich … ich fürchte, ich bin noch nicht zu einer Heirat bereit, Madam«, wandte Bab ein. Sie erkannte, dass sie nichts gewinnen würde, wenn sie versuchte, ihre Ladyschaft davon zu überzeugen, dass Patrick dies nur als Scherz gemeint hatte, und dass Alex sich durch seine angebliche Billigung wahrscheinlich nur für ihre Attacke mit dem Zinnkrug rächen wollte.

»Viele Mädchen heiraten noch viel früher«, erklärte Lady Chisholm.

»Was mir Probleme bereitet, ist nicht mein Alter«, wandte Bab ein. Sie wollte vernünftig klingen, merkte jedoch, dass sie wütend wurde.

»Du bist natürlich nervös, meine Liebe. Jede Braut ist vor der Hochzeit nervös, schließlich ist es ja ein gewaltiger Schritt im Leben. Er ist in der Tat so gewaltig, dass die meisten vernünftigen jungen Frauen sämtliche Vorbereitungen ihren Eltern überlassen.«

»Aber sicher überlässt nicht jede Braut die Wahl des Ehemannes völlig anderen Menschen«, entgegnete Bab. »Ich jedenfalls würde da gern etwas mitreden.«

»Ich verstehe dich ja«, meinte Lady Chisholm. »Ich hatte in der Tat ein wenig die Befürchtung, du könntest in dieser Angelegenheit störrisch werden.«

Bab schluckte, doch sie wandte den Blick nicht ab. »Wenn ich Euch beleidigt habe, Madam, dann möchte ich mich aufrichtig entschuldigen. Das war nicht meine Absicht.«

Lady Chisholm streichelte Babs Hand. »Nun sei doch nicht dumm«, sagte sie beruhigend, »du hast mich nicht beleidigt. Aber ich hoffe, es macht dir nichts aus, wenn ich unsere baldige nähere Verwandtschaft zum Anlass nehme, dir zu sagen, dass mir von Zeit zu Zeit durchaus ein gewisses Unabhängigkeitsbestreben in deinem Wesen aufgefallen ist, das mich beunruhigt.«

»Meine Eltern und mein Bruder haben mir im Allgemeinen erlaubt, selbstständig zu denken.«

»Ja, und *im Allgemeinen* ist das auch gut«, erwiderte ihre Ladyschaft. »Aber in jenen wichtigen Dingen, in denen eine Tochter ihren Eltern oder dem Oberhaupt der Familie Pflicht und Gehorsam schuldet, kann ihr diese geistige Unabhängigkeit Schmerzen bereiten, die durchaus unnötig sind. Schlimmer wird es noch, wenn diese Unabhängigkeit sie dazu führt, dass sie sich ihrem Ehemann widersetzt. Das darf nicht sein, meine Liebe.«

Bab schwieg; sie sah keine Möglichkeit, ihre Gefühle auszudrücken, ohne sich gleich wieder neue Probleme einzuhandeln.

»Ich hoffe, ich habe mich verständlich ausgedrückt«, fügte Lady Chisholm freundlich hinzu.

»Jawohl, Madam«, murmelte Bab und seufzte tief, um ihre Enttäuschung zu erleichtern. »Meine Mutter bat mich, Euch zu fragen, wann sie die Sache weiter mit Euch besprechen kann. Im Augenblick ruht sie sich aus, doch sie meinte, heute Abend nach dem Essen wäre Euch vielleicht recht.«

»Ich stehe ihr jederzeit zur Verfügung«, sagte Lady Chisholm.

Beim Hinausgehen steckte Bab die Hände in die Falten ihres Rocks, um zu verbergen, dass sie zu Fäusten geballt waren. Sie hatte Lady Chisholm völlig verstanden. Patrick würde sich nicht gegen die Heirat aussprechen, wenn Chisholm dafür war, und damit würde auch Lady Chisholm ihr nicht helfen, sich gegen ihre Mutter durchzusetzen.

Es blieb also nur eine Möglichkeit: Sie musste Chisholm selbst um Hilfe bitten. Wenn er und Sir Gilchrist nie einen Vertrag unterzeichnet hatten, dann konnte ihn sicher nichts davon abhalten, das Ganze abzublasen. Noch besser wäre zwar, wenn sie sagen könnte, dass sie Sir Alex nicht mochte, oder wenn sie ihn beschuldigen könnte, sie grausam zu behandeln – doch das konnte sie beides nicht. Sie mochte ihn, aber sie wollte nicht den Rest ihres Lebens damit verbringen, sich seinen Wünschen unterzuordnen, seine Trägheit hinzunehmen und sich mit seinem gezierten Getue abzufinden. Doch sie befürchtete, dass Chisholm ihr kein Verständnis entgegenbringen werde.

Sie konnte ihn erst nach dem Abendessen ansprechen, und so bat sie ihn um eine Unterredung unter vier Augen, als ihre Mutter und Lady Chisholm sich in deren Gemach zurückzogen.

»Selbstverständlich, Barbara. Lass uns in mein Privatgemach hinaufgehen.«

Sie sah, wie er einen Blick auf Sir Alex warf, und bemerkte in dessen Augen ein verstecktes Funkeln, das ihr sagte, dass er das Thema ihres Gesprächs mit seinem Vater erraten hatte.

Doch dieses Funkeln ließ ihre Entschlossenheit noch wachsen, und sobald Chisholm die Tür geschlossen hatte, begann sie unumwunden: »Mylord, ich möchte Sir Alex nicht heiraten. Niemand hat mich je gefragt, ob ich das will. Bitte, könnt Ihr mir nicht helfen, diese verwickelte Lage zu entwirren?«

»Nimm Platz, Barbara«, sagte er in aller Ruhe.

»Aber ...«

»Setz dich, Mädchen.«

Mit einem Seufzer gehorchte sie, fuhr jedoch unverzüglich fort: »Ich möchte nicht unhöflich sein, Sir, aber es kommt mir vor, als würde ich von Kräften in diese Hochzeit hineingezogen, über die ich absolut keine Gewalt habe.«

»Lass uns doch bitte sachlich bleiben«, sagte er und setzte sich ihr gegenüber. »Ihre Ladyschaft hat mir gesagt, dass sie bereits mit dir gesprochen hat. Die schlichte Tatsache ist, dass diese Heirat der Wunsch deines Vaters war und ich keinen Einwand dagegen erhob. Und das tue ich auch jetzt nicht.«

»Aber Sir Alex hat selbst gesagt, dass es keinen Vertrag gibt, Sir. Sicher muss er ...«

»Ich habe nicht gesagt, dass es einen Vertrag gibt«, erklärte Chisholm unverhohlen. »Alex war bereits zu seiner Reise zum Kontinent aufgebrochen, als zwischen deinem Vater und mir die Möglichkeit dieser Heirat ins Gespräch kam. Ohne über genauere Details zu diskutieren, hatten wir schon mehrmals seit deiner Geburt einige mögliche Verbindungen zwischen unseren Familien erwogen.«

»Aber wenn das der Fall ist, weshalb haben dann weder Sir Alex noch ich davon gehört?«

»Um es ganz unverblümt zu sagen, meine Liebe: Es gab keinen Grund, mit dir oder Alex darüber zu reden. Ursprünglich erwogen wir eine Heirat zwischen dir und meinem ältesten Sohn Robert, denn natürlich war er die erste Wahl deines Vaters.«

»Aber auch für diese Verbindung gab es nie einen Vertrag, nicht wahr?«

»Nein, denn damals warst du ja noch ein Baby und Robert erst knapp dreizehn. Außerdem hatte ich andere Pläne für ihn, größere Pläne.«

»Ich verstehe«, sagte Bab mit einem Gefühl des Unmuts, trotz der Tatsache, dass sie sich gegen eine Heirat mit Sir Robert Chisholm mit allen Mitteln zur Wehr gesetzt hätte. »Wer war sie?«

»Das braucht dich nicht zu beschäftigen, denn sie starb mit elf Jahren. Ich wollte gerade eine andere Ehe für ihn arrangieren, als er getötet wurde, doch dieses Mädchen rannte mit einem höchst unpassenden Liebhaber davon, als es von Roberts Tod erfuhr.«

»Barmherzigkeit«, murmelte Bab.

»Sie hat nicht viel Barmherzigkeit erfahren«, sagte Chisholm und verzog verdrießlich das Gesicht. »Ihr Vater holte die beiden ein und empfahl den Liebhaber der Barmherzigkeit Gottes, während das Mädchen – das ja nun entehrt war – seither seine Sünden in einem Kloster bereut.«

Bab schauderte.

»Gilchrist schlug auch vor, dass du Michael heiraten solltest«, fuhr Chisholm fort, »doch der glaubte, er habe noch viele Jahre vor sich, bevor er sich eine Frau suchte und Kinder in die Welt setzte, und ich habe ihn nicht gedrängt. Alex war mein Jüngster, und zweifellos hielt Gilchrist deshalb weniger von ihm als von den beiden anderen, doch er glaubte, eine Verbindung wäre für beide Familien von Vorteil, und so brachte er die Möglichkeit etwa einen Monat vor Kinlochewe ins Spiel. Ich sagte, ich hätte nichts dagegen, schlug jedoch vor zu warten, bis Alex wohlbehalten von seinen Reisen zurück sei, bevor wir den Vertrag aufsetzten.«

»Aber die Dinge haben sich jetzt verändert, Sir. Ich würde denken, dass Ihr für Euren Erben noch immer eine größere Verbindung vorziehen würdet. Und da kein Vertrag bestand ...«

Er starrte ins Leere, doch als sie eine Pause machte, sagte er: »Ich habe gelernt, dass das Leben zu kurz ist und dass es zu wenige echte Freunde gibt, um ihre Wünsche zu ignorieren, Barbara.«

»Aber warum habt Ihr dann in Stirling nicht mit Patrick gesprochen?«

»Weil ich damals nicht in der Lage war, mich um irgendetwas zu kümmern«, räumte er leise ein. »Außerdem, und das weißt du, starb dein Vater, bevor Alex zurückkam, und da dein Bruder die Angelegenheit nicht ansprach, als wir uns trafen, nahm ich an, dass Gilchrist ihm nichts von unseren Diskussionen gesagt hatte. Zwischenzeitlich hatten sich auch andere Dinge ereignet, und deshalb lag dieses Thema einfach danieder, bis deine Mutter es wieder aufgriff.«

Diese *anderen Dinge*, das wusste sie, waren der Tod seiner beiden älteren Söhne. Jetzt erst wurde ihr richtig bewusst, dass er innerhalb von nur zwei Jahren einen guten Freund und zwei geliebte Söhne verloren hatte. »Dennoch sollte ich in dieser Angelegenheit auch etwas zu sagen haben, Mylord«, sagte sie mitfühlend, aber bestimmt.

Er runzelte die Stirn. »Glaubst du, dein Vater hätte mit dir darüber gesprochen? Vergiss nicht, dass er unsere anderen Überlegungen ebenso wenig mit dir diskutierte, und du hast doch sicher auch gewusst, dass der Tag kommen würde, an dem er deine Hochzeit arrangiert hätte.«

»Er hat mir fast immer eine Möglichkeit zur Mitsprache eingeräumt.«

»In Dingen von geringerer Bedeutung, vielleicht. Er hat nicht verheimlicht, dass er dich abgöttisch liebte, aber er hätte von dir Gehorsam erwartet – ganz besonders in dieser Angelegenheit.«

Das konnte sie nicht leugnen, selbst wenn sie es gern getan hätte. So liebevoll Sir Gilchrist MacRae mit seinen Kindern gewesen war, hatte er doch Gehorsam verlangt, und sie wusste auch, dass es der Verantwortung eines Vaters oblag, seine Tochter möglichst gut zu verheiraten. Eine unstandesgemäße Ehe hätte ihr Vater nicht zugelassen.

Mit gezwungener Ruhe sagte sie: »Nichtsdestoweniger habe ich mich durch Patricks Abwesenheit sowohl daran gewöhnt, meine eigenen Entscheidungen zu treffen, als auch, mich um Ardintoul zu kümmern, Sir.«

»Dann muss es dich erleichtern, diese Bürde abgeben zu können«, erwiderte er. »Frauen sind ihrem Wesen nach für solche Pflichten nicht geeignet.«

»Das hat mir nichts ausgemacht«, sagte sie und verdrängte, wie oft sie gegen ihr Schicksal gewettert und sich gewünscht hatte, jemand anderer – am besten Patrick – möge sich um die Probleme und Herausforderungen zu Hause kümmern. Allerdings hatte sie oft auch eine große Genugtuung daraus gewonnen, Aufgaben zu lösen oder eine Krise zu bewältigen.

»Meine Liebe«, sagte Chisholm, der dieses Gesprächs sichtlich müde wurde, »ich weiß, am Ende wirst du als eine gute Tochter und pflichtbewusste Schwester dem ausdrücklichen Wunsch deiner Eltern und deines Bruders ebenso entsprechen wie Alex dem meinen.«

Obwohl sie die Versuchung spürte, ihm zu sagen, dass sein Sohn ihr versprochen hatte, sie nicht zu einer Ehe zu zwingen, die sie nicht wollte, unterließ sie es. Vielleicht war es sein ernster Blick oder einfach nur sein Vertrauen darauf, dass sie gehorchen würde – irgendetwas machte es ihr unmöglich, ihm Sir Alex' Versprechen vorzuhalten.

Um anzuzeigen, dass die Unterredung zu Ende war, stand Chisholm auf, und sie machte ihren Knicks. Doch sie konnte nicht einfach weglaufen wie ein übel gelauntes Kind. Sie drehte sich noch einmal um und zwang sich zu einem Lächeln.

»Vielen Dank, dass Ihr Euch die Zeit genommen habt, mir das alles zu erklären, Mylord.«

»Mit dir zu reden ist immer eine Freude, mein Kind«, erwiderte er lächelnd. »Du wirst sehen, Alex zu heiraten ist kein so schlimmes Schicksal, aber wenn du noch immer entschlossen bist, dich zu weigern, dann brauchst du das nur vor dem Priester und den Trauzeugen zu tun. Das Gesetz ist auf deiner Seite, auch wenn deine Freunde und Verwandten es womöglich nicht sind.«

Entsetzt über diese Vorstellung machte Bab noch einmal einen raschen Knicks und eilte davon.

Sie hatte keine Lust, ihre Mutter, Lady Chisholm oder Alex zu sehen, und so ging sie in ihr Schlafgemach. Giorsal hatte noch kein warmes Wasser bereitgestellt; offenbar war sie noch anderweitig beschäftigt. Bab wusch sich deshalb mit kaltem Wasser aus dem Krug und machte sich ohne ihre Zofe zum Schlafen zurecht.

Als Giorsal kam, hatte sich Bab bereits unter ihre Decken gekuschelt. Sie schlief noch nicht, hatte aber keine Lust, sich noch einmal zu rühren.

Auch nachdem Giorsal leise die Kammer verlassen hatte, konnte Bab nicht schlafen. Sie wusste einfach nicht, wie sie diese Hochzeit anders verhindern konnte, als Sir Alex zu bitten, sein Versprechen zu halten. Doch seine Indifferenz und seine gut meinende, um nicht zu sagen oberflächliche Überzeugung, es gebe doch gar keinen besonderen Grund, weshalb sie nicht heiraten sollten, ließen sie befürchten, er werde dies nicht tun. Er hatte sich ebenso wenig gegen Chisholm gestellt wie seine Mutter, es sei denn, man ließ seine fortgesetzte Weigerung gelten, gegen den Sheriff oder dessen schrecklichen Sohn vorzugehen – mit der er jedoch allein dastand.

* * *

Bab schlief sehr schlecht, und als der Morgen graute, war sie müde und übel gelaunt und konnte absolut nichts mit Giorsals fröhlichem Wesen anfangen, als diese mit heißem Wasser zum Waschen ankam und gleich munter drauflosplapperte.

»Ein schöner Morgen ist das«, begann sie, »nicht einer, wo man den ganzen Vormittag im Bett liegen möchte. Also raus mit Euch, ich hol schon mal Euer Gewand!«

»Ich hätte gern meine Reitsachen, Giorsal.«

»Nein, heut Morgen solltet Ihr wirklich nicht ausreiten, Mistress. Der Fuchs, dieser Teufelskerl, war nämlich letzte Nacht unterwegs, weil Francis Dalcross wieder mal Unheil angerichtet hat. Der Mann ist ein Schurke, da gibt's keinen Zweifel, und drum hoffe ich, der Fuchs reißt ihm die Ohren aus und verfüttert sie an seine Hunde!«

»Was hat Francis denn jetzt wieder gemacht?«, fragte Bab, denn dieses Thema interessierte sie trotz ihrer schlechten Laune. Entschlossen, ihre Ladyschaften und jegliches Gerede über Hochzeiten zu meiden, hatte sie zunächst nicht gewusst, was sie an diesem Vormittag unternehmen sollte. Doch jetzt wusste sie es, wenngleich es nicht der Name Francis Dalcross war, der ihr Interesse geweckt hatte.

Giorsal schnaubte auf eine Art, die sie bei Bab sicher kritisiert hätte, und sagte: »Wie's scheint, braucht der große Sheriff von Inverness mehr Geld, damit er seine neuen Gesetze durchpeitschen kann. Deswegen will er jetzt von jedem mehr kassieren, auch vom Priester in Nigg, der aber sowieso nix übrig hat, wie jeder weiß. Aber der Sheriff, oder besser gesagt, dieser Schurke von seinem Sohn, meint, wenn der Priester nicht freiwillig mehr gibt, dann muss er bestraft und ihm alles genommen werden!«

»Aber das kann Francis doch gewiss nicht tun«, meinte Bab.

»Hat er schon!«, rief Giorsal. »Seine Männer haben mit Gewalt alles mitgenommen, was der gute Priester hatte, und alles, was mehr als das geforderte Maß war, haben sie einfach als Strafabgabe wegen Ungehorsams gegen das Gesetz deklariert, stellt Euch das vor! Als ob die Krone jemals was von der Kirche nimmt!«

Wohl wissend, dass Regierungen und die heilige Kirche Jahrhunderte lang eben über derlei Fragen gestritten hatten und dass König Henry von England ganz gewiss Geld von der römischen Kirche genommen und für einige Zeit auch seinen Neffen in Schottland dazu ermutigt hatte, schwieg Bab. Es war zwecklos, Giorsal solche Dinge erklären zu wollen, die sie ja nicht einmal selbst wirklich begriff. Wie Henry jemals glauben konnte, James von Schottland würde seiner Ernennung zum Oberhaupt der Schottischen Kirche zustimmen, konnte sie sich nicht vorstellen, doch das war schließlich einer der Hauptgründe dafür, dass Patrick und die anderen entschlossen waren, eine englische Invasion zu verhindern.

Anstatt sich auf ein unnützes Gespräch einzulassen, sagte sie nur kühl: »Ich möchte heute ausreiten, Giorsal, also hole bitte mein dunkelgrünes Reitkleid und fang jetzt nicht an zu streiten, dazu habe ich keine Lust. Außerdem versichere ich dir, dass mir nichts passieren wird.«

Im ersten Augenblick blieb Giorsal der Mund offen stehen, doch dann gehorchte sie. Wenig später war Bab bereits bei den Ställen und bat einen Knecht, ihren Grauen zu satteln.

»Soll ich mit Euch reiten, Mistress?«

»Heute nicht«, entgegnete sie in der Hoffnung, dass kein anders lautender Befehl erteilt worden war.

Offenbar hatte niemand dies als notwendig erachtet, denn der Stallbursche ging sofort daran, den grauen Wallach zu satteln. Er half ihr noch beim Aufsteigen und machte sich anschließend wieder an seine Arbeit.

Wegen der Gerüchte, dass der Fuchs wieder unterwegs sei, war sich Bab erst sicher, die Burg verlassen zu können, als sie außerhalb des Tors war.

Niemand hatte versucht, sie aufzuhalten. Entweder hatten jene, die dazu befugt gewesen wären, nicht gehört, dass der maskierte Reiter wieder in der Gegend war, oder sie waren gar nicht auf den Gedanken gekommen, dass sie die Burg allein verlassen könnte. Oder wusste der Knecht, der ihr Pferd gesattelt hatte, einfach nicht, dass sie nur mit einer Eskorte ausreiten sollte, und die Wachen am Tor ebenso wenig?

Erst jetzt erinnerte sie sich daran, dass Chisholm sie davor gewarnt hatte, allein auszureiten. Er hatte es ihr allerdings nicht ausdrücklich verboten, sondern lediglich gesagt, es sei für eine Frau gefährlich.

Aber mit einer bewaffneten Eskorte würde sie den Fuchs nicht finden, und außerdem wusste sie, dass sie vor ihm keine Angst zu haben brauchte. Viel wichtiger war, dass er ihr vielleicht helfen konnte, diese Hochzeit zu verhindern, oder zumindest wollte sie ihm davon berichten und seine Meinung hören.

Sie hatte nicht die leiseste Ahnung, wie oder wo sie ihn finden konnte, erinnerte sich aber daran, dass das nächste Dorf ungefähr da lag, wo das Glen Affric auf das Glen Urquhart stieß, und folgte dem schmalen Pfad den Fluss Affric entlang in der Hoffnung, jemand aus dem Dorf könne ihr sagen, wo sie ihn suchen sollte.

Bald erreichte sie eine Stelle, an der sich die Schlucht verengte, um dann zum Glen Urquhart abzufallen. Von hier führte der Pfad einige Zeit von dem tosenden, zwischen steile Granitwände eingezwängten Wasserlauf weg durch einen dichten Wald und erreichte schließlich ein flaches, mit Heidekraut bewachsenes Moor.

Während sie durch ein weiteres Wäldchen ritt, stellte Bab sich in lebhaften Bildern vor, wie sie den Fuchs traf und ihm von der Hochzeit erzählte. Doch plötzlich sah sie am anderen Ende der Waldung etwas, das jeglichen Gedanken an ihn augenblicklich verschwinden ließ.

Zwei Reiter hatten einen kleinen Jungen mit wilden roten Haaren aufgegriffen; sie stiegen gerade ab, und der eine schlug dem Kind so heftig ins Gesicht, dass es zu Boden stürzte.

»Aufhören!«, schrie Bab und gab ihrem Wallach die Sporen. »Lasst den Kleinen in Ruhe!«

Die beiden Männer drehten sich zu ihr um, und der Junge setzte sich auf. Bab zügelte ihren Wallach nicht, bis sie unmittelbar vor ihnen war, so dass ihre Pferde scheuten, als sie ruckartig neben ihnen zum Stehen kam.

»Wie könnt ihr es wagen, dieses Kind so brutal zu misshandeln!«, schrie sie. »Ihr solltet euch schämen!«

»Das geht Euch überhaupt nix an, Mistress«, gab der größere der beiden zurück.

»Es ist die Pflicht eines jeden guten Menschen, Kinder zu schützen. Und jetzt macht, dass ihr weiterkommt, und lasst den Kleinen in Frieden!«

»Das ist ja ’ne ganz Hübsche«, murmelte der andere Mann. Er stemmte die Hände in die Hüften und starrte mit einem lüsternen Grinsen auf Bab.

Sie funkelte ihn zornig an und umklammerte fest ihre Reitpeitsche. »Passt bloß gut auf, was Ihr sagt, Sir«, warnte sie ihn.

»Und Temperament hat sie auch noch«, fuhr er fort und fuhr sich unzweideutig mit der Zunge über die Lippen. »Heißes Blut bei einem Mädel macht auch den Mann ganz heiß, so viel ich weiß, haha!«

»Na und ob!«, meinte der andere. »Steig doch mal von deinem Klepper runter, Schöne, und lass dich ein wenig näher anschaun!«

»Ihr bleibt mir gefälligst vom Leib!«, knurrte Bab. »Vielleicht wisst ihr ja nicht, wen ihr vor euch habt – ich bin Mistress Barbara MacRae von Ardintoul. Mein Bruder Sir Patrick MacRae ist ein Freund von König James, und ich stehe unter dem Schutz von Lord Chisholm von Dundreggan. Wenn ihr es wagt, mir etwas anzutun, wird seine Lordschaft euch dem Sheriff melden, falls er euch nicht gleich selbst bestraft.«

Die beiden lachten schallend und tauschten unzweideutige Blicke aus. »Tja, Kleine, wir selber sind Männer des Sheriffs, und wenn du meinst, es kümmert ihn, wenn wir seine Lordschaft ein wenig ärgern, dann kennst du den Mann schlecht. Und seine Lordschaft wird sich auch nicht um uns scheren – wir wissen doch, dass er keinen Finger mehr rührt. Und jetzt runter von dem Klepper, hab ich gesagt!«

Er griff nach ihr, doch Bab schlug ohne zu zögern mit der Peitsche zu, und als er die Hand zurückzog, rief sie dem Jungen zu, er solle fliehen. Jetzt ging der zweite Mann auf sie los, aber auch ihn traf sofort ein Peitschenhieb.

Bab sah, wie der Junge im Gebüsch verschwand, und auch die Pferde der Männer, die zuerst durch den Wallach und dann durch ihre Schreie aufgeschreckt worden waren, rissen nun aus. Sie gab dem Wallach die Sporen, und er reagierte augenblicklich. Mit der Peitsche und den Sporen trieb sie ihn im Galopp zurück, wieder den Hang hinauf.

Als sie den Grat erreicht hatte, stellte sie entsetzt fest, dass die beiden Kerle ihre Pferde schon wieder eingefangen hatten und sich anschickten, ihr zu folgen. Einer von ihnen setzte ein Horn an die Lippen und stieß zwei lang gezogene Töne aus.

Von der anderen Seite des Moors klangen Rufe herüber. Weitere Reiter, mindestens ein halbes Dutzend, tauchten auf und antworteten auf das Hornsignal.

Bab suchte verzweifelt nach einem Versteck und ritt in den Wald am Rand des Moors zurück. Sicher glaubten ihre Verfolger, sie werde talwärts reiten und versuchen, an den beiden Angreifern vorbeizukommen; deshalb trieb sie den Grauen den Hang hinauf, abseits des Weges und, um schneller voranzukommen, am dichtesten Teil des Waldes vorbei. Aber sie war den beiden Verfolgergruppen nicht mehr als einige Augenblicke voraus.

Bald sah sie ein Stück vor sich eine Lichtung, und als sie darauf zu hielt, nahm sie etwas wie einen Schatten darin wahr – bis sie den schwarzen Hengst und seinen Reiter erkannte. Als er einen Arm hob und ihr bedeutete, ihm zu folgen, zögerte sie nicht und spornte ihren Grauen noch einmal heftig an.

Da sie geglaubt hatte, ihre einzige Chance zu entkommen sei, den Bergkamm zu überqueren, war sie überrascht, als er sich nach einem weiteren Stück quer zum Hang wieder talwärts wandte. Wenn ihre Verfolger herausfanden, welche Richtung sie eingeschlagen hatte, würden sie Bab und ihren Retter bestimmt sehen, sobald sie aus dem Wald herauskamen. Vor dem Reiter mit dem schwarzen Umhang sah sie bereits eine Wiese, die in Sonnenlicht getaucht war.

Hinter ihr erklang erneut das Horn.

* * *

»Was wird er denn jetzt machen?«, fragte Lucy. Sie saß in der Mähne zwischen den Ohren des grauen Wallachs und starrte auf den schwarzen Reiter. »Weiß der denn nicht, dass der Hang hier an einer Klippe über dem Fluss endet? Das ist ganz schön gefährlich, was der macht, denn der Fluss ist von der Schneeschmelze und vom vielen Regen voll. Man hört's sogar hier schon rauschen!«

»Ja«, stimmte Claud stirnrunzelnd zu und klammerte sich an die Mähne des Grauen. »Ich weiß nicht, was er vorhat, aber sie dürfen sich nicht von den Männern des Sheriffs erwischen lassen – jedenfalls jetzt noch nicht, mein ich.«

Er fragte sich, wo Maggie war, und hoffte, dass sie aufpasste. Doch das wollte er Lucy nicht sagen.

* * *

Als Bab den Schutz des Waldes verließ und auf die Wiese zu ritt, hörte sie hinter sich Rufe.

Mit einem Blick über die Schulter stellte sie fest, dass sich die beiden Gruppen vereinigt hatten und nun in einer breiten Front näher rückten.

»Oh Gott«, murmelte sie und trieb den Wallach an, »sie kreisen uns ein!«

Das Tempo, das sie vorgab, war gefährlich, denn sie kannte das Terrain nicht. Sie sah, dass sich vor ihnen ein Labyrinth von Kaninchenbauten ausbreitete, in dem ein Pferd nur zu leicht stürzen konnte. Doch sie hatte keine andere Wahl, als dem schwarzen Reiter vor ihr zu vertrauen, und so folgte sie seiner Spur so genau, wie sie konnte.

Nach kurzer Zeit merkte sie, dass sie ihn einholte, und dachte zunächst, das liege an ihrer Geschwindigkeit, bis ihr klar wurde, dass er sein Tempo verlangsamte.

Plötzlich sah es aus, als würde der Hang in einiger Entfernung abrupt enden.

Jetzt erst hörte sie das Tosen des Wassers, und ihr wurde bewusst, dass sie es schon eine ganze Weile gehört haben musste, ohne es wirklich wahrzunehmen. Sie hatte gedacht, der Weg zum Fluss würde wie zuvor über Granitfelsen führen und nicht in Gras oder Heide enden. Eisiges Entsetzen ergriff sie, denn nun erkannte sie mit einem Schlag ihre ausweglose Lage.

Ihre Verfolger kamen immer näher. Selbst wenn der Fuchs und sie nun bergabwärts ritten und sich vom Wasser entfernten, würde es zu spät sein.

Gerade als sie dies dachte, sah sie, wie sich der schwarze Hengst aufbäumte. Gleich hinter ihm fiel der Hang in einer steilen Klippe ab, an deren Fuß der angeschwollene wilde Fluss toste. Sie saßen in der Falle.

* * *

»Jetzt sieht sie, wie verrückt er ist«, sagte Claud, »aber jetzt isses zu spät.«

»Wir hätten gleich was tun sollen, als sie auf die ersten zwei Kerle getroffen ist!«, schimpfte Lucy. »Was können wir denn jetzt noch machen?«

»Nix«, murrte er. »Aber wir hätten auch früher nix machen können, Lucy. Wir müssen unsre Gesetze beachten. Ich hab diesen Mist sowieso nur am Hals, weil ich mich mit Sterblichen eingelassen hab. Das Einzige, was sie jetzt noch retten kann, wär, sie unsichtbar zu machen, aber mit so vielen Zeugen wär das mein Ende. Wir müssten's ja dem Kreis erklären, weißt du, wir beide.«

»Aber die werden gefangen, Claud! Wir müssen was tun, schnell!«

Claud runzelte die Stirn und dachte angestrengt nach.

* * *

Auch Bab dachte, sie würden im nächsten Moment gefangen genommen. Sie brachte ihren Grauen neben dem Fuchs zum Stehen. Bei dem Blick auf den tosenden Fluss dreißig Fuß unter ihnen stockte ihr der Atem.

»Oh mein Gott, Sir, was tun wir denn jetzt?«

Seine Augen funkelten, als sich ihre Blicke trafen. Lachend neigte er sich zu ihr, und noch ehe sie einen Gedanken fassen konnte, hob er sie aus dem Sattel und gab seinem Hengst die Sporen.

Bab war sprachlos vor Überraschung, ja, sie konnte nicht

einmal schreien, als das große schwarze Pferd von der Klippe sprang. Sie schlang die Arme um den Hals des Fuchses und vergrub das Gesicht in seinem Umhang in der Gewissheit, mit Pferd und Reiter in den sicheren Tod zu springen.

»Ich hoffe, du kannst schwimmen!«, murmelte er, und sie hörte ihn dabei lachen.

»In so einem Wasser nicht!«

Sie wusste nicht, ob er sie gehört hatte, denn in diesem Augenblick schlug die eiskalte Flut über ihnen zusammen. Babs Mund füllte sich mit Wasser, sie konnte nicht mehr atmen und kämpfte wie von Sinnen, doch sein starker Arm hielt sie, er ließ sie nicht los. Beim Untertauchen bauschten sich Ihre Röcke auf, dann verhedderten sie sich beide darin, und die Röcke behinderten ihr Auftauchen, doch er brachte sie beide mit kräftigen Armbewegungen wieder nach oben, und auf einmal merkte sie, dass ihr Kopf über Wasser war, sie wieder atmen konnte.

Zuerst spuckte und würgte sie, doch er hielt sie hoch, so dass sie Atem schöpfen konnte, und dann sah sie erleichtert, dass sie sich schon ein ganzes Stück von der Klippe entfernt hatten.

Sie schaute auf ihren Begleiter in der Hoffnung, wenigstens einen kurzen Blick auf sein Gesicht werfen zu können, doch die nasse Maske klebte daran, sie enthüllte nichts. Sie trieben rasch mit der Strömung dahin; offenbar hatte er es auch geschafft, die Zügel seines Pferdes wieder in die Hand zu bekommen, denn der schwarze Hengst schwamm ganz in seiner Nähe.

»Versuch, dich am Sattel festzuhalten!«, rief der Fuchs.

Doch sie klammerte sich an ihn und wollte ihn nicht loslassen.

»Ruhig Blut, mein Mädchen«, sagte er beschwichtigend.

»Du bist verrückt!«, schrie sie ihn an.

Er lachte. »Ehrlich, dagegen kann ich nichts sagen. Eine kleine Stimme in meinem Kopf, die mir andauernd dumme

Dinge eingibt, sagte einfach ›Spring‹, und da bin ich gesprungen. Ich gebe zu, das war verrückt, aber es hat uns gerettet. Und jetzt halt dich an ihm fest, los.«

Sie schluckte schwer und versuchte, normal zu atmen und klar zu denken. Das große Pferd, eben noch so nah, schien auf einmal Meilen weit entfernt zu sein, viel zu weit, als dass sie es erreicht hätte, bevor die Strömung sie wegtrieb.

Gelassen, als sei es ein Leichtes für ihn, in dem tosenden Wasser zu schwimmen und sie dabei zu halten, sagte der Fuchs: »Wenn du ihn nicht erwischst oder dich nicht an ihm festhalten kannst, versuch nicht, ans Ufer zu schwimmen. Lass dich einfach von der Strömung tragen, bis sie schwach genug wird, dass du schwimmen kannst. Dann hältst du dich ein wenig nach links.«

»Ich ... ich weiß nicht, ob ...«

»Das kannst du schon. Vor uns ist eine Biegung, und mit ein wenig Glück kommen wir da ans Ufer. Wenn wir's nicht schaffen, dann kommt danach noch eine stärkere Biegung, und dann wird der Fluss breiter und seichter. Du brauchst dich nur um deine Atmung zu kümmern, die Arbeit macht der Fluss für uns.«

»Bei dir klingt das alles so leicht«, sagte sie und griff vorsichtig nach seiner Maske.

»Es ist leicht«, erwiderte er.

Sie tauchte noch einmal unter, doch dabei bekam sie den Sattelgurt zu fassen und zog sich daran hoch, obgleich sie für einen Augenblick fürchtete, das Pferd könnte sie treten. Doch es schwamm mit großer Kraft und schien ihr Gewicht gar nicht zu bemerken. Sich am Sattel festzuhalten, war leichter, als sie gedacht hatte, und sie hatte nun auch keine Angst mehr. Eigentlich hatte sie ihre Angst schon verloren, als sie nach dem Sprung aufgetaucht war und wieder atmen konnte. Mit diesem Mann fühlte sie sich einfach sicher.

* * *

Claud hielt sich an der Mähne des Grauen fest und starrte fassungslos auf die verrückten Sterblichen.

»Ehrlich, Lucy«, sagte er, »hast du dem Mann diesen Blödsinn in den Kopf gesetzt? Weil wenn du das warst, ich versprech dir, dann …«

»Ich hab gar nix gemacht«, erwiderte sie, »aber das war trotzdem eine prima Idee, Claud. Schau mal, wie der Riesensprung ihre Verfolger verblüfft hat!«

Die Männer, die Bab gefolgt waren, hatten in der Tat ihre Pferde ruckartig zum Stehen gebracht und ritten nun ganz vorsichtig auf die Klippe zu.

Lucy beschrieb mit den Fingerspitzen ihrer rechten Hand einen Kreis über ihrem Kopf.

»Was machst du da?«, fragte Claud argwöhnisch.

»Denk mal nach, Claud. Das Mädel wird doch nicht wollen, dass diese Kerle ihr Pferd kriegen.«

Er schnaufte schwer und starrte sie an, als der graue Wallach von dem Felsen sprang, während sie sich noch immer an seiner Mähne festhielten. »Du bist verrückt, Lucy, wirklich!«, schrie Claud.

Lucy lachte leise und hauchte ihm einen Kuss zu. Dann huschte sie fort und verschwand, gerade als der Graue auf das stürmische Wasser aufschlug.

13

Der Fuchs schwamm mit hoch erhobenem Kopf neben Bab. Seine starken Arme und Beine bewegten sich scheinbar völlig mühelos; er wirkte, als müsse er sich überhaupt nicht anstrengen.

Die Flussbiegung, die er erwähnt hatte, kam rasch näher, und Bab sah, dass der Hengst darauf zuschwamm. Sie konnte aber nirgends eine Ausstiegsstelle entdecken, denn das Ufer war hier von riesigen Felsblöcken gesäumt.

»Wir halten uns in der Mitte«, hörte sie die tiefe ruhige Stimme neben sich.

»In Ordnung«, murmelte sie und warf einen nervösen Blick auf ihn.

In seinen Augen, die nach wie vor lustig funkelten, spiegelte sich das Wasser, so dass sie jetzt blaugrau wirkten.

»Findest du das alles noch immer komisch?«, fragte sie.

»Ruhig Blut, manchmal bleibt uns nichts anderes übrig. Wirf mal einen Blick nach hinten!«

Sie hatte das bisher nur ein einziges Mal getan, aber mit einem Anflug von Angst wagte sie es nun noch einmal – und staunte. »Ist das mein Pferd?«

»Schaut so aus, oder? Der Gaul hat dich wohl vermisst, denn wer hätt ihm diesen Mut zugetraut?«

Die Belustigung in seiner Stimme war jetzt nicht mehr zu verkennen, und die leise Angst, die sie verspürt hatte, bevor sie entdeckt hatte, dass der Graue hinter ihnen herschwamm, verwandelte sich in Freude. Solche Geschichten machten *Sionnach Dubh* in den Highlands zu einer Legende.

Sie gelangten heil durch die felsige Biegung, obwohl man sich an den großen Steinen leicht sämtliche Glieder hätte zerschmettern können. Doch der Fluss führte viel Wasser und trug sie sicher bis zu einer breiten, seichten, ruhigeren Stelle gleich hinter der Biegung.

Der Hengst spürte wohl festen Boden unter den Hufen,

denn er machte einen großen Satz Richtung Ufer, und Bab schaffte es, sich an dem Pferd festzuklammern, bis auch ihre Füße den Boden berührten. Die Strömung war noch immer ziemlich stark, aber als ihr Gefährte neben ihr auftauchte und ihren Arm umklammerte, wusste sie, dass sie das Pferd jetzt ruhig loslassen konnte. Er half ihr ans Ufer. Nun war sich Bab sicher, dass ihre Verfolger so schnell reiten konnten, wie sie wollten, sie würden sie nicht mehr erwischen.

Fröhlich lachend beobachtete sie den grauen Wallach, der ihnen aus dem Wasser folgte und sich wie ein großer Hund schüttelte. Sie machte sich nichts daraus, dass sie jetzt tropfnass war und zitterte. »Das war großartig!«, erklärte sie ihrem Begleiter begeistert. »In meinem ganzen Leben habe ich noch nie so ein phantastisches Abenteuer erlebt. Danke!«

Zu ihrer Verblüffung packte er sie bei den Schultern, und die Belustigung, die sie in seinen Augen und in seiner Stimme bemerkt hatte, war verschwunden. Er schüttelte sie unsanft. »Was in aller Welt hast du bloß allein dort draußen getrieben? Welcher Teufel hat dich geritten, dass du die Männer von Dalcross auf dich aufmerksam gemacht hast?«

»Vorsicht, Sir, auch wir MacRaes haben ein hitziges Temperament!«, fauchte sie. »Zwei dieser Männer haben ein Kind malträtiert, wenn Ihr es genau wissen wollt, und ich habe eingegriffen. Hättet ausgerechnet Ihr erwartet, dass ich einfach weiterreite und diese brutale Misshandlung ignoriere?«

»Und wie sah dein Eingreifen aus?« Seine tiefe Stimme, das Grollen eines Löwen, jagte ihr einen Schauer über den Rücken. Mit einem solch barschen Ton hatte sie nicht gerechnet.

»Ich habe mit meiner Peitsche auf sie eingeschlagen und sie angebrüllt, und da sind ihre Pferde erschrocken und davongaloppiert. Leider nicht sehr weit«, fügte sie bedauernd hinzu. »Die Männer schafften es viel zu schnell, sie wieder einzufangen und mir nachzusetzen.«

»Was ist mit dem Kind passiert?« – »Der Junge konnte sich aus dem Staub machen. Ich habe also richtig gehandelt. Aber danke, dass Ihr mich gerettet habt!«, fügte sie pflichtschuldig hinzu.

»Du willst anscheinend wirklich eine Tracht Prügel«, erwiderte er, ohne zu wissen, dass er Kintails Worte wiederholte, und zwar in demselben düsteren Ton. »Du bist zwar mutig, aber unbesonnen. Wahrscheinlich hast du ihnen erzählt, wer du bist und wo du wohnst.«

»Natürlich habe ich das getan. Ich denke, dass sie nicht so bald wieder versuchen werden, jemanden zu belästigen, der unter Lord Chisholms Schutz steht.«

»Und warum hast du dich mit deiner Peitsche verteidigen müssen?«

Sie zögerte, aber mit Ausflüchten kam sie jetzt nicht weiter, das war ihr klar. Schließlich meinte sie seufzend: »Sie haben nicht auf mich gehört. Vielleicht haben sie nicht genug über die Folgen nachgedacht.«

»Welche Folgen sollten sie denn befürchten?«

»Na, Chisholms Zorn natürlich.«

»Du verstehst offenbar nicht, welche Macht Francis Dalcross und der Sheriff inzwischen haben«, sagte er. »Sie haben jetzt mehr Bewaffnete als alle anderen, denn die Highland-Lairds haben ihre Männer losgeschickt, um Jamie zu unterstützen. Ich dachte, dass ausgerechnet du das begriffen hättest.«

Das Echo ihrer eigenen Worte und der Anflug von Sarkasmus in seiner Stimme zeigten ihr, dass er noch immer böse auf sie war.

»Die meisten unserer Männer stehen auf Jamies Seite«, entgegnete sie. »Aber niemand würde es wagen, sich gegen Kintail zu erheben.«

»Das mag sein«, pflichtete er ihr bei. »Aber Kintails Land wird im Westen durch das Meer beschützt, und die Menschen im Norden stehen zwar auf seiner Seite, aber sie sind alle weit genug weg von Inverness, um Dalcross und seine Bande zu ignorieren. Wärst du ebenso zuversichtlich, wenn die MacDonalds jetzt beschließen würden, sich die Lordschaft über die Inseln wiederzuholen?«

»Das können sie wohl kaum, solange sich ihr Oberhaupt in London vergnügt«, sagte sie. Aber sie verstand natürlich, worauf er hinauswollte. »Hat denn Chisholm so viele Feinde?«

»Nein, aber darum geht es gar nicht. Es geht um die Macht des Sheriffs und das, was sein Sohn mit dieser Macht anstellt. Und gemeinsam haben sie mehr Bewaffnete unter ihrer Führung versammelt als alle hiesigen Lairds zusammen.«

»Ich sehe aber noch immer nicht ein, dass ich heute etwas falsch gemacht habe«, sagte sie trotzig. »Ich habe nur ein Kind vor zwei Schurken beschützt.«

»Vorübergehend vielleicht«, sagte er. »Aber sehr wahrscheinlich hast du die beiden Kerle auch gegen dich aufgebracht. Was, glaubst du, haben sie getan, nachdem sie uns aus den Augen verloren hatten?«

Plötzlich bekam sie Angst um den kleinen Jungen und gab ihre trotzige Haltung auf. »Ihr denkt, sie sind ihm nachgeritten?«, rief sie entsetzt.

»Jawohl«, sagte er. »Aber ich glaub nicht, dass sie ihn heute noch erwischen. Ich werd schnell genug herausfinden, wo er steckt, und dafür sorgen, dass er beschützt wird. Aber trotzdem hab ich Recht: Du hast mit deinem Eingreifen mehr Schaden angerichtet als Gutes getan. Du kapierst einfach zu wenig von dem, was in dieser Gegend vorgeht, um dich einzumischen.«

»Aber ich finde, Sir Alex sollte etwas unternehmen. Seine Lordschaft würde das jedenfalls sehr begrüßen.«

»Bist du dir sicher? Seine Lordschaft glaubt an die Herrschaft des Gesetzes, selbst wenn diejenigen, die es durchsetzen sollten, sich keinen Deut darum scheren. Und außerdem kann ich mir nicht vorstellen, dass sich Schurken wie die beiden, die du heute getroffen hast, von Alex Chisholm beeindrucken lassen.«

Sie war sehr versucht, ihm zuzustimmen, vor allem, weil er wieder leicht belustigt klang und sie seine Wut besänftigen wollte. Zudem konnte sie sich auch nicht vorstellen, dass Alex den beiden Halunken die Stirn bieten würde, so, wie sie es heute getan hatte. Natürlich hätte er Einspruch erhoben, das hätte jeder Gentleman getan. Und vielleicht hätten die Schurken sie dann auch in Ruhe gelassen, wenn sie ihn als Mitglied des hiesigen Adels erkannt hätten – doch Bab bezweifelte das. Dennoch wollte sie ihn nicht kritisieren, so lange sie und ihre Mutter bei seiner Familie wohnten, auch nicht dadurch, dass sie dem Fuchs zustimmte. Deshalb sagte sie nur leise: »Ihr tut ihm Unrecht, wenn Ihr so redet, Sir!«

»Dann kannst du ihm ja auch getrost erzählen, was du heute getrieben hast.«

»Das wäre absurd! Das nun wirklich nicht.«

»Aber er hat das Recht zu erfahren, wo du gewesen bist und was passiert ist.«

»Das ist ja wohl nicht Euer Ernst!«, rief sie empört. »Er würde mich zwar nicht bestrafen, aber falls Chisholm je davon erfährt, würde es ihn schrecklich beunruhigen. Er ist noch nicht ganz gesund. Ihr könnt nicht so gemein sein und es ihm erzählen.«

»Von mir werden seine Lordschaft und Sir Alex nichts erfahren.«

»Gottlob! Ich wusste, dass Ihr nicht so hartherzig seid.«

»Sie werden es von dir erfahren«, sagte er beharrlich. »Ich werd dich jetzt auf dein Pferd setzen, auch wenn der Sattel etwas ramponiert ist, und du wirst schnurstracks nach Dundreggan zurückreiten und Sir Alex berichten, was dir zugestoßen ist. Möglicherweise hast du viel von dem, wofür ich kämpfe, durch dein heutiges Tun gefährdet. Mach das nicht noch einmal! Hast du mich verstanden?«

Ihr fiel auf, dass er in seinem Zorn fast wie ein Gentleman

klang, aber sie sagte nichts. Sie wollte sich nicht weiter von ihm maßregeln lassen.

»Ich hab dich was gefragt!«, knurrte er.

»Ich habe begriffen, was ich tun soll«, erwiderte sie so würdevoll wie möglich.

»Dann wirst du mir auch gehorchen?«

»Ich weiß nicht, wie ich nach Dundreggan komme«, sagte sie, denn sie wollte ihm jetzt nichts versprechen. »Ich kenne mich hier nicht aus.«

»Ein weiterer sehr guter Grund, nicht allein in der Gegend rumzureiten«, meinte er streng.

Bab biss die Zähne zusammen, doch ihr Schweigen beeindruckte ihn nicht. Er fasste sie um die Taille und hob sie in den Sattel.

»Sitz still!«, befahl er, als sie nach den Zügeln greifen wollte. »Leder dehnt sich, wenn es nass geworden ist. Ich will erst noch den Gurt festziehen.«

»Nicht nur mein Sattel ist nass geworden«, meinte sie. »Auch ich bin nass bis auf die Haut und schaue sicher schrecklich aus.«

»Aye, wir schaun beide ziemlich ramponiert aus, aber zumindest sind wir vorläufig in Sicherheit«, sagte er und zerrte den Gurt so fest er konnte. »Das sollte genügen«, meinte er schließlich. »Denk dran: Reite direkt nach Dundreggan, und sobald du dort bist, erzählst du Sir Alex alles, was passiert ist. Das ist wichtig, denn demnächst tauchen sicher einige Männer von Francis Dalcross in Dundreggan auf und wollen wissen, wo du dich herumgetrieben hast.«

»Sie werden es nicht wagen, mich in Dundreggan zu belästigen.«

»Doch, genau das werden sie tun. Vergiss nicht, du bist heute in meiner Begleitung gesehen worden, und das nicht zum ersten Mal, wenn ich dich daran erinnern darf.«

Daran hatte sie nicht gedacht. Vielleicht würde sie es Alex doch beichten müssen. Eigentlich hatte sie das nicht vorgehabt, egal, was ihr der Fuchs befahl, und sie würde es auch nicht tun, solange er ihr jetzt kein Versprechen abnötigte. Aber wenn der Sheriff und seine Leute nach ihr suchten, schlimmer noch, wenn sie sie nach dem Fuchs befragten, dann müsste sie nicht nur Alex, sondern auch seinen Eltern noch heute alles erzählen.

Ihr Begleiter hüllte sich wieder in Schweigen. Was ging in ihm vor? Hoffentlich war er nicht mehr zornig, aber seine Augen – jetzt wieder steingrau – hatten sich zu Schlitzen verengt. Oder war es nur Babs schlechtes Gewissen, das sie zu dieser Annahme verleitete? Sie senkte den Blick.

»Ich warte nach wie vor auf dein Versprechen!«, sagte er.

»Also gut, ich muss es ihm wohl sagen, bevor die Männer des Sheriffs eintreffen«, meinte sie seufzend. In der Hoffnung, ihn abzulenken, damit er ihr keine weiteren Versprechen abnötigte, fügte sie hinzu: »Wohin reiten wir jetzt? Der Fluss hat uns ziemlich weit von Dundreggan weggetragen; auf dem Rückweg werden wir an all den schrecklichen Männern vorbeireiten müssen.«

»Ich kenn einen Weg«, sagte er und ging zu seinem Hengst. Er zurrte auch dessen Gurt fester und schwang sich mit der für ihn typischen Eleganz, die sie so sehr bewunderte, in den Sattel. Schweigend ritt er voran, das steinige Flussufer entlang, bis sie zu einem kleinen grasbewachsenen Tal kamen. Sie befanden sich auf derselben Flussseite wie die Klippe, von der sie gesprungen waren, und nun führte der Fuchs sie vom Wasser weg das Tal hinauf zum Kamm der Anhöhe.

Während sie ihm folgte, versuchte sie, sich das Treffen mit Alex auszumalen. Selbst wenn sie mit ihm zusammen war, wusste sie nie, was in ihm vorging, und sich vorzustellen, wie er auf Dinge reagierte, die sie sagte oder tat, verursachte ihr Kopfschmerzen. Alex war wirklich der seltsamste Mensch, der ihr je begegnet war.

Hatte sie jemals etwas nach Patrick geworfen? Ja, einmal vielleicht, als sie noch klein war. Aber sie wusste ziemlich genau, wie er heute auf so etwas reagieren würde. Nach Kintail hatte sie ganz sicher nie etwas geworfen. Schon der Gedanke daran ließ sie erschauern. Gewiss hatte sie es einzig und allein deshalb gewagt, den Krug nach Alex zu werfen, weil sie gewusst hatte, dass er sich nicht wie die meisten anderen Highlander rächen würde. Dieser Gedanke beunruhigte sie ein wenig. War sie etwa feige?

Eine Weile ritten sie den Kamm entlang. Sie glaubte, sie würden sich nun dem Moor nähern, wo sie gejagt hatten, denn sie waren jetzt hoch genug, um wie damals Glen Affric sehen zu können. Als die rotgrauen Türme von Dundreggan zu erkennen waren, blieb ihr Begleiter stehen.

»Siehst du diesen Pfad?«, fragte er, darauf deutend.

»Ja.«

»Folg ihm, bis du wieder am Fluss bist. Von dort aus findest du den Weg leicht zurück. Man kann ja von hier schon den Burgwall sehn, deine Verfolger werden dich also in Ruhe lassen. Kämen sie aus jenem Talende, würden sie von der Burg aus sofort entdeckt werden. Reit schneller, wenn du die Fanfaren hörst, aber tu nix Waghalsiges!«

»Danke«, sagte sie. Ihr war aufgefallen, dass sein Akzent wieder stärker geworden war. Sie sagte jedoch nichts, sondern reichte ihm zum Abschied nur höflich die Hand.

Er nahm ihre Hand, und selbst durch ihren Handschuh spürte sie seine Wärme. Sie hatte länger nicht über ihre Kleidung nachgedacht, aber jetzt fiel ihr auf, dass der Ritt angenehmer gewesen war, als sie befürchtet hatte.

»Ich kann es kaum glauben«, sagte sie, »aber meine Kleider sind schon fast wieder trocken!«

»Das glaub ich gern, weil meine nämlich auch trocken sind«, sagte er. »Ich nehm mal an, es war der warme Wind.«

»Aber ...«

»Vergeud jetzt keine Zeit, die suchen sicher bald nach dir!«

Sie nickte. Am liebsten hätte sie nicht daran gedacht.

Falls sich Sir Alex dazu bequemt hatte, sie zu vermissen,

dann hatte er sich vielleicht auch dazu herabgelassen, jemanden loszuschicken, um sie zu suchen. Aber sie glaubte nicht, dass er sich so stark fühlte, sich persönlich auf die Suche zu machen. Eher würden wohl Lady Chisholm oder Lady MacRae Alarm schlagen, wenn sie nicht zum Mittagessen auftauchte. Und das würde bald sein, denn die Sonne stand schon recht hoch.

Mit einem Zungenschnalzen trieb sie ihren Wallach an und ritt erst einmal auf den Pfad. Doch bald blickte sie möglichst unauffällig zurück. Wie sie gehofft hatte, war der Fuchs schon auf dem Weg Richtung Westen. Bei ihrem nächsten Blick zurück waren Pferd und Reiter verschwunden.

Sie blieb stehen. Nur der Wind in den Bäumen und das ferne Rauschen des Flusses waren zu hören. Zufrieden damit, dass sie keinen Hufschlag hörte – er ihr Pferd also auch nicht hören würde –, kehrte sie um und trieb den Grauen wieder den Hügel hinauf. Droben hatte sie Spuren eines zweiten Pfades entdeckt, der den baumbestandenen Hügelkamm entlang Richtung Westen zu führen schien. Wahrscheinlich war der Fuchs diesem Pfad gefolgt. Ihre Neugier war unbezähmbar. Sie beschloss herauszufinden, wohin er geritten war.

Also schlug auch sie den kaum sichtbaren Pfad durch die Bäume ein und entdeckte zu ihrer Erleichterung bald, dass sich ein ziemliches Stück vor ihr etwas bewegte. Nun hoffte sie, ihm unbemerkt bis zu seinem Versteck folgen zu können. Was er mit ihr anstellen würde, falls er sie entdeckte, wollte sie sich lieber nicht ausmalen.

Nach einer Weile führte der Pfad vom Fluss weg und hügelabwärts durch einen schattigen, stillen Wald. Die Bäume wurden dichter und es wurde immer schwerer, den Pfad zu erkennen.

Sie wusste nicht mehr, in welche Richtung sie eigentlich ritt, denn die Sonne drang nicht mehr durch das dichte grüne Laubdach. Doch obwohl sie dem Pfad eher instinktiv folgte, fühlte sie sich sicher. Schließlich war das hier sein Wald. Wenn er hier in Sicherheit war, dann war sie es ebenso. Jedenfalls würde er ihr zu Hilfe eilen, wenn sie schrie, und obgleich er wieder böse auf sie sein würde, würde er doch nicht zulassen, dass ihr etwas zustieß. Außerdem müsste sie mit der Zeit wieder auf den Fluss stoßen, den sie nun schon seit einer ganzen Weile nicht mehr hörte.

Schließlich drangen wieder ein paar Sonnenstrahlen durch das Blätterdach und sie dachte, dass bald eine Lichtung kommen müsste. Zu ihrer Überraschung gelangte sie jedoch an ein weiteres enges Seitental, in dem ein munteres Bächlein sprudelte. Allerdings war der Fuchs spurlos verschwunden; nur noch das Rauschen des Wassers war zu hören.

Sie hatte jegliche Orientierung verloren und auch die Sonne half ihr nicht weiter. Schließlich beschloss sie, den Bach entlang talaufwärts zu reiten, auch wenn es dafür keinen vernünftigen Grund gab. Doch in der Tat entdeckte sie bald die ersten Hufspuren in dem feuchten Boden neben dem Bach. Sie blieb stehen. Wenn der Fuchs weiter hier entlanggeritten wäre, hätte sie ihn nun vor sich sehen müssen. Das war aber nicht so. Entweder war er wieder in den Wald geritten oder er hatte eine Furt gefunden und den Bach durchquert. Auf der anderen Seite lagen ein paar große Felsen, einige groß genug, um dahinter ein Pferd zu verstecken.

Hatte er sie gesehen und lauerte ihr auf? Dieser Gedanke beunruhigte sie ein wenig, doch die Neugier siegte. Sie ritt weiter und entdeckte bald wieder ein paar Hufspuren, die nun tatsächlich direkt ins Wasser führten, das an dieser Stelle seicht genug war, um den Bach zu durchqueren.

Am anderen Ufer fand sie einen recht gut zu erkennenden Pfad, dem sie folgte. Noch immer war nichts von ihm zu sehen und auch die Hufspuren waren verschwunden, denn hier gab es viele kleine Kiesel. Weil sie sich so auf den Pfad konzentrierte, hätte sie beinahe den Eingang zur Höhle übersehen.

Zuerst war sie sich nicht sicher, ob es sich überhaupt um eine Höhle handelte, denn es wirkte wie ein schwarzer Schatten hinter einem der größten Felsblöcke. Doch hier endete auch der Pfad am Fuße eines schmalen Wasserfalls, der von einer hohen Felsklippe herabstürzte und den Bach speiste. Ein gelenkiger Mensch in passender Kleidung – jedenfalls nicht in Röcken – hätte diese Klippe hochklettern können, aber ein Pferd sicher nicht. Dennoch waren weder der Hengst noch sein Reiter zu sehen.

Sie stieg ab und band ihren Wallach an einem struppigen Busch fest. Dann atmete sie ein paar Mal tief durch, um ihr pochendes Herz zu beruhigen, und schlich so leise sie konnte hinter den Felsblock zum Eingang der Höhle.

Dieser Felsen hatte die tatsächliche Größe des Eingangs verdeckt. Nun aber merkte sie, dass er groß genug war für ein Pferd. Doch aus den düsteren Tiefen drang kein Laut. Sie folgte einem Gang durch das Felsmassiv, der bald eine Biegung nahm und dann noch eine. Bei der zweiten Biegung verschwand auch das schwache Licht, das von außen noch hierher gedrungen war.

Sie wagte kaum noch zu atmen. Behutsam setzte sie einen Fuß vor den anderen und tastete sich an der steinernen Wand entlang. Ein Pferd müsste hier doch Geräusche machen, dachte sie.

War da ein Licht?

Sie starrte in die Schwärze und war sich sicher, ein Flämmchen entdeckt zu haben.

Es schien ewig weit hin zu diesem winzig kleinen Licht. Sie glaubte nicht, dass sie auch nur die Hälfte des Weges würde zurücklegen können, ohne sich zu verraten, indem sie auf dem unebenen Boden stolperte, einen Stein lostrat oder, schlimmer noch, in ein unvorhergesehenes Loch oder einen Abgrund stürzte. Hier war der Boden zwar so flach wie im Saal in Dundreggan, aber ein Höhlenboden war sicher nicht überall eben.

Gerade, als ihr diese Gedanken durch den Kopf gingen, endete abrupt die Wand, an der sie sich entlanggetastet hatte. Bab hätte beinahe das Gleichgewicht verloren, denn ihre Hand griff ins Leere. Vor Schreck blieb ihr die Luft weg und es dauerte eine ganze Weile, bis sie sich wieder beruhigt hatte.

Sie machte noch zwei Schritte, dann blieb sie stehen. Ohne Licht weiterzugehen war einfach zu gefährlich. Nicht einmal die winzige Flamme war mehr zu sehen; vielleicht hatte sie sich diese ja nur eingebildet.

Hier war niemand außer ihr, und selbst wenn es nicht so gewesen wäre, hätte sich nur ein Verrückter weitergewagt, ohne zu wissen, was ihn erwartete. Seufzend machte sie kehrt, und stieß mit einem starken, muskulösen Körper zusammen, der ihr den Weg versperrte.

Sie erschrak so sehr, dass sie laut aufschrie und taumelte, doch zwei starke Hände packten sie an den Schultern und schüttelten sie kräftig.

»Wenn man einem gefährlichen Tier in seine Höhle folgt«, grollte er und hielt sie weiter mit eisernem Griff umklammert, »dann sollte man auch die Folgen tragen können!«

Trotz des drohenden Tons in seiner Stimme fiel ihr ein Stein vom Herzen. »Ihr habt mir einen höllischen Schrecken eingejagt«, sagte sie. Ihr Mund war trocken, aber sie erholte sich bereits von dem Schock.

»Den hast du verdient!«

Sie wollte etwas erwidern, doch seine Lippen legten sich auf die ihren, bevor sie ein Wort herausbrachte.

Sein Mund war heiß und feucht, weich und sinnlich. Sie merkte verblüfft, dass er weder Maske noch Umhang trug.

Neugierig, ob er ihr wohl Einhalt gebieten würde, hob sie die Hand, um seine Wange zu berühren, stellte dabei aber fest, dass sie noch ihre Reithandschuhe anhatte.

Seine Zunge drängte fordernd gegen ihre Lippen, und sie gab sofort nach, denn sie erinnerte sich noch gut an das, was sie gefühlt hatte, als seine Zunge das letzte Mal ihren Mund erforscht hatte. Ihr Körper reagierte auf ihn so, wie er es immer tat. Die einzige Gefahr, der sie sich bewusst war, war die ihrer eigenen Lust. Was immer er von ihr verlangen würde, sie würde es ihm gewähren. Aber dieser Gedanke erschreckte sie nicht, sondern verstärkte nur ihre Sehnsucht. Sie schlang die Arme um seinen Nacken, während seine Hände über ihren Körper glitten und ihre Rundungen erforschten. Entschlossen streifte sie ihre Handschuhe ab, denn auch sie wollte nun einiges an ihm erforschen.

Er gab ein leises, tiefes Stöhnen von sich und seine Hand umschloss ihre Brust, seine Finger streichelten die Spitze. Es fiel ihr schwer, an etwas anderes zu denken als den Wunsch, auch ihn zu berühren, seine nackte Haut unter ihren Fingerspitzen zu fühlen. Sie streichelte seine Wange und seufzte zufrieden, als sie seine Bartstoppeln spürte.

Seine Lippen wanderten über ihre rechte Wange zu ihrem Ohr. Seine Zunge glitt hinein und kitzelte sie. Sie umfasste sein Kinn und drehte sein Gesicht zu ihrem, und als sie seinen Mund gefunden hatte, küsste sie ihn gierig und presste sich heftig an ihn, wohl wissend, dass sie ihn zu mehr ermunterte.

»Ich bin nach Ardintoul geritten, um dich wiederzusehn«, murmelte er.

»Wirklich?«

»Ja, aber du warst schon wieder unterwegs nach Dundreggan.«

Ihr Mund war dem seinen noch immer nahe. »Soll ich mich dafür entschuldigen?«

»Dieses Ding, das du da anhast, ist ziemlich lästig«, murmelte er und lachte leise.

»Das war ein sehr schönes Reitkleid, bevor es im Fluss patschnass wurde.«

»Jetzt ist es wieder trocken«, sagte er. »Zu schade! Ich hätte dir nur allzu gern angeboten, es zum Trocknen aufzuhängen.«

»Und ich hätte dann frierend in dieser Höhle herumstehen sollen?«

»Mir wär schon was eingefallen, um uns warm zu halten. Allerdings frag ich mich, ob dir klar ist, dass du mit dem Feuer spielst. Deine Tugend schwebt momentan in höchster Gefahr!«

»Tatsächlich?«, fragte sie, Unschuld mimend.

Zu ihrem Verdruss packte er sie wieder an den Schultern. Seine tiefe Stimme klang rau. »Dir sollte man wirklich mal eine Lehre erteilen, meine Süße, und du wärst sehr gut bedient, wenn ich das übernehmen würd. Allerdings hat mir noch niemand vorgeworfen, Jungfrauen um ihre Unschuld zu bringen, und so soll es auch bleiben, auch wenn ich den Ruf eines Schurken habe. Stattdessen sollte ich dich übers Knie legen und dir dein hübsches Hinterteil versohlen. Was hast du dir eigentlich dabei gedacht, mir zu folgen, nachdem du mir versprochen hattest, direkt nach Dundreggan zurückzureiten?«

»Das habe ich dir nie versprochen«, sagte sie, auch wenn es hohl klang. Wenn Patrick ihr einen willkürlichen Befehl erteilte, fiel es ihr leicht, sich in Zweideutigkeiten zu flüchten. Sie war sich immer ziemlich schlau vorgekommen, wenn sie es geschafft hatte, ein Versprechen zu umgehen, von dem sie wusste, dass sie es ohnehin nicht halten würde. Beim Fuchs aber kamen ihr solche Manöver kindisch vor. Sie waren ihm gegenüber unfair und eigentlich war sie sich selbst dafür zu schade.

Er sagte nichts, was dazu führte, dass sie sich noch unbehaglicher fühlte.

Auch ihr fiel keine Erwiderung ein. Am liebsten wäre ihr gewesen, sie hätten sich wieder geküsst, aber dieses Zwischenspiel war offenkundig vorbei.

»Gib mir eine Antwort auf meine Frage!«, meinte er schließlich streng.

»Die Wahrheit ist, dass ich heute mit dem Vorsatz, dich zu

finden, ausgeritten bin«, sagte sie leise, jede Verstellung aufgebend. »Giorsal, meine Zofe, meinte, sie habe gehört, du wärst in unserer Gegend. Aber während ich nach dir suchte, sah ich, wie die Männer des Sheriffs den armen Knaben misshandelten, und dann hast du mich gerettet, aber du warst so wütend ...«

Sie zögerte, denn sie fand nicht die richtigen Worte, um zu beschreiben, was in ihr vorgegangen war.

»Ich hab dich eigentlich nicht für feige gehalten.«

»Das bin ich auch nicht!« Diese Worte verletzten sie, wie sie es nie für möglich gehalten hätte.

»Wenn du weißt, dass jemand im Tal in Gefahr ist, dann solltest du dich um dessen Nöte kümmern. Mein Zorn hätte dich nicht abhalten dürfen.«

»Aber ich war ja selbst in Nöten«, gab sie trotzig zurück. Jetzt war sie ebenfalls wütend.

»Um so mehr Grund, dich darum zu kümmern.«

Sie atmete tief durch in der Hoffnung, ihre flatternden Nerven zu beruhigen. »Ich weiß nicht, wie du es schaffst, mich mit so wenigen Worten so zu ärgern«, sagte sie. »Nur Alex schafft das noch. Das ist das Einzige, was ihr zwei gemeinsam habt.«

»Welcher Alex?«

»Na welcher wohl – Alex Chisholm natürlich!«

»Nennst du ihn nicht Sir Alex?«

Ob er eifersüchtig war? Aber sie wollte jetzt nicht abschweifen. »Willst du nun wissen, was ich dir sagen wollte, oder willst du hier im Dunkel herumstehen und über Nebensächlichkeiten streiten?«, fragte sie.

»Wahrscheinlich hättst du's gern, wenn ich Licht machen würd«, sagte er.

»Ich hätte mit Sicherheit nichts dagegen«, erwiderte sie unschuldig. »Du blockierst den Weg zum Ausgang, so dass ich absolut nichts sehen kann.«

»Wir kommen auch ohne Licht aus«, erwiderte er. »Selbst

wenn ich dir vertrauen würd, dass du nix sagst, wenn du mein Gesicht siehst –«

»Ich würde dich nie verraten!« Ihr war aufgefallen, dass sein Akzent wieder deutlicher zu hören war.

»Ich glaub dir, dass du mich nie und nimmer mit Absicht verraten würdst«, sagte er freundlich. Seine Knöchel streiften ihre Wange und schickten so viel Hitze durch ihre Adern, dass ihr ganzer Trotz dahinschmolz.

»Ich würde schweigen wie ein Grab.« Sie musste sich räuspern, denn ihre Stimme war belegt.

»Mädel, ich wag's nicht, dir zu vertrauen. Vielleicht nehmen dir die Leute von Francis Dalcross ab, dass du mein Gesicht nie gesehen hast, aber vielleicht auch nicht, weil sie nämlich drauf versessen sind zu glauben, dass du sie zu mir führen kannst. Aber wenn dir Chisholm glaubt, dann schafft er's vielleicht, dich zu beschützen.«

»Würde er das denn nicht tun, wenn er mir nicht glaubte?« Der Gedanke war ziemlich beunruhigend. Sie hatte diese Möglichkeit nie in Betracht gezogen.

Sein Tonfall wurde rätselhaft. »Chisholm nützt dem Fuchs genauso wenig wie Dalcross, das hast du inzwischen doch wohl kapiert.«

»Ich weiß«, gab sie zu. »Er hält dich für einen Gesetzlosen.«

Er atmete hörbar ein, dann sagte er unvermittelt: »Und welche Nöte haben dich geplagt?«

»Nöte?«

»Du hast doch gesagt, deine Nöte hätten dich dazu gebracht, mich zu suchen.«

»Ja.« Sie hatte sich in seinen Armen verwundbar gefühlt, als ihr klar wurde, dass ihre Vernunft sie nicht mehr vor ihm schützen würde, aber jetzt fühlte sie sich noch verwundbarer. Sie wusste nicht, was er tun würde, wenn sie ihm alles erzählte; sie ahnte nur, dass er nicht so reagieren würde, wie sie hoffte.

»Nun?« – Warum sind Männer nur immer so ungeduldig, dachte sie.

»Sie wollen mich mit ihm vermählen.«

»Mit wem?«

»Mit Sir Alex.«

»Wer will das?«

»Vor allem meine Mutter. Das hatte sie schon beschlossen, bevor wir Ardintoul verließen, als Kintail ihr sagte, dass er uns nach Dundreggan bringen würde.«

»Hast du das an dem Abend, als ich dich in Ardintoul besucht hab, schon gewusst?«

»Nein, damals noch nicht – obwohl ich es dir damals vielleicht selbst dann nicht gesagt hätte, wenn ich es gewusst hätte«, fügte sie ehrlich hinzu. »Als meine Mutter mit diesen Hochzeitsplänen anfing, dachte ich noch, ich könnte es irgendwie abwenden, aber langsam sieht es nicht mehr so aus.«

»Man hat immer eine Wahl. Sag ihnen einfach, dass du's nicht willst.«

»Nur ein Mann kann so etwas so leicht nehmen. Als Frau bleibt mir kaum etwas anderes übrig, als mich zu fügen.«

Sie fühlte, wie er mit den Schultern zuckte. »Schottische Frauen haben das Recht, sich einer ungewollten Ehe zu widersetzen. Sag ihnen einfach, du willst ihn nicht.«

»Das kann ich nicht. Selbst du kannst doch nicht allen Ernstes glauben, ich könnte Chisholm trotzen oder vor dem Priester und den Gästen aufstehen und erklären, dass ich nicht heiraten will. Seine Lordschaft wird mich nicht unterstützen, weil er dem Wunsch meines Vaters folgen möchte und weil es meine Mutter schrecklich aufregen würde, wenn die Ehe nicht zustandekäme. Sie ... sie ist jetzt bei den Planungen ganz anders, viel glücklicher«, fügte sie hinzu, wobei sie wieder von heftigen Schuldgefühlen bestürmt wurde.

»Jetzt mal ganz ehrlich: Ich glaub, die Heirat ist gut für dich.«

»Wie bitte?« Ihre Schuldgefühle schwanden schlagartig. »Du willst, dass ich ihn heirate?«

»Ich könnt mir Schlimmeres vorstellen. Wenn du mit Sir Alex verheiratet bist, bist du in Sicherheit, du bist dann wer. Die Frau des Erben von Dundreggan wird selbst an Jamies Hof geachtet werden. Mit so einer Ehe hast du für deine Zukunft ausgesorgt und auch für die von deinen Kindern. Das solltest du nicht vergessen.«

»Das ist mir alles völlig egal! Meine Güte, glaubst du wirklich, Geld und Ansehen sind mir wichtig?«

»Ich glaub, nur eine junge Frau, die geachtet wird, kann so was sagen«, erwiderte er. »Sonst würdest du solche Dinge mehr schätzen. Aber ich hab dich oft sagen hören: Wir MacRaes. Würdest du denn 'nen Habenichts heiraten? Das glaub ich nicht!«

»Aber all das ist mir wirklich nicht wichtig«, beharrte sie. »Und Sir Alex Chisholm ist nicht der Mann, den ich heiraten will, egal, wie viel Geld und welches Ansehen er hat oder wie viel Sicherheit er mir bieten kann. Sicherheit!« Verächtlich wiederholte sie dieses Wort. »Ich will einen Mann der Tat, Sir! Einen, der dafür kämpft, das Unrecht in dieser Welt zu beseitigen, und nicht jemanden, der sich vor allem darum kümmert, wie sein Rock geschnitten ist.«

Zu ihrer Empörung lachte er.

»Das ist überhaupt nicht lustig!«

»Na ja, eigentlich schon. Soll ich das so verstehen, dass du lieber mich heiraten würdest?«

Wenn sie je an so etwas gedacht hätte – und das hatte sie nicht, wie sie sich selbst streng sagte –, hätte sie jetzt ihre Meinung sofort geändert. »Ich bin keineswegs daran interessiert, dich zu heiraten. Ich weiß ja nicht mal, wer du bist.«

»Na gut, aber nur für den Fall, dass dir mal so was durch den Kopf geht«, fuhr er fort, wobei seine Knöchel wieder ihre Wange streichelten. »Du musst kapieren, dass ich nicht heiraten kann.«

»Nie?« Ihre Stimme zitterte. »Stell dir nur mal vor, was dann passieren könnte«, sagte er. »Was wäre, wenn irgendein elender Schuft meine Frau oder mein Kind entführen würde?«

»Das wäre natürlich schrecklich«, flüsterte sie entsetzt.

»Das wär's in der Tat. Ja, allein Frau und Kinder zu haben würd mich von meinen Aufgaben abhalten. Schon jetzt lenkst du mich ab. Schau nur, wo ich bin und was ich tu.«

Seine Fingerspitzen berührten erneut ihre Lippen und sie musste sich krampfhaft daran hindern, sie zu küssen.

»Du bringst mich dazu, Risiken einzugehen, wo höchste Vorsicht angebracht wär. Die Männer von Dalcross haben dich schon zwei Mal in meiner Begleitung gesehen; das heißt, du musst gut auf dich aufpassen.« Er streichelte ihre Nasenspitze. »In Zukunft musst du dir überlegen, was du für uns beide riskierst, bevor du auf dein Pferd steigst und durch die Gegend galoppierst.«

»Warst du deshalb böse auf mich?«

»Ja, deshalb und weil du dein Leben aufs Spiel gesetzt hast. Meine Methode, den Gaunern zu entkommen, hätte bös enden können. Du hättest dir deinen hübschen Hals brechen können.«

»Du doch auch. Aber das haben wir nicht.«

»Nein, doch du musst wirklich besser auf dich aufpassen. Diesmal war ich zwar zornig, aber ich wusste auch, dass du nicht an die Folgen gedacht hast. Jetzt bist du gewarnt – du tätest besser daran, meinen Rat nicht zu missachten!«

Sein Tonfall hatte sich abermals geändert und schickte ihr einen Schauer über den Rücken.

»Ja, ich passe auf«, versprach sie.

»Gut«, sagte er und drückte ihr einen sanften Kuss auf den Mund.

»Hast du denn Katzenaugen, dass du so gut im Dunkel sehen kannst?«, wollte sie wissen. »Du scheinst ganz genau zu wissen, wo alles ist.«

»Ich weiß ganz genau, wo was bei dir ist, Schätzchen.« Seine Stimme klang sehr tief, und sie stellte keine weiteren Fragen.

»Wart hier!«, meinte er. »Ich hol Dancer und bring dich zum Bergkamm zurück.«

»Vergiss nicht deine Maske und deinen Umhang!«, sagte sie trocken.

Er lachte leise.

Eine halbe Stunde später waren sie auf einem anderen Schleichweg auf den Bergkamm an einer Stelle angelangt, von der aus man Dundreggan sehen konnte, und auch hier gab es einen Pfad hinunter ins Tal. Aber diesmal schlug er ihrem Wallach, nachdem er sie zum Abschied noch einmal geküsst hatte, kräftig auf die Flanke und versetzte ihn damit in Trab.

Nachdem sie sich wieder gefasst hatte, drehte sie sich noch einmal um und sah, dass er sie beobachtete. Sie winkte und trieb ihr Pferd weiter an, denn ihr war klar, dass er sichergehen wollte, dass sie ihm nicht noch einmal folgte. Das hatte sie allerdings gar nicht vorgehabt. Momentan dachte sie nur daran, sich bei der nächsten Gelegenheit noch einmal auf die Suche nach seiner Höhle zu machen.

14

Er blickte ihr mit einer Mischung aus Belustigung, Zorn und Bewunderung nach. Sie faszinierte ihn, weil sie völlig anders war als die anderen jungen Frauen, die er kannte. Aber zweifellos ritt sie in ihr Verderben, wenn er sie nicht schnellstens zügelte. Francis Dalcross und seine Kerle würden sie nicht ungeschoren davonkommen lassen.

Er wartete, bis er sicher war, dass sie ihm nicht noch einmal folgte. Dann trieb er seinen Hengst viel schneller als zuvor an und ritt auf einem direkteren und kürzeren Weg zu seiner Höhle zurück.

Sie war eine Gefahr für ihn. Das gab er sich noch einmal streng zu bedenken, als er vom Pferd stieg. Hoffentlich war ihr nicht aufgefallen, dass er gelegentlich sogar seine volkstümliche Sprache vergessen hatte. Und nun trieb er sich hier am helllichten Tag herum, weil er vermutet hatte, sie wäre alleine unterwegs, und er war dumm genug gewesen, sie treffen zu wollen. Jetzt musste er sich beeilen, damit ihn zu Hause niemand vermisste.

Bis Dundreggan würde sie mindestens eine halbe Stunde brauchen, doch das war unter Umständen nicht genügend Zeit für ihn.

Er führte seinen Hengst in die Höhle, wo Hugo schon auf ihn wartete. Seine grimmige Miene sprach Bände.

»Ich weiß schon, was du mir jetzt unbedingt sagen willst«, meinte er. »Ich habe es schon erfahren und will es nicht noch einmal hören.«

»Und ich hab Recht, Sir, das wisst Ihr doch selber!«

»Ja, zweifellos. Aber das Leben braucht ein wenig Würze, wie gutes Essen, und von Mistress Bab bekomme ich sie tonnenweise. Außerdem habe ich Spaß, und zwar mehr als früher, bevor sie ins Glen Affric kam.«

»Schön und gut, aber das könnte Euer Untergang sein!«

»Vielleicht. Aber zuerst muss ich noch etwas erledigen.

Und auch für dich habe ich noch eine kleine Aufgabe. Wenn du damit fertig bist, kümmere dich um Merry Dancer.« Er streichelte den Hals seines Pferdes.

»Na klar mach ich das«, brummte Hugo. »Aber was soll ich als Erstes tun?«

»Hör mir gut zu«, sagte Alex. »Ich werde es dir genau erklären.«

*

Zehn Minuten später schlich Alex leise durch eine kleine Tür hinter einem reich verzierten eichenen Kreuzbild in die Kapelle. Durch die Löcher in dem geschnitzten Bild sah er, dass der Raum leer war. Rasch stieg er die Wendeltreppe hinauf, die zu den Familiengemächern und zu seiner Schlafkammer führte.

Dort lagen schon die Kleider, die Hugo vorbereitet hatte. Hastig zog er sich um, denn er konnte die nächste Begegnung mit Mistress Bab kaum erwarten. Ein kritischer Blick in den Spiegel zeigte ihm, dass seine Erregung zu sehen war. Oft genug fiel es ihm schwer, seine Familie und seine Freunde so an der Nase herumzuführen, aber manchmal fand er auch Gefallen daran. Die nächste Szene würde sicher wieder recht amüsant werden.

Er holte ein parfümiertes Taschentuch aus der Kommode, atmete tief ein und spürte, wie sich sein Körper entspannte und die übliche schlaffe Haltung annahm, die sein Alter Ego erforderte. Er durfte sich jetzt nicht mehr zu behände bewegen, begab sich jedoch so rasch wie möglich in den großen Saal. Dort saß sein Vater stirnrunzelnd vor dem leeren Tisch – das Mittagsmahl war also noch nicht aufgetragen worden. Alex war zutiefst erleichtert, dass Bab noch nicht da war.

»Alex, da bist du ja endlich!«, sagte Chisholm barsch. »Mistress Barbara ist offenbar alleine ausgeritten. Ich dachte, wir hätten ihr klar gemacht, dass sie das nicht tun darf.«

Alex zuckte die Schultern. »Mein lieber Sir, ich fürchte, sie hört nicht recht auf mich. Ich kann tun, was ich will, mir fehlt einfach der richtige Ton, ihr mit so viel Autorität zu begegnen, dass sie davon beeindruckt wäre.«

Chisholms Augen verengten sich. »Du tätest gut daran, dir diesen Ton möglichst bald anzueignen, sonst tanzt sie dir auf der Nase herum, sobald ihr verheiratet seid.«

»Sie ist verwöhnt, Sir, weiter nichts. Sie ist gewohnt, nur mit den Fingern zu schnippen, und schon werden ihr sämtliche Wünsche erfüllt.«

»Unsinn. Ein Mädchen, das Gilchrist MacRae aufgezogen hat, kann nicht verwöhnt sein.«

»Mein lieber Sir, darf ich Euch fragen, ob Ihr die Absicht habt auszureiten und sie zu suchen?«

Daran erinnert meinte Chisholm schroff: »Ja, aber du solltest besser mitkommen.«

»Nur zu gerne«, erwiderte Alex. »Ihr könnt aber auch hier bleiben und noch ein wenig ruhen, wenn Euch das lieber ist. Ich finde sie gewiss auch alleine.«

»Auch gut, aber sieh zu, dass du es bald schaffst«, sagte Chisholm mürrisch. »Ich habe das Mittagessen um eine Stunde verschieben lassen und erwarte euch dann beide zu Tisch.«

»Ich werde mein Bestes tun«, sagte Alex und wandte sich rasch ab, damit sein Vater nicht sah, dass er grinste.

*

Unweit der Burg sah Bab ein halbes Dutzend Männer, angeführt von Sir Alex, auf sich zu reiten. Sie hatte sich nicht beeilt, denn die Sonne stand jetzt direkt über ihr und sie war sicher, dass die anderen bereits zu Mittag aßen. Drunten am Fluss war sie kurz versucht gewesen, in die entgegengesetzte

Richtung zu reiten, doch der Gedanke daran, wie der Fuchs reagieren würde, wenn sie sich seinem Befehl, direkt nach Dundreggan zu reiten, noch einmal widersetzen würde, hatte sie davon abgehalten.

Auf das Verhör, das ihr in Dundreggan bevorstand, freute sie sich allerdings nicht im Geringsten. Chisholm und vielleicht auch seine Frau würden sie gewiss fragen, wo sie gesteckt hätte. Zwar konnte sie wahrheitsgemäß berichten, dass sie auf den nördlichen Bergkamm und dann in die dahinter liegenden Wälder geritten sei, aber nur damit ließ sich ihre lange Abwesenheit nicht erklären; es würde also zu genau den Vorwürfen kommen, die sie unbedingt hatte vermeiden wollen.

Sie sah, wie Sir Alex sein Pferd zügelte und die Hand hob, um seinem Gefolge Einhalt zu gebieten.

Er wollte wohl auf sie warten, statt sich zu verausgaben und ihr den kurzen Weg entgegenzureiten, um sie richtig zu begrüßen. Obwohl er aus seiner Abneigung gegen jede Form körperlicher Anstrengung kein Hehl machte, waren seine Manieren im Allgemeinen ausgezeichnet. Hätte Patrick so auf sie gewartet, hätte sie gewusst, dass er sich über sie ärgerte und sie damit bestrafen wollte. Was aber in Alex vorging, wusste sie nie so genau. Patrick hätte eine strenge Miene aufgesetzt, Alex dagegen wirkte wie immer: äußerst korrekt und mehr oder weniger erfreut, sie zu sehen.

Sie ritt hoch erhobenen Hauptes auf ihn zu. Seine Männer starrten sie an, so dass ihr der Weg sehr lange vorkam und die Zeit endlos. Sie spürte ihren Ärger aufkeimen. Wie konnte er es nur wagen, sie so zu demütigen!

Als sie etwa dreißig Fuß von ihnen entfernt war, deutete Sir Alex auf einen Punkt hinter ihr und sagte etwas zu seinen Männern.

Einer von ihnen wies daraufhin laut rufend ebenfalls in diese Richtung. Bab drehte sich um und sah, wie sich gegen den wolkenlosen Himmel deutlich erkennbar droben auf dem Hügelkamm ein schwarzes Pferd aufbäumte und sein mit einem schwarzen Umhang bekleideter Reiter eine Hand hob und ihr zuwinkte.

Offenbar hatte sie der Fuchs den ganzen Weg über beobachtet! Sie stieß einen Seufzer der Erleichterung aus, dass sie ihm nicht getrotzt hatte. Aber sie ärgerte sich auch über ihn, weil er ihr nicht vertraut hatte. Als sie sich wieder Alex zuwandte, musste sie sich sehr bemühen, diesen Ärger zu unterdrücken.

In Wams und Hose in seiner Lieblingsfarbe, Himmelblau, machte er auf seinem frisch gestriegelten Braunen eine gute Figur und wirkte keineswegs bedrohlich. Als sie vor ihm stehen blieb, sagte er zu seinen Männern: »Reitet schon mal vor, wir folgen euch etwas gemächlicher.«

»Ich nehme an, seine Lordschaft würde es lieber sehen, wenn wir bei Euch blieben, Master Alex, vor allem, wenn er erfährt, dass sich *Sionnach Dubh* hier rumtreibt«, meinte einer der Älteren.

»Dann sag es ihm einfach nicht«, meinte Alex in seinem üblichen affektierten Ton. »Nun macht schon! Ich möchte mit Mistress Barbara ungestört sein. Seine Lordschaft will, dass wir heiraten, das wisst ihr ja wohl. Also, fort mit euch!«

Babs Wut wuchs, und sie wartete kaum, bis die Männer ihre Pferde gewendet hatten und in Richtung Burg galoppierten, bevor sie mit scharfem Ton sagte: »Warum habt Ihr ihnen das gesagt? Ihr wisst doch, je mehr Ihr von dieser Heirat redet, desto eher glauben alle, dass sie auch zustandekommen wird. Denkt daran, Sir, Ihr habt mir versprochen, mich nicht zu einer Heirat zu zwingen, wenn ich nicht möchte.«

»Das gedenke ich auch nicht zu tun«, sagte er. »Und es sollte mir Leid tun, wenn es Euch nicht recht war, dass ich die Männer vorausgeschickt habe. Aber Ihr wirktet, als hättet Ihr mir etwas zu sagen, was nicht für fremde Ohren bestimmt ist.«

»Dachtet Ihr denn, ich sei böse auf Euch? Das lag nicht in meiner Absicht.«

»Ach, seid Ihr das nicht? Ihr scheint mir gegenüber immer etwas aufgebracht zu sein.«

Sie zwang sich zu einem Lächeln. »Doch nicht immer!«

»Immer«, beharrte er. »Was habe ich denn diesmal getan, um Euren Zorn zu erregen?«

Ihr fiel ein, dass sie sich darüber geärgert hatte, dass er ihr nicht entgegengeritten war. Aber dann dachte sie daran, dass er ja auch den Fuchs gesehen hatte, und biss sich auf die Lippe. Wäre es gut, ihm gleich jetzt alles zu erzählen, oder sollte sie lieber ein unverfänglicheres Thema anschneiden?

»Ihr wart offenbar nicht überrascht, ihn zu sehen«, meinte Alex leise.

Plötzlich kam es ihr nicht mehr schwer vor. »Ich war überrascht«, sagte sie, während sie ihre Pferde nach Dundreggan lenkten. »Aber nicht so sehr, wie man vielleicht annehmen könnte.«

»Ich hatte erwartet, Ihr würdet beim Anblick Eures Helden einen Freudenschrei ausstoßen«, sagte er lächelnd. »Doch Ihr habt nur einen kurzen Blick auf ihn geworfen und dann Euren Weg fortgesetzt.«

»Ich muss Euch etwas sagen«, meinte sie, »und ich glaube, es ist besser, ich erkläre Euch alles, bevor wir nach Dundreggan kommen.«

»Dann legt los, ich bitte Euch!«

Während sie langsam weiterritten, erzählte sie ihm alles, und es fiel ihr bemerkenswert leicht. Er war nicht böse auf sie, sondern nur etwas verwundert, dass sie es gewagt hatte, sich mit den Männern des Sheriffs anzulegen.

»Ich wollte das gar nicht«, sagte sie. »Ich wusste ja nicht, dass sie so reagieren würden.«

»Es war jedenfalls sehr freundlich von Euch, sich um den Jungen zu kümmern. Das hätten nicht sehr viele getan.«

Selbst als sie ihm erzählte, dass der Fuchs sie aus dem Sattel gehoben und den großen Hengst über die Klippe in den tosenden Fluss gestoßen hatte, sagte Sir Alex nur: »Meiner Seel, Ihr versetzt mich in Erstaunen! Und was ist dann passiert?«

Bab zögerte.

Der Fuchs hatte ihr aufgetragen, Alex alles zu erzählen, aber das hatte er am Flussufer nach ihrer wilden Reise gesagt. Gewiss hatte er nicht gemeint, sie sollte gestehen, dass sie ihm in seine Höhle gefolgt war. Wenn sie das beichtete, könnten Alex oder sein Vater darauf bestehen, zu dieser Höhle geführt zu werden. Würden sie ihr glauben, wenn sie sagte, sie könne sich nicht mehr erinnern, wo diese Höhle sei, selbst wenn dies wahrscheinlich sogar stimmte?

Alex zog eine Braue hoch. »Nun, Bab?«

»Ich möchte Euch nicht belügen«, sagte sie, »aber ich möchte jetzt nicht sagen, wohin ich danach geritten bin. Gebt Euch damit zufrieden, dass ich heil zurückgekehrt bin.«

»Ich kann natürlich so tun, als sei ich zufrieden, wenn Ihr das wollt«, sagte er lächelnd. »Aber ich gehe davon aus, dass mein Vater mehr wissen möchte.«

»Müssen wir es ihm denn sagen?« Sie versuchte, sich dieses Gespräch vorzustellen. »Er wird nie glauben, dass wir so einfach über die Klippe gesprungen sind. Vielleicht glaubt er, ich hätte die ganze Geschichte nur erfunden.«

»Vielleicht. Aber ich glaube nicht, dass Ihr Euch vor ihm fürchten müsst. Er hat zwar seine Söhne grün und blau geschlagen, wenn sie unartig waren, aber mit dem schönen Geschlecht springt er wesentlich sanfter um.«

»Ihr habt selbst gesagt, ich hätte Prügel verdient«, erinnerte sie ihn verstimmt.

Seine Augen weiteten sich erstaunt und seine Sprache wurde noch gedehnter als sonst. »Meine liebe Bab, wer oder was hat Euch denn zu einem solchen Gedanken veranlasst? So sehr man zögert, einer Lady zu widersprechen, und obgleich ich nicht daran zweifle, dass Patrick einmal so etwas zu Euch gesagt hat – wie kommt Ihr nur darauf, mir diesen Vorwurf zu machen?«

Inzwischen war ihr eingefallen, dass nicht er es gewesen war, der ihr das gesagt hatte. Aber um nichts in der Welt hätte sie zugegeben, dass ihr der Fuchs das angedroht hatte. »Ich bitte Euch um Verzeihung!«, stieß sie deshalb rasch hervor. »Ihr habt vollkommen Recht. Nicht nur Patrick äußert sich oft genug in diese Richtung, auch wenn er seine Drohung gottlob nie wahr gemacht hat, sondern auch Kintail hat sich gelegentlich dazu hinreißen lassen. Zuvor musste ich daran denken, wie kindisch es von mir war, diesen Becher nach Euch zu werfen, und da ich sehr gut weiß, wie die beiden reagiert hätten, habe ich Euch deren Worte wahrscheinlich in den Mund gelegt.«

»Nun, so muss es wohl gewesen sein«, sagte er augenzwinkernd.

Sie verzog das Gesicht. »Ich weiß, dass Ihr Euch über mich lustig macht, Sir, aber ich komme mir wegen des Bechers noch immer ziemlich schäbig vor.«

»Na ja, ich verlasse mich jedenfalls darauf, dass Ihr so etwas nicht noch einmal tut«, sagte er. »Und was Eure Abenteuer und meinen Vater angeht ...«

»Müssen wir ihm denn alles sagen?«

»Würdet Ihr es wirklich für Euch behalten können?«

Sie nickte. »*Sionnach Dubh* hat mich aus einer schrecklichen Lage gerettet«, sagte sie. »Ich müsste ein üblerer Schuft als Francis Dalcross sein, wenn ich ihm dies vergelten würde, indem ich ihn verrate. Das werde ich nicht tun, nicht einmal Eurem Vater gegenüber.«

»Nicht einmal mir gegenüber?«

Sie schüttelte den Kopf. »Nein.«

Inzwischen waren sie fast am Tor angelangt. Bab hoffte, er würde nicht weiter in sie dringen, was ohnehin nicht seine Art war. Aber sie hätte noch gerne gehört, dass er Chisholm nichts erzählen würde.

Doch er schwieg, bis er schließlich mit einem ihr völlig rätselhaften, unbekannten Ton in der Stimme sagte: »Ihr wart also eine Zeit lang ganz allein mit ihm.«

»Ja«, hauchte sie kaum hörbar, denn Alex' Bemerkung verschlug ihr den Atem. Sie fragte sich, wie viel er wohl von ihr hören wollte und ob es ihr gelingen würde, ihm nicht zu beichten, dass der Fuchs sie geküsst hatte und – schlimmer noch – dass sie seinen Kuss erwidert hatte. Und was sollte sie sagen, wenn er sie fragte, ob sie den Fuchs noch öfter getroffen hätte abgesehen von heute und dem Tag, an dem er sie vor Francis Dalcross gerettet hatte? Sie wollte Alex nicht belügen, aber wie viel konnte sie wagen, ihm zu erzählen?

»Vielleicht können wir uns später noch einmal ausführlicher darüber unterhalten«, sagte er.

Sie gab sich die größte Mühe, so ruhig wie möglich zu klingen, um nicht zu verraten, wie wichtig ihr diese Sache war. »Ich weiß noch immer nicht, ob ich es Eurem Vater erzählen soll oder nicht«, meinte sie.

»Ich glaube nicht, dass wir ihm sofort alle Details Eures Abenteuers auftischen müssen«, sagte er. »Aber möglicherweise erfährt er sie aus anderen Quellen.«

»Wer sollte es ihm denn sagen?«

An diesem Punkt griff er nach dem Zaumzeug ihres Wallachs und brachte beide Pferde zum Stehen. »Ihr nutzt Euren ansonsten doch sehr scharfen Verstand nicht, Mistress«, sagte er und sah ihr prüfend ins Gesicht, auch wenn er nach wie vor eher gutmütig klang. »Dalcross' Leute haben euch zusammen mit dem Fuchs gesehen. Ob sie es nun dem Sheriff oder seinem Sprössling sagen, ist völlig egal. Die beiden werden es gewiss erfahren und dann Näheres von Euch wissen wollen.«

»Denen werde ich nichts sagen«, erwiderte sie empört. »Ich weiß ohnehin nichts, was ihnen weiterhelfen könnte. Ich habe sein Gesicht nie gesehen und er hat mir auch nichts erzählt, was dem Sheriff von Nutzen sein könnte.«

»Meine Güte, Mistress, immer mit der Ruhe«, erwiderte er. »Wir werden natürlich tun, was wir können, um Euch zu beschützen. Ich möchte Euch ja nur begreiflich machen, dass Euer heutiges Tun böse Folgen haben könnte.«

Schon bei der Erwähnung möglicher Folgen war sie froh, dass Patrick weit weg im Süden war. Allerdings war ihr nun auch klar, dass Chisholm bald alles erfahren würde, selbst wenn Alex seinem Vater nichts davon erzählte. Sie erinnerte sich daran, dass Dalcross' Männer gesehen hatten, wie der Fuchs sie aus dem Sattel geholt hatte und zusammen mit ihr über die Klippe gesprungen war. Wie hatte sie auch nur eine Sekunde lang hoffen können, das alles geheim halten zu können?

Dieser Teil der Geschichte würde noch vor der Abenddämmerung in aller Munde sein.

Sie seufzte.

»Ich weiß, dass Ihr Euch in Ardintoul und wahrscheinlich jetzt auch in Dundreggan gelangweilt habt«, sagte Alex in seiner sanften Art, »aber ich möchte, dass Ihr mir versprecht, Euch nie wieder in eine solche Gefahr wie heute zu begeben!«

»Ich werde vorsichtig sein«, sagte sie. »Aber ich habe mich ja nicht vorsätzlich in Gefahr begeben.«

»Das mag sein, aber die Gefahr lauert oft im Verborgenen und schlägt genau dann zu, wenn man am wenigsten damit rechnet. Ich möchte Patrick nicht unter die Augen treten, wenn Euch tatsächlich etwas zustößt.«

»Er kennt mich zu gut, um Euch Vorwürfe zu machen«, erwiderte Bab.

»Und ich kenne ihn, Mistress. Er erwartet von mir, dass ich Euch beschütze.«

Sie sah, dass das Tor geöffnet worden war. Einige Wachposten musterten sie neugierig und fragten sich offenkundig, warum sie stehen geblieben waren.

»Wir MacRaes sind nicht feige, Sir«, sagte sie. »Aber ich muss gestehen, ich bedauere es nicht, das Mittagessen versäumt zu haben; denn ich habe es nicht eilig, Eure Eltern oder meine Mutter zu sehen.«

»Ach ja, was das betrifft: Mein Vater hat das Essen um eine Stunde verschieben lassen, Ihr habt also nichts versäumt. Aber wir werden kein Wörtchen von Euren Abenteuern verraten, bevor wir es nicht müssen. Wir wollen niemand unnötig aufregen.«

Dieser letzte Satz entsprach so ganz seiner üblichen Art, dass sie ironisch lächeln musste. »Ihr wollt nur Euer Mahl in Ruhe genießen.«

Er lachte leise. »Mistress, wenn die anderen erfahren, was heute passiert ist, werden sie wissen wollen, warum ich Euch nicht an Eurem unüberlegten Tun gehindert habe. Glaubt mir, bis dahin werde ich so viele ruhige Mahlzeiten einnehmen, wie ich nur kann, denn danach werde ich sehr wahrscheinlich keine ruhige Minute mehr haben.«

Zufrieden, dass er die Sache so lange wie möglich für sich behalten wollte, erhob Bab keinen Einwand mehr, als er vorschlug weiterzureiten. In diesem Augenblick fühlte sie sich ihm so verbunden, wie es seit der unseligen Geschichte mit dem Becher nie mehr der Fall gewesen war.

*

Claud dachte fieberhaft nach, und da er in dieser Tätigkeit nicht besonders bewandert war, kostete es ihn eine Menge Kraft. War es nicht unfair, mit dem großen, unberechenbaren Zauberer Jonah Bonewits als Vater und der unbezwingbaren und noch unberechenbareren Maggie Malloch als Mutter gesegnet zu sein und selbst so wenig Verstand zu besitzen? Aber wenigstens hatte er nur fünf Finger an jeder Hand und nicht sechs wie sein Vater. Und auch sein Haar stand ihm nicht den Strahlen einer roten Sonne gleich vom Kopf ab wie das seines Vaters.

So weit, so gut. Doch noch immer waren ein paar Entscheidungen fällig und er wusste nicht, wie er vorgehen sollte, um seiner Aufgabe am ehesten gerecht zu werden.

Er war froh, dass seine Schutzbefohlene jetzt wieder in der Burg war, denn innerhalb dieser Mauern war Mistress Bab sicher, zumindest so lange sie dort niemand aufsuchte. Claud wollte mit Maggie sprechen, aber Lucy war zurückgekehrt, sobald der Wallach wieder festen Boden unter den Hufen gespürt hatte, und hing nun an ihm wie eine Klette.

»Sie ist uns keine sehr große Hilfe, dieses Mädchen«, sagte Lucy, während sie sich den Staub aus den Kleidern klopften und nach drinnen eilten. »Das ist doch eine gute Sache, diese Hochzeit, die du da eingefädelt hast, und die Kleine mag ihn ja auch. Warum sträubt sie sich jetzt so?«

Claud zuckte mit den Schultern. »Vielleicht mag sie's nicht, wenn andere ihren Lebensweg bestimmen«, sagte er. Er musste daran denken, wie es ihm selbst vor noch gar nicht so langer Zeit in einer ähnlichen Situation ergangen war. »Aber ich hab diese Hochzeit nicht eingefädelt, Lucy, das war ihre Mama, das hast du doch selber gehört.«

»Na ja«, wiegelte Lucy ab. »Ich weiß doch, wie du vorgehst, Claud. Du sorgst immer dafür, dass es so ausschaut, als ob ein andrer die Sachen macht.«

»Ich hab nix damit zu tun«, wiederholte Claud schroff. »Ich erzähl keine Lügen. Und ich stoß meine Freunde auch nicht in eisigkaltes Wasser«, setzte er noch hinzu, denn darüber hatte er sich die größten Sorgen gemacht.

»Nun, wenn du's nicht gemacht hast, dann war's eben Catriona«, sagte sie fröhlich, »und du brauchst dich gar nicht anstrengen, mich von was anderm zu überzeugen, Claud, denn das wirst du nicht schaffen.«

Claud hatte keine Lust, weiter mit ihr zu streiten. Die Hochzeit konnte sehr wohl auf Catrionas Rechnung gehen. Sie hatte selbst gesagt, sie wolle, dass alle zusammenarbeiteten; und der beste Weg dorthin war eine Ehe zwischen ihren Chisholms und seinen MacRaes. Doch sicher hatte ein anderer diesen Plan ausgeheckt, noch bevor sich Catriona eingemischt hatte. Das war nur einer der Gründe, warum er gern mit seiner Mutter gesprochen hätte.

»Sei nicht sauer auf mich, Claud«, schmeichelte Lucy, schmiegte sich an ihn und kitzelte ihm die Wange.

Diesmal reagierte sein Körper jedoch nicht wie sonst auf ihre Berührung. Ihm fiel ein, dass er nur ihr Wort darauf hatte, dass Jonah Bonewits nicht auch ihr Vater war. Im selben flüchtigen Gedanken erinnerte er sich auch daran, dass Lucy ihn schon früher belogen hatte. Aber so rasch dieser Gedanke aufgetaucht war, so rasch war er auch wieder verflogen.

*

Babs Zufriedenheit damit, wie sich die Dinge nach ihrem Abenteuer mit dem Fuchs entwickelt hatten, hielt nur bis zum nächsten Morgen, als sie in den Stall ging und Will bat, ihren Lieblingswallach zu satteln.

»Der Graue lahmt, Mistress«, sagte der Knecht. »Sir Alex meint, man sollte ihm lieber 'n paar Tage Ruhe gönnen.«

»Zeig ihn mir«, sagte Bab.

Als sie das fragliche Bein untersuchte, entdeckte sie keine Schwellung und auch der Huf war völlig in Ordnung. Sie runzelte die Stirn, aber sie dachte auch daran, wie sehr sich der Wallach in dem tosenden Fluss hatte abmühen müssen. Beim Sprung von der Klippe oder bei seinem Kampf, wieder an Land zu kommen, hätte er sich natürlich leicht verletzen können. Sie tätschelte sanft seine Nüstern und murmelte eine liebevolle Entschuldigung, bevor sie sich wieder Will zuwandte.

»Mir ist jetzt nichts an ihm aufgefallen, aber vielleicht sollte er wirklich ein paar Tage ausruhen. Du kannst mir ja heute ein anderes Pferd geben!«

Der Stallbursche schüttelte den Kopf. »Das kann ich nicht,

Mistress, ich hab heut kein andres Damenpferd da, das ich Euch geben könnte.«

»Aber die Lady würde mir doch sicher eines ihrer Pferde leihen!«

»Das schon, denn sie ist immer sehr großzügig«, pflichtete Will ihr bei. »Aber mir ist heut früh aufgetragen worden, ihre Pferde auf die Hochweiden zu schicken. Und von den Tieren, die wir hier im Stall haben, ist keins an Röcke gewohnt; ich kann Euch nicht auf so 'nen Gaul setzen.«

»Ich bin eine ausgezeichnete Reiterin«, beharrte Bab, denn allmählich dämmerte ihr etwas. »Ich bin mir sicher, dass ich jedes Pferd, das hier im Stall steht, bändigen kann.«

»Das bezweifle ich nicht, Mistress, denn ich hab Euch reiten sehen, aber seine Lordschaft hält nix davon, Ladies auf heißblütige Pferde zu setzen, und ich muss seinen Anweisungen folgen.«

Bab war klar, dass sie nicht gegen einen Gegner gewinnen konnte, der nicht die Macht besaß, eigene Entscheidungen zu fällen. Sie erwog, sich direkt an Chisholm zu wenden, aber wahrscheinlich würde der ihr nur vorschlagen, sich von Alex begleiten zu lassen. Und Alex – das wusste sie aus leidvoller Erfahrung – hatte ein besonderes Geschick, ihr Hindernisse in den Weg zu legen, bis ihr nichts anderes mehr übrig blieb, als seinen Vorschlägen zu folgen.

Sie fand ihn im Saal am großen Tisch auf dem Podest. Offenbar frühstückte er gerade, denn vor ihm lag ein halber Laib Weißbrot neben einem Zinnbecher, einem Korb mit Früchten und einem Krug Ale. Außer ihm waren nur noch zwei Knechte da, die im unteren Saal frische Binsen auf dem Boden verteilten.

Bab stieg zu ihm hinauf und blieb vor dem Tisch direkt ihm gegenüber stehen. Er schälte gerade sorgfältig einen Apfel und blickte erst zu ihr auf, als sie ihn ansprach. Aber er stand nicht auf und legte weder sein Messer noch den Apfel aus der Hand.

»Verzeiht mir«, sagte er lächelnd. »Ich weiß, es ist kindisch, aber ich versuche, diese Schale in einem einzigen Stück zu entfernen.«

»Ich möchte gerne ausreiten«, sagte sie ohne Umschweife. »Aber Will sagte mir, in Eurem Stall steht heute kein passendes Pferd für mich.«

»Es wird regnen«, erwiderte er liebenswürdig. »Ich wette, Ihr schafft es kaum, einen Fuß vor das Tor zu setzen, ohne dass der Himmel seine Schleusen öffnet und Euch in einem Sturzbach ertränkt.«

»Aber Sir, der Morgen ist wunderschön, und selbst wenn es heute noch regnen sollte, dann sicher nur ein paar Tröpfchen!«

»Ich dachte eigentlich, Ihr würdet nicht zwei Tage hintereinander bis auf die Haut nass werden wollen.«

Sie warf einen raschen Blick über die Schulter. »Ich bitte Euch, sprecht hier nicht davon! Jemand könnte Euch hören!«

»Und wenn schon? Das war doch eine völlig unverfängliche Bemerkung!«

»Gestern hat es nicht geregnet«, erinnerte sie ihn.

Er lächelte.

»Jedenfalls kann ich heute nicht mit Euch ausreiten, Mistress, denn ich muss mich hier um einiges kümmern.«

»Das braucht Ihr auch nicht. Ich kann ja Will oder einen der anderen Burschen mitnehmen, wenn es unbedingt sein muss.«

»Es wäre mir lieber, Ihr würdet warten, bis ich Euch persönlich begleiten kann. Ihr wisst ja, meinem Vater wäre das auch lieber.«

»Aha, dann ist es also tatsächlich so, wie ich vermutet habe«, sagte sie und stemmte aufgebracht die Hände in die Hüften. »Ihr habt vor, mich wegen gestern in diesen Mauern gefangen zu halten.«

»Gefangen?«

»Ihr wisst genau, was ich meine«, sagte sie finster. Ihr Blick hätte töten können.

»Ich weiß, dass es klug von Euch wäre, Euch nicht nach draußen zu wagen, solange wir nicht wissen, was Francis Dalcross und der Sheriff vorhaben«, sagte er. »Aber Ihr seid keine Gefangene, Mistress. Ihr müsst uns ja für schreckliche Gastgeber halten, wenn Ihr so etwas glaubt.«

Im ersten Moment überfiel sie ein leichtes Schuldgefühl, doch gleich darauf kam der Zorn. »Aber genau so behandelt Ihr mich«, fauchte sie. »Ihr seid schrecklich! Ständig tut Ihr so, als wärt Ihr freundlich und umgänglich, während Ihr in Wahrheit andere manipuliert, damit sie tun, was Ihr wollt. Das ist viel schlimmer, als einen Befehl zu erteilen und zu erwarten, dass er befolgt wird.«

Er neigte den Kopf. »Ihr haltet mich also für außergewöhnlich?«, fragte er mit einem ironischen Lächeln.

Ohne zu überlegen packte sie den Bierkrug und schüttete ihm den Inhalt ins Gesicht. Alex sprang überrascht auf. Das Messer und die Schale flogen nach links, der Apfel nach rechts, während er blind nach einer Serviette tastete.

Den Bierkrug noch in den Händen starrte sie bestürzt auf Alex, während dieser sich das Bier aus dem Gesicht wischte. Was hatte sie da nur wieder angerichtet?

Er senkte die Serviette kurz, und die Wut in seinem Blick erschreckte sie, doch dann schloss er lange die Augen, und als er sie wieder öffnete und die Serviette weglegte, war sein Zorn verflogen.

»Ich habe also nach wie vor die Gabe, Euch zu erzürnen, Mistress«, sagte er. »Bitte verzeiht mir meine gedankenlosen Worte. Doch Ihr habt Euch bereits gerächt, indem Ihr mein feines Wams ruiniert habt.«

Mit einem Laut, der halb Fluchen und halb Verzweiflung war, stürmte sie aus dem Saal.

*

Alex starrte ihr nach, während er fortfuhr, sich das Bier aus dem Gesicht und vom Wams zu wischen. Sein Sinn für Humor verließ ihn zwar nie völlig, aber jetzt war er an seine Grenzen gestoßen. Noch einmal war sie ungeschoren davongekommen, und zwar aus zwei Gründen: zum einen hatte der Tisch zwischen ihnen gestanden, zum anderen hatten ihn bittere Kindheitserfahrungen mit zwei älteren Brüdern, die ihn ständig hänselten, gelehrt, sein Temperament zu zügeln.

Rob und Michael hatten oft genug einen Heidenspaß daran gehabt, ihn zuerst bis zur Weißglut zu reizen und dann in eisig kaltes Flusswasser zu tauchen oder sonst etwas Schreckliches mit ihm anzustellen, um ihm bessere Manieren beizubringen, wie sie ihm danach stets erklärt hatten. Diese Behandlung hatte ihn abgehärtet und ihm klar gemacht, dass es besser war, sich zurückzuhalten und sich erst dann zu rächen, wenn am wenigsten damit gerechnet wurde. Tatsächlich hatten seine Brüder wohl viel dazu beigetragen, aus ihm den Mann zu machen, der er heute war.

Nachdem sein Zorn verflogen war, konnte er wieder lächeln. Zumindest würde sich Mistress Bab nicht wieder in Gefahr begeben, bevor nicht klar war, was Francis Dalcross mit ihr vorhatte. Lieber hätte er ihr zwar einfach befohlen, in der Burg zu bleiben, und ihr die Gründe dafür erklärt, aber ihre Haltung dem affektierten Sir Alex gegenüber war so herablassend, dass sie ihm wahrscheinlich nicht gehorcht hätte. Und er hatte keine Lust, sich mit den Folgen auseinander zu setzen, wenn sie aufgrund ihres Ungehorsams wieder in Dalcross' Hände fallen würde. Dass seine eigenen Täuschungsmanöver die Situation noch verschlimmerten, war ihm natürlich bewusst.

Als Buße nahm er sich vor, Hugos zweifellos heftige Klagen über ein weiteres ruiniertes Wams sang- und klanglos über sich ergehen zu lassen.

*

Nachdem Claud es endlich geschafft hatte, Lucy zu entkommen, eilte er zum Gemach seiner Mutter. Er wusste nicht genau, mit welcher Macht Lucy seine Gedanken von wichtigen Dingen auf ihr strahlendes Selbst lenkte, aber sie hatte diese Macht und übte sie oft genug aus. Im Allgemeinen hatte er auch nichts dagegen – er empfand sehr viel für sie, und das hatte sich auch nicht geändert, als er erfahren hatte, dass sie denselben Vater hatten oder nachdem er in den Fluss gesprungen war. Aber er hatte auch erfahren, dass die Dinge nicht immer so waren, wie sie auf den ersten Blick schienen oder wie andere sie hinstellten.

Die einzige Person, der er blindlings vertraute, war Maggie Malloch.

Sie war nicht zu Hause, als er dort eintraf, aber kaum hatte er es sich in seinem Lieblingsstuhl gemütlich gemacht, da tauchte sie auf.

»Was ist los?«, wollte sie wissen. Mit einem Schnippen ihrer Finger ließ sie die Flammen im Kamin auflodern und brachte ein paar Kerzen zum Brennen.

Er sah ihr still zu und verbiss sich die Frage, warum sie denn annahm, dass etwas los sei, wo sie doch ohnehin immer zu wissen schien, was in ihm vorging.

Sie ignorierte sein Schweigen und befingerte ihre kleine weiße Pfeife. Sogleich stieg ein dünner weißer Rauch auf und sie nahm einen tiefen Zug, bevor sie sagte: »Nun, mein Sohn, raus mit der Sprache!«

»Ich weiß nicht, was ich tun soll«, sprudelte Claud los. »Ich dacht, es wär 'ne tolle Idee, Mistress Bab mit dem Chisholm-Erben zusammenzuspannen. Sie geben doch wirklich ein feines Paar ab, dacht ich.«

»Und – tun sie das nicht?«

Er verzog das Gesicht. »Ihr liegt nix an ihm. Zumindest ...«

»Ich kenn dein Problem«, fiel sie ihm ins Wort. »Wahrscheinlich stört sie dies und das an dem einen und wieder was anderes am andern, aber glaubst du wirklich, der Mann an sich bedeutet ihr nix?«

»Sie hat grad einen Krug Ale über dem Mann ausgeleert! Ich weiß nicht mehr, was ich tun soll.«

»Ich kann dir da nicht helfen«, erinnerte sie ihn.

»Das kannst du wohl, wenn du Catriona auch ein bisschen hilfst«, sagte Claud.

»Aber wir wissen nicht, wo Catriona steckt.«

»Du hast es noch nicht geschafft, sie zu finden?«

»Ich hab noch nicht nach ihr gesucht. Da deine Lucy Catriona offenbar lahm gelegt hat, hab ich ihrer Seite zum Ausgleich schon mehr Hilfe zukommen lassen als ich eigentlich sollte. Deine Dinge musst du aber nach wie vor alleine regeln, um deinen Teil der Abmachung zu erfüllen.«

»Aber ich kann mich einfach nicht entscheiden, was ich tun soll«, jammerte Claud. »Grad, als ich dachte, jetzt klappt's, schüttet dieses Luder Ale über ihn.«

Maggie zog ein weiteres Mal nachdenklich an ihrer Pfeife. »Ich denk mal, ich brech jetzt keine Regel, wenn ich dir ein klitzekleines Geheimnis verrate, wie man Entscheidungen fällt.«

»Und wie macht man das?«

»Das Geheimnis liegt darin, ein bisschen nachzudenken und dann zu entscheiden«, sagte sie.

»Aber wenn ich in die falsche Richtung denk oder falsch entscheide?«

»Wenn du dafür sorgst, dass das Mädchen in Sicherheit ist und es ihr gut geht, dann fällst du mehr richtige als falsche Entscheidungen. Aber es ist besser, eine Entscheidung zu treffen, selbst wenn sie sich im Nachhinein als falsch erweist, als hin und her zu überlegen und nichts zu entscheiden; denn damit gibst du deinen Feinden nur die Möglichkeit, die Oberhand zu gewinnen, Claud. Das darf nie passieren! Und jetzt verschwinde, sonst taucht hier gleich der halbe Kreis auf und will wissen, was wir wieder alles aushecken.«

Zögernd folgte er ihrer Aufforderung. Er glaubte nicht, dass ihr Rat ihm viel helfen würde, ungeachtet ihrer unermesslichen Kräfte und ihrer viel gerühmten Weisheit. Aber Mistress Babs Feinde in Schach zu halten, bis er wusste, was als Nächstes zu tun sein würde, war sicher ein guter erster Schritt. Und schon ein winziger Wetterwechsel konnte sich als sehr nützlich erweisen.

15

Wenn sich Bab nicht gleich schäbig vorgekommen war, dann spätestens jetzt, als sie zu ihrer Kammer eilte. Als Alex ihr nicht folgte, war sie seltsam enttäuscht, aber auch erleichtert. Welcher Dämon war nur in sie gefahren und brachte sie dazu, ihn ständig mit Gegenständen zu bewerfen? Eigentlich hatte er sich ja nur um ihr Wohlergehen gesorgt. Und als sie ihn deshalb beschimpft hatte, hatte er sie nicht getadelt, wie es die meisten Männer getan hätten, sondern nur einen Scherz gemacht. Warum war ihr Temperament wieder mit ihr durchgegangen, und warum schaffte er es so leicht, sie so weit zu bringen?

Um die Sache noch schlimmer zu machen, fing es tatsächlich eine Stunde später heftig zu regnen an, genau wie er vorhergesagt hatte. Auch am Abend war der Himmel noch düster, obwohl der Regen nachgelassen hatte. In den nächsten beiden Tagen kam es immer wieder zu starken Gewitterstürmen. Die Spannung in der Luft entlud sich in heftigen Blitzen und grollendem Donner, und die Atmosphäre zwischen Alex und Bab schien ähnlich aufgeladen.

Sie wusste nicht, wie sie die Spannung zwischen ihnen hätte verringern können, und er fragte auch nur höflich nach, wie sie geschlafen habe oder ob sie bei Tisch die eine oder andere Sauce probieren wolle. Bab dachte zwar daran, sich einfach bei ihm zu entschuldigen, doch sie ließ diesen Gedanken wieder fallen, weil ihr diese Vorstellung zu viel Verdruss bereitete.

Auch am Freitagmorgen tauchten weder der Sheriff noch sein Sohn auf. Nur zu gern wäre Bab ausgeritten, selbst wenn sie Alex hätte bitten müssen, sie zu begleiten. Aber es lagen noch immer Gewitter in der Luft; nur zum Vergnügen auszureiten wäre vermessen gewesen, denn wie die meisten Pferde hasste auch ihr Grauer Blitz und Donner. Vielleicht war das Wetter auch der Grund, warum die Dalcrosses bislang nicht gekommen waren, um sie zu verhören, wenn sie es denn überhaupt vorhatten.

Doch noch bevor sich die Wolken wieder verzogen, geschahen andere Dinge, mit denen sie sich auseinander setzen musste.

Es fing gleich am späten Vormittag an. Der Regen hatte soeben etwas nachgelassen, wenngleich in der Ferne noch Donner grollten. Bab hatte die Nase gründlich voll von ihrem Hausarrest und beschloss, einen kleinen Spaziergang auf dem Hof zu machen und etwas frische Luft zu schnappen. Natürlich war sie nicht allein. Einige Männer gingen ihren Pflichten nach, andere übten sich im Schwertkampf, beim Tor trugen zwei einen Ringkampf aus, und ein weiteres Grüppchen hatte eine Zielscheibe aufgestellt und übte sich im Bogenschießen.

Gerade als sie um eine Ecke des Wohnturms ging und sich der an diesen angebauten Kapelle näherte, ließ sie ein Zischlaut zusammenfahren. Sie blieb stehen und blickte sich auf dem geschäftigen Hof um.

»Pssst! Hier, Mistress!«

In der Ecke neben der Hintertür zum Wohnturm lehnte ein zweirädriger Karren, auf dem noch die Reste einer Holzladung lagen. Hinter diesem Karren rührte sich etwas. Sie trat näher, bis sie einen wirren Schopf nasser roter Haare erblickte, und darunter das verängstigte Gesicht und die großen blauen Augen des Jungen, den sie vor den Männern des Sheriffs gerettet hatte.

»Du?«, rief sie. »Was machst du denn hier?«

»Die haben nach mir gesucht, Mistress. Ich bin hier reingeschlüpft, als sie heut Morgen das Tor aufgemacht haben.«

»Ohne dass dich jemand gesehen hat?«

»Ich bin ja klein, und es goss in Strömen. Ich hab mich hinter einen der anderen Karren geduckt und bin dann mit dem hier rein. Ihr sagt doch keinem was?«

»Nein, nein«, beruhigte sie ihn. »Wie heißt du eigentlich?«

»Gibby Cannich vom Glen Urquhart«, murmelte er. »Was werdet Ihr jetzt tun, Mistress?«

Bab dachte rasch nach. Bis Dalcross' Männer wieder etwas anderes zu tun hatten, als nach ihm zu suchen, war Dundreggan gewiss der sicherste Ort für ihn. Aber würde ihnen Chisholm den Knaben nicht sofort ausliefern, wenn sie ihm eine rechtliche Begründung nannten, warum sie ihn verhaften müssten?

»Starrt nicht so!«, bat Gibby. »Die Leute fragen sich sonst, warum Ihr hier rumsteht.«

Ihr war schon etwas eingefallen. »Bleib, wo du bist!«, sagte sie. Nachdem sie sich vergewissert hatte, dass niemand in ihre Richtung blickte, schlenderte sie beiläufig zur Hintertür und ruckte am Riegel, der sich zu ihrer Erleichterung mühelos bewegen ließ. Sie öffnete die Tür. »Rasch«, sagte sie. »Halt dich neben mir, wir gehen da rein!«

»Das kann ich nicht. Die werden mich aufhängen.«

»Keine Sorge, das lasse ich nicht zu. Du kannst dich in der Kapelle verstecken, bis mir etwas Besseres einfällt.«

*

Claud verzog das Gesicht, als sie in die Kapelle gingen, denn an religiösen Orten verließ ihn seine Macht, und so viel er wusste, war das bei allen Mitgliedern des Geheimclans so. Es wäre ihm wirklich lieber gewesen, wenn sich auch Mistress Bab von diesem Ort fern gehalten hätte, doch nun blieb ihm nichts anderes übrig, als noch schnell hineinzuschlüpfen, bevor sie die Tür zuzog. Er konnte nur hoffen, dass nichts passierte, während er hier drinnen war.

*

Bab fand rasch eine Ecke im hinteren Teil der Kapelle, in der zwei brusthohe Holztruhen standen, hinter denen der Junge sich verstecken konnte. »Bleib hier, bis ich wiederkomme«, sagte sie. »Ich versuche, etwas Besseres aufzutreiben, aber erst mal bringe ich dir etwas zu essen und zu trinken.«

»Gut, mein Magen hängt mir schon in den Kniekehlen«, sagte er.

»Und sicher bist du auch nass bis auf die Haut.«

»Na ja, daran bin ich gewöhnt. Ich schmelz nicht.«

Kichernd ließ Bab ihn allein. Doch bald stellte sie fest, dass es zwar nicht schwer war, ihn mit einem Krug Wasser, ein paar Scheiben Brot und einem Schal zu versorgen, aber umso schwerer, ein besseres Versteck zu finden. In der Kapelle konnte er freilich nicht sehr viel länger bleiben. Sie hoffte, dass er wenigstens so manierlich war, dort nicht seine Notdurft zu verrichten.

Lady Chisholm und Babs Mutter luden Bab ein, sich zu ihnen zu gesellen. Bab folgte den beiden in die Kemenate ihrer Mutter und nahm gehorsam eine Stickarbeit auf, um ihren Händen etwas zu tun zu geben, während sie grübelte, was sie mit dem jungen Streuner anstellen sollte. So verging eine ganze Weile, bis eine Magd hereinkam und sagte, Chisholm wünsche Bab zu sehen.

Bab zögerte, obwohl weder die Worte noch der Ton der Magd unheilverkündend geklungen hatten. »Seine Lordschaft meinte ›sofort‹, Mistress«, setzte die Magd hinzu

Lady Chisholm verzog das Gesicht. Bab versuchte, die Unruhe, die sie plötzlich überkam, zu unterdrücken. »Entschuldigt Ihr mich, Madam?«

»Natürlich, meine Liebe. Ich kann mir allerdings nicht denken, was er von dir will.«

Bab konnte sich nur vorstellen, dass ihr ungeladener Gast gefunden worden war oder dass Francis Dalcross oder sein Vater mit einem Trupp Männer aufgetaucht waren und wissen wollten, was sie ihnen über den Fuchs erzählen könnte. Doch als sie Chisholms private Gemächer betrat, stellte sie zu ihrer großen Erleichterung fest, dass er alleine war.

»Ihr habt nach mir gerufen, Mylord?«, sagte sie mit leiser, vorsichtiger Stimme.

»Jawohl«, sagte er stirnrunzelnd. »Ich habe auch Alex rufen lassen, denn ich möchte mit euch beiden über eure Hochzeit sprechen.«

»Die Hochzeit?«

»Die Hochzeit«, wiederholte er. »Aber wo zum Teufel steckt der Bursche? Ich möchte nicht zweimal meine – ach, gut, da bist du ja!«, rief er, als die Tür aufging und Alex an der Schwelle stand. »Komm rein! Ich wollte soeben Mistress Barbara erklären, warum ich es für klüger halte, eure Hochzeit vorzuverlegen.«

Bab stockte der Atem. Sie drehte sich zu Alex um. Was würde er sagen?

Er trat ein und zog die Tür leise, aber fest hinter sich zu. Dann zupfte er ein Fädchen von seinem Jackenärmel. »Ich wusste gar nicht, dass das Datum schon feststand.«

»Das tat es bislang ja auch noch nicht«, sagte Chisholm.

»Ach du meine Güte! Ich dachte, inzwischen hätten Lady MacRae und Ihr schon alles geregelt«, sagte Alex und tupfte sich mit einem Tüchlein die Lippen.

Chisholm betrachtete ihn abfällig, verbiss sich aber eine Bemerkung über das affektierte Gehabe seines Sohnes. »Leider habe ich soeben aus Inverness erfahren, dass Sheriff Dalcross oder sein widerlicher Sohn vorhaben, am Montagmorgen mit einem Trupp Bewaffneter hier aufzutauchen und Mistress Barbara über den Gesetzlosen *Sionnach Dubh* zu befragen.«

*

Alex warf einen verstohlenen Blick auf Bab. Sie wirkte nicht verängstigt, und wenngleich sie etwas blass war, schien sie ziemlich gefasst zu sein, obwohl ihr langer Hausarrest ihr sicher zu schaffen machte.

Er wandte sich wieder an seinen Vater. »Was genau habt Ihr gehört?«

»Francis Dalcross' Männer erzählen herum, dass sie Mistress Barbara wieder mit dem Fuchs gesehen haben. Ich weiß zwar nicht, wie es zu solchen Gerüchten kommt, aber natürlich wird Dalcross der Sache auf den Grund gehen wollen. Wir müssen also unser Möglichstes tun, damit sie nicht verhaftet wird.«

»Nun, Francis wird sie verhaften, wenn er sich eine passende Anklage zurechtzimmern kann.«

»Ich weiß nicht, was in diesen Schuft gefahren ist, dass er solche verrückten Gerüchte in die Welt setzt«, sagte Chisholm verärgert. »Wie kommt er nur darauf, dass unsere Barbara irgendetwas mit diesem Fuchs zu tun haben könnte! Also, wenn es nach mir ginge ...«

»Es stimmt aber«, unterbrach Bab ihn leise.

»Was?«

Alex verkniff sich ein Lächeln. Bab erstaunte ihn immer wieder aufs Neue. Sie hatte so viel Mut wie zehn ausgewachsene Männer, und dabei war sie nur ein junges Mädchen. Als sie sich kennen lernten, war ihm sogleich ihre Schönheit aufgefallen; ihre Klugheit und ihre scharfe Zunge amüsierten ihn, ihr Eigensinn gefiel ihm. Auch ihr Mut war ihm natürlich nicht entgangen, obgleich er diesen oft genug verurteilt hatte, wenn sie sich hatte verleiten lassen, große Risiken einzugehen. Doch in diesem Augenblick beschloss er, sie zunächst einmal gewähren zu lassen.

Chisholm funkelte sie ergrimmt an. Dieser Blick hatte den jungen Alex früher in Angst und Schrecken versetzt, doch Mistress Barbara hielt ihm ungerührt stand.

»Könntet Ihr mir das vielleicht etwas näher erklären?«, knurrte Chisholm.

»Offen gestanden würde ich es vorziehen, das nicht zu tun«, sagte sie reumütig lächelnd. »Ihr werdet Euch darüber ärgern, und das kann ich Euch keineswegs verübeln.«

Überrascht merkte Alex, dass die Miene seines Vaters sich aufhellte.

»Jetzt erzählt mir einfach, was passiert ist«, sagte Chisholm ruhig. »Wenn ich Eure Geschichte erfahren habe, beschließe ich, ob ich mich darüber ärgere oder nicht.«

»Hätte ich doch früher eine Schwester gehabt!«, murmelte Alex. »Ich glaube, ich hätte einiges von ihr gelernt!«

»Halt deinen unverschämten Mund!«, fuhr Chisholm ihn an.

»Jawohl, Mylord«, erwiderte Alex kleinlaut.

Bab sah ihn prüfend an, erntete jedoch nur einen leeren Blick. Sie wandte sich wieder Chisholm zu. »Ihr wart so freundlich, mich neulich nicht zu schimpfen, als ich alleine ausritt, Sir, und Ihr habt mich auch nicht gefragt, wo ich war«, sagte sie. »Und deshalb habe ich auch nicht berichtet, was an jenem Morgen passiert ist.«

»Passiert? Was meint Ihr damit? Wurde Euch ein Leid zugefügt?"

»Nein, Sir, denn ich konnte entkommen.«

»Am besten fangt Ihr ganz von vorne an«, sagte Alex leise.

Sein Vater sah aus, als wollte er ihn gleich wieder zurechtweisen, beließ es aber bei einem strengen Blick und einer hochgezogenen Braue und bedeutete Bab, mit ihrem Bericht fortzufahren.

So erzählte sie ihm alles mehr oder weniger so, wie sie es Alex erzählt hatte, und hörte auch an derselben Stelle auf, nämlich dort, wo sie und der Fuchs das Ufer heil erreicht hatten.

»Guter Gott«, entfuhr es Chisholm, »was für eine ungewöhnliche Geschichte! Hätte ich sie nicht aus Eurem Mund erfahren, ich hätte wirklich kein Wort geglaubt!«

»Wenn Ihr mir glaubt, Sir, dann ist das mehr als ich zu hoffen wagte«, sagte Bab.

»Ehrlich gesagt, denke ich, dass Ihr gar nicht genug Erfahrung habt, um Euch so etwas nur auszudenken.«

»Sie hat aber wirklich eine ausgesprochen lebhafte Phantasie«, murmelte Alex.

Bab warf ihm einen wütenden Blick zu, doch Chisholm meinte nur: »Mistress Barbara würde mich nicht belügen.«

»Nein, Sir«, stimmte Alex ihm zu.

»Danke, Mylord«, sagte Barbara. »Da habt Ihr Recht.«

»Aber damit sind wir wieder am Ausgangspunkt. Ich werde natürlich mein Möglichstes tun, Euch vor den Dalcrosses und den Gaunern, die sie angeheuert haben, zu beschützen. Aber wenn der Sheriff bei dieser Verhaftung, bei der Ihr eingegriffen habt, das Recht auf seiner Seite hatte, kann ich nichts ausrichten. Nur wenn Ihr meine Schwiegertochter wärt, könnte ich mehr tun. Deshalb ...«

»Aber, Mylord ...«

»Unterbrecht mich nicht!«, gebot Chisholm ihr barsch.

Alex biss sich auf die Zunge. Wie würde das Mädchen reagieren?

»Verzeihung, Sir«, sagte sie steif. »Aber ich möchte nicht in eine Ehe gezwungen werden, nur um Fragen in einer Angelegenheit zu entgehen, die – die ...«

» – die die Dalcrosses nichts angeht«, fiel ihr Alex ins Wort in der Hoffnung, damit den Zorn seines Vaters so lange auf sich zu ziehen, bis ihr die passenden Worte einfielen.

»Du warst nicht gefragt, Alex!«, bemerkte Chisholm.

»Gewiss, Sir, aber ich hoffe, Ihr habt nicht vergessen, dass diese Ehe auch mich etwas angeht. Ich bin wie immer Euer gehorsamer Sohn, aber es wäre mir sehr unangenehm, Mistress Bab zu einer Ehe zu zwingen oder mich in einer solchen Absicht mit anderen zu verschwören.«

»Du wirst das tun, was ich dir befehle!«

»Jawohl, Sir, selbstverständlich, aber ...«

»Ich werde nach Pfarrer Fraser schicken lassen«, sagte Chisholm, als hätte er seinen Sohn überhaupt nicht gehört. »Er soll am Sonntag den Gottesdienst abhalten und dann gleich eure Ehe besiegeln.«

Alex sah, dass Bab erbleichte. Doch dann hörte er eine leise Stimme in seinem Kopf. »Du wirst schon sehen, alles wird gut. Aber denk dran: Sie muss hinter der Entscheidung stehen. Es funktioniert nicht, wenn du ihre wahren Gefühle nicht kennst, und die kennt nur sie allein. Du musst sie herausfinden. Also red mit ihr!«

Zum ersten Mal klang diese Stimme eindeutig weiblich. Vor seinem inneren Auge tauchte kurz das verschwommene Bild einer stämmigen kleinen Frau auf, die ein seltsames weißes Ding in der Hand hielt, aus dem weißer Rauch aufstieg.

Er blinzelte, um das Bild zu verscheuchen, denn er wollte sich ganz auf Bab konzentrieren. Er wollte ihr mit einem Blick zu verstehen geben, dass alles gut werden würde, aber sie starrte nur mit zusammengepressten Lippen und zornesfunkelnden Augen auf den Boden. Hoffentlich war sie so klug, diese Wut jetzt nicht an Chisholm auszulassen! Sein Vater war inzwischen wieder so weit, dass niemand sagen konnte, wie er auf impulsive Bemerkungen von Bab reagieren würde.

»Ihr könnt jetzt gehen«, meinte Chisholm. »Und ihr braucht euren Müttern nichts zu sagen, das übernehme ich persönlich.«

*

Es kostete Bab große Mühe, sich die zornigen Worte, die ihr auf der Zunge lagen, zu verbeißen. Aber sie war klug genug zu wissen, dass ein Wutanfall Lord Chisholm nur dazu bringen würde, so zu reagieren, wie jeder mächtige Mann auf Trotz reagierte.

Ein verstohlener Blick auf Alex zeigte ihr, dass er sich sorgte, was sie wohl sagen würde. Diese Angst war unnötig; sie würde nichts Unüberlegtes sagen oder tun, zumindest dann nicht, wenn sie diesen Raum verlassen konnte, bevor ihre Wut über die Vernunft siegte. Bab hatte oft genug den

Zorn ihres Vaters und ihres Bruders erregt und stets die Erfahrung gemacht, dass offener Trotz zu nichts führte.

»Vielleicht sollten wir einen kleinen Spaziergang auf der Galerie unternehmen?«, fragte Alex freundlich.

Froh, dass die Spannung zwischen ihnen nachgelassen hatte, legte sie eine Hand auf seinen Arm und ließ sich von ihm hinausführen. Sie gingen schweigend bis zum hinteren Ende der Galerie, von wo aus man auf den großen Saal hinabblicken konnte. Schließlich sagte sie: »Ich habe meine Meinung nicht geändert, Sir. Warum sagt Ihr ihm nicht einfach, dass Ihr Euch nicht zu einer unerwünschten Heirat zwingen lassen wollt?«

»Aber ich habe nichts dagegen, Euch zu heiraten«, erwiderte er.

»Nichts dagegen?« Diese Worte empörten sie mehr als alles, was er bisher gesagt oder getan hatte. »Aber Ihr habt es mir doch versprochen!«

»Das stimmt, und ich werde dieses Versprechen auch halten. Aber ich sagte auch, dass Ihr nicht auf mich zählen könnt, wenn Ihr weiterhin Eurer Mutter und meinem Vater trotzen wollt. Ihr habt das Recht, Euch zu weigern, Bab, und darin unterstütze ich Euch auch, aber ich werde mich nicht Euretwegen mit den Leuten anlegen, denen an dieser Hochzeit so viel gelegen ist.«

»Seid Ihr zu feige oder nur zu schwach, Eurem Vater die Stirn zu bieten?«

»Weder das eine noch das andere. Aber ich sehe auch keine Veranlassung, gegen meine Interessen zu handeln, solange Ihr Euch selbst nicht eindeutig im Klaren seid. Sicher ist Euch nicht entgangen, dass mein Vater seit Sir Gilchrists Tod ebenso sehr und aus ganz ähnlichen Gründen wie Eure Mutter leidet. Erst hat er einen guten Freund verloren, und bevor er die Zeit hatte, sich davon zu erholen, wurden auch noch meine Brüder ermordet und ihm blieb nur noch der letzte und unfähigste Sohn als Nachfolger.«

Nach seiner Mutmaßung, dass sie sich über ihre Hochzeit noch nicht im Klaren sei, hörte sie ihm kaum noch zu. Zu gerne hätte sie ihm widersprochen, doch ihr fielen einfach keine passenden Worte ein. Hatte er am Ende sogar Recht? Aber seine letzten Worte wollte sie nicht widerspruchslos hinnehmen.

»Ich bin mir sicher, dass er Euch nicht für seinen unfähigsten Sohn hält«, versuchte sie ihn aufzumuntern.

»Als ich vom Kontinent zurückkehrte«, fuhr er leise fort, »war mein Vater so, wie Ihr ihn in Stirling und auf Eurer Reise hierher erlebt habt. Statt des energischen, temperamentvollen Mannes von früher begegnete mir ein gebrochener Mensch, dem scheinbar alles gleichgültig geworden war. Das Treiben der Dalcrosses kümmerte ihn kaum. Er sagte immer nur, dass sie doch sicher nichts Unrechtes täten, denn es sei ja schließlich ihre Pflicht, für Recht und Ordnung zu sorgen.«

»Aber Sheriff Dalcross tut Dinge, die seine Lordschaft nie tun würde.«

»So ist es. Allerdings glaube ich, dass all unsere Missstände eher auf seinen Sohn zurückzuführen sind«, meinte er. »Er versteckt sich bloß hinter seinem Vater. Aber vielleicht versteht Ihr, warum ich zögere, meinem Vater die Stirn zu bieten. Ihr zögert doch ebenso, Eurer Mutter zu trotzen.«

»Aber um sie steht es viel schlimmer. Euer Vater wirkt nur geistesabwesend und grüblerisch und schläft mehr, als man von einem Mann wie ihm erwarten würde. Meine Mutter dagegen taucht in eine andere Welt ein und unterhält sich mit Wesen, die es gar nicht gibt.«

»Seid Ihr sicher, dass es sie nicht gibt?«, fragte er lächelnd.

Bab starrte ihn verwundert an. »Natürlich!«, erwiderte sie. »Bitte macht Euch nicht lustig über meine Sorgen um meine Mutter, Sir!«

»Das hatte ich keineswegs im Sinn«, widersprach er und legte ihr eine Hand auf die Schulter. »Nur frage ich mich allmählich manchmal, ob wir nicht tatsächlich in eine andere Welt geraten sind.«

Als er sie berührte, durchlief sie ein seltsames Zittern. Dieses Gefühl beunruhigte sie, denn es war das Gleiche, das sie überkam, wenn der Fuchs sie berührte oder ihr sehr nahe war. Reagierte sie inzwischen auf jeden Mann in dieser Weise? Dieser Gedanke entsetzte sie, aber dennoch war ihr seine Berührung angenehm, sie spendete ihr Trost und erleichterte es ihr, klar zu denken.

Sein Blick wirkte ruhig und gelassen. War die Sorge um seinen Vater der einzige Grund, warum er gewillt war, sie zu heiraten? Aber er hatte ihr doch ein Versprechen gegeben! »Werdet Ihr mir beistehen, was immer ich tue?«, fragte sie verzagt.

»Selbstverständlich. Mein Wort gilt.«

»Gut«, sagte sie. »Ich verlasse mich darauf.«

*

»Dieses Gör ist ganz schön halsstarrig dafür, dass sie 'ne Sterbliche ist«, klagte Lucy Fittletrot.

»Stimmt«, pflichtete Claud ihr bei. Und an dieser Feststellung war wahrlich nicht zu rütteln, denn je eifriger er versuchte, Bab davon zu überzeugen, ein würdiges Opfer zu bringen, desto stärker widersetzte sie sich dieser Vorstellung.

»Wenigstens scheint ja der Mann willig zu sein«, meinte Lucy.

Claud warf ihr einen prüfenden Blick zu. »Hast du ihn etwa auch verhext?«

»Was heißt hier ›auch‹?«, fragte sie ihn unschuldig.

»Du hast gesagt, du belegst Catriona mit 'nem Bann«, erinnerte er sie.

»Na ja, das hab ich auch getan«, sagte sie. »Und dafür solltest du mir danken, Claud, denn sie hätt nur Probleme gemacht, wie du sehr gut weißt.«

»Du hast mir aber noch nicht gesagt, was du mit ihm angestellt hast.« Er war stolz auf sich, dass er gemerkt hatte, dass sie seiner Frage ausgewichen war.

»Ich hab ihn nicht verhext und das war auch gar nicht nötig«, erwiderte Lucy.

Sie kuschelte sich an ihn und begann ihn zu liebkosen. Im Handumdrehen hatte sie ihn so weit, dass er ihr half, ihr hauchdünnes lavendelfarbenes Gewand abzustreifen. Während sein Mund zu ihren perfekt geformten Brüsten wanderte, murmelte sie: »Hast du die Sache mit der Hochzeit jetzt beschlossen, Claud?«

»Ja«, erwiderte er. Er pustete sanft auf ihre Brustwarze und sah zu, wie sie sich aufrichtete. Lucy stöhnte lustvoll. »In dieser Ehe ist sie gut aufgehoben. Deshalb ist es das Beste, was wir für sie tun können. Das hab ich beschlossen.«

»Sehr gut«, lobte Lucy und half ihm beim Ausziehen.

*

Bab fand sich durch den kurzen Spaziergang mit Alex in ihrem Entschluss bestärkt. Sie verabschiedete sich von ihm und eilte in Lady Chisholms Kemenate zurück. Jetzt würde sie bestimmt die Kraft haben, ihre Meinung auch ihrer Mutter gegenüber zu vertreten. Doch beim Eintreten stellte sie fest, dass die beiden Damen in ein angeregtes Gespräch mit Fiona Mackintosh vertieft waren, die sie in der Nacht nach ihrer Entführung so freundlich im Gorthleck House aufgenommen hatte.

»Mistress Mackintosh und ihr Sohn Eric haben Vettern im nächsten Tal besucht«, erklärte Lady Chisholm. »Nachdem das Gewitter nachgelassen hatte, nutzten sie die Regenpause, um einen kleinen Ausflug zu machen und bei uns zu nächtigen.«

»Ich wundere mich, dass Ihr Eric nicht gesehen habt«, sagte Mistress Mackintosh, nachdem Bab sie mit einem höflichen Knicks begrüßt hatte. »Er hat sich nämlich gleich nach unserer Ankunft auf die Suche nach Sir Alex gemacht. Sicher hat er ihn auch gefunden und sie stecken seitdem die Köpfe zusammen.«

Bab lächelte und sagte nur, sie habe bislang noch nicht das Vergnügen gehabt, Eric Mackintosh zu sehen. Dann hörte sie schweigend, wenn auch ungeduldig zu, wie Mistress Mackintosh den neuesten Klatsch zum Besten gab. Lady Chisholm freute sich offenkundig sehr über ihren Gast und sogar Lady MacRaes Augen leuchteten interessiert, was Bab ziemlich überraschte.

Plötzlich fiel ihr wieder der junge Gibby ein. Was sollte sie nur mit ihm anstellen? Bab wollte sich soeben bei den Damen entschuldigen und nach ihm sehen, als Lady Chisholm sagte: »Aber Fiona, Ihr könnt doch sicher ein paar Tage bleiben?«

»Ach nein, so weit ist der Weg ja nicht. Außerdem ist Mackintosh bei der Familie meines Vetters geblieben und erwartet uns morgen zurück.«

»Dann bleibt doch zumindest bis Sonntag«, meldete sich Lady MacRae zu Wort. »Meine Barbara und Sir Alex sollen dann nämlich heiraten. Leider bleibt uns nicht viel Zeit, um diese Vermählung bekannt zu machen, weshalb wir kaum Gäste haben werden.«

Barbara starrte ihre Mutter entgeistert an. »Woher wisst Ihr das?«, fragte sie.

Lady Mackintosh bedachte sie mit einem erstaunten Blick. »Ich gehe doch davon aus, dass Eure Mutter das Datum Eurer Hochzeit als Erste erfahren hat, meine Liebe. Und in diesem Fall bleiben wir selbstverständlich noch für die Feier. Ich werde meinen Mann benachrichtigen lassen, dass auch er herkommt.«

Lady Chisholms offenkundige Verwirrung bestärkte Bab in ihrer Vermutung, dass Chisholm noch nicht die Zeit gehabt hatte, seine Frau oder Lady MacRae über seinen Plan zu unterrichten. Aus welcher Quelle hatte ihre Mutter es erfahren? Doch Lady MacRae nickte nur lächelnd. Es war ganz offenkundig, dass sie über dieses Datum keine Zweifel hegte.

»Bist du dir sicher, dass das Datum feststeht, Arabella?«, fragte Lady Chisholm noch einmal nach.

»Oh ja«, erwiderte sie. »Und gewiss wird es dir Chisholm in Bälde mitteilen.«

Zumindest dessen war auch Bab sich sicher. Hastig entschuldigte sie sich bei den Damen, denn sie wollte Chisholm nicht noch einmal begegnen. Am liebsten hätte sie sich auf die Suche nach dem Fuchs gemacht und ihn gefragt, was sie nun tun sollte.

Er hatte diese Verbindung zwar gutgeheißen, aber er konnte doch nicht wollen, dass sie in diese Ehe getrieben wurde wie in eine Falle. Vielleicht könnte er sie eine Zeit lang verstecken, bis es ihr gelänge, Sir Alex oder ihre Mutter zu überreden, die Hochzeit abzusagen? Doch gleich, nachdem ihr dieser Gedanke durch den Kopf geschossen war, erschien er ihr gar nicht mehr so vordringlich und sie dachte wieder an den jungen Gibby. Sie musste unbedingt ein anderes Versteck für ihn finden, bevor das Gesinde anfing, die Kapelle für ihre Vermählung vorzubereiten.

Leider waren momentan viele Leute im Wohnturm untergebracht. Zu den üblichen Bewohnern kamen die Männer, die die Mackintoshs begleitet hatten. Gibby in der Kapelle zu verstecken war zwar ziemlich leicht gewesen, da der Eingang gleich neben dem Hintereingang des Wohnturms lag, doch den Jungen unentdeckt in ein oberes Stockwerk zu bringen erschien ihr momentan unmöglich. Als sie die Treppe hinunterblickte, sah sie, dass unten zahlreiche Dienstboten herumeilten. Und das würde sich nicht ändern, bis sie ihre abendlichen Aufgaben erledigt und sich zur Nachtruhe begeben hatten. Es war also sicher klüger, die Kapelle erst wieder zu betreten, wenn im Wohnturm Ruhe eingekehrt war.

So begab sie sich erst einmal in ihr Schlafgemach, wo sie

sich ungestört ihren Gedanken hingeben konnte. Doch nur einer spendete ihr Trost – die Möglichkeit, dass der Fuchs diesem Spiel eine andere Wendung geben könnte. Schließlich half er doch Menschen in Not!

*

Nachdem Bab sich von ihm verabschiedet hatte, war auch Alex in sein Schlafgemach gegangen in der Hoffnung, dort Hugo zu finden. Aber er war nicht da. Deshalb schlich Alex leise die schmale Treppe hinab, die direkt zur Kapelle führte.

Schon an dem hölzernen Wandschirm, der den kleinen Kapelleneingang verdeckte, hörte er ein Rascheln aus dem rückwärtigen Teil des Raums und blieb stehen.

Sein wachsames Ohr machte ein weiteres leises Geräusch aus. Der Verursacher musste hinter den Truhen versteckt sein, in denen die Altardecken und andere Messeutensilien aufbewahrt wurden. Dort konnte sich nur jemand verbergen, der ziemlich klein war.

Die Eingangstür zum unteren Teil der Kapelle war verschlossen, aber er hörte von draußen Geräusche, die ihm sagten, dass sich dort Menschen aufhielten. Sollte er Hilfe brauchen, konnte er durch einen Schrei auf sich aufmerksam machen, der draußen sicher gehört würde. Aber er glaubte nicht, dass er darauf angewiesen sein würde, und außerdem war er neugierig.

Er trat vor die Truhen. »Komm sofort raus!«, sagte er leise, aber bestimmt.

Nichts geschah.

»Wenn ich dich rausziehen muss, oder wenn du so dumm sein solltest zu versuchen, diese Truhen umzukippen, verschlimmerst du deine Lage nur«, warnte er. »Zeig dich!«

»Na gut, ich komm schon. Macht Euch nicht in die Hosen, Mann!«

»Deine Unverschämtheit wird dir nichts nützen, Bursche«,

sagte er zu dem schäbigen, rothaarigen Kerlchen, das nun mit einem Krug in der Hand hinter den Truhen hervortrat. »Wer bist du und was hast du hier zu suchen?«

»Ich heiß Gibby Cannich und die Lady hat mich hierher gebracht.«

»Die Lady?« Alex war natürlich klar, um welche Lady es sich handelte, doch er bemühte sich, seine strenge Miene zu wahren. »Eine ziemlich hübsche Lady mit schwarzen Haaren?«

»Na ja, hübsch genug, nehm ich mal an. Sie hat mich hier reingebracht. Wenn Ihr vorhabt, mich den Schurken des Sheriffs zu übergeben, wird sie böse auf Euch!«

»Wahrscheinlich«, pflichtete Alex ihm bei. »Aber hier kannst du nicht bleiben, Gibby Cannich. Du kommst wahrscheinlich aus dem Glen Urquhart, oder?«

»Richtig, aber ich soll mich 'ne Weile fern halten, bis die Männer des Sheriffs mich vergessen haben«, sagte der Junge. »Ich hab nicht gewusst, wo ich hinsoll, aber dann hab ich erfahren, dass die Lady hier wohnt, und deshalb hab ich sie gesucht.« Er zögerte kurz und starrte auf den Krug, dann fügte er unbekümmert hinzu: »Sie hat mir 'nen Krug mit Wasser gebracht, aber nix, wo ich Wasser lassen könnt, also musste ich da reinpinkeln. Was soll ich jetzt damit machen?«

Alex verkniff sich ein Lachen. »Stell ihn erst mal ab«, sagte er, und der Junge folgte seinem Vorschlag. »Du bist ein recht forsches Bürschlein, aber hier kannst du nicht bleiben. Es ist wohl besser, ich bringe dich von hier weg. Aber dazu muss ich dir die Augen verbinden.«

»Hey, das könnt Ihr nicht mit mir machen!«, protestierte Gibby, als Alex eine Truhe aufmachte und eine lilafarbene Stola herausnahm.

»Halt den Mund!«, befahl Alex streng. »Sonst hört dich noch jemand plappern und kommt rein. Und jetzt dreh dich um«, fuhr er fort, während er den Schal faltete. »Bei mir bist du sicher, ich werde dich dem Sheriff oder seinen Leuten nicht ausliefern. Aber du darfst den Weg nicht sehen, auf dem ich dich rausbringe.«

»Wahrscheinlich dreht Ihr mir den Hals um und werft meine Leiche in 'nen Fluss«, murrte der Junge.

Unbeeindruckt verband Alex dem Jungen mit dem Seidenschal die Augen. Dann hob er Gibby hoch und lief erst ein paar Mal hin und her, die Stufen hinauf und hinab, bis er glaubte, dass der Junge die Orientierung weitgehend verloren hatte. Erst dann ging er durch die Tür hinter dem Wandschirm und schlich die dunkle Treppe hinab ins Untergeschoss.

Wie erhofft traf er Hugo in der großen Höhle bei Dancer, den er gerade striegelte, während er leise mit ihm sprach.

Beim Geräusch von Schritten drehte Hugo sich um und starrte seinen Herrn erst einmal missbilligend an. »Was habt Ihr vor, Sir?«, brummte er schließlich.

»Das Mädchen hat den jungen Gibby Cannich vor den Männern des Sheriffs in der Kapelle versteckt«, erklärte Alex, während er den Jungen absetzte und ihn von seiner Augenbinde befreite. »Gibby, das ist Hugo. Er wird sich jetzt eine Weile um dich kümmern.«

»Ach ja?« Abfällig musterte Hugo den Jungen, der Dancer fasziniert anstarrte. »Mit Eurem unüberlegten Tun stürzt Ihr uns noch alle ins Verderben.«

»Mag sein, aber noch bleibt uns etwas Zeit«, erwiderte Alex und blickte den Jungen fest an, der sich endlich wieder von Dancer losgerissen hatte. »Der junge Gibby und ich haben vor, uns erst einmal zu vertrauen. Ich kann ihn jedenfalls nicht in der Kapelle herumspuken lassen und ich habe versprochen, ihn nicht in die Hände des Sheriffs fallen zu lassen.« Rasch erklärte er Hugo, was dieser tun sollte. Hugo gab dem Jungen erst einmal den Auftrag, Dancer weiter zu striegeln, so dass Alex unbemerkt in die Kapelle zurückschleichen konnte.

Dort holte er den Wasserkrug, brachte ihn in seine Schlafkammer und entleerte ihn im Nachtstuhl. Den Krug stellte er daneben ab. Hugo konnte ihn später wegwerfen.

Den jungen Gibby durfte man nicht aus den Augen lassen, denn er war inzwischen sicher argwöhnisch geworden. Immerhin war der Bursche klug genug gewesen, sie nicht mit Fragen zu löchern, und Hugo würde sich schon um ihn kümmern und für seine Sicherheit sorgen.

Aber was sollte er nun Bab erzählen? Bestimmt machte sie sich Sorgen um Gibby, und Alex wollte nicht, dass sie sich den Kopf über das Schicksal des Jungen zerbrach, aber er konnte ihr schlecht erklären, was er mit ihm angestellt hatte.

Kurz darauf klopfte ein Knecht an die Türe und teilte ihm mit, Eric Mackintosh sei nach Dundreggan gekommen und wolle ihn sehen.

»Ach ja?«, meinte Alex gedehnt. »Dann werde ich mich gleich zu ihm aufmachen.«

16

Beim Abendessen ging es recht fröhlich zu, und da Bab über keine ihrer Sorgen sprechen wollte, lehnte sie sich einfach zurück und genoss die angeregte Unterhaltung. Eric Mackintosh, ein schlanker Gentleman mit hellblondem Haar und blauen Augen, war ebenso redselig und charmant wie seine Mutter.

Beim Thema Politik, das in den Tälern häufig angesprochen wurde, lehnten beide Mackintoshs Sheriff Dalcross und seinen Sohn rundweg ab. Es kam nur einmal zu einer kurzen Missstimmung, als Eric bemerkte, wie sehr er den Fuchs bewundere, und Chisholm schroff einwarf, über diesen Burschen solle man lieber nicht allzu viele Worte verlieren. Doch Lady Chisholm wechselte rasch das Thema und die Anspannung wich sofort.

Man plauderte weiter über dies und das, wobei die bevorstehende Vermählung nur ganz kurz erwähnt wurde. Offenbar hatte Chisholm seine Frau inzwischen unterrichtet und alle gingen davon aus, die Ehe würde zu dem von ihm festgelegten Zeitpunkt geschlossen werden. In der Hoffnung, ihre Mutter noch einmal unter vier Augen sprechen zu können, versuchte Bab gegen Ende der Mahlzeit vergeblich, Lady MacRae zu einem Gespräch zu bewegen.

»Jetzt nicht«, wies ihre Mutter sie zurück. »Jetzt müssen wir uns mit Nora zusammen Fiona Mackintosh widmen. Sie ist zwar liebenswürdig, aber auch sehr anstrengend, wenn man mit ihr alleine ist. Wir dürfen Nora nicht im Stich lassen.«

Bab fiel auf, dass auch ihre Mutter heute sehr redselig wirkte, was für sie völlig untypisch war. »Vielleicht gewährt Ihr mir noch ein wenig Zeit, bevor Ihr Euch in Euer Schlafgemach zurückzieht, Madam?«, fragte sie.

»Ach, heute Abend nicht, mein Schatz. Ich weiß doch, wie das ist. Wenn ich es endlich geschafft habe, mich in mein friedliches Gemach zu flüchten, will ich auch gleich ins Bett; ich bin diese späten Stunden nicht gewohnt, und für deine Hochzeit möchte ich ausgeruht sein.«

»Woher wusstet Ihr, dass sie am Sonntag stattfinden soll?«, fragte Bab. »Das habe ich persönlich erst erfahren, kurz bevor Ihr es erwähnt habt.«

Lady MacRae wirkte verwundert. »Chisholm – nein, sie selbst hat es mir gesagt.«

»Sie selbst? Wer denn?«

»Ach, zu seltsam!«, erwiderte Babs Mutter nur. »Ihr Name lag mir auf der Zunge, doch jetzt ist er mir entfallen. So geht es mir jedes Mal. Na ja, allerdings entsinne ich mich, dass ich es keinem sagen sollte, auch dir nicht.«

»Dass ich vermählt werden soll?«, fragte Bab verwirrt.

»Dass die Feier am Sonntag stattfindet.«

»Aber eben deshalb wollte ich mit Euch sprechen!«

Lady MacRae bedeutete ihr zu schweigen. »Jetzt nicht!« Deutlich erregt fügte sie hinzu: »Nora winkt uns. Fionas Geschwätz treibt sie offenbar in den Wahnsinn. Wir dürfen sie diese Bürde nicht länger alleine tragen lassen.«

Der gereizte Ton ihrer Mutter ließ Bab verstummen. Sie hatte gedacht, Lady MacRae hätte wieder zu ihrer üblichen Gelassenheit gefunden, doch schon der Vorschlag, über die bevorstehende Hochzeit zu reden, regte sie ganz offenbar sehr auf. Eine solche Erregung hatte früher immer dazu geführt, dass sich ihre Mutter längere Zeit völlig unnatürlich verhalten hatte, und das war das Letzte, was Bab jetzt wollte.

Schließlich blieb ihr noch ein ganzer Tag, um sich etwas einfallen zu lassen, wie sie sich dieser Hochzeit möglichst galant entziehen konnte. Und wenn nicht, dann würde sie eben das Opfer bringen, das Töchter ihren Müttern und umgekehrt seit Urzeiten erbracht hatten. Außerdem hätte sie es weitaus schlimmer treffen können, denn Alex war immerhin nett zu ihr, was man von so manchem Ehemann nicht behaupten konnte.

Sie wunderte sich, dass ihre Gedanken plötzlich eine völlig andere Richtung eingeschlagen hatten. Es kam ihr fast vor, als bespräche jemand diese Angelegenheit mit ihr. Doch dieses merkwürdige Gefühl verschwand bald wieder. Eine Stunde lang lauschte sie dem Geplauder der älteren Ladies. Chisholm, Alex und Eric hatten sich zurückgezogen und Bab verspürte den müßigen Wunsch, ein Mann zu sein und es ihnen gleichzutun. Kurz darauf gähnte Lady Chisholm heftig, entschuldigte sich charmant kichernd und meinte, für sie sei es jetzt wirklich höchste Zeit, schlafen zu gehen.

Bab wünschte den anderen eine gute Nacht und blickte ihnen nach, wie sie durch den Saal über das Podest zur Haupttreppe gingen. Sobald sie sicher war, dass sie von ihnen nicht mehr beachtet wurde, eilte sie zur Kapelle hinunter. Falls jemand sie dort sähe, würde er hoffentlich nur denken, sie suche einen Moment der Einkehr. In den Falten ihres Rockes hatte sie zwei Brötchen für Gibby verborgen. Vielleicht würde sie in den Truhen noch etwas finden, was ihm in der Nacht als Zudecke dienen konnte.

Der orange Schein der Fackeln im Burghof fiel durch die schmalen Buntglasfenster der Kapelle, so dass sie genügend Licht hatte, um ihren Weg zu den Truhen am hinteren Ende zu finden. Dort erblickte sie auch ihren Schal auf dem Boden, doch von dem Jungen war weder hinter den Truhen noch sonst irgendwo etwas zu sehen.

Sie stand noch eine Weile da und fuhr bei jedem noch so leisen Geräusch erschrocken zusammen, aber Gibby kam nicht. Recht viel länger konnte sie nicht auf ihn warten, denn Giorsal würde sich gewiss fragen, wo sie denn steckte. So konnte sie nur hoffen, dass sich der Junge an einem anderen sicheren Ort versteckt hatte. Sie wollte das Brot schon hinter die Truhen legen, als ihr einfiel, dass dies nur Mäuse anlocken würde, und so nahm sie es lieber wieder mit.

Giorsal wartete tatsächlich schon auf sie und gab sich mit der Ausrede zufrieden, dass Bab das Brot mitgenommen habe, falls sie in der Nacht hungrig würde. Sie half ihr beim Auskleiden und brachte sie ins Bett. Bab tröstete sich mit der Hoffnung, dass der Fuchs sie vielleicht besuchen würde. Doch die Nacht verstrich ohne weitere Zwischenfälle.

Am Samstagmorgen war der Himmel grau und wolkenverhangen. Im Saal stieß Bab auf Chisholm und die drei Ladies, die schon beim Frühstück saßen. Chisholm verkündete, er habe in aller Frühe Laufburschen in die benachbarten Täler geschickt, um die Einladung zum sonntäglichen Gottesdienst in der Kapelle von Dundreggan zu überbringen, in dessen Anschluss die Vermählung stattfinden sollte.

»Da es zur Zeit so viele Unruhen gibt«, meinte er, »ist es besser, dass Pfarrer Fraser den Gottesdienst hier abhält und nicht drunten in der Dorfkirche. Mir ist es lieber, wenn sich alle hinter unseren Mauern in Sicherheit befinden.«

Bab dachte, dass er wohl hoffte, sie auf diese Weise auch vor Dalcross zu beschützen, falls der Sheriff, sein Sohn oder seine Männer bereits unterwegs wären, sie zu befragen.

Der Samstag verstrich wie der vorherige Tag. Am Nachmittag forderte Lady MacRae Bab auf, ihr Hochzeitskleid anzuprobieren, damit sich Giorsal und Ada um die letzten Änderungen kümmern konnten. Bab hatte den ganzen Tag lang keine Spur von Gibby Cannich entdecken können, und obwohl sie sich noch immer nicht mit der Vorstellung, Sir Alex zu heiraten, anfreunden konnte, kam doch jedes Mal, wenn sie glaubte, mit ihrer Mutter sprechen zu können, etwas dazwischen, das ein Zwiegespräch verhinderte.

Am späten Vormittag stellten sich mehrere Familien aus dem Glen Affric und den benachbarten Tälern ein, um mit ihnen zu speisen. Entsetzt stellte Bab fest, dass Chisholm viele der Nachbarn eingeladen hatte, die Nacht in Dundreggan zu verbringen. Die Besucher waren bestens gelaunt und freuten sich auf die bevorstehende Hochzeit.

Um vier Uhr trafen Babs Verwandte Malcolm und Mauri MacRae aus Eilean Donan sowie Duncan und Florrie aus Ardintoul ein und verkündeten, Lady MacRae hätte ihnen bereits vor mehreren Tagen die Nachricht über Babs Heirat mit Sir Alex zukommen lassen. Bab versuchte erst gar nicht, ihre Mutter zu fragen, wie sie das geschafft hatte. Die Ereignisse nahmen viel rascher ihren Lauf, als Bab es sich vorgestellt hatte, und ihr wurde immer klarer, dass sie ihnen wahrscheinlich keinen Einhalt mehr gebieten konnte.

Am Abend war sie so erschöpft wie nach einer langen Reise. Es kam ihr völlig unmöglich vor, der wachsenden Zahl interessierter Gäste mitzuteilen, dass sie Sir Alex nicht heiraten wollte, und was sie dem Priester sagen sollte, wusste sie auch nicht. Was sollte sie nur tun? Wenn sie Chisholm jetzt mitteilte, dass sie sich weigerte, seinen Sohn zu heiraten, würde ihr das nichts als Ärger einbringen. Schließlich beschloss sie, Alex persönlich aufzusuchen und ihn noch einmal an sein Versprechen zu erinnern.

Schon daran zu denken, die Hochzeit abzublasen, fiel ihr zunehmend schwerer. Es war, als würde sich etwas in ihrem Kopf dagegen wehren. Immer, wenn sie versuchte, ihre Gedanken darauf zu richten, tauchte wieder die Vorstellung des noblen Opfers auf, das sie ihrer Mutter bringen würde. Alex war wirklich ihre letzte Hoffnung. Schließlich sammelte sie all ihre verbliebenen Kräfte, um ihn zu suchen. Sie hatte nach dem Abendessen bei den Ladies in den Frauengemächern gesessen, und obwohl sie von dort bloß zurück zum Saal musste, fühlte sich jeder Schritt an wie in einem Traum, in dem ihre Füße sich weigerten, ihr zu gehorchen.

Alex saß noch am Tisch auf dem Podium mit Eric Mackintosh und einigen anderen Männern zusammen, die mit ihren Familien die Nacht in Dundreggan verbrachten. Als Bab hereinkam, erhob er ihr zum Gruß seinen Kelch, blieb jedoch sitzen, bis sie vor dem Tisch stand. Dann erhob er sich endlich zerknirscht lächelnd, schwankte dabei allerdings so stark, dass sie sich fragte, ob er nicht schon zu viel getrunken hatte.

»Ich würde gerne unter vier Augen mit Euch sprechen, Sir«, sagte sie.

»Selbstverständlich stehe ich Euch zur Verfügung, Mistress«, erwiderte er liebenswürdig, »aber vielleicht habt Ihr nicht bemerkt, dass Ihr einen bei uns sehr verbreiteten Brauch stört: Vor der Hochzeit wäscht sich der Bräutigam noch einmal die Füße.«

Die Männer am Tisch wirkten nach der ausgedehnten Abendmahlzeit alle recht träge und die Stimmung war nicht so ausgelassen wie bei den Fußwaschungen, von denen sie gehört hatte. Bab blickte auf seine Füße, die nach wie vor in ihren eleganten Schuhen steckten.

Er grinste. »Das Waschen kommt schon noch. Erst müssen wir noch ein wenig Bordeaux zu uns nehmen und ein paar Geschichten erzählen.«

»Dann werden Eure Gefährten wohl nichts dagegen haben, wenn ich Euch kurz entführe.«

»Nein, nein, Mistress, nur zu«, meinte Eric Mackintosh munter. »Wir leeren solange noch ein paar Becher auf den Bräutigam. Wo ist denn der Weinkrug, Alex?«

»In deiner Hand«, erwiderte der Gefragte kichernd.

»Ach ja, tatsächlich. Du meine Güte!«

»Gehen wir, meine Liebe«, sagte Alex. »Ihr solltet nicht unnötig lange in dieser drögen Gesellschaft verweilen. Diese Burschen werden nur allzu bald sternhagelvoll sein.«

Er legte ihr sanft eine Hand auf den Rücken und führte sie die Stufen hinauf zur Galerie, auf der sie sich schon einmal unterhalten hatten.

»Was gibt es denn?«, wollte er wissen.

»Das wisst Ihr doch ganz genau, Sir!«

»Ich habe bereits erklärt, dass ich die Hochzeit nicht für Euch absagen werde, Mistress.«

»Aber ich kann es auch nicht«, protestierte sie. »Es sind schon so viele Gäste da und alles ist so schnell gegangen. Wenn ich jetzt ...«

»Bab, ich weiß, dass Ihr nicht feige seid«, fiel er ihr ins Wort. »Wenn Ihr es nicht schafft, diese Hochzeit in angemessener Form abzublasen, dann wollt Ihr es wahrscheinlich gar nicht.«

Sie wollte ihm heftig widersprechen, doch so sehr sie sich vorgenommen hatte, logisch zu denken, es wollte ihr einfach nicht gelingen. Sollte er etwa Recht haben? Ihr Kopf schmerzte vor Anstrengung, sich darüber klar zu werden.

Alex zog sanft ihr Gesicht nach oben. »Glaubt Ihr wirklich, dass es so schrecklich sein wird?«, fragte er und blickte ihr direkt in die Augen.

Seine Lippen waren kaum eine Handbreit von ihren entfernt, und seine Berührung rief jene Gefühle in ihr wach, die sie inzwischen immer besser kannte. Einen Augenblick lang wurde ihr schwindelig, so dass sie nicht antworten konnte.

Seine Fingerspitzen wanderten ihren Hals hinab und streichelten sie sanft. »Es wird nicht so schlimm werden«, murmelte er leise. »Wir werden sicher gut zusammenpassen.«

Sie biss sich auf die Unterlippe. Als er seine Hand von ihrem Hals nahm, spürte sie noch deutlich die Stelle, an der er sie berührt hatte.

»Wir machen Folgendes«, schlug er mit einem festeren Ton vor, als sie von ihm gewöhnt war, einem, der zu erkennen gab, dass er eine Entscheidung gefällt hatte. »Ich gebe Euch jetzt ein neues Versprechen: Wenn Ihr morgen früh noch immer so gegen unsere Vermählung seid, braucht Ihr es mir nur zu sagen, und selbst wenn Pfarrer Fraser schon den halben Gottesdienst abgehalten hat, finde ich noch einen Weg, die Hochzeit aufzuhalten.«

»Aber warum so lange warten?«

»Anders geht es nicht«, sagte er. »Denkt einmal daran, in welche Lage Ihr mich brächtet. Wenn Ihr nicht selbst erklärt, dass Ihr von dieser Ehe nichts wissen wollt, wird es aussehen, als wäre ich derjenige, der sie ablehnt. Ich würde wie ein richtiger Schuft dastehen. Manche würden denken, mein Vater hätte mich gezwungen und ich hätte beschlossen, mich ihm zu widersetzen. Selbst wenn die meisten Leute glaubten, dass ich für Euch spräche, würden manche denken, dass ich Euch so weit getrieben hätte, Euch zu weigern, ohne es geschafft zu haben, dass Ihr es selbst sagt.«

Bab hatte das Gefühl, im Stehen einzuschlafen. Mit großer Mühe gelang es ihr, sich an den Strohhalm zu klammern, den er ihr angeboten hatte. »Ihr werdet Euch also morgen äußern. Ich muss Euch nur sagen, dass ich es mir nicht anders überlegt habe.«

»Genau. Ihr könnt Euch voll und ganz auf mich verlassen. Aber Ihr müsst die Worte laut äußern. Ich werde nicht versuchen, Eure Gedanken zu lesen. Und jetzt solltet Ihr Euch wohl besser wieder zu den Ladies gesellen. Eure Mutter wartet sicher schon auf Euch.«

Bab nickte und kehrte in Lady Chisholms Gemach zurück. Dort hatte sich ein fröhliches Grüppchen gefunden. Für eine richtige Brautfeier waren zwar zu wenige junge Frauen in Babs Alter da und auch keine, die mit der Braut ihre Späßchen treiben wollten, aber ihre Mutter freute sich sichtlich auf die bevorstehenden Feierlichkeiten, und Bab hatte wieder einmal ein ziemlich schlechtes Gewissen. Es fiel ihr jetzt zwar leichter, sich zu bewegen und zu denken, aber ihre Gedanken kreisten hauptsächlich darum, was für eine sonderbare Tochter sie doch war, selbst jetzt noch daran zu denken, sich ihrer Mutter zu widersetzen. Deshalb blieb sie nur so lange, wie es der Anstand erforderte, und ging dann bald in ihre Schlafkammer.

Nachdem Giorsal ihr eine gute Nacht gewünscht und die Tür hinter sich zugezogen hatte, stand Bab noch einmal auf und holte sich die Silbermünze, die ihr der Fuchs im Gorthleck House gegeben hatte. Sie lag noch lange wach und rieb die Münze zwischen den Fingern wie einen Glücksbringer in der Hoffnung, damit wenigstens in dieser Nacht den Fuchs zu sich zu rufen.

Eine Weile schwelgte sie in dieser Vorstellung, dann begann sie darüber nachzugrübeln, was in aller Welt sie wohl tun würde, wenn ihr Wunsch in Erfüllung ginge.

*

Die Fiedeln spielten auf, die Dudelsäcke bliesen muntere Weisen, das Tempo der Musik war selbst für begeisterte Gaillarde-Tänzer sehr schnell. Bab stand am Rand einer kreisrunden Lichtung und beobachtete die Tänzer im silbernen Licht eines riesengroßen Vollmonds. Sie dachte wieder an den Fuchs und plötzlich stand er neben ihr. Die Hitze seines Körpers brachte ihr Blut in Wallung und erregte ihre Sinne.

Um den Kreis der Tanzenden hatte das Festmahl begonnen. Pilzförmige Tische bogen sich unter der Last der Speisen und Getränke. Wer nicht tanzte, langte munter zu, schaute den anderen beim Tanz zu oder plauderte fröhlich. Hier und da ritten winzige Wesen auf Kreuzkrautstängeln, Zweigen oder Grasbüscheln durch die Gästeschar, überall wuselten Kinder herum und versuchten, in Schwäne verzauberte Jungfrauen zu fangen.

Dann brach die Musik unvermittelt ab.

»Es ist so weit«, sagte er leise, doch sie konnte ihn gut verstehen, denn seine tiefe Stimme ließ ihren Körper und ihre Seele erbeben.

Sie nickte lächelnd und legte eine Hand auf den Arm, den er ihr anbot. Erst jetzt fiel ihr auf, dass er für die Hochzeit ganz in Weiß gekleidet war. Auch seine Maske war weiß und bedeckte nur die obere Hälfte seines Gesichts; sein starkes Kinn und sein Mund waren unverhüllt. Als er ihr Lächeln erwiderte, blitzten seine ebenmäßigen weißen Zähne auf und sie sehnte sich nach einem Kuss von ihm.

»Bald, mein Schatz«, sagte er, als habe er ihre Gedanken gelesen. Dann musterte er sie und meinte: »Mir gefällt dein Kleid!«

Sie hatte gar nicht an ihr Kleid gedacht, sondern nur an ihn, doch nun blickte sie an sich herunter und erkannte überrascht, dass sie ein silbern schimmerndes Gewand trug, kein rosafarbenes, wie sie gedacht hatte, und dass sich dieses verführerisch an ihren Körper schmiegte.

Ohne dass jemand mit ihr gesprochen hatte, wusste sie, dass sich der Festzug nun zum High Glen begeben würde. Dort würde weiter getanzt und geschmaust werden, und bald würde sie seine Frau sein. Ihr Herz schlug in freudiger Erregung, ihr ganzer Körper verzehrte sich nach ihm. Als sie lächelnd zu ihm aufblickte, entdeckte sie in seinen Augen dasselbe Verlangen nach ihr.

Der Festzug kam nur langsam voran, doch schließlich erreichten sie das Hohe Tal und die Gästeschar stellte sich in freudiger Erwartung auf die bevorstehende Zeremonie um das Paar auf.

Das Oberhaupt, ein großer, spindeldürrer Mann mit einem langen weißen Bart und Augen wie glühende Kohlen, breitete die Arme aus und lenkte dadurch die Aufmerksamkeit der Anwesenden auf sich und das Paar vor ihm. Er trug eine weiße Robe und einen spitz zulaufenden Hut. Die Spitzen seiner weißen Schuhe und des Huts waren mit bunten Quasten verziert. »Wollt ihr heiraten und ein Paar werden?«, fragte er mit einer Stimme, die wie das tiefe Grummeln eines Donners klang.

»Ja, das wollen wir«, sagte der Fuchs schlicht.

»Und du, Mädchen? Willst du ihn zum Mann nehmen?«

»Ja«, sagte Bab ohne das leiseste Zögern, »ich will.«

»Dann soll es so sein und ihr seid Mann und Frau. Möge euch die Liebe, die jetzt in euren Herzen wohnt, für alle Zeiten erhalten bleiben!«

Als der Fuchs sich herabbeugte, um sie zu küssen, sah Bab, dass seine Augen seltsam rosa wirkten, als spiegelte sich in ihnen der rosafarbene Stoff ihres Kleides. Doch dann wurden sie wieder blassblau und ihr fiel ein, dass ihr Kleid ja silberfarben war, wie sie sich mit einem raschen Blick vergewisserte. Dann sah sie ihm wieder in die Augen. Waren sie noch immer blau? Ja, doch nun war ihr Blau dunkler geworden, himmelblau. Er umfasste ihr Kinn und seine heißen, fordernden Lippen senkten sich auf ihren Mund.

Seine Berührung ließ all ihre Gedanken verfliegen.

Die Musik setzte wieder ein, jetzt noch stürmischer als zuvor. Sie war sich schwach der Tänzer bewusst, die um sie herumwirbelten und hüpften. Doch dann senkte sich ein dichter Nebel über sie, bis sie mit dem Fuchs ganz allein war und nur mehr die Musik und ihre heiße Leidenschaft für ihn sie umfing.

Seine Hände erforschten leidenschaftlich ihren Körper, neugierige Hände, unter denen sie sich nackt wähnte. Nun schienen sie beide zu schweben, beide waren nackt und bewegten sich gemeinsam scheinbar völlig schwerelos. Er küsste ihre Lippen und ihre Wangen, dann wanderte sein Mund an ihren Hals und noch tiefer zur Mulde zwischen ihren Brüsten.

Seine Rechte glitt über die Rundung ihrer Hüften und an ihrem Po hinab. Er zog sie näher zu sich, während sich seine Lippen um die Spitze ihrer rechten Brust schlossen und seine Zunge die Brustwarze liebkoste. Neue, wunderbare Empfindungen jagten durch ihren Körper.

Seufzend bäumte sie sich ihm entgegen und zog ihn nun ihrerseits näher, während sie gleichzeitig versuchte, ihm mit der anderen Hand die Maske abzunehmen. In diesem Augenblick erklang die raue Stimme eines älteren Mannes aus dem Nebel. »Ihr könnt ihr nun den Ring überstreifen, Sir!«

Sie ließ die Maske nicht aus und versuchte, sie nach oben zu schieben, aber er küsste sie noch einmal und murmelte sanft: »Ich habe einen Ring für dich, mein Schatz!«

»Ja?« Sie konnte kaum den Klang ihrer eigenen Stimme hören.

»Freilich, Liebes, sieh doch!«

Zögernd wandte sie den Kopf und sah, dass er ihr einen goldenen Ring mit drei wunderbaren Rubinen, gerahmt von zwei kleinen Diamanten, entgegenstreckte.

»Aber ich will dein Gesicht sehen!«

»Du musst mir noch ein wenig länger vertrauen, Liebste«, sagte er. »Und jetzt reich mir deine Hand!«

Ohne Widerrede hielt sie ihm die Hand hin und er streifte ihr den Ring über. Anfangs fühlte sich das Gold kalt an, aber als er sie ein weiteres Mal küsste, vertrieb die Hitze in ihrem Körper rasch das kalte Gefühl.

»Oh mein Schatz, du bist so wunderschön! Ich möchte dich am ganzen Körper küssen!«

»Das darfst du auch, wann immer du möchtest«, sagte sie. »Aber erst, wenn ich dein Gesicht gesehen habe.« Mit diesen Worten zog sie ihm die Maske vom Gesicht.

Doch da verdichtete sich der Nebel. Er drängte sich zwischen sie und hüllte die ganze Welt ein wie ein unheimliches, dunkles Tuch. Der Fuchs verschwand und die Musik verstummte.

*

Einen Moment lang kam sich Bab völlig verloren vor, als schwebte sie mutterseelenallein in einer fremden Welt, doch dann wurde es wieder heller um sie. Sie merkte, dass sie vor dem Altar in der Kapelle von Dundreggan kniete. Ein älterer Mann in einem Priestergewand, den sie noch nie gesehen hatte, hielt ihr einen Becher Wein an die Lippen.

Sie lief blutrot an, denn ihr fiel ein, dass sie noch vor wenigen Momenten geglaubt hatte, nackt zu sein.

»Trink dies in Erinnerung an mich«, murmelte der Fremde und neigte den Becher.

Als sie die Hand hob, um den Becher zu berühren und seinem Befehl zu folgen, entdeckte sie den Rubinring an ihrem Finger und fühlte sich getröstet.

Dann stellte der Mann den Becher ab, breitete die Arme aus und sagte ernst: »Ihr könnt nun aufstehen und euch euren Gästen zuwenden.« Noch immer völlig benommen gehorchte sie ihm. Nun verkündete er mit lauter Stimme: »Möge Gott euch segnen und euch viele Kinder schenken. Meine Freunde, ich habe die Ehre, euch Sir Alexander Chisholm und seine Gemahlin vorzustellen.«

*

Lucy klatschte erfreut in die Hände. »Du hast's geschafft, Claud!«

Er schüttelte verwirrt den Kopf. »Hab ich nicht«, sagte er. »Sie hat einfach nix mehr gegen die Hochzeit gesagt. Sie war wie verhext, und zwar vom ersten Morgengrauen an, bis dieser Priester sie für verheiratet erklärt hat.«

»Du hast sie doch selber verhext, du Blödmann! Sie ist doch dein Mädel.«

»Na ja, aber du weißt ganz genau, dass es nicht mein Zauber sein hat können, Lucy. Keiner von uns hat Macht in 'ner Kirche. Wenn sie unter 'nem Zauber von mir gestanden hätt, dann wär's damit aus und vorbei gewesen, sobald sie 'nen Fuß in die Kapelle gesetzt hatte.«

»Tja«, meinte Lucy verwundert, »das hab ich ganz vergessen.«

*

Bei den Worten des Priesters hatte sich Bab erschrocken umgedreht und starrte nun noch immer mit großen Augen auf Alex. Sein Wams und seine Hose waren nicht weiß, sondern in seinem Lieblingsblau gehalten, und er sah aus wie immer. Die Erkenntnis, dass sie nicht den Fuchs, sondern ihn geheiratet hatte, traf sie zunächst wie ein Blitzschlag und ihr wurde ganz schwindelig, doch dieses Gefühl machte rasch einer seltsamen Mischung aus Sicherheit und Zufriedenheit Platz. Aber die sinnliche Erinnerung an die Küsse und Liebkosungen des Fuchses wollte nicht von ihr weichen.

»Sind wir wirklich verheiratet?«, flüsterte sie. Ihre Zunge fühlte sich taub und geschwollen an, als wolle sie ihr nicht recht gehorchen und die Worte formen, die sie im Sinn hatte.

Er lächelte sie an, während sie sich den Hochzeitsgästen zuwandten. »Jawohl, meine Liebe«, murmelte er. »Und ich hoffe, du wirst als meine Lady glücklich werden, denn von nun an wirst du so genannt werden. Ich kann dir gar nicht sagen, wie erleichtert ich war, als du mit einem strahlenden Lächeln auf den Lippen an den Altar getreten bist. Da wusste ich, dass alles in Ordnung war. Bis zu diesem Moment hatte ich befürchtet, du würdest aus Angst vielleicht noch einen Rückzieher machen.«

»Ich … nein.« Das Denken fiel ihr noch immer schwer. Sie hatte doch den Fuchs angelächelt, nicht Alex, aber das konnte sie Alex natürlich nicht sagen. Was war nur los mit ihr? Wie konnte sie Alex heiraten, ohne zu wissen, was sie tat, und warum kostete sie jeder Gedanke, jedes Wort so große Mühe?

»Ich glaube, unsere Gäste warten darauf, dass wir sie in den Saal führen«, sagte er und fasste sie am Arm. »Vergiss nicht, deinen Rock zu schürzen, dort vorne kommen zwei Stufen.«

Er sprach zu ihr wie zu einem Kind, aber sie hatte die Stufen tatsächlich nicht bemerkt. Still raffte sie den Rock, hielt aber mitten in der Bewegung inne und starrte auf den rosafarbenen Stoff.

»Was ist los, Bab?«

»Nichts.« Sie sah ihm prüfend in die Augen. Hatten sie etwa auch die Farbe gewechselt? Aber nein, sie waren wie immer strahlend himmelblau wie sein Wams. Er ließ ihren Ellbogen los und bot ihr seinen Arm.

Sie konnte sich an nichts erinnern, weder wie sie an diesem Morgen aufgestanden war und sich angekleidet hatte, noch wie sie nach unten gegangen war und schließlich die hübsch geschmückte kleine Kapelle betreten hatte. Die Zeremonie dort war gewiss nicht dieselbe gewesen, von der sie geträumt hatte. In ihrem Traum hatte sie auf einer Wiese gestanden. Es hatte keine glänzend polierten Holzsäulen gegeben, keine Wandverkleidungen, keinen kunstvoll geschnitzten Wandschirm, keinen Altar mit einem goldenen Kelch und einem eleganten Tabernakel. Auch Chisholms Fahnen hatten gefehlt, und darüber hinaus hatte der rundliche alte Priester keinerlei Ähnlichkeit mit dem großen, bärtigen, weiß gewandeten Zauberer, der ihre Traumhochzeit so rasch besiegelt hatte.

Am liebsten hätte sie sich gezwickt, um festzustellen, ob sie wach war. Doch das konnte sie nicht, denn mit einer Hand hielt sie ihre Röcke hoch, mit der anderen stützte sie sich auf Alex, und die faszinierte Gästeschar ließ sie nicht aus den Augen. Sie spürte den weichen Stoff seines samtenen Ärmels. Konnte man im Traum Stoff spüren? Als sie darüber nachdachte, fiel ihr wieder ein, dass sie im Traum nackt gewesen war, und ihre Wangen färbten sich erneut blutrot.

Sicher träumte sie noch immer, denn sonst hätte sie viel heftiger auf ein derartiges Täuschungsmanöver reagiert. Denn das war es schließlich gewesen, oder etwa nicht? Ihr eigener Verstand hatte ihr vorgegaukelt, an einem anderen Ort zu sein und einen anderen zu heiraten. Was hatte sie sich überhaupt dabei gedacht, den Fuchs so bereitwillig zu heiraten, ohne zu wissen, wer er eigentlich war? Litt sie etwa unter derselben seltsamen Krankheit wie ihre Mutter? Dieser Gedanke tröstete sie zwar nicht, aber merkwürdigerweise beunruhigte er sie auch nicht weiter. Sie schien rein gar nichts mehr zu spüren. Doch gerade, als sie darüber nachdachte, merkte sie, dass das nicht stimmte.

Der Samt von Alex' Wamsärmel war tatsächlich weich, und als sie zu ihm hochblickte, kehrte das Gefühl zurück, das seine Berührung schon einmal in ihr geweckt hatte, und zwar stärker als je zuvor. Feuer pulsierte durch ihre Adern. Sie hatte ihn geheiratet. Er war jetzt ihr Mann und konnte ganz nach Belieben mit ihr verfahren. Die Worte des Priesters waren ihr zwar entfallen, doch sie hatte den Text der Zeremonie schon bei anderen Hochzeiten gehört. Sie wusste, dass sie versprochen hatte, ihrem Mann zu gehorchen und ihm stets zu Willen zu sein. Noch in dieser Nacht würde er ihren Körper kennen lernen und sie den seinen. Doch dieser Gedanke erschreckte sie nicht; er machte sie nur neugierig.

Er drückte tröstend ihre auf seinem Unterarm ruhende Hand. Sie trugen beide keine Handschuhe. Wann sie diese abgestreift hatten, wusste sie nicht mehr. Seine Hand fühlte sich warm an. Sie blickte ihm wieder in die Augen und lächelte. Seine Miene überraschte sie und schickte wieder ein betörendes Gefühl durch ihren Körper.

Als sie sich der Tür zur Haupttreppe näherten, sah sie ihre strahlende Mutter umringt von vielen anderen MacRaes aus Kintail und Ardintoul. Bab lächelte und fühlte sich dabei wohlig und friedlich. Lady MacRae wirkte so gesund und glücklich wie noch nie.

Der große Saal war mit bunten Frühlingsblumen geschmückt. Auf der Galerie spielten Musikanten fröhliche Weisen, und auf den langen Holztischen reihten sich riesige Platten voll beladen mit köstlichen Speisen. Als ihr die herrlichen Düfte von Rinder- und Lammbraten in die Nase stiegen, merkte Bab, wie hungrig sie war.

Endlich fand sie auch die Gelegenheit, sich zu zwicken, und spürte den Schmerz; aber das seltsame Gefühl, dass dies alles nicht wahr sei, wollte nicht weichen. Der Traum, den Fuchs geheiratet zu haben, war noch so gegenwärtig, als wäre alles wirklich so passiert. Wenn sie Alex ansah, kam er ihr unwirklicher vor als die Kobolde, Elfen und durchsichtigen Feen, die auf Kreuzkrautstängeln und Gräsern über die Wiese geflogen waren.

Das Gefühl zu träumen begleitete sie während ihres gesamten Hochzeitsfrühstücks – das so hieß, obwohl es bereits fast ein Uhr Mittag war – und wollte auch nicht weichen, als sie die zahllosen Glückwünsche der Gäste entgegennahm.

Nach dem Essen wurde zum Tanz aufgespielt und das Brautpaar führte die Gäste auf die Tanzfläche, sobald die Tische abgeräumt und beiseite gestellt waren. Bab hatte fast vergessen, was für ein guter Tänzer Alex war, aber rasch fielen ihr die Schritte wieder ein und sie stürzte sich fröhlich in das Vergnügen.

Das Fest dauerte bis nach dem Abendessen. Bab fiel es allmählich immer schwerer zu lächeln, doch das hatte nichts damit zu tun, dass ihre gute Laune nachgelassen hätte; es war einfach die Erschöpfung, die sich einstellt, wenn man längere Zeit viele Gäste um sich hat. Ihre Gesichtsmuskeln schmerzten vom vielen Lächeln, ihr Hals war trocken und rau vom vielen Reden, ihre Füße taten weh vom vielen Tanzen und ihr Vorrat an Nettigkeiten ging zur Neige. Aber sie wusste, was von ihr erwartet wurde, und beklagte sich nicht.

Alex legte einen Arm um sie, beugte sich ganz nah zu ihr, so dass seine Lippen fast ihr Ohr berührten, und murmelte: »Bist du müde, meine Süße? Es war ein langer Tag!«

»Ein wenig«, gab sie zu. »Aber ich habe ihn wirklich genossen.«

Sie fragte sich, woher diese Worte eigentlich gekommen waren, merkte aber sofort, dass sie der Wahrheit entsprachen. Sie hatte wirklich einen Riesenspaß gehabt.

»Wir gehen gleich«, meinte er.

Plötzlich war ihr Kopf wieder völlig ihr eigener, und Panik wallte in ihr auf. Heute war ihre Hochzeitsnacht!

*

»Claud!« Die Stimme war ihm wohlbekannt. »Endlich! Ich dacht schon, du kommst nicht mehr.«

»Catriona!« Er war froh und erleichtert, sie zu sehen. Nachdem ihm Lady MacRae im Vorbeigehen ein munteres Hallo zugerufen und ihn damit fast zu Tode erschreckt hatte, war er vom Hochzeitsfest davongeschlichen, weil er seine Mutter suchen wollte. Aber Catriona hatte ihn kurz vor Maggies Behausung abgefangen. »Wo hast du denn gesteckt?«, fragte er, sich nach Maggie umschauend. »Ich hab überall nach dir gesucht!«

»Ach ja? Hast mich wohl vermisst, Claud?« Sie streichelte seine Wange.

Er vergaß Maggie völlig und konnte nur noch Catriona anschauen. Sie sah betörend aus wie immer. Ihr tief ausgeschnittenes, durchsichtiges grünes Gewand schmiegte sich verführerisch an die köstlichen Kurven ihres Körpers. Er erinnerte sich an den Zauber, der ihren Fingern innewohnte, und sehnte sich danach, überall von ihnen berührt zu werden.

»Ja, ich hab dich ziemlich vermisst«, sagte er mit rauer Stimme.

»Ich hatte viel zu tun, Claud, aber ich hab's geschafft, mich kurz zu verdrücken, weil ich dich auch vermisst hab. Dieses zahnlückige Flittchen hat mir gedroht! Sie hat gesagt …«

»Wer?«

»Diese durchtriebene Intrigantin Lucy Fittletrot natürlich. Der werd ich Ziegenfüße verpassen!«

Unwillkürlich wanderte sein Blick zu Catrionas Füßen, die von ihrem Gewand verdeckt waren.

Sie schnaubte empört. »Da kannst du mal sehen! Sie hat dir eingeredet, ich sei 'ne Glaistig.«

»Zeig mir deine Füße, Mädchen!«

»Das werd ich nicht tun! Du weißt doch ganz genau, dass ich nicht halb Frau, halb Ziege bin.«

»Aber vielleicht wärst du das gern!«, zischte eine wütende Stimme hinter ihnen.

Claud wirbelte herum und erblickte Lucy. Ihre dunklen

Augen funkelten, ihr goldenes Haar stand wirr vom Kopf ab. »Lass sie in Frieden, Lucy!«, fauchte er sie an.

Wild entschlossen, Catriona zu beschützen, auch wenn er sich nicht sicher war, wie, drehte er sich um, stellte aber verblüfft fest, dass sie bereits verschwunden war.

»Was hast du mit ihr angestellt, Lucy?«

»Es ist Zeit, wieder zum Fest zurückzukehren, Claud«, sagte Lucy und berührte seine Schulter. »Sie werden das Brautpaar bald ins Bett bringen. Das haben wir beim letzten Mal verpasst, wenn du dich dran erinnerst, und ich will sehen, was sie tun. Vielleicht lernen wir noch was von denen.«

Das Zischen in Lucys Stimme war verschwunden, sie klang wieder sanft und verführerisch. Sie zog ihn an sich und ließ kurz ihre Hände über seinen Körper wandern, bevor sie sie um seinen Nacken schlang und sich auf die Zehenspitzen stellte, um ihn zu küssen. Doch diesmal störte ihn ihre Berührung und er entzog sich ihr. Er war zu wütend auf sie, um ihren Verführungskünsten so leicht zu erliegen.

Erbost huschte sie davon und er folgte ihr zögernd.

An Bord der Marion Ogilvy

Auch als sie Spanien und Frankreich hinter sich gelassen hatten, wehten die Winde weiter heftig aus dem Süden und brachten sie rasch nach Norden Richtung Irland. Kit wusste, sie würden westlich an Henrys England vorbeisegeln und dabei einen möglichst großen Abstand wahren.

Niemand konnte erklären, warum die Winde so günstig gewesen waren. Ältere Männer, die von Kindesbeinen an über die Meere gesegelt waren, sagten, sie hätten so etwas noch nie erlebt.

Kit hatte seine Pflichten erfüllt und hielt sich von den anderen fern. Er sprach fast nur mit Tam und Willie; Gibson und Sir Kenneth Lindsay ging er möglichst aus dem Weg. Er glaubte, je weniger man ihn mit dem Neffen des Botschafters sah, desto weniger würde ihm Gibson später vorhalten können. Gibson beobachtete ihn immer wieder kritisch, und er wusste nur zu gut, dass zwischen ihnen noch eine Abrechnung ausstand.

Lange, bevor sie die irische Küste sahen, ließ der Wind nach und drehte. Jetzt kam er aus dem Westen und wurde allmählich so stark, dass er ihre Fahrt erheblich verlangsamte.

Gibson schickte ihn mit den anderen in die Takelage, um die Segel entsprechend zu setzen. Doch als er zum Vorbramsegel hochkletterte, schrie jemand über ihm am Großbramsegel: »Schiffe in Sicht!«

Jetzt konnte er sie auch sehen, direkt vor ihnen – drei riesige Kriegsschiffe, die rasend schnell auf sie zu hielten.

Gibson befahl mit dröhnender Stimme, die Kanonen zu bemannen, und Takler sprangen an die Schoten, um die Winkel der Segel zu verändern und das Schiff zu wenden. Aber so schnell sie auch waren, die herannahenden Schiffe waren schneller. Kaum hatten sie die englischen Flaggen auf den Masttopps ausgemacht, da hörten sie schon das feindliche Feuer. Die erste Salve war zu kurz, aber die *Marion Ogilvy* bot dem Gegner nun die Breitseite und die Kriegsschiffe kamen rasch näher.

Bei der nächsten Salve war er an seinem Platz an der Vormarsstenge und sah, wie eine Kugel das Großmasttopp traf. Männer schrien, Holzsplitter flogen in alle Richtungen, Mast und Takelage begannen zu wanken.

Es war ein Volltreffer. Zwei Drittel des riesigen Großmastes kippten um, und zwar genau auf ihn zu.

17

Bab sah ihre Mutter und Mauri MacRae zielstrebig auf sie zu steuern. Andere Gäste schlossen sich den beiden an.

»Was ist los?«, fragte sie. »Stimmt etwas nicht?«

»Nein, mein Liebes, aber es ist Zeit, dass wir dich ins Bett bringen.«

Babs Knie wurden weich, aber sie zwang sich, möglichst ruhig zu bleiben. »Was habe ich zu tun?«

Neben ihr sagte Alex ebenso ruhig: »Wir werden mit ihnen nach oben gehen, Mylady. Achtet auf Euer Brautkleid und bleibt in meiner Nähe.«

Ihr fiel ein, dass die langen Schleifen an ihren Ärmeln als Preis galten, den sich die männlichen Hochzeitsgäste holen durften, wenn sie sich auf den Weg in ihr Schlafgemach machte. Bab schluckte. Sie hatte gehört, dass so manche Braut splitterfasernackt ausgezogen worden war, weil ihren Gästen die Schleifen nicht gereicht hatten. Und noch etwas fiel ihr siedend heiß ein.

»Werden all diese Leute uns zuschauen, wenn wir ins Bett gehen?«

Ihre Mutter blickte sich stirnrunzelnd um. Manche Männer hatten Chisholms Bordeaux, dem Bier und dem noch berauschenderen Brogac, einem Getränk, das auf der Insel Skye gebraut wurde, so eifrig zugesprochen, dass sie recht übermütig wirkten.

»Solange mein Vater da ist, wird sich in seinem Haus kein Mann danebenbenehmen«, sagte Alex. »Das Ganze läuft folgendermaßen ab: Eure Mutter und die anderen verheirateten Frauen werden Euch beim Auskleiden helfen. Wenn Ihr Euer Nachthemd angezogen habt und im Bett liegt, werde ich zusammen mit Eric und den anderen männlichen Gästen hereinkommen. Der Priester wird das Bett segnen, wir trinken einen Becher Rotwein mit ihm, und dann wird er alle anderen aus dem Raum scheuchen. Es wird im Handumdrehen vorüber sein, und ich werde nicht zulassen, dass jemand Euch in Verlegenheit bringt.«

Sie musterte ihn prüfend. Er wirkte vertrauenerweckend und seine Stimme klang sehr fest. Dennoch machte sie sich weniger Sorgen wegen der anderen, sondern eher darüber, was passieren würde, wenn diese den Raum verlassen hatten.

*

»Schick dich, Claud, ich will 'nen guten Platz!«, rief Lucy und zerrte an seinem Jackenärmel, als hätte es zwischen ihnen nie auch nur den geringsten Ärger gegeben.

»Die Ladyschaft wird uns sehen«, warnte Claud.

»Egal«, entgegnete Lucy grinsend. »Sie mag die Gabe haben, uns zu sehn, aber sie hat nicht die Macht, uns auszusperrn.«

»Aber wenn sie grad mit meiner Mama redet? Du weißt doch ganz genau, was dann passiert!«

»Hör endlich auf mit diesem Quatsch! Deine Mama will, dass du auf das Mädel aufpasst. Wie sollst du das, wenn du nicht bei ihr bleibst?« Als Claud noch immer zögerte, meinte sie seufzend: »Nun komm schon, Claud! Wenn's dich glücklicher macht, dann verstecken wir uns einfach.«

»Glaubst du denn, wir können uns vor meiner Mama verstecken?«

»Du weißt ganz genau, dass ich das kann!«, sagte sie augenzwinkernd. »Und ich hab's auch schon mal getan!«

Das hatte er schon fast vermutet, auch wenn er sich wieder einmal fragte, welche Zauberkräfte Lucy besaß, die sie vor Maggies immenser Macht schützten.

Sie schickte sich an, dem Brautpaar zu folgen, und er kam ihr hinterher. In diesem Moment kippte einer der Gäste, der dem Brogac besonders heftig zugesprochen hatte, die Reste seines Bechers sorglos hinter sich und rief nach Rotwein, um der Braut zuzuprosten. Lucy stand direkt hinter ihm und das starke Gebräu hätte sie getroffen, wenn sie nicht hurtig zur Seite gesprungen wäre. Sie schrie zornig auf und schüttelte drohend die Faust.

»Lucy!«, brüllte Claud. »Tu's nicht!«

Sie drehte sich zu ihm um. »Ich wollt ihn grad in 'ne Kröte verwandeln«, sagte sie boshaft.

»Du weißt ganz genau, dass wir so was nicht tun dürfen«, schimpfte Claud. »Wenn du ihn in 'ne Kröte verwandelst, sehen die anderen, wie er verschwindet. Und außerdem bin ich dann wieder mal dran schuld, und ich wollt die Dinge hier regeln, ohne dass jemand was von uns mitbekommt. Ich wollt erst wieder vor den Kreis treten, wenn ich meine Aufgabe geschafft hab!«

»Aber ich mag's nicht, wenn ich nass werd, und dieser Schuft hätt mich beinah ertränkt!«

»Ich dachte, du wolltest unbedingt zuschaun, wie die Braut ins Bett gebracht wird«, meinte Claud, um sie auf andere Gedanken zu bringen.

»Das wollt ich auch«, sagte sie und eilte die Stufen hinauf.

Diesmal folgte er ihr mit einem tiefen Seufzer der Erleichterung.

*

An Bord der Marion Ogilvy

Er dachte, sein letztes Stündlein habe geschlagen, denn es sah aus, als würde der Mast direkt auf ihn stürzen, und er konnte sich nirgends schützen. Aber während er sich zähneknirschend am Vorbramsegel festklammerte, hörte er, wie ein heftiger Wind aufkam. Er hatte erneut gedreht und blähte sämtliche Segel, so dass sie mit dem Wind plötzlich nach Nordosten segelten. Und er war so stark, dass er sogar den fallenden Mast wieder aufzurichten schien. Oder hatte Kit sich etwa nur eingebildet, dass der Mast in seine Richtung fiel? Verdutzt suchte er nach einer vernünftigen Erklärung für das, was er soeben gesehen hatte.

Vielleicht war der Wind erst vor wenigen Augenblicken aufgekommen, und zwar so rasch, dass sich das ganze Schiff mit den zunehmenden Wellen geneigt hatte, bevor er es bemerkt hatte.

Jedenfalls würde er sich darüber nicht länger den Kopf zerbrechen.

So, wie die anderen Takler reagierten, hatten auch sie dasselbe gesehen und befürchtet. Sie überprüften nun die Wanten des Großmasts, die dicken, doppelten Taue, die an die Reling gekettet waren, um den Mast zu verspannen.

Sie waren vom Kurs abgekommen und auf dem Weg in die Irische See, dem Meer zwischen Irland und England. Nun waren sie aber auch viel schneller als die englischen Schiffe. Mit einem Quäntchen Glück würde die einbrechende Dunkelheit sie schützen und es ihnen gestatten, noch vor dem Morgengrauen den Nordkanal zwischen Schottland und Irland zu erreichen. Und dann würden sie viel eher ankommen als erwartet, weil es von dort aus viel näher nach Dumbarton war.

Er blickte zum Himmel und richtete ein stilles Dankgebet an die alten Götter, die über die Seefahrer wachten. Die für die *Marion Ogilvy* zuständigen Götter hatten das Schiff offenbar ein Weilchen vergessen, aber jemand hatte sie rechtzeitig erinnert. Dafür war er sehr dankbar.

*

Die Frauen drängten Bab nach oben in Sir Alex' Schlafzimmer, die Männer folgten ihnen. Bab von Alex zu trennen war nicht weiter schwer gewesen; die Frauen hatten sie einfach vor ihm die Wendeltreppe hinaufbugsiert und sich an ihre Fersen geheftet, so dass sie nun eine starke Wand weiter Röcke beschützte, während sie die Stufen hinaufeilte. Lady MacRae und Maurie waren direkt hinter ihr.

Es war ein fröhlicher Zug, der sich unter schallendem Gelächter und deftigen Bemerkungen auf den Weg gemacht hatte. Chisholm und seine Frau, die sich an den Schluss der vergnügten Schar gesetzt hatten, sorgten dafür, dass die Späße nicht zu derb wurden.

Am Treppenabsatz vor Alex' Schlafkammer eilte Mauri, die sich offenbar bereits mit den Räumlichkeiten vertraut gemacht hatte, voraus. Sie öffnete die Tür, blickte sich in dem Raum um und bedeutete Bab, an ihr vorbei einzutreten.

Mauri blieb derweil an der Tür stehen und ließ nur die Damen herein.

Bab sah sich neugierig um.

Alex' Schlafkammer entsprach nicht ganz ihren Erwartungen. Weil er so viel Wert auf sein Äußeres, seine Kleidung und Farben legte, war sie von einem reich ausgestatteten Raum ausgegangen, doch sein Zimmer wirkte fast spartanisch. Die schlichten, dunkelblauen Bettvorhänge und die Vorhänge an den Fenstern wurden von einem ganz gewöhnlichen weißen Baumwollstrang zusammengehalten und waren weder bestickt noch sonstwie verziert. Aber es wirkte sehr gemütlich, denn im Kamin prasselte munter ein Feuer und die zahllosen Kerzen und mit Öl gespeisten Stocklaternen tauchten den ganzen Raum in ein sanftes goldenes Licht.

Babs Nachtgewand und ihr Morgenmantel lagen bereits auf dem hohen Bett, das an der Wand dem Kamin gegenüber stand und breiter wie auch länger als ihr eigenes Bett war. Giorsal und Ada MacReedy standen schon bereit, um ihr zu helfen.

Der Tumult vor der Kammer wurde lauter. Schließlich zog Mauri die Tür fest zu und sperrte die Männer aus.

Obwohl der Raum sehr groß war, wirkte er mit all den plappernden Frauen viel zu klein für das, was nun stattfinden sollte. Lady Chisholm sorgte mit leiser, wenn auch fester Stimme für Ruhe. »Ruhe, meine Damen, sonst wird unsere arme Bab hier noch taub!«

Eine der Anwesenden meinte, es wäre doch zu schade, wenn sie Sir Alex' Liebesgeflüster nicht würde verstehen können. Bab war viel zu aufgeregt, um etwas zu erwidern. Giorsal führte sie zum Waschtisch, wo ein Handtuch und warmes Wasser hergerichtet waren und auch sonst ein paar Dinge bereit standen, um sie für ihren Mann schön zu machen.

Es kam ihr fast selbstverständlich vor, sich ihr Hochzeitskleid ausziehen und sich zum Schlafengehen zurechtmachen zu lassen. Bald waren ihr Gesicht und ihre Hände gewaschen, die Zähne geputzt. Hilfreiche Hände tupften ein paar Tropfen Parfüm hinter Babs Ohren, auf ihre Handgelenke, zwischen ihre Brüste und an Stellen, die ihr dafür nie in den Sinn gekommen wären. Sie kaute ein paar Blätter Minze, um den Atem zu erfrischen, und die Frauen halfen ihr in das weiche Batistnachthemd und den kuscheligen Morgenmantel aus rotem Samt. Diese Hochzeitsgeschenke ihrer Mutter hatten Giorsal und Ada genäht, obwohl sie mit dem rosafarbenen Hochzeitskleid schon alle Hände voll zu tun gehabt hatten.

Inzwischen war ihr auch der Kopfschmuck abgenommen worden und jemand hatte ihre Zöpfe aufgelöst. Jetzt bürstete Giorsal ihr noch rasch das Haar, denn draußen vor der Türe wurden die Männer allmählich ungeduldig.

Fiona Mackintosh schlug die Decke zurück und stellte sich an die Seite des Bettes.

»Steig in dein Bett, mein Liebling«, sagte Lady MacRae leise zu ihrer Tochter. »Ich hoffe, du weißt, was heute Nacht passieren wird.«

Bab fragte sich, woher ihre Mutter diese Zuversicht nahm. »Eigentlich habe ich nur sehr vage Vorstellungen«, murmelte sie mit hochroten Wangen.

»Nun, du tust einfach deine Pflicht und beugst dich dem Willen deines Mannes«, erwiderte die Mutter. Lächelnd küsste sie ihre Tochter auf die Wange und trat zurück. »Du kannst die Herren hereinlassen, sobald ihre Ladyschaft ins Bett gegangen ist, Mauri.«

Unwillkürlich blickte Bab auf Lady Chisholm, bis sie merkte, dass dieser Titel nun ihr galt. Dann kletterte sie folgsam über die Bettstiege in das hohe Bett und kuschelte sich hinein. Kissen wurden um sie herum drapiert, um es ihr für die bevorstehenden Ereignisse bequem zu machen.

Die Frauen zupften die Decke zurecht und zogen sie ihr bis zu den Hüften.

Dann ließ Mauri MacRae Sir Alex und seine Begleiter herein, während die Frauen vom Bett zurücktraten, um Alex den Blick auf seine Braut freizugeben.

Erstaunt bemerkte Bab, dass er sich bereits umgezogen hatte. Wahrscheinlich hatten ihm seine Freunde dabei geholfen. Anstatt des eleganten Wamses und der Hose, die er zur Hochzeit angehabt hatte, trug er nun einen blauen Morgenmantel aus Brokat, der von einer Goldborte gesäumt und mit goldenen Quasten geschmückt war.

Der Priester starrte die übermütigen Männer, die Alex gefolgt waren, finster an und trat neben den Bräutigam. Alex lächelte Bab zu, und sie spürte, wie ihre Anspannung nachließ. Man konnte über ihn sagen, was man wollte – er war freundlich und sanft und würde ihr nicht wehtun, das wusste sie.

Endlich gelang es dem Priester, sich Gehör zu verschaffen. »Wir müssen dieses Bett segnen, bevor Sir Alex sich zu seiner Braut gesellt und die Ehe vollzieht«, meinte er und fügte dann noch streng hinzu: »Ruhe jetzt, ihr Wüstlinge, sonst beleg ich euch mit einem Fluch, der euch die Augen im Kopf vertrocknen lässt!«

Die Männer tauschten ein paar gedämpfte Bemerkungen aus und grinsten verstohlen, doch schließlich wurde es still genug im Raum, dass der Priester seinen Segen erteilen konnte. Sobald er geendet hatte, trat Eric Mackintosh, Alex'

Trauzeuge, mit einem Krug Bordeaux und vier Kelchen ans Bett.

Er schenkte den Wein ein, reichte dem Priester, Bab und Alex einen Kelch und hob dann seinen eigenen. »Auf die wunderschöne junge Lady Chisholm und ihren hässlichen Ehemann!«, meinte er grinsend. »Mögen sie in Glück und Zufriedenheit leben bis ans Ende ihrer Tage, auch wenn ich nicht weiß, wie ihr das gelingen soll mit ihrem Gatten, der es faustdick hinter den Ohren hat!«

Die Gäste brachen in schallendes Gelächter aus, und alle wünschten dem Brautpaar Glück.

Alex hielt lachend seinen Kelch hoch und nahm einen Schluck. »Du musst auch darauf trinken!«, wies er seine Braut an.

»Aber sie trinken doch auf uns«, protestierte sie. »Ich habe nicht gewusst, dass ...«

Die Anwesenden fielen ihr ins Wort. »Trink!«, erschallte es von allen Seiten, bis sie schließlich einen kleinen Schluck nahm.

Alex prostete der Menge zu und auch Pfarrer Fraser, der schließlich meinte: »Jetzt ist es genug! Raus mit euch!«

Die Gäste fügten sich. Sie rumorten nur noch etwas vor der Tür, dann entfernte sich der Lärm und das Brautpaar war allein.

*

»Jetzt geht's endlich voran«, meinte Lucy zufrieden und machte es sich neben Claud bequem. »Hast du schon mal so was gesehn, Claud?«

»Jawohl«, erwiderte er und dachte daran, wie er und Catriona einmal einer ähnlichen Szene beigewohnt hatten. »Lucy, was hast du diesmal mit Catriona angestellt?«

»Das hab ich dir doch schon gesagt«, erwiderte sie, ohne die Augen von dem Paar zu lassen. »Dieses Biest hat vor mir

Angst. Die ist einfach abgehaun. Und jetzt sei ruhig, ich will hören, was er zu ihr sagt!«

»Viel wird er jetzt wohl nicht sagen«, meinte Claud und warf einen Blick auf die beiden im Bett. »Er wird sie nur auffordern, noch etwas Wein zu trinken, damit sie ruhiger wird, falls sie Angst hat.«

»Ich glaub nicht, dass sie Angst hat«, sagte Lucy weise.

»Lucy, wie hast du ihr diesen Traum eingeimpft?«

»Ich glaub, das hast du selber getan, vielleicht sogar in dieser Kapelle.«

»Du weißt ganz genau, dass ich es nicht war. Warum antwortest du mir nicht, Lucy? Lügst du mich etwa wieder an?«

»Lucy Fittletrot lügt nicht«, erwiderte sie beleidigt. »Sie hatte rein gar nix zu tun mit dem Traum, der die Hochzeit leichter machte, auf die du so versessen warst.«

»Ja, das war ich«, gab Claud zu.

»Keine Sorge«, riet Lucy. »Niemand außer dem Mädel weiß von diesem Traum, also hast du damit auch kein Gesetz gebrochen.«

»Aber ich …«

»Sei still! Er will was zu ihr sagen.«

*

Alex gönnte sich ausgiebig das Vergnügen, Bab anzuschauen, und ergötzte sich an ihrer Schönheit. Im goldenen Schein der Kerzen und des Feuers, in dem ihre tiefblauen Augen riesengroß und dunkel wirkten, kam sie ihm noch schöner vor als sonst.

Sie starrte ihn mit weit aufgerissenen, fragenden Augen an. Er staunte, dass sie keine Angst zu haben schien, obwohl sie sicher nicht sehr viel über das Eheleben wusste. Wieder einmal wunderte er sich über ihren Mut und ihren klaren Verstand.

In welche Gefahr hatte er sie gebracht? Was auch immer

demnächst geschehen würde, es würde seine Schuld sein, weil er seiner Sehnsucht nach ihr erlegen war. Und früher oder später würde er ihr alles gestehen müssen. Würde sie ihm seine Machenschaften verzeihen? Und wenn nicht, was dann?

Er dachte an ihre erste Begegnung. Damals hatte seine Familie die MacRaes in Ardintoul besucht. Sie hatte etwas angestellt, worüber sich Patrick geärgert hatte. Ihr Bruder war fast zehn Jahre älter als sie und drei Jahre älter als Alex. Sie war mit funkelnden Augen, die Hände in die Hüften gestemmt, vor Patrick gestanden, ein kleines, vierjähriges Temperamentbündel, das seinem großen Bruder die Stirn bot.

Bei dieser Erinnerung musste er lächeln. Sie erwiderte sein Lächeln zaghaft.

»Weißt du, woran ich denke?«, fragte er.

»Nein«, erwiderte sie. »Wie auch?«

»Manchmal habe ich das Gefühl, dass du in meinen Kopf schauen und meine Gedanken lesen kannst.«

»Tatsächlich? So ein ähnliches Gefühl habe ich auch, wenn ich etwas tun will, was du nicht billigst, und du mir dann wortlos Hindernisse in den Weg legst.«

»Bist du noch böse auf mich, dass ich dich in der letzten Woche in der Burg festgehalten habe?«

»Ich mag es nicht, wenn man mich einengt«, sagte sie.

Er zuckte bei diesen Worten innerlich zusammen, auch wenn er nicht wusste, warum. »Es tut mir Leid«, meinte er, »aber hier warst du sicherer. Ich wusste nicht, was dich draußen erwarten würde. Hast du deinen Wein ausgetrunken?«

Sie errötete und wirkte nicht mehr ganz so ruhig. Sanft nahm er ihr den Kelch ab und stellte ihn auf den Nachttisch. Dann schloss er sie in die Arme und stellte erleichtert fest, dass sie keinen Widerstand leistete. »Ich freue mich, dass du dich schließlich doch entschlossen hast, mich zu heiraten«, sagte er leise

»Das habe ich nicht getan«, murmelte sie. »Ich bin mir

noch immer nicht im Klaren darüber, was eigentlich passiert ist.«

»Sag's mir«, meinte er.

»Es war wie in einem Traum«, entgegnete sie und musterte ihn forschend. Würde er ihr glauben? »Ich träumte, ich sei in einem Märchental, und das Oberhaupt der Feen und Elfen schloss diese Ehe.« Sie hielt inne und wandte den Blick ab. »Ich war dort, und im nächsten Moment stand ich vor Pfarrer Fraser, und er forderte mich auf, aus dem Kelch zu trinken.«

Jetzt war sie tiefrot, und er wollte sie schon fragen, wen sie denn in diesem Traum geheiratet hatte. Aber eigentlich konnte er es sich denken, und falls er sich irrte, wollte er es nicht wissen.

Deshalb sagte er nur: »Ich hoffe, dass du es nicht bereust, mich geheiratet zu haben, Bab. Ich bereue es jedenfalls nicht.«

»Wirklich nicht?«

»Ich wollte dich sehr gerne heiraten, von dem Moment an, als unsere Vermählung zum ersten Mal erwogen wurde«, sagte er ehrlich. »Ich glaubte wirklich, du hättest dich umbesonnen. Frauen tun das doch häufig.«

»Das glauben die Männer gern«, sagte sie beifällig nickend.

»Ich würde meine Frau jetzt gerne küssen«, meinte er.

Ihre Lippen öffneten sich, und ihre Augen weiteten sich noch mehr. Er konnte der Versuchung nicht mehr widerstehen – er beugte sich zu ihr hinab und eroberte ihren Mund.

*

»Gut!«, meinte Lucy. »Wenn wir Glück haben, reden sie jetzt nicht mehr so viel.«

»Ruhig!«, mahnte Claud. »Sei bloß ruhig!« Er spürte ein leichtes Prickeln, das er als Warnung deutete, dass seine Mutter in der Nähe war. »Wenn du's schaffst, uns vor meiner Mama unsichtbar zu machen, dann tu's bitte auf der Stelle!«

Lucy verschwand ohne ein weiteres Wort, doch offenbar hatte sie vergessen, ihn mitzunehmen, denn plötzlich stand er vor seiner Mutter.

»Was treibst du denn hier?«, wollte Maggie wissen, die Hände in die Hüften gestemmt.

»Du hast doch gesagt, ich soll auf das Mädel aufpassen!«

»Das schon, aber du hast Glück gehabt, dass ihre Ladyschaft dich hier nicht gesehn hat.«

»Lucy hat uns vor ihr verborgen.« Kaum war ihm dieses Geständnis entschlüpft, da wünschte er sich inständig, er könne es ungeschehen machen.

Maggies Gesicht rötete sich. Sie trat näher und baute sich direkt vor ihm auf. »Aha, Lucy. Diese Satansbrut Lucy Fittletrot etwa?«

»Sie hat gesagt, sie ist nicht Jonah Bonewits Tochter und deshalb auch nicht meine Schwester.«

»Was macht das schon?«, herrschte Maggie ihn an. »Sie war auch früher schon unter seinem bösen Bann, deshalb konnte er sie jetzt leichter verzaubern. Ich wette, dieser Zauber, unter dem dein Mädel Alex Chisholm geheiratet hat, geht auf ihre Kappe.«

»Du weißt also davon?«

»Na klar. Ich hätt ihn zwar von ihr nehmen können, bevor sie in die Kirche ging, aber zu der Zeit wirkte sie, als hätte sie ihn akzeptiert. Und mir hat's ja gut in den Kram gepasst, dass sie ihn heiratete. Sie liebt ihn, das weißt du doch. Sie kapiert's nur noch nicht so recht.«

»Ja, das is klar wie Kloßbrühe«, erwiderte Claud eifrig in der Hoffnung, dass es auch stimmte.

»Sie schaffen es jetzt auch ohne uns«, sagte Maggie. »Du störst hier nur.«

Sie schnippte mit den Fingern, und plötzlich fand sich Claud in seinem Lieblingsstuhl in der Behausung seiner Mutter wieder. Er starrte seufzend ins flackernde Feuer und stellte verdrossen fest, dass sein Liebesleben zusehends verkümmerte.

*

Babs Freude und Verlangen wuchsen, je mehr Alex sie küsste und liebkoste. Sie fragte sich nur, woher es kam, dass sie auf zwei Männer so reagierte. Waren etwa alle Küsse gleich und liefen stets darauf hinaus, die Menschen in Liebe zueinander finden zu lassen? Auf alle Fälle reagierte ihr Körper so. Doch dann dachte sie daran, wie Francis Dalcross sie geküsst hatte. Dabei hatte sich in ihr nur Wut geregt. Also gab es doch unterschiedliche Küsse.

Dennoch erregten sie Alex' Berührungen genauso wie die des Fuchses, und ihr Körper verzehrte sich nach weiteren Liebkosungen. Als Alex die Bänder ihres Morgenmantels lösen wollte, half sie ihm bereitwillig und wunderte sich gleichzeitig über ihre Kühnheit.

Während er sich damit abmühte, hörte er nicht auf, sie zu küssen, so dass sie es kaum merkte, als er ihr den Morgenmantel abstreifte und sich an die Bänder ihres Nachtgewands machte. Die Berührungen seiner Hand auf ihrer nackten Haut waren allerdings ganz anders als in ihrem Traum. Sie kam sich jetzt überhaupt nicht so vor, als schwebte sie. Nein, die Empfindungen waren viel stärker, und ihr Herz hämmerte wild. Alex umfasste eine ihrer Brüste und streichelte die Warze zärtlich. Bab entwich ein lustvolles Stöhnen, und er eroberte ihren Mund mit seiner Zunge.

Inzwischen hatte er es auch geschafft, ihr das Nachthemd abzustreifen, und seine Hände begannen, ihren Körper zu erforschen. »Du darfst mich ruhig auch berühren«, murmelte er.

Sie wusste nicht, was sie tun sollte. »Muss ich das denn?«

Seine Hände hielten inne. »Kann es sein, dass du nicht sehr

viel über die Liebe weißt?«, fragte er. »Hat dir denn deine Mutter nicht gesagt, was dich erwartet?«

»Sie hat nur gesagt, ich solle meine Pflicht tun und mich meinem Mann unterwerfen«, sagte Bab.

»Das würde ich zu gern sehen«, sagte er leise lachend.

Sie versuchte, ihre Gedanken zu ordnen, und wartete auf weitere Anweisungen. Doch es kamen keine. War er etwa eingeschlafen?

»Sir?«

»Ihr könnt mich Alex nennen, Madam.«

»Madam.« Sie lauschte dem Klang dieses Wortes nach. »Ärgert Ihr Euch über mich?« In Gedanken hatte sie ihn schon seit Wochen Alex genannt, aber es wollte ihr noch nicht gelingen, ihn so anzusprechen. Man hatte ihr von klein auf beigebracht, Männer mit »Sir« anzureden; so hatte sie selbst Patrick angesprochen.

Er hatte ihr noch keine Antwort gegeben. »Ärgert Ihr Euch?«, fragte sie noch einmal.

»Ich versuche, mir vorzustellen, warum du das denkst.«

»Bräute sollten doch begierig darauf sein, die Geheimnisse des Ehebettes zu erforschen, oder?«, meinte sie.

»Ich weiß nicht«, erwiderte er. »Ich war nie eine Braut, aber ich denke, auch Bräute können nicht über ihren Schatten springen. Und schließlich bist du ja nicht gerade bereitwillig in diesem Bett gelandet.«

Sie verstummte.

»Komisch, oder?«, meinte sie schließlich. »Von einem Mädchen erwartet man, dass es heiratet. Und die wenigsten von uns können bei der Wahl ihres Ehemannes groß mitreden. Außerdem mag ich Euch sehr gern, Sir. Ich kann mir keinen Gentleman vorstellen, den ich lieber geheiratet hätte.«

Und das stimmte auch, denn den Fuchs konnte man ungeachtet seiner gelegentlichen Bemühungen, so zu klingen, wahrhaftig nicht als Gentleman bezeichnen. Doch trotz ihrer Gefühle für ihn und des köstlichen Traumes, der sie verleitet hatte, Alex zu heiraten, war ihr klar, dass sie den Fuchs nie hätte heiraten können.

»Du meine Güte«, sagte er schließlich in seiner ihr so unangenehmen gedehnten Sprechweise. »Werft Ihr auch nach anderen Gentlemen Becher und Krüge? Denn wenn Ihr das tut«, fügte er hinzu, noch bevor sie ihm antworten konnte, »dann muss ich euch sagen, dass ich als Euer Gatte so ein Verhalten nicht dulden kann.«

»Wenn Ihr so sprecht«, sagte sie bissig, »möchte ich Euch am liebsten in Bier ertränken!« Doch dann fügte sie seufzend hinzu: »Um Euch die Wahrheit zu gestehen, Sir: Ich weiß nicht, was mit mir los ist. Ich war völlig verwirrt, und gleich darauf habe ich wieder fröhlich getanzt und geplaudert. Als die Ladies mich hier hochbrachten und auskleideten, kamen mir alle möglichen Zweifel und Bedenken, und jetzt bin ich wieder verwirrt. Aber trotzdem bin ich froh, dass ich hier neben Euch liege und mich so mit Euch unterhalten kann.«

»Mir geht es genauso«, sagte er. »Und glaubt nicht, dass ich Eure Unruhe und Verwirrung nicht begreifen kann. Auch mich hat dieser Tag ein wenig verstört. Alles ist so rasch gegangen und es gibt noch so viele ungeklärte Fragen. Wenn Ihr noch nicht bereit seid, die Ehe mit mir zu vollziehen, bin ich zwar ein wenig enttäuscht, aber ich kann Euch verstehen. Wir können auch noch ein oder zwei Nächte warten, bis Ihr Euch daran gewöhnt habt, meine Frau zu sein.«

Er klang sehr vernünftig und auch freundlich. Warum stieg dennoch eine leichte Enttäuschung in ihr auf?

»Ich werde mich natürlich so verhalten, wie Ihr es am besten findet«, sagte sie.

»Ach, Bab«, sagte er leicht belustigt. »Ich glaube, wir sollten wirklich warten, bis du wieder selbstständig denken kannst. Diese Unterwürfigkeit kenne ich gar nicht bei dir.«

»Jetzt ärgerst du dich doch!«

»Nein, mein Schatz. Zugegeben, ich würde nichts lieber tun, als dich auf der Stelle zu meiner Frau zu machen, aber ich möchte, dass wir diesen Weg gemeinsam gehen. Ich möchte dich nicht zu etwas drängen, was du nicht willst.« Er deckte sich auf.

»Wohin gehst du?«

»Ich will nur rasch die Kerzen ausblasen und etwas Holz nachlegen.«

Einen Augenblick später war es dunkel, und als er ins Bett zurückkam, merkte sie, dass er seinen Morgenmantel abgestreift hatte und nichts darunter trug.

»Ich möchte dich nur umarmen, mein Schatz«, sagte er und setzte seine Worte sogleich in die Tat um.

Obwohl ihr Herz zu rasen begann, ließ sie sich von ihm festhalten und fand die körperliche Nähe sehr angenehm. Anfangs liebkoste er sie zärtlich und sanft, wie man eine Katze streichelt, und sie entspannte sich und genoss die Empfindungen, die seine Berührungen in ihr auslösten. Dann wanderte seine Hand tiefer, zwischen ihre Beine, dorthin, wo sie außer ihr selbst bisher niemand berührt hatte.

»Entspanne dich«, sagte er. »Ich werde dir nicht wehtun.«

»Ich weiß«, erwiderte sie. »Aber trotzdem bin ich so aufgeregt, dass ich am liebsten auf und davon liefe.«

Wieder lachte er leise. Sie hatte gewusst, dass er so reagieren würde, und lächelte. Doch dann berührten seine Finger eine besonders empfindliche Stelle, und sie zuckte zurück. Seine Hand wanderte zurück zu ihren Brüsten, die er auch mit dem Mund liebkoste. Seine Zunge umspielte eine Brustwarze, während seine Hände sich wieder an der Stelle zu schaffen machten, wo sie vorher gewesen waren.

Nun bäumte sich ihr Körper auf und flehte ihn an, nicht aufzuhören, bis eine plötzliche Welle der Wollust über ihr zusammenschlug und ihr Denken völlig aussetzte. Diese Empfindung hielt eine ganze Weile an, bis sie einer tiefen Entspannung wich. Sie schmiegte sich eng an ihn und legte den Kopf auf seine Schulter.

»Was ist passiert?«, murmelte sie.

»Das hat die Natur so eingerichtet«, sagte er. »Haben wir uns jetzt gerade vereinigt? Ich dachte ...«

Sie hielt inne, denn sie wusste nicht, wie sie ihre Gedanken in Worte fassen sollte.

»Nein«, sagte er. »Wir haben erst damit angefangen, mein Schatz. Ich wollte, dass du die Lust an der Vereinigung kennen lernst, obwohl das erst ein kleiner Vorgeschmack war.«

»Du meine Güte!«, meinte sie nur. Konnte das Ganze tatsächlich noch überwältigender sein?

Er küsste sie zärtlich. »Gute Nacht, schlaf jetzt und schlaf gut. Lass uns morgen weiterreden.«

Sie widersprach ihm nicht, doch das Einschlafen fiel ihr schwer.

Bisher hatte sie immer ganz genau gewusst, was in ihr vorging, und hatte stets unverblümt ihre Meinung gesagt, auch wenn sie sich damit oft genug Ärger eingehandelt hatte. Warum fiel es ihr jetzt so schwer, ihre Gefühle zu verstehen? Ihr Kopf fühlte sich nicht mehr so benebelt an wie zuvor, ihre Gedanken waren völlig klar, aber sie konnte sich einfach keinen Reim darauf machen.

*

Auch Alex lag noch eine Weile schlaflos neben ihr. Zwar sagte er sich, eigentlich könne er stolz auf sich sein, weil er sich so nobel verhalten hatte. Aber er wusste, dass jetzt alles nur noch komplizierter werden würde. Solange nur er selbst beteiligt war, konnte er ja ruhig den Helden spielen. Aber jetzt war Bab mit im Spiel, und da sah die Sache ganz anders aus.

Er musste unbedingt seine Karten aufdecken, bevor Patrick davon erfuhr. Was würde Bab wohl dazu sagen? Sie war kein Mensch, der alles klaglos hinnahm, und grundsätzlich war ihm das ja auch durchaus recht so, aber in diesem Fall fürchtete er ihren Zorn.

Daneben gab es noch andere Probleme – den jungen Gibby zum Beispiel, der auf alle Fälle Dancer erkannt hatte. »Schläfst du schon?«, fragte er.

»Nein.«

»Ich habe gestern Nacht etwas von dir in der Kapelle gefunden.«

»Ach ja?« Er spürte, wie sie sich verspannte, und trotz seiner Schuldgefühle musste er lächeln.

»Ja! Und Gibby Cannich ist in Sicherheit. Mein Leibdiener Hugo sorgt für ihn und wird ihn vor dem Sheriff bewahren.«

Ihre Anspannung löste sich. »Danke, Sir. Ich habe mir schon Sorgen um ihn gemacht. Jetzt, wo ich weiß, dass es ihm gut geht, werde ich ruhiger schlafen.«

Er sagte nichts weiter und hoffte nur auf baldigen Schlaf. Aber er wusste, es würde lange dauern, bis er sich wahrhaftig wieder rundum wohl fühlen würde.

*

Als Bab endlich zur Ruhe kam, schlief sie recht gut, aber schon beim ersten Morgengrauen wachte sie auf. Wie sollte sie sich nun anziehen? Ihre Kleider befanden sich alle in ihrer Schlafkammer.

Doch es dauerte nicht lange, da ging die Tür auf und ein Mann trat leise ein. Er wirkte etwas erstaunt, dass die Bettvorhänge schon aufgezogen waren und Bab ihn beobachtete, aber sie lächelte, denn sie sah, dass er ihre Kleider in der Hand hatte.

Er verneigte sich und ging so still, wie er gekommen war.

Kurz darauf kam Giorsal. Bab fiel ein, dass sie nicht aufstehen konnte, ohne Alex zu stören. Doch in diesem Moment schlug er die Augen auf.

»Ist es schon Tag?«, murmelte er verschlafen.

»Jawohl, Sir, und Giorsal ist da. Denkt bitte daran, dass

wir mit Eric Mackintosh und Eurer Base Eileen frühstücken. Wir sollten uns sputen.«

»Ja, ich weiß.«

Es war Brauch, dass ein frisch vermähltes Paar am ersten Morgen seines Ehelebens mit den Trauzeugen frühstückte. Die junge Eileen war Babs Trauzeugin gewesen, da sie in der Nähe wohnte und die Zeit nicht gereicht hatte, andere Vorkehrungen zu treffen. Jetzt durfte man sie nicht enttäuschen, denn als unverheiratetes Mädchen hatte sie nicht einmal dabei sein dürfen, als die Braut zu Bett gebracht worden war.

Bab stand sogleich auf und ließ sich von Giorsal beim Ankleiden helfen, und bald kehrte auch Hugo zurück, um Alex zu assistieren. Bald waren beide so weit, dass sie in den Saal hinuntergehen konnten.

Eric und die blasse, blonde Eileen saßen bereits am gedeckten Tisch auf dem Podium, und auch die Wandschirme standen schon an ihren Plätzen. Doch kaum hatten Alex und Bab Platz genommen, als Lärm vom Eingang Besucher ankündete und jemand rief: »Der stellvertretende Sheriff Francis Dalcross bittet um Einlass, Herr!«

Bab blickte auf Alex, der das Gesicht verzog, jedoch nichts sagte.

»Ich bitte nicht, ich fordere ihn!«, ertönte es barsch von der Tür und Francis durchquerte den Saal, begleitet von zweien seiner Gefolgsleute. Ohne auf die Erlaubnis zu warten schritt er an den Wandschirmen vorbei direkt auf das Podium. »Ich muss mit Mistress Barbara MacRae sprechen.«

»Mein Gott, Dalcross, wo bleiben Eure Manieren?«, fragte Alex gedehnt. »Ihr stört uns noch vor dem Frühstück. Ich hoffe nur, dass Ihr dafür gute Gründe habt!«

»Das sollte man wohl meinen. Dieser verdammte Schwarze Fuchs hat am Freitag den Sheriff ermordet.«

Drei der vier am Tisch Sitzenden schrien erschrocken auf, doch Alex sagte nur: »Möge der Teufel seine Seele holen. Seid Ihr sicher, dass es der Fuchs war?«

»Jawohl, denn der Schurke hat eine seiner Silbermünzen neben die Leiche meines Vaters gelegt. Und ich will jetzt sofort wissen, was uns das Mädchen hier über ihn sagen kann.«

»Ich bedauere, von Eurem Verlust zu erfahren«, sagte Alex, doch mit deutlicher Schärfe in der Stimme fuhr er fort: »Aber dieses Mädchen hier ist jetzt meine Frau, Dalcross! Ihr solltet also lieber darauf achten, wie Ihr von ihr sprecht! Habt gefälligst die Güte, ihr die gebührende Achtung zu erweisen!«

Dalcross warf einen flüchtigen Blick auf Bab. »So also liegen die Dinge jetzt? Aber was Ihr hier in Dundreggan treibt, ist mir völlig gleichgültig. Ich werde jetzt Mistress – Eure Lady nach Inverness bringen, um sie dort ordnungsgemäß zu verhören.«

»Das wird nicht nötig sein«, erwiderte Alex gleichmütig. »Ihr könnt sie hier alles fragen, was Ihr wollt.«

»Wenn es nicht anders geht«, willigte Dalcross verstimmt ein.

Babs Erleichterung war allerdings nur von kurzer Dauer, denn Dalcross setzte sogleich hinzu: »Ihr solltet wissen, dass ich jetzt der amtierende Sheriff bin und dass ich es bleiben werde, bis der König einen neuen ernennt – falls er das überhaupt tut. Ihr dürft mir also ruhig glauben, dass ich sie als Mordkomplizin verhaften werde, wenn sie sich weigert, mir Auskunft zu geben.«

18

Francis Dalcross' Drohung jagte Bab einen eiskalten Schauer über den Rücken. Sie konnte zwar nicht glauben, dass der Fuchs ein Mörder sein sollte, aber natürlich gab es ihr zu denken, dass eine seiner Münzen am Tatort gefunden worden war.

Alex neben ihr blieb stumm.

Seine Base Eileen wimmerte verstört, aber niemand achtete auf sie. Eric, der neben ihr saß, wandte den Blick nicht von Alex, sagte jedoch ebenfalls nichts.

»Ihr denkt doch nicht allen Ernstes, dass ich etwas mit dem tragischen Tod Eures Vaters zu tun hätte, Francis Dalcross?«, fragte Bab schließlich.

»Ich kann es nicht völlig ausschließen«, entgegnete Dalcross und musterte ungerührt einen nach dem anderen.

Bab saß so dicht neben Alex, dass sie spürte, wie er sich verkrampfte, doch als er zu sprechen begann, klang er lässig wie immer. »Ihr amüsiert mich, Dalcross. Wenn Ihr wegen dieses Verbrechens eine Frau verdächtigt, seid Ihr ja noch dämlicher, als ich dachte. Oder wurde Euer Vater etwa vergiftet? Gift könnte tatsächlich auf eine weibliche Täterschaft hinweisen. Ich würde nach seiner derzeitigen Geliebten suchen, aber nicht nach jemandem, der so offenkundig unschuldig ist wie meine Gemahlin.«

»Ich behaupte ja nicht, dass sie die Mörderin ist«, meinte Dalcross. »Genauer gesagt: Ich habe keinen Grund anzunehmen, dass sie ihn eigenhändig umgebracht hat. Aber ich habe gute Gründe zu glauben, dass sie mehr über den Täter weiß.«

»Was für einen Unsinn faselt Ihr da?«, knurrte Lord Chisholm, der in diesem Moment aus dem unteren Saal auf das Podest kam. Offenkundig hatte er den Wortwechsel mitbekommen. Er starrte den Eindringling finster an und wartete auf dessen Antwort.

»Mein Vater ist tot, Mylord, er ist ermordet worden.«

»Auf mein Mitleid braucht Ihr nicht zu hoffen«, erwiderte Chisholm.

»Er und Ihr selbst habt im letzten Jahr sämtliche Clans gegeneinander und alle in den Glens gegen Euch aufgebracht. Ihr könnt es also getrost Euch selbst zuschreiben, dass es so weit gekommen ist. Und was habe ich da eben vernommen? Ihr wollt meine Schwiegertochter verhören?«

»Dann habt Ihr ja wohl auch vernommen, Sir, dass ich Grund zu der Annahme habe, dass sie einiges über *Sionnach Dubh* weiß. Euch liegt doch sicher nicht daran, dass sie diesen Gesetzlosen schützt.«

»Das freilich nicht. Aber wenn sie tatsächlich schuldig sein sollte, kann ich mir nicht vorstellen, wie es dazu hätte kommen sollen. Sie lebt hier, Sir, zusammen mit ihrer Mutter. Glaubt Ihr etwa, sie hat ihn in ihrer Schlafkammer versteckt?«

»Ich würde das Angebot, die Burg zu durchsuchen, nicht ausschlagen«, erwiderte Dalcross gerissen.

»Stellt meine Geduld nicht auf die Probe, Sir! Ihr werdet die Erlaubnis dazu nicht erhalten, das wisst Ihr ganz genau. Wenn Ihr Fragen habt, stellt sie hier und jetzt, und dann macht, dass Ihr wegkommt!«

»Ich wollte sie nach Inverness bringen.«

»Das kann ich mir denken, aber ich werde es nicht zulassen, es sei denn, Ihr könnt mir beweisen, dass sie ein Gesetz gebrochen hat. Stellt ihr hier Eure Fragen oder nehmt Eure Männer und macht Euch davon!«

»In dem Fall wäre mir etwas weniger Öffentlichkeit lieber«, erwiderte Dalcross kurz angebunden. Er wirkte zuversichtlich wie eh und je.

»Ich kann meine Leute wegschicken, wenn Eure ebenfalls gehen«, meinte Chisholm.

Dalcross nickte. »Aber mindestens einer muss bleiben, damit ich nicht der einzige Zeuge bin, wenn sie aussagt.«

»Das klingt vernünftig«, erwiderte Chisholm. Er bedeutete Eileen zu gehen; Eric und Alex blieben sitzen, und Dalcross erhob keinen Einwand dagegen.

Bab blickte fragend von einem zum anderen und zuletzt zu Alex, der sehr gelassen wirkte. Sie hatte die Hände unter dem Tisch gefaltet und in den Schoß gelegt, und als sie ihn ansah, legte er beschwichtigend eine Hand darauf.

Mit einem tiefen Seufzer wandte sie sich an Francis Dalcross. »Was wollt Ihr von mir wissen, Sir?«

»Wer ist der Fuchs? Wie heißt er wirklich?«

»Du meine Güte«, sagte sie und verdrehte die Augen. »Das weiß ich doch nicht.«

»Ich wette, Ihr wisst es, Madam. Ihr seid zwei Mal in seiner Begleitung gesehen worden, und ich kann mir nicht vorstellen, dass er Euch entführt hat.«

Bab starrte ihn überrascht ihn an. Sie wunderte sich über seine Unverfrorenheit, aber sie schaffte es dennoch, ihre Stimme sehr ruhig klingen zu lassen. »Nur einer war bislang so niederträchtig, mich zu entführen, Sir, und zwar Ihr höchstpersönlich!«

»Wohl gesprochen, Mädchen, sehr wohl gesprochen«, meinte Alex gedehnt. »Passt auf, Dalcross, damit Ihr Euch nicht verheddert!«

»Haltet Euch zurück!«, erwiderte Dalcross verstimmt. »Ihr erreicht nichts, wenn Ihr mich reizt. Und was Euch angeht, Mistress: Wenn Ihr mir nicht seinen Namen nennen könnt, so könnt Ihr mir zumindest sagen, wie er aussieht und wohin er Euch gebracht hat.«

»Ich kann ihn nicht beschreiben und werde Euch auch sonst nichts über ihn erzählen«, sagte Bab unbeirrt. »Aber ich glaube nicht, dass der Fuchs etwas mit dem traurigen Ende Eures Vaters zu tun hat.«

»Das reicht nicht, Mädchen«, sagte Chisholm streng. »Dalcross ist der amtierende Sheriff. Er hat das Recht, dir Fragen zu stellen, die du wahrheitsgemäß beantworten musst.«

»Bei allem Respekt, Mylord, und wahrheitsgemäß: Ich weiß nichts, was hier helfen könnte, denn ich habe sein Gesicht nie gesehen und möchte keine Vermutungen anstellen. Und auch über die Gespräche, die wir geführt haben, möchte ich nichts sagen, denn ich habe wahrhaftig mehr Grund, dem Fuchs dankbar zu sein als Francis Dalcross.«

»Ich glaube, dieser Punkt geht an die Lady«, meinte Alex ironisch.

Dalcross bedachte ihn mit einem hasserfüllten Blick. »Vielleicht macht sie den einen oder anderen Stich, aber ich habe das Siegerblatt in der Hand.« Er wandte sich wieder an Chisholm. »Das Recht steht auf meiner Seite, Mylord. Wie Ihr wisst, wurde *Sionnach Dubh* schon vor Jahren zum Gesetzlosen erklärt, und einige Leute, darunter ich selbst, haben das Mädchen in seiner Gesellschaft gesehen.«

»Es wundert mich, dass Ihr das zugebt«, sagte Bab. »Wenn Ihr von Gesetzesbrechern redet, Sir, dann solltet Ihr wahrlich auch Euch selbst dazuzählen.«

»Deshalb«, fuhr Dalcross ungerührt fort, »verletzt sie offenkundig ein Gesetz, wenn sie sich weigert, die Fragen zu beantworten, die ihr gestellt werden; denn es liegt auf der Hand, dass sie mehr über ihn weiß als alle andern. Ich kann und werde sie anklagen, die Komplizin eines Mörders zu sein, und sie wird sein Schicksal teilen.«

»Um eine solche Anklage zu erheben, müsst Ihr jedoch zuerst beweisen, dass er das Verbrechen begangen hat und dass sie Dinge weiß, die für Euren Fall eine Rolle spielen«, meinte Alex.

Chisholm nickte. »Das stimmt allerdings.«

»Es stimmt aber auch, dass ich sie verhaften kann, wenn sie sich weigert zu reden, und dass ich sie für ein Verhör nach Inverness bringen kann«, knurrte Dalcross. »Nicht wahr, Mylord?«

»Ja, so ist es«, gab Chisholm widerwillig zu.

»Dann habt Ihr die Wahl, Mylady: Entweder Ihr beantwortet ohne irgendwelche Ausflüchte meine Fragen oder ich bringe Euch nach Inverness. Wie hättet Ihr es denn gerne?«

Bab blieb stumm.

»Du musst ihm eine Antwort geben«, sagte Chisholm ernst. »Ich kann ihn nicht daran hindern, dich zu verhaften, wenn du nichts sagst.« Als sie noch immer zögerte, fügte er grimmig hinzu: »Bei Gott, Alex, befiehl ihr endlich, dem Mann zu antworten!«

Alex sah Bab an. »Tu es lieber. Es ist vernünftiger.«

»Ich kann ihm nichts sagen, was ihn weiterbringt, und ich habe keine Lust, ihm zu helfen«, wiederholte sie.

»Verdammt, Alex, nennst du das einen Befehl?«, donnerte sein Vater.

Alex lächelte verhalten. »Ihr erinnert Euch sicher, Sir, dass meine Gemahlin ein für eine Frau ziemlich halsstarriges Wesen besitzt. Um ganz ehrlich zu sein – und in diesem Fall muss ich das wohl: Eben das bewundere ich sehr an ihr.«

»Aber nicht immer«, murmelte Bab.

»Nein, nicht immer«, gab er zu und sein Lächeln wurde breiter. »Seid Ihr Euch sicher, dass Ihr auf seine unverschämten Fragen nicht weiter eingehen wollt?«

»Jawohl«, sagte sie.

Alex wandte sich schulterzuckend an Dalcross. »Da habt Ihr Eure Antwort.«

»Dann verhafte ich Euch hiermit, Mylady. Bitte steht auf!«

»Sie hat noch nicht gefrühstückt«, erinnerte ihn Alex.

»Das ist nicht meine Schuld«, knurrte Dalcross. »Ich denke, Euch ist es lieber, wenn ich sie vor Einbruch der Dunkelheit nach Inverness bringe.«

»Na gut, damit habt Ihr auch wieder Recht. Aber Ihr werdet sie nicht alleine nach Inverness bringen.«

»Ich kann Euch nicht verbieten, uns zu folgen«, sagte Dalcross. »Aber Ihr werdet nicht neben uns reiten und ich werde Euch auch den Zutritt zu ihr verwehren, wenn wir dort sind.«

»Nun mal langsam«, protestierte Chisholm. »Ihr denkt doch nicht ernstlich daran, eine junge Frau aus vornehmer Familie im Gefängnis von Inverness unterzubringen? Das wäre unerhört!«

»Sie wird im Amtssitz des Sheriffs untergebracht«, sagte Dalcross. »Wie Ihr wisst, gibt es dort mehrere angemessene Zellen, die schon Besucher von Stand beherbergt haben.«

»Ihr habt aber keine weibliche Dienerschaft«, warf Alex ein.

»Das stimmt nicht«, sagte Dalcross. »Mein Vater hatte eine achtbare Haushälterin, die nun mir dient.«

»Meine Gemahlin nimmt selbstverständlich ihre Zofe mit, falls sie Euch tatsächlich begleitet«, erwiderte Alex ungerührt.

Das konnte ihm Dalcross nicht verwehren. »Ich würde gerne sofort aufbrechen, Mylady«, sagte er. »Euer Ehrenwort vorausgesetzt, Ihr kommt freiwillig mit, werde ich auf Handschellen oder andere demütigende Vorrichtungen verzichten. Ich gebe Euch die Zeit, Eure Zofe zu benachrichtigen, und Ihr könnt auch noch frühstücken, wenn Ihr Euch beeilt.«

»Ich gebe Euch mein Wort, Sir, wenn Ihr mir vor den Anwesenden das Eure gebt, dass ich in Eurer Begleitung sicher bin. Wie Ihr wisst, habe ich gute Gründe, dies zu bezweifeln.«

Er schnitt eine Grimasse. »Ich muss Euch um Vergebung bitten für das, was zwischen uns vorgefallen ist, Madam. Ich fürchte, ich hatte unsere Beziehung falsch eingeschätzt. Und jetzt sputet Euch, sonst werden wir unterwegs von der Dunkelheit überrascht.«

Bab hörte, wie Alex einen Laut von sich gab, der verdächtig nach einem Knurren klang, aber als sie ihn ansah, erwiderte er ihren Blick so milde, als sei Dalcross nur eine lästige kleine Fliege. Er bot Bab nicht an, sie nach oben zu begleiten, aber das wunderte sie nicht weiter. Schließlich waren

Feinde in der Burg, denen er nicht den Rücken zukehren konnte, obgleich er Auseinandersetzungen verabscheute.

*

Nachdem Bab mit Dalcross nach Inverness aufgebrochen war, musste Alex erst einmal eine Standpauke seines Vaters über sich ergehen lassen, in der dieser ihm schonungslos klar machte, was er von ihm hielt. Einem Großteil davon konnte Alex nur zustimmen, doch schließlich entschuldigte er sich und meinte, er sehe keinen Sinn darin, Bab nachzureiten, wie Chisholm geraten hatte, wenn er in Inverness ohnehin nichts für sie tun könne. Die Vorwürfe seines Vaters klangen noch in seinen Ohren, als er in seine Schlafkammer eilte in der Hoffnung, dort Hugo anzutreffen.

Seine Lordschaft war empört über den Mangel an Unternehmungsgeist bei seinem Sohn. Er befahl sogleich einigen seiner Männer, der Gruppe um Dalcross zu folgen und darauf zu achten, dass Bab sicher im Amtssitz des Sheriffs in Inverness ankam, obgleich er auch an ihr kein gutes Haar gelassen hatte. Einerseits konnte Alex zwar vielem, was sein Vater über Bab gesagt hatte – was darauf hinauslief, dass man dieser widerspenstigen Göre lange vor ihrem achtzehnten Geburtstag Gehorsam hätte beibringen müssen – nur beipflichten; andererseits konnte ihr wahrlich niemand einen Mangel an Verschwiegenheit vorwerfen, befand er im Stillen.

In seiner Schlafkammer stellte er fest, dass Hugo nicht da war. Wahrscheinlich war er schon in die Höhle geeilt. Er durchsuchte fieberhaft seine Truhen nach passender Kleidung für die kommenden Stunden.

»Ich find es nicht gut, dass du das Mädel hinters Licht führst. Wenn du mein Sohn wärst, würd ich dir für dein doppeltes Spiel die Hucke vollhaun.«

Stirnrunzelnd sagte er sich, dass sein schlechtes Gewissen wohl aus dem Ruder laufe. Es hörte sich zunehmend an wie eine empörte Weibsperson. Wie seine eigenen Gedanken so klingen konnten, war ihm ein Rätsel.

»Das würdst du schon kapieren, wenn du nur die Augen aufmachtest, Bürschlein!«

»Meine Augen sind offen!«, protestierte er laut.

»Nee, nee. Wenn sie das wären, würdst du mich sehn. Ich steh direkt vor dir.«

Bewegte sich da etwas bei seinem Bett? Er blickte hin, sah jedoch nichts. Doch plötzlich entdeckte er eine plumpe kleine Frau, die am Fußende des Bettes an einem der Bettpfosten lehnte und in einen rauchähnlichen Nebel gehüllt war.

Der Rauch verdichtete sich zu einer kleinen Säule, die aus einem merkwürdigen weißen Ding aufstieg, das die Frau in der Hand hielt. Sie blickte ihn vorwurfsvoll an.

Er starrte entgeistert zurück. Woher war sie bloß gekommen? »Ich hätte schwören können, dass niemand hier drinnen war«, sagte er.

»Du hast dich eben getäuscht.«

»Wer bist du?«

»Ich bin Maggie Malloch, aber wir haben jetzt keine Zeit, über meine Vorfahren zu plaudern. Was hast du vor?«

»Ich werde das tun, was ich am besten kann«, sagte er.

»Na, dann ist's ja gut. Aber nimm das Bürschchen mit.«

Er wusste instinktiv, wen sie meinte. »Den werde ich mitnehmen müssen, weil ich Hugo brauche und es nicht ratsam ist, den jungen Gibby allein zu lassen, solange ich weg bin.«

»Jawohl. Du bist ein schlaues Kerlchen. Aber du musst ihr jetzt bald mal die Wahrheit sagen!«

»Darauf freue ich mich nicht besonders«, gab er zu. »Außerdem weiß ich nicht, ob es wirklich gut ist, wenn sie alles weiß. Ihre Sicherheit hängt womöglich noch immer davon ab, dass sie wahrheitsgemäß behaupten kann, nichts zu wissen.«

»Na ja, das mag sein, aber du hast sie hinters Licht geführt!«

»Wenn du mich deshalb für einen Schuft hältst, kann ich dir nur Recht geben, aber –«

»Nee, nee, das sag ich gar nicht. Alle Männer hintergehen die Frauen. Das liegt in ihrer Natur. Und es liegt in der Natur der Frauen, die Männer zu hintergehen. Ich sag nur, dass es unangenehme Folgen haben könnte.«

»Was geht dich das alles eigentlich an?«, fragte er.

»Ich muss auf euch aufpassen.«

»Aber das heißt doch wohl nicht, dass du dich in meine ureigenen Gedanken drängen musst!«, erwiderte er. »Vielleicht hast du bemerkt, dass ich gar nichts Näheres über dich wissen wollte. Ich habe ja schon fast Angst zu fragen, was du bist. Aber ich erinnere mich, dass Lady MacRae einmal eine Frau erwähnt hat, die offenbar kein anderer sah und die auf ihrer Reise hierher hinter Lady Kintail im Sattel saß. Warst du das?«

»Jawohl. Sie konnt mich nämlich sehen, bis ich was dagegen unternommen hab«, erklärte Maggie. »Auch Kintail hätt mich sehen können, aber das hab ich lieber gleich verhindert.«

Er nickte, verkniff sich aber weitere Fragen. Nur eines wollte er noch wissen. »Warum passt du auf mich auf?«

»Nicht nur auf dich, auch auf andere. Es steht Ärger ins Haus«, erwiderte sie. »Ich muss darauf achten, dass es fair zugeht, und deshalb achte ich auch darauf, dass dein Schwert dich so beschützt, wie es soll.«

»Bei allem Respekt – dürfte ich darauf hinweisen, dass mich mein Schwert selten im Stich lässt?«

Sie zog kräftig an dem Ding in ihrer Hand und stieß eine Rauchwolke aus. »Du weißt nicht, was vor dir liegt, und auch nicht, wer womöglich versucht, dich oder die Dinge, die dir gehören, zu beeinflussen. Aber ich kann dein Schwert und dich vor bösem Zauber schützen.«

»Kannst du nicht einfach dafür sorgen, dass es nicht in die falschen Hände gerät?«

»Ich darf mich nicht offen in die Angelegenheiten von Sterblichen einmischen. Aber keine Sorge, es gibt in meiner Welt noch andere, die auf dich aufpassen, mein Sohn Claud zum Beispiel. Leider haben dem armen Kerl mal wieder irgendwelche Weiber den Kopf verdreht, und jedes Mal, wenn ihn die Lust packt, macht er Fehler.«

Die Tür ging auf, bevor Alex etwas erwidern konnte, und Hugo kam herein.

Als Alex wieder zum Bett blickte, war die kleine Frau verschwunden.

*

»Claud!«, rief Lucy laut und rüttelte an seinen Schultern. »Wach auf, Claud!«

Verschlafen rieb sich Claud die Augen und sah Grün. Das Blätterdach und der feuchte, erdige Waldgeruch ließen ihn erst glauben, es habe ihn in Catrionas Gemach verschlagen, aber er vermisste das sanfte Plätschern des Bächleins.

»Wo bin ich?«, fragte er blinzelnd, als könne er sich damit in das sichere Gemach seiner Mutter zurückzaubern.

»Bei mir, du Blödmann!«, erwiderte Lucy.

»Aber wie bin ich hierher gekommen?«

»Kennst du diesen Ort denn nicht?«

Er schüttelte den Kopf. »Ich dacht, es wär Catrionas Lichtung, aber dort fließt ein Bächlein und es gibt auch einen Spiegelteich.«

»Ich hab dir doch gesagt, dass ich kein Wasser mag«, sagte Lucy und verzog angewidert das Gesicht.

»Hast du denn das Bächlein hier vertrocknen lassen?«

»Ich mag's lieber so. Gefällt's dir etwa nicht, Claud?«

»Nein!«

»Na, egal. Ich hab dich aufgeweckt, weil sie dein Mädel nach Inverness schaffen. Wenn sie denen nicht sagt, was sie wissen wollen, dann droht ihr der Strick. Wir müssen sie aufhalten, Claud, sonst verbockst du deine Aufgabe, und der Kreis wird dich den Bösen Gastgebern ausliefern.«

Claud lief es eiskalt über den Rücken. »Aber was können wir tun?«

»Wir sollten sie wegzaubern und verstecken.«

»Das dürfen wir doch nicht!«, protestierte Claud. »Dann würden die Sterblichen unsere Macht sehen. Wenn wir diese Regel brechen, sind wir von vornherein geliefert.«

»Nee, nee, Claud«, sagte sie und schmiegte sich verführerisch an ihn. »Ich zeig dir, wir wir's machen können, ohne ...«

Und damit war sie verschwunden. Doch Claud spürte das Prickeln, das in letzter Zeit das Kommen seiner Mutter angekündigt hatte.

Noch bevor er sich wappnen konnte, stand Maggie vor ihm. »Lernst du denn nie was?«, fauchte sie ihn an. »Was hast du hier mit dieser Teufelsbrut getrieben?«

»Ich weiß nicht«, gab er zu. »Ich hab in deinem Gemach geschlafen, und plötzlich war ich hier.«

»Es steht Ärger ins Haus«, sagte Maggie unerwartet freundlich. »Geh mit deinem Mädchen und such bei keinem Hilfe, dem du nicht absolut vertraust. Und vergiss nicht, Claud: Wenn dir Böses begegnet, musst du es bei seinem Namen nennen, um es zu bezwingen.«

»Jawohl, Mama, ich denk dran.«

Und schon war er weg und machte sich auf die Suche nach Mistress Bab.

*

Babs Ritt nach Inverness verlief ohne Zwischenfälle. Sobald sie das Glen Affric hinter sich gelassen hatten, kamen sie auf den viel berittenen Pfad, der von Strathglass durch das Glen Urquhart und am Nordufer des Loch Ness nach Inverness führte. Obwohl sie vor Francis Dalcross keinerlei Achtung mehr hatte, seit dieser sie entführt hatte, fürchtete sie sich nicht vor ihm, zumal sie ja Giorsal neben sich wusste.

Sie brachte sogar ein gewisses Mitgefühl für ihn auf, denn sicher trauerte er um seinen Vater. Aber dessen ungeachtet konnte sie einfach nicht glauben, dass der Fuchs etwas mit Sheriff Dalcross' Tod zu tun haben sollte.

Unterwegs erfuhr sie Näheres, denn Dalcross' Männer sprachen ausgiebig darüber. Offenbar war der Sheriff von seinem Amtssitz nach Bothyn Castle unterwegs gewesen, dem Familiensitz der Dalcrosses in der Nähe des Dorfes Beauly an der gleichnamigen Bucht, als er angegriffen und erdolcht worden war.

Die verräterische Silbermünze, die neben der Leiche gefunden worden war, lieferte natürlich reichlichen Gesprächsstoff. Merkwürdig war wohl auch gewesen, dass der Sheriff völlig allein unterwegs gewesen war. Sein üblicher Begleittrupp von sechs Bewaffneten war abgelenkt worden, sie hatten einen Mann auf einem großen schwarzen Pferd verfolgt. Die Männer, die neben Bab ritten, gingen davon aus, dass der Reiter ein Lockvogel gewesen war, der es dem richtigen Fuchs ermöglicht hatte, dem Sheriff aufzulauern und ihn zu ermorden.

Für Bab dagegen war dieser Lockvogel ein Beweis dafür, dass der Fuchs nichts mit dem Mord zu tun hatte. Wenn er jemanden töten würde, dann von Angesicht zu Angesicht und unter seiner Maske grimmig lächelnd, dessen war sich Bab ganz sicher. Aber das sagte sie ihren Begleitern nicht, sondern hörte ihnen nur aufmerksam zu.

Bei Einbruch der Dämmerung überquerten sie die Holzbrücke über den Fluss Ness und kamen nach Inverness. Kurz darauf erreichten sie den Amtssitz des Sheriffs in der High Street. Bab blickte sich interessiert um und bewunderte die große steinerne Burg auf dem Castle Hill im Süden. Aber sie war enttäuscht darüber, dass sich der Fuchs auf ihrem Ritt hierher nicht hatte blicken lassen.

»Ich wette, Seine Lordschaft wird Euch im Handumdrehn aus dieser Klemme befreien«, meinte Giorsal.

Bab nickte stumm. Sie brachte es nicht übers Herz, ihrer Zofe zu erklären, dass seine Lordschaft an die Herrschaft des Gesetzes glaubte und bereits zugegeben hatte, dass das Gesetz in diesem Fall auf Seiten von Francis Dalcross war. Sie setzte ihre ganze Hoffnung auf den Fuchs.

Dalcross stieg ab, machte jedoch keine Anstalten, sich ihr zu nähern, sondern bedeutete nur zweien seiner Begleiter, den Frauen beim Absteigen zu helfen. Die Männer brachten die beiden dann auch zu ihrer Zelle, die sich als kleine, dunkle Kammer im Keller herausstellte, in die kaum ein Lichtstrahl fiel.

»Dort drüben in der Ecke steht ein Eimer, Mylady«, sagte einer der Männer, während der andere mit einer Zunderbüchse eine Stocklaterne an der Wand entzündete. »Sheriff Dalcross hat die Bank und das Bett entfernen lassen, aber bestimmt wird Euch gleich etwas zu essen gebracht werden.«

Bab hatte bisher überhaupt nicht an Essen gedacht, doch jetzt merkte sie, wie hungrig sie war, denn unterwegs hatte sie nur einen Kanten Brot und etwas Wasser zu sich genommen.

Die Männer gingen. »Was für ein schrecklicher Ort, Mistress Bab«, seufzte Giorsal.

»Da hast du Recht«, erwiderte Bab finster. »Und es sollte mich nicht wundern, wenn es noch vor dem Morgengrauen noch schrecklicher wird.«

»Glaubt Ihr, man wird uns etwas zu essen bringen?«

Bab wusste es nicht, doch diese Frage klärte sich bald. Kurz darauf drehte sich nämlich ein Schlüssel im Schloss und Francis Dalcross höchstpersönlich stand in der Tür.

»Willkommen im Amtssitz des Sheriffs, Mylady!«

»Es wird Euch wenig nützen, mich hier festzuhalten«, sagte Bab. »Ich weiß nichts, was Euch bei Eurer Suche helfen könnte, und selbst wenn, würde ich Euch nichts sagen.«

»Wir werden bald herausfinden, was Ihr wisst, meine Süße. Ich wette, morgen um diese Zeit werdet Ihr mich anflehen, Euch reden zu lassen.«

»Habt Ihr etwa vor, mich zu foltern? Auch das wird Euch nichts nützen, weil ich Euch nicht sagen kann, was ich nicht weiß.«

»Stellt euch doch nur vor, was ich alles tun kann«, sagte er und grinste dabei so hinterhältig, dass sie ihn am liebsten geohrfeigt hätte. »Ich bin ein einfallsreicher Mann und werde all meine Fähigkeiten darauf konzentrieren, Euch zum Reden zu bringen. Notfalls setze ich Eure Zofe unter Druck, während Ihr dabei zuseht, wie viel Spaß sie daran hat.«

Bab erschauerte bei dem Gedanken, dass Giorsal ein Leid geschehen könnte, aber sie zwang sich, nicht zu protestieren. Eine innere Stimme sagte ihr zwar, dass sie Dalcross aller Voraussicht nach bald anflehen würde, aber sie wollte keineswegs sofort damit beginnen.

Sein Grinsen wurde breiter. »Ich nehme an, Ihr erwartet, dass der Fuchs Euch rettet«, sagte er. »Aber das wird ihm nicht gelingen, obwohl ich aufrichtig hoffe, dass er es versucht. Der Amtssitz des Sheriffs wird bestens bewacht, und zwar so, wie es der Fuchs sicher nicht erwartet. Aber wenn er kommt, werdet Ihr zumindest von meinen Verhören verschont.«

»Ihr werdet ihn nicht fassen«, sagte sie. »Das haben schon Bessere als Ihr versucht.«

Er kicherte boshaft.

»Jetzt lass ich Euch jedenfalls allein über Eure Zukunft nachgrübeln. Es wäre zwar wirklich sehr schade, Euch Eurer Schönheit zu berauben, aber so oder so werde ich bald alles wissen, was Ihr mir über den Mann sagen könnt, der meinen Vater ermordet hat. Diese Stocklaterne dort wird noch ein Weilchen brennen, doch wenn das Öl aus ist, ist es aus. Und Essen bekommt Ihr vorerst auch nicht. Na, vielleicht bin ich so gnädig und geb Euch morgen früh einen

Schluck Wasser, bevor wir anfangen.« Damit trat er zurück und verriegelte lautstark die Tür.

Bab wandte sich ihrer Zofe zu, die sie düster anstarrte. »Ich lasse nicht zu, dass sie dir etwas antun, Giorsal«, sagte sie. »Francis und seine Spießgesellen können mit mir machen, was sie wollen, aber wenn sie dich bedrohen, werde ich ihnen alles sagen, was ich weiß.«

»Dafür danke ich Euch, Mistress Bab, aber ich glaube nicht, dass es uns viel helfen wird. Dieser Schurke sieht nicht aus, als würde er Euch glauben, dass Ihr ihm alles erzählt, selbst wenn es so wäre.«

Doch Babs Ängste gingen viel weiter. Sie fürchtete, Dalcross würde Giorsal so lange bedrohen, bis ihm Bab gestand, dass sie schon einmal in der Höhle des Fuchses gewesen war, und versprach, ihn dorthin zu führen. Doch gewiss würde der Fuchs sie retten, wenn Dalcross sie hier herausholte, um die Höhle zu suchen. Bab nahm sich vor, eingehender darüber nachzudenken.

»Zu schade, dass Sir Alex so wenig rachsüchtig ist«, seufzte Giorsal. »Er und seine Lordschaft sollten eigentlich genügend Männer zusammenbringen, um diesen Ort zu stürmen und uns zu befreien.«

»Seine Lordschaft würde dem nicht zustimmen«, sagte Bab. »Er glaubt an das Gesetz, Giorsal, und wenn es zu einer Verhandlung kommt, glaubt er, würde ich kraft des Gesetzes freigesprochen werden.« Sie vermutete allerdings, dass Alex weniger zuversichtlich war. Trotz der Gelassenheit, die er immer so gern zur Schau trug, würde er sie wahrscheinlich nicht tatenlos Francis Dalcross überlassen wollen. Doch was er zu tun gedachte, wusste sie nicht.

»Man sollte eigentlich glauben, dass ein Gentleman einer Lady an so einem Ort zumindest einen Platz zum Sitzen zugestehen würde«, sagte Giorsal. »Und dieser Dalcross gibt doch vor, ein Gentleman zu sein, oder?«

»Wir müssen uns damit abfinden, uns auf den Boden zu

setzen«, seufzte Bab. »Immerhin ist es etwas wärmer geworden. Wir können uns auf deinen Umhang setzen und uns mit meinem zudecken. Vielleicht schaffen wir es, ein wenig zu schlafen. Wenn er will, dass ich über seine Foltermethoden nachdenke, heißt das ja vielleicht, dass er uns heute Nacht in Ruhe lässt.«

»Ob man diesem Schuft ein Wort glauben kann?«, fragte Giorsal finster. Aber sie nahm ihren Umhang ab und faltete ihn so, dass sie sich darauf setzen und an der Wand anlehnen konnten.

Sie unterhielten sich noch ein Weilchen, bis die Stocklaterne flackernd erlosch und es kälter wurde. Dann breiteten sie Giorsals Umhang auf dem harten Steinboden aus und wickelten sich so gut es ging in Babs schweren scharlachroten Samtumhang. Dennoch froren sie.

Bab schlief sehr unruhig, und plötzlich hörte sie, wie sich knirschend der Schlüssel im Schloss drehte. Sie richtete sich auf und schüttelte Giorsal. »Es kommt jemand!«

»Das wird wohl wieder dieser Mistkerl sein«, meinte Giorsal. »Wenn wir doch nur einen dicken Knüppel hätten!«

Das wünschte sich Bab auch, denn schon der Gedanke an das, was Francis mit ihr anstellen würde, versetzte sie in Angst und Schrecken. Trotzdem stand sie auf und wickelte sich in ihren Umhang, denn sie wollte ihrem Peiniger so würdevoll wie möglich entgegentreten. Giorsal stand neben ihr und packte sie am Arm.

Bab sah die Tür nicht aufgehen, aber sie spürte es. Wer auch immer auf der Schwelle stand, er hatte kein Licht. Dennoch wurde sie sofort ruhiger.

»Hier sind wir«, sagte sie leise.

»Aha! Ihr seid still wie die Mäuschen in einer Mühle; ich hab mich schon gefragt, wo Ihr steckt«, sagte eine tiefe, ehrfurchtgebietende Stimme. »Würdet Ihr jetzt gerne gehen?«

»Sehr gern«, sagte Bab und lächelte zum ersten Mal, seit sie Dundreggan verlassen hatte.

»Aber wer ist das denn, Mylady?« murrte Giorsal. »Das ist doch sicher einer von Dalcross' Kerlen, der versucht, uns einen bösen Streich zu spielen.«

»Keine Angst, Giorsal, ich habe seine Stimme erkannt. Es ist *Sionnach Dubh*, von ihm haben wir nichts zu befürchten. Er hilft Menschen in Not, und wir haben seine Hilfe wahrhaftig bitter nötig.«

»Der Fuchs!«

»Wir haben keine Zeit zu plaudern«, sagte er. »Kommt sofort mit! Nehmt meine Hand, und Giorsal nimmt die Hand ihrer Ladyschaft. Ich kann hier drunten kein Licht machen, es würde durch die Luken droben an der Wand sofort gesehen werden.«

Sie traten aus der Kammer und warteten, bis er die Tür wieder verschlossen hatte.

»Wie seid Ihr an diesen Schlüssel gekommen?«, wollte Bab wissen.

»Ich dacht, Ihr wüsstet inzwischen, dass ich so meine Mittel und Wege hab, Mistress«, meinte er leise lachend.

Er versuchte wieder einmal, ganz wie ein einfacher Mann aus dem Volk zu sprechen. Bab fragte sich, ob er das Giorsal zuliebe tat. Anfangs hatte sie geglaubt, er ahmte gelegentlich ihre Sprache nach, aber mittlerweile war sie überzeugt, dass er ebenfalls von Adel war und sich die Sprechweise der einfachen Leute nur zur Tarnung zugelegt hatte.

Während er sie an der Hand zog und sie sich anschickte, ihm zu folgen, fiel ihr ein, was Francis gesagt hatte. »Er hat Wachen aufgestellt, die nach dir Ausschau halten sollen. Er hat gehofft, du würdest kommen!«

»Keine Bange, Mädel, ich weiß ganz genau, was der Mann denkt. Heut Nacht erwischt er mich nicht.«

Beruhigt folgte sie ihm und hielt seine und Giorsals Hand fest umklammert. Sie konnte nur Schatten und Dunkelheit wahrnehmen. Die einzige Lichtquelle war ein kleiner Spalt hoch oben an der Wand ziemlich am Ende des Ganges, durch den das blasse Licht der Sterne hereinfiel. Sie traten aus dem kärglichen Licht in völlige Dunkelheit.

Er blieb stehen und ließ ihre Hand los. Obwohl sie nicht hörte, wie eine andere Tür aufging, spürte sie plötzlich eine Weite um sich, die sie vorher nicht gespürt hatte. Er ging zuversichtlich noch ein paar Schritte weiter, blieb dann aber stehen und befahl Bab und Giorsal, an ihm vorbeizugehen.

»Ich mach sie lieber wieder zu«, murmelte er.

Sie befanden sich nun in einem Gang, in dem es nach Erde roch, und als Bab unsicher herumtastete, spürte sie einen groben Holzpfosten und dahinter eine Wand aus Erde. »Wir sind in einem Tunnel«, flüsterte sie.

»Ganz genau«, sagte er. »Ziemlich praktisch, find ich.«

»Aber wie habt Ihr …«

Sein Finger legte sich auf ihre Lippen und brachte sie zum Schweigen. »Keine Fragen! Wir müssen erst mal hier raus.«

Aber eine Frage hatte sie trotzdem. »Woher wisst Ihr nur immer so genau, wo mein …«, murmelte sie gegen den Finger auf ihrem Mund an.

Mit einem leisen Lachen ließ er die Hand unter ihr Kinn gleiten und hob ihren Kopf hoch. »Kannst du denn nie gehorchen, Mädel? Halt endlich den Mund und folg mir!«

Er nahm sie wieder an der Hand und zog sie mit sich fort. Giorsal klammerte sich am Rock ihrer Herrin fest und folgte ihnen still. Der Tunnel war lang, doch endlich stieg Bab der Geruch von frischer Luft in die Nase und bald darauf lichtete sich die völlige Dunkelheit und sie waren im Freien. Kalte Nachtluft, vermischt mit dem Salzwasser des Moray Firth, empfing sie.

Der Fuchs blieb stehen. Bab wusste, dass er ebenso angestrengt auf Geräusche lauschte wie sie. Sie hatte zwar keine genaue Vorstellung davon, wo sie sich jetzt befanden, doch ausgehend vom Burgberg und dem Rauschen des Flusses Ness in der Nähe waren sie am Rand der Stadt in der Nähe der Brücke. In den Fenstern waren noch Lichter, und Fackeln auf dem Burgberg ließen die Umrisse der Häuser in der Stadt erkennen. Ganz in der Nähe befand sich Buschwerk, in dem es raschelte.

»Hier, Master!«

Diese Worte kamen von rechts, und der Fuchs führte sie rasch zu dem Mann, der sie geäußert hatte. Bab konnte ihn nicht erkennen, denn er trug wie sein Herr einen langen Umhang, aber sie hörte Pferde ungeduldig schnauben und mit den Hufen scharren. Und bald sah sie die Tiere auch, es waren fünf.

Also hatte er mindestens zwei Begleiter. Bab suchte nach dem zweiten und machte schließlich eine ziemlich kleine Gestalt neben den Pferden aus. Doch da hatte sie der Fuchs bereits gepackt und hob sie auf eines der Pferde; im nächsten Moment saß auch Giorsal im Sattel.

»Los geht's, Leute«, murmelte er. »Und seid ja leise, bis wir weit genug weg sind!«

Erst als sie die Brücke hinter sich gelassen hatten, sagte er mit seiner normalen Stimme: »Reitet ihr schon mal mit Mistress Giorsal voraus. Ich will mit ihrer Ladyschaft ein paar Worte unter vier Augen wechseln.«

Schweigend gehorchten ihm die anderen.

»Danke!«, sagte sie. »Ich hatte schon Angst, du würdest nicht kommen. Aber gottlob bist du ja doch noch aufgekreuzt.«

»Du erinnerst dich sicher noch, dass ich dich gewarnt hab, es könnt so was passieren«, sagte er.

»Das schon. Aber ich konnte nichts dagegen tun. Francis Dalcross ...«

»Über Francis Dalcross brauchst du mir nix erzählen«, meinte er.

»Du willst gar nicht wissen, ob ich ihm etwas gesagt habe?«

»Ich weiß, dass du das nicht hast.«

Bei diesen Worten wurde ihr angenehm warm. Er vertraute

ihr also! Dennoch sagte sie freimütig: »Es war aber tatsächlich so, wie du vorhergesagt hattest. Er hat mir versichert, er werde mich mit allen Mitteln zum Reden bringen. Er ... er hat sogar gedroht, Giorsal wehzutun.«

»Ich hoffe, du wärst so vernünftig gewesen, ihm alles zu sagen, lange bevor es dazu gekommen wäre«, meinte er schroff.

»Ich fürchte, das hätte ich getan«, gab sie zu.

»Dafür brauchst du dich nicht zu schämen.«

Sie verstummten eine Weile, dann sagte er etwas ruhiger: »Ich hab dich auch gewarnt, dass eine Beziehung zu mir gefährlich sein könnt. Aber jetzt stehn die Dinge ja ein klein wenig anders, oder?«

»Wie meinst du das?«

»Du bist doch jetzt verheiratet.«

»Jawohl, und du hast diese Ehe auch gebilligt, wenn ich mich recht entsinne.«

»Das hab ich getan und daran hat sich nix geändert. Aber trotzdem ist jetzt alles anders. Du liebst doch das Abenteuer, und das kann ich dir mit Verlaub in Hülle und Fülle bieten. Außerdem glaub ich, ich hab mich in dich verliebt, und vielleicht liebst du mich ja auch ein klein bisschen.«

Er wartete auf eine Antwort, aber sie konnte es nicht über sich bringen zu sagen, was er sich offenbar von ihr erhoffte. So fuhr er schließlich fort: »Obwohl du ja schlecht *Sionnach Dubh* hättst heiraten oder in Sicherheit mit ihm hättst leben können, hast du mit Sir Alex Chisholm ja einen ziemlich verlässlichen Gemahl gefunden. Deshalb können wir uns jetzt wohl auch öfter sehen und unsere Bekanntschaft vielleicht etwas vertiefen, was meinst du?«

19

Bab verschlug es erst einmal die Sprache. Einerseits freute sie sich, dass der Fuchs ihr seine Liebe gestanden hatte, aber andererseits war sie über so einen Antrag zutiefst enttäuscht.

Schließlich sagte sie leise: »Ich nehme mein Ehegelübde ernst, Sir. Ich habe es vor Gott und vor einem Priester der Schottischen Kirche geleistet. Meinen Mann zu betrügen, wie Ihr es eben angedeutet habt, kommt für mich nicht in Frage.«

»Es braucht ja niemand zu wissen«, sagte er.

»Ich würde es wissen. Jetzt, wo Ihr das vorgeschlagen habt, überlege ich mir, ob Ihr mich nicht ermutigt habt, Sir Alex zu heiraten in der Hoffnung, dass ich dann Eure Geliebte würde. Wenn das so ist, kann ich nur sagen, dass Ihr Euch in mir getäuscht habt. Diese Art heimlicher Beziehung, die Ihr da vorgeschlagen habt, ist kein Abenteuer, sondern eine Todsünde. Das solltet Ihr ebenso gut wissen wie ich.« Bei diesen Worten regte sich in ihr die Erinnerung an ihren Hochzeitstraum, doch sie verblasste rasch wieder und Bab fühlte keine Schuld. Schließlich war es ja nur ein Traum gewesen.

»Ich hab Euch enttäuscht«, sagte er. »Ich hoffe, Ihr könnt mir verzeihen.«

In Anbetracht der momentanen Umstände klang etwas in seiner Stimme unangebracht, aber sie konnte nicht genau sagen, was es war. Doch dann merkte sie, das er zwar betroffen geklungen hatte, aber nicht verärgert.

Dennoch trübte dieses Ansinnen ihr Bild von ihm. Jedes Mal, wenn er Alex kritisiert oder dessen Mangel an Tatkraft verurteilt hatte, hatte sie sich bemüßigt gefühlt, Alex zu verteidigen. Anfangs hatte sie geglaubt, das sei die natürliche Reaktion auf Kritik an einem Freund. Aber es hatte ihr mit jedem Mal deutlicher missfallen.

Gleichzeitig war sie sich körperlich seiner Nähe so bewusst wie immer, und sie war gottfroh, dass sie beide auf einem

Pferderücken saßen. Wäre er jetzt vor ihr gestanden und hätte sie umarmt oder geküsst, sie hätte wahrscheinlich nicht die Stärke gehabt, ihn zurückzuweisen.

Wie grundverschieden diese beiden Männer doch waren! Alex war wohlhabend, weitgereist und gewohnt, alles zu bekommen, was er wollte, ohne sich groß ins Zeug legen zu müssen. Der Fuchs dagegen tat offenbar, was ihm gefiel, und nahm sich, was er wollte, wobei er überhaupt nichts dagegen zu haben schien sich anzustrengen. Er scheute keine Auseinandersetzung und hatte das Zeug zu einem wahren Rebellen; um seine Feinde zu bestrafen, waren ihm Gewalt oder Demütigung gleichermaßen recht. Nie würde sie vergessen, wie er Francis Dalcross bestraft hatte, indem er ihn splitterfasernackt in die Wildnis scheuchte!

Beim Gedanken an diesen Vorfall warf sie einen Blick auf ihren Begleiter. Offenbar spürte er das, denn er wandte sich zu ihr um, sagte jedoch nichts. Seit der Ablehnung seines Antrags hatte er sich in Schweigen gehüllt. Als sie daran dachte, was er Francis Dalcross angetan hatte, war sie froh, dass sie sich geweigert hatte, diesem Schuft Rede und Antwort zu stehen. Wenn der den Fuchs jemals zu fassen bekäme, würde er ihn schon wegen dieses Vorfalls an den Galgen bringen.

Dann kam ihr wieder der charmante, freundliche Alex in den Sinn. Er trug wundervolle Kleider und war ein hervorragender Tänzer. Sie konnte sich nicht vorstellen, dass der Fuchs bei Hofe, geschweige denn beim Gaillarde-Tanzen, eine gute Figur machen würde. Und obwohl Alex gern in seiner albernen Sänfte reiste und auf empörende Vorfälle eher mit einem trägen »*Meiner Seel*« reagierte, als sein Schwert zu gürten und Rache zu nehmen, hatte er ihr doch ihre Entgleisungen nachsichtig verziehen und nie seinen Gleichmut verloren, nicht einmal, als sie Dinge nach ihm geworfen hatte. Natürlich hatten seine Augen gelegentlich wütend gefunkelt und sie hatte kurz befürchtet, dass er Rache nehmen würde. Aber er hatte es nie getan – was sie sogar eher enttäuschend fand; und er hatte ihr auch nie wie der Fuchs Prügel angedroht.

*

Er fragte sich, was wohl gerade in ihr vorging. Zweifellos verurteilte sie sein törichtes Ansinnen nahezu ebenso heftig wie er selbst. Obwohl er mit sich haderte, seit er ihr diesen Antrag gemacht hatte, wusste er ganz genau, was ihn veranlasst hatte, sie so auf die Probe zu stellen; denn aus dem gleichen Grund hatte er den ganzen Schwindel überhaupt inszeniert: Seine Selbstzweifel hatten ihn dazu gebracht. Aber er hatte nicht mit den heftigen Schuldgefühlen gerechnet.

Bab war ehrlich. Sie war verschwiegen, mutig und durch und durch vertrauenswürdig. Sie war eine Perle unter den Frauen. Es war gemein, ihr nicht die Wahrheit zu sagen. Aber er hatte sie bereits in Gefahr gebracht und würde sie in noch viel größere Gefahr bringen, wenn er ihr die Wahrheit über den Mann enthüllte, den sie geheiratet hatte. Ungeachtet des Rates, den ihm diese seltsame kleine Frau, Maggie Malloch, gegeben hatte, bestand jetzt eine ganz reale Gefahr und sie würde so lange bestehen, wie Francis Dalcross lebte und der Fuchs aktiv war. Zudem war in seinem Kopf jetzt auch keine Stimme zu hören, die versuchte, ihm dies auszureden.

Dennoch gingen ihm solche Machenschaften gegen den Strich, das war schon immer so gewesen. Er hatte sie Monate lang für notwendig erachtet, aber jetzt, wo Bab in sein Leben getreten war, wirkten sie nur mehr unaufrichtig. Lange hatte er geglaubt, er beschütze eben sich und seine Familie, so gut er konnte, aber allmählich dämmerte ihm die schmerzliche Erkenntnis: Er stellte lediglich sich selbst, seinen Vater und seit kurzem auch die Frau, die er inzwischen innig liebte, auf die Probe.

*

Bab wünschte sich, er würde endlich etwas sagen. War er böse auf sie? Es kam ihr nicht so vor. Vielleicht würde die Spannung zwischen ihnen nachlassen, wenn sie zu reden begänne. Sie fragte sich noch immer, woher er von dem Tunnel unter dem Amtssitz des Sheriffs gewusst hatte. Aber er hatte ihr deutlich zu verstehen gegeben, dass er über solche Dinge nicht reden wollte.

»Ich hätte das nicht sagen sollen.«

Nach dem langen Schweigen erschrak sie beinahe, als sie seine Stimme hörte. Aber sie musste nicht erst nachfragen, was er meinte. »Nein«, sagte sie schlicht, »das hättest du nicht tun sollen.«

»Bist du sauer auf mich, Süße?«

»Im Moment nicht, aber hör bitte mit dieser albernen Sprache auf. Ich weiß, dass du genauso reden kannst wie ich, denn das hast du oft genug getan. Ich werde dich nicht fragen, wer du wirklich bist, aber mir ist klar, dass du aus bestem Hause stammst und eine gute Erziehung genossen hast.«

»Du bist zu schlau, das ist nicht gut für dich«, meinte er. »Wie lange hast du das schon gewusst und was hast du daraus geschlossen?«

»Du brauchst jetzt nicht so zu tun, als würdest du mir am liebsten den Hals umdrehen«, sagte sie. »Ich weiß doch, dass du das nie tun würdest; ich bin mir auch ziemlich sicher, dass du Sheriff Dalcross nicht umgebracht hast. Eigentlich bezweifle ich, dass du je jemand umgebracht hast.«

»Du glaubst also auch nicht wie viele andere, dass ich Chisholms Söhne umgebracht habe, wenn es denn nicht sein Vetter war?«

»Nein. Das ist gewiss blanker Unsinn, denn es hat niemals jemand behauptet, dass du dafür ein Motiv gehabt hättest. Dann könnte man genauso gut Sir Alex beschuldigen, seine Brüder ermordet zu haben.«

»In der Tat.«

»Das brauchst du gar nicht in einem Ton zu sagen, als ob

es tatsächlich möglich sein könnte«, erwiderte sie. »Das hätte er schon deshalb nicht tun können, weil er damals in Frankreich war.«

»In Italien.«

»Na ja, jedenfalls auf dem Kontinent.«

»Du glaubst also, Christopher Chisholm hat seine Vettern ermordet?«

»Ich kenne ihn nicht, aber es wird behauptet, dass er es war. Also nehme ich an, dass es stimmt.«

»Aber ich kenne ihn. Er hat es nicht getan.«

»Wo steckt er dann? Warum zeigt er sich nicht und sagt die Wahrheit?«

»Das wiederum weiß ich nicht. Aber ich möchte wetten, unser kürzlich verstorbener Sheriff und sein Sohn wissen mehr über die ganze Sache, als sie zugegeben haben.«

»Ich dachte, Dalcross sei erst nach diesem traurigen Vorfall zum Sheriff ernannt worden.«

»Das stimmt. Aber eben dieser Vorfall führte zu seiner Ernennung. Jemand erklärte Jamie, Chisholm sei für das Amt des Sheriffs nicht mehr geeignet, denn er habe ja nicht einmal verhindern können, dass seine eigenen Söhne ermordet wurden. Und was dabei herauskam, weißt du ja.

Dalcross und sein Sohn haben ein lukratives Geschäft aus diesem Amt gemacht, sehr zum Schaden der Menschen, denen es eigentlich dienen sollte. Dazu kamen noch politische Erwägungen, und Chisholm war nach dem Tod seiner Söhne tatsächlich nicht in der Lage, gegen die Ernennung von Dalcross anzukämpfen. Und dein kostbarer Alex als einzig ihm verbliebener Erbe war wahrlich keine große Hilfe.«

»Kannst du nicht endlich aufhören, dich über Sir Alex lustig zu machen?«, herrschte ihn Bab an. »Denk doch wenigstens daran, dass er mein Gemahl ist!«

»Glaub mir, das tue ich, aber du hast Recht. Ich sollte vor dir nicht so abwertend über ihn reden. Kannst du mir noch einmal verzeihen?«

»Jawohl, das verzeihe ich dir, und auch noch so einiges andere«, sagte sie. »Werden wir noch vor morgen früh nach Dundreggan kommen?«

»Na ja, es dauert wohl noch eine Weile, falls du überhaupt so lange im Sattel sitzen kannst. Jetzt ist nämlich noch einige Zeit hin bis Mitternacht.«

»Ach, du meine Güte. Und ich dachte, die Nacht sei schon fast vorüber. Hattest du denn keine Angst, so früh in den Amtssitz des Sheriffs einzudringen?«

»Nein, denn meine Begleiter haben ihn beobachtet. Kurz nachdem er euch in diese Zelle gesperrt hatte, ging er nämlich in seine Lieblingsschänke. Ich habe nur gewartet, bis es ganz dunkel war, um euch zu holen.«

»Du bist uns also gefolgt? Woher hast du gewusst, dass er mich verhaftet hat?«

»Ich hab dir doch schon erklärt, ich hab da so meine Mittel und Wege.«

»Wahrscheinlich hat es dir jemand erzählt, den du unterwegs getroffen hast. Uns ist eine Reihe von Leuten begegnet.«

»Bald wird der Mond höher stehen«, sagte er ausweichend. »Dann werden wir schneller vorankommen.«

*

An Bord der Marion Ogilvy

Sie segelten mit der beginnenden Flut und gelangten kurz nach Mitternacht nach Couroch. Dieser Seehafen am oberen Ende des Firth of Clyde war Dumbarton am nächsten und damit auch Stirling und der Abtei von Cambuskenneth, wo Sir Kenneth Lindsay seine Botschaft an Kardinal Beaton überbringen wollte.

Der Wind war den ganzen Tag über sehr günstig gewesen, und obwohl sie der englischen Küste ab und an gefährlich nahe gekommen waren, hatten sie keine weiteren feindlichen Schiffe gesichtet und im Morgengrauen dieses Tages den Nordkanal durchquert. Jetzt arbeiteten die Männer im Licht der Laternen. Sie holten rasch die Segel ein und verschnürten sie an den Rahen.

Sobald sie geankert hatten, verabschiedete sich Sir Kenneth und stieg den Landungssteg zu dem mit Fackeln beleuchteten Kai hinab. Gibson drehte sich um und musterte Kit, der ihn nicht aus den Augen gelassen hatte.

Viele Besatzungsmitglieder bereiteten sich auf einen Landgang vor, denn das Schiff sollte etwa eine Woche in Dumbarton bleiben, um seine Vorräte zu erneuern. Kit, Willie und Tam sollten wie üblich an Bord bleiben, und Kit glaubte, Gibson würde die erste Gelegenheit nutzen, um ihn auspeitschen zu lassen, nachdem Sir Kenneth von Bord gegangen war.

Kit schickte sich ins Unvermeidliche. Er ging nach unten, um zu Abend zu essen und zu schlafen, falls ihm das gelingen sollte. Als er an der Geschützpforte unter dem Achterdeck vorbeiging, kam ihm Tam entgegen.

»Mach schnell, Bursche«, meinte der Ältere und winkte ihm zu. »Willie hat 'ne Leine von einer Want über die Rüste runtergelassen!«

»Wie ist er denn dorthin gekommen?«, wollte Kit wissen, denn die Rüste war eine starke, dicke Planke, die horizontal an der Außenhaut angebracht war, um die Wanten besser zu spreizen. Normalerweise kam man dorthin, wenn man die Wanten am Achterdeck hinunterrutschte. Selbst mitten in der Nacht und wo ein Großteil der Besatzung sich beeilte, an Land zu gehen, konnte Kit sich nicht vorstellen, wie Willie so etwas unbemerkt hätte schaffen sollen.

»Die Männer haben eine der Kanonen zurückgezogen, um sich mal ihr Innenleben anzuschaun, nachdem sie gestern diese lästigen Engländer verfehlt hat, und sie steht noch nicht an ihrem Platz«, sagte Tam. »Willie ist durch die Geschützpforte geklettert. Er hat gemeint, dort könnten wir auch durch und ob wir ihn begleiten wollen. Ich für meinen Teil werd das tun. Kommst du mit?«

Kit blickte über die Schulter zur Stelle, an der er Gibson zuletzt gesehen hatte. Er bemerkte, dass dieser noch immer dort stand und sie beobachtete. Er hatte nicht viel Zeit nachzugrübeln, ob Willies Plan besonders gut war. Die nächsten Monate würden sie sich schottischem Boden nicht mehr nähern und so eine Gelegenheit würde sich ihm wahrscheinlich nie mehr bieten.

»Ich bin dabei«, meinte er.

Tam drehte sich um und ging voraus in den düsteren Bereich unter dem Achterdeck. Eine einsame Laterne spendete ihnen gerade so viel Licht, dass sie sehen konnten, wohin sie gingen.

Ihr Ziel war die Geschützpforte am Achterschiff auf der den Docks zugewandten Seite. Selbst aus geringer Entfernung sah es so aus, als stünde die Kanone an ihrem Platz, aber als Kit direkt davor stand, merkte er, dass sie gut einen Fuß von der Geschützpforte weggezogen worden war. Die Pforte war groß genug, dass sich der dürre Willie Armstrong durchzwängen konnte. Ob der stämmige Tam oder der viel größere Kit durchpassten, war allerdings fraglich.

»Ich geh da durch, selbst wenn ich mich dafür splitterfasernackt ausziehn müsste«, sagte Tam und musterte die Geschützpforte grimmig.

»Na dann los! Viel Zeit bleibt uns sicher nicht, bis uns jemand sieht.«

Von draußen redete nun auch Willie auf Tam ein, sich zu beeilen. Schließlich steckte er Kopf und Schultern durch das Loch, Willie zog ihn, Kit schob ihn, und so schaffte er es, sich durch die enge Öffnung zu zwängen.

»Du hast es sicher leichter, du bist ja schlanker um die Taille«, sagte er zu Kit. »Wenn du erst mal deine Schultern durchgequetscht hast, geht der Rest von ganz allein.«

Es ging leichter, als Kit befürchtet hatte, und draußen auf der breiten Planke war alles so, wie es Willie versprochen hatte. Das starke Seil war gut vertäut, und es reichte bis zum Wasser. Nun galt es nur noch, sich daran hinunterzuhangeln und durch den Clyde ans gegenüberliegende Ufer zu schwimmen.

Kit ließ den anderen beiden den Vortritt und wartete, bis Willie im Wasser gelandet und Tam ihm gefolgt war. Doch gerade als er sich selbst abseilen wollte, griff eine starke Hand durch die Geschützpforte und packte ihn am Arm.

»Sag deinen Freunden, sie sollen sofort wieder zurückschwimmen!«, knurrte Gibson. »Sonst blas ich dir als Erstes den Schädel weg und dann schick ich meine Leute rüber, um die anderen zwei zurückzuholen. Und dann werd ich sie an der Rah aufknüpfen!«

Instinktiv riss sich Kit los und sprang. Er hörte einen Schuss, gelangte aber unversehrt ins Wasser. Als er wieder auftauchte, um nach Luft zu schnappen, sah er Tam und Willie wie wild zum gegenüberliegenden Ufer schwimmen. Gibson war inzwischen ebenfalls auf die Planke geklettert und zielte genau auf ihn.

Kit wollte eben wieder abtauchen, da geriet der Mann über ihm plötzlich ins Straucheln und fiel mit einem Schrei des Entsetzens ins Wasser.

Er schlug kopfüber auf, tauchte dann kurz an die Oberfläche und fuchtelte wild mit den Armen. »Ich kann nicht schwimmen!«, kreischte er, und schon war er wieder verschwunden.

Am liebsten hätte Kit den Kerl absaufen lassen, aber trotzdem schwamm er mit kräftigen Zügen an die Stelle, wo Gibson verschwunden war. Das Wasser war ruhig, die Nacht eigenartig still. Weder Willie noch Tam wagten es, ihm etwas zuzurufen, denn sie wollten keine Aufmerksamkeit erregen. Seltsam war nur, dass keiner an Bord den Schuss oder Gibsons Schreckensschrei gehört hatte.

Kit tauchte mehrere Male und tastete in dem dunklen Wasser nach Gibson, aber er fand ihn nicht. Der erste Offizier tauchte nicht mehr auf und im Wasser regte sich auch sonst nichts. Er war spurlos verschwunden.

Auf dem Schiff schien nach wie vor niemand Gibson oder die drei Ausreißer zu vermissen. Kit schwamm an Land zu Tam und Willie.

*

Babs Hoffnung, zumindest einen Blick auf die Gesichter ihrer beiden anderen Befreier zu erhaschen, nachdem der Mond aufgegangen war und sie sich wieder zu dem Rest ihrer Gruppe gesellt hatten, wurde enttäuscht. Auch sie trugen Umhänge und Kapuzen. Bab konnte nur erkennen, dass der eine wesentlich kleiner war als der andere. Keiner von ihnen sagte ein Wort.

Der Fuchs hatte gewartet, bis der Mond schon recht hoch stand, um die anderen einzuholen. Als Giorsal ihre Herrin erblickte, rief sie erleichtert: »Oh mein Gott, Mistress Bab! Ich hab schon befürchtet, er hätte sich mit Euch aus dem Staub gemacht! Aus diesen Männern hier war rein gar nix rauszubekommen.«

»Es tut mir Leid, dass du dir Sorgen gemacht hast, aber ich habe dir doch gesagt, dass wir ihm vertrauen können«, erwiderte Bab.

Danach kam kein rechtes Gespräch mehr zustande, denn die beiden Frauen waren müde und es kostete sie all ihre Kraft, sich im Sattel zu halten und rasch voranzukommen. Doch so erreichten sie Dundreggan noch einige Zeit vor Sonnenaufgang. Der Fuchs und seine Gefährten verließen die Frauen erst kurz vor den Toren der Burg.

»Von jetzt an seid Ihr sicher«, sagte er. »Ruft, wenn Ihr in Hörweite der Wachen seid, dann lassen sie Euch rein. Sicherheitshalber werden wir Euch noch so lange beobachten.«

»Nochmals vielen Dank, Sir«, sagte Bab. »Aber wahrscheinlich wird Francis Dalcross wieder nach mir suchen, glaubt Ihr nicht?«

»In dem Fall, müsst Ihr Eurem Gatten sagen, dass er Euch versteckt. Ich glaube nicht, dass er so dumm sein wird, Euch noch einmal in die Hände von Dalcross fallen zu lassen.

Wenn er das tut, dann rück ich ihm auf die Pelle, und ich werd auch mit Euch ein ernstes Wörtchen reden, falls Ihr so töricht seid, Euch diesem Schuft abermals in den Weg zu stellen oder Euch sonst irgendwie in Gefahr zu bringen.«

Er klang so grimmig, dass es ihr eiskalt über den Rücken lief und sie beschloss, zumindest in der nächsten Zeit vorsichtiger zu handeln.

*

Claud war froh, dass Mistress Bab wieder heil in Dundreggan gelandet war. Den Wünschen seiner Mutter entsprechend hatte er das Mädchen auch in der Zelle des Sheriffs nicht aus den Augen gelassen. Sie war dort zwar vorerst sicher, aber er hatte sich schon den Kopf zerbrochen, was er tun sollte, falls Francis Dalcross sie tatsächlich foltern würde. Im Clan herrschten strenge Regeln, die jedes direkte Eingreifen bei Auseinandersetzungen zwischen Sterblichen strikt untersagten. Diese Gesetze hatte Claud schon weit über das hinausgehend, was der Kreis noch billigen würde, überschritten, und deshalb war er jetzt zutiefst erleichtert, dass er so etwas nicht noch einmal hatte tun müssen. Eigentlich hatte er nur Babs Schlaf ein wenig gefördert und ihr Energie für den langen Heimweg gegeben.

Wo Lucy wohl steckte? Sie war erschrocken geflohen, als Maggie eingetroffen war, und seitdem hatte er sie nicht mehr gesehen. Auch Catriona war spurlos verschwunden. In der Zeit, in der er in Dundreggan bleiben musste, würde er sie wohl nicht mehr zu Gesicht bekommen. Sie würde es nicht riskieren, Ziegenfüße zu bekommen. Er musste also woanders nach ihr suchen. Ob das kleine Bächlein in ihrer Lichtung wohl wieder plätscherte? Oder waren Lucys Neuerungen von Dauer?

*

Bab fiel es nicht schwer, sich in Dundreggan Einlass zu verschaffen. Die Männer auf der Ringmauer freuten sich, sie unversehrt wieder in Dundreggan zu sehen, und der Wachhauptmann begleitete sie zum Wohnturm und hätte am liebsten gleich alle aufgeweckt.

Doch das wollte Bab nicht zulassen. »Bald stehen ohnehin alle auf und erfahren, dass ich in Sicherheit bin«, sagte sie. »Ich bitte Euch, Hauptmann, jetzt weder seine Lordschaft noch sonst jemanden zu stören.«

»So, wie die Dinge stehen, wird seine Lordschaft sowieso nicht ruhig schlafen, Mylady. Aber wenn Ihr nicht wollt, dass ich ihn wecke, gebe ich zumindest seinem Leibdiener Bescheid.«

»Tut, was Ihr nicht lassen könnt. Aber ich lege mich jetzt erst mal schlafen.«

»Ihr solltet zu Sir Alex gehen, Mistress«, meinte Giorsal streng.

»Ich muss nachdenken, Giorsal. Wenn du mir helfen willst, dann schimpfe und streite jetzt bitte nicht mit mir. Später kannst du mir sagen, was du willst, aber jetzt brauche ich einfach ein bisschen Ruhe.«

»Jawohl, Mylady.«

An dieser knappen Antwort merkte Bab, dass Giorsal beleidigt war, aber sie waren beide völlig erschöpft, und Bab wollte wirklich nur noch schlafen.

Sie gingen unverzüglich in Babs Kammer, wo Bab sogleich ins Bett kletterte, nachdem sie sich flüchtig gewaschen und ihr Nachthemd angezogen hatte. Trotz ihres Vorsatzes, noch ein wenig nachzudenken, war sie schon eingeschlafen, als Giorsal die Türe zuzog.

Sie war so erschöpft, dass sie sich kaum rührte, als nach einer Weile Alex nackt in ihr Bett kletterte und sie umarmte. Sie seufzte nur wohlig auf, schmiegte sich an ihn und schlief, bis die Sonne sie weckte. Offenbar hatte sie sich im Schlaf mit dem Rücken an ihren Mann gekuschelt. Überrascht drehte sie sich um und stellte fest, dass er sie schläfrig anlächelte.

»Wie bist du …? Oder vielmehr, wann bist du …?«

»Du solltest lernen, deine Sätze zu beenden, Liebling. Wie oder wann bin ich was?«

»Du weißt ganz genau, was ich meine. Das hier ist zufällig mein Bett, Sir!«

»Und ich bin Euer Gemahl, Madam. Es steht mir also durchaus zu, in Eurem Bett zu liegen.«

»Du hast ja noch nicht mal gefragt, wie ich in dieses Bett gekommen bin«, meinte sie. »Kann ich dem entnehmen, dass der Wachhauptmann dich aufgeweckt hat, obwohl ich ihm ausdrücklich befohlen habe, dich nicht zu stören?«

»Das hat er nicht getan«, antwortete Alex. »Ich war schon wach.«

»Ich will damit nur sagen …«

»Ich weiß, was du mir sagen willst. Und ich weiß auch, wie du nach Hause gekommen bist.«

»Ach ja?«

»Inzwischen weiß das jeder in Dundreggan. Da du hier in den frühen Morgenstunden und ohne angemessene Begleitung eingetroffen bist, hat dich wahrscheinlich *Sionnach Dubh* hergebracht.«

»Tja, da hast du wohl Recht«, meinte sie.

»Also hat er dich wieder einmal gerettet.«

Etwas in seiner Stimme veranlasste Bab, ihn scharf zu mustern, aber wie üblich gelang es ihr nicht, seine Miene zu enträtseln. Leise sagte sie: »Ja, er hat uns gerettet. Und ich finde,

Ihr solltet ihm dankbar sein, Sir. Er meinte, Ihr solltet darauf achten, dass ich nicht abermals in Dalcross' Hände falle.«

»Keine Angst, das wird nicht noch einmal passieren«, sagte er. »Wahrscheinlich hältst du mich für einen Feigling, dass ich es dieses eine Mal zugelassen habe.«

»Du hättest nichts dagegen tun können«, sagte sie. »Aber wenn du glaubst, dass ich den Fuchs jetzt für einen Helden halte, Alex, dann irrst du dich. Ich bin ihm dankbar, aber er hat eine Menge Fehler. Allerdings bin ich mir ungeachtet der Münze, die man angeblich bei der Leiche des Sheriffs gefunden hat, sicher, dass er diesen Mord nicht begangen hat.«

»Er hat schon einmal gemordet und ist dabei gesehen worden.«

»Aber nicht kaltblütig! Wenn einer seiner Gegner stirbt, dann stets mit dem Schwert in der Hand. Eher demütigt der Fuchs seine Feinde, als dass er sie tötet. Das hat er auch getan, als er mich das erste Mal gerettet hat. Damals hat er Francis seiner ganzen Kleider entledigt. Ich habe alle Geschichten gehört, die man sich über ihn erzählt; keiner außer Francis Dalcross hat ihn jemals als Mörder oder als Feigling bezeichnet. Aber was auch immer der Fuchs sein mag, Alex: Du bist mein Mann.«

»Ach ja, mein Schatz? Noch nicht ganz, glaube ich.«

Sie schmiegte sich an ihn und küsste ihn auf den Mund. »Wir haben den Bund der Ehe für alle Zeiten geschlossen. Ich sehe keinen Grund, die Sache weiter hinauszuzögern. Wir sollten die Ehe vollziehen, bevor wieder etwas dazwischenkommt. Hältst du mich jetzt für liederlich?«

»Liederlich? Nein, mein Schatz. Aber wir müssen vorher noch ein paar Dinge besprechen.«

»Du meine Güte, Sir, wollt Ihr die Ehe etwa nicht vollziehen?«

»O Bab, wie kannst du mich nur so etwas fragen?«, stöhnte er. »Natürlich will ich!«

»Dann sag mir, was ich zu tun habe.«

»Gut. Aber wir müssen heute früh noch ein ernstes Gespräch führen.«

Sie kuschelte sich wieder an ihn. »Ich werde alles tun, was du sagst. Jetzt und für alle Zeiten. Zumindest werd ich's versuchen. Und nun erkläre mir bitte, was es mit diesem Vollzug auf sich hat!«

*

Sie war so weich und anschmiegsam, als sie sich an ihn drängte, und ihr Batistnachthemd war so dünn, als trüge sie gar nichts, dass Alex einfach nicht die Stärke aufbrachte, ihr zu widerstehen, auch wenn er es gewiss noch würde büßen müssen, dass er sein Geständnis aufschob. Und auch den schrecklichen Antrag, den er ihr auf dem Heimweg von Inverness gemacht hatte, würde er sicherlich noch büßen müssen.

Doch letzten Endes hatte ihm dieser Antrag zu einer wichtigen Erkenntnis verholfen. Ihm war dabei nämlich klar geworden, dass er es höchst verführerisch fand, Bab auf die Probe zu stellen. Es war zwar wirklich nicht fair gewesen, aber er hatte dieser Versuchung nicht widerstehen können und würde ihr auch stets erliegen, solange er Bab nicht die Wahrheit gestand. Seine Frau überraschte ihn immer wieder aufs Neue, aber sie tröstete auch den Teil von ihm, der sich nach wie vor mit seinen Brüdern messen wollte. In seiner Erinnerung würden sie ihm immer überlegen sein, wie sie es in seiner Jugend gewesen waren; niemals würde er sie übertrumpfen können. Aber weder Rob noch Michael würden jemals Bab haben können, und das rückte ihren Tod für ihn in ein neues Licht. Von dem Moment an, als er vom Tod seiner Brüder erfahren hatte, hatte er um sie getrauert, aber er hatte auch noch um etwas anderes getrauert. Doch was immer dies andere gewesen war, es war in dem Moment verschwunden, als er Bab zum ersten Mal in seine Arme geschlossen hatte.

Während er ihr das Nachthemd abstreifte und begann, ihre samtenen Schultern und Brüste zu streicheln, fiel ihm ein, dass sie weder Alex noch dem Fuchs je ihre Liebe gestanden hatte. Aber als Alex hatte er ihr ja auch nie gesagt, dass er sich in sie verliebt hatte; nur als Fuchs hatte er es zugegeben, was in Anbetracht der Umstände allerdings wenig zählte.

Er hatte Angst gehabt, ihr seine wachsende Liebe zu gestehen, denn er wusste, dass sie ihn nur als den Mann sah, der zu sein er vorgab, seit er vom Kontinent zurückgekehrt war. Und er fürchtete, dass sie so einen Mann nie wahrhaftig würde lieben können. Doch seine Angst, dass sie ihn vielleicht nicht liebte, war nicht so groß wie die Angst, sein Betrug könne dazu führen, dass er ihre Liebe auch in Zukunft niemals würde gewinnen können.

Als sich die Gelegenheit geboten hatte, sie zu heiraten, hatte er sich darauf gestürzt wie ein Habicht auf seine Beute. Jetzt würde sie ihm bald vollständig gehören, und das war auf jeden Fall ein Gewinn – egal, was die Zukunft brachte. Aber so sehr es ihn erleichtert hätte, ihr endlich alles zu gestehen, schon allein der Gedanke daran schob sich wie ein schreckliches Hindernis zwischen sie. Wie würde sie reagieren?

Schließlich riss er sich von all diesen Grübeleien los, beugte sich zu ihr und küsste ihre Brüste. Er saugte sanft an einer der hoch aufgerichteten Warzen. Babs lustvolles Stöhnen steigerte auch sein Verlangen. Er nahm sich vor, ihr den richtigen Alex zu zeigen, mit all seiner Leidenschaft und seiner Liebe. Wenn sie ihn dabei als den erkannte, der er wirklich war, konnten sie weiter darüber sprechen. Er schaffte es jetzt einfach nicht, mit der Wahrheit herauszurücken und zu hoffen, dass alles gut werden würde. Aber er würde sie nie mehr betrügen, nie mehr!

Sie hielt sich an seinen Haaren fest. Ihr Atem kam in kleinen Stößen, als seine Hand über ihren Bauch und zwischen ihre Schenkel wanderte und dort die weichen Locken streichelte. Die Nerven in seinen Fingerspitzen schienen extrem empfindlich zu sein. Es kam ihm vor, als könnte er überall dort, wo er sie berührte, den pochenden Puls unter ihrer Haut spüren.

Sein Körper war bereit und konnte es kaum erwarten, sie zu erobern, aber er wollte, dass auch ihrer dazu bereit war.

Seine Finger erforschten die Öffnung zwischen ihren Beinen, und er bemerkte, dass ihr Körper bereits heftig auf seine Zärtlichkeiten reagierte. Doch er streichelte sie weiter und steigerte ihre Lust, um ihr nicht mehr als unbedingt notwendig wehzutun, wenn er zum ersten Mal von ihr Besitz nahm.

Mit jeder Berührung schwoll seine Lust noch stärker an, bis er das Gefühl hatte, platzen zu müssen, wenn er sie nicht bald stillte.

Bab genoss es, von ihm gestreichelt zu werden, und gab sich in vollen Zügen jeder neuen Empfindung, jeder Entdeckung hin. Sie hätte nie gedacht, dass ihr Körper solche Geheimnisse barg, so viele sensible Stellen hatte. Es erstaunte sie, wie ihr Körper auf jede von Alex' Berührungen immer wieder neu antwortete. In einem Moment hatte sie das Gefühl, völlig dahinzuschmelzen, im nächsten wähnte sie sich in einer Welt, in der es nur noch verzehrende Leidenschaft gab.

Ihr heißer, hungriger Mund wollte Alex überall küssen. Ihre Hände glitten über seinen Körper, sie wollten mehr erfahren über ihn und ihn erregen, so wie er sie erregte. Als seine Hand zwischen ihre Beine glitt, hätte sie fast laut aufgeschrien; nur ihre Neugier hielt sie davon ab. Ihre Erregung steigerte sich noch, als seine Finger sanft in sie hineinglitten, bis ihr ganzer Körper von den Brüsten bis zu den Zehen bebte, und als er endlich dazu ansetzte, sie ganz zu erobern, hieß sie ihn begierig willkommen. Sie spürte einen kurzen, dumpfen Schmerz, und dann war er schon in ihr, heiß und pulsierend.

Einen Augenblick lang lag Alex ganz still da, als wollte er

ihre Reaktion abwarten, doch als sie seine Wange küsste und nach seinen Lippen suchte, begann er sich zu bewegen, erst sanft, dann drängender, bis er mit einem tiefen Seufzer auf ihr zusammensank.

Bab konnte kaum atmen, allerdings nicht wegen seines Gewichts, das auf ihr lastete, sondern wegen der zunehmend schmerzlichen Begierde in ihrem Körper, die noch nicht gestillt worden war. Sie wollte, dass er weitermachte, aber sie fürchtete, dass er sich schon viel zu sehr verausgabt hatte.

Als sie sein tiefes Atmen hörte, wuchs ihre Besorgnis noch, doch dann verlagerte er sein Gewicht und begann, sie wieder sanft zu liebkosen. Seine Fingerspitzen wanderten von ihrem Nacken über ihre Brüste zu ihrem Bauch und wieder zurück. Er umfasste sanft eine Brust und liebkoste die Warze mit dem Daumen. Dann wanderte die Hand wieder nach unten und blieb schließlich auf ihrem lockigen Schamhaar liegen.

Bab öffnete den Mund, eigentlich um ihm zu sagen, er solle nicht aufhören, doch er küsste sie sofort und seine Zunge drang tief in ihren Mund, während seine Finger gleichzeitig ihre Schamlippen liebkosten. Dabei spannte sie sich unwillkürlich an, doch als seine Hand weiter zu ihren Oberschenkeln wanderte und sie streichelte, entspannte sie sich wieder. Noch einmal drangen seine Finger in sie ein und streichelten und neckten sie, bis sie vor Lust laut stöhnte. Er nahm ihre Hand und zeigte ihr, wo sie ihn berühren sollte und wie sie den Teil seines Körpers, der allmählich wieder härter wurde, streicheln und drücken sollte.

Fasziniert davon, wie er auf ihre Berührung reagierte, liebkoste Bab ihn weiter. Schließlich legte er sich wieder auf sie und sie half ihm, in sie einzudringen. Zuerst bewegte er sich fast qualvoll langsam in ihr, so dass sie ihn am liebsten angebettelt hätte, sich doch schneller zu bewegen, doch dann kostete sie jedes neue Gefühl voll aus, sogar den schwachen, noch immer vorhandenen Schmerz, der all diese neuen Empfindungen begleitete.

Seine Küsse wurden fordernder und ihre Zunge antwortete ihm. Sie umklammerte seinen Körper, zog ihn zu sich heran und drängte sich ihm entgegen. Dort, wo es vorhin etwas wehgetan hatte, brannte es inzwischen, aber sie spürte keinen Schmerz mehr, sondern nur noch drängende Lust. Sie fanden einen gemeinsamen Rhythmus und steigerten ihre Lust, bis Bab dachte, mehr könne sie nicht ertragen. Genau in diesem Moment strömten heiße Wogen der Lust durch ihren ganzen Körper, große, pulsierende Wogen der Lust, die sie noch nie verspürt hatte.

Als diese Empfindungen nachließen, seufzte sie und lächelte Alex an. »Das ist ja unglaublich!«, sagte sie. »Können wir das noch mal machen?«

Sein leises Lachen kam aus dem Innersten seiner Brust. Er küsste ihr Ohr, und sein warmer Atem kitzelte sie, als er murmelte: »Bald, mein Schatz, aber nicht gleich.«

Sie kuschelte sich an ihn, legte den Kopf in die weiche Mulde seiner Schulter und gab sich ihrer wohligen Entspannung hin. So lagen sie eine Weile zutiefst befriedigt, hielten sich umschlungen und freuten sich an ihrer neu entdeckten Nähe. Doch plötzlich klopfte es an der Tür.

20

Alex zog rasch die Decke bis zu Babs Kinn hoch, dann sagte er: »Herein!«

Hugo steckte den Kopf durch die Tür. »Ich bitte um Verzeihung, Master Alex!«, meinte er verlegen. »Aber seine Lordschaft verlangt, dass Ihr Euch im Großen Saal einfindet.«

»Zum Kuckuck mit seiner Lordschaft«, erwiderte Alex fröhlich. »Sag ihm, dass er sich ein wenig gedulden muss. Ich werde mich seinem Wunsch in einer halben Stunde fügen. Du kannst ihm auch sagen, dass ich bei meiner Gemahlin weile und nicht wünsche, sie eher zu verlassen. Das kannst du ihm so diplomatisch beibringen, wie du möchtest, aber geh jetzt und sag es ihm!«

Zu Babs Überraschung blieb Hugo jedoch störrisch stehen. »Bei allem Respekt, Sir – seine Lordschaft sagte, Ihr solltet sofort kommen.«

»Ich könnte recht gut auf seine Lordschaft verzichten«, erwiderte Alex, aber diesmal klangen seine Worte weniger forsch. Bab musterte ihn mit zusammengekniffenen Augen.

Als er ihr zulächelte, fiel ihr auf, dass etwas an ihm anders war. Während er sich hinsetzte und Hugo bedeutete, ihm seinen Morgenmantel zu bringen, dachte sie darüber nach, was sich wohl geändert hatte. Und schon bald glaubte sie, die Antwort darauf gefunden zu haben: Seine übliche affektierte Art war verschwunden.

Die gedehnte Sprechweise und der schläfrige Blick waren wie weggeblasen. Es kam ihr beinahe so vor, als hätte ihn ihre gemeinsame Liebe seiner äußeren Hülle beraubt und sein Innerstes offenbart. Das, was sich ihr nun zeigte, gefiel ihr sehr. Was ihr aber nicht gefiel, war die Art, wie er mit Hugo Blicke wechselte, als tauschten sich die beiden stillschweigend aus und hätten Geheimnisse vor ihr.

»Was ist los?«, wollte sie wissen. »Was geht hier vor, Sir?«

Alex lächelte wieder. »Nichts, worüber du dir Sorgen machen müsstest, mein Schatz. Ich habe es dir doch versprochen, weißt du nicht mehr? Ich werde nicht zulassen, dass er dich ein weiteres Mal nach Inverness bringt.«

Jetzt, wo er nicht mehr so gedehnt sprach, klang er ganz anders. Seine Stimme war tiefer und sehr angenehm, aber in Bab regte sich dennoch leiser Unmut. »Es geht also um Francis. Passt auf, Sir, ich lasse mich von Euch nicht wie ein unmündiges Kind behandeln!«

»Ich werde Hugo sagen, dass er Giorsal herschickt, damit sie Euch beim Ankleiden hilft«, sagte er noch beim Hinausgehen.

Bab wusch sich mit einem Tuch und kaltem Wasser aus dem Krug auf dem Waschtisch und entfernte sorgfältig sämtliche Spuren ihrer Vereinigung. Dann spritzte sie sich kaltes Wasser ins Gesicht und schließlich streifte sie sich wieder ihr Nachthemd über. Sie suchte in ihrer Truhe nach Kleidern, die sie heute anziehen wollte. Als Giorsal kam, hatte sie sich schon so weit angezogen, dass die Zofe nur noch die Spitzenbänder ihres Gewandes verschnüren musste.

Giorsal überreichte ihrer Herrin einen Gürtel mit einer silbernen Schnalle und sah Bab zu, wie sie ihn anlegte. Dann ordnete sie Babs Röcke, und schließlich trat sie einen Schritt zurück, um das Ergebnis ihrer Mühen zu begutachten.

»Das sollte genügen«, sagte sie. »Ich bürste nur noch rasch Euer Haar, Mistress.«

»Nicht nötig«, erwiderte Bab. »Gib mir nur diese Kappe.«

Bei diesen knappen Worten war Giorsal klar, dass ihr Einspruch nichts nützen würde, und so gehorchte sie stillschweigend.

Hastig schlüpfte Bab in ein paar bestickte Schuhe, wand ihre wirren Zöpfe zu einem Knoten und stülpte die Spitzenkappe darüber. Nach einem flüchtigen Blick auf Giorsal, mit dem sie sich vergewissern wollte, dass ja alle Körperteile züchtig bedeckt waren, eilte sie in den Saal hinunter.

Da sie sich mit dem Ankleiden sehr beeilt hatte und Alex sich doch gewiss gewohnt viel Zeit dafür nehmen würde, rechnete sie damit, im Saal nur seine Lordschaft anzutreffen, der dort ungeduldig auf und ab schreiten und Himmel und Hölle in Bewegung setzen würde, um herauszufinden, warum sein Sohn wieder einmal so lange brauchte. Doch zu ihrer Überraschung holte Alex sie auf der Treppe kurz vor dem Eingang zum Großen Saal ein.

»Du gehst da nicht hinein!«, befahl er streng.

Sie hielt seinem Blick stand. »Ich will wissen, was dort drinnen los ist.«

»Das weiß ich selbst noch nicht«, räumte er ein. »Aber Francis Dalcross ist da und Hugo sagt, diesmal habe er einen ganzen Trupp Bewaffneter mitgebracht.«

»Es ist also so, wie ich vermutet hatte. Er ist gekommen, um mich zu holen.«

Bei diesem Gedanken erschauerte sie, aber schließlich hatte Alex ihr versichert, er werde es nicht zulassen, dass der Sheriff sie noch einmal mitnahm. Das hätte er sicher nicht gesagt, wenn er nicht ernstlich geglaubt hätte, dass es ihm gelingen würde, Dalcross aufzuhalten.

»Wenn er deshalb gekommen ist«, meinte Alex nun, »möchte ich nicht, dass er dich sieht. Das war unser Fehler beim letzten Mal; jetzt wird ihm wahrscheinlich noch niemand mitgeteilt haben, dass du hier bist, es sei denn, mein Vater hat es getan. Aber ich bin mir gar nicht sicher, ob er es überhaupt schon weiß.«

»Er weiß es«, meinte Bab. »Der Wachhauptmann hat mir letzte Nacht gesagt, er werde den Leibdiener deines Vaters wecken und ihm mitteilen, dass ich in Sicherheit bin.«

»Um so mehr Grund, dass du dich nicht blicken lässt«, sagte Alex. »Bitte gehorche mir diesmal, Bab. Versprich mir, dass du dich nicht zeigst, bis ich es dir erlaube!«

»Na gut«, sagte sie. Immerhin hatte er ihr nicht befohlen, in ihr Zimmer zurückzukehren. Sie wusste nicht, ob sie diesem Befehl Folge geleistet hätte, denn so ungern sie sich ihm widersetzte, wollte sie doch unbedingt erfahren, was im Saal vorging.

Alex schlenderte lässig und träge wie immer in den Saal, in eben der Art, die sie so wenig schätzte, aber das spielte jetzt wahrlich keine Rolle. Bab eilte nach oben auf die Galerie und begab sich zum Sehspalt des Burgherrn, um von dort aus zu beobachten, was Francis wollte und was er vorhatte.

Am Sehspalt angekommen vernahm sie seine Stimme gleich sehr deutlich. »Da seid Ihr ja endlich, Sir Alex. Wo steckt Eure hübsche Gemahlin?«

»Mein Gott, Dalcross, ich muss mich wirklich über Euch wundern«, erwiderte Alex gedehnt. »Habt Ihr das Mädel denn schon wieder verloren?«

»Das habe ich nicht. Ich weiß sehr genau, wo sie steckt, und Ihr wisst es ebenso gut wie ich.«

»Sagt gefälligst, was Euch hierher geführt hat, Mann!«, fuhr Chisholm streng dazwischen. »Ihr meintet, Ihr hättet eine Botschaft für meinen Sohn, und ich habe dafür gesorgt, dass er sich einfindet. Wenn Ihr ihre Ladyschaft verloren habt, könnt Ihr nicht erwarten, dass wir Euch helfen, sie wieder zu finden.«

»Aber ich habe sie gar nicht verloren, Mylord. Sie hat mir den Dienst erwiesen, den ich von ihr erwartet habe. Sie hat mich nämlich wie geplant zu *Sionnach Dubh* geführt. Sir Alexander Chisholm, im Namen seiner Gnaden, des Königs: Ihr seid hiermit verhaftet und angeklagt, meinen Vater ermordet zu haben. Ihr werdet Euch dieser Anklage stellen müssen und auch all den anderen, die im Laufe der Jahre gegen Euer Alter Ego, *Sionnach Dubh*, erhoben worden sind!«

Bab stockte der Atem. Rasch legte sie sich eine Hand vor den Mund, um nicht laut aufzuschreien.

»Habt Ihr den Verstand verloren, Sir?«, donnerte Chisholm. »Mein Sohn kann ja wohl schwerlich der Mann sein, den Ihr sucht. Habt Ihr vergessen, dass der Fuchs ein ausgezeichneter Schwertkämpfer und Schütze ist? Alex zu beschuldigen ist völlig absurd – und obendrein eine schwere Beleidigung!«

»Ich gestehe Euch zu, dass er Euch ebenso hinters Licht geführt hat wie alle anderen«, entgegnete Dalcross. »Aber nur ein Mann, der selbst im Amtssitz des Sheriffs gewohnt hat, kennt seine Geheimnisse – es sei denn, Ihr persönlich habt dem Fuchs erklärt, wo sich der Geheimgang befindet. Allerdings habt Ihr dieses Geheimnis weder meinem verstorbenen, sehr geschätzten Vater noch mir selbst anvertraut.«

»Ich habe niemandem davon erzählt«, knurrte Chisholm. »Aber Ihr wisst ja offenbar von diesem Tunnel.«

»Ich habe ihn aber erst gestern Nacht entdeckt. Meine Leute haben die Brücke beobachtet, denn ich wusste, der Fuchs würde den Fluss dort überqueren müssen, da er wegen des starken Hochwassers sonst kaum zu passieren ist. Den Tunnel haben wir rein zufällig gefunden. Jemand hatte die Eingangspforte offen stehen lassen, und einer meiner Leute hat den Luftzug gespürt.«

Bei diesen Worten runzelte Bab die Stirn. Sie war sich sicher, dass der Fuchs die Türe geschlossen hatte.

*

Claud hatte sich in einem der Löcher des geschnitzten Wandschirms, der das Podest vom Rest des Saals abtrennte, versteckt und beobachtete von dort aus das Geschehen. Auch er runzelte die Stirn. Er hatte die Warnung seiner Mutter, dass Ärger bevorstünde, beherzigt und Mistress Babs Entkommen mit großer Sorge beobachtet. Erst als die Reiter die Brücke überquert hatten, hatte er sich wieder etwas entspannt. Trotz der Dunkelheit hatte er gesehen, dass Babs Retter die Geheimtür sorgfältig geschlossen hatte. Und er selbst hatte sie dann noch auf der dem Tunnel zugewandten Seite verriegelt.

Claud schickte sich an, gründlich nachzudenken, und

hoffte inständig, dass es ihm wenigstens diesmal gelingen würde, die für diese Aufgabe nötigen geistigen Kräfte zu sammeln.

*

»Dass es der Fuchs geschafft hat, mitten in der Nacht einzudringen und zusammen mit ihrer Ladyschaft zu fliehen, ohne dass dabei der kleinste Lichtschein zu sehen war, sagt alles und reicht, ihn zu verhaften«, meinte Francis Dalcross schroff.

Bab spähte durch den Bogengang in den Saal hinab und sah, dass der Sheriff zwei seiner Gefolgsleute bedeutete, Alex zu fesseln. Fast wollte sie schon von der Galerie aus lautstark fordern, ihn auf der Stelle loszulassen, doch dann dachte sie an Alex' Befehl und beschloss, besser erst etwas zu unternehmen, wenn sie alles sorgfältig durchdacht hatte.

Alex lachte Dalcross ins Gesicht, als seine Häscher ihm Handfesseln anlegten. »Das wird keiner glauben«, sagte er. »Meiner Seel, Dalcross! Aber vielleicht sollte ich Euch sogar dankbar sein. Solch eine Anklage kann meinen Ruf doch nur fördern.«

Francis achtete nicht weiter auf ihn und befahl seinen Männern, ihn wegzuschaffen.

Alex sagte noch über die Schultern zu seinem Vater: »Zweifellos wird diese Angelegenheit rasch geklärt werden, Sir, aber ich wäre Euch dankbar, wenn Ihr meiner Gemahlin ausrichten würdet, dass ich sie liebe und anbete. In der kleinen Holztruhe unter den Stufen zu meinem Bett befindet sich ein Zeichen meiner Liebe, das sie an mich erinnern soll. Hugo kennt die Stelle.«

»Allmächtiger Gott, das ist zu viel für mich«, stöhnte Chisholm. »Die Launen des Schicksals können mich doch nicht noch eines Sohnes berauben!«

»Nicht die Launen des Schicksals sind daran schuld, My-

Lord«, erwiderte Dalcross, der sich nun ebenfalls anschickte zu gehen.

»Die Rechtsprechung des Königs und der Galgen in Inverness werden dafür sorgen, und Euer Sohn hat sich durch sein eigenes Tun in diese Lage gebracht.«

*

Bab beschloss, Chisholm lieber aus dem Weg zu gehen; sie wollte von ihm keine Verhaltensmaßregeln auferlegt bekommen, die sie ohnehin nicht befolgen würde. Deshalb eilte sie direkt nach oben zu Alex' Gemach. Die beiden Anwesenden blickten überrascht auf, als sie die Tür öffnete.

»Gibby!«, rief sie. »Wie schön, dich zu sehen. Du kannst dir gar nicht vorstellen, wie sehr ich erschrak, als ich merkte, dass du weg warst.«

»Ich bin doch hier!«, protestierte der Junge.

»Wir hatten nicht die Absicht, Euch zu ängstigen, Mylady«, erklärte Hugo. »Master Alex hat ihn in der Kapelle gefunden und mich beauftragt, mich um ihn zu kümmern.«

»Ja, das hat er mir gesagt. Danke, dass du das übernommen hast.«

»Nichts zu danken«, erwiderte Hugo und musterte sie mit einem prüfenden Blick.

Bab glaubte, den Grund dafür zu kennen. »Sir Alex ist verhaftet worden«, sagte sie trocken. »Dieser dämliche Francis Dalcross glaubt, er sei der Fuchs. Aber ich weiß ganz genau, dass das nicht stimmt. Schließlich war ich mit Sir Alex unterwegs, als wir den Fuchs auf einem Bergkamm sahen.«

Gibby und Hugo blieben stumm, ihre Mienen versteinert.

»Ehe ich es vergesse«, fuhr Bab fort, »beim Hinausgehen sagte Sir Alex noch, du würdest ein Fach unter den Bettstufen kennen, in dem sich eine kleine Holztruhe befindet. Er meinte, darin befände sich ein Geschenk für mich.«

»Ein Geschenk, Mylady?«

»Ja, ein Zeichen, das mich an seine Liebe erinnern soll«, sagte sie wehmütig.

»Ich kenne diese Stelle«, gab Hugo zu. »Ich werde sie Euch zeigen.«

Bab folgte ihm ans Kopfende des Bettes. Dort kniete er sich neben die Bettstufen und drehte einen kleinen Knopf, der in die geschnitzten Verzierungen eingearbeitet war. Daraufhin tat sich eine Öffnung auf. Bab griff hinein und holte eine kleine hölzerne Truhe heraus.

Als sie den Deckel öffnete, stockte ihr der Atem: Die Truhe war zu zwei Dritteln mit Silbermünzen angefüllt. Auf manchen war die Maske des Fuchses zu erkennen, auf anderen ein Heidekrautzweig.

Lange starrte sie stumm auf die Münzen. In ihren Gedanken mischten sich Schock und lodernde Wut. Schließlich blickte sie Hugo an. »Die Tatsache, dass sich diese Münzen hier befinden, kann nur eines bedeuten.«

»Jawohl, Mistress«, erwiderte er.

»Dein Herr kann von Glück sagen, dass er jetzt nicht vor mir steht! Nur zu gerne würde ich ihm auf der Stelle zu verstehen geben, was ich von seinen betrügerischen Machenschaften halte!«

Hugo war klug genug, den Mund zu halten.

Plötzlich jedoch schien ihr Zorn einer gewissen inneren Ruhe zu weichen, was Bab sehr wunderte, doch sicher würde diese Ruhe nicht von langer Dauer sein. Und so gerne sie Alex die Leviten gelesen hätte, sie musste warten, bis er wieder frei war; aber da Francis entschlossen war, ihn an den Galgen zu bringen ... Diesen entsetzlichen Gedanken unterdrückte sie rasch. »Du kanntest natürlich die Wahrheit«, meinte sie, an Hugo gewandt.

»Jawohl, Mistress. Ich war es, den Ihr an jenem Tag auf dem Bergrücken gesehen habt.«

Sie blickte auf den Jungen und dann wieder auf Hugo. Ihre nächste Frage äußerte sie nicht laut.

»Ja, auch er kennt die Wahrheit. Doch erst seit dem Tag, als mein Herr ihn in der Kapelle gefunden hat«, fügte Hugo hastig hinzu. »Der Junge hat Dancer in der Höhle gesehen, und das Pferd ist genauso bekannt wie der Fuchs. Aber dem kleinen Gibby können wir vertrauen. Er war auch gestern Nacht dabei und wird Master Alex nicht verraten.«

Bab blickte wieder auf die Münzen in der Truhe. »Man hat eine dieser Münzen am Freitag neben der Leiche des Sheriffs gefunden«, sagte sie seufzend.

»Jawohl«, erwiderte Hugo.

»Am Freitag war er hier, er konnte diese Münze also nicht dort hinterlegt haben.«

»Ja, Mylady, er hat es nicht getan.«

»Die meisten Leute, denen er so eine Münze gibt, behalten sie doch, nicht wahr?«

»Jawohl, das tun alle.«

Bab nickte. »Ich kenne mindestens einen, der eine solche Münze besitzt und der Zugang zur Leiche des Sheriffs hatte, nachdem sie entdeckt wurde.«

»Ganz genau, und dieser Mann hat sogar mehrere Münzen. Ich selbst bin felsenfest davon überzeugt, dass er sie dorthin gelegt hat, wo sie gefunden worden ist, um es so aussehen zu lassen, als ob der Fuchs den Mord begangen hätte. Aber Francis Dalcross das nachzuweisen ist unmöglich, und es zu versuchen, könnte für uns wie auch für Master Alex ziemlich brenzlig werden.«

»Dann müssen wir Hilfe holen«, sagte Bab. »Ich weiß, dass viele der Grundherren hier, die die Chisholms jederzeit gegen Francis Dalcross und seine Männer unterstützen würden, mit ihren Bewaffneten nach Süden gezogen sind. Aber sicher sind noch einige da, die uns helfen würden. Auch wenn nur wenige mächtige Männer hier sind, so gibt es doch sicher noch viele andere, die sich dafür einsetzen würden, den Fuchs vor Unheil zu bewahren.«

»Das denke ich auch«, pflichtete ihr Hugo bei.

»Aber Mylady«, wandte Gibby ein, »wir können denen doch nicht sagen, dass sie dem Fuchs helfen würden. Das ist doch ein großes Geheimnis!«

»Da hast du Recht, Gibby«, sagte Bab, die merkte, dass es so nicht gehen würde. »Du meine Güte, was für ein schreckliches Durcheinander!«

»So oder so«, meinte Hugo, »ohne einen Anführer wird es keiner wagen, sich gegen Dalcross aufzulehnen. Vergesst nicht, Mistress, seine Männer sind so gut bewaffnet wie sonst kaum jemand hier.«

»Trotzdem müssen wir alles tun, was in unserer Macht steht. Wir sagen den Leuten einfach, Chisholms Sohn ist verhaftet worden und hätte nicht die geringste Aussicht auf einen fairen Prozess, weil Francis Dalcross höchstpersönlich die Mitglieder der Jury auswählen wird.«

»Tja, das wird die Leute allerdings ärgern, und obendrein wird es auch garantiert so sein«, meinte Hugo.

»Glaubst du noch immer, dass sie sich weigern werden, gegen Dalcross zu den Waffen zu greifen?«

»Das wird sich zeigen«, erwiderte Hugo, aber seiner Stimme war anzumerken, wie skeptisch er war.

»Gibby kann uns ebenfalls helfen«, sagte Bab.

Hugo nickte, wandte dann jedoch ein: »Ich unterstehe nur Sir Alex und damit auch Euch, Mistress. Um Leute auszuschicken müssen wir erst seine Lordschaft um Erlaubnis fragen.«

»Glaubst du, du könntest ihm die Sache unterbreiten?«

»Es wäre besser, Ihr würdet mit ihm reden, Mylady.«

Bab überlegte und traf dann eine rasche Entscheidung. »Ich glaube, er würde auf dich ebenso gut hören wie auf mich, Hugo, vielleicht sogar noch mehr. Immerhin hast du Sir Alex bei seiner Reise auf dem Kontinent begleitet, und ich bin schließlich nur eine Frau. Außerdem wird er mir, wenn ich mich an ihn wende, höchstwahrscheinlich befehlen, hier zu bleiben. Aber das kann ich nicht, weil ich mich sicher nützlicher machen kann, wenn ich die Leute überrede, uns zu helfen. Ich glaube, es wird ihnen schwerer fallen, mir diese Bitte abzuschlagen.«

»Aber Ihr solltet Dundreggan wirklich nicht verlassen, Mylady. Sir Alex wäre das bestimmt nicht recht.«

»Das weiß ich schon«, erwiderte sie mit einem zerknirschten Lächeln. »Er hat mich gewarnt, etwas Dummes oder Gefährliches zu tun, und wahrscheinlich würde er unseren Plan für dumm und gefährlich halten. Aber mir ist es lieber, wenn er böse auf mich ist und mir alle möglichen Strafen androht, als dass ich dabei zusehen muss, wie er gehängt wird. Wenn wir es nicht verhindern können, Hugo, wird Francis Dalcross ihn hängen, da bin ich mir ganz sicher. Ich würde es mir nie verzeihen, untätig hier herumzusitzen, während Alex der Galgen droht.«

»Und wenn Euch bei Euren Versuchen, ihm zu helfen, etwas zustößt? Glaubt Ihr, er wäre dann immer noch froh über Eure Hilfe?«

»Dazu kann er sagen, was er will, wenn wir ihn nur wieder freibekommen«, sagte Bab. »Doch bevor er mir Vorwürfe macht, sollte er sich erinnern, dass auch ich noch ein Hühnchen mit ihm zu rupfen habe, nachdem er mich so hintergangen hat.«

»Ja, das hat er, aber jetzt vertraut er Euch voll und ganz«, sagte Hugo.

Sie blickte wieder auf die Münzen. »Nun ja, aber dann sollte er mir auch vertrauen, wenn ich handle, wie ich es für richtig halte. Und auch du musst mir vertrauen, Hugo!«

»Schön und gut, aber ich zeig Euch lieber erst mal, wie man mit einer Pistole umgeht, und beauftrage ein paar zuverlässige Burschen, auf Euch aufzupassen. Allein lass ich Euch jedenfalls nicht ausreiten«, erwiderte Hugo. »Wahrscheinlich werdet Ihr keine Probleme haben, aus der Burg rauszukommen; ich sag dem Wachhauptmann einfach, dass Master Alex meinte, Ihr könntet mit mir und ein paar anderen Bewaffneten ausreiten. Natürlich könnten wir die Burg auch unbemerkt verlassen, aber dann würden wir Ärger bekommen, wenn jemand nach Euch sucht und Ihr seid nicht da.«

»Dann befolgen wir deinen ersten Plan«, meinte Bab. »Und du, Gibby, kannst ja deine Leute im Glen Urquart überreden, Sir Alex zu helfen.«

»Jawohl, das versuch ich, wenn Ihr es wollt. Aber mein Dad hat gesagt, ich soll mich dort nicht blicken lassen, solang die Dalcrosses nach mir suchen«, erinnerte sie der Junge.

»Jetzt gibt es nur noch Francis Dalcross, und der wird sich nicht um dich kümmern, solange er mit Sir Alex beschäftigt ist«, entgegnete Bab. »Was meinst du, Hugo: Wie viel Zeit haben wir?«

»Nicht viel, Mistress. Francis Dalcross wird die Sache so rasch wie möglich hinter sich bringen wollen. Aber er wird auch wollen, dass die Leute einen fairen Prozess zu sehen bekommen oder zumindest das, was er darunter versteht. Er wird also seiner Lordschaft genügend Zeit lassen, um nach Inverness zu reisen, und in den benachbarten Glens die Nachricht verbreiten lassen, dass er den Fuchs geschnappt hat und ihm den Prozess macht. Ich glaube, uns bleiben vier, vielleicht auch fünf Tage, aber mehr sicher nicht.«

Bab nickte. Die Vorstellung, dass Alex in weniger als einer Woche tot sein könnte, erfüllte sie mit einem kalten Grauen. Seit seiner Verhaftung hatte sie immer wieder einmal daran denken müssen, dass es so weit kommen könnte, jetzt aber drohte sie dieser Gedanke schier zu überwältigen; denn jetzt war ihr klar geworden, dass sie Alex auf keinen Fall verlieren wollte, noch dazu in dem Moment, in dem sie ihn gerade erst richtig kennen lernte. Es gab noch viel zu entdecken an diesem faszinierenden Mann, den sie geheiratet hatte. Sie durfte einfach nicht zulassen, dass ihr Francis Dalcross diese Möglichkeit nahm.

Loch Tarbert, Halbinsel Kintyre

Um die Mittagszeit halfen Kit und seine Begleiter einigen Männern, eine Highland-Galeere über den etwa eine Viertelmeile langen Landstreifen zwischen dem Firth of Clyde und Loch Tarbert zu ziehen. Dieser Weg war schon seit Jahrhunderten genutzt worden und von den zahllosen Booten, die über ihn geschleift worden waren, schon ganz glatt gescheuert. Man sparte sich auf diese Weise die Umseglung der Südhälfte der Halbinsel Kintyre, was die Reise von Dumbarton zum Großen Tal um fast achtzig Meilen verkürzte.

Kit war rasch zur Überzeugung gelangt, dass man vom Nordufer des Clyde am schnellsten auf dem Wasser zu den Highlands gelangte, und gleich am frühen Morgen war es ihm gelungen, eine passende Galeere aufzutreiben und den Kapitän zu überreden, drei ihm unbekannte Ruderer mitzunehmen. Kits Glückssträhne hielt offenbar an, denn falls jemand nach den drei von der *Marion Ogilvy* entflohenen Sträflingen suchte, bekam er davon nichts mit.

Er hatte geglaubt, dass er die Boote mehrmals würde wechseln müssen, um an sein Ziel zu gelangen, aber zu seiner großen Freude verkündete der freundliche Kapitän, dass er erst die Ortschaft Oban am Ostufer des Loch Linnhe anlaufen wollte und dann den kleinen Weiler Gordonsburgh, der am Ende des Loch an der Mündung des Flusses Ness lag. Das war genau die Route, die Kit im Sinn gehabt hatte, und so vereinbarte er mit dem Kapitän, dass er und seine beiden Begleiter für ihre Beförderung Ruderdienste leisten würden.

Die Besatzung der Galeere bestand aus zweiunddreißig Mann, und wie bei vielen solcher Boote handelte es sich überwiegend um landlose Abenteurer und solche, die aufgrund schwerer Vergehen aus ihrem Clan ausgestoßen worden waren. Aber es beklagte sich keiner, dass nun drei weitere Mann an Bord waren, denn schließlich wirkten die drei recht kräftig, und es fragte auch niemand nach ihrer Herkunft.

Kit hatte gedacht, dass sich Willie und Tam sofort auf den Weg zur schottischen Grenze machen würden, als sie in der Heimat gelandet waren, doch die beiden erklärten ihm, sie hätten beschlossen, ihr Glück an seiner Seite zu versuchen.

»Aber ich muss in die Highlands«, erklärte er ihnen.

»Das passt mir ausgezeichnet«, meinte Tam. »Ich bin noch nie dort gewesen.«

»Mir geht's genauso«, fügte William hinzu, und damit war die Sache beschlossen.

Die drei begriffen rasch, was sie auf der Galeere zu tun hatten. Die schnellen, leichten und einfach an Land zu bringenden Boote dienten allen möglichen Zwecken: Sie konnten Truppen befördern oder Waren, je nachdem, was verlangt wurde, und eigneten sich besonders gut für Reisen im westlichen Hochland. Dank der Kombination von Segeln und Rudern waren Galeeren äußerst beweglich. Die Segel beschleunigten die Fahrt und gestatteten es den Ruderern auszuruhen; die Ruder ermöglichten es, vom Wind und den Gezeiten unabhängig zu sein, was oft recht nützlich war. Kurze Entfernungen konnte man sogar gegen den Wind anrudern, etwa, wenn es galt, eine Landzunge zu umrunden oder gegen die Flut in eine Bucht zu segeln.

Das Boot, das Kit, Tam und Willie jetzt über den Landstreifen zwischen dem Forth und Loch Tarbert schleifen halfen, hatte wenig Fracht geladen. Auf dem Rückweg nach Dumbarton sollte es dann Felle, Holz und Fisch aus den Highlands befördern.

Doch bis dahin, so hoffte Kit, würde er schon ein gutes Stück Weg zum Glen Affric zurückgelegt haben.

*

Maggie war mit dem Lauf der Dinge sehr zufrieden. Das Lustige Volk und die Helferhände warteten friedlich ab, um zu sehen, ob es ihre Vertreter schafften, ihren Schutzbefohlenen zu helfen. Claud zumindest schien seine Sache bei Mistress Bab recht gut zu machen. Seit ihrer Verhaftung hatte er sie sorgfältig bewacht und es gleichzeitig geschafft, sich nicht unbotmäßig einzumischen.

Nur die Weiber, die Claud nachstiegen, Catriona und Lucy Fittletrot, bereiteten Maggie nach wie vor Kopfzerbrechen. Beide schienen zwar momentan von der Bildfläche verschwunden, was Maggie eigentlich nicht als Verlust betrachtete; aber sie wollte doch zu gerne wissen, welche Streiche die zwei gerade ausheckten. Deshalb hatte sie sich in ihre Behausung zurückgezogen, um ein wenig darüber nachzudenken. Gerade kam ihr in den Sinn, wer wohl genügend Macht hätte, sie abzuhalten, die beiden aufzuspüren, als der Rauch aus ihrer Pfeife Gestalt anzunehmen begann.

Zuerst ballte er sich auf dem Boden, dann formten sich die Umrisse eines Mannes und schließlich nahm er Farbe und Gestalt an. Das Haar tauchte auf, dunkel an den Wurzeln, dann rötlich schimmernd und hell an den Spitzen. Wie die Strahlen der Sonne loderten diese Haare und standen nach allen Seiten vom Kopf ab, ein langes, schmales Gesicht umrahmend und mit winzigen, funkelnden Edelsteinen geschmückt. Das Gesicht war nicht weiter bemerkenswert bis auf die dünnen gelben, grünen, roten und blauen Streifen auf den Wangen. Die Augen des Mannes glitzerten dunkel, sein Lächeln war boshaft.

»Du!«, rief Maggie. »Was führt dich hierher, Jonah Bonewits?«

Inzwischen war er zur Gänze sichtbar. Er war in ein weit fließendes, hellblaues Gewand gehüllt, das von glitzernden Ornamenten bedeckt war, und streckte eine Hand in Maggies Richtung, wobei deutlich wurde, dass er sechs Finger hatte und an jedem einen bunten Ring.

»Ich hab dich doch gewarnt, Mag: Ich interessiere mich für alles, was du so treibst«, sagte er mit seiner tiefen Stimme, deren Bann man sich kaum entziehen konnte. »Ich lass euch nicht im Stich, weder dich noch meinen liebenswerten Sohn.«

»Du bist verbannt worden«, erinnerte ihn Maggie.

»Tja, aber nur aus dem Kreis, wie du sehr wohl weißt, und außerdem werd ich bald zurückkehren. Sicher weißt du noch, dass ich gesagt hab, ich würd bei dieser Sache mitmischen.«

»Aber warum interessiert sie dich?«, fragte sie. Sie kannte die Antwort, aber sie wollte sehen, ob er es zugab.

Und das tat er mit seiner wohlklingenden Stimme: »Weil du mich geärgert hast, Mag, und zwar schwer. Das vergess ich erst, wenn du für das Durcheinander, das du angerichtet hast, gebüßt hast.«

»Was willst du denn?«

»Tja, ganz einfach, Mag: Ich will, dass du scheiterst, und was ich will, bekomm ich auch.« Damit hatte er sein Anliegen vorgebracht und verschwand wieder.

*

Mit Hugos Hilfe setzte Bab ihren Plan in die Tat um, aber sie erreichte nicht sehr viel. Die Männer, mit denen sie am Dienstag und am Mittwoch sprach, waren zwar aufgebracht, dass Francis Dalcross Alex verhaftet hatte, und versprachen, alles in ihren Kräften Stehende zu tun, um ihr zu helfen. Aber sie schaffte es nicht, auch nur einen einzigen dazu zu bewegen, sich tatsächlich gegen Francis aufzulehnen.

Die einfachen Leute fürchteten sich vor der Macht, die der Sohn des verstorbenen Sheriffs inzwischen an sich gerissen hatte. Keiner in den Glens hatte so viele Bewaffnete wie er, und die Männer, die Autorität ausstrahlten, wie Chisholm und die Mackintoshes, hatten weder die Truppen noch den Willen, gegen Dalcross zu rebellieren, wenn es bedeutete, sich gegen das Gesetz des Königs zu stellen.

Allerdings fand Bab bald heraus, dass Chisholm nicht untätig geblieben war. Angesichts der Verhaftung seines Sohnes hatte seine Lordschaft die Melancholie, die ihn so häufig befiel, überwunden und war aktiv geworden. Doch seine Bemühungen hatten ebenso wenig Erfolg wie die von Bab. Immerhin versprachen alle, die er benachrichtigt hatte, zur Verhandlung zu kommen. Vielleicht würde wenigstens die große Zahl der Beobachter Francis dazu bringen, sich fair zu verhalten. Bab gegenüber gab Chisholm jedoch unumwunden zu, dass auch er befürchtete, der amtierende Sheriff würde für eine gefügige Jury und einen ebenso gefügigen Richter sorgen, um sicherzustellen, dass Alex keine Chance hatte, den Prozess zu gewinnen.

Um Unterstützung zusammenzutrommeln blieb ihnen weniger Zeit, als Bab gehofft hatte. Am Donnerstagmorgen erfuhren sie, dass der Prozess Freitag um die Mittagszeit beginnen sollte. Chisholm erhob nur schwachen Einspruch, als Bab und seine Frau erklärten, sie würden ihn begleiten. Die beiden Frauen beharrten darauf, und hatten kaum Zeit, für diese Reise zu packen, als Chisholm erklärte, er sei zum Aufbruch bereit. Lady MacRae zeigte kein Interesse daran, nach Inverness zu reiten, und niemand versuchte, sie umzustimmen.

Ihre Ladyschaft war in letzter Zeit ungewöhnlich lebhaft gewesen, und Bab hatte schon befürchtet, auch sie würde darauf bestehen mitzukommen; als aber das Thema zur Sprache kam, meinte Lady MacRae nur, sie wünsche ihren neuen Schwiegersohn nicht in Ketten zu sehen.

Als Bab sich von ihr verabschiedete und ihr noch einmal versicherte, sie würde Chisholm gehorchen und nichts Unüberlegtes tun, tätschelte Lady MacRae ihr die Wange und sagte: »Du hast mich sehr stolz gemacht, mein Schatz, und auch dein Vater wäre stolz auf dich gewesen. Sir Alex wird dir ein hervorragender Ehemann sein, das wirst auch du erkennen, sobald dieses kleine Problem gelöst ist.«

Bab spürte, wie ihr die Tränen in die Augen stiegen. Rasch wandte sie sich ab und eilte zu den anderen. Weder Hugo noch Gibby waren in Dundreggan gewesen, als der Termin der Verhandlung bekannt wurde, und sie waren seitdem auch noch nicht zurückgekehrt. Deshalb wies Bab den Wachhauptmann an, Hugo gleich bei seiner Rückkehr über den Stand der Dinge zu unterrichten. Danach konzentrierte sie sich auf ihr Pferd und auf den vor ihr liegenden Weg, wenn sie nicht mit Lady Chisholm plauderte; denn sie hatte sich fest vorgenommen, so wenig wie möglich über das grausame Schicksal nachzugrübeln, das Alex aller Wahrscheinlichkeit nach bevorstand.

*

Claud war sich sicher, dass Mistress Bab unterwegs mit Lord Chisholm und seinen Bewaffneten nichts zustoßen würde. Deshalb nutzte er die Gelegenheit, sich wieder einmal auf die Suche nach Catriona zu machen. In ihrer Lichtung fand er alles so vor, wie er es beim letzten Mal verlassen hatte, und dachte zunächst, es sei niemand da.

Er hörte nur die Vögel zwitschern und den Wind in den Blättern rascheln. Das muntere Bächlein in der Mitte der Lichtung war noch immer trocken und verstummt. Er seufzte gequält auf. Doch da hörte er eine weibliche Stimme ein Liedchen summen.

»Lucy, wo steckst du und was führst du jetzt wieder im Schilde?« Er wusste, dass er zornig klang, aber das boshafte Weibsbild sollte ruhig merken, dass er wütend war. Diese Lichtung gehörte Catriona, sie war ihr Eigentum und ihr ebenso heilig wie es Maggies Behausung für Maggie und ihn war. Lucy war mutwillig hier eingedrungen, und, schlimmer noch, sie hatte die hübsche Lichtung ruiniert, indem sie Catrionas fröhlich sprudelndes Bächlein und den kleinen Teich zerstört hatte.

Wieder hörte er das Summen, und bevor er feststellen konnte, aus welcher Richtung es kam, hörte er Wasser rieseln. Es dauerte nicht lange, da sah er es auch. Erst floss es zögerlich in das trockene steinerne Bett, nahm den Staub von den Steinen und sammelte sich um sie, dann stieg es höher und bewegte sich schneller, bis es hörbar plätscherte und wieder als Catrionas munteres Bächlein durch die Lichtung sprudelte.

»Braves Mädchen«, sagte Claud. »Und jetzt zeig dich endlich! Ich hab was mit dir zu bereden.«

Nahe der Stelle, an der das Bächlein normalerweise aus dem Boden trat, sah er, dass sich etwas in den Büschen regte. Aber es leuchtete nicht Lucys lilafarbenes Gewand auf; er sah nur Grün, und dann trat zu seinem großen Erstaunen Catriona aus den Büschen.

Sie starrten sich eine ganze Weile stumm an. Schließlich sagte sie: »Du hast also nix mit diesem Streich zu tun, hä?«

»Ganz und gar nix«, erwiderte er und trat auf sie zu. »Nicht um alles in der Welt würd ich diesen Ort zerstören, Catriona. Dafür hab ich viel zu viele angenehme Erinnerungen.«

Sie kam ihm entgegen in ihrem fließenden, durchsichtigen grünen Gewand, frisch und zart wie immer. »Ach ja? Und was ist mit deiner Lucy Fittletrot? Willst du mir etwa sagen, dass die auch nix damit zu tun hat?«

»Vergiss Lucy«, sagte er und streckte die Hand nach ihr aus. Als sie erstarrte, zögerte er, denn er merkte, dass sie die Wahrheit hören wollte. »Meine Güte, Catriona, ich weiß nicht, was ich über sie sagen soll. In dem Moment, wo du glaubst, du kennst jemand, findest du garantiert heraus, dass du ihn überhaupt nicht kennst. Ich hab sie gemocht. Ich kann nicht behaupten, dass ich es nicht getan hab. Aber seit diese Sache angefangen hat, ist irgendwas mit ihr, und seit dieser Hochzeit ist sie noch komischer geworden. Und als ich gesehen hab, was sie hier angestellt hat ... Wie hast du's geschafft, dass das Wasser wieder fließt?«

»Lucy hat die Quelle nur verstopft«, sagte Catriona. »Das

Wasser tröpfelte schon wieder, aber es ist von der Lichtung weggeflossen. Das zu beheben war kein Problem.«

Er nickte und wollte wieder nach ihr greifen. Diesmal kam sie sogar freiwillig zu ihm. »Ach Mädelchen«, murmelte er, zog sie fest an sich und umfasste ihre Hüften. »Es tut mir so Leid, dass sie sich eingemischt hat und du deine Aufgabe nicht geschafft hast. Ich werd denen im Kreis erzählen, was passiert ist. Sie können dir nix vorwerfen, wo es doch Lucy war, die alles vermasselt hat.«

Zu seiner Überraschung kicherte Catriona. »Ich schaff meine Aufgabe, Claud. Ich hab getan, was sie mir aufgetragen haben, und wenn jetzt nicht noch irgendwas Übles dazwischenkommt, wird alles gut werden.«

»Aber wie soll das gehen?«

Als sie es ihm erzählte, lachte er laut und forderte sie zu einem wilden Tanz in der Lichtung auf, einem Tanz, der die leichtfüßige Lucy in höchstes Erstaunen versetzt hätte.

21

Da Bab die imposante königliche Burg von Stirling kannte, hatte sie erwartet, dass Alex' Verhandlung in einer ähnlich würdigen Umgebung, etwa im Amtssitz des Sheriffs oder in einem öffentlichen Gebäude im Herzen von Inverness stattfinden würde. Deshalb war sie ziemlich schockiert, als sie herausfand, dass die Jury in einer ganz gewöhnlichen Bierschänke über Alex' Schicksal entscheiden sollte. Es kam ihr schrecklich vor, an solch einem Ort eine Entscheidung über Leben oder Tod zu fällen. Doch da sie bislang noch nie den Fuß in eine Schänke gesetzt hatte, war sie recht neugierig, als sie Chisholm und seiner Gemahlin in die Gaststube folgte.

Es hatten sich vor allem Männer eingefunden. Jetzt verstand Bab, warum seine Lordschaft versucht hatte, sie und seine Frau zu überreden, in Dundreggan zu bleiben. Bab war froh, dass zumindest Lady MacRae beschlossen hatte, zu Hause zu bleiben, denn in dem überfüllten Raum herrschte ein ohrenbetäubender Lärm und es stank nach abgestandenem Bier und schwitzenden Körpern.

Vor dem Kamin standen mehrere Reihen grober Holzbänke. Auf einer Seite stand ein einfacher Tisch und ein Stuhl, auf der anderen Seite ein zweiter, dem Publikum zugewandter Stuhl. Hinter den Bänken standen noch sechs Tische nebeneinander, auf denen Männer wie auf einer Tribüne saßen. In der vorderen Ecke neben dem Richtertisch waren zwei Bänke im rechten Winkel zum Publikum aufgestellt. Auf ihnen saßen zehn Männer, die ebenso lautstark miteinander palaverten und lachten wie die übrigen.

Anfangs befürchtete Bab schon, sie und ihre Begleiter würden der Verhandlung im Stehen beiwohnen müssen, aber Eric Mackintosh hatte auf der vordersten Bank Plätze für sie reserviert. Ob das besonders vorteilhaft war, wusste Bab nicht, denn alle Anwesenden starrten sie an, als sie sich den Weg nach vorne bahnten.

Der Lärm war noch lauter geworden, jeder schien seine Meinung zum Besten geben zu wollen und niemand scherte sich darum, dass der Nachbar gleichzeitig sprach.

Bab hätte sich am liebsten die Ohren zugehalten, als sie auf ihren Platz zusteuerte; doch sie tat es nicht, denn sie hatte sich vorgenommen, so würdig wie möglich zu wirken. Als sie sich umschaute, stellte sie enttäuscht fest, dass ihre Bemühungen Alex nicht viel Unterstützung gebracht hatten. Abgesehen von Chisholms Gefolgsleuten erkannte sie unter den vielen Anwesenden niemanden, mit dem sie in den letzten zwei Tagen gesprochen hatte. Offenbar waren all diese Männer Anhänger von Dalcross.

Durch eine Tür hinter dem einzelnen Stuhl neben der Feuerstelle betrat ein Bewaffneter den Schankraum. Bevor er die Türe schloss, erhaschte Bab noch einen Blick in den Raum dahinter – ein ordentliches Wohnzimmer, wohl die Unterkunft des Wirtes und seiner Familie, wenn er denn eine hatte. Der Bewaffnete hatte eine langschäftige Pike in der Hand und hämmerte damit auf den Boden, damit Ruhe einkehrte.

Erst wurde noch einmal ausführlich mit den Füßen gescharrt, gehüstelt und geschnieft, dann wurden die Gespräche leiser, ohne jedoch völlig zu ersterben. Aber zumindest konnte sich der Mann nun Gehör verschaffen und rief: »Steht auf für seine Ehren, Sir Archibald Daviot, den Richter des Königs!«

Lärmend erhoben sich die Zuschauer. Durch dieselbe Tür, durch die der Bewaffnete gekommen war, trat ein sehniger Mann mittleren Alters mit einer Drahtbrille und begab sich unverzüglich an den Tisch und den dahinter stehenden Stuhl.

»Setzt Euch, setzt Euch, setzt Euch!«, befahl er mit unerwartet lauter Stimme.

Unter Rascheln und Gemurmel wurde seine Aufforderung befolgt.

»Du dort, Robert Fraser, mach deine Klappe zu, damit man hier einen klaren Gedanken fassen kann!«, knurrte der

Richter und befahl seinem Büttel: »Bring den Gefangenen rein und setz ihn dort auf den Stuhl. Pass aber gut auf ihn auf! Heute soll uns keiner entkommen!«

Nun betrat Sir Alex den Gerichtssaal. Sein Vater hatte ihm noch einen sauberen blauen Samtwams und eine frische Hose zukommen lassen, so dass er abgesehen von den Fesseln an seinen Händen und Füßen so gelassen und selbstsicher wie immer wirkte. Als sein Blick auf Bab fiel, verengten sich seine Augen. War er etwa böse auf sie, dass sie hierher gekommen war? Sie schluckte. Aber dann lächelte er wehmütig und schüttelte den Kopf, als wüsste er, dass sein Vater ohnehin keine Chance gehabt hätte, sie zu Hause festzuhalten.

Sie hoffte, dass er sich mit ihrer Anwesenheit abfand. Aber eigentlich war es gleichgültig, was er darüber dachte, denn sie hätte einfach nicht wegbleiben können. Sie hatte alles in ihren Kräften Stehende getan, um ihm zu helfen, doch offenbar hatte sie nichts erreicht; wenn also jemand Grund hatte, wehmütig zu sein, dann sie. Hugo und Gibby bemühten sich wahrscheinlich noch immer um Unterstützung, aber Bab glaubte inzwischen nicht mehr, dass den beiden mehr Glück beschieden sein würde als ihr. Die Menschen hatten einfach zu viel Angst vor Dalcross' Macht.

»Wir brauchen noch einen Stuhl für unsere Zeugen«, erklärte Sir Archibald soeben dem Büttel. »Sollen sie etwa im Stehen aussagen?«

Rasch holte der Mann einen weiteren Stuhl und stellte ihn neben den Richtertisch. »Ruft den Fall auf!«, forderte Sir Archibald sodann.

»Jawohl, Euer Ehren!« Der Büttel wandte sich dem Publikum zu, stellte sich kerzengerade hin und deklamierte: »Der hier anwesende Sir Alex Chisholm, wohnhaft in der Burg von Dundreggan im Glen Affric, wird beschuldigt, einen Mord und weitere ruchlose Taten begangen zu haben. Diese ordentlich einberufene, aus Ebenbürtigen bestehende Jury wird nun über seine Schuld oder Unschuld entscheiden.«

Sir Archibald blickte fragend auf Alex. »Worauf plädiert Ihr, Sir?«

»Nicht schuldig, Euer Ehren«, erwiderte Alex leise.

»Vereidigt die Geschworenen!«

Der Büttel winkte den zehn Männern zu, die auf den beiden Bänken in der Ecke saßen. Die zehn standen auf, lauschten mit feierlicher Miene dem Eid und wiederholten ihn. Als sie wieder ihre Plätze eingenommen hatten, erklärte der Büttel ohne Umschweife: »Der stellvertretende Sheriff Francis Dalcross wird nun für die Krone sprechen und für Seine Ehren, unseren Landesvater James, den fünften dieses Namens, der als Hochkönig die Schotten regiert!«

Bab ließ Francis Dalcross nicht aus den Augen, der gerade den Raum durchquerte und sich vor den Richtertisch stellte. Hochmütig, als sei er selbst der König und nicht James, warf er einen kurzen Blick auf Bab und verzog die Lippen siegessicher zu einem leichten Grinsen. Gewiss glaubte er, er habe ihr bereits klar gemacht, was für einen schweren Fehler sie begangen hatte, Alex zu heiraten, statt seinen Avancen nachzugeben. Sie erwiderte seinen Blick fest. Hätte sie magische Kräfte gehabt, dann hätte sie diesen Kerl einfach verschwinden lassen, bevor er den Geschworenen den Fall hätte darlegen können. Doch sie konnte ihn nicht aufhalten. Im Raum wurde es mucksmäuschenstill.

Mit einem höchst dramatischen Seufzer ließ Dalcross den Blick erst einmal über das Publikum schweifen, bevor er sich den Geschworenen zuwandte. »Mein eigener Vater fiel durch die mörderische Hand dieses Schurken. Sir Alex Chisholm, auch bekannt als *Sionnach Dubh*, der Schwarze Fuchs der Highlands, hat frevlerisch den Frieden des Königs gestört, indem er weitaus ehrenwerteres Leben als das seine auslöschte. Daneben hat er zahllose Raubzüge unternommen, die von Seiner Ehren rechtmäßig bestellten Behörden behindert und weitere Untaten begangen. Dieser Mann bewegte sich mitten unter uns, gab vor, unser Freund zu sein, und beging einen ruchlosen Mord. Der Herr im Himmel möge ihm vergeben – ich werde es nicht tun.«

Die Zuhörer wurden unruhig, als Francis seinen ersten Zeugen aufrief, aber Bab konnte nicht ausmachen, ob diese Unruhe Francis oder Alex galt. Allerdings wurde rasch klar, welche Strategie sich Francis zurechtgelegt hatte.

Er rief einen seiner Bewaffneten nach dem anderen in den Zeugenstand. Der erste schwor, er habe den Fuchs in der Tatnacht in der Nähe des Amtssitzes des Sheriffs herumlungern sehen; zwei andere schworen, sie hätten gesehen, wie er Sheriff Dalcross nachgeritten sei, der nach Bothyn Castle unterwegs gewesen war, hätten aber nicht weiter darauf geachtet, weil sie der Meinung gewesen seien, der Sheriff würde wie üblich von seinen Männern begleitet. Als Nächstes bezeugte ein Mitglied dieser Eskorte, die Männer des Sheriffs hätten einen maskierten Mann auf einem Rappen verfolgt, so dass der Sheriff zur fraglichen Zeit allein gewesen sei. Ein fünfter aus Dalcross' Gefolge schwor, der Fuchs habe einige Nächte später einer Gefangenen zur Flucht aus dem Amtssitz des Sheriffs verholfen. Dieser Zeuge behauptete auch, dass niemand außer Alex Chisholm, der von Kindesbeinen an immer wieder einmal im Amtssitz des Sheriffs gewohnt habe, dieses Haus gut genug gekannt habe, um diese Flucht zu bewerkstelligen.

Lady Chisholm stöhnte laut auf. Bab fürchtete schon, ihre Ladyschaft werde diesem Gerede Glauben schenken, und wollte sie trösten, doch ihre Furcht erwies sich als grundlos.

»Wie können diese Kerle nur so reden!«, murmelte Lady Chisholm zornig. »Gott möge sie strafen für ihre schändlichen Lügen!«, setzte sie hinzu und funkelte den Zeugen, der soeben ausgesagt hatte, wütend an.

So häuften sich offenkundige Lügen und Halbwahrheiten, und der Richter schien jedes Wort für bare Münze zu nehmen. In Bab machte sich Verzweiflung breit. Angesichts solcher Aussagen würden Francis' gefügige Geschworenen Alex kaum für unschuldig befinden, und sein Anwalt, ein achtbarer und gelehrter Gentleman, war offenkundig nicht in der Lage, auch nur einen einzigen von Dalcross' Zeugen von ihren sorgfältig zusammengebastelten Märchen abzubringen.

Jeder stützte mit seiner Aussage den Mann, der vor ihm gesprochen hatte. Keiner wagte es, für Alex einzutreten, bis auf Mitglieder seines Clans und Freunde wie Eric Mackintosh; die aber konnten ihm für die fragliche Nacht kein Alibi verschaffen und nur schwören, dass er in Dundreggan gewesen war, worüber Francis und seine Geschworenen nur höhnisch lachten.

Als der letzte Zeuge vernommen worden war, stand Francis auf und fasste den Fall noch einmal zusammen. »Die Krone hat jenseits aller Zweifel bewiesen, dass Sir Alexander Chisholm in der Tarnung von *Sionnach Dubh* meinen Vater ermordet hat und somit auch vieler anderer Verbrechen für schuldig befunden werden muss. Ich weiß, dass die Geschworenen ihre Pflicht kennen und ihn für schuldig erklären werden. Er wird für seine Verbrechen mit dem Tod durch den Strang büßen, und dann wird es ein für allemal vorbei sein mit dem Fuchs und seinen ruchlosen Taten.«

»Ich fürcht, es wird nicht reichen, Alexander Chisholm zu hängen«, erklärte plötzlich eine tiefe Stimme aus dem hinteren Teil des Raumes. »Dass Ihr den Mann nicht mögt, Francis Dalcross, macht ihn nicht zum Mörder Eures Vaters. Er hat den Sheriff nicht umgebracht, und ich möcht wetten, Ihr wisst das so gut wie kein anderer!«

Die überraschten Zuhörer drehten sich alle gleichzeitig um und holten hörbar Atem. Francis Dalcross hatte sich so auf die Geschworenen konzentriert und die anderen so auf Francis, dass niemand bemerkt hatte, wie die Tür zum Schankraum langsam aufgegangen war. Niemand hatte die schwarz maskierte und mit einem schwarzen Umhang bekleidete Gestalt hereinkommen sehen.

Bab blickte unwillkürlich auf Alex, um sich zu vergewissern, dass er noch auf seinem Platz saß; dann wandte sie sich wieder dem Neuankömmling zu, dessen tiefe Stimme ihr seltsam vertraut vorkam.

Hatte sie sich am Ende doch geirrt? Gab es noch eine andere Erklärung für die Silbermünzen in der Truhe in Alex' Schlafkammer? Aber nein, Hugo hatte doch schon alles zugegeben.

Da der Raum nur schwach erleuchtet war und in die Ecke neben der Tür kaum Licht fiel, wirkte die verhüllte Gestalt wie ein weiterer dunkler Schatten an der Wand. Die Maske ließ nur die Augen sehen. Nun fegte die Gestalt mit der Linken ihren Umhang zur Seite, so dass ein schlankes Schwert in ihrer rechten Hand sichtbar wurde.

Dalcross wirkte nach wie vor ziemlich entgeistert, aber er erholte sich rasch wieder. »Dieser Mann muss ein Betrüger sein!«, schrie er. »Der Fuchs sitzt vor uns und ist in allen Punkten der Anklage für schuldig befunden worden!«

»Ihr lügt, Francis Dalcross«, knurrte der Neuankömmling. »Der einzige Übeltäter in diesem Raum seid Ihr selbst, und wenn ein Mord begangen worden ist, dann nicht von Sir Alex!«

»Wir haben Zeugen«, erwiderte Dalcross.

»Tja, aber Eure Zeugen behaupten, dass es der Fuchs war. Und ich hab draußen noch zwei Zeugen, die ich so weit bringen konnte zu schwören, dass Ihr Euren Vater eigenhändig umgebracht habt, um an seinen Reichtum zu kommen und seinen Platz als Sheriff von Inverness-shire einzunehmen. Außerdem sagen sie, dass Ihr nicht zum ersten Mal gemordet habt!«

Bei diesen Worten stöhnten die Zuschauer entsetzt auf, doch Dalcross ließ sich noch immer nicht beeindrucken. »Solche Zeugen könnt Ihr unmöglich haben!«

»Da irrt Ihr Euch. Und ich versichre Euch, diese ehrenwerte Jury wird sich fragen, ob meine Zeugen so parteiisch sind wie die Euren. Aber ich biete Euch einen fairen Kampf an, wenn Ihr noch immer wollt, dass dieser Fall so verhandelt wird, wie Ihr Euch das gedacht habt.«

Dalcross schnaubte verächtlich. »Und wie soll so ein Kampf ausschauen?«

»Der wird natürlich mit dem Schwert ausgetragen, was sonst? Gott wird mir sicher helfen, Euch zu schlagen, falls Eure Worte nicht der Wahrheit entsprechen, und schon meine Anwesenheit entlarven sie ja als Lüge. Sprecht Ihr aber dennoch die Wahrheit, dann bin ich ein Betrüger und es mangelt mir an Geschick, Euch zu schlagen. Schließlich habt Ihr doch überall in den Glens herumgetönt, dass Ihr der beste Schwertkämpfer weit und breit seid. Was sagt Ihr dazu?«

»Ich sehe keine Veranlassung, mit Euch einen Schwertkampf auszufechten«, erwiderte Dalcross. »Diese Jury hier, bestehend aus Männern im Vollbesitz ihrer geistigen Kräfte, wird Sir Alex des Mordes für schuldig befinden, weil er schuldig ist. Und Ihr – wer immer Ihr auch seid – werdet daran nicht rütteln können.« Er wandte sich an die Geschworenen. »Sicher habt ihr inzwischen Euer Urteil gefällt, oder etwa nicht?«, fragte er sie streitlustig.

Die Geschworenen blickten einander an, aber noch ehe ihr Sprecher etwas sagen konnte, erklärte der maskierte Mann: »Bevor ihr euer Urteil verkündet, solltet ihr wissen, dass vor der Tür eine Horde Männer steht, die Sir Alex unterstützen. Sie sind bewaffnet und bereit, die Sache in die eignen Hände zu nehmen, weil sie wissen, dass eine von Francis Dalcross bestellte Jury sehr wahrscheinlich nur das Urteil fällen wird, das er von ihr erwartet. Die dort draußen werden nicht zulassen, dass dieses Urteil, der Tod durch den Strick, vollzogen wird, es sei denn …«

An dieser Stelle machte er eine dramatische Pause und es wurde so still im Raum, dass man eine Stecknadel hätte fallen hören können

Wütend fauchte Dalcross: »Es sei denn, was?«

»Ich geb Euch die Gelegenheit, Euren Fall vor den Leuten

dort draußen vorzutragen«, sagte der Maskierte. »Die Anwesenden können sich ja zu denen dort draußen gesellen, und meine Leute werden darauf achten, dass es mit rechten Dingen zugeht, wenn wir unsere Schwerter für uns sprechen lassen. Wenn Ihr gewinnt, werde ich das von Euren Geschworenen verhängte Urteil annehmen. Wenn Ihr verliert, kommt Sir Alex frei.«

Dalcross musterte die Geschworenen, die einander unentschlossen anblickten. Offenbar wussten sie nicht recht, was sie tun sollten. »Gut, dann trete ich gegen Euch an«, knurrte er. »Man reiche mir mein Schwert!«

*

»Nein!«, schrie Lucy und tauchte plötzlich vor Claud und Catriona auf, die auf dem Türsturz saßen und das Treiben im Gerichtssaal interessiert verfolgt hatten. »Wo kommt der denn her?«

Catriona grinste süffisant. »Du hältst dich wohl für oberschlau, du nichtsnutziges Biest. Ich wett, du willst, dass der arme Alex Chisholm gehängt wird, bloß weil du glaubst, dass ich dann meine Aufgabe verbockt hätte.«

»Das hast du doch schon, du schwachköpfige Trine. Claud ist viel zu gut für dich, aber die Gastgeber werden sich schon um dich kümmern.«

»Deshalb also hast du das getan, Lucy?«, wollte Claud wissen. »Um Himmels willen, hast *du* die Tunneltür aufgemacht, damit Dalcross Sir Alex verdächtigt?«

»Jawohl, das und noch so manches andere. Warum auch nicht? Wenn Sir Alex hängt, hat sie ihre Aufgabe nicht geschafft, auch wenn sie's jetzt noch nicht kapiert. Und wenn die beiden Männer hängen –«

»Dann hab *ich* meine Aufgabe auch nicht geschafft«, erklärte Maggie Malloch, die neben Claud Gestalt annahm. »Ist das der Grund für deine üblen Streiche, Lucy Fittletrot?«

Lucy gab ihr keine Antwort. Sie huschte davon und tauchte in der Menge der Sterblichen unter.

*

Als Francis Dalcross befahl, sein Schwert zu bringen, bemerkte Bab einen seltsam berechnenden Ausdruck in seinen Augen, und als sich die Anwesenden alle aufgeregt ihren Nachbarn zuwandten, um die neueste Wendung des Geschehens zu erörtern, sah sie, wie Dalcross sich hinabbeugte und in seinen Stiefel langte. Unversehens hatte er einen Dolch gezückt und stürzte sich auf den noch immer gefesselten Alex.

Bab erkannte sofort, was Francis vorhatte. Sie sprang auf, schrie wie von Sinnen und warf sich zwischen die beiden.

Francis' Dolch fuhr direkt auf sie zu. Entsetzt, aber auch wild entschlossen starrte sie ihm in die Augen. In diesem Moment glaubte sie, es wäre Francis und nicht Alex, den sie als letzten Menschen in ihrem Leben zu sehen bekäme.

Dalcross' wütender Blick traf sich mit ihrem. Mitten in der Bewegung hielt er inne, stöhnte enttäuscht auf und warf den Dolch fort. Einige Männer packten Dalcross am Kragen und zerrten ihn weg, während er Bab nicht aus den Augen ließ. Sie wandte sich wortlos ab und vergewisserte sich, dass Alex unverletzt war.

In seinem Blick lag das blanke Entsetzen.

»Lasst ihn nicht laufen!«, brüllte Dalcross, riss sich von den Männern los, die ihn gepackt hatten, und deutete auf die maskierte Gestalt, die noch immer geduldig im rückwärtigen Teil des Raums stand. »Fasst diesen Betrüger!«

»Du bist nix als ein erbärmlicher Feigling, ein kraftloser Wurm, ein Angsthase ohnegleichen«, erklang es unter der Maske mit einer Stimme, die trotz des wachsenden Tumults in dem überfüllten Raum nicht zu überhören war. »Vergiss nicht, draußen wartet eine Horde Bewaffneter, die es kaum erwarten kann loszuschlagen.«

»Mit denen werden meine Männer spielend fertig«, fauchte Dalcross, dessen Gesicht fast purpurrot angelaufen war. »Aber ich schlag mich trotzdem mit dir, schon um dir die Maske vom Gesicht zu reißen und zu beweisen, dass du nicht der bist, für den du dich ausgibst. Und dann sollst du neben dem Fuchs baumeln!«

»Das möchte ich sehen«, murmelte Alex.

Bab war die Einzige, die diese Bemerkung hörte, denn alle anderen drängten schon zum Ausgang, um sich nur ja nichts entgehen zu lassen. Sie winkte einem der ihnen am nächsten stehenden Bewaffneten und befahl so streng und gebieterisch, wie sie konnte: »Begleitet Sir Alex sofort nach draußen! Und wenn Ihr einen Schlüssel für diese schrecklichen Fesseln habt …«

Der Angesprochene zögerte und hielt nach dem Büttel des Richters Ausschau, der in der Menschenmenge gleich hinter Dalcross nach draußen unterwegs war. »Ich hab keinen Schlüssel, Mylady, selbst wenn ich's wagen wollte, ihn von seinen Fesseln zu befreien«, erwiderte er.

Immerhin wirkte er, als würde er ihr helfen, wenn er nur könnte. Diese Bereitschaft weckte in Bab die Hoffnung, dass die Stimmung sich zu Alex' Gunsten gewendet hatte. Aber nun hing alles von dem Mann im Umhang ab, und da sie keine Ahnung hatte, wer er war, war ihre Hoffnung nur sehr gering.

Gerade, als sie Alex fragen wollte, ob er den Mann kannte, traten Chisholm und seine Gemahlin zu ihnen. Seine Lordschaft stellte sich auf eine Seite von Alex, der Bewaffnete auf die andere, und mit ihrer Hilfe schaffte es Alex, zur Tür zu hüpfen. Auf Bab und ihre Frage achtete niemand, also blieb ihr nichts anderes übrig, als Alex zu folgen. Plötzlich spürte sie, wie sie jemand am Ärmel zupfte. Sie drehte sich um und sah den Richter, der einen Schlüssel in der Hand hielt.

»Ihr könnt ihn von seinen Fußfesseln befreien, Mylady. Ich glaube nicht, dass er versuchen wird zu fliehen. Schließlich hat er alles Recht der Welt, diesem Spielchen beizuwohnen und das Ergebnis zu erfahren.«

Bab nahm den Schlüssel, rief den anderen zu stehen zu bleiben und beugte sich rasch hinab, um ihrem Gemahl die Fußfesseln abzunehmen, doch als sie ihm auch noch die Handschellen abnehmen wollte, sagte der Richter: »Nein, Mylady. Wenn es Euch recht ist, warten wir erst das Ergebnis des Kampfes ab.«

Sie verzog das Gesicht, doch als sie Alex in die Augen sah, wurde sie ruhiger, denn er wirkte sehr zuversichtlich. Gemeinsam eilten sie in den mit Kopfsteinpflaster ausgelegten Hof, wo sie eine Überraschung erwartete: Viele der Männer, die Bab in den letzten Tagen erklärt hatten, sie würden es nie wagen, sich gegen Francis Dalcross zu stellen, hatten ihre Vorbehalte überwunden und sich doch noch hier versammelt. Der Doppelgänger des Fuchses hatte also nicht gelogen, als er von einer Horde Bewaffneter sprach.

Zwei der Männer standen am Brunnen der Schänke. Sie teilten sich eine Kelle Wasser und plauderten so angeregt miteinander, als befänden sie sich auf einem Jahrmarkt. Fast alle Männer waren bewaffnet, manche mit Mistgabeln, andere mit Schwertern, Piken und Äxten. Die meisten wirkten allerdings etwas ängstlich.

Bab konnte es ihnen nicht verdenken, denn auch ihr war ziemlich mulmig zumute. Alle wussten, dass Francis Dalcross der beste Schwertkämpfer in den Highlands war – bis auf einen, und der stand jetzt stumm neben ihr. Und wer immer sein Doppelgänger war, er würde seine Tarnung bald aufgeben müssen, und falls Dalcross ihn schlug, würde er ihn denselben hohen Preis zahlen lassen wie Alex.

»Weißt du, wer das ist?«, fragte sie Alex leise.

Er zuckte mit den Schultern, ohne seinen Blick von der Stelle zu wenden, an der die Menge inzwischen einen Kreis um Francis Dalcross und den Maskierten gebildet hatte. Die Zuschauer traten beiseite, um Bab, Alex, seine Eltern und den Richter durchzulassen. Als sie in der ersten Reihe angekommen waren, standen die beiden Schwertkämpfer schon bereit.

Zwei von Dalcross' Männern traten drohend vor, blieben aber stehen, als der Maskierte seine freie Hand hob und sagte: »Wir werden uns einen fairen Kampf liefern!«

Sie blickten fragend auf ihren Herrn, der nur kurz nickte, ohne seinen verschlagenen Blick von seinem Gegner zu wenden.

*

Claud stand neben Catriona auf dem Brunnenhaus und hielt nach Lucy Ausschau. Er war sicher, dass sie noch weitere Missetaten im Schilde führte.

»Ich werd es nicht zulassen, dass sie meinem Schützling ein Leid zufügt«, sagte Catriona.

Die Männer am Brunnen hatten sich den Zuschauern zugesellt. Von ihrem Beobachtungsposten aus sah Claud, dass sich die beiden Schwertkämpfer streitlustig anfunkelten.

Von Lucy Fittletrot war weit und breit nichts zu sehen.

Clauds suchender Blick schweifte ein weiteres Mal über den Hof und fiel dabei auch auf die Schöpfkelle, die inzwischen wieder im Eimer hing, der noch halb voll auf dem Brunnenrand stand.

*

Die beiden Schwertkämpfer umkreisten sich lauernd und versuchten, die Kampfkraft des anderen einzuschätzen. Ihre Bewegungen waren elegant, doch Bab bemerkte, dass der lange Umhang des Maskierten ihn behinderte, während Francis seinen kurzen schwarzen Umhang abgelegt hatte und nurmehr Hemd, Wams, Hose und Stiefel trug. Damit war er sicher im Vorteil.

Während sie dies dachte, warf der Maskierte seinen Umhang über die Schultern und sagte spöttisch: »Na los, Dalcross, komm her, oder hast du auf einmal Angst?«

Francis schien seine Stimme und seinen Übermut verloren zu haben, doch bei dieser Provokation stürzte er sich auf seinen Herausforderer.

Doch damit hatte sein Gegner gerechnet; er parierte den Angriff kraftvoll, und nun war der Kampf eröffnet. Beide Männer bewegten sich geschmeidig und behände.

Eine Zeitlang befürchtete Bab, Francis sei überlegen. Einmal fuhr sein Schwert sogar zwischen den linken Arm und die linke Körperhälfte seines Gegners, und Alex hielt die Luft an. An diesem Punkt war Bab sicher, Francis würde gewinnen und sie würde den Mann verlieren, den sie inzwischen innig liebte. Bei diesem Gedanken stiegen ihr Tränen in die Augen – aber wie hätte sie den Kampf beeinflussen können? Instinktiv griff sie nach der Hand ihres Gemahls, doch sie spürte nur das kalte Eisen der Handschellen.

Sie blickte zu ihm hoch, doch er achtete nur auf die Kämpfenden. Seine Wangenmuskeln zuckten leicht; offenbar hatte er die Zähne zusammengebissen und wünschte sich, anstelle des Maskierten gegen Dalcross antreten zu können. Bab wandte sich wieder den Kämpfenden zu. Die Schwerter klirrten, doch nun machte der Maskierte einen Schritt nach vorn und drängte Francis endlich in die Defensive.

Der Mann bewegte sich so geschickt und bedrängte Francis so sehr, dass die Menge in dem nun folgenden hektischen Schlagabtausch ein Spalier bilden musste, um den Kämpfern auszuweichen. Die Pflastersteine erschwerten die Beinarbeit, das erkannte Bab, als Francis ins Straucheln geriet. Doch anstatt seinen Vorteil zu nutzen, hielt sich der Maskierte zurück und wartete, bis sein Gegner das Gleichgewicht wiedergefunden hatte, bevor er seinen Angriff fortsetzte.

*

Endlich hatte Claud Lucy entdeckt, und zwar genau in dem alles entscheidenden Moment, als sie mit ausgestreckten Händen auf die Kämpfenden zuflatterte und dabei etwas zu murmeln schien.

»Lucy! Nein!«, kreischte er, griff instinktiv nach der Schöpfkelle und schleuderte sie in Lucys Richtung. Als diese sich beim Klang seiner Stimme umdrehte, schwappte das Wasser schon aus der Kelle.

Sie konnte sich nicht mehr wegducken, es ergoss sich direkt auf sie.

Mit einem gespenstischen Schrei verschwand Lucy Fittletrot, und eine schreckliche neue Gestalt trat an ihre Stelle. Dieser Anblick bestätigte Clauds finsteren Verdacht.

In diesem Moment tauchte auch Maggie auf und streckte eine Hand aus. Die Kelle und das Wasser verschwanden, bevor die Sterblichen etwas davon bemerkten.

Die monströse Gestalt baute sich bedrohlich vor Maggie auf.

Auch wenn er vor Entsetzen kaum einen klaren Gedanken fassen konnte, schrie Claud aus voller Kehle: »Jonah Bonewits, zeig dich, du erbärmlicher Feigling!«

Die Gestalt drehte sich um und wurde dünner. Allmählich war deutlich ein Mann zu erkennen, und ehe Claud wusste, wie ihm geschah, stand sein wutentbrannter Vater vor ihm. Das Böse hat keine verborgenen Tiefen; wenn man es erkannte und beim Namen nannte, dann musste es sich in seiner natürlichen Gestalt zeigen, schoss es Claud durch den Kopf.

Jonah Bonewits zeigte auf seinen Sohn. Im selben Augenblick hörte Claud, wie Catriona aufschrie, und sah, dass Flammen auf sie beide zuloderten. Er warf sich schützend vor Catriona und spürte noch einen heftigen, brennenden Schmerz. Dann spürte er nichts mehr.

*

War Francis dankbar für die kleine Atempause? Wenn ja, so zeigte er es jedenfalls nicht. Er wirkte noch wütender, als ärgere er sich darüber, dass sein Gegner sich so fair verhalten hatte. Seine Hiebe wurden wilder und kühner, aber sein Widersacher schien jetzt mit ihm zu spielen. Dessen wurde sich Bab bewusst, als der Maskierte mit seinem Schwert nur ganz leicht Francis' Brust berührte und es dann sofort wieder zurückzog. Die Menge applaudierte ihm zu dieser Finte, aber es wurden auch andere Rufe laut.

»Mach diesen Schweinehund fertig!«, rief einer der Zuschauer. »Spieß ihn auf!«, schrie ein anderer. »Erdolch ihn!«, der Nächste.

Ein ergrimmter Vorschlag folgte dem anderen; es bestand nicht mehr der geringste Zweifel, auf wessen Seite die Zuschauer standen. Natürlich schrien auch Francis' Gefolgsleute, aber in dem allgemeinen Tumult konnte Bab nicht ausmachen, ob alle ihren Herrn unterstützten oder nicht einige auch seinen Gegner.

Ein Schwerthieb des Maskierten hätte beinahe Francis Dalcross' Kehle aufgeschlitzt; dass er nicht enthauptet wurde, war allein dem Geschick seines Gegners zuzuschreiben. Das war selbst Francis klar, der mit der freien Hand seinen Hals abtastete. Er war unverletzt.

»Meine Güte, Mann, mach Schluss, bevor das Ganze zu einer Farce ausartet«, murmelte Alex gerade so laut, dass Bab es hören konnte.

Doch der Maskierte verfolgte offenbar ein anderes Ziel. Selbst als Francis immer verzweifelter wirkte und auch seine eingeschworenen Anhänger einsahen, dass er diesen Kampf nicht würde gewinnen können, fuhr der Maskierte fort, mit ihm zu spielen und seine Überlegenheit vorzuführen.

Allmählich wurde die Menge leiser; alle warteten überraschend geduldig auf das inzwischen vorhersehbare Ende. Nun rief der Maskierte: »Macht's dir noch Spaß, du Mistkerl?«

»Verdammt noch mal, mach Schluss«, krächzte Francis. »Nein, denn zuerst, find ich, solltest du den hier Versammelten noch sagen, wer der gemeine Mörder war, der deinen Vater umgebracht hat!«

»Fahr zur Hölle, das werde ich nicht tun!«

»Na ja, wenn ich dir genügend Zeit lasse, tust du's bestimmt. Und ich hab alle Zeit der Welt.« Der Mann wirkte überhaupt nicht erschöpft. Seine Stimme war so ruhig, als säße er bei einem gemütlichen Plausch. Bab wunderte sich über sein Durchhaltevermögen. Das Schwert wirkte wie ein Spielzeug in seiner Hand, während Francis' Waffe schwer und zunehmend unkoordiniert geführt wirkte. Der Kampf dauerte nun schon eine geraume Weile; von den Übungskämpfen ihres Bruders wusste Bab, dass ein Schwertkampf gewöhnlich rascher entschieden wurde.

Sie merkte, dass sich Alex zunehmend entspannte. Ein leichtes Lächeln umspielte seine Lippen und er schien zu verstehen, worauf der Maskierte hinauswollte.

Endlich gab Francis auf. »Gut, ich war's, wie du ja schon gesagt hast. Ich hab den Mann gehasst!«, keuchte er. »Und jetzt mach Schluss!«

»Noch nicht. Ich glaub, du hast uns noch ein bisschen was zu erzählen. Es gab hier in der Gegend noch weitere Morde, und andere Unschuldige sind dieser Morde bezichtigt worden.«

»Welche Morde? Wann?« Francis taumelte und gab sich keine Mühe mehr, seine Erschöpfung zu verbergen; er schien kaum noch in der Lage zu reden.

»Vor gut einem Jahr«, erwiderte der Maskierte. »Wenn ich mich recht entsinne, sind damals zwei Brüder umgekommen.«

Bab warf einen Blick auf Alex, der sich jedoch noch immer auf die Kämpfenden konzentrierte.

Lord Chisholm, der neben ihnen stand, furchte die Stirn, sagte aber nichts.

Francis schüttelte den Kopf und wollte erst nicht mit der Sprache heraus, doch schließlich keuchte er: »Also gut – ich war's. Aber mein Vater hat es mir befohlen, und ich war nur …«

Mit diesen Worten warf er sich plötzlich noch einmal auf seinen Gegner, schlug geschickt und wie von neuer Kraft beseelt zu und entwaffnete mit einer raschen Drehung des Handgelenks seinen Widersacher. Dessen Schwert flog direkt in Babs Richtung, während Dalcross' Schwert auf das Herz des Maskierten zielte.

*

Als das Schwert auf Bab zuschoss, hob Alex unwillkürlich eine Hand, um zu verhindern, dass es sie traf. Zu seiner Verwunderung fielen seine Fesseln ab und es gelang ihm tatsächlich, den Schwertknauf zu fassen.

»Dalcross!« schrie er.

Der Angesprochene hielt inne, und diesen Moment nutzte der Maskierte, um mit seinem Umhang die Schwertspitze von seinem Herzen abzulenken.

Francis riss sein Schwert wieder an sich und blickte auf Alex, bevor er sich wieder seinem Gegner zuwandte.

»Ich bin derjenige, den Ihr haben wollt«, sagte Alex gefasst. »Ihr seid müde und wärt gut beraten, dieses schöne neue italienische Schwert niederzulegen und Euch der Gerechtigkeit zu stellen. Aber selbst wenn Ihr Euch nicht dazu durchringen könnt – würdet Ihr vor all diesen Zeugen einen wehrlosen Mann umbringen? Der Maskierte hat keine Waffe in der Hand!«

Statt einer Antwort stürzte sich Francis auf Alex. »Das ist alles Eure Schuld!«, fauchte er und stieß wild nach Alex. »Ihr und die Leute aus den Glens habt uns dazu getrieben, so zu handeln, weil ihr euch geweigert habt, euch unserer Autorität zu beugen.«

Alex erwiderte nichts, parierte nur den Angriff und trieb Dalcross grimmig in die Mitte des Rings zurück; denn er wollte nicht, dass bei dem Gefecht am Ende noch ein unschuldiger Zuschauer verletzt wurde.

Aus den Augenwinkeln sah er, wie der Maskierte möglichst unauffällig in der Menge unterzutauchen versuchte, als wolle er den weiteren Kampf als Zuschauer verfolgen, und dann war er plötzlich verschwunden.

Alex dachte zwar, dass wohl niemand außer ihm das Verschwinden des Mannes mitbekommen hatte, doch er hielt Dalcross noch etwas in Atem, um dem Maskierten Zeit für seine Flucht zu geben. Außerdem hoffte er, Dalcross würde endlich einsehen, dass sein Spiel aus war.

Doch der kämpfte wie besessen weiter. Als Alex seinem nächsten wilden Hieb ausgewichen war, hielt er sein Schwert hoch und rief: »Gib dich geschlagen, Dalcross! Du kannst diesen Kampf nicht mehr gewinnen.«

»Das gönn ich dir nicht, dass ich mich dir geschlagen gebe!«, knurrte Dalcross.

Seufzend brachte Alex sein Schwert wieder in Position, und wenig später war sein Gegner mit einem geschickten Hieb entwaffnet. Als Dalcross' Schwert auf dem Boden lag, bohrte Alex seine Waffe durch den Griff in den Boden, um seinem Gegner keine Gelegenheit zu geben, es sich noch einmal zu holen. Mehrere Männer eilten herbei, packten Dalcross und hielten ihn so fest, dass er sich kaum noch rühren konnte.

Der Richter, der neben Bab stand, betrachtete verwundert Alex' Handfesseln, die er nun in seinen Händen hielt. Er hatte nicht die geringste Ahnung, wie er dazu gekommen war. »Mylord«, wandte er sich an Chisholm, »ich hoffe, Ihr erklärt Euch bereit, das Amt des Sheriffs zu übernehmen, bis seine Gnaden der König die Zeit findet, einen neuen Mann zu ernennen. Ich kann Euch versichern, wir alle in Invernessshire wären Euch sehr zu Dank verpflichtet.«

»Ich werde es mit Freuden tun«, sagte Chisholm, ohne seinen Sohn aus den Augen zu lassen. Er starrte ihn an, als sähe er ihn zum ersten Mal. Schließlich gab er sich einen Ruck. »Verhaftet diesen Mann«, sagte er zu den Leuten, die Dalcross festhielten, »und werft ihn ins Gefängnis!«

Alex wandte sich ab. Er suchte Bab, die noch genau dort stand, wo er sie verlassen hatte. Als sie lächelte, vergaß er alles um sich herum.

*

Bab lief zu ihm und warf sich in seine weit ausgebreiteten Arme. Unaussprechlich erleichtert, ihn endlich frei und in Sicherheit zu wissen, klammerte sie sich an ihn, und als er sie in die Arme schloss, seufzte sie zufrieden. Doch dieser Moment war leider nur von kurzer Dauer.

»Donnerwetter, Alex Chisholm, wo habt Ihr gelernt, so mit dem Schwert zu kämpfen? Das letzte Mal, als ich Euch bei 'nem Schwertkampf beobachtet hab, hättet Ihr Euch doch beinah den linken Fuß abgehackt!«

Alex wandte sich dem Fragenden und all den anderen zu, die sich um ihn drängten und ihn nun mit ähnlichen Neckereien bedachten. »Ich habe in Frankreich ein wenig Unterricht genommen«, erwiderte er schulterzuckend und gelassen. »Aber der Fuchs hat den armen Mann ja schon ziemlich niedergekämpft. Ich hoffe, ihr entschuldigt mich jetzt«, fügte er hinzu. »Ich habe die letzten drei Tage in einer erbärmlichen Zelle festgesteckt und würde jetzt gerne ein paar Stunden mit meiner Gemahlin verbringen, wenn ihr mir dieses Vergnügen gönnt.«

Die Männer lachten und wollten ihn ziehen lassen, doch nun trat seine Mutter zu ihnen. Sie meinte, da sein Vater vorhabe, wieder das Amt des Sheriffs zu übernehmen, sollten sie sich jetzt alle zusammen zum Amtssitz begeben, um dort zu Abend zu essen und Vorkehrungen für die Nacht zu treffen.

»Ich bitte Euch um Verzeihung, Madam«, erwiderte Alex still, »aber ich würde es wirklich vorziehen, nicht noch eine Nacht an diesem Ort zu verbringen – zumindest nicht in nächster Zeit. Am liebsten würde ich meine Gemahlin jetzt nach Hause bringen. Ihr könnt natürlich gerne mitkommen; mein Vater würde es Euch sicher gestatten, denn er wird hier in den nächsten Tagen alle Hände voll zu tun haben.«

»Nein, nein, mein Lieber«, entgegnete sie. »In solchen Zeiten lasse ich ihn nicht allein. Es geht ihm gesundheitlich zwar besser, doch ich bin mir sicher, dass er nicht genügend auf sich aufpasst, wenn ich nicht da bin. Aber deine hübsche Gemahlin solltest du tatsächlich erst einmal nach Hause bringen!«

Alex blickte auf Bab, dann sagte er lächelnd: »Das werde ich gerne tun, wenn sie nichts einzuwenden hat.«

»Hat sie nicht«, erwiderte Bab mit fester Stimme. Auch sie sah keinen Grund, in Inverness zu bleiben; die einzige Unterhaltung der nächsten paar Tage würde wahrscheinlich der Prozess von Francis Dalcross und seinen Kumpanen und deren Verurteilung sein. Sie warf noch einen sehr direkten Blick auf Alex, dann fügte sie hinzu: »Sie würde lieber mit ihrem Gemahl daheim sein, denn wie dieser sehr gut weiß, gibt es noch einige Dinge, welche die beiden besprechen müssen.«

»Dann sollten wir keine Zeit vergeuden, mein Schatz«, erwiderte er. »Wir müssen uns nur noch Pferde besorgen, dann können wir los.«

22

»Was ist mit Claud passiert?«, heulte Catriona.

Maggie hätte es ihr am liebsten gleichgetan, aber das konnte sie nicht. Erst einmal musste sie sich bei Catriona entschuldigen, und dann hatte sie vor, ihrem Zorn freien Lauf zu lassen.

»Und wo ist dieser schreckliche Mann hin?«

Um einen möglichst gelassenen Tonfall bemüht, erwiderte Maggie: »Jonah Bonewits ist verschwunden, während wir die leere Stelle angestarrt haben, an der Claud noch kurz zuvor gestanden hat. Und wo Claud jetzt steckt, weiß ich nicht. Hier jedenfalls nicht, denn ich spür's immer, wenn er in der Nähe ist.«

»Er ist tot«, jammerte Catriona. »Wenn er sich nicht vor mich geworfen hätt, wär ich diejenige gewesen, die in Flammen aufgegangen wär.«

»Tja, da hast du wohl Recht«, erwiderte Maggie. »Und das hätt ich dir nicht gewünscht.«

»Aber du magst mich doch nicht«, meinte Catriona schniefend.

»Wie dem auch sei – ich hab mich in dir getäuscht, und dafür muss ich mich entschuldigen«, erklärte Maggie. »Ich hab gedacht, dass ich dich kenn, aber du hast mir 'ne andere Seite von dir gezeigt. Ich hab dir doch aufgetragen, dich um die Chisholms zu kümmern; da hab ich erwartet, du passt auf Sir Alex auf. Als du das nicht getan hast, hab ich geglaubt, du hättst dich von dieser Lucy Fittletrot verscheuchen lassen und würdest gar nix tun. Aber da hab ich mich geirrt.«

»War das denn Lucy Fittletrot?«, fragte Catriona. »Ist sie das jemals gewesen?«

»Ich glaub schon, zumindest bis zur Hochzeit«, erwiderte Maggie. »Aber ich hätt wissen müssen, dass nur Jonah Bonewits die Macht hat, Mistress Bab in der Kapelle mit 'nem Zauber zu belegen. Ich möcht wetten, dass Lucy auch unter so einem Zauber stand, schon bevor er in ihre Gestalt geschlüpft ist. Zum Glück hat Claud die Sache mit dem Wasser gemerkt, und vielleicht hat sie tatkräftig mitgewirkt, dass das Wasser auch über Jonah Macht hatte. Wenn wir die beiden finden, fragen wir sie. Aber immerhin hast du dein Wort gehalten, und Claud hat's auch getan. Wenn der Kreis das nächste Mal zusammenkommt ...«

»Der Kreis ist mir völlig egal, ich will Claud!«

Maggie presste die Lippen zusammen und kämpfte gleichzeitig gegen die Tränen und die Wut an, die sich in ihr breit machte. Als sie sich wieder einigermaßen gefasst hatte, meinte sie barsch: »Reiß dich zusammen, Catriona. Wir haben noch was zu tun!«

*

Dank Eric Mackintosh, der geahnt hatte, dass sie frische Pferde brauchen würden, fanden Alex und Bab rasch zwei passende Tiere. Sie verabschiedeten sich von allen, verzichteten auf das Angebot, sich von Bewaffneten begleiten zu lassen, und machten sich auf den Weg.

Der Prozess und sein Nachspiel hatten nicht so lange gedauert, wie Bab eigentlich gedacht hatte; deshalb überquerten sie die Brücke über den Fluss Ness schon um kurz nach drei.

»Wahrscheinlich kommen wir ziemlich spät nach Hause, mein Schatz«, meinte Alex mitfühlend. »Ich wette, du bist müde, denn ihr seid ja gestern Abend erst ziemlich spät nach Inverness gekommen.«

Bab überlegte, ob sie ihm sagen sollte, wie sehr sie sich bemüht hatte, Unterstützung für ihn aufzutreiben. Aber wahrscheinlich würde er sie dann den ganzen Heimweg über schimpfen. Deshalb beschloss sie, ihm so wenig wie möglich davon zu erzählen, und sagte nur: »Nein, ich bin nicht müde.«

»Vielleicht sollten wir irgendwo übernachten und morgen den Rest des Weges zurücklegen«, sagte er milde, doch diesen Sanftmut nahm sie ihm jetzt nicht mehr ab.

»Du hast in der letzten Woche sicher nicht sehr viel geschlafen«, fuhr er fort. »Schließlich bist du zweimal nach Inverness geritten, und in der Nacht vor meiner Verhaftung hast du auch nicht viel Schlaf bekommen. Du hast dir bestimmt schreckliche Sorgen gemacht. Ich hingegen bin ziemlich ausgeruht, ich hatte die letzten paar Tage ja nicht sehr viel zu tun.«

»Es ist wirklich seltsam«, meinte sie nachdenklich, »aber ich bin tatsächlich nicht müde, auch wenn ich allen Grund dazu hätte, wie du ja schon gesagt hast. Irgendwie kommt es mir vor, als hätte ich den nötigen Schlaf bekommen. Aber wahrscheinlich rührt das nur daher, dass ich jetzt weiß, dass du in Sicherheit bist«, fügte sie lächelnd hinzu.

»War das wirklich so wichtig für dich, mein Schatz?« Jetzt klang er wieder eher wie der Fuchs. Bab gewöhnte sich allmählich an die Vorstellung, zwei Männer in einem geheiratet zu haben.

»Das weißt du doch ganz genau«, sagte sie leise.

»Kannst du mir verzeihen, dass ich dich hintergangen habe?«

»Versprichst du mir, es nie wieder zu tun?«

»Aus ganzem Herzen«, erwiderte er. »Du bist mein Ein und Alles, Bab. Als ich den Fuchs spielte, hat mir so manches großen Spaß gemacht, aber dich und meine Eltern zu betrügen war alles andere als lustig. Doch es war einfach sicherer für euch, die Wahrheit nicht zu kennen.«

»Deine Eltern kennen sie noch immer nicht, auch wenn sie sich inzwischen bestimmt ihren Teil denken«, sagte sie. »Wer weiß denn außer Hugo und Gibby noch Bescheid?«

»Noch vor einer Stunde hätte ich gesagt: niemand.«

»Dieser Mann vorhin, das war nicht Hugo, der sich als Fuchs verkleidet hatte wie damals auf dem Bergkamm. Dieser Mann war größer als du und hatte breitere Schultern. Aber er ist auf Dancer davongeritten.«

»Hast du ihn wegreiten sehen?«

Sie nickte.

»Na ja, wenn er der Mann ist, für den ich ihn halte, dann war er schon immer so groß und breit, auch wenn er sich sehr geschmeidig bewegt. Meine Brüder sind tot, Fin und Patrick sind im Grenzland – ich kenne nur noch einen einzigen, dessen Schwertkünste an meine heranreichen und der bei dieser ganzen Geschichte etwas zu gewinnen hätte. Und obendrein wäre dieser Mann auch in der Lage, sich mein Pferd, meinen Umhang, meine Maske und mein Schwert anzueignen.«

»Und mehr über die geheime Höhle zu erfahren.«

»Jawohl, mein kleiner Schlaukopf, auch das.«

»Und Dancer würde sich von ihm reiten lassen?«

»Der Mann kann mit Pferden außerordentlich gut umgehen.«

»Aber du bist der echte Fuchs, oder?«

Mit einem jungenhaften, ja schelmischen Grinsen streckte er den Arm nach ihr aus und zog sie näher zu sich. »Ich dacht, du wärst davon überzeugt, mein Schatz. Bezweifelst du's jetzt etwa wieder?«, fragte er in der volkstümlichen Sprache, mit der der Fuchs immer geredet hatte und in die er offenbar ohne die geringste Mühe wechseln konnte.

»Aber wie hat dieser andere Mann erfahren, wer der Fuchs wirklich ist?«, fragte sie unbeirrt.

»Das weiß ich noch nicht«, gab er zu. »Und das zeigt wieder mal, dass man sich nie zu sicher fühlen darf. Aber wie dem auch sei, das Ergebnis kann uns nur recht sein.«

Sie kamen rasch voran, denn die Pferde wirkten ebenso wenig müde wie Bab. Eric hatte ihnen klugerweise noch etwas zu essen eingepackt, das sie unterwegs verzehrten, und da sie viel miteinander zu reden hatten, verging die Zeit wie im Flug.

Bab achtete darauf, dass sich das Gespräch hauptsächlich

um Alex und nicht um sie drehte. Alex berichtete ihr, er habe während seiner Reise auf dem Kontinent durch einen Brief Chisholms erfahren, dass seine Brüder ermordet worden seien und er unverzüglich heimkehren solle. Aber aus diesem Brief war auch hervorgegangen, dass Lord Chisholm von seinem dritten Sohn nicht viel mehr als dessen Rückkehr erwartete. Nachdem er herausgefunden hatte, wie viel Macht die Dalcrosses und deren Leute schon an sich gerissen hatten, hatte Alex beschlossen, gewisse Dinge selbst in die Hand zu nehmen.

»Ich wusste, dass mich niemand verdächtigen würde«, sagte er. »Schon als Kind habe ich gemerkt, dass mich meine Brüder in Ruhe ließen, wenn ich nicht versuchte, mich mit ihnen zu messen, sondern mich nur mit meinen Studien beschäftigte. Also habe ich mein früheres Verhalten noch ein bisschen übertrieben und affektierte, modebewusste Männer nachgemacht, die ich in Frankreich und Italien kennen gelernt hatte. Dass ich in diesen Ländern auch lernte, mit dem Schwert umzugehen, habe ich natürlich keinem auf die Nase gebunden.«

»Was hat dich dazu gebracht, so hart an deinen Schwertkünsten zu arbeiten?«, wollte Bab wissen.

Das schelmische Grinsen nahm einen wehmütigen Zug an. »Ich wollte es meinen Brüdern endlich einmal zeigen«, sagte er. »Die beiden haben es immer genossen, mich zu foppen, und von klein auf hatte ich gehofft, sie eines Tages übertrumpfen zu können. Ich dachte, dieses eine Mal könnte ich sie wirklich überraschen.« Er verzog das Gesicht. »Stattdessen blieb mir nur, sie zu rächen.«

Sie unterhielten sich noch über vielerlei und ritten auch als es dunkel wurde weiter, denn bald stieg der Mond auf und erhellte ihnen den Weg.

Bab genoss das Gespräch mit ihrem Begleiter. Ihr schien, als seien Alex und der Fuchs immer nur halbe Männer gewesen, die sich jetzt in dem, der neben ihr ritt, vereint hatten.

Alex hatte wahrlich seine Fehler, das wusste Bab nur allzu gut, doch seine Sanftmut und die Entschlossenheit wie auch die Zielstrebigkeit des Fuchses ließen diese Fehler verblassen. Bab überlegte, ob sie im Hinterkopf geahnt hatte, dass die beiden Männer ein und derselbe waren; zumindest ihr Körper hatte es ja gewusst, denn er hatte auf beide gleich reagiert.

Kurz vor Mitternacht standen sie vor dem Tor von Dundreggan. Bab bedauerte fast, dass die Reise nun zu Ende war, aber eines wollte sie noch unbedingt wissen.

Alex dachte offenbar an dasselbe, denn auf dem Weg zum Saal sagte er: »Und jetzt, mein Schatz, sollten wir noch versuchen, ihn zu enttarnen.«

»Glaubst du denn, dass er hier ist?«

»Jawohl. Du kannst mich gerne begleiten, wenn du nicht zu müde bist.«

»Das würde ich mir um nichts auf der Welt entgehen lassen«, sagte sie. »Aber sollten wir nicht erst meiner Mutter Bescheid sagen, dass wir wieder zu Hause sind?«

»Sie hat sich nach dem Abendessen bestimmt zurückgezogen«, meinte er. »Komm!«

»Wohin gehen wir?«, fragte sie, als er an der Haupttreppe nicht nach oben, sondern nach unten ging.

»In die Kapelle. Dort gibt es einen Geheimgang.«

»Die Kapelle? Hast du diesen Gang auch benutzt, als du Gibby gefunden hattest?«

»Jawohl«, antwortete er. »Ich konnte ihn nicht in der Kapelle zurücklassen, nachdem er mich gesehen hatte. Ich brachte ihn also zur Höhle und übergab ihn Hugo. Aber dort fiel sein Blick gleich auf Dancer, und damit hatte der Bursche mein Geheimnis erraten.«

»Ich denke, du kannst ihm ruhig vertrauen«, sagte sie.

»Wahrscheinlich, aber unabhängig davon, wie er zu mir steht – nach meinem Pferd ist er schier verrückt.«

Sie kicherte. »Gehst du denn immer in die Kapelle, wenn

du in deine Höhle willst? Wundern sich die Leute nicht über deine Frömmigkeit?«

»Es gibt noch eine Treppe, die bei den Privatgemächern beginnt und hinter der geschnitzten Wandverkleidung direkt hinter dem Kreuzbild endet«, erklärte er. »Einer meiner Ahnen, der Geheimgänge sehr schätzte, hat das Ganze bauen lassen.«

»Seine Liebe zu Heimlichkeiten ist offenbar nicht mit ihm gestorben«, erwiderte sie.

»Von jetzt an verhalten wir uns so leise wie möglich«, sagte er. »Diese Sache sollte besser geheim bleiben.«

In der Kapelle zeigte er ihr die verborgene Treppe. Dann ging er hinter das Kreuzbild und zog Bab mit in die Nische, die sich dort befand. Zu Babs Überraschung ließ sich das, was wie ein ganz gewöhnliches Bild des heiligen Andreas aussah, zur Seite schieben, und dahinter tauchte eine versteckte Tür auf.

»Komm!«, sagte Alex und bot ihr seine Hand an.

Sie folgte ihm eine enge, staubige Treppe hinab, die durch ein gelbliches Licht von oben schwach beleuchtet wurde. Da sie die Stufen zählte, wurde ihr klar, dass sie inzwischen schon ein ziemliches Stück unter dem großen Saal sein mussten. Schließlich erreichten sie das Ende der Treppe; die letzten Stufen mussten sie sich hinabtasten, denn dort war es stockfinster.

»Warte«, murmelte er. Sie befürchtete schon, alleine zurückbleiben zu müssen. Dann hörte sie ein Geräusch, als kratzte Metall über Fels, und danach eines, das sie als das Schlagen eines Feuersteins gegen eine Zunderbüchse erkannte. Funken flogen und der Zunder begann zu qualmen. Kurz darauf entzündete Alex eine Kerze, die er ihr in die Hand drückte, und zündete daran eine zweite für sich an. Nun sah Bab die Nische in der Felswand, in der diese Dinge gelegen hatten; dort befanden sich auch noch einige weitere Kerzen und auch eine zweite Zunderbüchse.

»Pass auf, wo du hintrittst«, mahnte er leise. »Der Boden ist hier zwar ziemlich eben, aber es gibt immer wieder Stellen, über die man stolpert, wenn man sich nicht vorsieht, und der Gang ist nicht so breit, dass wir nebeneinander gehen könnten.«

»Aber selbst wenn dieser Gang unter der Burgmauer hindurch nach draußen führt, brauchen wir doch sicher noch Pferde?«

»Der Gang führt direkt zur Höhle«, sagte er.

»Aber die Höhle ist doch Meilen von der Burg entfernt!«

»Der äußere Zugang liegt gleich jenseits des Hügels hinter Dundreggan«, sagte er. »Du bist auf einem Umweg dorthin gelangt, deshalb kam er dir weiter weg vor.«

»Vor allem, weil du mich dann über einen weiteren Umweg wieder auf den Bergkamm geführt hast.«

»Na ja, ich wollte eben nicht, dass du zu leicht wieder zur Höhle zurückfindest«, räumte er ein. »Aber jetzt sei leise, unsere Ankunft soll eine Überraschung sein, auch wenn ich wette, dass er mit mindestens einem von uns rechnet.«

»Willst du mir nicht sagen, wer er ist?«

»Erst will ich sicher sein. Falls ich mich getäuscht habe, muss Hugo mir eine Menge beichten.«

Eine Weile sprachen sie nicht mehr miteinander. Auch wenn sie sich noch ungewöhnlich munter fühlte, kam es Bab vor, als hätten sie schon viele Meilen zurückgelegt, aber dieser unheimliche Gang ließ den Weg sicher länger erscheinen, als er tatsächlich war.

Die Kerzen waren kaum zur Hälfte abgebrannt, als Alex die seine plötzlich ausblies. Ob er etwas gesehen hatte oder nur eine Vorsichtsmaßnahme traf, konnte Bab nicht sagen, denn sein Körper versperrte ihr die Sicht.

Er drehte sich lächelnd um. Gerade als sie ihn fragen wollte, worüber er sich denn so freute, drückte er ihre Kerzenflamme aus. Bab erschrak, denn nun umfing sie völlige Dunkelheit.

»Deine Augen werden sich daran gewöhnen, wenn du sie kurz schließt«, flüsterte er. »Aber sag jetzt nichts!«

Als sie seiner Aufforderung folgte, tanzte noch kurz ein Flämmchen vor ihren geschlossenen Augen, doch dieses Bild verschwand bald, und als sie die Augen wieder öffnete, sah sie hinter der dunklen Silhouette von Alex einen schwachen goldenen Schimmer.

Er stand seitlich vor ihr, der Schimmer erleuchtete die Umrisse seiner Hand, die er nun hob, um ihr sanft einen Finger auf den Mund zu legen.

Unwillkürlich küsste sie den Finger.

Seine Arme umfingen sie, er zog sie zu sich und küsste ihr Ohr, ihren Nacken, ihre Wange, ihren Mund. Sie drängte sich an ihn und umarmte ihn innig.

Zu gerne hätte sie sich seinen Liebkosungen hingegeben, doch als seine Zunge sich gegen ihre geschlossenen Lippen presste, stieß sie ihn von sich und schubste ihn den Gang weiter. Leise lachend folgte er ihrer Aufforderung.

Er bewegte sich so sacht, dass seine Schritte kaum zu hören waren. Sie tat es ihm gleich. Der Lichtschein wurde stärker, und sie erkannte die Umrisse einer bogenförmigen Öffnung. Ihr Herz pochte heftig, und plötzlich kam ihr der Gedanke, dass der Mensch, der sie erwartete – falls wirklich jemand auf sie wartete – vielleicht gar kein Freund war.

Alex hatte sein Schwert bei sich und sie war sich inzwischen auch ziemlich sicher, dass er tatsächlich der Fuchs war; schließlich hatte sie ja gesehen, wie geschickt er mit der Waffe umgegangen war. Aber sie konnte sich nicht vorstellen, dass er sein Schwert ebenso rasch wie der Fuchs zog, um einen Feind zu vernichten. Sie bemühte sich zwar nach Kräften, ihre Vorstellung von Sir Alex Chisholm mit der des Fuchses in Einklang zu bringen, was ihr auch zunehmend leichter fiel – aber so völlig gelang es ihr noch immer nicht.

Aus der vor ihnen liegenden Kammer war nicht das leiseste Geräusch zu hören. Der goldene Schein tanzte, er kam also von einer Flamme, höchstwahrscheinlich einer Kerze. Bei einem offenen Feuer hätte man den Rauch bemerkt, denn sicher gab es in der Höhle keinen Abzug. Bab stellte sich vor, wie jemand wohl reagieren würde, wenn er plötzlich auf ein Loch im Boden stieß, aus dem Rauch aufstieg. Bei dieser Vorstellung musste sie leise lächeln. Aus derlei Dingen erwuchsen Legenden.

Alex blieb an der Öffnung stehen. Er sagte nichts, doch dafür erklang eine andere Stimme.

»Verdammt noch mal, Mann, du bewegst dich ja noch immer so leise wie ein Schatten! Wenn ich nicht auf der Hut gewesen wäre, hätte ich gar nicht bemerkt, dass du da bist.«

Die Stimme war tiefer als die des Fuchses, dieser aber sehr ähnlich. Bab wunderte sich nicht, dass sie ihr vertraut vorgekommen war.

»Ich weiß noch, wie du dich früher bei deinen Brüdern angeschlichen hast«, fuhr der Mann fort. »Hast du gehofft, mich trifft der Schlag und du erbst dann meinen Besitz?«

»Wir sind ja nur Vettern zweiten Grades, da wären also sicher noch einige vor mir dran«, entgegnete Alex. »Aber offenbar weißt du, dass dein Vater gestorben ist, während du weg warst.«

Betroffenes Schweigen folgte. »Nein, das wusste ich nicht«, erwiderte der andere schließlich. »Wenn ja, dann hätte ich Francis Dalcross nicht so lange leben lassen, dass er für seine Sünden gehängt wird.«

»Es tut mir Leid, dass ich dir diese Nachricht so unvorbereitet überbracht habe. Aber wie geht es dir überhaupt, Kit? Hast du, bevor du unser kleines Spiel inszeniert hast, nicht daran gedacht, dass deine Familie vielleicht gerne erfahren hätte, dass du dich hier rumtreibst?«

»Meine Güte, ich bin erst gestern ins Glen Affric gekommen und da ist mir gleich Hugo über den Weg gelaufen. Danach kam es mir nicht besonders sinnvoll vor, mein Eintreffen laut zu verkünden. Ursprünglich hatte ich vor, dich und deinen Vater von meiner Unschuld zu überzeugen und dann die elenden Dalcrosses zur Rede zu stellen, um meinen Namen reinzuwaschen. Aber schon an den Ufern von Loch Linnhe kamen mir Gerüchte über deine Verhaftung zu Ohren. Anfangs hieß es nur, der Schwarze Fuchs sei gefasst worden. Du kannst dir sicher vorstellen, wie erstaunt ich war, als ich von dem Prozess erfuhr, der Sir Alex Chisholm gemacht werden sollte.«

»Ich möchte wetten, da wurde es dir sehr schwer ums Herz«, meinte Alex in seiner gedehnten Sprechweise.

»Himmel noch mal, so redest du jetzt mit den Leuten? Wie ein fauler Müßiggänger? Kein Wunder, dass alle Welt über deine Enttarnung so verblüfft war. Aber wer ist eigentlich das hübsche Mädchen, das sich hinter dir versteckt?«, fragte er, als Bab hinter Alex hervorlugte.

»Das ist Barbara, meine Gemahlin«, erwiderte Alex und schubste sie sanft nach vorne. »Das ist mein Vetter Christopher Chisholm, Bab. Inzwischen ist er der Lord von Ashkirk und Torness, demnach nur noch ein halber Highlander. Besondere Höflichkeit ist also nicht mehr vonnöten.«

Bab musterte den großen Mann neugierig. »Ich freue mich, Euch kennen zu lernen, Sir. Ihr habt das Leben meines Gemahls gerettet. Ich glaube, er ist euch sehr viel dankbarer, als er vorgibt. Ihr müsst wissen, er hat die Angewohnheit, die Dinge auf die leichte Schulter zu nehmen.«

»Ja, euere Ladyschaft, niemand weiß das besser als ich. Unsere Familien stehen sich sehr nahe, auch wenn unsere Ländereien über fünf Counties verstreut liegen und die Hälfte unserer Verwandtschaft im Grenzland lebt. Als ich an meinem Gut vorbeiritt, Alex, tummelten sich dort zahllose Bewaffnete, und weil ich keinen von ihnen kannte und überhaupt nicht wusste, was in meiner Abwesenheit alles passiert ist, bin ich gleich ins Glen Affric weitergeritten. Sind diese Leute in Torness von dir oder gehören sie zu Dalcross? Oder hat mein Onkel seine Männer hierher geschickt?«

»Es sind unsere Leute«, erwiderte Alex. »Als ich vom gewaltsamen Tod meiner Brüder erfuhr und vom Kontinent nach Schottland zurückkehrte, überlegte ich sofort, wer von der Lage profitieren würde. Ich war mir sicher, dass du nicht der Mörder warst. Mein Vater schwankte etwas, denn er konnte sich nicht vorstellen, wer sonst noch dafür in Frage gekommen wäre. Aber als ich dafür sorgte, dass dein Land bewacht wurde, hatte er nichts dagegen.«

»Vielen Dank!«

»Und wo zum Teufel hast du dich ein ganzes Jahr lang versteckt, du Lümmel?«

»Mich versteckt? Das ist ein guter Witz! Diese elenden Dalcrosses haben mich geschnappt und Kardinal Beatons Männern ausgeliefert. Denen machten sie weis, ich würde mich ihren Versuchen, die Highland-Kirche zu reformieren, widersetzen. Höhnisch teilten sie mir mit, wenn sie mich laufen ließen, würde das meinen Tod bedeuten, denn mir würde die Ermordung deiner Brüder angelastet. Ich war in Rom und in Venedig und auch noch an ein paar anderen Orten, die ich nie wieder zu Gesicht bekommen möchte.«

»Aber warum haben sie dir nicht öffentlich den Prozess gemacht oder dich einfach um die Ecke gebracht?«

»Vergiss nicht, dein Vater war noch immer Sheriff von Inverness«, erwiderte der andere. »Aber wie dem auch sei – offenbar war ihnen das Geheimnis lieber als ein Prozess. Vielleicht hatten sie ja auch Angst, dass die Geschworenen aus Inverness eher mir als ihnen glauben würden. Schließlich bin ich kein Fremder in dieser Gegend, und die Methoden der Dalcrosses waren schon damals bekannt. Tja, und mich einfach umzulegen – von dem, was ich so an Gesprächsfetzen aufschnappte, befürchteten sie wohl, dass sich einige ihrer Leute gesträubt hätten.«

»Aber als Dalcross zum Sheriff ernannt wurde … Er hatte ja eine gefügige Jury.«

»Nun ja, aber ich glaube, damals war ich schon an Bord

der *Marion Ogilvy*, und wenn nicht – falls Chisholm persönlich für mich eingetreten wäre …«

»Glaubst du denn, das hätte er getan?«

»Ich weiß es nicht, aber er ist ein ehrenwerter Mann und seine Verwandten sind ihm teuer. Mein Vater stand ihm von allen Vettern am nächsten. Wenn Francis Dalcross mich rechtmäßig verhaftet und des Mordes an deinen Brüdern angeklagt hätte, hätte dein Vater sicher versucht, vor dem Prozess mit mir zu reden. Glaubst du nicht, es wäre mir gelungen, ihn davon zu überzeugen, dass ich die Wahrheit sage?«

Bab hörte eine gewisse Belustigung in Alex' Stimme. »Dir ist es wahrlich immer gelungen, ihn von deiner Unschuld zu überzeugen, selbst dann, wenn deine Hände alles andere als sauber waren. Was du mit deiner Schlagfertigkeit bewerkstelligt hattest, musste oft genug ich ausbaden.«

»Dafür hast du dich aber auch oft genug gerächt.«

»Was hat Francis Dalcross eigentlich dazu getrieben, meine Brüder umzubringen?«

»Darüber habe ich mir ein ganzes Jahr lang den Kopf zerbrochen«, erwiderte Kit. »Bob Dalcross und sein Sohn waren verrückt nach Macht und sie waren neidisch auf Familien wie die Chisholms, die Frasers und die Mackintoshes. Francis hatte es geschafft, Beaton so nahe zu kommen, dass er wusste, dieser suchte in ganz Schottland, vor allem in den Highlands, nach Unterstützung für sein Bestreben, die Schottische Kirche unter der Herrschaft Roms zu belassen. Francis wollte Chisholm aus dem Amt drängen, aber nicht genug damit, er wollte ihn völlig unschädlich machen, und er glaubte …«

»Was glaubte er?«, fragte Alex, als sein Vetter den Satz nicht beendete.

»Vergiss es, Alex, es ist nicht so wichtig.«

»Für mich schon«, entgegnete Alex grimmig.

»Als er mich seinen Kumpanen übergab, die mich auf die *Marion Ogilvy* bringen sollten, sagte Francis noch, nichts würde deinen Vater mehr schmerzen, als seine beiden tapferen Sohne zu verlieren und ... und seinen Titel und seinen Besitz nur noch an dich vererben zu können.«

Kit verzog das Gesicht. »Der Mann ist ein Mörder und ein Dummkopf, Alex, und bald wird er hängen. Was immer er dachte, er hat sich getäuscht. Das hätten wir ihm alle sagen können.«

Bab sah, dass Alex die Lippen so heftig zusammenpresste, dass seine Wangenmuskeln zu zittern begannen. Als sie eine Hand auf seinen Arm legte, spürte sie, wie sich die Muskeln unter seinem Hemd angespannt hatten. »Er hat Recht, Liebster«, sagte sie sanft.

Er sah sie an, und sie glaubte, eine gewisse Verwunderung in seinem Blick zu erkennen. Dann wurden seine Züge weicher, und er legte einen Arm um sie und zog sie an sich. Aber er klang noch immer traurig, als er sagte: »Wenn ich nicht so kindisch eifersüchtig gewesen wäre, wenn ich mich in meiner Jugend nur mehr angestrengt hätte, so wie sie zu sein ...«

»Dann wärst auch du jetzt tot, mein Freund – mehr gibt es dazu nicht zu sagen«, erwiderte Kit Chisholm ernst. »Denk doch mal richtig nach, Alex: Wenn die Dalcrosses auch nur einen Moment lang geglaubt hätten, du wärst aus demselben Holz geschnitzt wie deine Brüder, dann hätten sie deinem Vater alle drei Söhne geraubt. Diese Schurken haben dich doch einzig und allein deshalb verschont, weil sie fälschlicherweise glaubten, Chisholm schäme sich für dich.«

»Warum glaubst du, dass er das nicht tat?«, wollte Alex wissen. »Du hast doch seit deiner Rückkehr noch nicht mit ihm gesprochen.«

»Nein, aber ich habe mit ihm gesprochen, bevor das alles passierte. Hast du dich denn nie gefragt, warum er dich und nicht Rob oder Michael als seinen Vertreter zur Ferntrauung des Königs geschickt hat?«

Alex zuckte die Schultern. »Ich ging davon aus, dass die zweite Heirat von Jamie nicht ganz so wichtig wäre. Warum sonst hätte er seinen dritten und jüngsten Sohn schicken sollen?«

»Weil er Angst hatte, sein Ältester könne an irgendetwas Anstoß nehmen und einen Streit vom Zaun brechen, oder sein zweiter Sohn würde jemandem einen Streich spielen und auf diese Weise eine Auseinandersetzung provozieren. Er sagte mir, nur auf dich könne er sich verlassen, dass du alles richtig machen und ihn nicht blamieren würdest.«

Es folgte ein langes Schweigen. »Ich wünschte, er hätte es mir gesagt«, meinte Alex schließlich.

»Das entspricht nicht seinem Wesen«, erwiderte Kit. »Er bewundert deinen Verstand.«

»Ich bringe ihn oft genug in Rage.«

»Na klar, und nicht nur ihn, sondern uns alle.« Breit grinsend streckte der große Mann ihm seine Hand entgegen. »Ich bin so froh, dass du jetzt in Sicherheit bist, Alex. Der Fuchs wird sich gewiss eine Weile zurückziehen, bis er vielleicht in ferner Zukunft wieder einmal gebraucht wird.«

»Das wird er wohl tun«, versprach Alex.

»Zu schade, dass deine Eltern noch in Inverness sind«, meinte Bab. »Sie würden sich bestimmt freuen, deinen Vetter zu sehen und zu erfahren, dass er dich gerettet hat.«

»Nicht er allein«, sagte Alex und drückte ihre Schulter noch einmal liebevoll. »Ich weiß, wer meine Freunde sind, mein Schatz, und ich habe sogar eine Freundin, die so tollkühn war, sich zwischen mich und den Mann zu werfen, der mir nach dem Leben trachtete. Das hat sie getan, Kit, diese wahnwitzige Frau an meiner Seite!«

Seine Stimme hatte eine gewisse Schärfe, die Bab nicht gefiel; deshalb war sie froh, als Kit lediglich sagte: »Das war doch wirklich sehr tapfer«, und dann rasch das Thema wechselte. »Ich glaube, es ist besser, wenn mich vorläufig noch niemand zu Gesicht bekommt. Es würde zu nichts Gutem führen, wenn die Leute anfingen, sich darüber Gedanken zu machen, dass ich gerade in dem Moment aufgetaucht bin, als wir bewiesen hatten, dass nicht du den Fuchs gespielt hast. Francis Dalcross würde bestimmt den richtigen Schluss daraus ziehen und dir möglicherweise noch einigen Schaden zufügen.«

»Tja, da hast du Recht«, pflichtete Alex ihm bei. »Aber wohin willst du denn, wenn du dich möglichst wenig zeigen willst, bis die Geschichten von den Taten des Fuchses seltener werden?«

»In dieser Höhle kann ich jedenfalls nicht bleiben«, sagte Kit. »Ich habe noch zwei Begleiter, die an meiner Seite ihr Glück versuchen wollen. Ich hielt es allerdings für besser, sie nicht hierher zu bringen. Hugo und der Junge passen auf sie auf, und Hugo hat uns auch mit Vorräten und einem Pferd versorgt, das ich bei deinem Dancer gelassen habe. Da die Leute auf Torness zu dir gehören, werde ich mit meinen zwei Begleitern wohl erst einmal dorthin reiten. Auf alle Fälle werde ich bald nach Süden ziehen müssen, um meine Angelegenheiten und die meines Vaters zu regeln.«

»Du warst doch einem Mädchen versprochen, wenn ich mich recht entsinne.«

»Genau«, bestätigte Kit. »Und das bin ich noch immer, falls die Dinge inzwischen nicht anderweitig geregelt worden sind.« Er reichte Alex zum Abschied die Hand und fügte noch hinzu: »Dann mache ich mich auf den Weg. Nachdem du in den letzten paar Tagen eingesperrt gewesen bist, wirst du jetzt sicher erst mal die Bekanntschaft zu deiner hübschen Frau erneuern wollen.«

»Keine schlechte Idee«, meinte Alex mit einem Blick auf Bab, der sie erbeben ließ. Ob in Vorfreude auf Liebesglück oder in düsterer Erwartung auf Strafe wusste sie allerdings nicht so recht. »Sag Hugo, dass ich ihn sprechen will«, fügte Alex noch hinzu. »Ich werde ihm wohl verzeihen müssen, dass er mein Geheimnis verraten hat.«

»Ja, das sag ich ihm«, versprach sein Vetter. Er verbeugte sich lächelnd vor Bab. »Es war mir eine große Freude, Euch kennen zu lernen, Mylady! Man kann Alex nur beglückwünschen!«

Sie bedankte sich bei ihm und er verschwand in die entgegengesetzte Richtung, aus der sie gekommen waren. »Wie viele Kammern gibt es hier eigentlich?«, fragte sie Alex.

»Sechs«, erwiderte er. »Du hast vorher nur die äußerste gesehen; es gibt noch eine, in der Dancer untergebracht ist, und daneben noch ein paar andere.«

Bab schwieg, denn sie wusste nichts mehr zu sagen, doch er meinte besorgt: »Du musst endlich schlafen, Bab! Ich wundere mich, dass du dich überhaupt noch auf den Beinen halten kannst.«

»Ganz ehrlich, ich bin –«

»Keine Widerrede«, sagte er. »Ich bringe dich in die Kapelle zurück und du kannst hochgehen und dich schon mal hinlegen. Ich möchte nur noch ganz kurz mit Hugo sprechen, dann komme ich nach. Falls du dann noch wach bist, können wir uns überlegen, worüber wir uns unterhalten wollen.«

Da seine Stimme wieder etwas schärfer klang, hielt Bab es für ratsam, diesem Vorschlag zu folgen.

*

Die grüne Lichtung war friedlich und einladend wie immer. Das muntere Bächlein plätscherte über die Steine, der Spiegelteich war wieder da und glitzerte in einem verirrten Sonnenstrahl, der auf ihm tanzte.

Catriona atmete tief durch, ließ die vertraute Stimmung auf sich wirken und hoffte, dass sie der Frieden erfüllte, der sie immer überkam, wenn sie ihr Heim betrat. Doch heute wollte er sich nicht einstellen. Etwas war ihr entrissen worden, von dem sie nicht gewusst hatte, wie sehr sie es vermissen würde, bis es unwiderruflich weg war.

Da spürte sie, dass sich ein weiteres Wesen eingefunden

hatte. Erwartungsvoll wirbelte sie herum, doch dann seufzte sie enttäuscht, denn ihr Blick fiel auf Maggie Malloch.

»Ich hatte gehofft ...«

»Ich weiß schon, worauf du gehofft hast, Mädel«, sagte Maggie ungewöhnlich sanft. »Das ehrt dich, Catriona, aber ich hab leider keine Neuigkeiten von Claud. Allerdings hab ich 'ne Nachricht vom Hohen Kreis, über die du dich nicht besonders freuen wirst.«

»Aber ich hab doch die ganze Zeit nur getan, was von mir verlangt worden ist«, erwiderte Catriona. »Das hast du doch selber gesagt!«

»Jawohl, und ich hab auch gedacht, dass das stimmt. Aber im Kreis gibt's immer ein paar Aufmüpfige, dein Red Annis und Grogan Capelthwaite zum Beispiel.«

»Dann haben sie wohl erfahren, dass ich bei Christopher Chisholm fast versagt hab.«

»Ach ja?«

»Tja, ich hab ihn zwei Mal im Stich gelassen, weil ich Claud gesucht hab. Beim ersten Mal wär fast der Mast auf ihn gekracht, beim zweiten Mal hätte die englische Marine fast sein Schiff gekapert.«

»Nee, davon wissen die nix«, tröstete Maggie sie. »Sie haben nur gesagt, eigentlich hätten sie erwartet, dass du Sir Alex hilfst; du aber hattest dich entschlossen, Christopher zu helfen. Also hast du deine Aufgabe erst erfüllt, wenn Christopher Chisholm wieder glücklich in seinem eigenen Leben gelandet ist. Und davon ist er bislang noch meilenweit entfernt, das musst du zugeben.«

»Tja, das stimmt wohl«, gab Catriona zu. »Aber jetzt, wo Claud weg ist, ist das doch völlig egal. Es gibt keinen Frieden zwischen den Stämmen, und selbst Red Annis und Grogan Capelthwaite müssen einsehen, dass Jonah Bonewits dran schuld ist.«

»Die sind ja nur miese Handlanger von ihm und keine Freunde von uns«, meinte Maggie. »Aber sie versuchen tatsächlich noch immer, ihm wieder zu seinem Platz im Kreis zu verhelfen.«

»Und das nach allem, was er angerichtet hat?«

»Jawohl«, erwiderte Maggie ergrimmt. »Über Politik lässt sich nicht streiten, weder im Kreis noch sonstwo. Und dabei weiß keiner, wo Jonah überhaupt steckt.«

Catriona seufzte unglücklich. »Kann denn niemand diesem schrecklichen Zauberer das Wasser reichen?«

»Tja«, entgegnete Maggie, »ich kann's, und deshalb hab ich auch die Hoffnung, dass wir unsern Claud wiederfinden.«

Zum ersten Mal, seit die Flammen auf sie zugezüngelt waren, spürte Catriona einen Funken Hoffnung. »Du glaubst also nicht, dass Jonah ihn an die Gastgeber ausgeliefert hat?«

»Nee, nee, schließlich ist Claud ja auch Jonahs Sohn«, meinte Maggie. »Jonah wollte dich aufhalten, weil er glaubte, du wolltest Sir Alex helfen. Und wenn du gescheitert wärst, wär ich es auch. Aber seine Zauberkräfte sind so stark, dass er Claud noch im letzten Moment hätte schützen können, und wenn er das getan hat, gibt's nur einen Ort, an den er ihn geschickt haben könnte und wo ich nicht spür, dass er dort ist.«

»Und wo ist das?«

»Die Welt der Sterblichen. Es heißt, dass wir vom Geheimen Clan manchmal in ihre Welt hinüberwechseln, wenn wir das Zeitliche segnen.«

»Dann werden wir ihn nie wiedersehen.«

»Tja, vielleicht doch. Jonah Bonewits weiß, dass ich früher oder später die Wahrheit rauskrieg, und früher wär besser für ihn, denn zwischen uns ist seit ewig langer Zeit noch 'ne Rechnung offen. Wenn Claud in der Welt der Sterblichen ist, dann kann ich ihn dort auch finden.«

»Warum forderst du Jonah eigentlich nicht gleich heraus?«

Maggie verkrampfte sich. »Hast du 'ne Vorstellung, was passieren könnt, wenn wir beide alles um uns herum vergessen und nur noch unsre Kräfte messen, bis einer von uns nicht mehr kann?«

Catriona schüttelte den Kopf.

»Ich auch nicht, aber wir werden's wahrscheinlich ziemlich bald rausfinden.«

23

In ihrer Schlafkammer wurde Bab von Giorsal begrüßt. »Guten Abend, Mylady«, sagte sie. »Ihr seid sicher sehr froh, dass Ihr und Sir Alex wieder heil nach Hause gekommen seid.«

»In der Tat«, erwiderte Bab, wollte sich aber nicht weiter äußern und erwiderte auf Giorsals neugierige Fragen nur, dass sie morgen über alles reden könnten.

Viele ihrer Fragen waren beantwortet worden, aber sie wusste nach wie vor nicht, ob ihr Gemahl auf ihr Tun der vergangenen Tage als Alex oder als der Fuchs reagieren würde. Als Alex war er gelassen, verzieh ihr alles und kümmerte sich wenig darum, was sie tat; als der Fuchs war er aufbrausend und sehr viel unberechenbarer. Mindestens zwei Mal war er auf sie wütend geworden, auch wenn seine Wut nicht von langer Dauer gewesen war. Jetzt fürchtete sie, Alex habe das Temperament des Fuchses mit in die Ehe gebracht.

Während ihrer Vorbereitungen zum Schlafengehen war sie in Gedanken noch immer in der Höhle. Wann würde ihr Gemahl kommen? Sie war nicht feige, aber sie war auch nicht dumm. Wenn Alex allen etwas vorgespielt hatte, um in der Tarnung des Fuchses die Dalcrosses hinters Licht zu führen und den Menschen in den Glens zu helfen, dann entsprach der Charakter des Fuchses wahrscheinlich doch eher seinem eigentlichen Wesen; und der Fuchs hatte ihr gedroht, sie übers Knie zu legen, wenn sie sich noch einmal in Gefahr brächte.

»Aber er weiß doch sicher, dass ich nur getan habe, was ich tun musste«, murmelte sie.

»Wie bitte?«, fragte Giorsal. »Ich hab Euch nicht recht verstanden.«

»Schon gut. Ich habe nur mit mir selbst gesprochen«, erwiderte Bab. »Vielleicht trete ich in die Fußstapfen meiner Mutter.«

Giorsal lachte. »Ich möchte wetten, dass Ihr niemals mit dem Kleinen Volk reden werdet.«

»Nein«, stimmte Bab zu und ließ sich von ihrer Zofe das Nachthemd anziehen. »Jetzt kannst du noch mein Haar bürsten und dann gehe ich ins Bett.«

»Wird Sir Alex Euch nicht in sein Bett holen?«

»Er wird wohl bald da sein«, sagte Bab. Sie setzte sich auf den Schemel vor das munter lodernde Kaminfeuer und streckte die Hände aus, um sich an den Flammen zu wärmen.

Giorsal nahm die Bürste und begann, Babs lange Haare zu kämmen. Bald hing ihre Haarpracht in einer dichten, glänzenden Mähne bis zu ihren Hüften.

»Lass mich das fertig machen, Giorsal.«

Bab erschrak, als sie seine Stimme hörte. Sie hatte nicht bemerkt, dass die Tür aufgegangen war. Wie lange hatte er schon dort gestanden und sie beobachtet?

Alex lächelte, als sie sich zu ihm umdrehte. Seine Miene wirkte sanft, der Blick in seinen Augen sinnlich. Er trat vor und nahm Giorsal die Bürste ab. »Du kannst jetzt gehen. Ich kümmere mich um deine Herrin«, meinte er.

»Gerne, Sir. Dann gute Nacht!« Und schon fiel die Tür hinter ihr zu.

Nach einer kurzen Stille meinte er: »Ich musste mich noch etwas ausführlicher mit Hugo unterhalten.«

»Ach ja?« Nun befürchtete sie wieder das Schlimmste und ihr wurde abwechselnd heiß und kalt.

»Jawohl.« Er schlug mit dem Bürstenstiel gegen seine Handfläche.

»Alex, ich –« Sie wollte aufstehen, aber der feste Griff auf ihrer Schulter ließ es nicht zu. Sie schluckte und suchte fieberhaft nach einer Möglichkeit, ihm alles zu erklären.

»Bleib sitzen, mein Schatz! Ich möchte deine Haare kämmen.« Seine Stimme klang sanft, auch wenn in ihr nicht die Gelassenheit von Alex mitschwang, auf die sie gehofft hatte.

Bab entspannte sich etwas unter den kraftvollen, rhythmischen Bewegungen, mit denen er ihr Haar bürstete, doch die Stille zwischen ihnen machte ihr schwer zu schaffen. Wenn er doch nur etwas sagen würde!

Das Feuer knisterte, und Funken stoben auf, als ein Scheit entzweibrach und zwei darüber liegende seitlich abrutschten.

»Alex, wir ...«

Im selben Moment sagte er: »Mein Schatz, wir ...«

Sie drehte sich zu ihm um. Er legte die Bürste zur Seite und zog seine Frau zu sich hoch.

Einen Moment lang sahen sie sich nur an, dann zog er sie fest an sich und hielt sie eng umschlungen. Eine ganze Weile standen sie so, ohne sich zu rühren.

Sie seufzte. »Ich hatte Angst, dass du mir böse sein würdest.«

»Aber nein, Bab, wie sollte ich das? Wo ich dich doch so hintergangen habe?«

Sie kicherte erleichtert und schmiegte ihr Gesicht an sein weiches Wams. »Das hätte leicht passieren können. Ich habe doch schon erlebt, wie rasch du böse werden kannst. Es ist dir bestimmt sehr schwer gefallen, meinem Spott gegenüber gleichgültig zu bleiben.«

»Gleichgültig?« Er schubste sie sanft ein wenig weg, um ihr in die Augen zu blicken. »Gleichgültig niemals, meine Liebe. Wenn ich mich dafür entschied, den Idioten zu spielen ...«

»Aber das hast du doch nie getan!«, widersprach sie. »Natürlich habe ich das anfangs gedacht, aber du warst doch immer nur nett zu mir! Ich hätte die hartherzigste Frau auf der ganzen Welt sein müssen, um das nicht zu merken! Jedes Mal, wenn du dich entschuldigt hast, habe ich ein schlechtes Gewissen gehabt, denn ich wusste ganz genau, dass ich gemein gewesen war. Ich wette, Patrick wäre bei vielem, was ich zu dir gesagt habe, handgreiflich geworden, wenn ich so etwas jemals zu ihm gesagt hätte.«

»Das sollte er lieber nicht tun, wenn ich in der Nähe bin«, erwiderte Alex gelassen.

Sie kicherte. »Eigentlich ist es nur ein oder zwei Mal so weit gekommen, und ich nehme an, da hatte ich es auch verdient. Wenn ich etwas ausgefressen hatte, haben er und mein Vater mich eher in meine Schlafkammer geschickt, als mich zu schlagen.«

»Das ist auch viel sinnvoller«, murmelte Alex und küsste zärtlich ihr Ohr. »Allerdings würde ich dich eher mit in meine Schlafkammer nehmen, als dich in deine zu schicken.«

»Etwas muss ich dir noch sagen«, meinte Bab.

»Noch mehr Geständnisse? Allmählich stößt meine Nachsicht an ihre Grenzen, das solltest du doch wissen. Ich verstehe, was dich getrieben hat, dich zwischen mich und Dalcross zu werfen, und ich verstehe auch, warum du in den Tälern herumreiten musstest, um Unterstützung zu mobilisieren, aber ...«

»Ich hatte eine bewaffnete Eskorte und deine Pistole dabei, Alex. Aber jetzt muss ich dir noch meinen Traum erzählen, den über meine Hochzeit im Feental. Ich verstehe noch immer nicht, wie ich zu jener Zeit überhaupt so tief schlafen und träumen konnte, aber wahrscheinlich hat mir mein Kopf einen Streich gespielt, denn ich habe dich auch in diesem Traum geheiratet, nur dass du der Fuchs warst.«

»Ich habe einen Verdacht, wie das zustandegekommen sein könnte«, sagte er. »Aber das erkläre ich dir ein andermal, und dann werde ich dir auch erzählen, was ich Seltsames erlebt habe. Doch jetzt, finde ich, solltest du wirklich schlafen!«

»Nein, mein Lieber, erst ich will dir zeigen, was in diesem Traum noch passiert ist. Aber dafür musst du dich ausziehen und ins Bett kommen.«

Seine Augen begannen interessiert zu funkeln. »Oh mein Gott«, meinte er in Alex-Manier, »allmählich beginnt mich die Sache zu interessieren.«

»Das habe ich mir doch gedacht«, erwiderte sie.

»Ich wette, du hattest in diesem Traum keine Kleider an«, murmelte er, zog ihr lächelnd das Nachthemd aus und trat zurück, um sie fasziniert zu betrachten.

Im Handumdrehen war auch er ausgezogen und trug sie zum Bett, wo sie ihm dann alles zeigte, was sie in ihrem Hochzeitstraum gelernt hatte.